대륙의 딸

# 대륙의 딸 (하)

## 장융

### 황의방, 이상근, 오성환 옮김

까치

# WILD SWANS: Three Daughters of China

by Jung Chang

역자
**황의방**(黃義坊)
서울대학교 영어영문학과 졸업. 전「동아일보」기자. 역서로『드레퓌스 사건』,
『패권인가 생존인가』외 다수.
**이상근**(李常根)
서울대학교 외교학과 졸업. 현재 전문 번역가로 활동 중임. 역서로『부자』,
『인도로 간 붓다』외 다수.
**오성환**(吳誠煥)
서울대학교 국어국문학과 졸업. 현재「세계일보」외신전문위원. 역서로『신
의 봉인』, 『천상의 새 : 두루미』외 다수.

편집-교정 권은희(權恩喜)

# 대륙의 딸·하

저자 / 장융
역자 / 황의방, 이상근, 오성환
발행처 / 까치글방
발행인 / 박후영
주소 / 서울시 용산구 서빙고로 67, 파크타워 103동 1003호
전화 / 02·735·8998, 736·7768
팩시밀리 / 02·723·4591
홈페이지 / www.kachibooks.co.kr
전자우편 / kachibooks@gmail.com
등록번호 / 1-528
등록일 / 1977. 8. 5
초판 1쇄 발행일 / 2006. 4. 5
   11쇄 발행일 / 2021. 11. 15

값 / 뒤표지에 쓰여 있음

ISBN 89-7291-404-5  04840
     89-7291-402-9  (세트)

# 14. "아버지도 가깝고 어머니도 가깝지만 마오쩌둥 주석만큼 가깝지는 않답니다"

마오쩌둥 숭배
(1964-1965)

우리가 마오쩌둥을 부를 때 항상 사용하는 "마오쩌둥 주석"이라는 단어는 내가 열두 살이었던 1964년에 내 생활에 직접적으로 영향을 미치기 시작했다. 대기근 이후 얼마 동안 물러나 있다가 정계복귀를 시작한 마오쩌둥은 작년 3월에는 전 인민에게, 그중에서도 특히 젊은이들을 향해서 "레이펑 동지로부터 배우라"는 내용의 호소문을 발표했다.

학교에서 배운 바로는 레이펑은 1962년에 스물두 살의 나이로 사망한 병사였다. 생전에 레이펑은 연장자, 환자, 가난한 사람들을 적극적으로 돕는 등 많은 선행을 했다. 자신의 저금을 털어서 재해 구조기금으로 기부했고, 병원에 입원 중인 동료들에게 자신이 배급받은 식량을 건네주기도 했다.

레이펑은 곧 내 생활을 지배하기 시작했다. 매일 방과 후면 "레이펑 동지와 같이 선행을 하기 위해서" 나는 동급생들과 함께 학교를 출발했다. 우리는 기차역까지 걸어가면서 레이펑처럼 선행을 하기 위해서 무거운 짐을 든 할머니들을 도와주었다. 시골 아낙네들이 우리를 도둑으로 오인하는 경우도 있어서 우리는 때로는 그들의 짐을 빼앗다시피 받아서 도와야 했다. 비가 오는 날이면 우산을 들고 길가에 서서 내가 도와줄 수 있는 할머니가 지나가기를 애타게 기다렸다. 레이펑 동지가 그랬던 것처럼 할머니를 도와서 집까지 모셔다드리기 위해서였다. 막대기 양끝에 물통 매단 것을 어깨에 짊어지고 물을 나르는 사람을 보면(당시에는 오래된 집에 상수도가 들어오지 않았다) 물통 두 개의 무게가 얼마나 되는지 알지도 못하면서 용기를 내어 도와주겠다는 말을 하고 싶었으나 좀처럼 입이 떨어지지 않았다.

1964년 중에 우리 학생들의 목표는 점차 보이스카우트와 같은 선행에서 마오쩌둥에 대한 숭배로 성격이 변해갔다. "레이펑 동지의 위대한 점은 마오쩌둥 주석에 대한 무한한 사랑과 헌신"이라고 선생들은 말했다. 레이펑 동지는 어떤 일을 하기 전에 항상 마오쩌둥 주석의 말을 생각했다. 그가 남긴 일기가 출판되어 우리는 도덕 시간에 그의 일기를 공부했다. 거의 매 쪽마다 "나는 마오쩌둥 주석의 저서를 공부하고, 마오쩌둥 주석의 말씀을 마음속에 새기고, 마오쩌둥 주석의 가르침을 따름으로써 마오쩌둥 주석의 좋은 병사가 되겠다"는 레이펑 동지의 결의가 적혀 있었다. 우리는 레이펑 동지를 따라서 "칼과 같은 산을 오르고 화염의 바다를 건너서라도", "우리의 몸과 뼈가 가루가 될 때까지 위대한 영도자 마오쩌둥 주석의 명령에 한 점 의혹도 품지 않고 우리의 몸을 바치겠다"고 서약했다. 마오쩌둥 숭배와 레이펑 숭배는 동전의 양면과 같은 것이었다. 한쪽이 마오쩌둥이라는 개인을 절대적으로 받아들이고 숭배하는 것이라면 다른 한쪽은 당연히 자기 자신을 절대적으로 포기하는 것이어야 했다.

내가 마오쩌둥이 쓴 글을 최초로 읽은 것은 1964년이었다. 당시에는 마오쩌둥이 호소했다는 두 개의 표어 "인민에게 봉사하자〔爲人民服務〕"와 "계급투쟁을 잊지 말자〔千萬不要忘記階級鬪爭〕"가 우리의 생활을 온통 지배하고 있었다. 이 두 가지 보완적인 표어의 본질은 레이펑이 썼다는 「사계(四季)」라는 시에서 드러나고 있었는데, 우리는 다음과 같은 그의 시 전체를 암기했다.

동지들에게는 봄의 태양과 같이 따뜻하게 대하고,

혁명공작을 수행할 때는 한여름과 같은 정열로 매진하며,

낙엽을 휘날려버리는 가을바람과 같이 내 개인주의를 일소하고,

적대계급에게는 엄동과 같이 잔혹무정하게 대할 것이다.

對待同志要象春天般的溫暖

對待工作要象夏天一樣的火熱

對待個人主義要象秋風掃落葉一樣

對待敵人要象嚴冬一樣殘酷無情.

 

  이 시를 인용하여 선생들은 우리가 선행을 베풀 때도 그 상대가 누구인지 주의를 해야 한다고 말했다. "계급의 적들"을 도와주어서는 안 된다고 했다. 그러나 누가 그런 사람인지를 알 수 없어 내가 질문하자, 선생도 부모님도 "영화 속에 등장하는 악당 같은 사람들"이라고만 말할 뿐 자세하게 설명해주지 않았다. 나는 아무리 주변을 둘러보아도 영화에 등장하는 악당 같은 인물을 발견할 수 없었다. 이것은 실로 큰 문제였다. 나는 더 이상 확신을 가지고 할머니의 짐을 들어줄 수가 없었다. 그렇다고 "당신은 계급의 적입니까?"라고 물어볼 수도 없는 일이었다.

  우리는 때때로 학교 옆 골목에 있는 집들을 청소해주러 갔다. 한 집에는 젊은 남자가 살고 있었다. 그는 대나무 의자에 앉아서 자기 집 유리창을 힘들여 닦는 학생들을 냉소적인 미소를 띤 채 바라보았다. 그는 우리 일을 도우려고 하지 않았을 뿐만 아니라, 심지어 헛간에 있던 자전거를 꺼내더니 우리에게 청소를 부탁하는 것이었다. 그는 이렇게 말했다. "학생들이 진짜 레이펑이 아니어서 신문에 실을 학생들 사진을 찍을 사진사가 이 자리에 없는 것이 유감천만이군." (레이펑의 갖가지 선행은 놀랍게도 공식 사진사가 사진으로 기록할 수 있었다.) 우리 모두는 그 더러운 자전거의 주인이 미웠다. 혹시 그 남자가 계급의 적일까? 그러나 우리가 들은 바로는 그 남자는 기계

공장에서 일하는 노동자였다. 노동자는 혁명의 지도적 계급이라고 우리는 귀에 못이 박히도록 들어왔다. 내 머릿속은 혼란스러웠다.

내가 해오고 있는 일 중의 하나는 방과 후에 길거리에서 손수레를 밀어주는 것이었다. 손수레에는 왕왕 시멘트 블록이나 사암(砂岩) 덩어리들이 높이 실려 있어 매우 무거웠으므로, 손수레를 끄는 남자는 한걸음 한걸음 옮길 때마다 엄청난 힘이 들었다. 날씨가 춥더라도 그들은 가슴을 드러낸 채 얼굴과 등에서 구슬 같은 땀방울을 흘렸다. 길이 조금만 언덕이어도 손수레를 계속 끌고 올라가기가 매우 힘들었다. 그런 사람들을 볼 때마다 내 가슴속에는 슬픔이 몰려왔다. 레이펑 동지로부터 배우자는 운동이 시작된 이래 나는 언덕길 옆에서 손수레가 지나가기를 기다려왔다. 나는 손수레를 한 대만 밀어주고도 기진맥진했다. 내가 지쳐서 물러나면 손수레를 끄는 남자는 나를 향해서 입가에 희미한 미소를 지었다. 그러면서도 손수레를 끌던 힘을 멈추어서는 안 되므로 한발 한발 힘차게 내딛었다.

어느 날 한 학급 친구가 매우 심각한 어조로 이렇게 말했다. 손수레를 끄는 남자들은 대부분 계급의 적이기 때문에 힘든 일을 하도록 배정받았다는 것이었다. 친구의 결론은, 그러므로 그런 사람들을 돕는 것은 잘못이라는 것이었다. 교사의 답을 신뢰하는 중국의 전통에 따라 친구의 말에 수긍이 가지 않았던 나는 선생에게 물었다. 그러나 평소에는 자신 있게 학생들의 질문에 대답을 해주던 선생이 곤혹스러운 표정을 지으면서 자신도 모르겠다고 말하는 것이었다. 이 말을 들은 내 머릿속은 혼란스러워졌다. 실제로 손수레를 끄는 사람들은 종종 자신들이 국민당과 관련이 있었거나 또는 정치적 숙청의 희생자였기 때문에 그처럼 힘든 일을 해야 하는 것이 사실이었다. 선생은 분명히 이런 사실을 내게 말하고 싶지 않았던 것이다. 대신에 선생은 내게 손수레 밀어주는 일을 그만두라고 일렀다. 그런 일이 있은 다음부터 나는 길거리에서 손수레를 만날 때마다 힘들게 손수레를 끌고 가는 남자로부터 시선을 돌리고는 무거운 마음으로 재빨리 발걸음을 옮겼다.

학생들의 머릿속에 계급의 적들에 대한 증오심을 주입하기 위해서 학교 당국은 학생들이 노인들로부터 공산체제 이전의 비참했던 시절에 대한 이야기를 들음으로써 "고통을 기억하고 행복을 생각〔憶苦思甜〕"하도록 만드는 시간을 정규 교과 시간으로 편성하기 시작했다. 우리들은 신생 중국의 "오성홍기(五星紅旗)" 밑에서 태어난 세대이기 때문에 국민당 시절의 생활이 어떠했는지를 알 수가 없었다. 그러나 레이펑 동지는 당시의 참상을 목격했기 때문에 적대계급들을 깊이 증오하고 마오쩌둥 주석을 진심으로 경애했던 것이라고 우리는 배웠다. 레이펑의 어머니는 레이펑이 일곱 살이었을 때 지주로부터 강간을 당하고는 자살했다고 한다.

노동자와 농민들이 학교로 찾아와서 우리들에게 이야기를 들려주었다. 그들이 어렸을 적에는 밥을 굶기가 다반사였으며, 엄동설한에도 신발 한 켤레 살 돈이 없었고, 힘든 일을 하다가 결국에는 고통 속에서 일찍 죽는 수밖에 없었다고 했다. 그들은 목숨을 구해주고 식량과 의복을 주는 마오쩌둥 주석이 얼마나 고마운지 모르겠다고 말했다. 한 연사는 소수종족인 이족(彝族) 출신이었는데, 이족에게는 1950년대 말까지도 노예제도가 있었다고 했다. 과거에 노예로 지냈던 그는 옛 주인들로부터 얻어맞아 생긴 상처를 우리에게 보여주었다. 연사들이 체험했던 옛날의 역경을 설명할 때마다 강당을 메운 학생들은 눈물을 흘렸다. 이 이야기를 들은 나는 국민당이 저지른 일에 끔찍해하면서 마오쩌둥 주석에게 열성적으로 헌신해야겠다고 생각했다.

마오쩌둥 주석이 없었더라면 우리들이 겪었을 생활을 보여주기 위해서 학교식당에서는 가끔씩 국민당 시절에 가난한 사람들이 먹어야 했던 "고통의 밥〔憶苦飯〕"이라는 음식을 학생들에게 먹도록 했다. 그것은 이상한 야생풀로 만든 음식이었는데, 어찌나 먹기가 역겨웠던지 나는 식당의 요리사들이 우리들을 놀리느라고 그런 음식을 내놓은 것은 아닐까 하고 몰래 마음속으로 의심하기도 했다. 처음 두세 번은 먹고 나서 토해냈다.

어느 날 티베트에 관한 "계급교육" 전람회를 보러 갔다. 전갈이 기어다니는 지하 감옥과 눈알을 빼내는 도구와 발목의 아킬레스건을 자르는 칼을 비롯한 무서운 고문 기구들을 보여주는 사진들이 전시되었다. 우리에게 이야기를 들려주기 위해서 휠체어를 타고 학교를 방문한 한 남자는 티베트의 농노였던 자신이 사소한 규칙을 위반했다는 죄로 아킬레스건을 잘리는 바람에 불구자가 되었다고 말했다.

1964년 이래로 대지주의 넓은 저택들도 계급교육 박물관으로 일반인들에게 공개되었다. 이런 곳에서는 마오쩌둥이 등장하기 이전에 지주와 같은 계급의 적들이 어떻게 농민들의 피와 땀을 착취하면서 호화롭게 살았는지를 보여주었다. 1965년의 새해 첫날인 춘절 휴가 중에 아버지는 우리들을 데리고 차로 2시간 30분이나 걸리는 유명한 장원(莊園)으로 갔다. 표면상으로 여행 목적을 정치교육이라고 내세운 것은 우리 가족이 함께 이른 봄에 시골로 여행을 다녀오기 위한 구실이었다. 중국에서는 전통적으로 새봄을 맞이하기 위해서 "이른 봄에 들판에 나가 돋아나는 새싹을 밟는다"는 답청(踏靑)을 하는 풍속이 있었다. 이 여행은 우리 가족 모두가 시골로 나가본 몇 번 안 되는 여행 중의 하나였다.

푸른 청두 평원을 가로질러 유칼리나무가 늘어선 아스팔트길을 따라 차가 달리는 동안 나는 푸른 대나무 숲에 둘러싸여 있는 농가와 대나무 잎들 사이로 보이는 초가지붕 위로 피어오르는 연기를 차창 너머로 열심히 내다보았다. 가끔씩 거의 모든 잡목 숲을 휘감고 흐르는 시냇물 수면에는 일찍 핀 매화꽃 가지가 반사되고 있었다. 아버지는 집에서 출발하기 전에 우리 형제들 모두에게 여행 후에는 구경한 경치에 대한 설명을 포함하여 글을 써야 한다고 말했기 때문에 나는 모든 것을 주의 깊게 관찰했다. 그런데 나를 어리둥절하게 만드는 광경이 하나 있었다. 밭 주변에 점을 찍어놓은 듯이 서 있는 몇 그루의 나무들이 모두 꼭대기만을 제외하고는 줄기와 잎사귀가 하나도 없어 마치 푸른 모자를 쓴 깃발 없는 깃대처럼 보였다. 아버지는 농경지가 과밀하게 개발된 청두 평원에서는 땔감이 귀하기 때문에 농민들이 손이 닿는 데까지 많은 나뭇가지들을 잘라낸 것이라고 설명해주었다. 그러나 몇 년 전까지는 나무들이 더 많았으나 대약진운동 기간 중에 철강 생산을 위한 용광로에 연료로 쓰고자 대부분의 나무들이 베어졌다는 이야기는 해주지 않았다.

청두 교외의 마을은 매우 번창한 듯이 보였다. 점심 식사를 위해서 들렀던 장터는 밝은 색깔의 새옷을 입은 농민들로 북적거렸다. 노인들은 윤이 나는 흰색 터번과 깨끗한 짙은 감색의 앞치마를 두르고 있었다. 손님들로 가득 찬 식당의 창문을 통해서는 벌겋게 익은 황금색 오리구이가 보였다. 사람들로 북적대는 길거리 매점의 대형 대나무 찜통 뚜껑에서는 맛있는 냄새를 풍기는 수증기가 힘차게 뿜어져나왔다. 우리 차는 시장의 인파를 헤치고 지방 청사로 향했다. 그 건물은 웅크리고 앉은 두 마리의 돌사자가 정문을 지키고 있는 대저택 안에 있었다. 아버지는 1961년 기근이 한창이던 때 이 지방에서 생활한 적이 있었으며, 그때로부터 4년이 흐른 지금 이 지방 공무원들은 아버지에게 지방의 변한 모습을 보여주기를 원했다. 그들은 특실이 예약된 식당으로 우리를 안내했다. 식당의 많은 손님들 사이를 뚫고 지나가는 동안 농민들은 지방 공무원들이 정중하게 안내하는 것으로 봐서 외지인들이 분명한 우리 식구들을 유심히 바라보았다. 손님들의 테이블 위에는 이름은 알 수 없지만 군침이 돌게 만드는 요리들이 있었다. 나는 지금까지 우리가 살고 있는 아파트 단지 내의 식당에서 제공하는 요리 이외에는 별로 먹어본 것이 없었는데, 이곳 장터의 식당에서 내놓는 요리들을 보고 정말이지 놀라지 않을 수 없었다. 진주구슬이라는 의미의 "진주원자(眞珠元子)", 총알 세 발을 뜻하는 "삼대포(三大炮)", 사자의 머리를 의미하는 "사자두(獅子頭)"와 같이 요리마다 신기한 이름이 붙여져 있었다. 식사가 끝나고 식당의 지배인이 문 밖까지 나와서 우리를 배웅하는 동안 농민들은 우리를 물끄러미 바라보았다.

　박물관으로 가는 동안 우리 차는 내가 다니는 학교의 동급생들이 타고 있는 덮개가 없는 트럭을 추월했다. 내 친구들도 분명히 계급 교육 박물관을 견학하러 가고 있었다. 트럭의 적재함에는 아는 선생 한 분이 서 있었다. 그 여선생은 나를 보고 미소를 지었지만, 운전기사가 모는 승용차에 타고 있는 나와 이른 봄의 차가운 날씨 속에서 울퉁불퉁한 도로를 달리는 덮개 없는 트럭에 타고 있는 여선생과 친구들 사이의 차이를 생각하자 미안한 마음이 들면서 내 몸은 왠지 움츠러들었다. 막내 남동생을 무릎 위에 앉히고 아버지는 앞좌석에 앉아 있었다. 아버지는 여선생을 알아보고는 미소를 보냈다. 아버지가 내게 뭔가를 말하려고 뒤돌아봤을 때, 완전히 움츠러든 내 몸은 보이지도 않았을 것이다. 아버지는 환하게 웃으면서 나의 그런 태도가 바로 좋은 점이라고 말했다. 아버지는 특권을 과시하기보다는 미안하게 느끼는 마음이 소중한 것이라고 말했다.

　박물관의 전시물은 상상을 초월했다. 경작할 토지가 없는 농민들에게 지주가 살인적인 소작료를 내라고 윽박지르는 장면이 실물 크기의 인형으로 묘사되어 있었다. 한 장면은 지주가 농민들로부터 곡물을 징수하는 모습과 그것을 엄청난 고리(高利)에 농민들에게 빌려주는 모습 두 가지를 재현하고 있었다. 고문실과 더러운 물속에 잠겨 있는 쇠 우리가 있는 지하 감옥도 보여주었다. 쇠 우리는 너무 낮아서 사람이 똑바로 서 있을 수도 없었고, 또한 너무 좁아서 앉아 있을 수도 없을 정도로 매우 작았다. 지주들은 이런 쇠 우리를 이용하여 소작료를 지불하지 못하는 농민들을 처벌했다는 설명을 들었다. 한 전시실은 지주에게 젖을 먹여준 세 명의 유모가 사용하던 방을 보여주었다. 지주의 다섯 번째 첩은 하루에 30마리의 오리를 먹었다고 하는데, 그것도 몸통고기는 먹지 않고, 최고의 맛이라고 알려진 오리발만을 먹었다고 한다.

그러나 이런 비인간적인 지주의 남동생이 1949년 국민당의 수중에 있던 청두를 인민해방군에 저항하지 않고 넘겨준 데 대한 보상으로 지금은 베이징에 있는 중앙정부의 고위직에 있다는 사실은 우리에게 일절 설명해주지 않았다. 박물관에서 "사람의 생명을 빼앗던 국민당 시절"에 관하여 설명을 듣는 동안 우리는 시종 "마오쩌둥 주석에게 감사해야 한다"는 말을 수없이 들었다.

마오쩌둥 숭배는 인민들의 불행했던 과거에 대한 기억을 되살리는 동시에 인민의 마음을 조작하는 방식을 통해서 더한층 강력하게 전파되었다. "계급의 적들은 중국을 국민당 시절로 되돌려놓기를 원하는 악질분자들이다. 만약 그들의 뜻대로 세상이 변한다면 우리 어린이들은 학교, 겨울 신발, 식량 모든 것을 잃게 될 것이다. 그러므로 우리는 계급의 적들을 타도해야 한다"는 것이 우리 어린이들에게 주는 교훈이었다. 중국이 "곤란에 처한 시기"(정부는 대기근을 이렇게 완곡하게 표현했다)를 이용하여 장제스는 1962년에 본토 탈환을 위한 공격을 개시했다는 말도 들었다.

이런 모든 이야기와 활동에도 불구하고 계급의 적들이라는 개념은 나뿐만 아니라 내 또래 어린이들 대부분에게는 추상적이고 비현실적인 그림자 같은 존재로 남아 있었다. 그들은 멀고 먼 과거의 이야기였다. 게다가 마오쩌둥은 어린이들에게 계급의 적들을 일상생활에서의 구체적인 형태로 전달할 수가 없었다. 역설적이기는 하지만, 그렇게 된 한 가지 이유는 마오쩌둥 자신이 과거를 너무나 철저하게 불식시켜버렸기 때문이었다. 그렇지만 계급의 적들이 다시 나타날 수도 있다는 생각이 내 의식 속에 자리잡았다.

동시에 마오쩌둥은 자신을 신격화하기 위한 포석을 착실하게 깔아나가고 있었다. 나 자신을 포함한 청소년 세대는 마오쩌둥의 노골적이면서도 교활한 세뇌 작업에 빠져들었다. 그것은 부분적으로는 마오쩌둥이 교묘하게도 도덕적으로 유리한 위치를 차지할 수 있었기 때문에 성공할 수 있었다. 인민에게는 충성이라는 이름을 빌려

계급의 적들을 철저하게 분쇄하도록 요구하는 한편으로, 자신에 대한 전면적인 복종이야말로 무사무욕(無私無欲)의 애국적인 자세라고 기만적으로 호소했다. 이런 주장의 뒷면을 파악하기란 힘든 일이었으며, 특히 성인층으로부터 어떤 대안도 나오지 않는 상황에서 마오쩌둥의 저의를 간파한다는 것은 거의 불가능에 가까운 일이었다. 실제로 성인들은 마오쩌둥에 대한 개인숭배를 적극적으로 지지하는 모습을 보였다.

중국 인민들은 2,000년 동안이나 정치적 권력과 정신적 권위가 한 사람에게 집중되는 황제를 추대해왔다. 세계의 다른 지역 사람들이 신에 대해서 가지는 종교적 감정을 중국인들은 항상 황제에 대해서 품고 있었다. 부모님도 수억 명의 중국인들과 마찬가지로 이런 정신적인 전통에서 벗어날 수가 없었다.

마오쩌둥은 자신의 주위를 비밀로 감쌈으로써 자신을 더욱 신과 같은 존재로 만들었다. 그는 항상 인간이 접근할 수 없는 멀리 떨어진 존재로 느껴졌다. 텔레비전이 없었던 시대에 그는 라디오마저 멀리했다. 측근들을 제외하고는 그와 조금이라도 접촉해본 사람은 아무도 없었다. 최고 상층부에 있는 그의 동료들마저도 공식적인 자리에서만 그를 만나볼 수 있었다. 옌안 시대 이후에 아버지는 마오쩌둥의 모습을 불과 서너 차례만 볼 수 있었으며, 그것도 대규모 집회에 참석하여 멀리서 바라본 것이 고작이었다. 어머니는 마오쩌둥이 1958년에 청두를 방문하여 함께 단체 사진을 찍기 위해서 18급 이상의 공무원들을 소집했을 때에야 그를 한 차례 볼 수 있었다. 대약진운동이 실패로 끝난 후 마오쩌둥은 공식석상에 전혀 모습을 드러내지 않았다.

황제 마오쩌둥의 탄생 과정은 전국에서 봉기한 농민의 지도자가 부패한 왕조를 타도한 다음, 그 지도자가 현명한 새로운 황제가 되어 절대적인 권력을 행사한다는 중국 역사에서 찾아볼 수 있는 몇 가지 권력찬탈 패턴 중의 하나에 부합했다. 그리고 어떤 의미에서는 마오쩌둥이 자신의 신격화된 황제의 지위를 애써 획득한 것이라고 말할 수도 있었다. 국공 내전에 종지부를 찍고 중국인들이 항상 열망하던 평화와 안정을 가져온 것은 마오쩌둥의 공이었다. 평화와 안정을 희구한 나머지 중국인들은 "평화로운 시대에 개로 사는 것이 전란 시대에 인간으로 사는 것보다 낫다"고까지 말하기도 했다. 중국이 국제사회에서 무시할 수 없는 강국이 된 것도 마오쩌둥의 치적이었다. 이제야 많은 중국인들은 자신들이 중국인이라는 사실을 수치스럽게 여기지 않았다. 이런 점은 당시의 중국인들에게는 엄청난 의미를 지니는 사태의 발전이었다. 그러나 현실에서 마오쩌둥의 정치는 중국을 과거 중화제국의 시대로 역행시키는 것이었는데, 이는 미국의 정책이 중국을 세계로부터 고립시키는 방향으로 진행되었기 때문이었다. 마오쩌둥은 국민의 눈을 외부세계로부터 차단함으로써 중국인들의 자신감과 우월감을 회복시킬 수 있었다. 그러나 중국인들에게는 국가적 위신이 매우 중요했으므로 대다수의 인민들은 마오쩌둥에게 진정으로 감사하는 마음을 가졌다. 또한 마오쩌둥에 대한 개인숭배를 불쾌하게 생각하지 않았는데, 이런 현상은 초기에는 더욱 분명했다. 국민들이 정보에 접근하기는 거의 완전히 불가능했고, 정부가 조작된 정보를 조직적으로 유포함으로써 거의 모든 중국인들은 마오쩌둥 정책의 성공과 실패를 판단할 방법이 없었으며, 또한 공산당 정치가 달성한 성과에서 마오쩌둥의 공적과 여타 지도자들의 공적을 구별할 수 있는 방법도 없었다.

마오쩌둥 숭배를 구축하는 과정에서 공포감이 없었던 것은 아니었다. 부지불식간에 자신의 생각을 밝혔던 많은 사람들이 생각조차할 수 없었던 나락으로 추락했다. 가슴속에 이단적인 생각을 품고있는 부모의 생각을 알게 된 자식들이 다른 집 아이들에게 그것을 누설이라도 하는 날에는 부모와 자식 모두에게 재앙이 닥칠 수 있었다. "레이펑 동지로부터 배우자"는 운동이 전개되는 동안에 충성의 대상은 오직 마오쩌둥 주석뿐이라는 사고방식이 어린이들의 머릿속에 주입되었다. 당시의 한 노래 가사는 다음과 같았다. "아버지도 가깝고 어머니도 가깝지만 마오쩌둥 주석만큼 가깝지는 않답니다 〔爹親娘親不如毛主席親〕." 우리는 자신의 부모까지도 포함한 어느 누구라도 마오쩌둥 주석에게 전적인 충성을 약속하지 않은 사람은 우리의 적으로 생각하도록 훈련을 받았다. 이런 분위기 속에서 많은 부모들이 자식을 체제 순응파로 키웠다. 왜냐하면 그래야만 자식의 장래가 안전할 수 있었기 때문이었다.

자가 검열로 기본적인 정보마저도 단절되었다. 나는 외할머니의 친척들 중 한 사람인 위린의 소식을 들어본 적이 없었다. 그뿐만이 아니라 어머니가 1955년에 구금당했다는 소식이나 대기근이 있었다는 사실도 듣지 못했다. 요컨대 부모님은 체제나 마오쩌둥에 대해서 의문을 품을 수 있는 정보는 자식들에게 들려주지 않았다. 다시 말해서 부모님도 중국의 모든 부모들과 마찬가지로 정부의 선전 내용과 배치되는 이야기는 자식들에게 전혀 말해주지 않았던 것이다.

1965년을 맞이하는 나의 신년 결의는 "외할머니의 말씀을 잘 듣자"는 것이었다. 이것은 착한 아이가 되자고 다짐하는 중국의 전통적인 방식이었다. 그러나 이런 나의 결심에 대해서 아버지는 고개를 흔들었다. "그렇게 말하면 안 되는 거야. '마오쩌둥 주석에게 복종하는 사람이 되겠다'고만 말해야 한다." 그해 3월에 내 13번째 생일이 되자 아버지는 내게 평소와 같이 공상과학소설을 선물하는 대신에 마오쩌둥의 4대 저작이 담긴 책을 선물로 주었다.

나에게 정부의 선전과 배치되는 이야기를 해준 단 한 사람의 어른은 바로 덩샤오핑의 계모였다. 덩샤오핑의 계모는 쓰촨 성 정부에서 근무하는 딸과 함께 우리 아파트 옆동에서 얼마 동안 산 적이 있었다. 덩 할머니는 어린이들을 좋아했으므로 나는 항상 할머니의 아파트를 드나들었다. 내가 친구들과 함께 식당에서 장아찌를 몰래 가지고 나왔거나, 단지 내 정원에서 참외꽃이나 약초를 꺾었을 경우에는 집에 가지고 가면 야단맞을 것이 뻔했으므로, 그럴 때는 덩 할머니의 아파트로 가지고 갔는데, 할머니는 그것을 물로 씻어서 프라이를 해주었다. 우리들에게는 뭔가 불법적인 것을 먹는다는 사실이 더욱 재미있었다. 덩 할머니는 당시에 대략 일흔 살 정도로, 발이 작고 인자하고 부드러운 성격이었으나 얼굴만은 강인한 인상을 주었으며, 나이보다 훨씬 젊어보였다. 덩 할머니는 항상 자신이 손수 만든 회색 무명 상의를 입고 검은색 무명 신발을 신었다. 덩 할머니는 매우 여유로웠으며, 우리들을 자신과 똑같은 사람처럼 대해주었다. 나는 덩 할머니와 주방에 앉아서 이야기 나누는 것을 좋아했다. 한번은 내가 열세 살쯤 되었을 때 어떤 종류의 쓰디쓴 이야기도 할 수 있다는 "소고회(訴苦會)" 시간에 들은 이야기로 화가 난 나머지 하굣길에 곧장 덩 할머니를 보러 갔다. 당시 나는 국민당 시절에 살아야 했던 사람들을 불쌍하게 생각하는 마음이 강했던 나머지 덩 할머니에게 이렇게 물었다. "덩 할머니, 할머니가 악랄한 국민당의 억압을 견뎌냈다니 용하군요! 국민당 군대의 약탈이 심했다면서요? 게다가 피를 빨아먹는 지주들까지! 그들이 할머니에게 어떻게 했어요?" "글쎄다, 그들이라고 모두 약탈하지는 않았다……. 그리고 그들이 반드시 악당이라고 생각지는 않는다……." 덩 할머니의 대답은 나에게는 폭탄과도 같았다. 너무나 충격을 받은 나머지 나는 덩 할머니의 말을 어느 누구에게도 전하지 않았다.

당시에는 어느 누구도 마오쩌둥 숭배와 계급투쟁을 강조하는 것이 류사오치 국가주석과 덩샤오핑 당 총서기를 타도하려는 마오쩌둥의 책략의 일부라고는 전혀 생각지 못했다. 대기근 이후로 류사오치와 덩샤오핑 두 사람은 경제와 사회의 자유화 정책을 추진하고 있었으므로 마오쩌둥은 두 사람을 못마땅해했다. 마오쩌둥이 볼 때 그 두 사람의 접근방식은 사회주의보다는 자본주의 색채가 농후했다. 자신이 선택했던 "올바른" 정책은 대실패로 끝난 반면에, 자신이 "자본주의 노선"이라고 불렀던 그 두 사람이 추진 중인 정책은 성공적인 것으로 드러나고 있어서 무척 화가 났다. 그러나 그들의 정책이 현재 성공을 거두고 있는 이상 마오쩌둥으로서도 그것을 인정하고 당분간 방임하지 않을 수 없었다. 그러나 국가의 경제가 정상화되어 마오쩌둥 사상의 실험을 감당할 수 있는 국력이 비축되고, 또한 당내의 강력한 정적들을 추방할 수 있는 세력이 확보되었을 때는 자신의 정치적 실권을 되찾을 생각이었다.

마오쩌둥에게는 평온한 진보란 숨 막히는 것이었다. 잠시도 쉴 줄을 모르는 군사 지도자이자 전장의 시인인 마오쩌둥은 행동을, 그것도 과격한 행동을 필요로 했다. 사회의 발전을 위해서는 인간들 사이의 영원한 투쟁이 필요하다고 마오쩌둥은 생각했다. 투쟁보다는 조화를 모색하는 현재와 같은 공산당의 자세는 너무나 타협적이고 유화적이므로 자신의 성미와는 맞지 않는다고 생각했다. 1959년 이래로 인민들이 서로 투쟁하는 정치운동이 한 번도 실시되지 않았다!

마오쩌둥의 심기는 몹시 쓰라렸다. 류사오치와 덩샤오핑이 자신이 무능력함을 보여줌으로써 마오쩌둥은 수치심을 느꼈다. 복수를 해야 했지만 자신의 정적들이 광범위한 지지를 얻고 있었다. 따라서 마오쩌둥은 자신의 권위를 크게 확장시켜야 한다고 생각했다. 이를 달성하기 위해서는 자기 자신이 신격화될 필요가 있었다.

경제가 회복되는 동안 마오쩌둥은 시기를 기다리고 있었다. 그러나 경제가 개선되면서, 특히 1964년 이후 경제가 활황 국면을 보이자, 마오쩌둥은 정적들과 한판 대결을 벌일 준비에 들어갔다. 1960년대 초의 비교적 자유로운 분위기는 차츰 소멸되기 시작했다.

주말마다 단지에서 열리던 댄스파티도 1964년에 들어서자 폐지되었다. 홍콩 영화도 마찬가지로 자취를 감추었다. 어머니의 웨이브가 있던 파마 머리도 짧고 곧은 단발머리로 바뀌었다. 더 이상 화려하거나 체형을 살린 블라우스와 재킷도 입을 수가 없었다. 단조로운 색깔의 천으로 만든 옷은 마치 튜브 같은 모양이었다. 내 눈에는 어머니가 예전과 같은 스커트를 입지 못하게 된 것이 섭섭했다. 불과 얼마 전까지만 해도 어머니가 자전거에서 내릴 때면 푸른색과 흰색이 섞인 체크무늬 스커트가 덮인 다리를 우아하게 들어올리던 모습을 보았던 기억이 났다. 당시 나는 아파트 단지 밖 길거리의 공터에 서 있는 표면에 반점이 있는 플라타너스 나무에 몸을 기댄 채 어머니가 돌아오기를 기다리고 있었다. 자전거를 탄 어머니가 나에게 다가올 때면 스커트가 바람결에 펄럭거렸다. 여름날 저녁이면 대나무로 만든 유모차에 막내 남동생 샤오팡을 태우고 길거리로 나가서 어머니가 돌아오기를 기다렸다.

이제는 50대 중반이 된 외할머니는 어머니보다도 더욱 여자 맵시가 났다. 비록 외할머니의 상의는 여전히 전통적인 스타일이었고 전체가 연회색 한 가지로만 만들어져 색상은 단조로웠지만, 길고 숱이 많은 검은 머리만큼은 특별히 세심하게 관리했다. 공산당 치하에서도 변하지 않은 중국의 전통에 따르자면 서른 살이 넘은 중년 여성은 머리카락이 어깨에 닿아서는 안 되었다. 외할머니는 머리카락을 뒤에서 묶어 단정하게 쪽을 찌었는데, 거기에 언제나 꽃을 꽂았다. 때로는 아이보리 색깔의 목련꽃 두 송이를, 때로는 두 개의 짙은 녹색 이파리가 받쳐주는 흰색 재스민 한 송이를 쪽머리에 꽂음으로써 윤기가 흐르는 머리카락이 더욱 돋보이게 만들었다. 외할머니는 시판되는 샴푸는 머리카락을 거칠고 건조하게 만든다는 이유로 절대로 사용하지 않는 대신에 쥐엄나무 열매를 삶은 다음 거기서 나오는 액체를 사용했다. 그 열매를 손으로 문질러 향기가 나는 거품을 만든 후 검은 머리채를 흰색의 윤기가 도는 액체 속에 담갔다. 머리 감기가 끝난 다음에는 포멜로 씨앗 기름에 나무빗을 적셔서 빗이 머리카락 사이를 부드럽게 통과할 뿐만 아니라 머리카락에서 약간의 향기가 나도록 했다. 시중에서 향수가 사라진 다음부터 외할머니가 물푸레나무의 꽃으로 직접 만든 향수를 머리에 바르는 것으로 머리 손질은 끝났다. 나는 지금도 외할머니가 머리 빗던 모습을 기억하고 있다. 외할머니는 머리 손질만큼은 시간을 들여서 천천히 했지만, 그 밖의 모든 일은 매우 민첩하게 처리했다. 또한 외할머니는 검은 목탄 연필로 눈썹도 약하게 그렸고, 콧등에도 약간의 분을 발랐다. 눈가에 웃음을 지으면서 특별히 신경을 기울여 거울을 들여다보는 모습을 볼 때면 화장을 하는 시간이야말로 외할머니에게는 가장 즐거운 시간임이 틀림없다는 생각이 들었다.

나는 아기 때부터 외할머니의 화장하는 모습을 보아왔으면서도 거울 앞에 앉은 외할머니를 볼 때면 때로는 묘한 느낌이 들기도 했다. 책이나 영화 속에서는 혼자서 화장을 하는 여성들은 예외 없이 첩과 같은 사악한 인물들이었다. 사랑하는 외할머니가 옛날에 첩이었음을 어렴풋이 알고는 있었지만, 살아가면서 생각과 현실이 일치하는 것만은 아니라는 것을 알게 되면서부터 그 두 가지를 구분하는 데 익숙해졌다. 외할머니와 함께 쇼핑하러 나가기 시작하면서 나는 외할머니가 아무리 조심스럽게 하더라도 화장하는 방식과 머리의 꽃 장식에서 여느 사람들과 다르다는 것을 깨닫게 되었다. 주위 사람들도 외할머니의 그런 차이점을 알아챘다. 그렇더라도 외할머니는 그런 것에 개의치 않고 등을 꼿꼿이 편 채 품위 있게 걸어갔다.

고급 관리들만이 살 수 있는 아파트 단지에 살았기 때문에 외할머니는 주위 사람들의 시선쯤은 무시할 수 있었다. 그러나 외할머니가 만약 단지 밖의 일반인들 거주구역에서 살았더라면 무직으로 소속 직장이 없는 사람들을 감독하는 주민위원회의 관리 대상이 되었을 것이다. 주민위원회는 일반적으로 은퇴한 남성과 나이 많은 가정주부들로 구성되는데, 일부 주민위원회는 다른 사람들의 일에 참견하고 권력을 휘둘렀기 때문에 평판이 좋지 않았다. 외할머니가 이런 종류의 주민위원회에 속했더라면 음으로 양으로 비난의 대상이 되었을 것이다. 그러나 우리가 살고 있는 아파트 단지 내에는 그런 주민위원회가 없었다. 외할머니는 1주일에 한 번씩 단지 내에 살고 있는 다른 당원들의 장인장모나 가정부 또는 유모와 같은 동거인들과 함께 당의 정책선전 집회에 참석해야 했지만 외할머니에게 참석을 강요하는 사람은 아무도 없었다. 그렇더라도 그런 집회에서는 다른 여성들과 이야기를 주고받을 기회가 많았기 때문에 외할머니는 집회에 참석하는 것을 즐겼으며, 돌아올 때에는 언제나 집회에서 얻어들을 수 있었던 최근의 가십거리 때문에 희희낙락한 표정이었다.

1964년 가을에 중학교에 진학한 다음부터 내 인생은 더욱더 정치의 영향을 받았다. 입학식 날 우리는 "이 학교에 입학하게 된 것을 마오쩌둥 주석께 감사해야 한다. 왜냐하면 금년도부터 입학시험의 합격 기준으로 마오쩌둥 주석이 제창한 '계급노선'을 적용하고 그 결과에 따라 입학을 허가했다"는 훈시를 들었다. 마오쩌둥은 대학교를 포함한 각급 학교들이 부르주아 출신의 자녀들을 너무나 많이 합격시켰다고 비난하고 앞으로는 출신호(出身好), 즉 출신이 좋은 집의 자녀들을 우선적으로 입학시키도록 지시했다. 출신호란 부모, 특히 아버지가 노동자, 농민, 군인 또는 당원을 의미하는 것이었다. 이런 "계급노선"을 사회 전체에 적용한다는 것은 개개인의 운명이 어떤 가정에서 태어나느냐 하는 우연에 의해서 결정됨을 말했다.

그러나 출신 가정을 분류하는 일은 종종 단순한 일이 아니었다. 현재는 노동자이더라도 과거에는 국민당 밑에서 일했을 수도 있었다. 사무원은 어떤 부류에도 속하지 않았다. 지식인은 "출신 불량" 인물이지만, 만약 그가 당원일 경우에는 어떻게 할 것인가? 그런 부모를 둔 자녀들은 어떻게 분류할 것인가? 많은 입학시험 담당관들은 안전책을 택하기로 결정했다. 다시 말해서 당원의 자녀를 우선적으로 입학시키는 것이었다. 그 결과 우리 반은 절반이 당원의 자녀들이었다.

내가 입학한 제4중학교는 쓰촨 성 최고의 중점학교로서, 쓰촨 성 전체적으로 실시된 연합 입학시험에서 최고의 점수를 얻은 학생들만을 받아들였다. 전년도에는 입학 여부가 순전히 시험 점수에 의해서 결정되었다. 그러나 내가 입학한 금년부터는 입시 성적과 출신 가정의 배경이 똑같이 중요했다.

두 과목의 시험에서 나는 수학에서는 100점 만점을, 그리고 국어에서는 이례적으로 100점 만점 "플러스"를 받았다. 아버지의 후광에 의존해서는 안 된다는 것이 아버지가 항상 내게 주는 교훈이었으며, 나 자신도 "계급노선"이 입학에 도움이 되었다는 사실이 싫었다. 그러나 곧 그런 문제는 더 이상 생각하지 않기로 했다. 그런 제도를 마오쩌둥 주석이 지시한 것이라면 그것은 분명히 좋은 제도일 것이다.

"고급 간부의 자녀들"이 그들만의 특별 계층을 형성하게 된 것도 이 무렵이었다. 그들은 자신들의 배후에는 어느 누구도 손댈 수 없는 강력한 권력이 있음을 드러내는 엘리트 집단을 형성했다. 많은 고급 간부들의 자녀들이 이제는 어느 때보다 더욱 오만방자하게 행동하자, 마오쩌둥을 비롯한 많은 당 지도자들이 항상 그들의 태도에 우려를 표시했다. 신문에서도 고급 간부의 자녀들을 비판하는 기사를 실었다. 그러나 이런 우려와 신문기사마저도 그들에게 엘리트 의식을 조장하는 결과를 가져왔다.

아버지는 이런 풍조에 오염되지 말고 다른 고급 간부들의 자녀들과 집단을 형성하지도 말 것을 우리들에게 자주 경고했다. 배경이 다른 집안 출신의 자녀들과 어울리지 않다 보니 결과적으로 나에게는 친구가 별로 없었다. 그들과 접촉해본 결과 우리 학생들은 출신 가정만을 의식할 뿐 공통의 체험이 없었기 때문에 우정이 생겨날 수 없었다.

중학교에 입학하자 두 명의 교사가 부모님을 방문하여 내게 어떤 외국어를 배우도록 할 것인지를 물었다. 부모님은 영어와 러시아 어 중 영어를 선택했다. 교사들은 또한 내가 1학년 때 물리와 화학 중 어느 것을 선택할 것인지도 물었다. 부모님은 그 문제는 학교에 맡기겠다고 말했다.

나는 등교 첫날부터 학교가 마음에 들었다. 돌계단 위에 세워진데다 6개의 붉은 나무기둥이 받쳐주고 있는 웅장한 정문은 넓은 청기와 지붕에 조각 장식이 붙은 처마로 이루어져 화려한 분위기를 풍겼다. 좌우대칭으로 심어져 있는 짙은 녹색의 노송나무는 정문의 장엄한 분위기를 한층 고조시켰다.

제4중학교는 기원전 141년에 설립된 학교였다. 지방정부가 세운 학교로서는 중국에서 가장 오래된 학교였다. 부지의 중앙에는 당초 공자 사당으로 건립되었던 훌륭한 사찰이 있었다. 사찰 건물의 보존 상태는 양호했으나 더 이상 사찰로 사용되지는 않았다. 사찰 내부에는 큰 기둥들 사이로 6개의 탁구대가 놓여 있었다. 조각무늬가 새겨진 문을 지나 긴 계단을 내려서면 사찰과 연결되는 드넓은 마당이 있었다. 학교 부지의 한쪽 끝에 있는 작은 개천 옆에 2층짜리 학교 건물이 세워져 있었다. 개천 위에는 3개의 작은 아치형 다리가 놓여 있었고, 사암으로 만들어진 다리의 모서리 위에는 사자와 그 밖의 동물들을 조각한 작은 석상이 놓여 있었다. 다리 너머에는 복숭아나무와 버짐나무들로 둘러싸인 아름다운 정원이 있었다. 사찰 정면의 계단 아래에는 좌우에 각각 하나씩 두 개의 대형 청동 향로가 놓여 있었다. 그러나 옛날과는 달리 이제는 향로에서 피어오르는 푸른 색깔의 연기를 볼 수 없었다. 사찰 주위의 마당은 농구 코트와 배구 코트로 바뀌었다. 그 바깥쪽에는 두 개의 잔디밭이 있어 봄이면 점심 식사 후의 쉬는 시간에 잔디에 앉거나 누워서 따스한 햇볕을 즐겼다. 사찰 뒤에도 잔디밭이 있었고, 그 너머에는 각종 나무와 덩굴식물, 그리고 들풀이 무성한 야트막한 언덕 밑에 커다란 과수원이 있었다.

학교 내에 산재해 있는 여러 실험실에서 우리는 생물과 화학을 공부했으며, 현미경 사용법을 배웠고 죽은 동물을 해부해보기도 했다. 계단 교실에서는 교육용 영화를 보았다. 나는 방과 후 특별활동으로 생물부에 들었다. 선생과 함께 학교 주변을 다니며 각종 식물의 이름과 특징을 배웠다. 보온장치가 되어 있는 부화기에서는 개구리 알과 오리 알이 부화되는 과정을 관찰할 수 있었다. 복숭아나무가 많았기 때문에 봄이면 학교 전체가 온통 분홍빛 세상이 되었다. 그러나 내가 가장 좋아하는 곳은 전통적인 중국식 건축 양식으로 세워진 2층 건물의 도서관이었다. 도서관 건물은 1층과 2층 모두 주랑(柱廊)으로 둘러싸여 있었으며, 그 바깥쪽으로 페인트가 멋지게 칠해진 날개 모양의 수많은 의자들이 열을 지어놓여 있었다. 나는 비래의(飛來椅)라고 부르는 이들 "날개 의자"들 사이에서 마음에 드는 구석에 앉아 오랜 시간 동안 책을 읽었다. 가끔씩은 팔을 위로 뻗어 기지개를 켜면서 쓰촨 성에서는 희귀한 나무인 은행나무의 부채처럼 생긴 잎사귀를 만져보기도 했다. 도서관 현관 밖에는 우아한 모습으로 높게 자란 은행나무가 두 그루 있었다. 책벌레처럼 독서에 열중하던 내가 가끔씩 시선을 던지게 되는 곳이 바로 은행나무였다.

나는 지금까지도 선생들에 대한 기억이 생생하다. 선생들은 한마디로 우수한 교사들이었다. 대부분의 선생들이 1급 또는 특급 교사들이었다. 수업을 듣는 동안은 참으로 즐거운 시간이었으며, 다음 수업이 기다려질 정도였다.

그러나 학교생활에 정치 바람이 더욱더 세차게 불어왔다. 점차로 조회시간이 마오쩌둥의 가르침을 학습하는 자리가 되었고, 그것도 모자라 당의 간행물을 읽어야 하는 특별 수업시간이 신설되었다. 국어 교과서에는 고전 문학작품들이 감소하는 반면에 당의 선전문이 증가했으며, 마오쩌둥의 저서를 학습하는 정치과목이 교과의 일부가 되었다.

거의 모든 활동이 정치적 의미를 지니게 되었다. 어느 날 아침 조회시간에 우리들이 앞으로는 눈운동을 할 것이라고 발표했다. 마오쩌둥 주석이 안경을 낀 학생들이 너무 많다고 지적했는데, 그는 이런 현상이 공부를 지나치게 해서 눈을 상했기 때문이라고 진단했다는 것이다. 마오쩌둥 주석은 이런 문제에 대해서 어떤 조치를 취하도록 지시했다. 우리 모두는 마오쩌둥 주석의 마음씨에 감격했다. 일부 학생들은 감사의 눈물을 흘리기까지 했다. 마침내 우리는 매일 아침마다 15분간씩 눈 보건체조를 하기 시작했다. 의사들이 고안한 방법에 따라 음악에 맞추어 안구를 움직였다. 그리고는 눈 주위의 여러 곳을 마사지한 후 모두들 창 밖의 포플러와 버드나무를 바라보았다. 나무의 푸른 잎들이 눈의 휴식에 좋다는 것이었다. 나는 안구 체조를 하고 푸른 나뭇잎들을 바라볼 때마다 마오쩌둥 주석을 생각하고 그에 대한 충성을 다짐했다.

학생들이 반복적으로 교육받는 것으로는 중국이 "색깔을 바꾸어서는 안 된다"는 말도 있었다. 그것은 공산주의를 버리고 자본주의로의 방향 전환을 허용해서는 안 된다는 것이었다. 처음에는 국민들이 알지 못했던 중국과 소련의 대립이 1963년 초에 일제히 선전을 통해서 알려졌다. 1953년에 스탈린이 죽고 흐루시초프가 권력을 잡은 이래로 소련은 세계의 자본주의 국가들에게 굴복했으며, 소련의 어린이들은 국민당 시절의 중국 어린이들처럼 다시 굶주리고 고통받게 되었다고 우리들에게 가르쳤다. 소련이 택한 길을 따라가서는 절대로 안 된다는 말을 하도 여러 번 들어서 귀에 못이 박힐 정도가 된 어느 날 정치 담당 선생은 이렇게 말했다. "여러분들이 조심하지 않으면 우리 중국은 점차로 색이 바뀔 것입니다. 처음에는 진홍색에서 엷은 홍색으로, 그다음에는 회색으로 변했다가 마침내는 검은색이 되고 말 것입니다." 쓰촨 지방말로 "엷은 홍색"을 뜻하는 이홍(二紅)의 발음 얼훙은 정확하게 내 이름 얼훙(二鴻)과 똑같았기 때문에 학급 친구들은 나를 곁눈질하면서 낄낄거리며 웃었다. 나는 즉시 내 이름을 버려야겠다고 생각했다. 그날 저녁 나는 아버지에게 다른 이름을 지어달라고 간청했다. 그러자 아버지는 장(章)이라는 이름을 제안했다. 그 이름은 "문장(文章)"이라는 의미와 함께 "일찍 자신의 역량을 발휘한다"는 의미도 지니고 있어 젊은 나이에 좋은 작가가 되라는 아버지의 염원이 담겨 있기도 했다. 그러나 그 이름이 마음에 들지 않았던 나는 아버지에게 "보다 용맹스런 느낌이 드는 이름"을 원한다고 말했다. 많은 친구들이 이미 "군(軍)"자나 "병(兵)"자를 포함하는 이름으로 바꾸었다. 고전에 조예가 깊었던 아버지는 결국 융(戎)자를 나의 새 이름으로 선택했다. 새 이름 "융"자는 "싸울 전(戰)"이라는 의미를 가지는 매우 오래되고 난해한 글자로서 고전 시나 고풍스런 문장에서 드물게 찾아볼 수 있는 글자였다. 그 글자는 번쩍이는 갑옷을 입고 크게 울음소리를 내는 준마에 올라탄 무사들이 술 장식이 달린 창을 들고서 싸움을 벌이는 옛날의 전투 장면을 연상시켰다. 학교에 가서 새 이름을 밝히자 일부 선생님들조차도 "융(戎)"자를 읽지 못했다.

이런 시기 내내 마오쩌둥은 "레이펑 동지로부터 배우라"던 것에서 방향을 바꾸어 이제는 "군(軍)으로부터 배우라"고 온 국민에게 호소했다. 1959년에 펑더화이 원수의 뒤를 이어 국방부장이 된 린뱌오의 지휘 아래 군은 마오쩌둥 숭배의 선구자가 되었다. 마오쩌둥은 인민의 획일화, 조직화를 더한층 강력하게 추진하기를 원했다. 마오쩌둥은 이 시기에 전국의 여성들에게 "홍장(紅裝, 멋쟁이 옷)을 벗어던지고 군복을 입을 것〔不愛紅裝愛武裝〕"을 촉구하는 유명한 시를 발표했다. 학교에서는 "미국은 중국을 침략하여 국민당 정부를 복귀시킬 기회를 엿보고 있다. 미국의 침략을 격퇴하기 위해서 일찍이 레이펑은 밤낮으로 훈련하여 자신의 허약한 몸을 극복하고 수류탄 투척의 챔피언이 되었다"고 학생들을 가르쳤다. 갑자기 체력단련이 중시되었다. 체육시간이면 누구나 달리기, 수영, 높이뛰기, 평행봉, 투포환, 목제 수류탄 투척을 해야 했다. 주당 2시간의 체육시간 외에 방과 후에는 45분 동안 의무적으로 체육활동을 해야 했다.

체육에 소질이 없던 나는 테니스를 제외한 그런 운동이 싫었다. 과거에는 체육을 못 하는 것이 문제가 되지 않았다. 그러나 이제는 "조국 방위를 위해서 강력한 육체를 만들자"는 구호들과 함께 체육이 정치적인 의미까지 함축하게 되었다. 불행히도 나의 체육 혐오증은 이런 강제성으로 인해서 더욱 굳어졌다. 수영 연습을 할 때면 언제나 출렁거리는 강물 속에 있는 나를 미군들이 제방까지 추격해오는 장면을 머릿속으로 상상해보았다. 수영을 할 줄 몰랐으므로 나로서는 물에 빠져 익사하거나 아니면 미군들에게 붙잡혀 고문을 당하는 수밖에 없었다. 이런 공포심 때문에 물에 들어가면 자주 근육에 쥐가 났으며, 한번은 내가 수영장에서 익사할 것이라는 생각이 들기도 했다. 여름철이면 매주 수영을 강제적으로 시켰지만 나는 중국에 사는 동안 끝내 수영을 배우지 못했다.

목제 수류탄 투척도 당연히 중요시되었다. 나는 이 종목에서 항상 학급의 맨 꼴찌였다. 연습용 목제 수류탄을 불과 2, 3미터 던지는 것이 고작이었다. 그러자 미제국주의자들과 싸우겠다는 내 의지를 학급 친구들이 의심할 것이라는 생각이 들기도 했다. 한번은 매주 열리는 정치집회에서 한 친구는 내가 변함없이 수류탄 투척에 실패하는 것을 지적했다. 그 순간 나는 학급 친구들의 모든 시선이 바늘처럼 내게 꽂히면서 "너는 미국의 추종자다!"라고 외치는 것 같은 느낌이 들었다. 다음 날 아침 나는 운동장 한구석으로 가서 양손에 벽돌을 한 개씩 든 채로 두 손을 죽 뻗었다. 내가 암기하고 있는 레이펑의 일기책에 따르면, 그는 이런 방법으로 수류탄을 투척하는 근육을 강화했다고 했다. 이렇게 며칠 동안 무리하게 연습을 했더니 두 어깨가 벌겋게 부어올라 하는 수 없이 포기하고 말았다. 그 후로는 목제 수류탄을 손에 쥘 때마다 너무나 긴장한 나머지 어깨가 걷잡을 수 없이 떨려왔다.

1965년의 어느 날, 갑자기 전부 밖에 나가서 모든 잔디를 뽑아버리라는 지시가 우리들에게 떨어졌다. 잔디, 화초, 애완동물을 좋아하는 것은 부르주아적 관습이므로 제거되어야 한다는 것이 마오쩌둥의 지시였다. 우리 학교의 잔디는 중국 외에는 어디에서도 찾아볼 수 없는 특별한 종류였다. 그 잔디의 중국어 이름은 땅에 착 달라붙어 있는 풀이라는 의미의 "파지초(爬地草)"였다. 그 잔디는 굳은 대지의 표면 위로 사방으로 퍼져나가면서 수천 개의 뿌리가 마치 강철로 만든 발톱과도 같이 땅속으로 파고든다. 땅속에서 생기를 얻은 뿌리는 더욱 많은 뿌리를 만들어내면서 사방팔방으로 뻗어나간다.

이렇게 되면 지상의 잔디와 지하의 잔디가 서로 엉클어지면서 마치 매듭이 있는 강선(鋼線)을 못으로 땅에 고정시켜놓은 것처럼 대지에 달라붙는다. 이런 잔디를 뽑아내다 보면 풀잎에 손가락을 깊고 길게 베는 통에 내 손은 성할 날이 없었다. 잔디의 억센 뿌리를 효과적으로 잘라낼 수 있는 유일한 방법은 팽이와 삽을 사용하는 것이었다. 그러나 뿌리의 조그만 조각이라도 땅속에 남아 있을 경우에는 대기의 온도가 조금만 올라가거나 보드라운 이슬비가 내리고 나면 그 뿌리가 의기양양하게 다시 힘차게 퍼져나가는 바람에 우리는 잔디와의 전투를 처음부터 다시 벌여야 했다.

화단의 화초를 제거하는 작업은 잔디에 비해 훨씬 쉬웠으나 예쁜 꽃들을 뽑아내려고 선뜻 나서는 학생들이 없어 어떤 의미에서는 잔디보다 더 어렵다고도 할 수 있었다. 마오쩌둥 주석은 과거에도 여러 번 잔디와 화초를 뽑아내고 그 자리에 양배추와 목화를 심어야 한다는 취지의 발언을 한 적이 있었다. 그러나 실제로 잔디와 화초를 제거하는 작업에 착수하기는 이번이 처음이었다. 그것은 마오쩌둥 주석의 입장이 이제는 자신의 지시를 강제할 수 있을 만큼 충분히 강화되었음을 의미했다. 그럼에도 불구하고 잔디와 화초를 사랑하는 사람들로 인해서 마오쩌둥 주석의 지시는 철저하게 이행될 수 없었다.

아름다운 화초들이 뽑혀나가는 것을 바라보기란 참으로 괴로운 일이었지만 나는 마오쩌둥 주석을 비난하지 않았다. 그와 반대로 나는 화초 제거를 괴로워하는 내 자신을 책망했다. 이제는 나도 "자기비판" 하는 습관이 몸에 배어 마오쩌둥 주석의 지시에 본능적으로 저항할 경우에는 나 자신을 자동적으로 규탄했다. 실제로 그처럼 저항하려는 생각을 품는 나 자신이 무서워졌다. 그러나 이런 감정은 어느 누구와 상담할 수 있는 일이 아니었다. 대신에 나는 그런 생각을 억누르고 올바른 사고방식을 가지도록 노력했다. 나는 항상 자신을 책망하는 속에서 살고 있었다.

자기심문과 자기비판이 마오쩌둥이 지배하는 중국을 상징하는 습관이었다. 그런 과정을 통해서 보다 새롭고 나은 사람이 될 수 있다고 교육받았다. 그러나 이런 모든 내적인 성찰은 실제로는 독자적인 사고 능력이 없는 인간을 만들어내려는 의도에서 강요된 것이었다.

중국과 같이 전통적으로 신앙보다는 현세에 대한 집착이 강한 사회에서 괄목할 만한 경제발전이 없었더라면 종교적 열광과도 같은 마오쩌둥 숭배는 생각할 수 없었을 것이다. 중국 경제는 대기근으로부터 기적처럼 회복하여 생활수준이 극적으로 향상되었다. 청두에서는 비록 쌀이 여전히 배급되고 있기는 했지만 육류와 야채가 풍부하게 생산되었다. 저장할 곳이 부족한 상점들은 길거리에 오이, 순무, 가지 따위의 야채류를 쌓아놓았다. 야간에는 상점 밖에 그렇게 쌓아놓아도 가져가는 사람이 없었다. 상점들은 그처럼 넘쳐나는 상품을 사람들에게 조금씩 무상으로 나눠주기도 했다. 한때 그토록 귀중하게 여겼던 계란이 넘쳐나서 이제는 대형 대바구니 속에서 썩어갔다. 몇 년 전까지만 해도 복숭아 한 개 구하기가 무척 어려웠는데, 이제는 복숭아를 먹는 것이 "애국적인" 행동이라고 선전했다. 공무원들은 민가를 한 집씩 찾아다니면서 같은 값이면 농민들을 위해서 복숭아를 구입해달라고 사정했다.

중국 인민의 자존심을 높여주는 성공담도 많이 등장했다. 1964년 10월에 중국은 최초의 원자폭탄 실험에 성공했다. 정부는 이런 사실을 대대적으로 보도하면서 특히 "제국주의의 위협에 대항하는" 중국의 과학과 기술 능력을 세계에 과시한 쾌거라고 선전했다. 원자폭탄 실험은 우연히도 소련이 흐루시초프를 권좌에서 추방한 것과 시기적으로 일치했다. 이런 사실을 국민들에게는 마오쩌둥 주석의 생각이 옳았음을 다시 한 번 증명한 것이라고 설명했다. 1964년에 프랑스는 주요 서방 국가로서는 최초로 중화인민공화국을 정식으로 승인했다. 중국인들은 이런 사실을 중국의 정당한 국제적 지위를 인정하지 않아온 미국에 대한 대승리라고 말하면서 열광했다.

이런 긍정적인 사태 외에 대규모의 정치적 숙청운동도 없었기 때문에 사람들은 비교적 안심하고 일상생활에 임하고 있었다. 이런 분위기에 대한 모든 찬사는 마오쩌둥 주석의 몫이었다. 최고지도부의 인사들은 마오쩌둥이 경제발전에 기여한 바가 없다는 사실을 잘 알고 있었지만 일반인들은 이런 사실을 전혀 알지 못했다. 지난 수년 동안 나는 마오쩌둥 주석의 모든 업적에 대해서 감사하면서 그에게 영원히 충성을 바치겠다고 다짐하는 열정적인 찬양의 글을 지었다.

1965년에 나는 열세 살이 되었다. 중화인민공화국 건국 16주년 기념일인 그해 10월 1일 저녁에는 청두의 중심에 있는 광장에서 경축 불꽃놀이가 열렸다. 광장의 북쪽에는 고대 궁정으로 통하는 문이 있었는데, 이 궁정문은 최근에 복원되어 3세기 때 촉나라의 수도였던 청두의 옛 영광을 다시 볼 수 있게 되었다. 궁정문은 색깔을 제외하고는 이제는 쯔진청의 출입구인 베이징의 톈안먼과 매우 유사한 모습이었다. 청두의 궁정문은 완전한 청기와 지붕과 회색 벽으로 이루어졌다. 누각의 매끈한 지붕은 엄청난 크기의 암적색 기둥들이 받쳐주었다. 계단의 난간은 흰색 대리석으로 만들어졌다. 나는 가족과 함께 대리석 난간 뒤에 서 있었다. 쓰촨 성 정부의 고위 간부들은 사열대 위에서 축제의 분위기를 즐기면서 불꽃놀이가 시작되기를 기다리고 있었다. 저 아래 광장에서는 5만 명에 달하는 사람들이 노래하면서 춤추고 있었다. 쾅! 쾅! 내가 서 있는 곳으로부터 불과 수 미터 떨어진 곳에서 불꽃놀이를 알리는 신호가 터졌다. 한순간에 밤하늘은 현란한 모양과 색깔을 한 불꽃의 정원으로 변하면서 마치 눈부신 파도가 계속 밀려오는 바다와도 같았다. 저 아래의 궁정문으로부터 호화스런 축제에 동참하려는 음악 소리와 함께 군중들의 함성이 들려왔다. 얼마 후 하늘은 몇 초 동안 깨끗해졌다. 그리고는 밤하늘에서 갑자기 폭발이 일어나더니 눈부신 꽃송이 모양의 불꽃이 피어났으며, 그 뒤를 이어 길고 폭넓은 비단과도 같은 빛줄기들이 쏟아져내리면서 가을의 미풍 속에서 부드럽게 하늘거렸다. 광장을 밝히는 조명 속에서 "위대한 영도자 마오쩌둥 주석 만세"라고 쓰인 현수막이 밝게 빛나고 있었다. 내 눈에서는 감격의 눈물이 흘러내렸다. "마오쩌둥 주석의 위대한 시대를 살고 있는 나는 참으로 운이 좋고, 믿을 수 없을 정도로 행복해!" 나는 혼잣말로 중얼거렸다. "마오쩌둥 주석의 세계에 들어오지 못하고 마오쩌둥 주석을 직접 볼 수 있다는 희망도 없이 자본주의 세계의 어린이들은 어떻게 살아갈 수 있을까?" 나는 그런 어린이들을 위해서 그들을 고통스러운 삶으로부터 구출하기 위해서 무엇인가를 할 수 있기를 원했다. 나는 그때 그 자리에서 보다 강력한 중국을 건설하기 위해서, 세계혁명을 지원하기 위해서 더욱 열심히 공부하기로 결심했다. 나는 또한 마오쩌둥 주석을 만나볼 수 있는 자격을 얻기 위해서도 열심히 공부할 필요가 있었다. 그것이 내 인생의 목적이었다.

# 15. "먼저 파괴하면 건설은 저절로 이루어진다"

## 문화혁명이 시작되다
(1965-1966)

수많은 정책이 실패로 끝났음에도 불구하고 마오쩌둥은 1960년대 초에도 여전히 국민의 사랑과 존경을 한몸에 받고 있는 중국 최고의 지도자였다. 그러나 류사오치와 덩샤오핑으로 대표되는 실용주의자들이 실제로 국가를 경영하고 있었기 때문에 문학과 예술 분야에서는 비교적 자유로운 활동이 허용되었다. 긴 동면을 끝내고 나자 다수의 연극, 영화, 소설 작품들이 발표되었다. 그러나 당을 공공연하게 비판하는 작품은 하나도 없었으며, 현대적인 주제를 다룬 작품들도 별로 없었다. 이 시기에 당내에서 수세에 몰리고 있던 마오쩌둥은 1930년대에 여배우 생활을 했던 아내 장칭에게 더욱더 의존적이 되었다. 두 사람은 역사에서 소재를 취한 작품들이 풍자적으로 현 체제와 마오쩌둥 자신을 비판하고 있다고 단정했다.

중국에서는 예부터 역사적 사실을 빌려서 현재의 위정자를 비판했으며, 심지어 분명히 난해한 암시마저도 오늘날의 상황을 비꼬는 것으로 이해하는 경우가 흔했다. 1963년 4월에 마오쩌둥은 모든 "귀극(鬼劇)"의 공연을 금지했다. "귀극"이란 박해를 받아 사망한 자의 망령이 복수를 한다는 이야기를 주로 다루는 극으로서, 마오쩌둥에게는 이런 복수를 하는 귀신이 자신의 통치하에서 처형된 수많은 계급의 적들을 생각나게 하는 것으로 느껴졌다.

마오쩌둥 부부는 또한 명왕조의 연극인 "명극(明劇)"이라는 다른 장르의 작품에도 곱지 않은 시선을 보냈다. 제목이 「해서파관(海瑞罷關)」인 이 연극의 주인공은 명대(1368-1644)의 관리였던 하이루이였다. 청렴결백하고 황제에게 직언도 서슴지 않아 유명했던 이 명나라 관리는 생명의 위협까지 무릅쓰면서 고통받는 일반 백성들을 대신해서 황제에게 간언했다. 그 결과 하이루이는 파직당하고 귀양을 갔다. 마오쩌둥 부부는 「해서파관」이라는 연극이 명나라 관리를 이용하여 전직 국방부장이었던 펑더화이 원수를 숙청한 마오쩌둥을 비난하는 것이 아닐까 의심했다. 1959년에 펑더화이는 대기근을 유발한 마오쩌둥의 파멸적인 경제정책을 공개적으로 비판하여 마오쩌둥의 미움을 샀고, 그 결과 숙청당했던 것이다. 공교롭게도 펑더화이를 숙청한 직후에 하이루이를 주인공으로 하는 명극이 눈에 띌 정도로 재상연되고 있었다. 장칭은 그런 종류의 연극을 규탄하기로 마음먹고 희곡 작가와 예술 분야를 담당하고 있는 부장을 만나보았으나 모두들 별다른 반응을 보이지 않았다.

1964년에 마오쩌둥은 규탄해야 할 39명의 예술가, 작가, 학자들이 포함된 명단을 작성하고는 이들을 "반동적 부르주아 세력"이라고 불렀다. 이것은 "계급의 적"에 대한 새로운 유형이었다. 이 명단에 오른 유명인사들 속에는 가장 유명한 「해서파관」의 극작가인 우한과 중국에서 최초로 산아제한을 주창했던 지도적인 경제학자 마인추 교수가 포함되었다. 마 교수는 산아제한을 주창했다는 이유로 이미 1957년에 우파분자로 낙인찍힌 바 있었다. 마오쩌둥은 후에 산아제한의 필요성을 인정했지만, 정책의 과오를 지적하여 자신에게 수치심을 안겨주었던 마 교수를 용서할 수가 없었다.

이 명단은 공표되지 않았고 39명은 숙청당하지 않았다. 마오쩌둥은 이들의 명단을 어머니 계급의 당원들에게까지 회람시키면서 그 밖의 "반동적 부르주아 세력"을 적발할 것을 지시했다. 1964년부터

1965년에 걸친 겨울 동안 어머니는 공작조의 리더로서 청두의 "소시장〔牛市口〕"이라는 이름을 가진 중학교에 파견되었다. 유명한 교사들, 책이나 기사를 발표한 적이 있는 교사들과 같이 "반동적 부르주아 세력"으로 의심할 수 있는 사람들을 적발해내라는 것이 어머니에게 주어진 임무였다.

이런 숙청의 대상이 되는 사람들이 바로 자신이 가장 존경하는 사람들이라는 사실에 어머니는 경악하지 않을 수 없었다. 뿐만 아니라 이런 사람들은 결코 "계급의 적"이 아니었다. 다른 무엇보다도 최근 몇 년 사이에 있었던 숙청의 기억이 생생했기 때문에 감히 공개적으로 정부의 정책을 비판하는 사람들이 없었다. 어머니는 청두의 선전공작을 관장하는 상사 파오씨에게 자신의 의견을 이야기했다.

1965년이 지나가는 동안 어머니는 어떤 조치도 취하지 않았다. 파오씨도 어머니에게 어떤 압력을 가하지 않았다. 이런 상황은 당시 공산당원들 사이의 일반적인 분위기를 반영하는 것이었다. 대부분의 당원들은 수년간 계속되었던 고발과 숙청에 질린 나머지 이제는 생활수준을 향상시키면서 일상적인 생활을 영위해나가기를 바랐다. 그러면서도 그들은 마오쩌둥을 공개적으로 비판하지 않으면서 마오쩌둥에 대한 개인숭배를 열심히 추진했다. 마오쩌둥의 신격화 작업을 우려의 시선으로 바라보던 사람들은 자신들에게는 그것을 중단시킬 만한 방법이 없음을 잘 알고 있었다. 마오쩌둥의 권력이 워낙 막강했기 때문에 그의 개인숭배 운동에 저항할 세력이 없었다. 따라서 양식 있는 일부 당원들이 할 수 있는 일이라고는 소극적 저항이 고작이었다.

마오쩌둥은 자신의 마녀사냥 요구에 대한 당원들의 소극적인 태도를 자신에 대한 그들의 충성심이 약해지고 있고, 그들이 마음속으로는 류사오치 국가주석과 덩샤오핑 당 총서기가 추진하고 있는 실용주의 정책을 지지하고 있음을 보여주는 것이라고 간주했다. 마오쩌둥의 이런 의심은 극작가 우한과 그의 연극 「해서파관」을 비판하는 한 논문을 자신이 승인했음에도 불구하고 당 기관지가 기사화하지 않음으로써 사실인 것으로 확인되었다. 마오쩌둥은 「해서파관」을 비판한 논문을 당 기관지에 게재하여 인민들을 마녀사냥에 끌어들일 속셈이었다. 이제 마오쩌둥은 자신을 인민들과 연결시켜주던 당 조직에 의해서 자신이 격리되었음을 발견하게 되었다. 실제로 마오쩌둥의 지도력이 약화된 것은 사실이었다. 극작가 우한이 부시장으로 있는 베이징의 공산당위원회와 함께 언론과 문화예술을 관장하는 당 중앙공무부가 마오쩌둥의 압력에 저항하면서 우한을 비판하거나 해임하기를 거부하는 사태가 벌어졌다.

마오쩌둥은 위기감을 느꼈다. 스탈린은 사후에 흐루시초프에 의해서 비판을 받았지만, 마오쩌둥은 자신이 생전에 스탈린과 같은 비판을 받을 수 있다고 생각하게 되었다. 마오쩌둥은 선제공격을 취하여 자신이 "중국의 흐루시초프"라고 간주하는 류사오치와 그의 동료 덩샤오핑, 그리고 그들의 당내 추종세력들을 격파해야 한다고 생각했다. 마오쩌둥은 이런 공작에 "문화혁명"이라는 기만적인 명칭을 붙였다. 그는 이번에는 자신의 공작이 외로운 싸움이 될 것임을 알고 있었다. 그러나 마오쩌둥은 가슴속으로 온 세상을 상대로 대작전을 전개하겠다는 비장한 각오를 다지고 있었다. 당이라는 거대한 조직을 가진 적을 상대로 싸움을 해야만 하는 자신을 비극의 영웅이라고 생각하면서 마오쩌둥은 자기연민의 감정을 느꼈다.

우한의 연극을 비판한 논문을 기사화하기 위한 자신의 노력이 반복적으로 실패하던 끝에 마오쩌둥은 1965년 11월 10일, 마침내 자신의 추종자들이 당을 장악하고 있는 상하이에서 그 논문을 기사화할 수 있었다. "문화혁명"이라는 명칭이 이 기사에서 최초로 사용되었다. 그러나 당 기관지 「인민일보」가 그 기사를 전재(轉載)하기를 거부했고, 베이징 당위원회의 입장을 대변하는 「베이징 일보」도 역시 기사 전재를 거부했다. 몇몇 성에서는 일부 기관지들이 그 기사를 전재하기도 했다. 당시 쓰촨 성의 공산당 기관지 「쓰촨 일보」를 감독하는 자리에 있었던 아버지는 그런 기사가 펑더화이 원수에 대한 공격이자 마녀사냥을 요구하는 것임을 간파하고는 기사의 전재에 반대하는 입장을 취했다. 아버지는 쓰촨 성의 문화활동 전반을 관장하는 상사에게 상의하러 갔다. 그는 전화로 덩샤오핑의 의견을 들어보자고 제의했다. 그러나 덩샤오핑은 부재중이었고, 대신에 덩샤오핑의 절친한 친구이자 정치국원인 허룽 원수가 전화를 받았다. 아버지는 바로 이 허룽 원수가 1959년에 "본래는 당신의 형님(덩샤오핑) 같은 분이 주석의 자리에 앉아야 하는 것이오"라고 말하는 것을 우연히 엿들었던 적이 있었다. 허룽 원수는 그 기사를 전재하지 말 것을 지시했다.

11월 30일 「인민일보」가 마침내 그 기사를 전재한 지 한참 후인 12월 18일에야 「쓰촨 일보」가 기사를 전재함으로써 쓰촨 성은 그 기사를 뒤늦게 보도한 몇몇 성 중의 하나가 되었다. 「인민일보」는 권력투쟁 과정에서 중도적인 입장을 취해왔던 저우언라이 총리가 "편집자"의 이름으로 문화혁명은 "학술논쟁"의 범주에 머무를 것이라는(즉 비정치적이어야 하며 정치투쟁으로 변질되어서는 안 된다는) 조건을 붙인 후에야 그 논문을 전재하는 데 동의했다.

그 후 3개월간 마오쩌둥의 마녀사냥식 정치박해를 막아보려는 저우언라이 총리까지 합세한 반대세력과 마오쩌둥을 지지하는 세력들 사이에서 치열한 주도권 쟁탈전이 전개되었다. 1966년 2월, 마오쩌둥이 잠시 베이징을 떠나 있는 동안에 베이징의 중앙정치국은 "학술논쟁"이 정치적 박해로 발전해서는 안 된다는 결의안을 통과시켰다. 마오쩌둥이 이런 결의안에 반대했으나 그의 의견은 무시당했다.

4월에 아버지는 중앙정치국이 2월에 통과시켰던 결의 내용에 맞추어 쓰촨 성의 문화혁명을 지도하기 위한 문서를 작성했다. 아버지가 작성한 문서는 "4월 의견"이라고 알려졌다. 논쟁은 철저하게 학술적이어야 한다. 상식을 벗어난 고발은 용납되어서는 안 된다. 진실 앞에서는 만인이 평등하다. 당의 권력은 지식인들을 억압해서는 안 된다는 것이 아버지가 작성한 "4월 의견"의 골자였다.

그러나 이 문서는 5월에 발표될 예정이었는데, 발표 직전에 갑자기 제지당하고 말았다. 저우언라이와 공모한 마오쩌둥이 중앙정치국 회의에 참석하여 분위기를 지배하면서 새로운 결의를 채택했던 것이다. 마오쩌둥은 2월에 결의된 내용을 무효라고 선언하고는 모든 반체제 학자들과 그들의 사상은 "청산"되어야 한다고 선언했다. 그는 강한 어조로 반체제 학자들과 그 밖의 계급의 적들을 옹호해온 것은 공산당원들이었다고 말했다. 마오쩌둥은 이런 당원들을 "당내의 요직을 차지하고 있으면서 자본주의 노선을 걷는 자들〔走資本主義道路的當權派〕"이라고 불렀다. 이에 따라 이들 세력은 주자파(走資派)라고 불리게 되었다. 이제 거대한 문화혁명이 공식적으로 시작된 것이다.

그렇다면 주자파란 정확히 누구를 칭하는 것인가? 마오쩌둥 자신도 주자파를 정확하게 구별해낼 수가 없었으므로 그는 당의 베이징 시위원회 소속 위원 전원을 해임할 의향이었으며, 실제로 그대로 실행했다. 마오쩌둥은 또한 류사오치와 덩샤오핑을 비롯한 "당내 부르주아 세력의 사령부"를 없애버릴 생각이었다. 그러나 거대한 당 조직 속에서 누가 자신에게 충성을 바치는 자이고, 누가 류사오치와 덩샤오핑 및 "주자파"를 추종하는 자인지를 구별할 수가 없었다. 마오쩌둥은 당내에서 자신을 지지하는 세력은 3분의 1이라고 판단했다. 적을 단 한 사람도 남기지 않고 섬멸하기 위해서 마오쩌둥은 공산당 조직 전체를 물갈이하기로 결심했다. 자신에게 충성심이 있는 자들이라면 이런 격변에서 자력으로 살아남을 것이라고 생각했다. "먼저 파괴하면 건설은 저절로 이루어진다〔破字當頭 立在其中〕"는 마오쩌둥의 말은 그의 논리를 상징하는 것이었다. 마오쩌둥은 당이 붕괴될 가능성에 대해서는 걱정하지 않았다. 황제 마오쩌둥이 언제나 공산주의자 마오쩌둥보다는 상위에 있었다. 뿐만 아니라 자신에게 전적인 충성을 서약한 일부 당원들이 상처를 입게 되는 것에 대해서도 마오쩌둥은 조금도 개의치 않았다. 마오쩌둥이 숭배하는 영웅들 중의 한 사람인 후한 말기의 장수 조조는 "내가 이 세상의 모든 사람들에게 잘못을 할 수는 있겠지만 이 세상의 어느 누구도 내게 잘못을 해서는 안 된다"고 말한 적이 있는데, 마오쩌둥은 이 말을 좌우명으로 삼았다. 조조는 자신의 생명을 구해준 노부부를 변절자라고 오판하여 살해했음을 뒤늦게 발견하고는 이런 말을 했다.

마오쩌둥이 대상이 분명하지 않은 전투를 호소하자 국민과 당원들은 심각한 혼란에 빠져들었다. 마오쩌둥이 누구를 지목하는 것인지, 또는 이번에는 정확한 투쟁 대상이 누구인지를 아는 사람이 한 사람도 없었다. 부모님도 다른 고위 간부들과 마찬가지로 마오쩌둥이 일부 당원들을 처벌하기로 결심했다는 것만을 알고 있을 뿐 그 대상이 누구인지는 전혀 알 수가 없었다. 자신들이 그 대상이 될 수도 있는 일이었기 때문에 부모님은 극심한 불안과 걱정에 휩싸였다.

한편 마오쩌둥은 문화혁명을 추진할 최대의 조직을 만드는 작업에 착수했다. 당의 제약을 받지 않고 자신의 개인적인 명령 계통에 따라 움직일 당 외곽 조직을 만들었다. 비록 형식상으로는 새로운 조직이 정치국과 중앙위원회 밑에 있다고 했지만, 그것은 당의 명령을 받아 활동하는 체제가 아니었다.

먼저 마오쩌둥은 린뱌오 부원수를 자신의 오른팔로 기용했다. 린뱌오는 1959년에 펑더화이의 뒤를 이어 국방부장이 된 이래로 인민해방군 내부에서 마오쩌둥에 대한 개인숭배를 강력하게 추진해왔다. 마오쩌둥은 또한 과거에 자신의 비서로 일했던 천보다 밑에 중앙문화혁명소조(中央文化革命小組)를 설치하고, 비밀경찰국장 캉성과 자신의 아내 장칭을 그 조직의 사실상의 지도자로 앉혔다. 이것이 문화혁명을 추진하는 데 중심적 역할을 담당하는 조직이 되었다.

다음으로 마오쩌둥은 「인민일보」를 중심으로 한 언론에 공세를 취했다. 「인민일보」는 당의 기관지였으므로 최고의 권위를 지니고 있었으며, 민중은 「인민일보」의 기사를 정부의 목소리로 간주했다.

마오쩌둥은 5월 31일에 천보다를 「인민일보」의 편집국장으로 임명함으로써 수억 명의 중국 인민들에게 직접 말할 수 있는 수단을 확보했다.

1966년 6월부터 「인민일보」는 "마오쩌둥 주석의 절대적 권위를 확립하자〔大樹特樹毛主席的絕對權威〕!", "모든 소귀신과 뱀귀신 (적대계급)을 일소하자〔橫掃一切牛鬼蛇神〕!"와 같은 취지의 논설을 연일 게재하면서 마오쩌둥 주석을 따라서 문화혁명이라는 전대미문의 위대한 사업에 참여할 것을 인민들에게 호소했다.

우리 학교에서는 6월 초부터 수업이 전면적으로 중단되었다. 그러나 학생들은 매일 등교했다. 이곳저곳의 확성기들은 「인민일보」의 논설을 큰 소리로 낭독했으며, 우리는 매일 「인민일보」의 1면 기사를 학습했다. 신문에는 마오쩌둥의 대형 사진이 한면 전체를 차지하는 경우가 흔했다. 신문에는 마오쩌둥의 어록을 담은 칼럼이 매일 게재되었다. 신문에 큰 활자로 인쇄된 구호들을 학교에서 얼마나 읽고 또 읽었던지 내 두뇌의 제일 깊은 곳에 각인되어 나는 다음과 같은 그 구호들을 지금까지도 기억하고 있다. "마오쩌둥 주석은 우리 마음속의 붉은 태양이다〔毛主席是我們心中最紅的紅太陽〕!", "마오쩌둥 사상은 우리의 생명선이다〔毛澤東思想是我們的命根子〕!", "마오쩌둥 주석에게 반대하는 자는 누구라도 분쇄할 것이다〔誰敢反對毛主席, 我們就要全黨共討之, 全國共誅之〕!", "전 세계의 인민들은 위대한 지도자 마오쩌둥 주석을 열렬히 사랑한다〔全世界人民熱愛偉大領袖毛主席〕!" 마오쩌둥을 숭배하는 외국인 독자들의 투고와 마오쩌둥의 저서를 받으려고 손을 내미는 유럽 군중들의 사진도 연일 신문에 게재되었다. 중국인들의 자존심을 동원하여 마오쩌둥 숭배를 강화하려는 의도였다.

한편 일과처럼 일간신문을 학습하는 대신에 『마오쩌둥 주석 어록』을 암송해야만 했다. 『마오쩌둥 주석 어록』은 마오쩌둥의 발언을 모아 소형 책으로 만들어 붉은 플라스틱 표지를 씌운 것으로서 일명 『소홍서(小紅書)』라고도 불렀다. 학생들 전원에게 『마오쩌둥 주석 어록』을 배포하고는 "자신의 눈과 같이" 항상 간직하라고 가르쳤다. 우리는 매일같이 다함께 그 책을 노래하듯이 소리내어 읽고 또 읽었다. 나는 지금까지도 『마오쩌둥 주석 어록』의 많은 문장을 암송할 수 있다.

어느 날 우리는 「인민일보」의 한 기사를 읽었다. 한 늙은 농부가 "눈만 뜨면 어느 방향에서나 마오쩌둥 주석의 얼굴을 볼 수 있도록" 침실에 마오쩌둥 주석의 얼굴이 인쇄된 포스터를 32장이나 붙여놓았다는 기사였다. 그에 따라 우리들도 교실 벽에 인자하게 웃고 있는 마오쩌둥 주석의 사진을 도배하다시피 붙였다. 그러나 우리는 그 사진을 다시 뜯어내야만 했다. 그것도 재빨리. 「인민일보」가 보도했던 그 농부는 사실인즉 가장 좋은 지질의 종이에 인쇄된 마오쩌둥 포스터가 무료로 제공되었기 때문에 그것을 벽지로 사용했던 것이라는 소문이 돌았다. 그런 기사를 썼던 기자는 "마오쩌둥 주석에 대한 모욕"을 선동한 계급의 적으로 판명되었다는 것이 소문의 전말이었다. 내 마음속에는 최초로 마오쩌둥 주석에 대한 공포심이 생겨났다.

"우시구" 중학교와 마찬가지로 내가 다니는 제4중학교에도 공작조가 파견되었다. 공작조는 진지한 기색도 없이 우리 학교의 우수한 교사들 중 몇 명을 선정하여 "반동적 부르주아 세력"이라고 낙인을 찍었으나, 이를 학생들에게 알리지는 않았다. 그러나 1966년 6월에 문화혁명의 광풍이 고조되면서 어떤 희생물을 만들어야 할 필요성이 느껴지자 공작조는 자신들이 "반동적 부르주아 세력"이라고 낙인찍었던 교사들의 명단을 갑자기 전교생에게 공표했다.

공작조는 학생들과 비판을 면한 교사들을 조직하여 "반동적 부르주아 세력"을 비난하는 대자보와 구호들을 작성하도록 했으며, 학교 운동장은 곧 이 대자보와 구호들로 뒤덮이다시피 되었다. 교사들이 공작조의 지시에 따라서 적극적으로 문화혁명 활동에 참여한 배경에는 여러 가지 이유가 있었다. 체제에 순응하며 살아가려는 처세술, 당에 대한 충성심, 동료 교사의 명성이나 특권에 대한 질투, 그리고 공포심 등 다양한 이유로 그들은 문화혁명에 앞장을 섰다.

낙인이 찍힌 교사들 중에는 내가 존경하는 중국어와 중국문학을 담당하는 츠 선생도 들어 있었다. 대자보에 적힌 내용을 보면 츠 선생은 1960년대 초에 "대약진운동 만세라고 아무리 외쳐보아도 우리의 굶주린 배가 채워지지 않는다. 그렇지 않은가?"라고 발언했다는 것이었다. 대약진운동이 기근을 몰고 왔었다는 것을 전혀 알지 못했던 나로서는 츠 선생의 발언이 무슨 의미인지를 이해할 수 없었으며, 다만 뭔가 불경한 발언이었던 것 같다는 느낌만 들었다.

츠 선생에게는 남다른 뭔가가 있었다. 당시에는 내가 분명하게 알지 못했던 일이지만, 이제 생각해보니 츠 선생은 자기 자신에 대해서도 빈정대는 자세를 가지고 있었다. 츠 선생은 무슨 말을 하다 말고 마르고 밭은기침과 함께 약간의 웃음소리를 내는 버릇이 있었다. 한번은 내가 질문을 하자 츠 선생은 대답을 하던 도중에 이런 소리를 냈다. 국어 교과서에는 당시 중앙공무부의 부장이던 루딩이의 대장정 회고록에서 발췌한 글이 실려 있었다. 츠 선생은 야간에 꾸불꾸불한 산길을 따라 행군하는 인민해방군 병사들이 손에 들고 있는 소나무 횃불이 달마저 없어 칠흑같이 어두운 밤하늘을 밝히는 장면을 우리들에게 생생하게 설명해주었다. 그리고 해방군 병사들은 야간 야영지에 도착하자 모두들 "자신들의 배를 채울 한 공기의 밥을 차지하려고 달려들었다"는 문장이 있었다. 이 문장을 읽은 나의 머릿속은 매우 혼란스러워졌다. 왜냐하면 홍군 병사들은 항상 자신은 굶더라도 마지막 한술의 밥마저 동료들에게 양보하는 정신을 가진 것으로 묘사되어왔기 때문이었다. 따라서 그런 병사들이 밥을 "차지하려고 달려들었다"는 것을 도저히 이해할 수 없었다. 이런 생각을 하면서 츠 선생에게 질문을 던지자, 그는 평소와 같이 기침 소리가 섞인 웃음과 함께 "그것은 네가 굶주림이 무엇인지를 모르기 때문이다"라고 말하고는 황급히 화제를 바꾸었다. 나는 납득할 수가 없었다.

이런 일이 있었음에도 나는 츠 선생을 매우 존경했다. 츠 선생을 비롯한 몇몇 선생들이 거칠게 비난을 받고 추한 이름으로 불리는 것을 목격하자 내 가슴은 찢어질 듯이 아팠다. 공작조가 전교생들에게 교사들을 비판하는 대자보를 쓰라고 요구하자 나는 강한 반감이 들었다.

당시 열네 살이었던 나는 본능적으로 모든 전투적인 활동을 싫어했으므로 대자보에 무슨 내용을 써야 할지 몰랐다. 대형 흰색 종이를 뒤덮은 대자보의 검은색 잉크와, 눈에 익숙하지 않고 폭력적인 "아무개의 머리를 분쇄하자"나 "투항하지 않으면 아무개를 섬멸하자"와 같은 문장은 보기만 해도 겁이 났다. 나는 학교를 무단결석하기 시작했다. 그러자 이제는 학교생활의 전부가 되어버린 연일 계속되는 집회에서 나는 항상 "가정생활을 중시한다"는 비판을 받아야만 했다. 나는 이런 집회가 참으로 두려웠다. 설명할 수 없는 공포감이 나를 엄습했다.

어느 날은 쾌활하고 정력적인 교감 칸 선생이 주자파로서 주자파 교사들을 옹호한다는 이유로 비판을 받았다. 칸 선생이 지난 몇 년간 제4중학교에서 취해온 모든 행동을 "자본주의적"이라고 비판했다. 마오쩌둥의 저서를 학생들에게 학습시키면서 시간수를 정규과목보다 적게 배정했다는 것이 비판의 이유였다.

학교에서 공산주의 청년단 서기직을 맡고 있는 쾌활한 산 선생이 "마오쩌둥 주석 반대파"로 고발당하자 나도 충격을 받았다. 산 선생은 활기차보이는 청년 교사로서 내가 열다섯 살이라는 자격 연령에 도달하면 공산주의 청년단에 가입하는 것을 도와줄 수 있는 선생이었으므로 나는 그의 관심을 끌고자 애써왔던 터였다.

산 선생은 열여섯부터 열여덟 살 사이의 학생들에게 마르크스 철학을 가르치면서 학생들에게 작문 숙제를 내주고는 했다. 학생들이 제출한 작문을 검토할 때면 산 선생은 특별히 잘 썼다고 생각되는 부분에 밑줄을 그어주었다. 이제 학생들은 산 선생이 밑줄을 그었던 부분만을 골라내어서는 분명히 상식적으로 의미가 없는 문장을 억지로 결합한 다음, 이를 증거로 삼아 대자보를 통해서 산 선생이 "마오쩌둥 주석 반대파"라고 주장했다. 관계없는 문장을 자의적으로 결합하여 혐의를 날조하는 수법은 어머니가 공산당 당국의 손에 구속되었던 1955년부터 일부 작가들이 동료 작가들을 공격할 때면 사용했던 방식이라는 것을 나는 몇 년 후에야 알게 되었다.

그런 일이 있은 지 몇 년 후에 산 선생은 교감 선생과 자신이 희생자가 되어야만 했던 진정한 이유는 당시 두 사람이 다른 공작조의 멤버로서 파견되는 바람에 학교에는 부재중이었기 때문에 손쉬운 희생양이 될 수 있었던 것이라고 내게 이야기해주었다. 두 사람이 학교에 남은 교장과 사이가 좋지 않았던 것도 사태를 악화시키는 요인이었다. "만약 교장이 다른 곳으로 파견되고 자신들이 학교에 남았더라면 상황은 정반대가 되었을 것이다"라고 서글픈 표정으로 나에게 말했다.

교감 칸 선생은 당에 대해서 헌신적이었으며, 자신에 대한 당의 처사를 심히 유감스럽게 생각했다. 어느 날 저녁, 칸 선생은 유서를 써놓고 자신의 목을 면도칼로 그었다. 평소보다 일찍 귀가한 부인이 자살을 시도한 남편을 데리고 병원으로 달려갔다. 공작조는 칸 선생의 자살미수에 대해서 함구령을 내렸다. 칸 선생과 같은 당원이 자살한다는 것은 당에 대한 배신행위로 간주되었기 때문이다. 자살은 당에 대한 신뢰의 상실이자 당에 대한 시위행동으로 받아들여졌다. 그러므로 자살을 시도한 칸 선생에게는 어떤 동정심도 가져서는 안 되는 것이었다. 그러나 공작조는 동요했다. 그들은 자신들이 전혀 잘못한 일이 없는 사람을 죄인으로 만들었다는 것을 잘 알고 있었기 때문이었다.

칸 선생의 자살미수 소식을 들은 어머니는 눈물을 흘렸다. 어머니는 칸 선생을 매우 좋아했는데, 그처럼 매우 낙천적인 사람이 자살을 시도했다면 분명히 비인간적인 압력을 받았을 것이라고 생각했다.

어머니는 자신이 담당하고 있는 학교에서 문화혁명의 광기에 휩쓸려 무고한 희생자를 만드는 일을 거부했다. 그러나 「인민일보」의 기사로 선동당한 학생들은 교사들을 공격하고 나섰다. 「인민일보」는 시험제도란 (마오쩌둥이 말했듯이) 대다수의 교사들을 의미하는 "부르주아 지식분자들"이 품고 있는 악질적인 의도의 일부로서 (다시 마오쩌둥이 말했듯이) "학생들을 적과 같이 취급하는" 제도이므로 "분쇄해야" 한다고 선동했다. 「인민일보」는 또한 "부르주아 지식분자들"이 국민당의 부활을 준비하면서 청소년들의 정신을 자본주의 사상으로 오염시키고 있다고 규탄했다. "부르주아 지식분자들이 학교를 지배하도록 방치할 수 없다!"고 마오쩌둥은 선언했다.

어느 날 자전거를 타고 학교에 간 어머니는 학생들이 교장 이하 교무주임과, 특급 및 일급 교사들과, 그 밖에도 자신들이 싫어하는 선생들을 붙잡아놓고 있는 광경을 목격했다. 당 기관지가 선동하는 대로 이 선생들을 "반동적 부르주아 세력"으로 생각하는 학생들은 선생들을 한 교실에 감금해놓고 문 위에는 "악마들의 학급〔鬼兒班〕"이라고 써붙였다. 문화혁명의 광기 속에서 자신감을 상실한 교사들은 학생들의 이런 짓을 방관하는 수밖에 없었다. 이제 학생들은 어떤 근거는 없지만 실질적인 권위를 가진 것처럼 보였다. 교내에는 대자보와 각종 구호들이 넘쳐나고 있었다. 그 대부분은 「인민일보」의 표제를 인용한 것들이었다.

이제는 "감옥"으로 변한 교실로 찾아간 어머니는 모여 있는 학생들을 둘러보았다. 성난 표정의 학생들, 부끄러운 표정을 짓고 있는 학생들, 걱정하는 눈치를 보이는 학생들, 태도를 결정하지 못한 채 주저하는 학생들과 같이 여러 가지 유형의 학생들이 섞여 있었다.

어머니가 도착하자 더 많은 학생들이 따라 들어왔다. 공작조의 리더인 어머니는 절대적인 권위를 가지고 있었으며, 어머니의 말은 곧 당의 말이었다. 학생들은 어머니의 얼굴을 쳐다보면서 명령이 떨어지기를 기다렸다. 학생들은 "감옥"을 설치해놓기는 했지만 그다음에는 무엇을 해야 좋을지 알지 못했다.

어머니는 강한 어조로 "악마들의 학급"의 해산을 명했다. 학생들 사이에서 약간의 웅성거림이 있었으나 어머니의 명령에 이의를 제기하는 사람은 한 사람도 없었다. 몇몇 남학생들이 자기네들끼리 몇 마디 말을 주고받았으나 어머니가 큰 소리로 발언할 것을 요구하자 이내 조용해졌다. 어머니는 학생들에게 정식 절차를 따르지 않고 사람을 감금하는 것은 위법이며, 학생들로부터 존경과 감사를 받아야 할 교사들을 학대하는 것은 있을 수 없는 일이라고 설명했다. 교실 문이 활짝 열리면서 "죄인"들은 석방되었다.

시류에 역행하는 어머니는 용감한 분이었다. 자신들의 안전을 도모하기 위해서 대부분의 다른 공작조들은 아무런 죄도 없는 희생자들을 만들어냈다. 실제로 당시의 어머니는 공작조의 리더로서 심각한 고민거리를 안고 있었다. 쓰촨 성 당국은 이미 여러 명의 고급 간부를 희생양으로 삼아 처벌했기 때문에 아버지는 다음번에는 당신 차례가 될 것임을 예감하고 있었다. 동료들 중 두 사람은 아버지가 맡고 있는 일부 조직들 내에서 다음에는 아버지를 의심해야 한다는 말이 돌고 있음을 은밀히 귀띔해주었다.

부모님은 나나 다른 형제들에게 아무런 말도 해주지 않았다. 부모님은 예전부터도 우리 형제들 앞에서는 정치에 관한 이야기를 피했다. 그런데 지금은 더욱 말하기 힘든 분위기였다. 상황이 너무나 복잡하고 혼란스러웠기 때문에 부모님조차도 상황을 제대로 파악할 수가 없었다. 그런 처지에서 무슨 말로 우리들을 이해시킬 수 있겠는가? 아버지나 어머니 모두 할 수 있는 일이 하나도 없었다. 더구나 안다는 것 자체가 위험한 일일 수도 있었다. 그 결과 우리 형제들은 사정도 모르고 그저 막연하게 무엇인가 큰 재앙이 임박했다는 느낌만을 가진 채 문화혁명의 와중에 있었다.

이런 상황 속에서 8월이 찾아왔다. 갑자기 중국 전역을 휩쓸고 지나가는 태풍과도 같이 수백만 명의 홍위병들이 나타났다.

# 16. "하늘로 올라갈 수도 있고 땅으로 뚫고 들어갈 수도 있다"

마오쩌둥 주석의 홍위병
(1966. 6-8)

마오쩌둥의 통치 아래에서 나와 같은 10대의 젊은이들은 계급의 적과 싸워야 한다고 배우며 자랐다. 또한 문화혁명을 수행할 것을 호소하는 신문의 논조는 우리들에게 마치 "전쟁"이 임박한 듯한 느낌을 주입시켰다. 정치적 감각이 예민한 일부 젊은이들은 경애하는 마오쩌둥 주석이 문화혁명에 직접 개입하고 있음을 감지했다. 마오쩌둥 숭배에 길들여진 젊은이들은 마오쩌둥을 지지하는 입장을 취하는 것이 당연하다고 생각했다. 6월 초부터 중국 굴지의 명문대학교들 중 하나인 칭화 대학교 부속중학교의 일부 학생 활동가들은 여러 번 집회를 가지고 다가오는 투쟁에 대처할 전략을 협의했으며, 자신들을 "마오쩌둥 주석의 홍위병"으로 부르기로 결정했다. 이들 홍위병들은 마오쩌둥의 말이라고 「인민일보」에 소개된 "모반이 도리이다〔造反有理〕"를 자신들의 모토로 채택했다.

이들 초기의 홍위병들은 "고급 관리의 자녀들"이었다. 그들만이 이런 종류의 활동을 벌이더라도 안전할 수 있다고 생각했다. 또한 그들은 정치적 환경 속에서 성장해왔기 때문에 일반인들보다 정치에 대한 관심이 컸다. 홍위병의 존재를 파악한 장칭은 7월에 그들의 대표를 만났다. 8월 1일에 마오쩌둥은 홍위병에게 이례적으로 공개

서한을 보내어 "제군들에게 열렬한 지지를 보낸다"고 전했다. 이 서한에서 마오쩌둥은 이전의 "조반유리"를 "반동파에 대한 조반유리"로 교묘하게 변형시켰다. 마오쩌둥을 열광적으로 신봉하는 10대의 젊은이들에게 이 서한은 신의 목소리와도 같았다. 이런 일이 있은 후 베이징의 각급 학교에서는 홍위병 그룹들이 대량으로 조직되었고, 이어서 전국적으로도 우후죽순처럼 생겨났다.

마오쩌둥은 홍위병을 돌격부대로 이용하기를 원했다. 주자파를 비판하라는 마오쩌둥의 반복되는 호소에도 불구하고 인민들은 반응을 보이지 않았다. 당의 정책운영에 만족하는 사람들이 많았으며, 더구나 수많은 사람들의 뇌리에는 1957년의 교훈이 생생하게 살아 있었다. 그 당시 당의 간부들을 비판하라는 마오쩌둥의 호소에 반응을 보이고 발언했던 사람들은 우파분자로 몰려 탄압을 받았던 적이 있었다. 많은 사람들은 이번에도 동일한 술수를 펼친다고 생각했다. 즉 "머리를 자르기 위해서 뱀을 소굴에서 유인해낸다〔引蛇出洞〕"고 생각하면서 경계했다.

인민들이 생각을 바꾸어 자신의 명령에 따라 행동하도록 만들기 위해서 마오쩌둥은 당으로부터 권위를 빼앗고 자신에 대한 절대적 충성과 복종을 확립해야만 했다. 이것을 달성하기 위해서 마오쩌둥은 공포라는 수단이 필요했다. 다시 말해서 다른 모든 생각을 정지시킬 수 있는 전율에 가까운 공포가 필요했던 것이다. 마오쩌둥의 눈에는 10대의 청소년들과 20대 초반의 젊은이들이 자신의 가장 이상적인 도구로 보였다. 이 세대는 열광적인 마오쩌둥 숭배와 "계급투쟁"의 사상 속에서 성장했다. 그들은 반항적이고, 공포심이 없고, 정의감이 강하고, 모험과 행동에 굶주려 있는 젊은이들의 특질을 갖추었다. 그들은 또한 무책임하고, 무지하고, 조종하기가 용이하고, 게다가 폭력적이기까지 했다. 사회를 공포 속으로 몰아넣고, 공산당의 기초를 흔들어 붕괴로 이어지는 대혼란을 일으키는 데 필요한 막강한 힘을 마오쩌둥 자신에게 가져다줄 수 있는 집단은 그들밖에 없었다. 한 구호는 홍위병의 임무를 이렇게 요약했다. "문화혁명에 저항하고, 마오쩌둥 주석에게 반대하는 자들에 대해서는 혈전을 전개할 것을 선언한다〔誰反對文化革命, 誰反對毛主席, 我們就和誰血戰到底〕!"

지금까지는 모든 정책과 명령이 당이 전적으로 관리하는 철저한 통제체제를 거쳐서 전달되었다. 이제 마오쩌둥은 종래와 같은 통치기구를 버리고 젊은이들을 직접 조종하고 나섰다. 마오쩌둥은 이를 위해서 두 개의 매우 이질적 방법을 교묘하게 결합시켰다. 그것은 한편으로는 신문을 사용하여 민중에게 공허하고 터무니없는 슬로건을 호소하고, 다른 한편으로는 중앙문화혁명소조, 특히 그의 아내를 이용하여 음모와 선동 공작을 수행하는 것이었다. 슬로건의 해석을 결정하는 것은 중앙문화혁명소조였다. 1960년대에 서방세계에서 많은 사람들의 이목을 끌었던 "조반(造反)", "교육혁명", "구세계를 타파하여 신세계를 창조하자", "새 인간 창조"와 같은 슬로건들은 폭력행사를 호소하는 것으로 해석되었다. 폭력적으로 변하기 쉬운 젊은이들의 속성을 간파한 마오쩌둥은 젊은이들이 밥은 잘 먹으면서도 학교 수업은 중단되었기 때문에 쉽게 선동할 수 있는 그들의 넘쳐나는 에너지를 방출시켜 대혼란을 야기해야 한다고 말했다.

젊은이들을 통제된 폭력집단으로 내몰기 위해서는 대상이 필요했다. 어느 학교에서나 가장 눈에 잘 띄는 대상은 교사들이었으며, 그들 중 일부는 이미 지난 몇 달 동안 공작조와 학교 당국에 의해서 "반동적 부르주아 세력"이라는 낙인이 찍혔다. 이제 반항적인 학생들이 교사들을 습격했다. 가정에서 일대일로 대결해야 하는 부모들보다 교사들은 집단으로 공격하기가 쉬운 대상이었다. 중국에서는 부모보다도 교사가 더 권위 있는 존재였다. 전국의 학교에서 예외 없이 교사들이 매도되고 구타당했다. 때로는 교사가 구타를 당한 끝에 사망하는 사건도 발생했다. 일부 학생들은 학교 내에 감옥을 설치하여 교사들을 고문하기도 했다.

그러나 이런 정도로는 마오쩌둥이 원하는 종류의 공포를 만들어낸 것으로 볼 수가 없었다. 8월 18일 베이징의 중심지에 있는 톈안먼 광장에서 100만 명이 넘는 젊은이들이 참가한 대집회가 열렸다. 린뱌오가 최초로 마오쩌둥의 후계자이자 대변인 자격으로 공개석상에 모습을 드러냈다. 린뱌오는 톈안먼 광장에 운집한 홍위병들에게 행한 연설을 통해서 학교를 뛰쳐나와 "네 가지 낡은 것〔四舊〕을 파괴"할 것을 요구했다. "사구"란 구사상, 구문화, 구풍속, 구습관을 일컫는 말이었다.

린뱌오의 이런 모호한 요구에 따라 중국 전역에서 홍위병들은 거리로 뛰쳐나와 끝없는 파괴, 무지, 광신의 행동을 연출했다. 홍위병들은 민가에 침입하여 골동품을 깨뜨리고 고서화를 찢었다. 민가에서 탈취한 서적들을 태워버리기 위해서 모닥불을 피웠다. 단기간 내에 각 가정에서 소장해오던 거의 모든 문화재가 파괴되고 소실되었다. 수많은 작가와 예술가들이 잔인하게 구타당하고 수모를 당한 끝에 자살했으며, 일부 사람들은 자신들의 작품들이 소각되어 잿더미가 되는 광경을 지켜보도록 강요당했다. 여러 박물관이 습격당했다. 궁전, 사찰, 고분, 성상(聖像), 탑, 성벽 등 무엇이건 "오래된 것"은 홍위병들의 손에 의해서 약탈당했다. 쯔진청과 같은 극소수의 유산이 파괴를 면할 수 있었던 것은 저우언라이 총리가 특별히 보전 명령을 내려 경비병을 파견했기 때문이었다. 홍위병들은 당국이 금지하는 경우에는 폭력을 행사하지 않았다.

마오쩌둥은 홍위병의 행위를 "정말 잘했어!"라고 칭찬했으며, 전국민에게 그들의 행동을 지지할 것을 호소했다.

공포를 증대시키기 위해서 마오쩌둥은 홍위병들에게 공격 대상자를 확대하도록 부추겼다. 공산당 정권으로부터 우대를 받아오던 유명 작가, 예술가, 학자 및 다른 분야의 전문가들 대부분이 일제히 "반동적 부르주아 세력"으로 비판을 받았다. 광신으로부터 질투에 이르기까지 다양한 이유로 이들의 동료들이 제공하는 근거가 의심스러운 정보를 가지고 홍위병들은 이 지식인들을 학대했다. 뿐만 아니라 옛 "계급의 적"도 공격의 대상이 되었다. 과거의 지주, 자본가, 국민당과 관련이 있었던 자들, "우파분자"와 같은 과거의 정치운동에서 비판받았던 자들과 그들의 자녀들이 홍위병들의 잔학행위 대상자가 되었다.

문화혁명 이전에는 "계급의 적"으로 낙인찍혔던 자들 중 상당수가 처형당하거나 강제노동 수용소로 송부되는 것을 면하는 대신 "감시하"에 놓이는 생활을 해왔다. 그리고 경찰은 "계급의 적"에 속하는 자들에 관한 정보를 소수의 허가받은 사람들에게만 공개했다. 그러나 이러한 경찰의 방침은 문화혁명으로 인해서 변했다. 마오쩌둥의 충신인 공안부장 셰푸즈는 "계급의 적"의 명단을 홍위병들에게 제공하고 "공산당 정부 전복 의도"와 같은 그들의 죄상도 홍위병들에게 알려줄 것을 부하들에게 지시했다.

문화혁명이 시작되기 전까지 고문은 금지되었다. 셰푸즈 공안부장은 경찰에게 "아무리 공안당국이나 정부가 정한 규칙이라고 하더라도 옛 규칙에 구애받을 필요는 없다"고 지시했다. 그는 또한 "나는 사람들을 때려죽이는 행위를 찬성하는 것은 아니지만 (홍위병들 중) 일부가 적대세력을 증오하는 나머지 죽이겠다고 한다면 굳이 말릴 생각은 없다"고 말했다.

홍위병들의 구타와 고문이 순식간에 전국을 휩쓸었다. 특히 민가를 습격하는 과정에서 이런 현상이 심했다. 홍위병들은 거의 언제나 습격한 민가의 가족들을 바닥에 무릎 꿇린 다음 자신들에게 머리를 조아려 절을 하도록 했다. 그리고 나서 자신들의 가죽 혁대에 달려 있는 놋쇠 버클로 가족들을 구타했다. 발로 걷어차고 가족들의 머리 반쪽을 면도칼로 밀어서 음양두(陰陽頭)라고 불리는 굴욕적인 머리 모양으로 만들었다. 살림살이의 대부분을 때려부수거나 가져가버렸다.

홍위병들의 잔학행위는 중앙문화혁명소조가 젊은이들을 직접 선동하는 베이징에서 최악이었다. 베이징의 중심가에 있는 영화관과

극장은 고문실로 바뀌었다. 베이징 전역으로부터 희생자들이 이곳으로 끌려왔다. 이곳 일대의 도로에서는 희생자들의 절규 소리가 들려왔기 때문에 사람들은 이곳을 피해다녔다.

초기의 홍위병들은 고급 간부들의 자녀들이었다. 그러나 다른 출신 배경을 가진 집안의 자녀들이 홍위병에 가담하자 고급 간부들의 자녀들 중 일부는 곧 "규찰대(糾察隊)"와 같은 자신들만의 특별 그룹을 결성했다. 마오쩌둥 일파는 이런 규찰대가 막강한 힘을 가졌다고 느끼도록 만들기 위해서 몇 가지 계산된 조치를 취했다. 두 번째 홍위병 대집회에서 린뱌오는 자신도 홍위병의 일원임을 상징하기 위해서 홍위병의 붉은 완장을 달고 나타났다. 장칭은 10월 1일 국경절에 톈안먼 광장에서 홍위병을 의장병(儀仗兵)으로 발탁했다. 그 결과 그들 중 일부는 다음과 같은 노래 가사로 요약되는 괴상한 "혈통론"까지 만들어냈다. "아버지가 영웅이면 아들도 항상 위대하고, 반동분자에게는 개자식 같은 아들이 태어나는 법이다〔老子英雄兒好漢, 老子反動兒混蟲〕!" 고급 간부들의 자녀들 중 일부는 이런 "이론"으로 무장하고 "출신 불량" 집안의 자녀들에게 폭력을 행사했고, 심지어 고문을 가하기까지 했다.

마오쩌둥은 자신이 원하던 공포와 혼란을 조성하기 위해서 홍위병들의 잔학행위를 용인했다. 그는 폭력의 대상이 누구이고, 누가 폭력을 행사하는지는 전혀 신경 쓰지 않았다. 문화혁명 초기의 희생자들은 마오쩌둥이 진정으로 원했던 목표가 아니었다. 따라서 마오쩌둥은 홍위병들에 대해서 특별히 호감을 가지거나 그들을 신뢰하지 않았다. 그는 다만 홍위병을 이용했던 것이다. 홍위병들이 자행하는 야만적인 파괴행위와 고문이 항상 마오쩌둥의 기대에 충실히 부응하는 것은 아니었다. 홍위병들은 단지 자신들의 추한 폭력과 파괴 본능을 발산하도록 허가받은 것에 불과한 존재들이었다.

그러나 홍위병들 중 실제로 잔학행위를 저지른 것은 일부에 불과했다. 홍위병이 말단까지 통제할 수 있는 조직이 아니었기 때문에 대체적으로 구성원들에게 잔학행위에 참여하도록 강요하지는 않았다. 따라서 대부분의 홍위병들은 잔학행위에 가담하는 것을 피할 수 있었다. 사실 마오쩌둥 자신이 직접 홍위병들에게 살인을 하도록 지시한 적은 없었다. 그리고 폭력에 관한 마오쩌둥의 지시는 애매한 점이 있는 것도 사실이다. 잔학행위를 자행하지 않으면서도 마오쩌둥에 대한 충성심을 가질 수 있는 것이었다. 그러므로 홍위병들의 잔학행위를 마오쩌둥의 탓으로만 볼 수는 없다.

그러나 마오쩌둥이 노회(老獪)하게 폭력을 방조했다는 사실은 부정할 수 없을 것이다. 도합 여덟 차례에 걸쳐 총 1,300만 명이 참석한 홍위병 대집회 중 첫 번째 집회가 열렸던 8월 18일에 마오쩌둥은 한 소녀 홍위병에게 이름이 무엇이냐고 물었다. 그 소녀가 "쑹빈빈(宋彬彬)"이라고 대답하자 마오쩌둥은 "문체가 빛난다는 빈(彬)자냐?"고 묻고는 소녀의 이름이 마음에 들지 않는다는 듯이 "더욱 과격해져야 한다"는 의미로 "야오우마〔要武嘛〕"라고 말했다. 마오쩌둥은 공개석상에서 발언하는 경우가 드물었기 때문에 그의 이 발언은 널리 홍보되어 당연히 신의 말처럼 받아들여졌다. 홍위병들의 잔학행위가 절정에 달했던 9월 15일에 개최된 세 번째 홍위병 대집회에서 마오쩌둥의 대변인 격인 린뱌오는 마오쩌둥이 바로 옆에 서 있는 가운데 군중들에게 이렇게 호소했다. "홍위병 여러분, 여러분들이 벌이고 있는 투쟁의 방향은 항상 옳았습니다. 여러분들은 혼신의 힘을 다하여 주자파, 반동적 부르주아 학술 세력, 흡혈귀와 기생충들을 무찔렀습니다. 여러분들은 올바른 일을 수행했습니다! 여러분들은 훌륭하게 수행했습니다!" 그러자 드넓은 톈안먼 광장을 가득 메우고 있던 홍위병들은 열광적인 환성과 함께 "마오쩌둥 주석 만세"를 외치고 눈물을 흘리면서 마오쩌둥에게 충성을 맹세했다. 마오쩌둥이 자애로운 미소와 함께 손을 흔들자 홍위병들은 더한층 열광했다.

마오쩌둥은 중앙문화혁명소조를 통해서 베이징의 홍위병을 조종

했다. 그런 다음 마오쩌둥은 베이징의 홍위병들을 중국 각지로 파견하여 지방의 젊은이들에게 문화혁명의 광기를 전했다. 만주 지방의 진저우에서는 외할머니의 남동생 위린 부부가 홍위병들로부터 구타당한 후, 두 자녀와 함께 북만주의 불모지로 추방당했다. 위린은 국민당 특무조직의 신분증을 가지고 있었기 때문에 공산당은 당초부터 그를 의심했으나 그때까지 그 자신과 가족에게 별다른 일은 생기지 않았다. 그 당시에 우리 가족은 위린 일가가 추방당했다는 사실을 알지 못했다. 사람들이 서로 연락하는 일을 피하고 있었기 때문이었다. 피의자들의 죄상을 너무나 악의적으로 날조했고, 그 결과가 말할 수 없이 참혹했기 때문에 사람들은 편지를 주고받을 경우 자신이 편지를 보내는 수취인에게, 또는 그 수취인이 자신에게 어떤 재앙을 초래할지 알 수가 없어서 편지 교환을 기피했다.

쓰촨 성 사람들은 베이징에서 벌어지고 있는 공포의 참상을 전혀 알지 못했다. 쓰촨 성은 중앙문화혁명소조의 선동을 직접 받지 않았기 때문에 홍위병들의 폭행 건수가 적었다. 뿐만 아니라 쓰촨 성 공안부는 베이징에 있는 셰푸즈 공안부장의 지시를 무시한 채 공안부가 보관하고 있는 "계급의 적"의 명단을 홍위병들에게 넘겨주지 않았다. 그러나 쓰촨 성의 홍위병들도 다른 성들의 홍위병들과 마찬가지로 베이징 홍위병들의 활동을 모방하기 시작하자, 중국 전역에서 볼 수 있는 "통제된 혼란"이 야기되었다. 홍위병들은 가택수색 지시가 내려진 가옥들은 습격하면서도 상점의 물품을 약탈하는 행위는 하지 않았다. 상점을 포함하여 우편, 수송과 같은 업무가 정상적으로 기능했다.

내가 다니는 제4중학교에서도 베이징에서 내려온 홍위병들의 지도를 받아 8월 16일에 홍위병을 조직했다. 나는 정치집회와 과격한 구호를 피하려고 아프다는 핑계를 대고 집에 있었기 때문에 학교에서 홍위병이 조직되었다는 사실을 알지 못했다. 이틀 후 "학교에서 열리는 위대한 프롤레타리아 문화혁명에 참가하라"는 전화를 받고

서야 그런 사실을 알았다. 학교에 가보니 많은 학생들이 붉은 헝겊에 금색으로 "홍위병"이라고 쓴 완장을 자랑스럽게 차고 있었다.

이처럼 홍위병 조직이 막 결성된 초기에 홍위병들은 자신들을 "마오쩌둥의 자식"이라고 생각하면서 대단한 자부심을 가지고 있었다. 참가하지 않을 수 없었기에 나는 같은 학년의 홍위병 리더에게 입대 신청서를 제출했다. 그 리더는 겅이라는 이름을 가진 열다섯 살의 소년이었다. 그는 이전에는 나와 친구가 되어보려고 항상 노력했으나, 막상 나와 친해지자 수줍음을 타면서 어색하게 행동했던 소년이었다.

그랬던 겅이 어떻게 홍위병이 되었는지 알 수가 없었으며, 그 또한 자신이 어쩌다가 홍위병이 되었는지 이해할 수 없었다. 그러나 나는 곧 홍위병이 대부분 고급 간부의 자녀들이라는 사실을 알게 되었다. 제4중학교 홍위병의 대장은 쓰촨 성 공산당의 제1서기인 공산당 정치위원 리의 아들이었다. 나는 당연히 홍위병이 될 것으로 생각했다. 내 아버지보다 지위가 높은 아버지를 가진 학생들은 없었다. 그러나 겅은 내 태도가 연약하고 소극적이라고 수군거리고 있다며 내게 은밀히 알려주면서 나의 홍위병 입대 신청을 받아주기 전에 내가 단호한 태도를 보여주어야 한다고 말했다.

6월 이후에는 문화혁명에 전력을 기울이기 위해서 학생들은 집에 돌아가지 않고 학교에서 생활하는 것이 하나의 불문율이 되었다. 그러나 나를 비롯한 몇몇 학생들은 이런 불문율을 지키지 않았다. 그러나 이제는 이처럼 튀는 행동을 하면 위험할 수도 있다는 생각이 들어 나는 학교에서 계속 머물기로 했다. 기숙사를 여학생들이 차지했기 때문에 남학생들은 교실에서 잠을 잤다. 홍위병에 입대하지 못한 학생들은 부속부대로서 홍위병 활동에 참가했다.

학교로 돌아간 다음 날 나는 수십 명의 학생들과 함께 거리로 나가 거리의 명칭을 보다 "혁명적"으로 변경하는 작업을 했다. 우리는 "상업가"라고 부르는 내가 살고 있는 거리의 명칭을 어떻게 변경할 것인지를 협의했다. 일부는 우리 부모들이 쓰촨 성 당 지도부의 지도자들이라는 점을 고려하여 "봉화대가(烽火臺街)"로 변경할 것을 제의했다. 다른 학생들은 마오쩌둥이 공산당원은 인민의 공복이 되어야 한다고 말했던 것을 생각하고는 "공복로(公僕路)"로 변경하는 것이 좋겠다고 말했다. 그러나 결국 우리는 가로명을 보여주는 표지판이 우리의 손이 닿을 수 없는 너무 높은 곳에 있다는 근본적인 문제를 해결할 수가 없었으므로 어떤 결론도 내리지 못하고 현장을 떠났다. 내가 아는 한 그 후에 그 현장을 다시 찾은 학생은 한 사람도 없었다.

베이징의 홍위병들은 우리 학교 홍위병들보다 훨씬 더 열성적이었다. 그들은 영국 대사관이 있는 거리의 명칭은 제국주의에 반대한다는 의미에서 "반제로(反帝路)"로, 러시아 대사관이 있는 거리의 명칭은 수정주의에 반대한다는 의미에서 "반수로(反修路)"로 각각 변경하는 전과를 올렸다는 소식을 들었다.

청두에서도 여러 거리들의 명칭이 변경되었다. "한 지붕(공자의 덕) 밑에 5세대가 함께 산다"는 의미를 지니고 있는 "오세동당가(五世同堂街)"는 낡은 도덕을 격파한다는 취지에서 "파구가(破舊街)"로, "포플러와 버드나무는 푸르다"는 의미를 담고 있던 "양류청로(楊柳靑路)"는 푸른색이 혁명을 상징하는 색깔이 아니라는 이유로 "동방은 붉다"는 의미를 지니는 "동방홍로(東方紅路)"로 변경되었다. "옥으로 만든 용"이라는 뜻을 지닌 "옥룡로(玉龍路)"는 봉건권력을 상징한다는 이유에서 "혁명로"로 변경되었다. "향기로운 미풍"이라는 뜻으로 "향풍미(香風味)"라는 옥호를 지녔던 한 유명 식당의 간판은 뜯겨져 산산조각이 났다. 그 식당에는 화약 냄새를 뜻하는 "화약미(火藥味)"라는 새 옥호가 붙여졌다.

거리의 이름이 갑자기 변경되는 바람에 교통은 며칠간 혼란에 빠졌다. 홍위병들은 적색 신호가 "정지"를 의미한다는 교통규칙도 반혁명적이기 때문에 도저히 받아들일 수 없었다. 따라서 적색은 "진행”을 의미해야만 했다. 모든 사람들이 준수해오던 “우측통행”도 “좌측통행”으로 변경되어야 했다. 우리 홍위병들은 며칠 동안 교통 경찰을 밀어내고 길거리에서 직접 교통정리를 했다. 나는 네거리의 코너에 서서 자전거를 탄 사람들에게 좌측통행을 하라고 호소했다. 청두에는 자동차가 많지 않았고, 신호기도 적었지만, 몇 안 되는 큰 사거리에서는 대혼란이 벌어졌다. 결국 저우언라이가 베이징의 홍위병 리더들을 설득하여 예전의 교통규칙이 다시 시행되었다. 홍위병들은 자신들이 주장했던 교통규칙이 옳았다고 억지 논리를 폈다. 우리 학교의 한 홍위병의 설명에 의하면, 영국이 좌측통행을 시행하고 있으니 중국은 반제국주의 정신을 과시하는 의미에서 우측통행을 해야 한다는 것이었다. 그러나 그 여학생은 미국의 교통규칙은 언급하지 않았다.

나는 어릴 때부터 항상 집단행동을 좋아하지 않았다. 이제 열네 살이 된 나는 집단행동을 혐오하는 마음이 한층 더 강해졌다. 그러나 나는 이런 혐오감을 억눌러야 했다. 왜냐하면 교육을 받으면서 내 행동이 마오쩌둥의 지도노선에서 벗어날 때는 항상 죄의식을 느꼈기 때문이다. 새로운 혁명이론과 실천에 따라서 내 사고방식을 훈련시켜야 한다고 계속 다짐을 했다. 이해되지 않는 것이 있다면 내 자신을 변화시켜 그것에 맞추어야 한다고 생각했다. 그러면서도 통행인을 세워놓고 장발을 자른다거나, 좁은 맘보 바지나 긴 스커트를 잘라내거나, 하이힐의 뒤꿈치를 잘라버리는 따위의 폭력적 행위만은 한사코 피하려고 노력했다. 베이징의 홍위병들은 자신들의 이런 폭력행사를 퇴폐적인 부르주아 문화를 근절시키기 위한 행위라고 합리화했다.

급우들은 내 머리 길이도 문제삼았다. 나는 귓불에 맞추어 머리를 잘라야 했다. 내 자신이 그토록 “작은 부르주아”였다고 생각하니 수치감이 들기도 했지만, 솔직히 길게 땋아내렸던 머리를 짧게 자르던 순간에는 나도 모르게 눈물이 나왔다. 어렸을 적에 유모는 내 머리카락을 정수리에서 한데 묶어 머리 뒤로 버드나무 가지들처럼 늘어지게 만들고는 "하늘로 쏘아올린 불꽃놀이"라고 불렀다. 1960년대 초까지는 머리를 좌우 귀 위 두 군데로 갈라서 비단으로 만든 작은 꽃이 달린 고리로 묶었었다. 아침이면 내가 급히 아침밥을 먹는 동안에 외할머니나 가정부가 내 머리를 예쁘게 묶어주었다. 머리 묶을 때 사용하는 비단 꽃의 여러 가지 색깔 중 나는 핑크색을 제일 좋아했다.

1964년 이후 계급투쟁을 진행하는 사회적 분위기에 알맞게 마오쩌둥이 근검절약하는 생활을 할 것을 호소함에 따라 나는 "프롤레타리아처럼" 보이기 위해서 마치 바지를 기운 것처럼 헝겊을 대고 꿰맸으며, 머리는 모든 여자들이 그렇듯이 아무런 장식 없이 두 갈래로 묶었다. 그때까지만 해도 긴 머리는 아직 비판의 대상이 되지 않았다. 외할머니는 내 긴 머리를 자르는 동안 내내 볼멘소리로 뭐라고 중얼거렸다. 그러나 당시에 외출을 전혀 하지 않았던 외할머니는 끝내 머리 자르기를 거부했다.

청두의 명물 찻집들도 "퇴폐적"이라는 이유로 공격 대상이 되었다. 무슨 이유로 찻집을 보고 "퇴폐적"이라고 하는지 알 수가 없으나 나는 이유를 묻지 않았다. 1966년 여름에는 내 자신의 이성을 억누르는 방법을 터득했다. 대부분의 중국인들은 오래 전부터 그래왔다.

쓰촨의 찻집은 독특한 장소였다. 찻집은 일반적으로 대나무숲 속이나 큰 나무가 마치 차양처럼 덮고 있는 곳에 자리를 잡았다. 사각형의 낮은 테이블 주위에는 대나무 의자들이 놓여 있었다. 이 대나무 의자들은 여러 해 동안 사용했기 때문에 낡았지만 푸른 대나무의 은은한 향기를 드러냈다. 차를 만들려면 컵에 차 잎을 조금 넣고 그 위에 끓는 물을 부었다. 수증기가 빠져나오도록 컵 위에는 약간의 여유를 두고 두껑을 덮어서 수증기와 함께 재스민이나 다른 꽃의 향기가 스며나왔다. 쓰촨 성에는 차의 종류가 다양했다. 재스민 차 하나만 해도 다섯 가지의 등급이 있었다.

영국인들에게 선술집 펍이 중요하듯이 쓰촨 성 사람들에게는 찻집이 중요했다. 특히 연로한 사람들은 차 한 잔과 함께 접시 가득 담아놓은 호박씨와 수박씨를 까먹고 긴 담뱃대로 담배를 피워가면서 오랜 시간을 찻집에서 보내는 것이 일과였다. 종업원은 뜨거운 물이 담긴 주전자를 들고 의자 사이로 다니면서 60센티미터나 떨어진 위에서도 찻잔 속으로 정확하게 뜨거운 물을 쏟아부었다. 숙련된 종업원은 컵의 가장자리 위로 물이 찰랑거릴 때까지 뜨거운 물을 쏟아부으면서도 넘치는 법이 없었다. 어렸을 적에 나는 찻집에 가서 주전자 주둥이로부터 찻잔 속으로 뜨거운 물이 쏟아져들어가는 것을 볼 때마다 항상 신기하게 생각했다. 그렇지만 내가 찻집을 가본 적은 그리 많지 않았다. 부모님은 찻집의 분위기를 퇴폐적이라고 못마땅하게 여겼다.

유럽의 카페와 마찬가지로 쓰촨의 찻집은 대나무 쟁반 위에 신문을 비치해놓았다. 일부 손님들은 신문을 보려고 찻집을 찾기도 하지만, 찻집은 기본적으로 사람을 만나 이야기하고 뉴스와 이야깃거리를 교환하는 장소였다. 가끔씩은 나무 딱따기를 쳐가면서 이야기를 들려주는 만담가들도 볼 수 있었다.

아마도 찻집의 분위가 너무나 여유로웠고, 그 속에 앉아 있는 사람들은 혁명에 참여하지 않는 것으로 간주되었기 때문에 찻집들이 폐쇄되어야 했을 것이다. 나는 열세 살부터 열여섯 살 사이의 주로 홍위병들로 구성된 24명의 학생들과 함께 진장 강 제방 위에 있는 조그마한 찻집으로 갔다. 의자와 테이블들은 찻집 밖에 있는 회화나무 밑에 놓여 있었다. 여름날 저녁, 강으로부터 불어오는 미풍은 흰 꽃들의 짙은 향기를 실어왔다. 우리 일행이 자갈이 많은 울퉁불퉁한 제방 길을 따라 찻집으로 다가가는 동안 주로 남성들인 손님들은 장기판에서 머리를 들고 우리를 바라보았다. 우리는 회화나무 밑에서 걸음을 멈추었다. 몇몇 학생들이 외치기 시작했다. "돌아가세요! 돌아가세요! 이런 부르주아 찻집에서 꾸물거리지 마세요!" 나와 같은 학년의 한 남학생이 가장 가까운 테이블 위에 놓여 있는 종이 장기판의 한쪽 끝을 잡아채어서는 홱 던져버렸다. 장기판 위에 있던 장기짝들이 땅바닥으로 떨어졌다.

장기를 두고 있던 남자들은 꽤 젊은 사람들이었다. 그들 중 한 사람이 주먹을 불끈 쥔 채 앞으로 나섰으나 그의 친구가 재빨리 옷깃을 잡아당겼다. 그들은 아무 말 없이 장기짝들을 줍기 시작했다. 그들의 장기판을 잡아챘던 남학생이 큰 소리로 외쳤다. "더 이상 장기를 두지 마세요! 장기가 부르주아 놀이라는 것을 모르십니까?" 그 학생은 장기짝을 한 움큼 집어들더니 강을 향해 던져버렸다.

나보다 나이가 많은 사람이라면 누구에게든 예의바르게 행동하라는 말을 들으면서 자랐다. 그러나 이제 혁명전사는 무릇 공격적이고 호전적인 사람이 되어야만 했다. 점잖은 사람은 "부르주아"로 간주되었다. 나는 계속해서 점잖다는 비판을 받았다. 내가 홍위병에 입대할 수 없었던 것도 이것이 한 가지 이유였다. 문화혁명이 진행되는 몇 해 동안 나는 "감사합니다"라는 말을 너무 자주 한다는 이유로 비판을 당하는 사람들을 목격했다. 이런 행위에 대해서는 "부르주아적 위선"이라는 낙인이 찍혔다. 이제 예절은 풍전등화 같은 상태였다.

그러나 찻집 밖에서 나는 홍위병들을 포함한 우리 일행의 대부분이 타인들에게 명령하는 듯한 어조로 말하는 것에 대해서 저항감을 가지고 있음을 발견할 수 있었다. 입을 여는 학생이 별로 없었다. 아무 말 없이 몇몇 학생들이 찻집 벽과 회화나무 줄기에 구호가 적힌 종이를 붙이기 시작했다.

찻집 손님들이 조용히 일어나 제방 길을 따라 돌아갔다. 그들이 돌아가는 뒷모습을 바라보고 있자니 일종의 실망감이 나를 엄습해 왔다. 두 달 전만 해도 이 찻집의 손님들은 아마도 우리들에게 당장 꺼지라고 말했을 것이다. 그러나 이제는 홍위병의 배후에 마오쩌둥이 있음을 그들은 알고 있었다. 지금 생각해보면, 일부 학생들은 어른들에게 명령조로 말하면서 쾌감을 느꼈을 것이다. 당시에는 홍위병들 사이에서 이런 구호가 유행했다. "우리 홍위병은 하늘로 올라갈 수도 있고 땅으로 뚫고 들어갈 수도 있다. 왜냐하면 위대한 지도자 마오쩌둥 주석이 우리의 최고사령관이기 때문이다〔我們紅衛兵天不怕, 地不怕, 因爲偉大領袖毛主席是我們的紅司令〕!" 이런 문구에서 드러나듯이 홍위병들은 진정한 의미에서 자신들의 생각을 표현할 수 있는 자유를 누리지는 못했다. 처음부터 그들은 폭군의 도구에 불과한 존재들이었다.

1966년 8월 진장 강의 제방 위에 서 있는 나의 머릿속은 매우 혼란스러웠다. 나는 학생들과 함께 찻집 안으로 들어갔다. 누군가가 주인에게 찻집을 닫을 것을 요구했다. 다른 학생들은 찻집 내부 벽면에 구호를 붙이기 시작했다. 많은 손님들이 가려고 일어섰으나 안쪽 코너에는 한 노인이 조용히 차를 마시면서 여전히 앉아 있었다. 나는 그 노인의 옆으로 다가가 위압적인 목소리로 한마디 하려고 어색하게 애를 썼다. 그 노인은 다시 소리를 내고 차를 마시면서 나를 쳐다보았다. 그의 얼굴에는 깊은 주름살이 패어 있었다. 당의 선전 사진에 실린 전형적인 "노동자 계급"의 얼굴이었다. 노인의 손을 보는 순간, 교과서에 실려 있는 늙은 농부의 손을 묘사한 이야기가 생각났다. 노인의 손은 가시가 있는 땔감이라도 통증을 느끼지 않고 묶을 수 있을 만큼 굳은살이 박여 있었다.

아마도 이 노인은 지금까지 사람들로부터 존경을 받아온 자신의 출신 계급이나 많은 나이를 절대적으로 자신하고 있을지도 모를 일이었다. 그렇지 않으면 노인은 나를 하찮은 여학생으로 여기고 있을지도 몰랐다. 여하튼 노인은 나라는 존재를 무시해버린 채 자리에 앉아 있었다. 나는 용기를 내어 낮은 목소리로 말했다. "미안하지만 나가주시겠습니까?" 노인은 나를 쳐다보지도 않은 채 "어디로 돌아가란 말이냐?" "물론 집으로 돌아가셔야죠." 내가 대답했다.

노인은 나를 정면으로 쳐다보았다. 조용한 어조로 말했지만 노인의 목소리는 감정으로 떨리고 있었다. "집이라고? 무슨 집? 나는 작은 방 하나를 두 손자 녀석들과 함께 쓰고 있다. 방 한쪽 구석에 대나무 커튼을 쳐놓은 잠자리 하나가 전부야. 손자 녀석들이 집에 오면 나는 조용하고 평화로운 곳을 찾아 이 찻집에 오는데, 너희들이 무슨 이유로 이것마저 나에게서 빼앗으려고 하는 거냐?"

노인의 말을 들은 나는 충격과 함께 수치감마저 느꼈다. 비참한 생활을 내 귀로 직접 들은 것은 이것이 처음이었다. 나는 곧장 발길을 돌려 그곳을 빠져나오고 말았다.

이 찻집은 1981년에 덩샤오핑이 개혁의 일환으로 재개를 허가할 때까지 쓰촨 성에 있는 다른 모든 찻집들과 마찬가지로 문을 닫아야만 했다. 1985년에 나는 영국 친구와 함께 그곳을 다시 찾았다. 우리는 회화나무 밑에 앉았다. 그러자 한 늙은 여종업원이 다가와 60센티미터 떨어진 상공에서 주전자에 담긴 뜨거운 물을 컵에 부어주었다. 우리 주위에서는 여러 사람들이 장기를 두고 있었다. 그때가 고향을 다시 찾은 여행에서 가장 행복했던 순간들 중 하나였다.

린뱌오가 옛 문화를 상징하는 것은 무엇이든 때려부술 것을 요구하자, 우리 학교의 일부 학생들도 오래된 것들을 부수기 시작했다. 2,000년 이상의 역사를 지닌 제4중학교에는 수많은 골동품들이 있었기 때문에 홍위병들의 좋은 공격 목표가 되었다. 옛 기와와 조각된 처마를 얹은 학교 정문은 해머로 때려부수어 가루가 되었다. 탁구장으로 사용되던 공자 사당의 우아한 청기와 지붕도 같은 운명을 맞이했다. 공자 사당 정면에 놓여 있던 대형 청동 향로는 자빠졌고, 일부 남학생들은 그 속에 소변을 보기까지 했다. 뒤뜰에서는 대형 해머와 철봉을 든 학생들이 돌다리의 난간에 붙어 있는 동물의 조상을 닥치는 대로 때려부수었다. 운동장 한쪽에는 붉은 사암으로 만든 높이 6미터의 장방형 비석 한 쌍이 있었다. 비석의 표면에는 공자의 생애와 말씀을 설명하는 시구가 유려한 필체로 새겨져 있었다. 학생

두 명이 비석 둘레를 굵은 밧줄로 묶고는 잡아당겼다. 비석은 기초가 깊이 묻혀 있었기 때문에 꿈쩍도 하지 않았다. 그들은 이틀에 걸쳐 기초를 파헤쳤다. 그래도 비석은 꼼짝하지 않았다. 그들은 비석 주위에 구덩이를 파기 위해서 외부 일꾼들을 불러와야만 했다. 비석이 마침내 환호성 속에 쓰러지자 비석 뒤편에 있는 도로의 일부 지면이 솟구쳐올랐다.

내가 사랑했던 학교의 모든 것들이 사라져가고 있었다. 내게 가장 슬펐던 일은 도서관이 약탈당한 일이었다. 황금색 기와, 정교하게 꽃모양이 조각된 창문, 푸른색 페인트가 칠해진 의자들, 서가들은 뒤집혀 쓰러졌으며, 일부 학생들은 장난삼아서 책들을 찢었다. 그 후에는 습격이 종료되었음을 알리기 위해서 출입문과 창문이 있었던 자리에 검은 글자가 인쇄된 흰 종이 띠를 X자 모양으로 붙여 봉인했다.

옛 문화를 파괴하라는 마오쩌둥의 명령에서 그 주요 목표는 책이었다. 최근 수개월 동안 책들이 저술되지 않았고, 따라서 도서관에 수장된 책들은 매 쪽마다 마오쩌둥의 말을 인용한 구절이 들어 있지 않았으므로, 일부 홍위병들은 도서관의 책들을 모두 "독초"라고 불렀다. 마르크스주의 고전, 스탈린과 마오쩌둥의 저서들 및 장칭이 사적인 복수의 도구로 이용했던 작고한 루쉰의 저서들을 제외한 수많은 책들이 중국 전역에서 불태워졌다. 중국은 귀중한 문헌의 대부분을 잃었다. 홍위병들의 만행에서 다행히 살아남았던 많은 책들은 후에 장작 대신 난로 속으로 들어갔다.

그러나 우리 학교에서는 책을 불태우는 일이 전혀 일어나지 않았다. 우리 학교의 홍위병 대장은 매우 양심적인 학생이었다. 조금은 여성스러워보이는 열일곱 살의 그 학생은 자신의 야망 때문이 아니라 부친이 쓰촨 성의 수뇌라는 이유로 홍위병 대장이 되었던 것이다. 그가 교내에서 발생한 홍위병들의 만행을 방지할 수는 없었지만, 그들이 도서관의 책을 불태우려는 것만은 막을 수 있었다.

다른 모든 사람들과 마찬가지로 나도 "혁명행동"에 참가하기로 되어 있었다. 그러나 대부분의 학생들과 마찬가지로 나는 만행에 참가하는 것을 피할 수 있었다. 그것은 "혁명행동"이라고 부르는 만행이 조직적이지 않았을 뿐만 아니라, 어느 누구도 학생들의 참가 여부를 확인하지 않았기 때문이었다. 많은 학생들이 그런 만행을 혐오하고 있음을 알 수 있었지만, 어느 한 사람도 그것을 적극적으로 막으려고 하지 않았다. 나와 마찬가지로 많은 남녀 학생들이 홍위병의 만행에 죄의식을 느꼈고, 자신들을 개조할 필요가 있다고 생각했다. 그러나 반대의 목소리를 낼 경우 우리는 즉시 말살당하고 말 것이라는 점을 모두들 잠재의식적으로 알고 있었다.

이 시기에 이르러서는 "규탄대회"가 문화혁명의 특색을 이루었다. 이런 대회에서는 흥분한 군중들이 자기비판을 위해서 끌려나온 사람들에게 욕설을 퍼부었으며, 때로는 신체적 폭행을 가하는 경우도 있었다. 이런 규탄대회의 선봉에 선 것은 마오쩌둥이 직접 지시를 내리는 베이징 대학교의 학생들이었다. 6월 18에 열린 최초의 규탄대회에서는 베이징 대학교의 학장을 포함한 60명 이상의 교수와 학부장들이 끌려나와 구타와 발길질을 당하고, 몇 시간 동안 학생들 앞에서 무릎을 꿇고 앉아 있어야만 했다. 학생들은 교수들의 머리에 굴욕적인 구호들이 적힌 원추형 종이 모자를 씌웠고, 얼굴에는 악마의 색깔인 검은색 잉크를 발랐으며, 온몸에는 각종 구호가 적힌 종이를 붙였다. 두 학생이 각 희생자의 두 팔을 좌우에서 잡고 난폭하게 비틀면서 앞으로 밀쳐 팔이 거의 빠질 지경이었다. 학생들은 이런 자세를 "제트기 태우기"라고 불렀으며, 이런 폭행은 곧 전국 각지에서 열리는 대부분의 규탄대회에서 빼놓을 수 없는 광경이 되었다.

한번은 우리 학년의 홍위병들이 나에게 규탄대회에 참가하도록 요청했다. 무더운 여름날 오후였음에도 불구하고 운동장의 연단 위에 12명가량의 교사들이 머리를 숙이고 두 손이 뒤로 묶인 채 "제트기 태우기" 자세로 서 있는 것을 본 순간 나는 소름이 끼쳤다. 몇몇 교사들은 무릎 뒤를 발로 채여 무릎을 꿇고 앉아야만 했으며, 다른 교사들은 길고 좁은 벤치 위에 서 있어야 했다. 세련된 매너를 지닌 노신사인 우리 영어 선생도 긴 벤치 위에 서 있었다. 영어 선생은 몸의 균형을 잡기가 어려워 몇 번 휘청거리더니 바닥으로 떨어지면서 벤치의 날카로운 모서리에 이마를 부딪쳐 이마가 찢어졌다. 그의 옆에 서 있던 한 홍위병 학생은 본능적으로 쓰러진 선생을 도우려고 몸을 굽히면서 손을 내밀다가 갑자기 몸을 곧추세우고는 흥감스럽게 거친 태도를 보이면서 주먹을 불끈 쥐고는 "벤치로 돌아가"라고 소리를 질렀다. 그 학생은 "계급의 적"에게 연약하게 보이고 싶지 않았던 것이다. 영어 선생의 이마에서 흐르던 피는 얼굴 한쪽에 엉겨붙었다.

영어 선생에게는 다른 선생들과 마찬가지로 모든 종류의 희한한 죄명이 붙여졌다. 그러나 이 선생들이 규탄대회에 끌려온 진정한 이유는 그들이 특별 등급을 소지한 우수 교사였거나 또는 일부 학생들의 원한을 샀기 때문이었다.

여러 해가 지난 후 나는 우리 학교 학생들이 문화혁명 기간 중에 비교적 온건하게 행동했다는 사실을 알게 되었다. 그것은 쓰촨 성에서 알아주는 명문 학교인 우리 학교의 학생들이 우수했을 뿐만 아니라 면학 의욕이 강했기 때문이었다. 난폭한 남학생들이 많았던 학교에서는 구타로 인해서 교사들이 사망하는 일까지 생겼다. 나는 우리 학교 교사가 구타당하는 광경을 한번 목격했다. 구타당한 사람은 철학 선생이었다. 그 여교사는 성적이 불량한 학생들에게는 냉담한 편이었다. 그런 학생들 중 일부가 그 여교사를 혐오해오던 차에, 이제 그녀를 "퇴폐적"이라고 비판하고 나섰다. 학생들이 제시한 "증거"는 그 여교사가 남편감을 버스 안에서 만났다는 것이었다. 이런 점은 문화혁명의 극단적인 봉건성을 엿볼 수 있는 점이기도 하다. 두 사람은 공개된 장소에서 데이트를 하면서 대화를 나누었고, 마침내 서로 사랑하게 되었다. 우연히 만나서 사랑이 싹튼다는 것은 부도덕

함의 상징으로 간주되었다. 홍위병 학생들은 철학 선생을 사무실로 끌고 가서 구타를 의미하는 "혁명행동"을 가했다. 혁명행동을 시작하기 전에 학생들은 유독 나를 불러서 현장에 입회하도록 했다. "제일 귀여워하던 네가 혁명행동의 현장에 있는 것을 보면 그 철학 선생의 기분이 잡칠 것이다!"

철학 선생이 수업 중에 종종 내 숙제를 칭찬했기 때문에 나는 그녀의 총아로 간주되었다. 그러나 홍위병 학생들은 또한 내가 너무나 연약하여 "혁명교육"을 받을 필요가 있으므로 현장에 입회해야만 한다고도 말했다.

구타가 시작되자 나는 작은 사무실에서 교사를 빙 둘러싼 학생들 뒤편에서 겁을 먹고 움츠러들었다. 급우 2명이 나를 앞으로 끌어내더니 구타에 가담하라고 요구했다. 나는 그들의 말을 무시했다. 학생들이 여교사를 가운데 놓고서 발길질을 하자, 고통에 못 이겨 마룻바닥 위에서 데굴데굴 구르는 그녀의 머리카락은 헝클어져 있었다. 여교사가 울부짖으면서 발길질을 멈출 것을 애원하자, 구타하던 남학생들은 냉혹한 음성으로 이렇게 말했다. "이제야 빌고 있군! 우리들에게 심했다고 생각지 않나? 이제 제대로 빌어!" 학생들은 여교사에게 다시 발길질을 하면서 자신들에게 고두를 하고 "혁명전사 여러분, 제발 목숨만은 살려주세요!"라고 애원할 것을 명령했다. 누군가에게 고두를 하면서 애원하도록 하는 것은 극도의 굴욕감을 주는 처사였다. 여교사는 일어나 앉아서 멍한 시선으로 정면을 응시했다. 나는 그녀의 흐트러진 머리카락 사이로 그녀의 눈과 마주쳤다. 여교사의 눈길 속에서 나는 고민, 절망, 방심을 읽을 수 있었다. 가쁜 숨을 몰아쉬는 그녀의 안색은 잿빛이었다. 나는 사무실을 빠져나왔다. 몇몇 학생들도 내 뒤를 따랐다. 학생들이 구호를 외치는 소리가 들려왔으나 왠일인지 그들의 목소리에는 자신이 없고 불안하게 들렸다. 많은 학생들이 겁을 먹은 것이 틀림없었다. 달아나듯이 재빨리 걷고 있는 나의 심장은 방망이질을 하고 있었다. 나는 붙잡혀서 매를 맞을지도 모른다는 생각이 들면서 겁이 났다. 그러나 나를 쫓아오는 사람은 아무도 없었으며, 그 후에도 나는 징벌을 받지 않았다.

문화혁명에 분명히 열정이 부족했음에도 불구하고 나는 당시에 어떤 처벌도 받지 않았다. 홍위병 조직이 치밀하지 못했다는 것 외에도 나는 고급 간부의 딸이었으므로 "혈통론"에 따라 순수하게 붉은 피를 가진 부류에 속했다. 비록 급우들의 비판이 있기는 했지만 어느 누구도 나에게 그 이상의 과격한 짓을 하지는 않았다.

당시 홍위병은 학생들을 붉은 "홍오류(紅五類)", 검은 "흑오류(黑五類)", 회색인 "마회류(麻灰類)"의 세 종류로 분류했다. "홍오류"는 "노동자, 농민, 혁명 간부, 혁명 군인, 혁명 열사"의 가정 출신자들이었다. "흑오류"는 "지주, 부농, 반혁명분자, 불량분자, 우파"로 분류되는 사람들의 자녀들이었다. "마회류"는 상점 점원과 같이 "홍오류"도 아니고 "흑오류"도 아닌 가정의 자녀들이었다. 우리 학년의 경우에는 입학 당시의 선발 기준상 "계급노선"을 중시했기 때문에 전원이 "홍오류"에 속했다. 그러나 문화혁명은 악역을 만들어내기를 요구했다. 그 결과 우리 학년에서 6명 이상의 학생들이 "흑오류"나 "마회류"가 되었다.

우리 학년에 아이링이라는 여학생이 있었다. 아이링과 나는 어릴 적부터 친구였으며, 그 아이의 집에 자주 놀러 갔었기 때문에 나는 그녀의 가족들을 잘 알았다. 아이링의 할아버지는 유명한 경제학자였으므로, 그녀의 가족들은 공산당 정권 밑에서도 특별한 대우를 받았다. 아이링의 집은 넓고 우아하고 호화로운데다가 근사한 정원까지 있는 대저택이어서 우리 가족이 살고 있는 아파트보다 훨씬 좋았다. 나는 아이링의 집에 있는 많은 골동품들 중에서 특히 섬세한 유리 장식병을 좋아했다. 그것은 1920년대에 옥스퍼드 대학교로 유학을 갔던 아이링의 할아버지가 영국에서 귀국할 때 가져온 것이었다.

그런데 갑자기 아이링이 "흑오류"가 되었다. 그녀와 같은 학년의 학생들이 아이링의 집을 습격하여 내가 좋아하던 유리 장식병을 비롯한 모든 골동품들은 때려부쉈고, 아이링의 부모와 할아버지를 혁대의 놋쇠 버클로 구타했다. 다음 날 아이링은 머리에 스카프를 쓰고 있었다. 동급생들이 아이링의 머리 반쪽을 삭발시켜 "음양두"로 만들었던 것이다. 아이링은 머리 전체를 완전히 면도로 밀어버렸다. 나를 보자 아이링은 울음을 터뜨렸다. 무슨 말로 아이링을 위로해야 좋을지 몰랐던 나는 자신이 무기력하게만 느껴졌다.

우리 학년의 홍위병들은 동급생 전원을 분류하기 위해서 집회를 개최하여 각자 가족의 배경을 밝히도록 했다. 나는 "혁명 간부"라고 말하고는 크게 안도했다. 서너 명의 학생들은 "직원"이라고 말했다. 당시의 용어로 "직원"은 "간부"와 달랐다. "간부"는 고위 직원을 의미했다. 그러나 "고위"라는 단어에 대한 명확한 정의가 없었기 때문에 "직원"과 "간부" 사이의 구별은 명확하지 않았다. 그럼에도 불구하고 홍위병들은 동급생들 전원을 "홍오류", "흑오류", "마회류"와 같이 애매하게 구별해놓았다. 그 결과 아버지가 상점 점원인 여학생과 함께 "직원"의 자녀들은 "마회류"로 분류되었다. 그리고 "마회류"로 분류된 학생들은 이제부터 감시를 받았고, 운동장과 화장실을 청소해야 하며, 항상 머리를 숙이고 걸어다녀야 하고, 홍위병이 충고를 할 경우에는 얌전하게 경청해야 한다고 발표했다. 뿐만 아니라 "마회류"에 속하는 학생들은 매일 자신들의 사상과 행동을 기록하여 제출해야 한다고도 했다.

"마회류"로 분류된 학생들은 갑자기 생기를 잃고 의기소침해졌다. 지금까지 박력과 활기가 넘치던 학생들이 하루아침에 무기력해졌다. 한 여학생이 머리를 숙이고 울음을 터뜨리자 눈물이 두 뺨을 타고 흘러내렸다. 그 여학생은 내 친구였다. 집회가 끝난 후 나는 그 여학생에게 무엇인가 위로의 말을 해주려고 다가갔으나, 그 아이가 고개를 들었을 때 그녀의 눈에는 증오에 가까운 분노가 서려 있음을 발견할 수 있었다. 나는 아무 말도 못 하고 물러나 착잡한 심경으로

운동장을 서성거렸다. 8월 말로 접어들고 있었다. 치자나무에서는 짙은 향기가 퍼져나왔다. 치자나무도 향기가 있었던가 하는 생각이 갑자기 들었다.

저녁이 다가올 무렵에 나는 기숙사로 발걸음을 옮기고 있었다. 그때 약 40미터쯤 떨어진 교실 건물의 2층 창가에서 무엇인가 하얀 것이 휙 하고 움직이는 것이 보였다. 그리고는 그 건물 아래에서 둔탁하게 쿵 하는 소리가 들렸다. 유자나무 가지들 때문에 무슨 일이 일어났는지 볼 수 없었으나 여러 사람들이 쿵 소리가 났던 쪽으로 달려가기 시작했다. 경악과 비명이 교차하는 속에서 나는 무슨 일이 일어났는지를 알 수 있었다. "누군가가 창에서 투신했다!"

나는 본능적으로 얼굴을 두 손으로 감싼 채 내 방으로 뛰어갔다. 참으로 무서웠다. 내 머릿속에서는 공중에서 떨어지던 흐릿한 사람의 형체가 떠올랐다. 나는 황급히 창문을 닫았지만 방금 일어난 일을 놓고서 사람들이 웅성거리는 소리가 얇은 유리를 통해서 들려왔다.

투신자살을 시도한 사람은 열일곱 살의 여학생이었다. 문화혁명이 시작되기 전까지만 해도 그녀는 공산주의 청년단의 리더들 중 한 사람이었으며, 마오쩌둥 주석의 저서와 레이펑 동지의 선행을 학습하는 데에 모범적인 학생이었다. 그녀는 동료들의 옷을 세탁해주고 솔선하여 화장실을 청소하는 등 많은 선행을 했으며, 전교생이 모인 자리에서는 자신이 얼마나 충실하게 마오쩌둥 주석의 가르침을 따르려고 노력하는지 발표했다. 그녀는 선의와 사명감을 발휘하여 공산주의 청년단에 가입하기를 희망하는 동료 학생에게 "마음과 마음이 통하는" 상담을 해주면서 대화에 열중하는 모습이 종종 목격되기도 했다. 그랬던 그녀가 갑자기 "흑오류"로 분류된 것이다. 시청에서 근무하는 그녀의 아버지는 "직원"으로서 당원이기도 했다. 그녀의 아버지보다 지위가 높은 고급 간부의 자녀들은 그녀의 존재를 "눈엣가시"로 여겨 그녀가 "흑오류"라고 모함했다. 창문에서 투신하기 전 이틀간 그녀는 다른 "흑오류" 및 "마회류"의 학생들과 함께 홍위병의 감시를 받으면서 운동장의 풀을 뽑아야만 했다. 그녀에게 모욕을 주려고 급우들은 그녀의 아름다운 검은 머리를 밀어서 우스꽝스러운 대머리로 만들어버렸다. 그날 저녁 "홍오류"에 속하는 동급생들은 그녀를 비롯한 "흑오류"와 "마회류"에 속하는 학생들에게 모욕적인 설교를 했다. 그러자 그녀는 설교하는 그들보다 자신이 마오쩌둥 주석에게 더 충실하다고 반박했다. "홍오류"의 학생들은 그녀를 구타하면서 계급의 적인 그녀는 마오쩌둥 주석에 대한 충성을 말할 자격이 없다고 했다. 그러자 그녀는 창문으로 달려가 밖으로 몸을 던졌던 것이다.

경악하고 겁이 난 홍위병들은 그녀를 급히 병원으로 데리고 갔다. 그녀는 목숨만은 건졌지만 평생 불구자가 되었다. 여러 달이 지난 후 그녀를 거리에서 보았을 때 그녀는 구부정하게 목발을 짚고 있었으며 두 눈은 멀어 있었다.

그녀가 자살을 기도했던 날 밤에 나는 잠을 이룰 수가 없었다. 눈을 감기만 하면 그 순간에 피투성이가 된 희미한 인간의 모습이 다가왔다. 너무나 무서워 몸이 부들부들 떨렸다. 다음 날 나는 몸이 아프다는 이유로 병가(病暇)를 신청하여 허가를 받았다. 무서운 학교 생활로부터 탈출할 수 있는 곳은 집뿐이었다. 나는 다시는 집 밖으로 나가지 않기를 간절히 빌었다.

# 17.

## "우리 애들이 '흑오류'가 되었으면 좋겠어요?"

부모님의 딜레마
(1966. 8-10)

이번에는 학교에 가지 않고 집에 있어도 마음이 편치 않았다. 부모님은 마음이 심란하여 나는 안중에도 없었다. 아버지는 아파트 내에서 서성거리지 않을 때면 서재에서 나오지 않았다. 어머니는 휴지통에 담긴 종이뭉치들을 하나씩 주방의 스토브 속으로 던져넣었다. 외할머니도 곧 파국적인 상황이 닥칠 것을 예상하는 듯이 수심에 찬 표정으로 부모님의 동정을 살폈다. 나는 겁을 먹은 채 어른들의 심기를 살필 뿐 무슨 일이 있냐고 묻지도 못했다.

부모님은 2, 3일 전에 주고받았던 중대한 대화 내용을 나에게는 알려주지 않았다. 두 분은 열린 창가에 앉아 있었다. 창 밖에서는 가로등에 붙어 있는 확성기로부터 『마오쩌둥 주석 어록』의 구절이 끝없이 울려퍼지고 있었다. 특히 모든 혁명은 본래 폭력적일 수밖에 없음을 설명하는 "한 계급이 다른 계급을 타도하는 폭동"이라는 구절을 강조했다. 『마오쩌둥 주석 어록』의 구절을 새된 소리로 절규하듯이 반복적으로 부르짖는 확성기 소리는 듣는 사람들의 마음속에 공포를 자아냈으며, 일부 사람들에게는 흥분을 안겨주기도 했다. 이렇게 부르짖는 구호들 사이에는 때때로 홍위병들이 거둔 "승리"를 알리는 소식도 들어 있었다. 그 내용은 홍위병들이 더욱 많은 계급의 적의 가옥들을 습격하여 "반혁명분자가 기르고 있는 개들의 머리를 깨뜨려버렸다"는 전과를 알리는 것이었다.

창 밖으로 시선을 던져 붉게 타는 석양을 바라보고 있던 아버지가 어머니를 향해 천천히 말했다. "도대체 문화혁명이 이해가 안 되는군. 그렇지만 지금 일어나고 있는 일들은 분명히 잘못된 것이오. 이런 혁명은 어떤 마르크스주의자나 공산주의 원칙으로도 정당화될 수가 없소. 인민의 기본권과 안전이 침해당하고 있소. 이것은 언어도단이오. 내가 공산당원인 이상 내게는 이런 파국적인 사태를 막아야 할 의무가 있소. 당 중앙에, 마오쩌둥 주석에게 편지를 써야 한다고 생각하오."

중국에는 지도자들에게 호소하는 방법 외에는 인민들이 자신들의 불만을 표출하거나 정책에 대한 의견을 제시할 수 있는 통로가 사실상 없었다. 아버지의 생각으로는 마오쩌둥 이외에 상황을 바꿀 수 있는 사람은 없었다. 문화혁명에서 마오쩌둥이 담당하고 있는 역할을 아버지가 어떻게 이해했든지 간에 아버지가 할 수 있는 일은 마오쩌둥에게 청원하는 것밖에는 없었다.

어머니는 자신의 경험에 입각하여 상부에 불만을 표출하는 것은 매우 위험한 일이라는 것을 알고 있었다. 불만을 표출했던 사람들과 그들의 가족은 모두 지독한 보복을 당했다. 어머니는 한참 동안 아무런 말도 없이 석양에 붉게 물든 먼 하늘만 바라보면서 가슴속의 불안과 분노와 좌절감을 달래고 있었다. 마침내 어머니가 입을 열었다. "당신은 왜 불속으로 뛰어드는 나방이 되려고 하세요?"

"이것은 결코 일반적인 불이 아니오. 이것은 수많은 사람들의 생사가 달린 문제요. 이번에는 내가 뭔가를 해야만 하겠소." 아버지의 대답이었다.

어머니가 격분하여 내뱉듯이 말했다. "좋아요, 당신은 자신을 생각지 않는군요. 당신의 아내인 나는 조금도 개의치 않고요. 알겠어요. 하지만 우리 애들은 어쩌고요? 당신에게 무슨 일이 생기는 날에는 애들이 어떻게 되는지 아시죠? 우리 애들이 '흑오류'가 되었으면 좋겠어요?"

아버지는 자기 자신을 설득시키려는 사람처럼 깊은 생각에 잠기면서 천천히 말했다. "누군들 제 자식을 사랑하지 않겠소. 호랑이도 사냥감을 덮치기 전에 언제나 뒤돌아보고 제 새끼가 잘 있는지 확인한다는 말이 있잖소. 인간을 잡아먹는 야수도 그런데 하물며 사람은 말해 뭣하겠소. 그렇지만 공산당원은 그것을 뛰어넘어야 하오. 남의 자식들을 생각해야 한다는 말이오. 박해를 받아 희생되는 사람들의 자식들을 생각해야지."

어머니는 자리를 박차고 일어나서 나가버렸다. 아무 소용이 없는 일이었다. 혼자 있게 되자 어머니는 슬피 울었다.

아버지는 편지를 쓰기 시작했다. 한 장을 썼다가는 찢어버리고, 다시 썼다가는 또 찢어버렸다. 아버지는 완벽한 문장을 만들기 위해서 퇴고를 거듭했다. 마오쩌둥 주석에게 편지를 쓰는 일은 결코 간단한 일이 아니었다. 아버지는 자신의 주장을 정확하게 전달해야 할뿐만 아니라, 편지의 여파로 가족들에게 닥칠 재앙을 최소화하기 위해서도 애써야 했다. 다시 말해서 자신이 제기하는 비판이 비판으로 여겨져서는 안 되었다. 마오쩌둥의 심기를 건드려서는 절대로 안 되는 일이었다.

아버지는 6월부터 마오쩌둥에게 쓸 편지를 생각하기 시작했다. 여러 동료들이 문화혁명의 희생물이 되는 것을 목격하면서 아버지는 그들을 위해서 무엇인가 말을 해야 한다고 생각했다. 그러나 연이어 발생하는 사태는 마음먹은 계획을 실행에 옮기지 못하게 만들었다. 무엇보다도 아버지 자신이 희생자가 될 수 있는 징조가 더욱 농후해졌다. 어느 날 어머니는 청두의 중심가에서 "쓰촨 성 제일의 문화혁명 반대파"로 아버지의 이름을 들면서 공격하는 대자보가 붙어 있는 것을 발견했다. 대자보는 두 가지 이유를 들어서 아버지를 비판했다. 한 가지는 지난해 겨울 마오쩌둥이 문화혁명을 개시하기 전에 발표되었던 명나라 관리를 묘사한 연극 「해서파관」을 비판하는 논문을 전재하는 것에 아버지가 저항했다는 것이었다. 또 하나는 숙청에 반대하면서 문화혁명을 비정치적 학술논쟁으로 한정시킬 것을 제창한 "4월 의견"의 초안을 작성했다는 것이었다.

대자보에 관해서 어머니로부터 이야기를 들은 아버지는 즉시 그것은 쓰촨 성 당 지도부의 짓이라고 말했다. 대자보가 지적한 두 가지 건은 상부에 있는 소수의 수뇌들만이 알고 있는 일이었다. 아버지는 이제 그들이 자신을 표적으로 삼았다는 것을 확신할 수 있었으며, 또한 그 이유도 알고 있었다. 청두의 대학생들은 공격의 대상으로 쓰촨 성의 당 지도부를 지목하기 시작했다. 중학생들과 달리 대학생들은 중앙문화혁명소조로부터 많은 정보를 얻었다. 따라서 그들은 마오쩌둥의 진정한 의도가 "주자파", 즉 당내에서 실권을 장악한 간부들을 격파하는 것임을 알고 있었다. 공산당 간부들의 대다수는 1949년에 중화인민공화국이 성립된 후에야 결혼을 했기 때문에 대학에 다닐 연령의 자식들이 없었다. 따라서 공산당 간부를 공격하는 대학생들은 고급 간부의 자녀가 아니었다. 현 체제를 유지하는 것이 자신들의 이익에 부합하지 않았기 때문에 대학생들은 조금도 망설이지 않고 당 간부를 공격하기 시작한 것이다.

어린 중학생들이 저지른 폭력행위에 격노했던 쓰촨 성 당국은 대학생들의 공격이 시작되자 공황 상태에 빠졌다. 당국은 유명한 인물을 제물로 삼아서 대학생들의 혈기를 진정시키는 것 외에는 방법이 없다고 생각했다. 아버지는 쓰촨 성의 고급 간부이면서 또한 문화혁명의 주요 공격 목표인 "문화" 부문을 담당하고 있었다. 아버지는 신념을 굽히지 않는 원칙주의자로 소문이 나 있었다. 의견 통일과 무조건적인 복종이 요구되는 문화혁명의 와중에서 당국은 아버지를 사라져야 할 존재로 여겼다.

아버지의 예감은 곧 현실로 나타났다. 8월 26일에 아버지는 쓰촨 성에서 명문교인 쓰촨 대학교의 학생집회에 출석하라는 통고를 받았다. 학장과 원로 교수들을 공격해오던 쓰촨 대학교의 학생들은 이제 성의 공산당 간부들에게 시선을 돌리기 시작했다. 집회는 명목상으로는 당 지도부가 학생들의 의견을 청취하기 위한 것이었다. 청두에서 최대의 수용 인원수를 자랑하는 쓰촨 대학교 대강당에는 공산당 정치위원 리를 비롯한 쓰촨 성 정부 전 간부들의 얼굴이 보였다. 학생들은 입추의 여지가 없이 대강당을 메웠다.

학생들은 소요를 일으킬 작정으로 집회에 참가했다. 회의장은 순식간에 대혼란 속으로 빠져들었다. 구호를 외치고 깃발을 흔드는 학생들은 마이크를 탈취하려고 단상으로 뛰어올라갔다. 아버지는 의장이 아니었지만 혼란에 빠진 상황을 수습하라는 요청을 받았다. 아버지가 학생들과 대치하는 사이에 다른 당 간부들은 전원 자리를 떴다.

아버지는 이렇게 외쳤다. "당신들이 지성인이라고 자부하는 대학생들입니까, 아니면 깡패들입니까?" 일반적으로 중국에서 공무원들은 자신들의 품위를 지키면서 냉정한 자세를 취하지만, 아버지는 학생들과 마찬가지로 큰 소리로 외쳤다. 불행히도 그런 상황에서 아버지의 순수성은 학생들에게는 먹혀들지 않았다. 학생들이 외쳐대는 구호 소리를 뒤로하고 아버지도 회의장을 떠났다. 그 직후에 아버지를 "가장 완강한 주자파이자 문화혁명에 철저하게 저항하는 고집파"라고 비판하는 거대한 대자보가 나붙었다.

이 집회는 쓰촨 성에서 문화혁명의 향방을 결정짓는 이정표가 되었다. 쓰촨 대학교의 홍위병 조직이 자신들을 "8-26"이라고 부른 것도 8월 26일에 열렸던 이 집회가 계기가 되었다. 이 "8-26" 조직을 핵심으로 하여 쓰촨 성 전역에서 수백만 명에 달하는 학생들을 포함하는 홍위병 연합조직이 형성됨으로써 쓰촨 성 문화혁명의 중심 세력이 되었다.

집회 후에 쓰촨 성 당국은 아버지에게 어떤 상황에서도 아파트를 떠나지 말라고 지시했다. 아버지 자신의 "안전"을 위한다는 것이 당국이 내세운 명분이었다. 아버지는 자신이 처음에는 의도적으로 학생들의 표적으로 내세워졌고, 그런 다음에는 사실상의 가택연금에 처해졌음을 간파할 수 있었다. 아버지는 마오쩌둥에게 보내는 편지에 자기 자신이 박해의 대상이 될 수 있다는 점을 덧붙였다. 어느 날 밤, 아버지는 눈물이 그렁그렁한 채 자신은 외출할 자유마저 박탈당했으니 어머니가 그 편지를 가지고 베이징으로 가라고 당부했다.

어머니는 아버지가 마오쩌둥에게 편지 쓰는 것을 반대해왔으나 이제는 생각을 바꾸었다. 아버지의 신상에 위험이 닥쳐오고 있었기 때문이었다. 이런 상황은 자식들이 "흑오류"가 될 수 있음을 의미하는 것이기도 했으며, 어머니는 그 결과가 어떤 것인지를 잘 알고 있었다. 베이징이 아무리 멀다고 하더라도 그곳에 가서 당의 최고지도부에 호소하는 것만이 남편과 자식들을 구할 수 있는 유일한 방법이었다. 어머니는 편지를 가지고 가겠다고 약속했다.

8월 말, 낮잠을 자고 있던 나는 부모님 방에서 들려오는 시끄러운 소리에 잠에서 깨어났다. 나는 발끝으로 걸어서 문이 반쯤 열려 있는 아버지의 서재로 다가갔다. 서재 중앙에는 아버지가 서 있고 그 주위로 여러 명의 남자들이 서 있었다. 나는 그들의 얼굴을 알아보았다. 그들은 공무부 직원들이었다. 그들은 모두 평소의 다정한 미소는 온데간데없이 엄숙한 표정이었다. 아버지의 목소리가 들려왔다. "여러분들께서 나 대신 성 당국에 감사의 말씀을 전해주시기 바랍니다. 그분들이 염려해주신 데 대해서 감사하게 생각하고 있습니다. 그렇지만 도망쳐 숨고 싶은 마음은 없습니다. 공산당원이 학생들을 두려워한다면 말이 안 되죠."

아버지의 어조는 침착했으나 목소리에는 절박한 감정이 배어 있었다. 그때 정중한 목소리의 남자가 위협조로 말하는 것이 들렸다. "그렇지만 장 부장님, 당이 누구보다도 잘 알고 있습니다. 대학생들의 공격 목표는 장 부장님이고 그들은 폭력에 호소합니다. 따라서 당은 장 부장님을 보호할 필요가 있다고 생각합니다. 이것은 당의 결정입니다. 공산당원은 무조건 당의 결정에 복종해야 한다는 규칙을 잘 알고 계실 것입니다."

잠시 침묵이 흐른 뒤 아버지가 조용히 말했다. "당의 결정에 따르겠습니다. 당신들과 같이 가겠습니다." "그런데 어디로 가시는 거예요?" 어머니의 질문이었다. 그러자 한 남자가 다급한 목소리로 대답했다. "당의 지시는 누구에게도 알리지 말라는 것입니다." 서재에서 나온 아버지는 나를 보자 내 손을 잡았다. "아버지는 잠시 어디 좀 다녀오마. 어머니 말씀 잘 듣는 착한 아이가 되어야 한다."

어머니와 나는 아파트 단지의 문까지 아버지와 함께 걸어갔다. 긴 도로의 양측에는 공무부 직원들이 늘어서 있었다. 심장이 막 뛰면서 다리는 마치 목화솜으로 만들어진 것처럼 힘이 하나도 없었다. 아버지는 매우 흥분한 듯이 보였다. 내 손을 잡은 아버지의 손이 떨리고 있었다. 나는 그런 아버지의 손을 다른 손으로 어루만졌다.

문 밖에는 아버지가 탈 승용차가 문을 열어놓은 채 대기하고 있었다. 차 안에는 조수석과 뒷자리에 각각 한 명씩 두 남자가 타고 있었다. 어머니는 긴장된 표정이었으나 침착했다. 어머니는 아버지의 눈을 정면으로 바라보면서 "걱정하지 마세요. 내가 잘 해내겠어요"라고 말했다. 아버지는 어머니나 나를 한번 안아주지도 않은 채 떠나갔다. 중국인들은 매우 특별한 순간에도 여러 사람들 앞에서는 좀처럼 애정을 표현하지 않는다.

일련의 행동이 아버지를 "보호하기" 위한 것이라고 설명되었기 때문에 나는 아버지가 구금당하는 것이라고는 생각지 못했다. 열네 살이었던 나는 정치적 위선을 알아챌 만한 능력이 없었다. 아버지를 연행하면서 "보호하기" 위해서라고 말했던 것은 쓰촨 성 당국이 아버지를 어떻게 처리할지를 결정하지 못했기 때문이었다. 그런 경우 대부분 경찰은 나서지 않았다. 아버지를 연행하기 위해서 왔던 사람들은 공무부에서 아버지의 부하로 근무하는 직원들이었다. 그들은 성의 당위원회로부터 구두 명령을 받고 왔던 것이다.

아버지가 떠나자마자 어머니는 서둘러 옷가지를 가방에 챙기고는 우리들에게 베이징에 간다고 말했다. 아버지의 편지는 갈겨쓰고 여러 곳을 정정한 초안 상태였다. 연행해가기 위해서 들이닥친 공무부 직원들을 목격한 순간, 아버지는 편지 초안을 급히 어머니의 손에 쥐어주었다.

외할머니는 네 살짜리 남동생 샤오팡을 부둥켜안고 울었다. 나는 기차역까지 어머니를 모셔다드리고 싶다고 말했다. 버스를 기다릴 시간이 없어 어머니와 나는 삼륜 택시를 탔다.

나는 우리 식구가 맞닥뜨린 상황이 두려웠고, 머릿속이 혼란스러웠다. 어머니는 내게 아무런 설명도 해주지 않았다. 잔뜩 긴장한 어머니는 무엇인가를 골똘히 생각하는 듯했다. 내가 무슨 일이냐고 묻자, 어머니는 나중에 알게 될 것이라고 한마디 하고는 더 이상 아무 말도 하지 않았다. 나는 일이 복잡하여 설명할 수 없는 것이라고 짐작했다. 나는 어리기 때문에 이해하지 못한다는 말을 자주 들어왔다. 어머니가 정신을 집중하여 상황을 파악하고 다음에 취할 행동을 궁리하고 있다고 판단한 나는 어머니를 방해하지 않고 잠자코 있기로 했다. 어머니 자신도 혼란스러운 상황을 이해하기 위해서 혼신의 노력을 기울이고 있다는 것을 나는 알지 못했던 것이다.

어머니와 나는 서로 손을 꼭 잡은 채 아무 말 없이 긴장된 표정으로 달리는 삼륜 택시 속에 앉아 있었다. 어머니는 계속해서 어깨너머로 뒤를 살폈다. 자신이 베이징으로 가는 것을 당국이 막을 것이라고 생각했기 때문에 어머니는 자신에게 무슨 일이 발생하면 내가 증인이 될 수 있을 것으로 판단하여 내가 동행하는 것을 허락했던 것이다. 역에 도착하자 어머니는 베이징행 기차의 "경좌(硬座, 2등좌석)" 표를 한 장 샀다. 기차는 새벽에 출발할 예정이었으므로 우리는 대합실의 벤치에 앉았다. 대합실은 벽도 없이 지붕만 있었다.

열차가 들어오려면 아직도 오랜 시간을 기다려야 했다. 나는 어머니에게 몸을 밀착시켰다. 우리는 아무 말 없이 역 앞의 시멘트로 포장된 광장 위를 뒤덮고 있는 어둠 속을 바라보았다. 나무 전봇대 꼭

대기에 달려 있는 전구의 희미한 불빛은 그날 아침에 천둥과 함께 쏟아졌던 폭우가 고인 물웅덩이에서 반사되고 있었다. 나는 여름 블라우스를 입고 있어서 한기를 느꼈다. 어머니는 자신의 레인코트를 나에게 덮어주었다. 밤이 점점 깊어가고 있었다. 어머니는 나에게 잠시 눈을 붙이라고 말했다. 피곤했던 나는 어머니의 무릎을 베고 잠이 들었다.

어머니의 무릎이 움직이는 바람에 나는 잠이 깼다. 머리를 들고 바라보니 후드가 달린 레인코트를 입은 두 사람이 우리 앞에 서 있었다. 그들은 낮은 목소리로 무엇인가를 놓고서 말다툼을 벌였다. 막 잠에서 깨어나 흐리멍덩한 상태였기 때문에 나는 그들의 말을 알아들을 수 없었다. 그들이 남자인지 여자인지도 식별할 수가 없었다. 멀리서 어머니의 음성이 들려왔다. "큰 소리를 내어 홍위병을 부를 겁니다." 어머니의 음성은 조용하면서도 힘이 실려 있었다. 회색 후드가 달린 레인코트를 입은 사람들이 조용해졌다. 그들은 서로 몇 마디를 주고받더니 물러갔다. 분명히 사람들의 시선을 끌고 싶지 않았던 것이다.

새벽에 어머니는 베이징행 기차에 몸을 실었다.

여러 해가 지난 후, 어머니는 역 광장에서 만났던 두 사람이 어머니도 알고 있었던 여성들로서 쓰촨 성 공무부의 하급 직원들이었다고 설명해주었다. 당국은 어머니가 베이징으로 가는 것을 "반당적" 행위로 규정했다고 그 두 사람이 어머니에게 말했다. 어머니는 당원이라면 지도부에 탄원하는 권리를 가진다는 중국 공산당의 당헌을 들어 그들의 말을 반박했다. 두 사람은 차에서 기다리고 있는 남자들이 완력으로 어머니를 연행할 수도 있다고 위협했다. 어머니는 만약 그들이 그런 짓을 한다면 자신은 큰 소리로 역 주변에 있는 홍위병들을 불러서 마오쩌둥 주석을 만나러 베이징으로 가려는 자신을 그들이 막으려고 한다고 말하겠노라고 대들었다. 나는 어머니에게 당시에 홍위병들이 공무부 직원들의 말을 듣지 않고 어머니를 도와줄 것으로 어떻게 확신할 수 있었는지를 물었다. "공무부 직원들이 홍위병에게 어머니는 도망치려는 계급의 적이라고 말하면 어쩔 뻔했어요?" 어머니는 미소를 지으면서 말했다. "당시 나는 그들이 그런 위험은 무릅쓰지 않을 것이라고 계산했다. 그리고 나에게는 다른 대안이 없었기 때문에 어떤 도박이라도 해야 할 입장이었단다."

베이징에서 어머니는 아버지의 편지를 고정(苦情) 접수처로 가지고 갔다. 중국 역사상 통치자들은 독립된 법률체계를 만든 적이 없었으나, 대신에 일반인들이 위정자에게 고정을 제기할 수 있는 창구를 설치했다. 중국 공산당은 이런 전통을 계승했다. 문화혁명이 진행되는 동안 당 간부들의 세력이 약화되는 듯 보이자, 과거에 그들로부터 박해를 받았던 많은 사람들이 베이징의 고정 접수처로 몰려들었다. 그러나 중앙문화혁명소조는 곧 "계급의 적"에 속하는 사람들은 "주자파"에 대해서조차도 탄원을 허용하지 않는다고 발표했다. "계급의 적"이 탄원을 제출하는 경우에는 두 배로 처벌을 받았다.

아버지와 같은 고급 간부가 고정 접수처에 탄원서를 제출하는 경우는 별로 없었으므로 어머니는 주목을 받았다. 희생자의 배우자로서 베이징까지 찾아가서 탄원서를 제출할 만큼 용기를 가진 어머니와 같은 여성도 찾아보기가 힘들었다. 그것은 배우자가 희생자를 변호하다가 화를 부르기보다는 자신과 탄원 대상자들 사이의 "위상의 차이를 인식하도록" 가해지는 압력에 굴복했기 때문이었다. 어머니는 곧 타오주 부총리를 면회할 수 있었다. 당시 타오주는 중앙공무부의 부장이자 문화혁명의 지도자들 중 한 사람이었다. 어머니는 그에게 아버지의 편지를 전달하고 쓰촨 성 당국에 아버지를 석방하도록 명령해줄 것을 탄원했다.

2주일 후 어머니는 타오주를 다시 만날 수 있었다. 그는 아버지의 행위가 완전히 합법적이며 쓰촨 성 당 지도부의 방침과 부합되므로 즉각 석방되어야 한다는 내용의 편지를 어머니에게 주었다. 타오주는 아버지 건을 조사하지도 않고 어머니의 설명을 받아들였던 것이다. 왜냐하면 당시 문화혁명의 소용돌이 속에서 당의 고급 간부가 자기 한 몸을 지키기 위해서 다른 간부를 희생시키는 일이 중국 각지에서 많이 발생했기 때문이었다. 타오주는 당내의 문서 전달체계가 정상적으로 작동하지 않는다는 것을 알고 있었기 때문에 그 편지를 어머니에게 직접 건네주었던 것이다.

타오주는 죄 없는 사람을 희생양으로 만들고 폭력행위가 만연하는 현상에 대해서 아버지가 편지상에서 우려한 내용에 이해와 공감을 표시했다. 어머니는 타오주가 혼란한 시국을 수습해야만 한다는 생각을 가지고 있음을 발견할 수 있었다. 그러나 결국 이 사건이 빌미가 되어 얼마 후 타오주 자신이 류사오치와 덩샤오핑 다음으로 "중국 제3의 주자파"라는 규탄을 받았다.

한편 어머니는 타오주의 편지를 필사한 다음 필사본을 외할머니에게 우송했다. 어머니는 외할머니에게 필사본을 공무부 사람들에게 보여주고, 또한 그들에게 자신은 아버지가 석방된 다음에 귀가할 예정이라고 전할 것을 당부했다. 어머니는 자신이 곧장 쓰촨 성으로 돌아갈 경우 당국이 자신을 체포하여 타오주의 편지를 압수하고 남편을 석방하지 않을 수도 있다고 판단하고는 필요할 경우 당 중앙을 움직이게 하려면 자신이 베이징에 남아 있어야 한다는 결론에 도달했던 것이다.

외할머니는 어머니가 필사한 타오주의 편지를 쓰촨 성 당위원회에 제출했다. 그러나 위원회의 담당자는 아버지의 건은 오해에서 비롯된 것이며, 자신들은 아버지를 단지 보호하고 있을 뿐이라고 말했다. 그들은 어머니가 개인주의적 간섭을 즉시 중단하고 청두로 돌아와야 한다는 강경한 입장을 보였다.

당 직원들은 우리 아파트를 수차례 찾아왔다. 그들은 베이징에 있는 어머니를 데려오라고 외할머니에게 설득하려고 시도했다. 그중 한 명은 외할머니에게 이렇게 말했다. "진정으로 할머니의 따님을 생각해서 드리는 말씀입니다. 왜 그렇게 당을 못 믿으십니까? 당은 다만 할머니의 사위를 보호하려고 그랬던 것인데, 따님께서 당의 말을 듣지 않고 베이징으로 간 것입니다. 만약 따님이 돌아오지 않는다면 반당적이라는 말을 들을 것입니다. 그것이 얼마나 무서운 줄 잘 아실 것입니다. 어머님으로서 따님에게 좋은 일을 하셔야 합니다. 당은 따님이 청두에 돌아와서 자기비판을 한다면 죄를 묻지 않겠다고 약속했습니다."

딸이 곤경에 처했다는 생각에 외할머니는 거의 쓰러질 지경이었다. 그런 설득을 몇 차례 당한 끝에 외할머니의 마음은 흔들리기 시작했다. 그러던 어느 날 외할머니는 딸을 위해서 결심했다. 외할머니는 사위가 신경쇠약에 걸렸는데 딸이 귀가해야 사위를 입원시키겠다는 말을 들었던 것이다.

당국은 외할머니와 샤오팡을 위해서 기차표 두 장을 주었다. 두 사람은 기차로 36시간이 걸리는 베이징을 향해 출발했다. 외할머니로부터 자초지종을 들은 어머니는 공무부에 전보를 쳐서 돌아가겠다고 알리고는 귀향할 준비를 서둘렀다. 어머니는 10월 둘째 주에 외할머니와 샤오팡과 함께 청두로 돌아왔다.


어머니가 집에 없었던 9월 한 달 동안 나는 외할머니의 곁을 지키느라 집에만 있었다. 외할머니가 어머니에 대한 걱정 때문에 몸이 쇠약해진 것을 알 수 있었다. 그러나 일이 어찌 진행되고 있는지는 알 길이 없었다. 아버지는 어디에 계신 것인가? 체포된 것인가, 아니면 보호를 받고 있는 것인가? 우리 가족은 괜찮은 것인가? 어느 누구도 이야기를 해주지 않았기 때문에 나는 아무것도 아는 것이 없었다.

내가 계속 집에 머물 수 있었던 것은 홍위병 조직의 통제가 공산당만큼 엄격하지 않았기 때문이었다. 게다가 나에게는 홍위병 내에 일종의 "보호자"가 있었다. 나를 만날 때면 어색한 태도를 취하는 열다섯 살의 홍위병 리더인 경은 나를 학교로 불러내는 일이 없었다.

그러나 9월 말에 그는 내게 전화를 걸어와 국경절인 10월 1일 전에 학교로 나오지 않으면 홍위병에 가입할 수 없을 것이라고 알려왔다.

나는 홍위병 가입을 강요당한 적이 없었다. 그러나 홍위병에 꼭 가입하고 싶었다. 내 주변에서 일어나고 있는 사태에도 불구하고 나의 혐오와 공포의 감정은 애매한 것이었으며, 나는 문화혁명과 홍위병을 한번도 의심해보지 않았다. 그 두 가지는 마오쩌둥 주석이 시작한 것이었고, 마오쩌둥 주석은 시비의 대상이 될 수 없었다.

대다수의 중국인들과 마찬가지로 당시의 나는 이성적으로 생각할 수 있는 힘을 상실했었다. 공포와 세뇌로 이성이 마비되었기 때문에 마오쩌둥이 설정해놓은 노선에서 벗어난다는 것은 상상할 수도 없는 일이었다. 게다가 기만적인 수사(修辭), 허위 정보, 위선에 압도당해왔기 때문에 진실을 발견하고 정확한 판단을 내리는 것은 사실상 불가능했다.

학교로 돌아온 나는 많은 "홍오류"의 학생들이 자신들이 홍위병에 가입할 수 없는 것에 대해서 많은 불만을 쏟아내고 있다는 말을 들었다. 10월 1일 국경절을 기해 "홍오류"의 학생들 전원을 홍위병으로 받아줄 예정이었으므로, 겅은 국경절에 학교에 나오라고 나에게 전화했던 것이다. 따라서 문화혁명이 우리 가족에게 파멸을 가져온 것과 같은 시기에 나는 홍위병이 되었다.

금색 글자로 "홍위병"이라고 쓰인 붉은 완장을 두르고 나니 가슴이 뛰었다. 당시에는 마오쩌둥이 홍위병을 접견할 때 착용했던 구식 군복과 가죽 벨트를 착용하는 것이 홍위병들의 패션이었다. 그런 패션을 따르고 싶었던 나는 홍위병 등록이 끝나자마자 집으로 달려가 옛 트렁크 밑바닥에서 어머니가 1950년대 초에 입던 흐린 회색의 레닌 재킷을 꺼냈다. 그 옷이 내 몸에는 약간 커서 외할머니가 줄여주었다. 아버지의 바지에서 빼낸 가죽 벨트까지 착용하고 나니 내 홍위병 의상은 완벽해졌다. 그런 차림으로 거리에 나서자 왠지 매우 어색하게 느껴졌다. 아무래도 내 의상이 지나치게 공격적이라는 느낌이 들었다. 그렇지만 나는 그런 홍위병 복장을 계속 착용했다.

이런 일이 있고 나서 곧 외할머니는 베이징으로 떠났다. 나는 홍위병에 막 가입한 처지였으므로 학교를 떠날 수가 없었다. 우리 집에서 발생한 일 때문에 학교에서 보고 듣는 일들은 나에게 심한 공포감을 안겨주었다. "흑오류"와 "마회류"의 학생들이 머리를 떨어뜨린 채 화장실과 운동장을 청소하는 모습을 보았을 때는 마치 내자신이 그들 중의 한 사람일 수도 있다는 생각과 함께 공포감이 들었다. 홍위병들이 밤에 민가를 습격하려고 출동할 때면 그들이 우리 집으로 향하는 것은 아닌가 하는 생각에 오금이 저렸다. 동료 학생들이 가까이에서 소곤소곤 이야기하는 소리가 들리기라도 하면 내심장은 마구 뛰었다. 혹시 저 아이들이 내가 "흑오류"가 되었다거나, 우리 아버지가 체포되었다고 말하는 것은 아닌가 하는 생각이 들었던 것이다.

이러던 차에 나는 좋은 도피처를 발견할 수 있었다. 그것은 홍위병의 접견실이었다.

연일 학교로 많은 사람들이 찾아왔다. 1966년 9월 이래로 점점 더 많은 젊은이들이 전국에서 여행길에 올랐다. 젊은이들이 이동하고 소란을 일으키도록 조장하기 위해서 그들에게 교통편과 숙식이 무료로 제공되었다.

접견실로 사용하는 방은 문화혁명 이전에는 강의실로 사용되던 곳이었다. 종종 목적 없이 각지를 여행하는 젊은이들이 접견실로 모여들었다. 접견실에서는 그런 젊은이들에게 차를 대접하고 이야기를 들어주었다. 그들이 특별한 용건이 있다고 하면 접견실 담당자는 홍위병 대표와 만날 수 있도록 주선해주었다. 접견실에서 근무하면 "흑오류"나 "마회류"의 학생들을 감시하거나 민가를 습격하는 일에 참가할 필요가 없었기 때문에 나는 접견실 근무에만 매달렸다. 나는 또한 함께 일하는 5명의 여학생들 때문에도 접견실 근무가 좋았다. 처음 만났을 때 그들은 온화하면서도 문화혁명의 열기와는 먼 분위기를 풍겼다.

　매일 많은 사람들이 접견실로 찾아왔다. 방문자들 중 대다수가 빈둥거리면서 우리들과 이야기를 나누었다. 종종 방문객들이 어찌나 많은지 문 앞에 줄을 서기도 했으며, 그들 중 몇몇 사람들은 계속해서 다시 찾아왔다. 지금 돌이켜 생각해보니 당시의 젊은이들은 사실 여자들과 대화를 나누기 위해서 찾아왔던 것 같다. 그들은 혁명에 열중하는 자세가 아니었다. 그러나 당시의 나는 매우 진지했던 것 같다. 나는 그들의 시선을 피하지도 않았고, 윙크에 대꾸하지도 않았다. 나는 그들이 아무리 황당한 이야기를 해도 진지한 자세로 받아적었다.

　어느 무더운 밤에 조금은 거칠어보이는 두 명의 중년 여성이 여느 때와 마찬가지로 소란스러운 접견실을 방문했다. 그들은 학교 근처의 주민위원회 주임과 부주임이라고 자신들을 소개했다. 그들은 마치 중대한 기밀이라도 알고 있는 것처럼 진지한 표정으로 무게를 잡으면서 말했다. 이렇게 가식적인 태도를 취하는 사람을 혐오했기 때문에 나는 두 사람에게 등을 돌렸다. 그러나 사실 그 두 사람은 폭탄 같은 정보를 가지고 온 것이었다. 주위에서 서성거리던 사람들이 "트럭을 불러! 트럭을 불러! 모두들 그곳으로 가자!"고 외쳤다. 사태를 파악하기도 전에 나는 그들에게 휩쓸려 트럭에 올라가 있었다. 마오쩌둥이 노동자들에게 홍위병을 지원하라고 명령했기 때문에 학교에는 트럭과 운전자가 항시 상주하고 있었다. 접견실을 찾았던 두 여성 중 한 명이 내 옆에 앉아 있었다. 그녀는 접견실에서 했던 이야기를 되풀이했다. 말하는 그녀의 표정은 홍위병들의 비위를 맞추기 위해서 진지했다. 그녀의 이야기로는 타이완으로 도망간 국민당 장교의 아내가 이웃에 살고 있는데, 그녀가 장제스의 초상화를 은닉하고 있다는 것이었다.

　나는 그 여성이 마음에 들지 않았다. 특히 그녀의 비굴한 분위기를 풍기는 웃음이 싫었다. 그녀 때문에 내가 최초로 민가 습격 길에 나서게 되었다고 생각하자, 그녀에 대한 증오심이 생겼다. 트럭은 곧 좁은 골목길 앞에 멈추었다. 우리들은 모두 트럭에서 내려 두 여성을 따라서 자갈길로 들어섰다. 골목 안은 집들의 널빤지 벽 틈으로 새어나오는 빛이 고작일 정도로 칠흑같이 어두웠다. 나는 뒤로 처지기 위해서 일부러 비틀거리다가 넘어졌다. 고발된 여성의 아파트는 방이 둘뿐이어서 트럭에 가득 탔던 우리 일행이 다 들어갈 수 없었다. 나는 아파트 내부로 들어갈 수 없는 것을 다행스럽게 생각했다. 그러나 얼마 지나지 않아 누군가가 밖에 있는 사람들이 들어올 수 있도록 공간을 확보했으니 들어와서 "계급투쟁 교육을 받으라"고 외쳤다.

다른 사람들과 함께 집 안으로 쑤시고 들어가보니 많은 사람들의 몸에서 풍기는 대소변과 땀 냄새가 코를 찔렀다. 방 안은 완전히 엉망이 되어 있었다. 국민당 장교의 아내는 40대쯤으로 보이는 여성으로서, 상반신이 벗겨진 채 방 중앙에 무릎을 꿇고 앉아 있었다. 15와트짜리 백열등 전구 하나만이 켜져 있는 방 안은 어둠침침했다. 전등에 비친 그 여성의 꿇어앉은 자세는 기묘한 모양의 그림자를 연출했다. 그녀의 머리는 엉망이었으며 일부는 피가 말라붙은 듯했다. 필사적으로 눈을 부릅뜨면서 그녀는 "홍위병 대장! 나는 장제스의 초상화를 가지고 있지 않습니다! 맹세코 없습니다!" 그녀는 이렇게 울부짖으면서 자신의 머리를 쿵 소리가 날 정도로 바닥에 심하게 찧어대어 이마에서는 피가 흘렀다. 상처투성이인 그녀의 등에도 핏자국이 있었다. 그녀가 고두를 하면서 궁둥이를 쳐들자 누런 덩어리가 보이면서 똥 냄새가 방 안에 진동했다. 나는 너무나 겁이 나서 얼른 눈을 돌리고 말았다. 그녀 옆에는 그녀를 고문했던 홍위병이 보였다. 그는 츠안이라는 이름의 열일곱 살 난 남학생이었다. 나는 지금까지 그에게 호감을 가지고 있었다. 그는 의자에 앉아 놋쇠 버클이 달린 가죽 혁대를 흔들면서 "사실대로 이야기하지 않으면 또 때릴 거야"라고 맥 빠진 목소리로 으름장을 놓았다.

츠안의 아버지는 육군 장교로서 티베트에서 근무하고 있었다. 티베트에 부임한 장교들 대부분은 티베트가 사람이 살 수 없는 야만스러운 곳이라고 여겨 중국 본토에서 제일 가까운 도회지인 청두에 가족들을 남겨두었다. 전에는 츠안의 멜랑콜리한 분위기가 멋지게 느껴져 그에게 호감을 가졌던 것도 사실이다. 나는 떨리는 목소리를 누르면서 낮은 목소리로 말했다. "마오쩌둥 주석께서 우더우〔武鬪〕보다는 원더우〔文鬪〕를 사용하라고 우리들에게 가르치지 않으셨니? 그러니 우리가 폭력을 행사해서는 안 되지……."

내가 용기를 내어 조그만 목소리로 항의하자 몇 사람이 동조하는 기색을 보였다. 그러나 츠안은 우리들에게 경멸의 시선을 던지고는 힘찬 소리로 이렇게 말했다. "자신과 계급의 적 사이에 선을 확실하게 그어야만 한다. 마오쩌둥 주석께서는 '적은 인자하게 대하되 인민은 잔인하게 대해야 한다'고 말씀하셨다. 피를 보는 것이 겁난다면 홍위병이 되지 말아야지!" 이렇게 내뱉는 그의 얼굴은 마오쩌둥에 대한 열광으로 일그러져 있었다. 우리는 아무런 대꾸도 하지 않고 잠자코 있었다. 그의 행동에서는 혐오감 이외의 어떤 것도 느낄 수 없지만 그와 논쟁할 수는 없는 일이었다. 우리는 계급의 적을 동정할 필요가 없다고 배웠다. 그렇게 하지 않으면 우리 자신이 계급의 적이 될 것이었다. 나는 몸을 돌려 집 뒤에 있는 정원으로 발걸음을 옮겼다. 정원에는 삽을 든 홍위병들이 가득했다. 집 안에서는 혁대로 때리는 소리와 여성의 비명 소리가 들려와 내 머리카락이 곤두섰다. 고통에 못 이겨 지르는 비명 소리는 분명히 다른 사람들에게도 참기 힘든 소리였다. 땅을 파던 많은 홍위병들이 즉시 작업을 중단하고 허리를 폈다. "땅속에는 아무것도 없네. 돌아가자! 돌아가!" 우리 일행이 방을 빠져나올 때 나는 매 맞은 여성 옆에 아무렇지도 않은 듯이 서 있는 츠안의 모습을 보았다. 집 밖에서는 비굴한 눈매를 가진 밀고한 여성의 모습이 보였다. 이제 그녀의 얼굴에는 겁먹은 표정이 감돌았다. 그녀는 무엇인가 말할 듯이 입을 열었으나 아무 말도 하지 못했다. 나는 그녀의 얼굴을 보는 순간, 장제스의 초상화는 처음부터 없었다는 생각이 떠올랐다. 그녀는 복수심에서 그 불쌍한 여성을 밀고했던 것이다. 홍위병을 이용하여 해묵은 원한을 푸는 일이 발생하고 있었다. 나는 혐오감과 분노가 치밀어오르는 것을 참으면서 트럭에 올랐다.

# 18. "특대의 희소식"

베이징 순례
(1966. 10-12)

다음 날 아침, 나는 핑계를 대고 집으로 돌아왔다. 아파트에는 아무도 없었다. 아버지는 당국에 연행되었고, 어머니와 외할머니 그리고 막냇동생 샤오팡은 베이징에 있었다. 언니와 큰 동생들은 다른 곳에서 생활했다.

바로 밑의 남동생 진밍은 처음부터 문화혁명을 증오했다. 동생은 나와 같은 제4중학교의 1학년생이었다. 동생은 과학자가 되기를 꿈꾸었다. 그러나 그의 꿈은 문화혁명의 소용돌이 속에서 "부르주아적"이라고 비판을 받았다. 그는 문화혁명이 시작되기 전에 같은 학년의 몇몇 친구들과 "철(鐵)의 형제"라고 부르는 동아리를 결성하여 모험과 탐험을 즐겼다. 키가 크고 공부를 잘하는 진밍은 동아리의 맏형 격이었다. 진밍은 매주 자신의 화학 지식을 활용하여 동아리 친구들 앞에서 매직 쇼를 펼쳐보였다. 그느라고 흥미가 없거나 이미 다 알고 있는 과목의 수업시간을 빼먹는 일도 있었다. 진밍은 다른 학생들을 공정하고 관대하게 대했다.

8월 16일에 제4중학교의 홍위병 조직이 결성되자 진밍이 이끄는 "철의 형제" 회원들도 홍위병에 가입했다. 진밍과 친구들에게는 선전물을 인쇄하여 길거리에서 배포하는 임무가 주어졌다. 그 선전물은 2, 3학년 상급생들이 작성한 것으로서 "청두 제4중학교 홍위병 제1사단 제1연대 결성 선언"(당시 모든 홍위병 조직은 거창한 명칭을 사용했다), "엄정(嚴正) 선언"(한 학생은 자신의 이름을 마오쩌둥 주석을 지키는 황[黃]이라는 의미로 "황웨이둥[黃衛東]"으로 개명하겠다고 선언했다), "특대의 희소식"(중앙문화혁명소조의 한 멤버가 일부 홍위병들을 접견했을 때), "최신, 최고의 지시"(마오쩌둥의 한두 마디 말이 새어나왔을 때)와 같은 여러 가지 제목들이 붙어 있었다.

진밍은 곧 이런 장광설이 인쇄된 선전물에 질려버렸다. 그는 자신의 임무수행을 게을리 하기 시작하면서 동갑내기 여학생에게 관심을 가지게 되었다. 진밍에게 그 여학생은 아름답고, 우아하고, 수줍은 듯하면서도 약간 고고하여 완벽한 여성으로 보였다. 진밍은 그 여학생에게 접근하지도 못하고 먼발치에서 바라보는 것만으로 만족해야 했다.

어느 날 진밍의 동급생 홍위병들이 민가를 습격하기 위해서 소집되었다. 상급생 홍위병이 습격 대상인 "부르주아 지식분자들"에 관해서 설명했다. 홍위병들이 습격한 집을 수색하는 동안 "죄수"라는 선언을 받은 그 집의 모든 가족들은 한 방으로 집합해야만 했다. 진밍에게는 그 가족들을 감시하라는 임무가 주어졌다. 진밍이 마음속에 두고 있던 여학생에게도 진밍과 같은 "간수"의 역할이 주어지자 진밍은 마음속으로 쾌재를 불렀다.

감시해야 할 "죄수"는 세 사람으로, 중년의 남성과 그의 아들 부부였다. 그들은 분명히 습격을 예상했기 때문에 체념한 듯한 표정을 하고서 진밍의 눈을 물끄러미 바라보았다. "죄수들"의 시선이 자신을 향하고 있을 뿐만 아니라, 자신이 좋아하는 여학생이 바로 옆에 있다는 사실로 인해서 진밍은 몸둘 바를 몰랐다. 여학생은 지루한 표정으로 문 밖만 내다보고 있었다. 몇 명의 남학생들이 도자기가 가득 든 대형 나무상자를 운반하는 것을 본 여학생은 자신도 보고 오겠노라고 진밍에게 말하고는 방 밖으로 나갔다.

혼자서 세 사람을 지키고 있던 진밍은 불쾌한 감정이 일었다. 그때 그 집의 며느리가 일어나 옆방에 있는 아기에게 젖을 먹여야겠다고 말했다. 진밍은 즉시 허락했다.

며느리가 방을 나가는 순간, 진밍이 짝사랑하는 여학생이 들어왔다. 여학생은 준엄한 목소리로 준밍에게 왜 "죄수"가 함부로 나돌아다니냐고 물었다. 자신이 허락했기 때문에 나간 것이라고 대답하자, 여학생은 진밍에게 "계급의 적을 연약하게 다룬다"고 고함을 질렀다. 진밍이 "버드나무 가지같이 나긋나긋한" 허리라고 생각해오던 여학생의 허리에는 가죽 혁대가 둘러져 있었다. 여학생은 가죽 혁대를 풀러 그것을 진밍의 코에 겨누면서(이것은 홍위병의 틀에 박힌 자세였다) 고함을 지르는 것이었다. 진밍은 너무나 놀란 나머지 말이 나오지 않았다. 자신이 짝사랑하던 여학생이 지금 자기 앞에 서 있는 사람이라고는 도저히 믿을 수가 없었다. 우아하고 수줍음을 타면서 사랑스럽기까지 했던 그녀가 돌변한 것이었다. 병적으로 흥분한 여학생의 모습은 추악하기 그지없었다. 진밍의 첫사랑은 이렇게 산산조각이 나고 말았다.

그러나 진밍도 여학생의 고함에 지지 않고 맞고함으로 대응했다. 여학생은 방을 나가더니 그룹의 리더인 상급생 홍위병을 데리고 왔다. 그는 진밍에게 침이 튈 정도로 고래고래 소리를 지르면서 여학생과 마찬가지로 둘둘 만 혁대를 진밍에게 겨누었다. 그러나 계급의 적들 앞에서 내부의 의견 차이를 드러내서는 안 된다는 것을 깨달은 상급생은 더 이상의 행동을 취하지는 않았다. 그는 진밍에게 학교에 돌아가 "재판을 기다리라"고 명령했다.

그날 저녁 진밍과 같은 학년의 홍위병들은 진밍을 제외시킨 채 집회를 열었다. 기숙사로 돌아온 동급생들은 진밍과 시선을 마주치지 않았다. 동급생들의 냉담한 태도는 이틀간 계속되었다. 그런 다음 그들은 그 호전적인 여학생과 진밍 문제를 논의하는 중이라고 알려주었다. 그녀는 진밍이 "계급의 적들에게 항복했다"고 비난하고는 엄벌에 처할 것을 주장했다. 그러나 "철의 형제" 동아리 회원들이 진밍을 옹호하고 나섰다. 회원들 중 일부는 그 여학생이 혁명동지인 다른 남학생과 여학생들에 대해서도 무섭도록 공격적이라는 점을 들어 비난했다.

그러나 진밍은 결국 처벌을 받았다. 진밍은 "흑오류"와 "마회류"의 학생들과 함께 풀을 뽑으라는 명령을 받았다. 아무리 뽑아도 다시 살아나는 풀의 끈질긴 생명력 때문에 마오쩌둥이 풀을 뽑아버리라고 지시한 이래로 풀 뽑는 일은 많은 사람의 손을 요하는 일거리가 되었다. 그러나 한편으로는 이런 지루한 작업이 계속해서 새로 생겨나는 "계급의 적들"에게 안겨줄 수 있는 적당한 징벌용 일거리가 되기도 했다.

진밍은 2, 3일간만 풀을 뽑았다. "철의 형제" 동아리 회원들은 진밍이 고생하는 것을 차마 두고 볼 수가 없었다. 그러나 "계급의 적들에게 동정적인 사람"으로 분류된 진밍은 두 번 다시 민가 습격에 동원되지 않았다. 이 점은 진밍이 바라던 바였다. 진밍은 곧 동아리 회원들과 함께 중국의 많은 산과 강들을 거치면서 전국을 둘러보는 여행길에 올랐다. 그러나 진밍은 대부분의 홍위병들과는 달리 마오쩌둥 주석을 보기 위해서 베이징으로 찾아갈 마음은 전혀 없었다. 진밍은 1966년 말까지도 집에 돌아오지 않았다.

열다섯 살인 언니 샤오훙은 학교에서 홍위병 조직이 결성될 때 홍위병으로 가입했다. 그러나 그 학교에서 언니는 많은 간부의 자녀들 중 한 사람일 뿐이었으며, 많은 학생들이 과격한 홍위병이 되기 위해서 경쟁을 벌였다. 언니는 홍위병의 폭력적인 분위기를 너무나 싫어한 나머지 곧 신경쇠약에 걸릴 지경이었다. 언니는 9월 초에 부모님께 도움을 청하러 집에 왔다가 아버지는 구금되었고, 어머니는 베이징으로 갔다는 사실을 알게 되었다. 외할머니가 크게 걱정하는 통에 언니는 더욱 겁을 먹었으나 하는 수 없이 학교로 돌아갔다. 언니는 내가 다니는 학교와 마찬가지로 약탈당한 후에 폐쇄된 학교 도서관 경비 일을 돕겠다고 자원했다. 언니는 밤낮으로 도서관에서 지내며 수많은 금서(禁書)들을 탐독했다. 이런 독서를 통해서 언니는 신경쇠약증에서 벗어날 수 있었다. 9월 중순에 언니는 진밍처럼 친구들과 어울려 전국을 돌아보는 여행길에 올랐고, 그해 말까지 집에 돌아오지 않았다.

둘째 남동생 샤오헤이는 이제 거의 열두 살이 되었고, 내가 다녔던 실험 소학교에 다녔다. 중학교에서 홍위병이 조직되고 있을 때 샤오헤이와 그의 친구들도 홍위병에 가입하고 싶어 안달을 했다. 그들에게 홍위병이 된다는 것은 집을 떠나서 살 수 있는 자유가 주어지고, 밤늦도록 잠자리에 들지 않아도 잔소리를 듣지 않으며, 어른들에게 명령할 수 있는 권위를 의미했다. 샤오헤이 일행은 내가 다니는 제4중학교를 찾아가 홍위병에 가입시켜줄 것을 간청했다. 귀찮게 졸라대는 어린 학생들을 쫓아버리기 위해서 한 홍위병은 "너희들끼리 홍위병 4969부대의 제1사단을 구성해도 좋다"고 무책임하게 말해버렸다. 그리하여 샤오헤이는 20명의 소학교 학생들로 구성된 홍위병 공무부의 부장이 되었고, 다른 친구들도 모두 사령관이나 참모장과 같은 명칭을 하나씩 나누어 가졌다. 샤오헤이가 구성한 홍위병에 병사는 한 명도 없었다.

샤오헤이는 교사를 구타하는 일에 두 번 가담했다. 한번은 "불량분자"라고 지목된 체육 교사가 그 대상자였다. 샤오헤이와 같은 나이의 몇몇 여학생들이 체육 수업 중에 그 교사가 자신들의 가슴과 허벅지를 만진다고 고발했기 때문이다. 그래서 남학생들은 여학생들에 잘 보이기 위한 의도도 다분히 가진 채 체육 교사를 공격했다. 또다른 교사는 도덕 지도주임이었다. 학교에서는 체벌이 금지되었기 때문에 그 여교사는 자녀들의 일을 부모에게 알렸고, 그럴 때마다 부모들은 아이들을 때렸던 것이다.

어느 날 샤오헤이의 부대는 민가 습격에 나서서 과거에 국민당의 일가가 살았던 집이라고 소문난 한 가구를 습격할 집으로 배정받았다. 그들은 자신들이 그 집에서 정확히 무슨 행동을 해야 할지도 몰랐다. 그들의 지휘자는 단지 그 집에 살고 있는 가족들이 장제스의 복귀를 간절히 바라며, 공산당을 증오한다는 내용의 일기라도 발견할 수 있을 것이라는 막연한 생각을 가지고 있었다.

그 가족은 5명의 아들을 두었는데, 모두 체격이 좋은데다가 만만치 않아보였다. 그들은 양손을 허리에 대고 문가에 버티고 서서 몹시 험상궂은 얼굴로 소년들을 내려다보았다. 소년들 중 한 명만이 발끝으로 걸어서 집 안으로 들어가려고 했다. 문 앞을 가로막고 있던 아들들 중 하나가 그 소년의 목덜미를 한 손으로 잡아서는 내동댕이쳤다. 샤오헤이 "부대"의 "혁명행동"은 이 사건으로 끝을 맺었다.


샤오헤이는 학교에 기거하면서 자유를 만끽하고 있었고, 진밍과 언니는 여행 중이었으며, 어머니와 외할머니는 베이징에 머물던 10월 둘째 주 어느 날, 나 혼자 집에 있었는데 아무런 예고도 없이 아버지가 귀가했다.

참으로 불가사의하게 조용한 귀가였다. 아버지는 변해 있었다. 아버지는 넋을 잃고 멍하니 깊은 생각에 빠져 있었고, 그동안 어디에서 지냈고 무슨 일이 일어났는지 아무 말도 하지 않았다. 아버지가 잠을 이루지 못하고 방 안을 서성이는 소리가 들렸고, 나도 너무나 겁이 나고 무서운 나머지 잠이 오지 않았다. 이틀 후에 천만다행으로 어머니가 외할머니와 막냇동생 샤오팡과 함께 베이징에서 돌아왔다.

어머니는 집에 돌아오자마자 즉시 아버지의 직장으로 가서 공무부 부국장에게 타오주의 편지를 전달했다. 그 즉시 아버지의 입원 허가가 나왔고, 어머니도 동행하도록 허락을 받았다.

나는 부모님을 만나러 병원으로 갔다. 병원은 아름다운 녹색 개천이 양쪽에서 감싸고 있는 멋진 교외에 자리잡고 있었다. 아버지의 병실은 빈 서가가 있는 거실과 커다란 더블베드가 있는 침실, 그리고 반짝이는 흰색 타일이 덮인 화장실로 이루어진 스위트룸이었다. 발코니 밖에는 몇 그루의 오스만투스 나무가 짙은 향기를 내뿜고 있었다. 미풍이 불면 작은 황금색 꽃잎들이 지면으로 춤을 추면서 떨어졌다.

부모님의 표정은 평화로워보였다. 어머니는 두 분이 매일 개천으로 낚시하러 다닌다고 했다. 두 분이 모두 안전하다고 느껴져 나는 부모님께 마오쩌둥 주석을 직접 보기 위해서 베이징으로 떠날 계획이라고 말했다. 거의 모든 학생들과 마찬가지로 나는 이 여행을 매우 기다려왔다. 그러면서도 지금까지 부모님을 도와드려야 한다고 생각해서 떠나지 못했던 것이다.

당시 정부는 베이징 순례를 적극 권장했다. 따라서 숙식과 교통편이 모두 무료였다. 그러나 전국의 학생들이 동원되다 보니 순례는 무질서했다. 나는 이틀 후에 접견실에서 일했던 5명의 여학생들과 함께 청두를 출발했다. 기차가 기적을 울리며 북쪽을 향해 달려갈 때 내 마음은 한편으로는 흥분되면서도 다른 한편으로는 아버지 생각에 편치 않았다. 창 밖으로 펼쳐진 광활한 청두 평원 여기저기에 흩어져 있는 추수가 끝난 논들은 마치 황금색 가운데에 검은 흙으로 빛나는 사각형을 점점이 박아놓은 쪽모이 세공처럼 보였다. 장칭이 이끄는 중앙문화혁명소조의 집요한 선동에도 불구하고 농촌지역에 미친 문화혁명의 영향은 매우 적었다. 혁명을 달성하려면 인민의 배를 채워주어야 한다고 생각하여 마오쩌둥은 자기 아내의 방침에 전면적인 지지를 보내지 않았다. 농민들은 수년 전의 대기근에서 얻은 경험에 비추어 자신들이 문화혁명의 소용돌이에 휘말려 농사를 짓지 못할 경우 제일 먼저 굶어죽는 사람은 자신들이라는 것을 알고 있었다. 푸른 대나무숲 사이에 들어앉은 초가들은 언제나 평화롭고 목가적으로 보였다. 바람은 하늘거리는 대나무 꼭대기 위에서 왕관이라도 그릴 듯이 머뭇거리는 초가에서 피어오르는 연기를 흩뜨려

놓아 굴뚝을 감싸게 만들었다. 문화혁명이 시작된 지 채 5개월도 지나지 않았지만 나의 세계는 크게 변해 있었다. 창 밖으로 펼쳐지는 아름다운 평원의 풍경을 바라보면서 나는 생각에 잠겨들었다. 다행히도 함께 여행하는 여학생들 중 어느 누구도 나를 비난할 사람은 없었으므로 부르주아적 태도라고 간주되는 나의 "향수에 젖은" 심리 상태가 비판받을까봐 걱정할 필요는 없었다. 접견실의 친구들과 함께라면 마음을 편히 가질 수 있었다.

창 밖의 경치는 어느새 풍요로운 청두 평원에서 기복이 심한 구릉으로 바뀌었다. 서부 쓰촨의 눈 덮인 산들이 멀리서 반짝였다. 잠시 후 기차는 쓰촨 성과 중국 북부를 가르는 높은 친링 산맥 사이로 뚫린 여러 터널을 지났다. 서쪽으로는 티베트, 동쪽으로는 험준한 양쯔 강 삼협(三峽), 남쪽으로는 야만족이라고 생각되는 인접국들로 둘러싸인 쓰촨은 항상 자급자족을 해왔으며, 쓰촨 인들은 독립정신이 강하다고 알려졌다. 마오쩌둥은 쓰촨 성이 독립된 국가 건설을 모색할지도 모른다는 점을 걱정해왔으며, 이에 따라 항상 쓰촨 성이 베이징의 강력한 지배하에 놓여 있는지를 확인했다.

친링 산맥을 벗어나자 창 밖의 경치는 극적으로 달라졌다. 부드러운 녹색으로 덮였던 대지는 황량한 황토로 변했고, 청두 평원을 점점이 수놓았던 초가들은 줄지어 늘어선 황토 동굴 집으로 변했다. 아버지는 청년 시절에 이런 동굴 집에서 5년간 지낸 적이 있었다. 기차는 마오쩌둥이 대장정을 끝내고 본거지를 구축했던 옌안에서 불과 160킬로미터 떨어진 곳을 달리고 있었다. 아버지가 청춘의 꿈을 품고 공산주의에 헌신하기로 결심한 곳이 바로 옌안이었다. 아버지를 생각하자 내 눈에 눈물이 고였다.

여행은 하루 반나절이 걸렸다. 차장은 자주 우리에게 말을 걸어왔으며, 마오쩌둥 주석을 곧 보게 될 우리가 부럽다고 말했다.

베이징 역에서는 "마오쩌둥 주석의 손님"이라고 적힌 대형 플래카드들이 우리를 환영해주었다. 우리가 도착한 시간이 자정이 넘은 한밤중이었음에도 역 앞 광장에는 대낮처럼 환하게 불이 밝혀져 있었다. 붉은 완장을 차고 종종 서로 말이 통하지 않는 사투리를 사용하는 수천 명의 젊은이들 머리 위로 서치라이트의 불빛이 훑고 지나갔다. 멋대가리 없이 소비에트 스타일로 지은 거대한 베이징 역사(驛舍)를 배경으로 하여 젊은 홍위병들은 이야기하고, 고함지르고, 낄낄대고, 언쟁을 했다. 역사의 좌우에 설치된 시계탑 위의 정자식 지붕만이 중국풍이었다.

너무나 눈이 부셔 앞을 제대로 볼 수 없는 서치라이트의 불빛 속에서 빠져나온 나는 대리석으로 지은 웅장하고 현대적인 역사를 보고는 말문이 막힐 지경이었다. 나는 지금까지 전통적인 짙은 색깔의 나무기둥과 거친 벽돌 벽에만 익숙해져 있었다. 뒤돌아보니 역의 정면에는 마오쩌둥 자신의 휘호(揮毫)로 제작된 "베이징역〔北京驛〕"이라는 황금색의 세 글자가 있고, 그 밑에 거대한 마오쩌둥의 초상화가 걸려 있었다. 이런 광경을 목격한 내 가슴속에는 감동이 밀물처럼 몰려왔다.

우리는 확성기의 안내방송에 따라 역 한쪽 구석에 설치된 접견실로 갔다. 중국 여러 도시들과 마찬가지로 베이징에서도 여행하는 젊은이들에게 숙식을 안내해주는 접견실이 설치되어 있었다. 대학을 비롯한 각급 학교와 호텔, 심지어 사무실까지도 학생들에게 숙식을 제공하는 데 동원되었다. 몇 시간 동안이나 줄을 서서 기다린 끝에 우리에게는 칭화 대학교가 숙소로 배정되었다. 칭화 대학교는 중국에서 가장 권위 있는 명문 대학들 중 하나였다. 우리는 칭화 대학교까지 버스를 타고 갔다. 식사는 학교 식당에서 제공된다는 설명을 들었다. 베이징 순례에 나선 수백만 명의 젊은이들을 관장하는 거대한 기계와도 같은 조직을 움직이는 일은 저우언라이가 맡고 있었다. 그는 마오쩌둥의 지시에 따라 일상의 세부적인 잡무 일체를 처리했다. 저우언라이와 같은 인물이 없었다면 중국과 문화혁명은 붕괴되었을 것이다. 이런 사실을 잘 알고 있었기 때문에 마오쩌둥은 저우언라이를 공격의 표적으로 삼아서는 안 된다는 지시를 내렸다.

　우리 일행은 매우 진지한 그룹이었다. 우리 모두는 마오쩌둥 주석을 직접 목격하는 일 이외에는 아무것도 생각하지 않았다. 안타깝게도 마오쩌둥 주석이 톈안먼 광장에서 다섯 번째로 홍위병들을 접견하는 집회가 바로 얼마 전에 끝났다는 것이었다. 그렇다면 어찌해야 할 것인가? 오락과 관광은 생각할 수도 없는 일이었다. 그것은 혁명과는 관계가 없는 일이었다. 하는 수 없이 우리는 하루 종일 칭화 대학교의 대자보를 베끼는 일로 시간을 보냈다. 마오쩌둥은 홍위병들이 여행하는 한 가지 목적은 "문화혁명의 경험을 교류하는 일"이라고 말한 적이 있었다. 그것이 우리가 할 일이었다. 우리는 베이징 홍위병들의 슬로건을 청두로 가지고 가서 소개하기로 결심했다.

　사실 우리가 외출하지 않는 데는 또다른 이유가 있었다. 교통편이 너무나 혼잡했을 뿐만 아니라, 칭화 대학교가 베이징 중심지로부터 16킬로미터나 떨어진 교외에 있었던 것이다. 그럼에도 우리는 칭화 대학교 밖으로 나가지 않는 것이 혁명의 목적에 부합하는 것이라는 말로 자위하고 있었다.

　칭화 대학교 안에만 머무르는 것은 참으로 힘든 일이었다. 오늘날까지도 나는 복도 끝에 있던 화장실에서 우리들이 기거하던 방까지 풍겨왔던 지독한 변소 냄새를 기억하고 있다. 화장실의 배수 파이프가 막혀 세면대와 소변기에서 넘친 물과 변기에서 넘친 배설물이 타일 바닥에서 홍수를 이루었던 것이다. 다행히도 화장실 출입문에는 턱이 있었기 때문에 악취가 나는 물이 복도로 넘쳐나오는 것을 막아주었다. 대학의 기능이 마비되어 화장실을 수리할 직원이 없었다. 이런 와중에도 시골에서 올라온 학생들은 여전히 고장난 화장실을 사용했다. 농민들은 분뇨를 더럽고 손댈 수 없는 것으로 여기지 않았기 때문이었다. 따라서 시골 학생들이 화장실에서 걸어나오면 그들의 신발이 지독한 냄새를 풍기는 분뇨를 복도와 방까지 옮겨왔다.

　1주일이 흘렀지만 우리가 마오쩌둥 주석을 직접 목격할 수 있는 톈안먼 광장의 집회가 열린다는 소식은 없었다. 입 밖으로 말은 하지 않았지만 악취가 진동하는 곳에서 빠져나와야만 한다는 마음에서 우리는 1921년에 공산당이 결성되었던 장소를 방문하려고 상하이로 간 다음, 중국 남중부의 후난 성에 있는 마오쩌둥의 생가를 찾아보기로 결정했다.

이 여행길은 지옥같이 힘들었다. 기차의 혼잡 정도는 완전히 상상을 초월했다. 공산당 고급 간부들이 "주자파"로 공격을 받고 실각하기 시작했기 때문에, 그들의 자녀들이 홍위병을 지배하던 상황이 끝나가고 있었다. 대신에 "흑오류"와 "마회류"의 자녀들이 독자적으로 홍위병 조직을 만들어 전국을 여행하기 시작했다. 이에 따라 "홍"이냐 "흑"이냐 하는 색깔 구별은 의미를 상실하기 시작했다. 열차 속에서 열여덟 살가량의 매우 아름답고 날씬하며 유달리 큰 벨벳같이 검은 눈과 길고 짙은 속눈썹을 가진 인상적인 홍위병 여학생을 만났던 일을 기억하고 있다. 당시의 습관대로 우리는 서로 상대방의 "가정 배경"을 묻는 것으로 통성명을 시작했다. 이 예쁜 여학생이 조금도 주저하는 기색 없이 자신은 "흑오류" 출신이라고 당당하게 말하는 것을 듣고 나는 무척 놀랐다. 뿐만 아니라 그녀는 "홍오류" 출신의 우리들이 당연히 자신을 다정하게 대해줄 것으로 생각하는 듯했다.

우리 6명의 홍위병들은 호전적인 분위기와는 거리가 멀었으므로 우리가 앉은 좌석은 언제나 기차 안에서 가장 떠들썩한 곳이 되었다. 우리들 중 가장 나이가 많은 사람은 열여덟 살의 인기가 많은 아가씨였다. 그녀는 온몸이 토실토실했기 때문에 모두들 "몽실이"라고 불렀다. 그녀는 뱃속에서 나오는 우렁찬 소리로 호쾌하게 웃었다. 그녀는 노래도 많이 불렀다. 노래는 물론 모두가 마오쩌둥 주석의 말을 가사로 만든 것들이었다. 『마오쩌둥 주석 어록』을 가사로 했거나 마오쩌둥을 찬양하는 내용 이외의 모든 노래는 금지곡이었다. 다른 모든 오락도 상황은 마찬가지였다. 이런 상태는 문화혁명이 끝날 때까지 10년간 계속되었다.

내 머릿속을 떠나지 않는 아버지에 대한 걱정과, 힘들고 괴로운 여행길임에도 불구하고, 기차 속에서 이야기를 나누면서 떠들고 노래하는 이 순간만큼은 내게 문화혁명이 시작된 이래로 가장 행복한 시간이었다. 기차 안은 입추의 여지 없이 승객으로 꽉 차서 심지어 좌석 위의 짐받이 시렁에까지 사람이 올라가 있었다. 화장실 안에도 승객이 가득 차 있어서 아무도 화장실을 사용할 수가 없었다. 오직 혁명의 성지를 보겠다는 우리의 신념만이 이런 힘든 여건을 극복하고 여행을 계속하게 만들었다.

한번은 내가 급히 소변을 보아야만 했다. 3인용 의자에 다섯 사람이 비집고 앉았기 때문에 나는 창가로 밀려나 있었다. 사람들 사이를 뚫고 천신만고 끝에 화장실에 도착하고 보니 화장실은 도저히 이용할 수가 없는 상태였다. 좌변기 덮개 위에 두 발을 올려놓은 채 물 탱크 뚜껑 위에 앉아 있는 소년은 자신의 두 발 사이에 앉아 있는 소녀가 콩나물시루처럼 밀착된 주위 사람들을 밀쳐내고 잠시라도 몸을 들어주지 않는 한 옴짝달싹할 수 없는 상황이었다. 그리고 이런 여러 사람들이 바라보는 앞에서 소변을 볼 수는 없는 노릇이었다. 나는 울음을 삼키면서 자리로 돌아왔다. 방광이 터질 것만 같은 두려움이 들면서 나의 두 다리가 떨리기 시작했다. 나는 다음 정거장에서 화장실을 사용하기로 마음먹었다. 무척이나 오랜 시간이 흐른 듯한 후에야 기차는 석양빛에 물든 작은 역에 도착했다. 열려 있는 창문을 통해서 밖으로 나가 화장실을 이용하고 돌아와보니 기차 안으로 들어갈 방법이 막막했다.

나는 일행 6명 중에서 아마도 운동신경이 제일 둔했을 것이다. 전에 창문을 통해서 기차에 올라가야 할 경우에는 언제나 한 친구가 뒤에서 나를 밀어올려주고 다른 친구는 창문 안에서 끌어당겨주었다. 그러나 이번에는 창문 안쪽에서 4명의 친구들이 잡아당겨주는데도 창문 안쪽으로 상체를 밀어넣을 수 있을 만큼 몸을 올릴 수가 없었다. 바깥 날씨는 매섭게 추웠지만 나는 미친 듯이 땀을 흘렸다. 그때 기차가 움직이기 시작했다. 공포에 질린 나는 도와줄 사람을 찾아 두리번거렸다. 내 시선은 옆을 지나가는 마르고 얼굴이 검은 소년에게 꽂혔다. 그러나 그는 나를 도와줄 기색이 전혀 없었다.

재킷 주머니 속에 들어 있던 지갑은 내가 기차에 기어오르려고 발버둥치는 동안 주머니 밖으로 비죽이 머리를 내밀었다. 소년은 두 손가락으로 지갑을 잽싸게 잡아챘다. 그는 아마도 기차가 출발하는 순간에 내 지갑을 낚아채기로 마음먹었던 것 같았다. 나는 큰 소리로 울음을 터뜨렸다. 내빼던 소년은 울음소리를 듣고 잠시 주춤하면서 나를 쳐다보고는 망설이다가 지갑을 다시 내 주머니 속에 넣었다. 그런 다음 소년은 내 오른쪽 다리를 붙잡고 나를 밀어올렸다. 내 몸이 천신만고 끝에 좌석 가운데 테이블에 닿았을 때 기차는 속도를 내기 시작했다.

이 사건을 계기로 청소년 소매치기에 대한 종전의 내 고정관념이 바뀌었다. 문화혁명이 진행되면서 경제가 혼란에 빠지자 절도 사건이 빈번히 발생했다. 나는 1년 치 식량 배급권을 도난당한 적도 있었다. 그러나 경찰관이나 기타 "법과 질서"를 지키는 사람들이 소매치기를 때렸다는 말을 들을 때마다 가슴이 아팠다. 어쩌면 그 추운 겨울날 플랫폼에 서 있었던 소년이 위선적으로 민중의 지팡이인 체하는 사람들보다 더 인간미가 있었는지도 모른다.

우리의 여행길은 모두 합쳐서 3,200킬로미터 정도에 달했다. 여행에서 나는 생전 처음으로 말못할 고생을 겪었다. 우리는 박물관 겸 사당으로 꾸며진 마오쩌둥의 생가를 방문했다. 내가 예상했던 것과는 달리 마오쩌둥의 생가는 악랄한 지주에게 착취를 당했던 가난한 농민의 집치고는 상당히 컸다. 마오쩌둥 생모의 대형 사진 밑에는 "마오쩌둥의 모친은 매우 친절한 분이었으며, 그녀의 집안은 비교적 유복했기 때문에 가난한 사람들에게 종종 음식물을 나누어주었다"는 설명서가 붙어 있었다. 다시 말해서 우리의 위대한 지도자 마오쩌둥 주석의 부모는 부농(富農)이었다! 부농은 계급의 적이다! 그렇다면 마오쩌둥 주석의 부모는 계급의 적인데도 증오의 대상이 아니라 영웅으로 받들어야만 하는 이유는 무엇인가? 이런 의문이 들자 나는 무섭게 느껴져 곧 의문을 억눌러버렸다.

우리가 11월 중순에 베이징으로 돌아갔을 때 날씨는 매섭게 추웠다. 베이징 역에 있던 접견실은 쏟아져들어오는 수많은 젊은이들을 감당하기에는 너무 협소했기 때문에 다른 곳으로 이전하고 없었다. 우리는 트럭을 타고 한 공원으로 갔다. 그곳에서 우리는 숙소가 배정될 때까지 밤을 꼬박 새웠다. 땅바닥에 서리가 덮여 있어 지독히 차가웠기 때문에 우리는 앉을 수도 없었다. 나는 선 채로 잠깐씩 졸았다. 나는 베이징의 혹독한 겨울 날씨에 익숙하지 않았으며, 더욱이 가을에 집을 나섰기 때문에 겨울옷을 가져오지도 못했다. 뼛속까지 파고드는 칼바람은 밤이 되어도 쉬지 않고 계속 불어댔다. 장사진을 이루고 서 있는 홍위병들의 차례를 기다리는 행렬도 줄어들 줄 몰랐다. 홍위병들의 행렬은 공원 한가운데에 있는 꽁꽁 얼어붙은 호수 주위를 몇 겹으로 휘감았다.

새벽이 오고 날이 상당히 밝았는데도 여전히 행렬 속에 서 있던 우리들은 완전히 지쳐버렸다. 우리는 그날 저녁이 되어서야 배정받은 숙소에 도착했다. 숙소는 중앙 드라마 학원이었다. 우리는 한때 음악 레슨실로 사용하던 방에서 자게 되었다. 바닥에 밀짚 매트리스가 두 줄로 놓여 있는 것이 전부일 뿐 모포나 베개도 없었다. 몇몇 공군 장교들이 우리를 맞이하더니, 우리를 돌봐주고 군사훈련을 시키라는 마오쩌둥 주석의 지시로 나왔다고 말했다. 우리 모두는 마오쩌둥 주석의 배려에 깊은 감동을 받았다.

홍위병에 대한 군사훈련은 새로운 시책이었다. 마오쩌둥은 자신이 사주했던 무차별적인 파괴행위를 중단시키기로 마음먹었다. 중앙 드라마 학원에 숙소를 정한 수백 명의 홍위병들은 공군 장교들의 지휘에 따라 일개 "연대"로 조직되었다. 우리는 장교들과 친해졌으며, 그중에서도 친절한 장교 두 사람을 좋아했다. 우리는 습관대로 곧 장교들의 출신 가정을 알게 되었다. 중대장인 청년 장교는 북부 지방의 소작농 출신이었고, 정치지도원인 장교는 빼어난 풍광으로 유명한 쑤저우의 지식계급 출신이었다. 어느 날 그 두 명의 장교는 우리 일행 6명에게 동물원 구경을 가자고 제의했다. 그러면서 자신들의 지프차가 사람을 더 이상 태울 수 없으므로 다른 홍위병들에게는 말하지 말라고 당부했다. 게다가 그들은 문화혁명과 관계없는 행동은 하지 않을 것이라는 말도 했다. 두 장교에게 폐를 끼치고 싶지 않았던 우리는 "혁명 달성에 전심(專心)하기"를 원한다는 말로 그들의 제의를 정중하게 사양했다. 두 장교는 청두에서는 좀처럼 볼 수 없는 크고 잘 익은 사과 두 포대와 베이징의 별미라고 말로만 듣던 겉에 설탕을 입힌 마름 몇 다발을 우리에게 사다주었다. 그들의 친절에 대한 보답으로 우리는 그들의 침실에 몰래 들어가 더러운 옷가지를 수거하여 정성을 다해 깨끗이 세탁했다. 찬물 속에서는 엄청나게 무겁고 뻣뻣하여 다루기가 너무나 힘든 커다란 카키 군복을 세탁하느라 쩔쩔맸던 기억이 난다. 마오쩌둥은 인민들에게 군인들로부터 배우라고 말했다. 군이 상명하복의 엄격한 통솔에 따르듯이 마오쩌둥은 인민들도 자기 한 사람에게만 충성하도록 조직화되고 세뇌되기를 원했다. 군인들로부터 교육받는다는 것은 군에 대한 일반인들의 사랑을 촉진하는 작업과 병행되었다. 수많은 서적, 신문, 노래, 무용 등을 통해서 군인들의 수고에 대한 감사의 마음으로 그들의 옷가지를 세탁해주는 소녀들의 이야기가 보도되었다.

나는 심지어 장교들의 팬츠까지 세탁해주면서도 한번도 성적인 생각을 해본 적은 없었다. 나와 같이 사춘기를 맞이한 수많은 중국의 소녀들은 정치적 격변에 압도당한 나머지 사춘기 젊은이로서 성적인 감정을 발전시키지 못했다고 생각한다. 그러나 모두가 그런 것은 아니었다. 부모의 통제가 사라진 시기에 일부 청소년들은 상대를 가리지 않고 성행위에 빠져들기도 했다. 베이징 순례를 끝내고 귀향하는 길에 몇몇 홍위병들과 함께 여행을 했다는 같은 반 친구인 열다섯 살의 예쁜 여학생에 관한 이야기를 집에 돌아와서 들었다. 그 여학생은 귀향길에 남학생과 성관계를 맺고 임신까지 해서 귀가했다. 아버지로부터 얻어맞은 여학생은 그 외에도 이웃들의 비난의 눈초리를 받아야 했으며, 친구들로부터도 험담의 대상이 되었다. 견디다 못한 그 여학생은 "창피해서 살 수가 없다"는 유서를 남기고 목을 매어 자살했다. 그러나 이런 봉건적인 수치심에 의문을 제기하는 목소리는 하나도 없었다. 문화혁명이 진정으로 봉건적인 문화를 타파하기 위한 것이었다면, 그 여학생이 극복하지 못했던 수치심이야말로 타파할 목표로 삼았어야 할 것이다. 그러나 마오쩌둥은 이런 현상은 전혀 고려하지 않았다. 마오쩌둥이 홍위병을 동원하여 타파하려던 "사구(四舊)"에 봉건적 의식은 들어 있지 않았다.

한편 문화혁명은 주로 젊은 여성들로 이루어진 다수의 도덕주의자들을 양산하는 결과를 낳았다. 나와 동급생인 한 여학생은 어느 날 열여섯 살의 남학생으로부터 연애편지를 받았다. 그녀는 남학생을 "혁명의 배반자"라고 꾸짖는 답장을 보냈다. "계급의 적들이 아직도 판을 치고 있고, 자본주의 제국의 인민들은 여전히 비참한 생활을 하고 있는 이때 너는 어떻게 파렴치한 짓을 생각할 수 있단 말이냐!" 내가 아는 여학생들 중에는 이런 태도를 취하는 학생들이 적지 않았다. 마오쩌둥이 여학생들에게 전투적 태도를 취하라고 요구했기 때문에 우리 세대가 성장하는 동안에 여성스러움은 비난의 표적이 되었다. 많은 여자들이 저급하고 공격적인 남성들처럼 말하고, 걷고, 행동했으며, 그렇게 행동하지 않는 사람들을 비웃었다. 여하튼 당시에는 여성스러움을 표현할 수 있는 기회가 없었다. 우선 우리는 볼품없는 푸른색이나 회색 또는 녹색의 바지와 상의 이외에는 입을 수가 없었다.

우리는 매일같이 드라마 학원의 농구 코트 주위에서 공군 장교들로부터 군사훈련을 받았다. 농구 코트 옆에는 식당이 있었다. 방금 아침 식사를 하고 난 다음인데도 정렬을 하자마자 시선은 나도 모르게 식당으로 향했다. 여행 기간 중 고기를 먹지 못해서인지, 아니면 추위나 훈련의 지루함 때문이었는지는 모르겠지만, 나의 머릿속은 온통 음식 생각으로 가득 차 있었다. 다양한 쓰촨 요리 생각이 자꾸만 떠올랐다. 바삭바삭한 새끼 오리고기, 새콤하면서도 달콤한 탕수어, "술 취한 닭", 그리고 수십 가지의 촉촉한 진미의 요리들 생각이 자꾸만 떠올랐다.

우리 6명의 여학생들 중 어느 한 사람도 돈을 쓰지 않았다. 우리들은 돈을 지불하고 물건을 사는 것은 "자본주의적"이라고 생각했다. 따라서 머릿속에서 음식에 대한 생각이 떠나지 않았음에도 불구하고 내가 돈을 지불하고 구입한 것이라고는 장교들이 사주어 먹어보고는 입맛이 당긴 설탕을 겉에 입힌 마름 한 다발이 고작이었다. 나의 이런 한턱내기는 여러 번 고민을 하고 다른 여학생들과 상의까지 한 끝에 실행한 것이었다. 베이징 순례여행을 마치고 집에 돌아오자마자 나는 집을 떠나기 전에 외할머니가 주셨으나 거의 손을 대지 않은 용돈을 되돌려드리고는 오래된 비스킷을 정신없이 게걸스럽게 먹었다. 외할머니는 나를 껴안으면서 "이 미련한 것!"이라는 말을 되풀이했다.

집에 돌아온 나는 류머티즘에 걸렸다. 베이징은 날씨가 어찌나 추운지 수도꼭지의 물이 얼 정도였다. 그런 추위 속에서 외투도 없이 매일 야외에서 훈련을 받았던 것이다. 훈련 후에 우리의 언 발을 녹일 더운물도 없었다. 중앙 드라마 학원에 처음 도착하던 날 우리는 모포를 한 장씩 지급받았다. 며칠 후 더 많은 여학생들이 도착했을 때는 지급할 모포가 한 장도 없었다. 우리는 그들에게 석 장의 모포를 주고 우리 6명이 석 장의 모포를 같이 사용하기로 결정했다. 우리는 곤경에 처한 동지들을 도와야 한다고 교육받으면서 자랐다. 우리에게 지급된 모포는 전시에 대비하여 창고에 비축해두었던 것이라는 말을 들었다. 마오쩌둥 주석은 그런 모포를 홍위병들을 위해서 지급하라고 명령했던 것이다. 따라서 우리에게 지급되는 모포가 절대적으로 부족하더라도 마오쩌둥 주석은 중국이 가지고 있는 모든 것을 우리에게 내준 것이므로 그에게 더욱 감사해야 한다는 교육을 받았다.

모포의 길이가 짧았기 때문에 두 사람이 바짝 붙어서 잠을 자야만 겨우 몸을 덮을 수 있었다. 자살미수 사건을 목격한 이래로 나를 괴롭혀온 형체를 알 수 없는 악몽은 아버지가 구금당하고 어머니가 베이징으로 떠난 후에 더욱 심해졌다. 잠버릇이 나빴기 때문에 나는 모포를 차버리기 일쑤였다. 우리들의 침실은 난방 상태가 불량하여 잠이 든 후에는 냉기가 몸속으로 파고들었다. 베이징을 떠날 쯤 해서는 무릎관절에 염증이 생겨 굽힐 수가 없었다.

내 몸의 이상 징후는 그뿐만이 아니었다. 시골 출신 홍위병들의 몸에는 벼룩과 이가 있었다. 어느 날 방에 들어갔더니 친구들 중 한 명이 울고 있었다. 그녀는 방금 자신의 내의 겨드랑이 솔기에서 작고 하얀 알들을 발견했던 것이다. 그것은 이가 낳아놓은 알들이었다. 몸에 이가 있으면 참을 수 없을 정도로 가려울 뿐만 아니라, 이가 있다는 것은 곧 불결하다는 의미였기 때문에 나도 크게 놀랐다. 그때부터 항상 몸이 가려운 것 같아 나는 하루에도 몇 번씩 내의를 뒤집어서 혹시라도 이가 있는지 살펴보았다. 제발 마오쩌둥 주석을 하루속히 만나보고 빨리 집에 갈 수 있으면 좋으련만!

11월 24일 오후에 나는 남학생들의 방에서 열린 『마오쩌둥 주석 어록』 학습회에 참석했다(장교와 남학생들은 여학생들이 사용하는 방에는 들어가지 않는 것이 예의였다). 우리의 멋진 중대장은 평소에 볼 수 없었던 경쾌한 발걸음으로 들어오더니 문화혁명의 가장 유명한 노래인 「대해를 항해하자면 조타수가 필요하다〔大海航行靠舵手〕」를 자신의 지휘에 따라 불러보자고 제의했다. 전에는 이런 행동을 한 적이 없었으므로 우리는 그의 지휘에 따라 즐겁게 노래하면서도 조금은 놀랐다. 팔을 흔들면서 박자를 맞추는 그의 눈은 빛났고, 두 뺨은 홍조를 띠었다. 지휘를 마친 그는 흥분을 억누르면서 좋은 소식이 있다고 말했다. 우리들은 즉시 좋은 소식이 무엇인지를 알 수 있었다.

"우리는 내일 마오쩌둥 주석을 만날 수 있습니다!" 중대장이 큰 소리로 외쳤다. 그의 다음 말은 우리들의 환호성 속에 묻혀버리고 말았다. 처음에는 기쁨의 함성만을 지르던 우리는 이내 흥분하여 구호를 연호하는 것으로 바뀌었다. "마오쩌둥 주석 만세!" "우리는 영원히 마오쩌둥 주석을 따를 것이다!"

중대장은 우리가 그 순간부터 드라마 학원 구내를 벗어나서는 안 된다고 전하고, 이를 위반하는 일이 없도록 서로가 감독할 것을 지시했다. 서로 감독하라는 말을 듣는 것은 당시에는 지극히 일상적인 일이었으므로 놀랄 것도 없었다. 게다가 이런 조치는 마오쩌둥 주석의 안전을 위한 것이었으므로 우리는 기꺼이 협력했다. 저녁 식사 후 장교는 우리 일행 6명에게 다가와 나지막하고 엄숙한 목소리로 말했다. "마오쩌둥 주석의 안전을 위해서 한 가지 일을 부탁해도 되겠습니까?" "물론이죠!" 그는 우리에게 조용히 하라는 시늉을 하면서 작은 목소리로 말했다. "우리가 내일 아침 출발하기 전에 혹시라도 소지해서는 안 되는 물품을 소지하는 일이 없도록 학생들 전원이 서로 몸수색을 하자고 제의해주기 바랍니다. 잘 알다시피 젊은이들은 규칙을 잊을 수도 있기 때문에……." 그는 전에도 우리가 마오쩌둥 주석을 만나는 집회에 참가할 때는 어떤 금속물품도, 심지어 열쇠까지도, 몸에 휴대해서는 안 된다는 점을 설명한 적이 있었다.

우리들은 대부분 잠을 이룰 수가 없었으므로 흥분된 마음으로 이야기를 하면서 밤을 새웠다. 우리는 오전 4시에 기상하여 톈안먼 광장까지 1시간 30분 동안 걸어가기 위해서 대열을 맞추었다. 우리 중대가 출발하기 전에 장교가 윙크를 하자 우리의 "몽실이"가 일어서더니 서로 몸수색을 하자고 제의했다. 일부 홍위병들은 "몽실이"의 제안이 공연히 시간만 낭비하는 것이라고 생각하는 눈치였으나 중대장은 쾌활한 목소리로 그녀의 제안에 찬성했다. 중대장은 우리에게 먼저 자신의 몸을 수색하라고 요청했다. 지명받은 한 남학생이 몸수색을 하더니 그의 주머니에서 열쇠꾸러미를 찾아냈다. 중대장은 짐짓 자신이 정말로 부주의했던 것처럼 행동하면서 "몽실이"에게 회심의 미소를 보냈다. 이어서 우리들도 서로 몸수색을 했다. 이렇게 우회적인 방식으로 일을 처리하는 것은 마오쩌둥 시대의 관행이었다. 모든 일을 상부의 지시에 따라 처리하면서도 마치 인민들의 여망에 따른 것처럼 위선적으로 호도하는 것이 일상적으로 당연시되었다.

이른 새벽의 거리는 벌써 부산하게 움직이고 있었다. 베이징의 사방으로부터 홍위병들이 톈안먼을 향해 행진하고 있었기 때문이다. 귀가 먹먹해질 정도로 외쳐대는 구호는 마치 성난 파도 소리와도 같았다. 행진 중에 노래를 부르면서 『소홍서』를 쥐고 있는 손을 치켜드는 우리의 모습은 새벽길 위에서 극적인 붉은 선을 연출했다. 우리는 새벽에 톈안먼 광장에 도착했다. 우리는 톈안먼 광장의 동쪽으로 뻗은 창안가 북측 보도에 도열했으며, 나는 앞에서 일곱 번째 줄에 섰다. 내 뒤에도 수많은 줄이 있었다. 우리의 장교들은 학생들을 정렬시킨 뒤 모두들 책상다리를 하고 맨땅에 앉도록 지시했다. 무릎에 류머티즘이 있는 나에게 이런 자세로 앉는 것은 큰 고통이었으며, 나는 곧 궁둥이를 바늘로 찌르는 듯한 통증을 느꼈다. 게다가 간밤에 잠을 못 잤기 때문에 몹시 한기를 느끼면서 졸음마저 쏟아졌다. 장교들은 여러 그룹의 홍위병들에게 경쟁적으로 노래를 부르게 하여 우리들의 사기를 북돋았다.

정오 직전에 동쪽으로부터 "마오쩌둥 주석 만세!"라는 열광적인 함성이 일어났다. 피곤하여 축 늘어져 있던 나는 뒤늦게야 마오쩌둥 주석이 무개차를 타고 우리들 앞을 지나갈 예정이라는 것을 깨달았다. 갑자기 사방에서 천둥소리와도 같은 함성이 터져나왔다. "마오쩌둥 주석 만세! 마오쩌둥 주석 만세!" 내 앞에 앉아 있던 모든 사람들이 일어나 손에 든 『소홍서』를 높이 들고 미친 듯이 흔들면서 정신없이 흥분한 상태에서 방방 뛰었다. 내가 "앉아요! 앉아요!"라고 외쳐보았지만 아무 소용이 없었다. 우리 중대장이 톈안먼 광장에서는 모두들 끝까지 앉아 있어야 한다고 교육시킨 적이 있었다. 그럼에도 불구하고 마오쩌둥 주석을 한번이라도 직접 보려는 홍위병들의 머릿속에 그런 규칙은 남아 있지 않았다.

너무나 오랫동안 앉아 있었기 때문에 다리에는 감각이 없었다. 몇 초 동안 내가 볼 수 있는 것이라고는 파도와도 같이 위아래로 오르내리는 수많은 사람들의 뒤통수뿐이었다. 천신만고 끝에 두 발을 디디고 일어섰을 때, 내 눈에는 마오쩌둥 주석이 탄 차량 행렬의 끝부분만이 들어왔다. 류사오치 국가주석이 내가 서 있는 방향으로 얼굴을 돌렸다.

당시에 대자보는 이미 류사오치를 "중국의 흐루시초프"이며 마오쩌둥 주석의 최대의 적이라고 공격하기 시작했다. 비록 공식적으로는 비판을 받지 않았지만 류사오치의 실각이 임박한 것은 분명했다. 홍위병 대집회를 알리는 언론보도에서 류사오치는 항상 조명을 받지 못했다. 이번 차량 행렬에서도 서열 2위의 국가주석이라면 마오쩌둥 주석 옆에 서 있어야 했지만, 그는 후미 차량들 중 한 대에 타고 있었다.

류사오치는 생기가 없고 침울한 표정이었다. 그러나 당시에 나는 류사오치에게 아무런 감정이 없었다. 그는 국가주석이었지만 우리 세대에게는 아무런 의미가 없는 존재였다. 우리 세대는 마오쩌둥 주석 한 사람만을 숭배하도록 교육을 받고 자랐다. 그러므로 류사오치가 마오쩌둥 주석에게 적대적인 존재라면 그를 제거하는 것이 당연하다고 생각했다.

젊은이들이 마오쩌둥 주석에게 충성을 바치겠다고 절규하는 그 순간 류사오치는 자신이 절망적인 상황에 처해 있음을 느꼈을 것이다. 신앙심이 희박한 중국의 젊은이들이 열광적으로 마오쩌둥 주석을 숭배하도록 만든, 마오쩌둥 신격화 작업의 선두에 섰던 인물이 바로 류사오치라는 사실은 아이러니라고 하지 않을 수 없다. 류사오치와 그의 동료들은 마오쩌둥이 추상적인 영광에 만족하고서 자신들이 국사(國事)를 처리하도록 허용할 것이라고 판단하여 마오쩌둥을 달래기 위해서 마오쩌둥 신격화 작업을 추진했을지도 모른다. 그러나 그들의 기대와는 달리 마오쩌둥은 지상에서나 천상에서나 절대적인 권력을 행사하기를 원했다. 그리고 어쩌면 이런 상황에서 류사오치와 그의 동료들이 취할 수 있는 수단은 아무것도 없었을 것이다. 마오쩌둥 숭배의 열기는 어느 누구도 막을 수가 없었다.

1966년 11월 25일 아침에 이런 생각이 내 머릿속에 떠오른다는 것은 전혀 불가능한 일이었다. 그 당시 나는 오로지 어떻게 하면 먼 발치에서나마 마오쩌둥 주석을 볼 수 있을까 하는 생각만 했다. 나는 재빨리 류사오치로부터 차량 행렬의 선두로 시선을 돌렸다. 나는 오른손을 흔드는 마오쩌둥 주석의 건장한 뒷모습을 발견했다. 그러나 그의 모습은 한순간에 사라져버렸다. 나는 낙심했다. 내가 볼 수 있는 마오쩌둥 주석의 모습은 그것이 전부란 말인가? 한순간에 지나가버린 그의 뒷모습이 전부란 말인가? 이렇게 실망한 내 눈에는 햇빛도 갑자기 어둡게 느껴졌다. 주위의 홍위병들은 거대한 굉음을 만들어내고 있었다. 옆에 서 있던 여학생은 갑자기 오른손의 집게손가락을 깨물어 피를 내더니 얌전하게 접혀 있던 손수건 위에 어떤 글자를 쓰려고 했다. 나는 그녀가 무슨 글자를 쓰려고 하는지 정확히 알고 있었다. 이미 수많은 홍위병들이 그런 행동을 하여 언론에 지겹도록 여러 번 보도가 되었다. "나는 오늘 우리의 위대한 지도자 마오쩌둥 주석을 보았으므로 이 세상에서 가장 행복한 사람이다〔今天我是世界上最幸福的人, 我見到了偉大領袖毛主席〕!"라는 글자가 바로 그녀가 혈서로 쓰려는 문구였다. 그녀의 행동을 바라보는 동안 내 마음속에는 절망감이 커졌다. 인생이 무의미하다는 생각이 들었다. 한 가지 생각이 내 머리를 스쳤다. "어쩌면 내가 자살해야 하는 것은 아닌가?"

그러나 다음 순간 그런 생각은 곧 뇌리에서 사라져버렸다. 이제 돌이켜보면 잠시나마 그런 생각을 했던 것은 온갖 고생을 하면서 베이징 순례여행을 하는 동안 가슴속에 품었던 꿈이 한순간에 산산조각 나버린 데 따른 커다란 실망감에서 무의식적으로 떠올랐던 것 같다. 터져나갈 듯이 초만원을 이루었던 기차, 류머티즘으로 아픈 무릎, 배고픔과 추위, 옷 속의 이로 인한 가려움, 배수구가 막혀버린 화장실의 악취, 피로감이 결국은 아무런 결실도 없는 헛일이었다는 생각이 들었다.

우리의 베이징 순례여행은 마침내 끝났다. 며칠 후 우리는 청두로 향했다. 이제 여행이라면 신물이 났고, 하루빨리 따뜻하고 안락한 집에서 더운물로 목욕을 하고 싶었다. 그러나 집 생각은 불안감을 불러일으켰다. 아무리 여행길이 힘들고 고통스러운 것이기는 했지만, 적어도 여행하는 동안에는 집을 떠나오기 전에 겪었던 것과 같은 두려움은 느끼지 않고 생활할 수 있었다. 한 달이 넘는 기간 동안 수천 명의 홍위병들과 침식을 같이 하면서 생활했지만, 나는 어떤 폭력사태도 볼 수 없었으며, 아무런 공포감도 느끼지 않았다. 거대한 군중이 비록 병적으로 흥분한 상태에 빠져들기는 했지만, 그들은 평화적이었으며 규율을 지켰다. 내가 만난 사람들은 모두 우호적이었다.

나는 베이징을 출발하기 직전에 어머니로부터 편지를 받았다. 아버지는 건강을 완전히 회복했으며, 청두의 모든 식구들이 잘 지낸다는 내용이었다. 그러면서도 편지 말미에는 부모님 두 분이 주자파로 비판을 받고 있다는 내용도 적혀 있었다. 내 가슴은 무너져내렸다. 이제는 문화혁명의 주된 표적이 주자파, 즉 공산당 간부들을 분쇄하는 것임을 분명히 알 수 있었다. 나는 이런 사실이 가족과 나에게 어떤 의미를 가지는지 곧 알게 되었다.

# 19. "죄를 씌우려고 마음먹으면 증거는 있는 법이다"

박해당하는 부모님
(1966. 12-1967)

"주자파"는 자본주의적 정책을 추구하는 당내에서 지위가 높은 당원을 일컫는 말이었다. 그러나 현실적으로 당원들에게는 정책 선택의 자유가 없었다. 마오쩌둥의 지시와 마오쩌둥 반대파들의 지시가 당의 명령이라는 형식으로 하달되었다. 따라서 당원들은 명령이나 정책을 시행하는 과정에서 우왕좌왕하고 때로는 역행을 하는 한이 있더라도 상부에서 하달되는 상호 모순되는 두 가지 지시를 모두 시행해야 했다. 당원들이 한 특정 지시를 도저히 받아들일 수 없을 경우에 그들이 할 수 있는 일은 소극적 저항을 시도하는 것이었다. 그것도 겉으로는 저항의 낌새를 알아채지 못하도록 숨겨야만 했다. 그러므로 업무에 입각하여 당원들의 주자파 여부를 판단하기란 불가능한 일이었다.

당헌에 따르면 당원들의 의견이 각자 다르더라도 개인적인 견해를 공표하는 것은 금지되었다. 따라서 당원들은 그런 행동을 시도하지도 않았다. 그러므로 당원들이 주자파에 가까운 생각을 가지더라도 일반 민중은 그것을 알 기회가 없었다.

그러나 마오쩌둥이 이런 일반 민중을 주자파 공격에 동원했으니 그들은 당연히 올바른 판단을 내리는 데 필요한 정보도 없었고, 독자적으로 판단을 내릴 여지도 없었다. 그 결과 당원들은 담당하는 직무에 따라서 주자파 여부가 결정되었다. 지위의 높고 낮음만이 주자파 여부를 결정짓는 기준은 아니었다. 한 사람이 상대적으로 독자성을 가진 단위(직장)의 장(長)인지 여부가 결정적인 판단기준이었다. 중국에서는 인민 전체가 단위별로 조직되었다. 따라서 일반 민중들에게는 단위 조직의 장인 직장의 상사가 곧 권력자였다. 이런 사람들을 공격하도록 지목하는 데에 마오쩌둥은 자신이 학생들에게 교사를 공격하도록 선동했던 것과 동일한 방법이자 가장 효과적인 증오심을 이용했다. 직장의 지도적 지위는 또한 마오쩌둥이 제거하기를 원했던 공산당 권력구조의 중추였다.

부모님 모두가 주자파로 공격당하게 된 것은 두 분이 공무부의 지도적 지위에 있었기 때문이었다. 중국에는 "욕가지죄, 하환무사(欲加之罪, 何患無辭)", 즉 "죄를 씌우려고 마음먹으면 증거는 있는 법이다"라는 속담이 있다. 이런 속담에 입각하여 전국 각지의 크고 작은 모든 직장의 지도자들은 부하 직원들로부터 "자본주의적"이거나 "반마오쩌둥 주석적" 정책을 실시했다는 이유로 주자파라는 공격을 받았다. 이러한 공격이 행해진 이유에는 농촌에서 자유시장의 개설을 허가하고, 노동자들에게 보다 수준 높은 전문기술을 습득하도록 종용하고, 문학과 예술 분야에서 비교적 자유로운 활동을 허가하는 것과 같은 정책들이 포함되었으며, 심지어 스포츠 분야에서 경쟁을 장려한 것마저 "우승컵과 메달만을 노리는 부르주아적 광기"라고 매도하면서 공격 이유로 삼았다. 이제까지 대부분의 당원들은 마오쩌둥이 이런 정책을 혐오한다는 사실을 전혀 알지 못했다. 그 이유는 모든 시책들이 마오쩌둥을 정점으로 한 당 중앙의 명령으로 하달되었기 때문이었다. 그러다가 갑자기 이제 와서 뜬금없이 지금까지의 모든 시책들은 당내의 "부르주아 사령부"가 내려보냈던 것이라고 말하는 것이었다.

모든 직장마다 과격파들이 등장했다. 사람들은 그들을 "홍위병 조반파" 또는 간단히 "조반파"라고 불렀다. 그들은 "주자파를 타도하자"고 주장하는 대자보와 플래카드를 써붙였고, 직장 상사를 내쫓기 위한 규탄대회를 개최했다. 이런 규탄대회는 그 내용이 썰렁할 수밖에 없었다. 그것은 비판 대상이 된 상사가 자신은 당의 명령에 따랐을 뿐이라고 말했기 때문이었다. "마오쩌둥 주석은 항상 당의 명령에 무조건 따르도록 지시했다. 마오쩌둥 주석은 당내에 '부르주아 사령부'의 존재에 대해서 한번도 언급한 적이 없었다. 그런데 우리가 어떻게 알 수 있었겠는가? 이런 상황에서 우리가 어떻게 달리 행동할 수 있었겠는가?" 상사들은 이렇게 주장했다. 이런 상사의 입장을 지지하는 세력도 있었다. 사람들은 그들을 "보황파(保皇派)"라고 불렀다. 보황파와 조반파 사이에는 "문투(文鬪)"라고 부르는 말싸움과 "무투(武鬪)"라고 부르는 신체적 충돌이 빈발했다. 그러나 마오쩌둥이 요직에 있는 모든 간부들이 공격 대상이라고 명확히 말한 적이 없었기 때문에 조반파들 중에는 다소 주저하는 자들도 있었다. 자신들이 공격한 상사가 주자파가 아님이 밝혀지면 어떻게 할 것인가? 일반 민중은 대자보나 플래카드를 써붙이거나 규탄대회를 열어서 규탄하는 것 이상의 행동을 할 수가 없었다.

그러므로 1966년 12월에 청두로 돌아왔을 때, 나는 사회 전체가 불안한 심리 상태에 빠졌다는 것을 느낄 수 있었다.

부모님은 집에 계셨다. 아버지가 입원한 병원에서는 11월에 아버지에게 퇴원할 것을 요청했다. 주자파는 직장의 규탄대회에 소환될 것에 대비해서 대기하라는 지시를 받았던 것이다. 아파트 단지 내의 고급 간부용 작은 식당은 폐쇄되었기 때문에 식구들은 정상적으로 운영되는 큰 식당에 가야 했다. 당의 기능이 정지되었음에도 부모님은 직장에 출근했으며, 두 분의 봉급도 매월 지급되었다. 부모님은 문화 관련 업무를 관장하는 공무부에서 근무하고 있었고, 베이징에 있는 부모님의 상사들은, 특히 마오쩌둥 부부의 미움을 받아 문화혁명 초기에 숙청당했기 때문에 두 분은 즉각적인 해고 대상 인물이었다. 부모님은 "장서우위를 폭격하자"와 "샤더훙을 태워죽이자"와 같은 틀에 박힌 문구를 사용하는 대자보로 공격을 받았다. 부모님에 대한 공격은 전국 각급 기관의 공무부장을 대상으로 한 공격 내용과 같았다.

아버지가 맡고 있는 공무부는 아버지에 대한 규탄대회를 개최했다. 아버지는 비난과 야유의 소리를 들어야만 했다. 중국에서 진행되는 대부분의 정치투쟁과 마찬가지로 비방과 중상의 밑바닥에는 개인적인 원한이 자리했다. 많은 사람들의 선두에 서서 아버지를 공격한 사람은 야오 여사였다. 그녀는 지나치게 새침을 떠는 독선적인 인물이었으며, 오래 전부터 자신의 "부처장(副處長)"이라는 직책에서 "부(副)"자를 떼어내려고 안달을 했다. 그녀는 아버지 때문에 자신이 승진하지 못하는 것이라고 생각하고는 자신의 한을 풀 수 있는 날이 오기만을 기다렸던 터였다. 한번은 그녀가 아버지의 얼굴에 침을 뱉고 따귀를 때렸다. 그러나 공무부 직원들은 전반적으로 아버지에게 적의를 가지고 있지 않았다. 많은 직원들은 아버지에게 호감을 가지고 존경했기 때문에 아버지에게 과격한 행동을 취하지 않았다. 공무부의 하부 조직으로서 아버지가 마찬가지로 책임을 지고 있던 「쓰촨 일보」와 같은 기관에서도 아버지를 대상으로 한 규탄대회를 열었다. 그러나 「쓰촨 일보」의 직원들은 아버지에게 개인적인 원한을 가지고 있지 않았으므로 규탄대회는 형식적일 수밖에 없었다.

어머니에 대해서는 규탄대회가 전혀 열리지 않았다. 풀뿌리 당원으로서 어머니는 아버지와는 달리 학교, 병원, 연예단체와 같은 많은 수의 개별 조직들을 감독하는 입장에 있었다. 일반적으로 어머니와 같은 지위에 있는 사람이라면 이런 기관의 사람들로부터 규탄을 받았을 것이다. 그러나 그런 기관들 중 어머니를 규탄대회에 불러내는 곳은 한 군데도 없었다. 어머니는 그들이 당면하고 있는 주택, 전근, 연금과 같은 개인적인 문제점을 해결해주는 책임을 맡고 있었다. 그리고 어머니는 자신의 직무를 따뜻한 마음으로 친절하고 신속하게 처리해주었다. 어머니는 과거에 정치투쟁이 전개되었을 때도 자신의 휘하에 있는 어느 한 사람도 희생되지 않도록 최선의 노력을 기울였으며, 실제로 많은 사람들을 파멸로부터 보호할 수 있었다. 사람들은 어머니가 어떤 위험을 안고서 과거에 그런 일들을 처리했는지 알고 있었기 때문에 이번에는 은혜를 갚기 위해서 어머니에 대한 규탄대회를 거부하고 나섰다.

내가 베이징에서 돌아오던 날 저녁에 외할머니는 구름을 삼킨다는 뜻을 가진 "운탄(雲呑)" 고기만두와 종려나무에 쌀을 가득 넣고 찐 요리인 "팔보반(八寶飯)"을 만들어주었다. 어머니는 자신과 아버지에게 일어나고 있는 일들을 쾌활한 어조로 설명해주었다. 부모님은 문화혁명이 끝나고 나면 더 이상 공무원 생활을 하지 않기로 합의했다고 말했다. 두 분은 일반 인민으로 돌아가 평범한 가정생활을 즐길 생각이었다. 나중에 알게 된 일이지만 부모님의 이런 생각은 자기착각에 빠진 판타지에 불과했다. 왜냐하면 공산당은 자의에 따른 사퇴를 인정하지 않았기 때문이다. 그러나 당시 두 분에게는 무엇인가 정신적으로 의지할 수 있는 것이 필요한 상태였다.

아버지는 또한 이런 말도 했다. "자본주의 국가의 대통령은 하루 아침에 평범한 시민이 될 수도 있다. 권력을 평생 쥐고 있는 것은 좋은 일이 아니다. 그렇지 않으면 공무원들이 권력을 남용하게 될 것이다." 이렇게 말하고 아버지는 나를 향해 지금까지 가족들에게 독재자처럼 행동한 것을 사과했다. 그리고 아버지는 이런 말도 했다. "너는 노래하던 매미가 추운 겨울을 만나 침묵을 지키는 것 같구나. 너희들 같은 젊은 세대가 우리 늙은 세대에게 반기를 드는 것은 좋은 일이다." 또한 절반쯤은 나를 향해서, 그리고 절반쯤은 아버지 자신을 향해서 이런 말도 했다. "비록 약간의 고통이 따르고 체면이 손상되는 일이 있더라도 나 같은 공무원들이 비판을 받는 것은 잘못된 일이 아니라고 생각한다."

부모님은 문화혁명을 받아들이기 위해서 이런 방식으로 혼란스러운 시험을 하고 있었다. 부모님은 자신들이 누리고 있는 특권을 박탈당할 가능성에 대해서 분개하지 않았다. 사실 부모님은 이런 사태를 긍정적으로 생각하려고 노력하고 있었다.

해가 바뀌어 1967년이 되었다. 갑자기 문화혁명의 추진 속도가 빨라졌다. 홍위병이 등장한 제1단계에서는 문화혁명이 사람들의 마음속에 공포감을 불어넣었다. 이제 마오쩌둥은 "부르주아 사령부"와 당의 명령 지휘계통을 자신이 의도하는 권력기구로 교체하기 위한 진정한 목표로 방향을 돌렸다. 류사오치와 덩샤오핑은 공식적으로 비판을 받고 구금되었다. 타오주도 동일한 운명을 겪었다.

1월 9일에 「인민일보」와 라디오는 상하이에서 "1월 폭풍"이 시작되어 조반파가 권력을 장악했다고 일제히 보도했다. 마오쩌둥은 중국의 전 인민을 향하여 상하이의 조반파를 보고 배워서 주자파로부터 권력을 탈취할 것을 요구했다.

"권력 탈취〔奪權, 둬취안〕!" 이것은 중국에서 특별한 마력을 지닌 단어였다. 권력은 정책에 대한 영향력을 의미하는 것이 아니었다. 그것은 인민에 대한 생사여탈의 권력을 의미했다. 권력은 돈과 함께 특전, 사람들의 경외, 아첨, 보복할 수 있는 기회를 제공했다. 중국에는 일반 인민들이 불만을 토로할 수 있는 안전장치가 전혀 없었다. 나라 전체가 마치 내부에서 고압수증기가 부글거리는 압력밥솥처럼 불평불만으로 끓고 있었다. 인민들이 열광할 수 있는 축구시합도 없었고, 인민들의 의견을 대변할 수 있는 압력단체도 없었다. 국가를 상대로 한 소송도 없었고, 심지어 폭력영화마저도 없었다. 체제와 당국에 의한 권리침해에 대해서 어떤 항의의 목소리도 낼 수 없었고, 가두시위를 한다는 것은 생각조차 할 수 없는 일이었다. 대부분의 사회에서 불만을 분출시키는 중요한 수단인 정치에 대해서 언급하는 것도 중국에서는 금기 사항이었다. 하급자들이 상급자의 불공정을 바로잡을 수 있는 기회가 거의 없었다. 그러나 반대로 상급자의 경우에는 자신의 불만을 분출할 기회가 있었다. 그러므로 마오쩌둥이 인민들에게 "권력 탈취"를 요구했을 때, 그는 수많은 사람들이 누군가에게 복수하기를 원한다는 것을 알고 있었던 것이다. 권력이 위험한 것이기는 하지만 권력이 없는 것보다는 있는 편이 보다 바람직했으며, 특히 권력을 한번도 쥐어본 적이 없는 사람들에게는 더더욱 그러했다. 이제 일반 인민들에게는 마치 마오쩌둥이 권력은 잡기만 하면 된다고 말하는 것처럼 보였다.

실제로 중국의 모든 직장에서 조반파의 사기는 굉장히 높았으며, 그들의 숫자도 증가했다. 노동자, 교사, 상점 점원, 그리고 심지어 정부기관의 직원들까지도 자신들을 "조반파"라고 부르기 시작했다. 상하이의 예에 따라 그들은 이제 세력을 잃은 "보황파들"에게 신체적인 폭력을 행사하여 굴복시켰다. 문화혁명 초기에 조직된 홍위병들은 우리 학교와 마찬가지로 공격을 당하는 고급 간부의 자녀들을 중심으로 조직되었기 때문에 조직력이 느슨할 수밖에 없었다. 새로운 단계로 접어든 문화혁명에 반대하는 일부 초기의 홍위병들은 체포되었다. 쓰촨 성의 최고 수뇌였던 공산당 정치위원 리의 아들들 중 하나는 장칭을 비판했다는 이유로 조반파들의 손에 맞아죽었다.

아버지를 연행할 때 동원되었던 공무부 직원들은 이제 조반파가 되었다. 이들 조반파의 리더는 야오 여사였다. 그녀는 공무부뿐만 아니라 쓰촨 성의 모든 성급 기관 내에 조직된 조반파들을 통솔하는 우두머리가 되었다.

조반파들은 중국 전역의 거의 모든 직장에서 조직을 결성하자마자 파벌로 분열되어 권력투쟁을 시작했다. 모두가 자신들의 적대파벌을 "반문화혁명 세력" 또는 "보황파"에게 충성하는 세력이라고 비난했다. 청두에서는 수많은 조반파 파벌들이 난립하더니 재빨리 쓰촨 대학교와 청두 대학교가 중심이 된 두 개의 적대세력으로 통합되었다. 쓰촨 대학교의 조반파를 중심으로 한 "8-26" 그룹은 보다 전투적이었던 반면, 청두 대학교의 조반파를 중심으로 한 "붉은 청두"를 뜻하는 "홍성(紅成)"은 비교적 온건했다. 각 그룹은 쓰촨 성 전역에서 수백만 명에 달하는 지지세력을 규합했다. 아버지가 맡고 있는 공무부에서 야오 여사의 그룹은 "8-26" 그룹과 손을 잡았고, 야오 여사에게 반대하는 그룹(주로 아버지가 좋아하여 승진시켰던 온건한 사람들로 구성되었으며 아버지에게 호의적이었다)은 "홍성" 과 제휴했다.

아파트 밖의 담장 너머에서는 "8-26" 그룹과 "홍성" 그룹이 각기 나무와 전봇대에 확성기를 매달아놓고 밤낮으로 상대방을 시끄러운 소리로 비난하는 방송을 쏟아냈다. 어느 날 밤 확성기 방송은 "8-26" 그룹이 수백 명의 지지자들을 규합하여 "홍성" 그룹의 근거지인 한 공장을 공격했다고 전했다. 그들은 공장에 있던 "홍성" 그룹의 노동자들을 체포하여 "분천(噴泉, 두개골을 갈라 피가 분수처럼 터져나오게 만든다)"과 "풍경화(風景畵, 얼굴을 칼로 그어 모양을 만든다)"를 포함하는 다양한 방법으로 고문을 자행했다. "홍성" 그룹의 방송은 몇몇 노동자들이 건물 꼭대기에서 뛰어내려 자살함으로써 열사가 되었다고 전했다. 나는 그들이 고문을 견딜 수 없어 자살을 택한 것이라고 판단했다.

조반파의 주요 공격 목표는 모든 직장의 전문 분야에서 활동하는 우수 인재들이었다. 저명한 의사, 예술가, 작가, 과학자들뿐만 아니라 기술자와 급(級)이 있는 노동자와, (농민들에게 지극히 소중한 인분을 수거하기 위해서) 모범적으로 일하는 노동자들까지도 공격 목표가 되었다. 이런 사람들은 주자파의 추천으로 승진했다는 이유로 비난을 받았다. 그러나 진짜 이유는 그들이 동료들의 시기의 대상이었다는 점이었다. 혁명이라는 미명 아래 사람들은 자신들의 해묵은 원한을 풀었다.

"1월 폭풍"은 주자파에게 잔인하게 폭력을 가했다. 고급 간부들로부터 권력을 탈취하도록 선동받았던 조반파들은 이제 과거의 상사였던 고급 간부들에게 권력을 남용했다. 상사를 증오했던 자들은 이런 기회를 복수할 수 있는 호기로 삼았다. 그러나 과거의 정치운동에서 규탄받아 실각되었던 자들에게는 이렇게 복수할 권리가 없었다. 이런 현상은 마오쩌둥이 권력이 있는 자리에 앉힐 사람들을 물색하는 작업에 착수하기 전 얼마 동안 발생했다. 이 단계에서 마오쩌둥은 누가 적임자인지를 알지 못했기 때문에 정치적 야망이 있는 자들은 자신들의 호전성을 과시함으로써 마오쩌둥이 자신들을 새로운 권력자로 발탁해주기를 열망했다. 이에 따라 적대관계에 있는 파벌들은 전투적인 노선에서 상대방을 능가하고자 경쟁적으로 잔학한 행동을 자행했다. 이런 분위기 속에서 대다수 인민들은 조반파들의 광기에 가담했다. 인민들이 잔학한 행동에 가담한 이유는 협박에 못 이겨서, 체제에 순응하여 잇속을 차리려는 속셈에서, 마오쩌둥에 대한 충성에서, 개인적인 원한을 풀어보려고, 또는 단순히 욕구불만을 해소하려고 등 다양했다.

마침내 어머니도 폭도들의 손에 붙잡혔다. 폭행은 어머니의 부하직원들에 의해서가 아니라 주로 어머니가 담당하는 청두 동부지구의 노변 공장에서 일하는 절도범, 강간범, 마약밀매자, 뚜쟁이들과 같은 전과자들에 의해서였다. 문화혁명에서 보복행동의 대상으로 허용되는 "정치범들"과는 달리 이런 형사범들은 별도로 지정된 인사들을 공격하도록 선동되었다. 그들은 어머니에게 개인적으로 아무런 감정이 없었으나 단지 어머니가 동부지구 지도자들 중의 한 사람이라는 이유만으로 공격 대상자로 삼았다.

어머니를 비판하기 위해서 열린 규탄대회에서 이 전과자들은, 특히 적극적으로 설쳤다. 어느 날 어머니는 고통스러운 표정으로 집에 돌아왔다. 전과자들이 어머니를 깨진 유리 조각들 위에 무릎을 꿇고 앉게 만들었던 것이다. 그날 저녁 내내 외할머니는 족집게와 바늘로 어머니의 무릎에서 유리 조각들을 집어내야만 했다. 다음 날 외할머니는 어머니의 무릎에 두꺼운 무릎받이를 붙여주었다. 외할머니는 솜을 넣고 누빈 허리 보호대를 만들어 착용케 함으로써 폭도들의 손에 어머니의 연약한 허리가 상하는 것을 방지하고자 했다.

어머니는 여러 번 원추형 종이 모자를 쓰고 목에는 무거운 플래카드를 단 채 시가지를 행진해야 했다. 플래카드에는 어머니의 이름이 적혀 있고, 그 위에는 치욕과 죽음을 상징하는 큰 십자가가 그려져 있었다. 폭도들은 몇 걸음을 옮길 때마다 어머니와 동료들에게 무릎으로 기고 길가의 군중들에게 고두를 하도록 강요했다. 어린이들은 어머니에게 조소를 퍼붓기도 했다. 일부 군중들은 어머니 일행이 하는 고두의 소리가 너무 작다고 고함을 지르면서 절을 다시 하도록 요구했다. 그럴 때마다 어머니와 동료들은 이마를 길바닥에 더 세게 부딪쳐 큰 소리가 나도록 해야만 했다.

그해 겨울 어느 날, 한 노변 공장 앞에서 규탄대회가 열렸다. 집회가 열리기 전에 참가자들이 식당에서 점심을 먹는 동안 어머니 일행은 돌투성이의 길바닥 위에서 1시간 30분 동안 무릎을 꿇고 앉아 기다려야 했다. 마침 비가 오는 날이었기 때문에 어머니는 비를 흠뻑 맞았다. 매서운 칼바람은 어머니의 젖은 옷을 뚫고 뼛속까지 파고들었다. 규탄대회가 시작되자 어머니는 강추위로 온몸이 떨리는 것을 막아보려고 연단 위에서 허리가 꺾일 정도로 몸을 옴츠려야만 했다. 내용도 없는 규탄을 큰 소리로 외쳐대는 집회가 계속되는 동안 어머니는 허리와 목에 참을 수 없는 고통을 느꼈다. 어머니는 몸을 약간 꼬면서 머리를 조금 쳐들어 고통을 덜어보려고 했다. 그 순간 어머니는 뒤통수를 얻어맞고 정신을 잃은 채 연단 바닥에 나뒹굴었다.

잠시 후에 정신을 차리고서야 어머니는 상황을 파악할 수 있었다. 집회 참가자들의 앞줄에는 공산당 정권이 매춘에 대한 단속을 강화할 때 성매매업소를 운영하다가 체포되어 투옥된 적이 있던 한 여인이 앉아 있었다. 그녀는 연단 위로 끌려나온 사람들 중 어머니가 유일한 여성이었기 때문에 어머니에게 눈독을 들이고 있었다. 그러다가 어머니가 머리를 치켜드는 순간, 그 여인은 벌떡 일어나서 송곳으로 어머니의 왼쪽 눈을 찌르려고 달려들었다. 그때 어머니의 뒤에 서 있던 조반파 병사가 이런 광경을 목격하고는 어머니의 뒤통수를 때려 쓰러뜨렸다. 그 병사가 아니었더라면 아마도 어머니는 한쪽 눈을 잃었을 것이다.

당시 어머니는 이런 일이 있었다는 것을 우리 형제들에게 말하지 않았다. 어머니는 자신에게 발생한 일을 설명해주는 경우가 별로 없었다. 안경이 깨진 이유를 설명해야 했을 때에도 어머니는 가급적이면 자극적이지 않은 어조로 별일 아닌 것처럼 말했다. 어머니는 항상 침착하게 행동하고, 때로는 밝은 표정까지 지으면서 자신의 몸에 생긴 타박상을 보여주지 않았다. 어머니는 식구들이 자신을 걱정하지 않도록 신경을 썼다. 그러나 외할머니만은 어머니가 얼마나 큰 고통을 받았는지 알고 있었다. 외할머니는 고통을 감추려고 노력하는 어머니를 한순간도 빼놓지 않고 관찰했던 것이다.

어느 날 전에 우리 집에서 일하던 가정부가 방문했다. 그들 부부는 문화혁명 기간 내내 우리 식구들과 연락을 끊지 않고 지내는 일부 사람들에 속했다. 그들 부부가 보여준 따뜻한 인간미와, 특히 자신들이 "주자파 동조자"로 비난받을 수 있는 위험을 무릅쓰면서까지 우리 집을 찾아준 데 대해서 나는 무척이나 고맙게 생각했다. 그녀는 주저주저하면서 어머니가 조반파들 손에 끌려서 거리를 행진하는 광경을 방금 목격했노라고 외할머니에게 말했다. 외할머니는 그녀가 더 이상 말하지 못하도록 막다가 갑자기 쓰러지면서 큰 소리를 내며 뒤통수를 마룻바닥에 부딪쳤다. 의식을 잃었다가 차츰 깨어난 외할머니는 눈물을 쏟으면서 "내 딸이 무슨 잘못을 했기에 이런 봉변을 당해야 한단 말이냐?" 하고 넋두리를 했다.

1973년에 자궁적출 수술을 받을 때까지 6년 동안이나 어머니는 거의 매일같이 자궁출혈로 고생을 했다. 때로는 다량의 출혈을 일으켜 병원으로 가야만 했다. 의사들은 출혈을 막기 위해서 호르몬제를 처방했다. 어머니에게 호르몬제를 주사하는 일은 언니와 내가 맡았다. 호르몬제를 계속 맞는 것은 위험하다는 점을 어머니도 알고 있었지만 다른 대안이 없었다. 어머니를 비판하는 규탄대회가 진행되는 동안 어머니는 호르몬제에 의존할 수밖에 없었다.

한편 아버지 직장의 조반파들도 아버지에 대한 공격을 강화했다. 공무부가 쓰촨 성 정부에서 가장 중요한 부서들 중 하나였으므로 공무부에는 시류에 편승하여 출세해보려는 야심가들이 더욱 많았다. 과거에는 공산당 권력기구의 순종적인 로봇이었던 많은 사람들이 이제는 야오 여사가 이끄는 "8-26" 그룹의 깃발 아래에서 사납고 호전적인 조반파로 돌변했다.

어느 날 이런 조반파들의 한 무리가 우리 아파트로 난입하더니 아버지의 서재로 뛰어들었다. 그들은 서가를 휘둘러보고는 아버지가 여전히 "반동 서적들"을 소지하고 있는 "골수 주자파"라고 선언했다. 일찍이 10대의 젊은 홍위병들이 전국적으로 책을 불살라버리던 시기에 많은 사람들이 자신들의 장서를 태운 적이 있었다. 그러나 아버지는 자신의 장서들을 태워버리지 않았다. 아버지는 난입한 조반파들 앞에서 서가에 꽂혀 있는 마르크스주의 전집을 가리키면서 자신의 장서를 지켜보려고 애썼다. "우리 홍위병들을 기만하지 말라! 당신은 '독초'와 같은 책들을 많이 소장하고 있다!"고 야오 여사가 외쳤다. 그녀는 부드럽고 얇은 고급 종이에 인쇄된 중국 고전문학 서적을 본보기로 뽑아들었다.

"'우리 홍위병들'이라니 그게 무슨 뜻이요?" 아버지가 반문했다. "홍위병의 어머니뻘 되는 당신이라면 좀더 분별 있게 행동해야 하지 않겠소."

야오 여사는 아버지를 후려갈겼다. 그러자 조반파들은 분개한 듯이 아버지를 향해 욕지거리를 퍼부었다. 개중에는 뒤로 돌아서서 낄낄거리는 자들도 있었다. 그런 다음 그들은 아버지의 장서들을 끄집어내어 가지고 온 커다란 마대에 담았다. 그들은 여러 개의 마대에 가득 담긴 책들을 끌어내면서, 다음 날 공무부 앞마당에서 열리는 아버지에 대한 규탄대회에서 소각할 것이라고 말했다. 그들은 아버지에게 책을 태우는 모닥불을 보고서 "교훈을 얻으라"고 명령했다.

한편 그들은 집에 남은 책들은 아버지가 태워버려야 한다고 말했다.

그날 오후 집으로 돌아온 나는 부엌에 있는 아버지를 발견했다. 아버지는 커다란 시멘트 아궁이 속에 불을 피우고는 불길 속으로 책들을 던져넣고 있었다. 내 평생 아버지가 우는 모습을 그때 처음으로 보았다. 그것은 눈물을 보이는 법이 없었던 아버지가 찢어질 듯이 아픈 가슴속에서 토해내는 고통스러운 울음이었다. 감정을 억제하면서 토해내는 울음 사이사이에 아버지는 발로 마룻바닥을 차고 머리를 벽에 찧기도 했다.

그런 아버지의 모습이 어찌나 무서웠던지 나는 한동안 아버지에게 위로의 말도 건네지 못했다. 마침내 나는 아버지를 뒤편에서 팔로 감싸안으면서도 무슨 말을 해야 좋을지 몰랐다. 아버지도 아무 말 하지 않았다. 아버지는 지금까지 책을 구입하는 일에는 조금도 돈을 아끼지 않았다. 모든 장서는 곧 아버지의 생명과도 같은 것이었다. 책을 태우고 난 후 아버지가 마음속으로 무엇인가를 결심했음을 직감할 수 있었다.

아버지는 수없이 많은 규탄대회에 끌려나가야만 했다. 야오 여사와 그녀의 "8-26" 그룹은 외부로부터 다수의 조반파들을 동원하여 규탄과 폭행에 가세하는 군중의 수를 증가시켰다. 집회의 첫머리는 항상 참가한 사람들이 함께 구호를 외치는 것으로 시작되었다. "우리의 위대한 스승, 위대한 지도자, 위대한 사령관, 위대한 조타수 마오쩌둥 주석의 만수무강, 만수무강, 만수무강을 기원하자!" 매번 "만수무강"을 세 번, "위대한"이라는 수식어를 네 번 외쳤고, 모두들 일제히 『소홍서』를 치켜들고 흔들었다. 아버지는 이런 행동을 하지 않았다. "만수무강"이라는 단어는 중국의 옛 황제들에게나 사용하던 말로서 공산당 지도자인 마오쩌둥 주석에게는 적합하지 않다는 것이 아버지의 주장이었다.

아버지의 이런 행동은 군중들의 신경질적인 고함 소리와 함께 뭇매를 불러왔다. 한 규탄대회에서는 연단 위로 끌려나온 모든 사람들에게 연단 뒤에 세워진 마오쩌둥의 대형 초상화를 향해서 무릎을 꿇고 고두할 것을 강요했다. 다른 사람들은 명령받은 대로 행동했지만 아버지는 따라하기를 거부했다. 무릎을 꿇고 앉아 고두를 하는 것은 비인간적인 봉건시대의 관습이기 때문에 공산주의자라면 마땅히 이런 봉건시대의 잔재를 타파해야 한다고 아버지는 말했다. 이런 말을 들은 조반파들은 고함을 질러대며 아버지의 무릎을 걷어차고 머리를 가격했으나, 아버지는 비틀거리면서도 여전히 똑바로 서 있으려고 애를 썼다. 아버지는 조금도 굽히지 않고 "나는 무릎을 꿇지 않는다! 나는 절대로 고두를 하지 않는다!"라고 외쳤다. 성난 군중들은 아버지에게 "머리를 숙이고 죄를 인정하라"고 요구했다. 아버지는 "어떤 죄도 짓지 않았으므로 나는 머리를 숙이지 않을 것이다"라고 대답했다.

몇몇 건장한 체구의 젊은이들이 아버지에게 달려들어 억지로 꿇어앉으려고 했으나, 그때마다 아버지는 곧 똑바로 일어서서 머리를 치켜들고는 항의하듯이 군중들을 노려보았다. 이 젊은이들이 아버지의 머리카락을 움켜쥐고는 머리를 뒤로 잡아챘다. 아버지는 여전히 항거했다. 흥분한 군중들이 아버지를 "반문화혁명 분자"라고 매도하자 아버지는 성난 목소리로 이렇게 외쳤다. "이것은 어떤 종류의 문화혁명이란 말입니까? 이 혁명 속에서 '문화'는 찾아볼 수도 없고 만행만이 있을 뿐입니다."

아버지를 폭행하던 남자들이 고함을 질렀다. "문화혁명은 마오쩌둥 주석이 지도하는 것이다! 그런데도 당신은 감히 이 혁명에 반대한단 말인가?" 아버지는 더한층 격앙된 목소리로 말했다. "나는 반대한다! 마오쩌둥 주석이 지도하더라도 반대한다!"

그 순간 집회장이 갑자기 조용해졌다. "마오쩌둥 주석에 반대하는" 행동은 사형까지도 당할 수 있는 죄였다. 지금까지 수많은 사람들이 증거도 없이 마오쩌둥 주석에 반대했다는 가해자들의 말 한마디 때문에 증거도 없이 죽음을 당했다. 조금도 겁먹지 않은 아버지의 당당한 태도에 조반파들은 움찔하며 놀랐다. 그러나 이런 놀람도 잠시였을 뿐, 그들은 아버지에게 불경스러운 말을 취소하라고 요구하면서 다시 폭행을 가하기 시작했다. 아버지가 거부하자 화가 난 조반파들은 아버지를 묶어 경찰서로 끌고 가서는 체포하라고 요구했다. 그러나 경찰관들은 아버지를 체포할 마음이 없었다. 그들은 법과 질서를 유지하기 원하고, 당 간부들을 지지하면서 조반파들을 증오하는 사람들이었다. 경찰관들은 아버지와 같은 고급 간부를 체포하려면 영장이 필요하다고 말했다. 그때까지 그런 영장이 발부된 간부는 한 사람도 없었다.

아버지는 계속 폭행을 당하면서도 자신의 뜻을 굽히지 않았다. 아파트 단지 내에서 이렇게 저항한 사람은 내가 아는 한 아버지 한 사람뿐이었다. 그리고 조반파를 포함한 많은 사람들이 마음속으로는 아버지의 백절불굴의 자세를 칭찬했다. 가끔씩 처음 보는 사람이 거리에서 우리 식구들 옆을 스쳐 지나가면서 아버지의 꼿꼿한 자세에 감명을 받았다고 몰래 속삭이고 가는 경우도 있었다. 일부 소년들은 아버지와 같이 강단 있는 사람이 되고 싶다고 남동생들에게 말하기도 했다.

낮에 고문을 당한 부모님은 집에 돌아와서 외할머니의 간호를 받았다. 이 시기에 이르러서 외할머니는 더 이상 옛날처럼 아버지에게 섭섭한 마음을 품지 않았으며, 아버지 또한 외할머니를 부드럽게 대했다. 외할머니는 아버지의 상처에 연고를 바르고 타박상에 효과가 있는 파스를 붙여준 다음, 내장 회복을 도와준다는 바이야오〔白藥〕라고 불리는 흰 가루로 만든 물약을 마시게 했다.

부모님은 언제라도 다음 규탄대회에 나올 수 있도록 항상 집에 대기해야 한다는 명령을 받았다. 중국 전체가 감옥과 같았기 때문에 어디로 도망을 간다는 것은 생각할 수도 없는 일이었다. 모든 집, 모든 거리를 인민들 스스로가 감시했다. 이처럼 넓은 중국에서 숨을 곳은 아무데도 없었다.

부모님은 기분전환을 위해서도 외출할 수가 없었다. "기분전환"은 옛 중국 사회와 함께 사라진 단어가 되었다. 책, 그림, 악기, 스포츠, 카드놀이, 장기, 찻집, 술집과 같은 기분전환을 위한 모든 수단들이 사라져버렸다. 공원은 황폐화되었다. 모든 꽃과 잔디를 뽑아버렸고, 새들과 금붕어를 없애버렸기 때문에 공원은 이제 휴식을 위한 공간이 아니었다. 영화, 연극, 콘서트도 금지되었다. 상연이 허가되는 것은 장칭 자신이 직접 제작에 관여했던 "혁명가극"이라고 불리는 8개의 작품뿐이었다. 지방의 경우에는 이런 "혁명가극"마저도 상연할 만한 분위기가 아니었다. "혁명가극"의 상연을 담당했던 한 감독은 고문을 당하는 주인공에게 화장을 너무 지나치게 시켰다는 장칭의 말 한마디 때문에 비판을 받아야만 했다. 그 감독은 "혁명투쟁의 잔학성을 과장했다"는 이유로 투옥되었다. 우리는 심지어 산책하러 외출하는 것도 생각할 수가 없었다. 길거리의 분위기는 참으로 살벌했다. 길모퉁이에서는 규탄대회가 열렸고, 대자보와 플래카드에는 살벌한 내용이 적혀 있었다. 꺼칠하거나 겁먹은 듯한 표정의 무기력해보이는 사람들이 거리를 오갔다. 더구나 부모님의 타박상 입은 얼굴을 보면 누구라도 규탄대회에 끌려나갔다 온 사람임을 쉽게 알아볼 수 있었기 때문에 외출할 경우에는 봉변을 당할 위험마저 있었다.

신문을 태우거나 던져버리는 사람이 한 사람도 없었다는 사실은 당시의 사회적 공포 분위기를 엿볼 수 있는 하나의 단면이었다. 모든 신문의 제1면에는 반드시 마오쩌둥의 사진이 실렸으며, 기사 속에는 몇 줄 건너마다 마오쩌둥의 어록이 인쇄되어 있었다. 이런 신문들은 소중히 다루어야만 했으며, 그런 신문을 찢다가 들키는 경우에는 엄청난 재앙을 불러올 수도 있었다. 그렇다고 신문을 집에 보관해두는 것도 쉬운 일은 아니었다. 쥐가 신문 속의 마오쩌둥 사진을 쏠았다든지 신문용지에 곰팡이라도 피었다가는 마오쩌둥 주석에 대한 범죄행위로 해석될 수도 있었다. 실제로 청두에서 대형 파벌들

간에 최초로 벌어진 싸움은 일부 홍위병들이 마오쩌둥의 얼굴 사진이 인쇄된 낡은 신문을 우연찮게 깔고 앉았던 데서 촉발되었다. 어머니의 한 학교 친구는 대자보에 "충심(衷心)으로 마오쩌둥 주석을 열애하자"는 글을 쓰면서 참마음이라는 뜻을 가진 "충(衷)"자 가운데 한 획을 무심코 빠뜨려 슬프다는 의미의 "애(哀)"자가 되는 바람에 박해를 당하면서 자살하라는 괴롭힘을 받았다.

이런 끔찍한 테러가 깊어가는 가운데 1967년 2월의 어느 날 부모님은 장시간의 대화를 나누었다. 나는 이런 대화의 내용을 수년 후에야 알게 되었다. 어머니는 침대의 가장자리에 앉았고, 아버지는 맞은편에 놓인 등나무 의자에 앉아 있었다. 아버지는 이제야 문화혁명의 진정한 목표를 알게 되었으며, 이런 깨달음으로 말미암아 자신의 온 세계가 무참히 파괴되어 장래에 대한 희망이 없다고 어머니에게 말했다. 아버지는 문화혁명이 민주화나 일반 민중에게 보다 많은 발언권을 제공하는 것과는 아무런 관계가 없음을 분명히 알게 되던 것이다. 그것은 마오쩌둥의 개인적인 권력을 증대하기 위한 피비린내 나는 숙청일 뿐이었다.

아버지는 자신의 말속에서 단어 하나도 조심스럽게 골라가면서 천천히 그리고 신중하게 말했다. "그렇지만 마오쩌둥 주석은 지금까지 항상 관대했습니다." 어머니의 말이었다. "마오쩌둥 주석은 만주국의 왕 푸이까지도 살려주었어요. 그런 분이 새로운 중국을 세우기 위해서 자신과 함께 싸웠던 당신 같은 전우를 왜 봐주지 않겠어요? 그런 분이 어떻게 전우들을 모질게 대할 수 있겠어요?"

아버지는 조용하면서도 힘찬 목소리로 말했다. "푸이가 어쨌다는 거요? 그는 전범으로서 인민들로부터 지지를 받지 못했었소. 그는 아무것도 할 수가 없었소. 그렇지만⋯⋯." 아버지는 말을 다 끝내지 못하고 입을 다물었고, 어머니는 그런 아버지의 의중을 이해할 수 있었다. 마오쩌둥은 자신에게 도전하는 세력이 대두하는 것은 결코 용납하지 않았다. 어머니가 입을 열었다. "그렇다면 우리들 중 대관절 누가 마오쩌둥 주석의 명령을 수행한다는 말이에요? 그리고 무슨 이유로 이 모든 무고한 사람들에게 죄를 덮어씌우고 파괴하고 박해하는 겁니까?"

아버지가 대답했다. "아마도 마오쩌둥 주석은 중국 사회를 밑바닥에서부터 뒤집어놓지 않으면 자신의 목표를 달성할 수 없다고 생각하는 것 같소. 뿐만 아니라 마오쩌둥 주석은 철저한 사람으로서 희생자가 생기는 것에 대해서는 조금도 개의치 않았소."

한동안 무언의 긴장이 흐른 후 아버지가 말을 이었다. "지금의 이 과정은 어떤 의미로도 결코 혁명이라고 말할 수 없소. 자신의 개인적인 권력을 확립하기 위해서 국가와 국민에게 희생을 강요하는 것은 잘못된 일이오. 나는 그것이 범죄행위라고 생각하오."

어머니는 파국이 다가오고 있음을 감지할 수 있었다. 이렇게 생각이 확고해졌다면 남편은 행동으로 옮기지 않을 수 없을 것이다. 어머니의 예상대로 아버지는 이렇게 말했다. "마오쩌둥 주석에게 편지를 쓸 생각이오."

어머니는 두 손으로 얼굴을 가리고 말았다. "그런다고 무슨 소용이 있어요? 마오쩌둥 주석이 당신 말을 들을 거라고 상상이라도 됩니까? 왜 맹목적으로 당신 자신을 파멸시키려고 하는 거예요? 이번에도 내가 당신 편지를 가지고 베이징으로 갈 것이라고는 꿈도 꾸지 마세요!" 어머니가 화가 나서 내뱉은 말이었다.

아버지는 몸을 굽혀 어머니에게 키스했다. "내 편지를 당신이 가지고 가는 것은 생각지 않았소. 우편으로 부칠 예정이오." 아버지는 어머니의 얼굴을 들어올려 두 눈을 들여다보면서 절망 섞인 목소리로 말했다. "그것 말고 내가 무엇을 할 수 있겠소? 내게 무슨 대안이 있단 말이오? 얘기를 한다면 혹시 도움이 될지도 모르는 일이오. 그리고 내 양심 때문이라도 편지를 써야겠소."

"무슨 이유로 당신의 양심만이 그토록 중요하단 말예요? 그것이 당신 자식들보다 중요해요? 자식들이 모두 '흑오류'가 되기를 바란

단 말이에요?"

오랜 침묵이 흘렀다. 그리고는 아버지가 주저하듯이 입을 열었다. "내 생각으로는 당신이 나와 이혼한 다음 애들을 당신 방식으로 기르는 것이 좋겠소." 부모님 사이에는 다시 침묵이 흘렀다. 어머니는 어쩌면 아버지가 아직 편지를 쓰기로 마음을 굳히지 않았을지도 모른다고 생각했다. 왜냐하면 아버지가 그런 행동의 결과를 알고 있기 때문이었다. 그런 편지를 쓰는 날이면 파멸을 면할 수 없을 것이다.

부모님이 이런 대화를 나눈 지 며칠이 지났다. 2월 하순에 비행기 한 대가 청두 상공을 낮게 날면서 살포한 수천 장의 전단이 잿빛 하늘로부터 반짝이며 떨어져내렸다. 전단에는 인민해방군 노(老)간부들로 구성된 중앙군사위원회가 2월 17일자로 작성한 편지가 인쇄되어 있었다. 전단의 내용은 조반파들에게 잔학행위를 중지할 것을 호소하는 것이다. 비록 문화혁명을 정면으로 비난하지는 않았지만 문화혁명을 중단시킬 의도가 분명했다. 한 직장 동료가 그 전단을 어머니에게 보여주었다. 부모님에게는 한순간에 광명이 보이는 듯했다. 아마도 인민의 존경을 받는 혁명의 노영웅들이 개입하려는 것으로 보였다. 이런 노원수들의 호소에 호응하여 청두에서는 대규모 시위대가 중심지를 행진했다.

전단은 베이징 중앙의 격렬한 내분 결과로 살포된 것이었다. 1월 말에 마오쩌둥 주석은 처음으로 군에 조반파를 지지할 것을 요구했다. 국방부장 린뱌오를 제외한 군 수뇌부 대부분은 마오쩌둥의 요구에 대해서 격노했다. 2월 14일과 16일 두 차례에 걸쳐서 군 수뇌부는 정치 지도자들과 함께 장시간 회의를 가졌다. 마오쩌둥은 후계자 린뱌오와 마찬가지로 그 회의에 불참했다. 회의는 저우언라이가 주재했다. 군 수뇌부의 원수들은 아직 숙청되지 않은 정치국 위원들과 손을 잡았다. 이 원수들은 인민해방군의 사령관들이었으며, 대장정을 경험한 베테랑들이었고, 공산혁명의 영웅들이었다. 이들은 문화혁명이 죄 없는 사람들을 박해하고 국가의 안정을 위태롭게 한다고 비난했다. 부총리 중의 한 사람인 탄전린은 노한 목소리로 이렇게 말했다. "나는 일생 동안 마오쩌둥 주석을 따라다녔다. 그러나 이제는 더 이상 그를 따르지 않을 것이다!" 이런 회의가 개최된 다음 원수들은 폭력을 수습하는 대책을 논의하기 시작했다. 쓰촨 성에서는 특히 상황이 좋지 않았기 때문에 특별히 쓰촨 성을 위한 2월 17일자 전단을 만들어 항공기로 살포했던 것이다.

저우언라이는 마오쩌둥 주석을 계속 지지하면서 문화혁명을 비난하는 다수파에 가담하기를 거부했다. 개인숭배 결과 마오쩌둥은 마력적인 권력을 가지게 되었다. 반대파에 대한 보복은 재빨리 닥쳐왔다. 마오쩌둥에 반대하는 정치국 위원들과 군 수뇌부는 가택습격을 당하고 잔인한 규탄대회에 끌려다녀야만 했다. 마오쩌둥이 자신에게 반대하는 원수들을 처벌하도록 명령하자, 군은 원수들을 옹호하는 행동을 취하지 않았다.

마오쩌둥과 문화혁명에 반대의 소리를 내보았던 이 일회성의 미약한 시도를 사람들은 "2월 역류"라고 불렀다. 정부는 주자파에 대해서 보다 잔혹하게 투쟁하도록 독려하려고 "2월 역류"에 대한 조작된 설명을 공표했다.

이런 2월 회의는 마오쩌둥에게 하나의 전환점이 되었다. 주위의 모든 사람들이 자신의 정책에 반대하고 있음을 알게 된 마오쩌둥은 공산당을 이름만 남겨두고는 사실상 해체하기로 마음먹었다. 정치국은 중앙문화혁명소조에 의해서 효과적으로 대체되었다. 린뱌오는 "2월 역류"에 참여했던 원수들에게 충성하는 군사령관들을 숙청했다. 군을 움직여왔던 중앙군사위원회는 유명무실해져서 린뱌오와 그의 아내가 개인적으로 군을 지휘하게 되었다. 마오쩌둥은 마치 중세의 궁정이 처, 친척, 아첨하는 대신들을 중심으로 구성되었던 것과 같은 양상으로 측근 그룹을 형성했다. 마오쩌둥은 각 성에 자신의 사람들을 파견하여 "혁명위원회"를 조직하도록 했다. 이 위원회를 공산당 체계의 최고 상층부로부터 밑바닥 풀뿌리 조직까지 전부

교체하는 도구로 삼아 자신의 권력을 강화할 의도였다.

쓰촨 성에서 마오쩌둥 정책의 대변인 지위를 맡게 된 사람은 부모님의 오랜 지기(知己)인 팅 부부였다. 우리 가족이 이빈을 떠난 후 팅 부부는 사실상 이빈 지역의 지배자가 되었다. 남편 팅씨는 이빈 지역의 당서기가 되었고, 부인 팅 여사는 성도(省都) 이빈 시의 당 책임자가 되었다.

팅 부부는 자신들의 지위를 이용하여 정적을 끝없이 박해하고 개인적인 복수를 자행했다. 한 사건은 1950년대 초에 팅 여사의 경호원으로 일했던 남자와 관련된 것이었다. 그녀는 경호원을 몇 차례 유혹하려고 시도하던 중 하루는 배가 아프다고 하면서 그 젊은이에게 자신의 배를 문지르도록 했다. 그녀는 경호원이 자신의 지시에 따라 복부를 마사지하던 중 그 손을 잡아 음부를 만지게 했다. 그러자 경호원은 즉시 손을 빼고 밖으로 나가버렸다. 팅 여사는 그가 자신을 강간하려고 했다고 고발하여 강제노동 수용소에서 3년간 중노동을 하도록 만들었다.

이 사건의 진상을 폭로하는 익명의 편지가 쓰촨 성 당위원회에 제출되어 조사가 시작되었다. 피고인 신분인 팅 부부는 규정에 따라 이 편지를 볼 수 없는 입장이었으나 한 친구가 그들에게 편지를 보여주었다. 팅 부부는 이빈 정부에서 근무하는 모든 직원들의 필적을 조사할 목적으로, 전 직원들에게 어떤 문제에 관한 보고서를 작성하도록 지시했다. 그랬음에도 불구하고 팅 부부는 편지 작성자를 찾아낼 수 없었고, 당위원회의 조사도 팅 부부에게 아무런 혐의가 없다는 결론을 내리고 종결되었다.

이빈에서는 공무원들뿐만 아니라 일반인들도 팅 부부를 두려워했다. 정치운동이 재개되고 비판 대상자 수를 사전에 할당하는 제도가 부활되자, 팅 부부에게는 개인적인 원한을 풀 수 있는 좋은 기회가 찾아왔다.

1959년에 팅 부부는 이빈 지역의 행정장관을 추방한 적이 있었다. 당시 행정장관은 1953년에 아버지의 뒤를 이어 그 자리에 취임한 리씨였다. 그는 대장정에도 참가했던 고참 당원이었으며, 많은 사람들의 신망이 두터워 팅 부부의 시기의 대상이 되었다. 그는 농민들이 신는 짚신[草鞋]을 애용했기 때문에 "리초혜"라고 불렸다. 리 장관이 짚신을 애용한 이유는 정치에서 항상 농민의 정신을 잊지 않기 위함이었다. 대약진운동 기간 중에 그는 농민들을 무리하게 제철사업에 동원하지 않았으며, 1959년에는 대기근이 발생할 가능성에 대해서 발언하기도 했다. 팅 부부는 그를 "우파적 기회주의 분자"라고 비판하고는 한 양조공장의 공동식당 식품 구매 담당자로 좌천시켰다. 그는 다른 어떤 사람보다도 자신의 배를 채울 수 있는 유리한 위치에 있었음에도 대기근 중에 굶어죽었다. 그의 시신을 부검한 결과, 그의 위 속에는 밀짚만이 들어 있었다. 그는 마지막 순간까지도 청렴결백했다.

1959년에 발생한 또다른 사례에서는 한 의사가 기근을 공식적으로 언급할 수 없었음에도 불구하고, 기근으로 굶어죽은 사람들의 사인을 아사(餓死)라고 사실대로 진단했다는 이유로 팅 부부는 그 의사를 계급의 적이라고 고발했다.

팅 부부의 권력남용으로 빚어진 이와 유사한 사건들은 수십 건에 달했다. 많은 사람들이 생명의 위협을 무릅쓰면서 팅 부부의 악행을 성 당국에 고발하는 편지를 썼다. 1962년 온건파가 중앙정부의 주도권을 장악하고 있던 시기에 전국적으로 과거의 정치운동을 조사하여 부당하게 박해받았던 많은 사람들을 복권시켰다. 쓰촨 성 정부도 전문 팀을 구성하여 팅 부부의 소행을 조사했다. 그 결과 권력남용이 확인된 팅 부부는 해임 및 구금되었다. 그리고 1965년에 덩샤오핑 총서기는 팅 부부를 당으로부터 추방할 것을 지시하는 명령서에 서명했다.

문화혁명이 시작되자 팅 부부는 구금 장소에서 탈출하여 베이징으로 가서 중앙문화혁명소조에 진정서를 제출했다. 팅 부부는 자신들이 선두에 서서 "계급투쟁"을 이끌었던 영웅들이라고 강변했고, 또한 자신들은 당의 고참 세력으로부터 박해를 받았다고 주장했다. 당시에 아버지의 편지를 가지고 베이징에 갔던 어머니는 "고정 접수처"에서 팅 부부와 실제로 마주친 적도 있었다. 팅 부부는 다정한 말씨로 어머니의 베이징 주소를 물었지만 어머니는 주소를 알려주지 않았다.

팅 부부를 발탁한 사람은 중앙문화혁명소조의 지도자들 중 한 사람이며 옌안 시절에는 아버지의 상사이기도 했던 천보다였다. 그는 팅 부부를 장칭에게 소개했다. 장칭은 팅 부부를 만나본 순간, 그들이 자신과 같은 부류의 인간임을 발견했다. 장칭이 문화혁명에 열성적으로 매달린 것은 정치적 야심보다는 자신의 개인적인 원한을, 그것도 사소한 원한을 풀어보려는 의도가 강했었다. 장칭은 류사오치의 부인에 대한 박해를 직접 지시했다. 그 이유는 장칭 자신이 홍위병들에게 설명했던 것과 같이 류사오치의 부인이 국가주석인 남편과 함께 해외여행하는 것을 무척이나 질투했기 때문이었다. 마오쩌둥은 해외여행을 단 두 번 했을 뿐인데, 그것도 모두 러시아로 매번 부인인 장칭을 동반하지 않은 여행이었다. 장칭의 심기를 더욱 건드린 것은 류사오치 부인이 해외여행 때 멋진 양장을 입고 보석으로 치장을 했기 때문이었다. 마오쩌둥이 지배하는 당시의 중국에서는 모든 인민들이 수도승과도 같은 복장만을 입어야 했다. 이런 이유로 문화혁명 기간 중에 류사오치의 부인은 미국 CIA의 첩자라는 혐의로 투옥되었으나 간신히 목숨만은 건질 수 있었다.

마오쩌둥을 만나기 전인 1930년대에 장칭은 상하이의 이류 여배우로서 그 지역 연극계 인사들이 자신을 냉대한다고 생각했다. 당시 상하이 연극계에는 공산당의 지하활동원들이 많이 섞여 있었으며, 이들은 1949년 해방 이후에는 중앙공무부의 중진들이 되었다. 부분적으로는 30년 전의 상하이 시절에 자신이 받았던 모멸을 앙갚음하기 위해서 장칭은 문화혁명 기간 중에, 특히 중앙공무부에서 일하는 인사들 중에서 "반마오쩌둥주의자, 반사회주의자"를 색출하는 일에 발벗고 나섰다. 대기근이 진행되는 동안 마오쩌둥이 일시적으로 정치무대에서 물러나 있었을 때 그녀는 마오쩌둥에게 접근하여 베갯머리송사를 하면서 많은 인물들을 중상모략했다. 장칭은 자신이 원한을 품었던 인사들을 제거하기 위해서 공무부 조직 전체를 공격 대상으로 삼았다. 그 결과 중국 모든 성, 모든 시의 공무부가 문화혁명 기간 중 공격 대상이 되었던 것이다.

장칭은 또한 상하이 시절에 자신에게 질투심을 느끼게 만들었던 남녀 배우들에 대해서도 앙갚음을 했다. 왕잉이라는 여배우는 30년 전에 장칭과 경쟁을 벌인 끝에 한 영화에 발탁된 적이 있었다. 오랜 세월이 흐른 후인 1966년에 장칭은 왕잉과 그녀의 남편을 투옥시켜 종신형을 선고했다. 왕잉은 1974년에 형무소에서 자살했다.

또 한 사람의 유명한 여배우 쑨웨이스는 수십 년 전에 옌안에서 장칭과 함께 마오쩌둥 앞에서 무대에 선 적이 있었다. 당시 쑨웨이스의 연기가 분명히 장칭보다 훌륭했기 때문에 그녀는 마오쩌둥을 포함한 공산당 지도층 인사들 사이에서 매우 인기가 높았다. 저우언라이의 양녀이기도 했던 그녀는 장칭에게 아첨해야 할 필요성을 느끼지 않았다. 1968년에 장칭은 쑨웨이스와 그녀의 오빠를 체포하여 고문하던 중 죽게 만들었다. 저우언라이의 힘으로도 양녀 쑨웨이스를 보호할 수가 없었다.

장칭의 복수심은 입소문을 타고서 점차 대중들에게 알려졌다. 그녀의 사람 됨됨이가 어떤지도 대자보에 게재되는 그녀의 연설 내용을 통해서 알려졌다. 결국 장칭은 거의 모든 사람들로부터 증오를 받는 인물이 될 수밖에 없었지만, 1967년 초까지만 해도 그녀의 악행은 별로 알려지지 않았다.

마오쩌둥이 지배하던 시대에는 "인민을 박해하는 공무원[整人]"이라고 불리는 사람들이 있었다. 장칭과 팅 부부는 바로 그런 부류에 속하는 인물들이었다. 그들은 피에 굶주린 듯이 잔인한 방법으로 지칠 줄 모르고 집요하게 자신들의 원수를 박해하는 일에만 몰두했다. 1967년 3월에 마오쩌둥은 팅 부부가 복권되었으며 쓰촨 성 혁명위원회를 조직할 권한을 부여받았다고 밝히는 내용의 문서에 서명했다.

쓰촨 성 혁명준비위원회가 잠정적인 조직으로 설립되었다. 구성위원은 팅 부부와 군 장성 2명으로 모두 4명이었다. 2명의 장성은 청두 군구(중국의 8개 군구〔軍區〕중 하나)의 제일 정치위원과 사령관이었다. 마오쩌둥은 모든 혁명위원회를 반드시 각 지방의 군 대표, 조반파 대표, 그리고 "혁명 간부" 3인으로 구성할 것을 지시했다. 그리고 "혁명 간부"는 과거에 공산당 간부였던 사람들 중에서 선발하도록 했다. 이것은 바로 쓰촨 성 혁명위원회의 구성위원 선임권이 실질적으로 팅 부부의 수중에 있음을 의미했다.

1967년 3월 말에 팅 부부가 아버지를 만나러 왔다. 그들은 아버지를 혁명위원회에 포함시키려고 했다. 아버지는 동료들 사이에서 정직하고 공정한 인물로 두터운 신망을 얻었다. 팅 부부까지도 아버지가 덕망 있는 인사라는 것은 인정했다. 특히 팅 부부는 자신들이 해임, 구금되었을 때 아버지가 다른 사람들처럼 자신들에게 보복성 비판을 가하지 않았다는 사실을 알고 있었다. 뿐만 아니라 혁명위원회는 아버지와 같은 유능한 관료를 필요로 했다.

아버지는 형식적인 예의만을 갖추어 팅 부부를 맞이했으나 외할머니는 그들을 열렬히 환영했다. 외할머니는 팅 부부의 복수심에 관해서는 별로 들은 바가 없었고, 다만 나를 임신 중이었던 어머니가 폐결핵에 걸렸을 때 귀중한 미국제 약품으로 치료할 수 있게 승인해주었던 고마운 사람들로만 알고 있었다.

팅 부부가 아버지의 서재로 들어가자, 외할머니는 재빨리 밀가루 반죽을 비롯하여 각종 음식을 만들기 시작하여 부엌에서는 도마질 소리가 낭자하게 울렸다. 외할머니는 돼지고기를 썰고, 어린 골파를 다듬고, 각종 양념을 다지고, 전통적으로 손님을 대접할 때 내놓는 고기만두용 소스를 만들기 위해서 뜨거운 평지씨 기름을 칠리 가루에 부었다.

서재에 들어간 팅 부부는 아버지에게 자신들이 복권되었다는 사실과, 준비위원회의 위원으로 쓰촨 성 혁명위원회의 인선을 위임받았다는 점을 설명했다. 그들은 공무부를 방문했다가 그곳에서 조반파들로부터 아버지가 최근에 당했던 고생에 관해서 설명을 들었노라고 말했다. 그러면서도 팅 부부는 이빈 시에서 함께 근무하던 시절부터 아버지에게 항상 호감을 가지고 있었고, 여전히 아버지를 존경하기 때문에 다시 함께 일하고 싶다고 했다. 협력해주기만 한다면 아버지의 과거 언행에 따른 모든 불리한 점들을 일소시키겠다는 약속까지 했다. 그뿐만이 아니라 팅 부부는 아버지가 새로운 권력구조에서 다시 승진하여, 예를 들면 쓰촨 성 전체의 교육문화 관련 업무를 담당할 수도 있을 것이라고 말했다.

아버지는 팅 부부가 혁명준비위원회의 위원으로 임명되었다는 것을 벽보를 본 어머니로부터 전해들은 적이 있었다. 당시에 아버지는 어머니에게 "소문을 믿어서는 안 되오. 이것은 절대로 불가능한 인사요." 마오쩌둥이 이 부부를 요직에 앉혔다는 것을 아버지는 도저히 믿을 수가 없었다. 아버지는 불쾌감을 감추려고 노력하면서 이렇게 말했다. "미안하지만 당신들의 제안은 받아들일 수가 없습니다."

과거의 언행을 문제삼지 않겠다는 팅 부부의 말에 화가 치민 아버지는 이렇게 말했다. "과거의 내 언행에 대해서는 내가 모든 책임을 집니다. 당신들과는 함께 일하고 싶지 않습니다." 이어서 쌍방간에 격한 말이 오가던 중에 아버지는 팅 부부에게 가해졌던 처벌은 공정했다고 생각하며 그들에게 그처럼 중책을 맡긴 것은 크게 잘못된 일이라는 말까지 했다. 이 말에 깜짝 놀란 팅 부부는 아버지에게 말조심하라고 반박하면서 자신들을 복권시킨 것은 바로 마오쩌둥 주석이며, 또한 마오쩌둥이 자신들을 "좋은 간부들"이라고 불렀다는 말까지 덧붙였다.

아버지는 화가 난 김에 다음과 같은 말까지 했다. "마오쩌둥 주석이 당신들에 관한 모든 사실을 알 수는 없었을 것이오. 당신들이 어떤 종류의 '좋은 간부'란 말이오? 당신들은 용서받을 수 없는 잘못을 저질렀소." 아버지는 용케도 대화 중에 "범죄"라는 단어를 사용하는 것만은 피했다.

"감히 마오쩌둥 주석에 말에 이의를 달다니 겁도 없는 사람이군! 부총수 린뱌오는 '마오쩌둥 주석의 모든 말은 만고불변의 진리이며 그분의 한마디 말은 다른 사람의 만마디 말과 같다!'고 말했소." 팅 여사가 악을 쓰면서 내뱉은 말이었다.

아버지는 이렇게 응수했다. "인간의 한마디는 어디까지나 한마디일 뿐이오. 한마디의 말이 만마디의 의미를 가지게 만드는 것은 인간의 능력으로는 불가능한 일이오. 린뱌오 부총수의 발언은 수사적인 것으로서, 문자 그대로 받아들여서는 안 되오."

팅 부부는 당시에 자신들이 아버지의 말을 잘못 들은 것은 아닌가하고 귀를 의심하기까지 했다고 훗날 술회했다. 팅 부부는 아버지의 사고방식, 말하는 자세, 행동 모두가 마오쩌둥 주석이 제창하는 문화혁명에 반하는 것이라고 경고했다. 이 말에 아버지는 모든 것에 관해서 마오쩌둥 주석과 토론할 기회가 있으면 좋겠다고 했다. 아버지의 이런 발언은 자살적인 것이었기 때문에 팅 부부는 아무런 대꾸도 하지 않았다. 한동안 침묵이 흐른 후 팅 부부는 돌아갔다.

화가 나서 돌아가는 팅 부부의 거친 발자국 소리를 들은 외할머니는 만두를 빚다 말고 손에 밀가루가 묻은 채 부엌에서 달려나왔다. 외할머니는 팅 여사와 마주치자 점심을 먹고 가라고 권했다. 팅 여사는 외할머니의 그런 말을 무시하고 아파트에서 뛰쳐나가 발자국소리를 크게 내면서 계단을 내려갔다. 아파트 건물 입구에서 발걸음을 멈춘 그녀는 뒤따라나온 아버지를 향해 몹시 화가 난 어조로 말했다. "당신 미쳤어요? 마지막으로 다시 한 번 묻겠는데, 지금까지도 내 호의를 거절하는 겁니까? 이제는 내가 당신에게 무슨 일이라도 할 수 있다는 것을 알 텐데!"

"당신과는 아무 일도 함께 하고 싶지 않습니다. 우리는 서로 종류가 다른 인간입니다." 아버지의 대답이었다.

대경실색한 외할머니를 계단 위에 남겨놓은 채 아버지는 서재로 들어갔다. 그러나 아버지는 곧 벼루를 들고 나와 화장실로 갔다. 벼루에 몇 방울의 물을 받은 아버지는 조심스러운 발걸음으로 서재로 돌아갔다. 책상 앞에 앉은 아버지는 벼루에 먹을 갈아 먹물을 만들기 시작했다. 백지를 앞에 펼쳐놓은 아버지는 조금도 망설임 없이 마오쩌둥에게 보내는 두 번째 편지를 작성했다. "마오쩌둥 주석께, 본인은 공산당원으로서 같은 공산당원인 주석께 문화혁명을 중지할 것을 청원합니다." 아버지는 계속해서 문화혁명이 중국을 얼마나 심각한 상황에 몰아넣었는지를 설명했다. 편지의 끝머리에는 이렇게 적었다. "류제팅과 장시팅 같은 사람들에게 수천만 인민들의 운명을 좌우할 수 있는 권력을 쥐어줄 경우 우리 공산당과 중국에 최악의 사태가 초래될 것이 무섭기만 합니다."

아버지는 편지 봉투에 "베이징, 마오쩌둥 주석 귀하"라고 쓰고 거리 끝에 있는 우체국으로 가지고 가서 항공 등기우편으로 발송했다. 카운터 뒤편의 우체국 직원은 아버지의 편지를 받아들고 힐끗 보고서도 심드렁한 얼굴이었다. 아버지는 집으로 돌아가서 기다리기로 했다.

# 20. "내 영혼을 팔지는 않겠소"

아버지의 체포
(1967-1968)

아버지가 마오쩌둥에게 편지를 보낸 지 사흘째 되던 날 오후에 아파트 출입문을 두드리는 소리를 들은 어머니가 문을 열자 세 사람의 남자가 들어섰다. 그들은 모두 중국에서 흔히 볼 수 있는 헐렁한 푸른색 인민복을 입고 있었다. 아버지는 세 사람 중 한 사람을 알아보았다. 그는 공무부의 총무 일을 담당하던 사람으로서 과격한 조반파의 일원이었다. 나머지 두 사람 중 마른 얼굴에 부스럼이 있고 키가 큰 남자가 입을 열었다. "우리는 경찰서에서 나온 조반파입니다. 당신을 마오쩌둥 주석과 문화혁명을 공격한 반혁명분자 현행범으로 체포하러 왔습니다"라고 설명했다. 그리고는 뒤에 서 있던 작달막한 세 번째 남자와 함께 아버지의 양팔을 잡고 같이 갈 것을 명령했다.

그들 두 사람은 체포영장은 고사하고 신분증조차 제시하지 않았다. 그러나 두 사람이 조반파의 사복 경찰관이라는 것은 의심의 여지가 없었다. 쓰촨 성 공무부 소속 조반파와 함께 왔다는 사실에 비추어볼 때 두 사람의 신분은 의심할 필요가 없었다.

사복 경찰관은 아버지가 마오쩌둥에게 보낸 편지에 관해서 언급하지 않았다. 그렇지만 아버지는 자신의 편지를 당국이 도중에 압수했음이 틀림없다고 생각했다. 아버지는 체포당할 것을 예측하고 있

528

었다. 그것은 비단 자신이 편지에서 마오쩌둥 주석에 대해서 모독적인 언사를 사용했을 뿐만 아니라, 이번에는 쓰촨 성 정부 내에 아버지의 체포를 허가할 팅 부부가 있었기 때문에 쉽게 예측할 수 있는 일이기도 했다. 현실이 그랬더라도 아버지는 자신이 체포되지 않을 수도 있다는 실낱 같은 희망을 가지고 있었다. 아무 말 없이 긴장한 아버지는 두 사람에게 저항하지 않았다. 아파트를 걸어나가던 아버지가 잠시 발걸음을 멈추고는 어머니에게 부드럽게 말했다. "당을 원망하지 마시오. 당이 아무리 중대한 실수를 범하더라도 고칠 것이라는 믿음을 가지도록 하오. 나와의 이혼 수속을 취하고 내가 아이들을 사랑한다고 전해주구려. 애들을 놀라게 하지 말고."

그날 오후 늦게 집에 돌아와서야 나는 부모님이 모두 집에 안 계시다는 것을 알았다. 공무부 조반파들에게 잡혀간 아버지의 석방을 진정하기 위해서 어머니가 베이징으로 갔다는 말을 외할머니로부터 들을 수 있었다. 외할머니는 "경찰"이라는 단어를 사용하지 않았다. 경찰에 체포되었다는 것은 조반파에 연행되어 격리심사를 받는 것보다 훨씬 더 심각하고 절망적인 상황을 의미했기 때문이었다.

나는 아버지의 직장으로 달려가서 아버지가 어디로 연행되었는지를 물었다. 그러나 돌아오는 대답은 야오 여사가 불난 집에 부채질하듯이 "너도 고약한 냄새를 풍기는 주자파 아버지와는 선을 그어야만 한다!"거나 "자업자득이지!"라고 말하는 따위의 괘씸한 언사들뿐이었다. 나는 분했지만 억지로 눈물을 참았다. 이런 사람들이 지성인이라고 자처하는 어른들이란 말인가 하는 생각이 들자, 내 가슴속에는 그들에 대한 증오심이 생겼다. 지성인들이 어찌 저렇게 무자비하고 잔인할 수 있단 말인가? 그 시절에도 친절해보이는 얼굴과 부드러운 어조, 게다가 과묵하기까지 한 사이비 지성인은 얼마든지 있었다.

이때부터 나는 중국인을 두 종류로 구분해서 보기 시작했다. 한 부류는 인간성을 가진 사람들이고, 다른 한 부류는 인간성이 메마른 집단이었다. 문화혁명과 같은 사회적 격변을 거치면서 사람들이 10대의 홍위병, 성인 조반파, 주자파 중 어느 부류에 속하는지를 엿볼 수 있는 특징이 드러났다.

한편 어머니는 두 번째로 베이징에 갈 기차를 타기 위해서 역에서 기차를 기다리고 있었다. 지금 어머니는 6개월 전보다 훨씬 더 의기소침해졌다. 처음으로 아버지의 구명운동을 위해서 베이징에 갔던 6개월 전만 하더라도 정의가 이길 수 있다는 희망을 가질 수 있었다. 그러나 이제는 희망이 거의 없었다. 그러나 어머니는 절망에 굴복할 수는 없다고 생각했다. 끝까지 싸워야겠다고 각오를 다졌다.

어머니는 이번에는 저우언라이 총리를 만나는 것 외에는 다른 어떤 사람도 소용이 없다는 결론에 도달했다. 만약 다른 사람을 만난다면 그것은 남편과 어머니 자신, 그리고 온 가족에게 닥쳐올 재앙을 재촉하는 길이 될 것이다. 저우언라이 총리는 장칭이나 중앙문화혁명소조보다 생각하는 것이 훨씬 더 온건하며, 또한 거의 매일같이 조반파들에게 명령을 내리는 위치에 있으므로 상당한 영향력을 행사하고 있음을 어머니는 알고 있었다.

그러나 저우언라이 총리를 면회하는 일은 미국의 백악관 안으로 걸어들어가거나, 혼자서 교황을 알현하려고 시도하는 것처럼 지극히 어려운 일이었다. 붙잡히지 않고 베이징에 도착하여 탄원서 접수처를 제대로 찾았더라도 누구를 만나야 할지 알 수가 없었다. 왜냐하면 그것은 다른 지도자를 모욕하고 비난하는 행동으로 간주될 수 있기 때문이었다. 점점 초조해지면서 자신이 집에 없다는 사실을 조반파들이 발견했을지도 모른다는 생각이 들었다. 어머니는 다음 규탄대회에 불려나갈 때까지 집에서 대기해야만 하는 입장이었다. 그러나 거기에도 빈틈은 있게 마련이었다. 어머니가 집에 없는 것을 발견한 한 조반파 그룹은 다른 그룹이 먼저 어머니를 데려갔다고 생각할 수도 있는 일이었다.

기차를 기다리는 동안 어머니는 "베이징으로 가는 홍위병 청두 부대〔紅成〕 진정단"이라는 글자가 적힌 대형 플래카드를 보았다. 그 주위에는 약 200명에 달하는 20대 초반의 젊은이들이 모여 있었다. 그들의 다른 플래카드를 보니 그들은 팅 부부를 고발하기 위해서 베이징으로 가려는 대학생들임이 분명했다. 더욱이 플래카드에는 자신들이 저우언라이 총리와의 면담을 약속받았다고 적혀 있었다.

경쟁 상대인 "8-26" 조반파 그룹과 비교할 때 "홍성" 그룹은 비교적 온건했다. 팅 부부는 "8-26" 그룹을 후원했으나 "홍성" 그룹은 굴복하지 않았다. 비록 마오쩌둥과 중앙문화혁명소조가 뒤를 밀어주었지만 팅 부부의 권력은 결코 절대적인 것이 아니었다.

이 시기에 문화혁명은 조반파 파벌들 간의 치열한 권력다툼으로 내분을 겪고 있었다. 이런 현상은 마오쩌둥이 주자파들로부터 권력을 탈취하라고 지시한 직후에 시작되었다. 그때로부터 3개월이 경과한 지금 조반파 지도자들 중 대부분은 추방된 공산당 고급 간부들과는 판이하게 다른 종류의 부류로 대두되었다. 그들은 규율이 갖추어지지 않은 기회주의자들이었으며, 게다가 광신적인 마오쩌둥 신봉자들도 아니었다. 서로 단결하고 협력하라는 마오쩌둥의 지시에 대해서도 그들은 말뿐인 반응을 보였으며, 도사와도 같이 말해서 정확한 의미를 파악하기가 어려운 마오쩌둥의 어록을 자신들의 파벌에 유리하게 냉소적인 자세로 해석하여 적대적인 파벌을 비난했다. 마오쩌둥의 어록에서 어떤 상황에 부합하는 구절을 찾아내기란 쉬운 일이었으며, 때로는 논쟁을 벌이는 쌍방이 마오쩌둥의 어록에서 동일한 구절을 인용하여 자신들의 주장을 합리화하는 것도 가능했다. 공염불과도 같은 자신의 "철리(哲理)"가 부메랑처럼 자신에게 되돌아온다는 것을 알면서도 천상(天上)의 신과도 같은 자신의 이미지가 손상되는 것을 피하기 위해서 마오쩌둥은 조반파들 사이의 논쟁에 적극적으로 개입하지 않았다.

"홍성" 그룹은 "8-26" 그룹을 격파하기 위해서는 팅 부부를 권좌에서 끌어내려야만 한다는 것을 알았다. 팅 부부가 권력욕과 함께 복수심에 가득 차 있다는 소문이 자자한 것을 "훙성" 그룹은 잘 알고 있었다. 마오쩌둥이 팅 부부를 지지하고 있다는 사실에도 불구하고 "훙성" 그룹은 굴복하지 않았다. "훙성" 그룹이 대학생들을 베이징으로 파견한다는 것은 곧 이런 배경에 대한 도전이었다. 저우언라이 총리는 "훙성"이 쓰촨 성의 양대 조반파 그룹의 하나로서 수백만 명에 달하는 지지자들을 가지고 있기 때문에 "훙성"이 파견하는 진정단을 만나겠다고 약속했던 것이다.

환송하는 수많은 지지자들 사이를 지나 "훙성" 진정단이 베이징 행 특급열차가 수증기를 내뿜고 있는 플랫폼으로 들어가자, 어머니도 그들의 뒤를 따랐다. 어머니가 그들과 함께 객차에 오르려고 할 때 한 남학생이 어머니를 저지했다. "당신은 누구요?" 당시 서른다섯 살이었던 어머니는 결코 학생으로 보이지 않았다. "당신은 우리 멤버가 아니니 내리시오!"

어머니는 열차의 출입문 손잡이를 세게 움켜쥐고는 큰 소리로 말했다. "나도 팅 부부에 대해서 항의하려고 베이징으로 가는 길입니다! 나는 오래 전부터 그들을 잘 알고 있습니다." 그 남학생은 믿기지 않는다는 듯이 어머니를 바라보았다. 그때 남학생의 뒤편에서 남녀 두 사람의 목소리가 들려왔다. "그녀를 태워주세요! 그녀의 말을 들어봅시다!"

어머니는 승객들로 입추의 여지가 없는 객차 안으로 비집고 들어가 조금 전에 자신을 저지하는 남학생에게 소리를 질렀던 두 남녀 사이에 앉았다. 두 사람은 "훙성"의 참모장교라고 자신들을 소개했다. 남자의 이름은 융이었고 여자는 옌이었다. 두 사람 모두 청두 대학교의 학생들이었다.

두 사람의 이야기를 듣고 어머니는 학생들이 팅 부부의 정체를 모른다는 것을 알게 되었다. 어머니는 문화혁명이 시작되기 이전에 팅 부부가 이빈에서 저지른 수많은 박해 중 몇 가지 기억나는 사건들을 그들에게 설명해주었다. 1953년에 팅 여사가 아버지를 유혹하려고 했던 일과, 그들이 최근에 아버지를 방문하여 함께 일하자고 제의했으나 아버지가 그들과 협력하기를 거부했던 일 등을 설명했다. 어머니는 그들 부부를 쓰촨 성의 새로운 지도자들로 임명해서는 안 된다는 내용의 편지를 마오쩌둥 주석에게 보냈다는 이유로 그들이 아버지를 체포해갔다는 말도 덧붙였다.

융과 옌 두 남녀는 저우언라이 총리를 면담하는 자리에 어머니를 데리고 가겠노라고 약속했다. 밤새도록 어머니는 저우언라이 총리에게 무슨 말을 어떻게 할지를 궁리하느라 한숨도 잠을 자지 못했다.

"홍성" 진정단이 베이징 역에 도착하자 총리 비서실 직원이 기다리고 있었다. 정부 초대소로 안내된 일행은 다음 날 저녁에 저우언라이 총리를 면담할 수 있다는 말을 들었다.

다음 날 학생들이 외출한 사이에 어머니는 저우언라이에게 제출할 탄원서를 준비했다. 발언할 기회를 얻지 못할 가능성도 있다고 판단한 어머니는 그에게 서면으로 진정하는 것이 좋을 것이라는 결론을 내렸다. 오후 9시에 어머니는 학생들과 함께 톈안먼 광장 서쪽에 있는 인민대회당으로 향했다. 저우언라이 총리와의 면담은 "쓰촨 실"에서 이루어졌다. 그 방은 1959년에 아버지가 책임자가 되어 실내장식 공사를 감독했던 곳이었다. 학생들은 총리를 바라보는 위치에 반원형을 이루고 의자에 앉았다. 의자의 숫자가 모자랐기 때문에 일부 학생들은 카펫 위에 앉았다. 어머니는 뒷줄에 앉았다.

어머니는 저우언라이에게 전달하는 진정은 간결하고 관심을 끌 수 있어야만 한다는 것을 알고 있었기 때문에 면담이 시작되자 진정할 문구를 머릿속으로 반복해서 연습했다. 이런 연습에 너무나 몰두한 나머지 어머니는 학생들이 하는 말을 들을 수가 없었다. 어머니는 다만 총리가 어떤 반응을 보이는지 주시했다. 그는 가끔씩 수긍한다는 의미로 고개를 끄떡였다. 그는 결코 학생들의 발언에 찬성이나 반대 의사를 표시하지 않았다. 그는 그저 듣기만 하면서 간간이 "마오쩌둥 주석의 지시에 따라서"나 "대동단결의 필요성"과 같은 일반적인 언급만을 했다. 그의 옆에서는 한 보좌관이 메모를 하고 있었다.

갑자기 총리가 면담을 끝내려는 듯이 "다른 의견은 없습니까?"라고 말하는 소리가 어머니의 귀에 들렸다. 어머니는 자리에서 급히 일어났다. "총리 동지, 제가 드릴 말씀이 있습니다."

저우언라이 총리는 눈을 휘둥그렇게 뜨고 어머니를 주시했다. 어머니의 외모상 분명히 학생이 아닌 것에 놀랐던 것이다. "당신은 누구입니까?" 어머니는 자신의 이름과 소속 직장을 밝힌 다음 재빨리 말을 이었다. "제 남편은 '반혁명분자 현행범'으로 체포되었습니다. 저는 남편에 대한 올바른 재판을 탄원하기 위해서 이 자리에 왔습니다." 이렇게 말한 다음 어머니는 아버지의 이름과 소속 직장을 밝혔다.

저우언라이 총리의 눈빛이 변했다. 아버지가 중요한 지위에 있는 고급 간부였기 때문이었다. "학생들은 퇴실하시오. 나는 혼자서 당신의 이야기를 듣겠소."

사실 저우언라이 총리와 단독으로 이야기하고 싶은 것이 어머니의 간절한 소망이었으나, 어머니는 보다 더 큰 목적을 위해서 이런 소중한 기회를 포기하기로 결심했다. "총리 동지, 저는 학생들 모두가 이 자리에 남아서 증인이 되어주기를 희망합니다." 이렇게 말하는 동안에 어머니는 가지고 있던 탄원서를 맨 앞줄에 있는 학생을 통해서 저우언라이에게 전달할 수 있었다.

총리는 고개를 끄떡였다. "좋소. 계속해보시오."

빠르면서도 분명한 목소리로 어머니는 아버지가 마오쩌둥 주석에게 보낸 편지의 내용과 관련하여 체포되었다고 설명했다. 아버지는 팅 부부를 쓰촨 성의 새로운 지도자들로 임명한 것에 이의를 제기했는데, 그 이유는 그들이 이빈 시에서 권력을 남용하는 것을 목격했기 때문이었다고 설명했다. 이런 설명에 이어 어머니는 다음과 같은 간결한 말도 덧붙였다. "제 남편의 편지 속에는 문화혁명에 관한 중대한 착오도 포함되어 있었습니다."

어머니는 심사숙고한 끝에 이런 말을 덧붙였던 것이다. 저우언라이에게 당연히 정확하게 설명해야만 했으나 동석한 조반파 학생들 앞에서 아버지가 사용했던 표현을 그대로 옮길 수는 없었다. 어머니는 가능한 한 추상적인 표현을 써야 했다. "제 남편은 중대하게 잘못된 견해를 가지고 있었습니다. 그러나 남편은 자신의 견해를 공표한 적이 없었습니다. 남편은 공산당 헌장에 따라서 자신이 생각하는 바를 마오쩌둥 주석에게 보냈던 것입니다. 당의 헌장에 따르면 이런 행동은 당원의 합법적인 권리이며, 그것을 이유로 남편을 체포할 수는 없는 일입니다. 저는 남편에 대한 공정한 재판을 열어줄 것을 탄원하기 위해서 이 자리에 왔습니다."

저우언라이와 눈이 마주쳤을 때, 어머니는 그가 아버지 편지의 모든 내용을 이해하고 있으며 이 자리에서 그것을 밝힐 수 없는 어머니의 고충을 알고 있다는 것을 확신할 수 있었다. 저우언라이 총리는 어머니의 탄원서를 잠시 살펴보고는 뒤편에 앉아 있는 보좌관에게 무엇인가 속삭였다. 그 순간 쓰촨 실은 쥐죽은 듯이 조용했다. 모든 사람들의 눈이 저우언라이에게 집중되었다.

보좌관은 "국무원"이라고 인쇄된 용지 몇 장을 총리에게 건네주었다. 저우언라이 총리는 약간 부자연스런 자세로 글을 쓰기 시작했다. 저우언라이는 옌안 시절에 말에서 떨어져 오른팔에 골절상을 입은 적이 있었다. 글쓰기를 끝내고 총리는 종이를 보좌관에게 넘겨주었다. 보좌관은 총리가 적어준 내용을 큰 소리로 읽었다.

"하나, 장서우위는 공산당원으로서 당의 지도자에게 편지를 쓸 권리를 가지고 있다. 그 편지가 아무리 중대한 착오를 포함하고 있더라도 그것을 근거로 해서 당사자를 반혁명분자로 고발해서는 안 된다. 둘, 쓰촨 성 공무부 부부장인 장서우위는 인민의 심사와 비판을 받아야만 한다. 셋, 장서우위에 대한 최종 판결은 문화혁명이 종료될 때까지 기다려야 한다. 저우언라이."

어머니는 안도감으로 아무 말도 나오지 않았다. 본래 각서라는 것이 그렇듯이 저우언라이 총리가 서명한 각서는 쓰촨 성의 새로운 지도부에 보내는 것이 아니었기 때문에 어머니가 새로운 지도부나 그 밖의 다른 사람에게 전달할 성질의 문서는 아니었다. 저우언라이는 자신의 각서를 어머니가 간직하고 있다가 누구건 필요한 사람에게 보여줄 수 있도록 할 의도였다.

융과 옌 두 사람은 어머니의 왼쪽에 앉아 있었다. 어머니는 환하게 웃고 있는 그들의 얼굴에서 기쁨을 읽을 수 있었다.

이틀 후 청두로 돌아가는 기차에 몸을 실은 어머니는 저우언라이 총리가 각서를 써주었다는 이야기를 들은 팅 부부가 하수인들을 보내어 편지를 빼앗고 자신을 붙잡을지도 모른다는 생각에 걱정이 된 나머지 계속해서 융과 옌 두 사람 옆에만 앉아 있었다. 두 사람도 "'8-26' 그룹이 아주머니를 납치할지도 모르니" 자신들과 함께 행동하는 것이 좋겠다고 말했다. 그들은 청두 역에서 기차를 내린 다음에도 어머니를 우리 아파트까지 동행해야 한다고 고집을 부렸다. 외할머니가 돼지고기와 골파로 전을 만들어주자 그들은 게눈 감추듯이 먹어치웠다.

나는 융과 옌 두 사람에게 즉시 호감을 느꼈다. 조반파이면서도 우리 가족을 그토록 친절하고 다정하고 따뜻하게 대해주다니! 믿을 수가 없는 일이었다. 나는 그 두 사람이 사랑하는 사이임을 즉시 알 수 있었다. 그들이 서로 주고받는 눈빛과 서로를 대하는 태도가 친구 사이처럼 예사로워보이지 않았던 것이다. 외할머니가 그들의 결혼을 축하하는 선물이라도 주는 것이 좋겠다고 어머니에게 나지막한 목소리로 말하는 것을 들었다. 그러나 어머니는 그런 것을 받았다는 것이 알려지면 두 사람이 난처해진다고 말했다. 주자파로부터 "뇌물"을 받는 것은 중대한 범죄행위였던 것이다.

옌은 스물네 살의 아가씨로서 청두 대학교에서 회계학을 전공하는 3학년 학생이었다. 그녀의 생기발랄한 얼굴에서는 두꺼운 테의 안경이 돋보였다. 그녀는 자주 머리를 뒤로 젖히면서 웃었다. 그녀가 웃을 때면 그런 모습을 보는 사람마저도 즐거워졌다. 당시 중국에서는 남녀노소 모두가 짙은 푸른색이나 회색의 상의에다 바지를 입는 것이 표준적인 옷차림이었다. 그리고 어떤 무늬도 허용되지 않았다. 이렇게 획일적인 유니폼 같은 의상만을 입어야 함에도 불구하고 일부 여성들은 조심스럽게 약간 변형된 옷을 입기도 했다. 그러나 옌은 그런 부류의 여성이 아니었다. 그녀의 옷은 언제나 단추를 다른 구멍에 채운 것처럼 보였으며, 짧은 머리를 억지로 뒤로 넘겨 묶어서 단정치 못한 꽁지머리를 하고 있었다. 사랑에 빠졌으면서도 그녀는 자신의 용모에 관심을 기울이지 않는 것처럼 보였다.

반면에 융은 옌과는 달리 자신의 용모에 신경을 쓰는 사람으로 보였다. 그가 신은 짚신은 걷어올린 바지로 인해서 더욱 돋보였다. 농민과의 연대성을 상징한다고 해서 짚신은 일부 대학생들 사이에서 유행하고 있었다. 융은 매우 지적이고 인정이 많은 사람처럼 보였다. 나는 그에게 매혹당했다.

화기애애하게 식사를 마치고 나서 옌과 융은 떠나갔다. 어머니는 아래층까지 내려가서 두 사람을 배웅했다. 그들은 저우언라이의 각서를 안전한 장소에 보관해두어야 한다고 어머니에게 귓속말로 일렀다. 어머니는 나나 내 형제들에게는 저우언라이를 만났다는 말을 하지 않았다.

그날 저녁 어머니는 오랜 동료 한 사람을 만나서 저우언라이 총리가 써준 각서를 보여주었다. 어머니가 만난 천모는 1950년대 초에 이빈에서 부모님과 한 직장에서 근무했던 사람으로서, 부모님과 좋은 관계를 유지해왔을 뿐만 아니라 팅 부부와도 친밀한 관계를 유지해왔기 때문에, 팅 부부가 복권되자 천모는 그들과 운명을 같이하기로 했던 것이다. 어머니는 눈물을 흘리면서 옛정을 생각해서 아버지가 석방되도록 도와달라고 부탁했고, 그는 팅 부부에게 말해주겠노라고 약속했다.

시간이 흘러 4월이 되자, 어느 날 갑자기 아버지가 집으로 돌아왔다. 나는 아버지의 모습을 본 순간 크게 안도하면서 행복감에 젖었으나, 그런 환희는 곧 전율로 변해버리고 말았다. 아버지의 안색이 이상했던 것이다. 아버지는 그동안 어디에 있었는지 말하지 않았으며, 아버지가 말을 할 때도 그 말뜻을 이해할 수가 없었다. 아버지는 며칠간을 밤이건 낮이건 계속해서 잠을 자지 않았으며, 아파트를 서성거리며 혼자 중얼거렸다. 어느 날 아버지는 "혁명의 폭풍을 체험해야 한다"고 말하면서 비가 쏟아지는데도 불구하고 온 가족에게 밖에 나가 서 있도록 강요했다. 또 하루는 "사유재산과의 결별"이라고 말하면서 월급봉투를 취합해서는 부엌의 난로 속에 던져넣었다. 우리 식구들에게 무서운 생각이 들었다. 아버지가 정신이상이 된 것이었다.

어머니는 아버지 광기의 표적이 되었다. 아버지는 어머니를 "수치심도 모르는 비겁자"라고 부르면서 "영혼을 팔아먹었다"고 비난했다. 이러다가도 한순간에 태도가 돌변하여 우리 가족들이 보는 앞에서 난처할 정도로 어머니에 대한 애정을 표현하기도 했다. 이럴 때면 아버지는 어머니를 무척 사랑하고 있으며 자신은 좋은 남편이 아니었다고 반복해서 말하면서 "나를 용서하고 돌아와달라"고 어머니에게 애원하는 것이었다.

집으로 돌아온 첫날, 아버지는 어머니를 수상쩍은 듯이 바라보면서 무엇을 하고 지냈느냐고 물었다. 어머니는 아버지의 석방을 탄원하기 위해서 베이징에 다녀왔다고 말했다. 아버지는 믿을 수 없다는 듯이 머리를 흔들면서 증거를 보여달라고 말했다. 어머니는 저우언라이 총리로부터 받은 각서에 관해서는 아버지에게 말하지 않기로 결심했다. 아버지가 제정신이 아닌 것을 알았으므로 어머니는 만약 "당"이 명령할 경우에는 아버지가 그 각서를 심지어 팅 부부에게 전달할지도 모른다고 걱정했다. 어머니는 자신의 증인으로 옌과 융 두 대학생이 있다는 것도 밝히지 않았다. 조반파와 어울리는 것은 잘못된 행동이라고 아버지가 생각할 수도 있기 때문이었다.

아버지는 집요하게 어머니를 추궁했다. 매일같이 아버지는 어머니를 반대심문했고, 그럴 때마다 어머니의 설명에서 분명히 모순점이 발견된다고 믿었다. 아버지의 의구심과 착란은 더욱 커졌다. 어머니에 대한 아버지의 분노는 폭력의 형태로 나타났다. 우리 형제들은 어머니를 돕고 싶은 마음에서 어머니의 이야기를 거들려고 했지만, 우리들의 이야기는 구체적일 수가 없었으므로 아버지의 의구심은 더욱 굳어져만 갔다. 아버지가 우리에 대한 심문을 시작할 때면 우리의 이야기는 더욱 뒤죽박죽이 되었다.

아버지가 형무소에 수감되어 있는 동안 심문자들은 아버지가 자신의 죄를 인정하는 자백서를 쓰지 않으면 처자식들로부터 버림받을 것이라고 계속적으로 위협했다. 정신적으로 고통을 주어 "죄"를 인정하도록 하는 것은 심문자들이 항상 사용하는 수법이었다. 그러나 아버지는 인정할 죄가 없다고 말하면서 어떤 서류도 작성하지 않았다.

그러자 심문자들은 "당신의 아내가 당신을 비판했다"고 말했다. 아내가 면회를 올 수 있도록 허용해줄 것을 요청하자, 심문자들은 "면회를 허가했으나 당신의 아내가 남편과 '선을 그었다'는 것을 보여주기 위해서 면회 오기를 거부했다"고 말했다. 아버지에게 환청(幻聽, 정신분열증의 일종) 현상이 시작된 것을 간파한 심문자들은 옆방에서 나지막한 대화 소리가 들리도록 하여 아버지의 관심을 유발시킨 다음 "당신의 아내가 옆방에 와 있지만 당신이 자백서를 쓰지 않으면 면회를 하지 않겠다고 한다"고 말했다. 심문자들이 어찌나 그럴듯하게 연기를 했던지 아버지는 정말로 어머니의 목소리를 들었다고 생각했다. 그동안 힘들게 버텨왔던 아버지의 정신이 무너지기 시작했다. 그렇지만 아버지는 여전히 자백서를 쓰지 않았다.

석방될 당시에도 심문자들은 "집에 돌아가서는 당신 아내의 감시를 받게 될 것이오. 당신의 아내는 당으로부터 당신을 감시하라는 임무를 부여받았소"라고 아버지에게 말했다. 다시 말해서 집은 아버지의 새로운 형무소라는 것이었다. 아버지는 자신이 갑자기 석방되는 이유를 알지 못했다. 착란에 빠진 머리로 아버지는 심문자들의 말을 확신했다.

어머니는 형무소에서 아버지에게 무슨 일이 있었는지를 전혀 알 수가 없었다. 아버지가 자신이 석방된 이유를 묻자, 어머니는 아버지에게 만족스러운 설명을 할 수 없었다. 아버지에게 저우언라이의 각서에 관해서 말할 수 없었을 뿐만 아니라, 팅 부부의 오른팔과 같은 천모를 만났다는 이야기도 할 수가 없었던 것이다. 자신의 아내가 팅 부부에게 머리를 조아리고 사정했다는 것을 아버지는 용납할 수 없었을 것이다. 이런 악순환 속에서 어머니의 딜레마와 아버지의 광기가 함께 증폭되면서 서로를 지치게 만들었다.

어머니는 아버지가 치료를 받을 수 있도록 동분서주했다. 어머니는 옛 쓰촨 성 정부의 부속진료소를 방문해보고 정신병원도 찾아가 보았다. 그러나 병원마다 접수처에 있는 직원들은 아버지의 이름을 듣자마자 머리를 흔들었다. 당국의 사전 허가 없이는 아버지를 환자로 받아들일 수가 없었던 것이다. 병원에서는 그런 허가를 신청하는 데 따른 위험을 감수하려고 하지 않았다.

어머니는 아버지의 직장에 있는 유력한 조반파에게 아버지의 입원 허가를 내줄 것을 요청했다. 아버지 직장의 조반파는 야오 여사가 이끌고 있는 그룹으로서 팅 부부가 장악하고 있었다. 야오 여사는 아버지가 처벌을 면하기 위해서 정신병에 걸린 것처럼 위장하고 있으며, 어머니가 자신의 의학 지식을 활용하여(어머니의 의붓아버지 샤 선생은 의사였다) 아버지의 꾀병을 돕고 있는 것이라고 어머니에게 호통을 쳤다. 한 조반파 대원은 문화혁명의 무자비한 선전에서 최근에 유행하고 있는 슬로건을 인용하여 아버지가 "물에 빠진 개이므로 조금도 인정사정 봐주지 말고 매질을 가해야 한다"고 말했다.

팅 부부의 지시에 따라 조반파들은 대자보를 통해서 집요하게 아버지를 공격했다. 아버지가 규탄대회에서 팅 부부와의 언쟁 중에, 그리고 마오쩌둥에게 보낸 편지 속에서 사용했던 "범죄적인 말들"을 팅 부부가 장칭에게 보고했음이 분명했다. 대자보에 따르면 장칭은 격노하여 벌떡 일어서면서 "위대한 지도자를 그렇게 정면으로 공격하는 자에게는 투옥과 사형까지도 지나치게 온정적인 처사이다! 우리가 그를 없애버리기 전에 그에게 최대한 고통을 안겨주라!"고 말했다고 한다.

대자보를 읽은 나는 엄청난 공포에 휩싸였다. 장칭이 아버지를 비난했다는 것이다! 아버지는 이제 끝장이라고 생각했다. 그러나 역설적이기는 하지만, 장칭의 사악한 일면이 역으로 우리를 도와주는 결과를 가져왔다. 장칭에게 중요한 것은 문제의 본질보다는 개인적인 원한의 유무였다. 그녀가 아버지를 알지 못했기 때문에 아버지에게 개인적인 원한을 품고 있지 않았으며, 따라서 그 이상 아버지의 사례를 파고들지 않았다. 그러나 당시에는 이런 점을 알 수 없었기 때문에 나는 대자보를 통해서 알려진 그의 말이라는 것이 단지 소문일 것으로 생각하고 위안을 삼으려고 했다. 이론적으로 대자보는 정부의 공식문서가 아니었다. 그것은 "군중"에 의해서 쓰여졌을 뿐만 아니라 그 형식도 공식적인 언론의 일부가 아니었다. 그러나 나는 마음속으로 대자보에 적힌 내용이 근거 있는 소문이라는 것을 알고 있었다.

아버지가 여전히 자택 생활을 허용받고는 있었지만 팅 부부의 지시와 장칭의 비난에 힘입어 조반파의 규탄대회는 점점 잔학성을 더해가고 있었다. 어느 날 아버지는 한쪽 눈을 심하게 다쳐서 돌아왔다. 또 하루는 천천히 움직이면서 거리에서 행진하는 트럭의 적재함 위에 서 있는 아버지를 목격하기도 했다. 대형 플래카드에 연결된 가는 전선이 아버지의 목을 옥죄고 있었고, 두 팔은 난폭하게 등 뒤로 비틀려 묶여 있었다. 일부 조반파 병사들이 억세게 누르는 속에서도 아버지는 고개를 쳐들려고 애썼다. 내 마음을 가장 슬프게 만든 것은 아버지가 육체적 고통에 무관심한 것처럼 보인다는 점이었다. 광기 때문에 아버지의 정신은 육체에서 이탈된 듯했다.

아버지는 가족 앨범 속의 사진들 중 팅 부부의 모습이 담겨 있는 것은 모조리 찢어버렸다. 또한 자신의 누비이불 커버와 홑이불 및 가족들 옷가지의 태반을 태워버렸다. 의자와 테이블의 다리도 분질러 역시 태웠다.

어느 날 오후 어머니는 침대에서 쉬고 있었고, 아버지는 서재에서 애용하는 대나무 의자에 앉아 있었다. 그러던 중 아버지가 갑자기 벌떡 일어나더니 쾅쾅 발자국 소리를 내면서 침실로 갔다. 쾅하는 소리를 듣고 아버지를 따라서 침실로 달려간 우리는 아버지가 어머니의 목을 조르고 있는 것을 발견했다. 우리는 비명을 지르면서 아버지를 떼어내려고 애썼다. 어머니가 목이 졸려 죽을 것처럼 보였다. 그때 아버지는 갑자기 손을 떼더니 방 밖으로 걸어나갔다.

어머니는 침대 위에서 천천히 몸을 일으켰다. 어머니의 얼굴에는 핏기가 하나도 없었다. 어머니는 손으로 왼쪽 귀를 눌렀다. 어머니의 목소리에는 힘이 하나도 없었으나 침착했다. "걱정 마세요, 저는 괜찮아요." 울고 있는 외할머니에게 어머니가 말했다. 어머니는 우리를 향해서 "아버지가 어떤 상태인지 잘 보았을 것이다. 이제 너희들 방으로 건너가거라"고 말했다. 어머니는 침대의 머리쪽 상판을 이루고 있는 장뇌나무로 틀을 짠 타원형 거울에 등을 기댔다. 거울 속에서 베개를 움켜잡고 있는 어머니의 오른손을 볼 수 있었다. 외할머니는 아버지의 방문 앞에 앉아서 밤을 새웠다. 나도 잠을 이룰 수가 없었다. 만약 아버지가 방문을 걸어 잠근 채 어머니를 공격했더라면 어떻게 되었을까?

어머니의 왼쪽 귀는 결국 청력을 완전히 상실하고 말았다. 집에 있는 것이 위험하다고 판단한 어머니는 다음 날 기거할 장소를 찾아보기 위해서 직장에 나갔다. 어머니 직장의 조반파는 어머니에게 매우 동정적이었다. 그들은 정원 한 모퉁이에 있는 원예사 숙소의 방

하나를 내주었다. 방은 가로가 8자이고 세로가 10자에 불과했다. 침대와 책상을 하나씩 억지로 넣고 나면 그 사이를 걸어다닐 공간도 없었다.

그날 밤 나는 어머니의 새로운 방에서 어머니, 외할머니, 막내 남동생 샤오팡과 함께 한 침대 위에서 비좁게 잠을 잤다. 우리는 다리를 펴거나 구부릴 수조차 없었다. 어머니의 자궁출혈은 더욱 악화되었다. 새집으로 방금 옮겨왔기 때문에 스토브가 없어서 주사기와 바늘을 소독할 수 없었으므로 어머니에게 주사를 놓을 수도 없었다. 불안한 밤이 지나자 지친 나는 잠시 잠에 빠져들었다. 그러나 어머니와 외할머니는 한숨도 자지 못했다.

다음 며칠간 첫째 남동생 진밍이 계속 아버지와 함께 생활하는 가운데 나는 어머니를 돌봐드리면서 어머니 방에 머물렀다. 옆방에는 청두 동부지구의 젊은 조반파 지도자가 살고 있었다. 주자파 가족들 중 한 사람이 말을 걸어오는 것을 원하는지 알 수가 없어 나는 그 청년에게 말을 걸지 않았다. 그러나 놀랍게도 우리가 서로 마주칠 때면 그는 우리에게 자연스럽게 인사를 했다. 그 청년은 약간 긴장된 표정을 보이면서도 어머니를 대할 때는 예의를 갖추었다. 아버지 직장의 조반파들이 냉혹한 자세를 과시하는 것만 보아오던 터라 그의 공손한 태도는 천만다행이었다.

어머니가 작은 방으로 거처를 옮기고 이틀이 지난 날 아침, 방 안에서는 세수할 공간이 없었으므로 어머니는 추녀 밑에서 세수를 하고 있었다. 그때 그 청년이 어머니에게 방을 바꿔 사용하는 것이 어떻겠냐고 제의해왔다. 그가 쓰는 방은 우리 방보다 두 배나 넓었다. 우리는 그날 오후에 방을 옮겼다. 또한 그 청년이 우리에게 침대를 하나 더 마련해준 덕분에 우리는 비교적 편안하게 잠을 잘 수 있었다. 우리는 그의 친절에 감동했다.

심한 사시인 이 청년에게는 매우 아름다운 애인이 있었는데, 그녀는 밤을 그 청년과 함께 보냈다. 당시에는 결혼하지 않은 청춘 남녀가 동침하는 것은 매우 이례적인 일이었다. 그들은 우리의 시선을 개의치 않는 것 같았다. 물론 주자파인 우리가 그런 것에 대해서 왈가왈부할 입장은 못 되었다. 아침에 마주치면 그들이 언제나 나에게 매우 다정한 미소를 보내는 것으로 보아서 나는 그들이 매우 행복하다는 것을 알 수 있었다. 사람들은 행복을 느끼면 친절해진다는 것을 나는 그때 깨달았다.

어머니의 건강이 좀 나아지자 나는 아버지에게 돌아갔다. 아파트는 엉망진창이었다. 유리창은 깨어졌고, 타다 만 가구에다 온 바닥에는 옷가지들이 널려 있었다. 아버지는 내가 아파트에 있거나 말거나 무관심한 듯 보였으며, 쉬지 않고 아파트 내부를 걸어다녔다. 아버지가 잠도 자지 않고 나에게 말도 안 되는 말을 끝도 없이 했기 때문에 밤이면 내 방문을 잠그고 자야만 했다. 그러나 방문 위에는 잠글 수 없는 작은 창문이 있었다. 어느 날 밤에 잠에서 깨어난 나는 창문을 통해서 내 방 안으로 미끄러지듯이 들어와서는 바닥에 사뿐히 내려서는 아버지를 목격했다. 그러나 아버지는 나에게 어떤 관심도 보이지 않은 채 아무런 목적도 없이 무거운 마호가니 가구들을 가볍게 들어올렸다가 바닥에 떨어뜨리는 동작을 힘도 들이지 않고 반복했다. 광기의 세계에 갇혀 있으면서 아버지는 이상하게 민첩해지고, 힘도 세졌다. 아버지와 함께 생활하는 것은 악몽의 연속이었다. 어머니에게 도망가고 싶은 마음이 하루에도 수십 번이나 들었지만 아버지를 혼자 두고서는 도저히 갈 수가 없었다.

아버지는 두 번 내 따귀를 때렸다. 전에는 이런 일이 한번도 없었다. 나는 뒤에 있는 정원으로 도망가서 아파트 발코니 밑에 몸을 숨겼다. 봄이라고는 하지만 아직도 싸늘한 밤공기 속에서 나는 2층이 조용해졌는지를 파악하기 위해서 열심히 귀를 기울였다. 2층이 조용하다는 것은 아버지가 잠들었음을 의미했기 때문이었다.

어느 날 아버지의 모습이 보이지 않았다. 불길한 예감이 든 나는 아파트 밖으로 뛰쳐나갔다. 맨 꼭대기 층에 사는 한 이웃 남자가 계단을 내려오고 있었다. 얼마 전부터 우리는 말썽을 피하려고 서로 인사를 나누는 것도 중단한 사이였지만, 이번에는 그가 먼저 말을 건넸다. "네 아버지가 옥상으로 올라가더라."

우리 아파트는 5층 건물이었다. 나는 옥상으로 뛰어올라갔다. 계단 꼭대기의 좌측에는 작은 창문이 있어서 인접한 4층 아파트의 널빤지 지붕으로 된 옥상으로 나갈 수가 있었다. 옥상 둘레에는 철제 난간이 빙 둘러져 있었다. 창문을 통해서 밖으로 나가려던 중에 옆 건물 옥상 가장자리에 서 있는 아버지를 보았다. 그 순간 나는 아버지가 난간 밖으로 나가기 위해서 왼쪽 다리를 들어올리고 있다고 생각했다.

나는 평소와 같은 목소리가 나오도록 애쓰면서도 떨리는 목소리로 "아버지" 하고 불렀다. 그 순간 나는 본능적으로 아버지를 놀라게 해서는 안 된다고 생각했다.

아버지는 잠시 동작을 멈추고는 나를 향해 돌아섰다. "너 지금 여기서 뭐하고 있는 게냐?"

"아버지, 제가 이 창문으로 빠져나갈 수 있도록 좀 도와주세요."

나는 간신히 아버지가 옥상 가장자리에서 물러서도록 만드는 데 성공했다. 나는 아버지의 손을 잡고 창문 앞으로 이끌었다. 내 몸은 떨리고 있었다. 무엇인가 아버지의 마음을 움직이게 한 것 같았다. 아버지는 귀가한 이후로 볼 수 있었던 초점이 없는 무감동한 표정이나 주위를 살피지 않고 눈망울만 돌리면서 골똘히 생각에 빠지는 듯한 표정이 없어지고 정상적인 얼굴로 돌아왔다. 아버지는 나를 이끌고 아래층으로 내려와 소파에 앉힌 다음, 타월로 내 얼굴에 남아 있는 눈물을 닦아주기까지 했다. 그러나 아버지 얼굴에서 볼 수 있었던 평소의 표정도 잠시뿐이었다. 충격에서 미처 헤어나오기도 전에 나는 황급히 자리를 떠서 도망쳐야만 했다. 아버지가 손을 치켜들고는 나를 때릴 태세였기 때문이었다.

조반파들은 치료를 위해서 입원을 허가하기는커녕 아버지의 광기를 장난거리로 삼았다. 아버지의 직장 사람들은 이틀에 한 번씩 "정신병자 장씨의 비밀"이라는 제목으로 아버지의 병세를 대자보를 통해서 조소하고 우롱했다. 그들은 공무부 바로 밖의 가장 시선을 끌만한 곳에 이런 대자보를 붙여놓았다. 대자보를 읽는 사람들이 나를 바라보고 있고, 그들 중 많은 사람들이 나를 알아본다는 사실을 의식하면서도 나는 애써서 끝까지 대자보를 읽었다. 내가 누구인지를 모르는 사람들에게 "쟤가 장씨의 딸이야"라고 속삭이는 소리도 내 귀에 들렸다. 내 가슴은 분노와 아버지로 인한 참을 수 없는 고통으로 떨렸다. 그러나 이런 자리에서 내가 보이는 반응은 아버지를 학대하고 있는 공무부 직원들에게 전해진다는 것을 알고 있었다. 그렇기 때문에 나는 평소와 같은 침착한 태도를 보이면서 그들이 결코 우리 식구들의 사기를 꺾지 못한다는 것을 보여주어야 한다고 생각했다. 내 가슴속에는 어떤 두려움이나 굴욕감도 없었고, 그들에 대한 경멸감만이 있었다.

대체 무엇이 사람들을 괴물로 변하게 한 것일까? 이처럼 아무런 의미도 없는 잔학행위를 연출하는 이유는 무엇인가? 마오쩌둥에 대한 나의 신뢰가 퇴색하기 시작한 것은 바로 이 무렵이었다. 전에는 사람들이 박해를 당했더라도 나는 그들이 과연 무고한 사람들인지를 100퍼센트 확신할 수가 없었다. 그러나 부모님의 무고는 내 자신이 잘 알고 있는 사실이었다. 나의 완전무결한 우상이었던 마오쩌둥 주석에 대한 의심이 차츰 마음속을 파고들기 시작했다. 그러나 당시의 나는 대부분의 사람들과 마찬가지로 잘못을 저지르는 것은 마오쩌둥 주석이 아니라 장칭과 중앙문화혁명소조라고 생각했다. 신과 같은 황제인 마오쩌둥은 여전히 의문의 여지 없이 완벽한 사람이었던 것이다.

우리 가족들은 아버지가 정신적으로나 육체적으로 하루하루 쇠약해지는 것을 지켜보는 수밖에 없었다. 어머니는 다시 천모에게 도움을 청하러 갔다. 그는 도울 수 있는 방법을 찾아보겠다고 약속했다.

우리는 기대를 가지고 기다렸으나 아무런 일도 일어나지 않았다. 그가 아무 말이 없다는 것은 팅 부부를 설득하는 데 실패했음을 의미했다. 다급한 심정에서 어머니는 청두 대학교의 옌과 융 남녀 두 학생을 만나보기 위해서 "홍성" 그룹의 본부로 찾아갔다.

쓰촨 의과대학에서는 "홍성" 그룹에 속하는 조반파들이 세력을 장악하고 있었다. 이 의과대학에는 부속시설로 정신병원이 있었고, "홍성" 본부가 한마디 해준다면 아버지를 입원시킬 수도 있었다. 옌과 융 두 사람은 매우 동정적이었지만 동료들을 설득해야만 했다.

마오쩌둥은 인도주의란 "부르주아적 위선행위"라고 비난한 적이 있었다. 또한 "계급의 적"에게는 당연히 자비를 베풀어서는 안 되는 일이었다. 옌과 융은 아버지에 대한 입원 허가를 받는 데에 정치적인 이유를 들어 설득하는 수밖에 없었다. 두 사람은 그럴듯한 이유를 찾아냈다. 아버지가 팅 부부의 박해를 받고 있다는 점에 착안한 것이다. 아버지는 "홍성" 그룹이 팅 부부와 싸우는 데 필요한 무기와 탄약을 제공할 수 있을 것이며, 어쩌면 그들을 권좌에서 축출하는 것을 도울 수도 있을 것이라고 생각하게 되었다. 이렇게만 된다면 "8-26" 그룹의 붕괴도 불러올 수 있을 것이다.

또 하나의 이유도 있었다. 마오쩌둥은 새로운 혁명위원회에는 조반파와 군의 대표와 함께 "혁명 간부"도 포함되어야 한다고 지시했다. 경쟁관계에 있는 "홍성"과 "8-26" 두 조반파 그룹은 각기 쓰촨 혁명위원회에서 자신들을 대표할 인물을 물색하고 있었다. 게다가 조반파들은 이제 정치가 얼마나 복잡한 것이며 행정이 얼마나 힘든 일인지를 깨닫기 시작했다. 그들은 유능한 관리를 고문으로 영입할 필요성을 느꼈다. 아버지를 이상적인 인물이라고 판단한 "홍성"은 마침내 입원을 허가했다.

아버지가 마오쩌둥과 문화혁명에 대해서 모독적인 발언을 한 적이 있으며, 그로 인해서 장칭이 아버지를 비판했다는 것을 "홍성"은 잘 알고 있었다. 그러나 이런 주장들은 진실과 허위가 흔히 뒤섞이게 마련인 적대관계에 있는 "8-26"이 써붙인 대자보에 실렸던 내용이었으므로 문제될 것이 없었다.

아버지는 쓰촨 의과대학의 정신병원에 입원했다. 병원은 청두 교외에 논으로 둘러싸인 지대에 자리잡고 있었다. 병원의 벽돌로 쌓은 벽과 철제 정문 위로 푸른 대나무 잎들이 흔들리고 있었다. 구내로 들어가서 두 번째 문을 통과해야만 벽으로 둘러싸이고 푸른 이끼가 덮인 안마당에 이를 수 있었다. 이곳이 의사와 간호사들이 기거하는 곳이었다. 안마당 끝에 있는 붉은 사암으로 만든 계단을 올라가면 단단하고 높은 벽으로 둘러싸인 창문이 없는 2층 건물로 들어갈 수 있었다. 계단만이 건물 내부로 들어갈 수 있는 유일한 통로였다. 이곳이 정신과 병동이었다.

아버지의 입원을 위해서 마중나온 두 명의 남성 간호사는 인민복을 입고 있었다. 그들은 아버지에게 또다른 규탄대회에 데리고 가는 길이라고 말했다. 일행이 병원에 도착하자 아버지는 도망치려고 격렬하게 저항했다. 간호사들이 아버지를 끌고 2층의 작은 빈방으로 들어가 문을 닫아버리는 바람에 어머니와 나는 그들이 아버지에게 정신병자용 구속복(拘束服)을 입히는 것을 볼 수가 없었다. 아버지를 그렇게 거칠게 다루는 것을 보니 가슴이 아팠으나, 그것이 아버지를 위하는 길이라고 생각했다.

정신과 의사 쑤 선생은 점잖은 얼굴의 30대로서 유능하고 믿을 수 있는 인상을 풍겼다. 그는 1주간 관찰해본 다음에 진단을 내릴 예정이라고 어머니에게 말했다. 1주일 후에 쑤 선생이 내린 진단은 정신분열증이었다. 아버지는 전기 쇼크와 인슐린 주사로 치료를 받아야 했다. 이런 치료를 위해서 아버지는 침대에 꽁꽁 묶여 있어야만 했다. 며칠 후 아버지는 제정신을 찾기 시작했다. 정신이 든 아버지는 어머니에게 치료법을 바꾸도록 의사에게 말해줄 것을 눈물을 흘리면서 호소했다. "너무나 고통스럽다오." 아버지의 목소리에는 울음이 섞여 있었다. "차라리 죽는 것이 낫겠소." 그러나 쑤 선생은 다른 치료법이 없다고 말했다.

　다음번에 아버지를 보았을 때 아버지는 침대에서 일어나 앉아 어머니와, 옌과 융 두 학생과 이야기를 나누었다. 모두들 미소를 짓고 있었다. 아버지는 소리를 내어 웃기까지 했다. 아버지가 다시 이전의 원기를 되찾은 듯이 보였다. 나는 흐르는 눈물을 닦으려고 화장실에 가는 척해야만 했다.

　"홍성"의 지시에 따라 아버지는 특별식을 제공받았고, 24시간 간호 서비스를 받았다. 옌과 융은 아버지에게 동정적인 공무부 직원들과 함께 종종 아버지를 문병하러 왔다. 이런 공무부 직원들은 자신들도 야오 여사 그룹이 벌이는 규탄대회에 끌려나갔던 경험이 있었기 때문에 아버지의 입장을 십분 이해하는 사람들이었다. 아버지는 옌과 융을 매우 좋아했다. 사람을 잘 관찰할 줄 모르면서도 이 두 남녀가 서로 사랑하는 사이임을 눈치 챈 아버지는 이들에게 짓궂은 농담을 던지기도 했다. 옌과 융도 아버지의 이런 농담을 매우 재미있어했다. 마침내 악몽은 끝났다는 생각이 들었다. 이제 아버지가 회복되었으니 우리 가족은 어떤 어려움도 함께 이겨낼 수 있을 것만 같았다.

　아버지의 정신과 치료는 약 40일간 계속되었다. 7월 중순에 이르러 아버지는 완전히 정상으로 회복했다. 아버지는 퇴원을 허락받은 후 어머니와 함께 청두 대학교 구내의 독립된 작은 정원 내에 있는 숙소로 옮겨 요양을 계속할 수 있었다. 숙소의 입구에는 학생이 위병으로 경계를 섰고 아버지를 가명으로 불렀다. 아버지는 안전을 위해서 낮에는 정원 밖으로 나가지 말라는 주의도 들었다. 식사는 어머니가 특별 식당에서 가져왔다. 옌과 융은 매일 아버지를 보러 왔다. "홍성" 그룹의 지도자들도 매일 아버지를 면회하러 왔으며, 그들은 모두 아버지에게 예의바르게 행동했다.

　나는 빌린 자전거를 타고 한 시간이나 걸리는 거리에 있는 청두 대학교까지 울퉁불퉁한 시골길을 달려서 부모님을 자주 찾아뵈었다. 이제 아버지는 평화로워보였다. 아버지는 치료를 받게 도와준 학생들에게 감사한다는 말을 되뇌었다.

밤이 되어 아버지의 외출이 허용되자 우리는 오랜 시간 동안 조용히 대학 구내를 산책했다. 약간의 거리를 두고 두 명의 위병이 경호를 위해서 우리를 뒤따라왔다. 우리는 치자나무가 울타리처럼 양쪽으로 늘어선 오솔길을 따라 걸었다. 여름밤의 미풍을 타고 주먹 크기만 한 하얀 꽃들로부터 강한 꽃향기가 풍겨왔다. 마치 테러와 폭력으로부터 멀리 떨어진 감미로운 꿈의 세계에 와 있는 것 같았다. 이곳이 아버지를 보호하기 위한 형무소와도 같은 곳이라는 사실은 알고 있었지만, 그래도 나는 마음속으로 아버지가 이곳에서 나가시지 않기를 간절히 바랐다.

1967년 여름이 되자 조반파들 사이의 파벌투쟁은 전국으로 번져 소규모 내전을 방불케 하는 사태로 확대되었다. 파벌들 간의 증오는 당초에 그들이 주자파에 대해서 품었던 증오보다 훨씬 더 컸다. 그것은 권좌를 놓고서 다투는 싸움이었기 때문이다. 중앙문화혁명소조를 이끌고 있는 비밀경찰 두목 캉성과 마오쩌둥의 아내 장칭은 파벌투쟁을 "공산당과 국민당 사이의 투쟁의 연장"이라고 부르면서 조반파 파벌들 간의 증오심을 더욱 조장했다. 그러면서도 캉성과 장칭은 어느 조반파 그룹이 공산당에 해당되고 어느 그룹이 국민당에 해당되는지는 구체적으로 밝히지 않았다. 중앙문화혁명소조는 군에게 "조반파들의 자위를 위해서 무기를 제공하라"고 명령하면서도 어느 그룹을 무장시켜야 하는지는 지시하지 않았다. 이에 따라 일정한 기준도 없이 각급 부대들이 자신들이 선호하는 조반파 그룹에게 무기를 공급하는 사태가 발생할 수밖에 없었다.

군은 이미 대혼란에 빠져 있었다. 그것은 린뱌오가 반대세력들을 숙청하고 그 자리를 자신의 뜻대로 움직일 사람들로 채우느라고 바빴기 때문이었다. 마침내 마오쩌둥은 더 이상 군을 불안정하게 만드는 것은 자신에게 좋을 것이 없다는 것을 깨닫고 린뱌오에게 제동을 걸었다. 그러나 조반파들 사이의 파벌투쟁에 대해서 마오쩌둥은 태도를 결정하지 못하고 있었다. 그는 한편으로는 자신의 입맛에 맞는 권력구조를 구축하기 위해서 각 파벌들이 대동단결해주기를 바라면서도 다른 한편으로는 투쟁을 즐기는 자신의 본심을 버릴 수가 없었다. 유혈투쟁이 중국 전역으로 번지자 마오쩌둥은 "젊은이들이 무기 사용법을 경험하는 것은 나쁘지 않다. 우리는 너무 오랫동안 전쟁을 해보지 않았다"고 말했다.

부분적으로는 쓰촨 성이 중국 무기산업의 중심지였기 때문에 조반파 파벌들 간의 투쟁이 쓰촨 성에서는 특히 격렬했다. "8-26"과 "홍성" 그룹은 군수공장과 무기고에서 탱크, 장갑차, 대포를 탈취하여 무장했다. 또다른 이유는 팅 부부가 이런 기회에 편승하여 자신들의 반대세력인 "홍성" 그룹을 섬멸하려고 마음먹었기 때문에 파벌들 간의 투쟁이 한층 더 격렬할 수밖에 없었다. 이빈 시내에서는 대포, 수류탄, 박격포, 기관총을 동원한 치열한 시가전이 벌어져 100명이 넘는 사람들이 사망했다. 결국 "홍성" 그룹은 이빈 시를 포기하고 패주했다.

이빈에서 패주한 많은 사람들은 "홍성"이 장악하고 있는 인근의 루저우 시로 옮겨갔다. 팅 부부는 5,000명이 넘는 "8-26" 그룹 병력을 동원하여 루저우 시를 공격하여 점령했다. 사망자가 거의 300명에 달했고, 부상자는 그보다 훨씬 더 많았다.

청두에서는 전투가 산발적이어서 일부 가장 과격한 사람들만이 전투에 참가했다. 그랬더라도 나는 전투 중에 살해되어 피가 낭자한 시체들을 수만 명의 조반파 병사들이 운반하면서 거리를 행진하는 광경과 거리에서 총을 쏘는 사람들을 목격할 수 있었다.

이런 상황에서 "홍성" 조반파 그룹은 아버지에게 세 가지를 요청했다. 첫째, "홍성"을 지지한다는 입장을 표명할 것. 둘째, 팅 부부의 악행에 관한 정보를 제공해줄 것. 셋째, "홍성"의 고문으로 취임하고 궁극적으로는 "홍성"의 대표로서 쓰촨 성 혁명위원회에 가담할 것.

아버지는 "홍성"의 요청을 거절했다. 아버지는 자신이 특정 그룹을 지지하거나 팅 부부에 관한 정보를 제공할 경우 사태를 더욱 악화시키고, 파벌들 간의 증오를 심화시킬 것이라고 말했다. 또한 "홍성"의 대표로서 쓰촨 성 혁명위원회에 참가하지 않을 것이라고도 말했다. 아버지는 이런 세 가지 일을 하려는 의도가 조금도 없었다.

그러자 그동안 아버지에게 우호적이었던 "홍성"의 태도가 완전히 달라졌다. "홍성"의 리더들은 의견이 갈렸다. 아버지에 대해서 한쪽에서는 그토록 고집불통이고 괴팍한 사람은 처음 보았다고 했다. 아버지는 죽음의 문턱에 이를 정도로 팅 부부로부터 박해를 받았으면서도 다른 사람들을 이용하여 팅 부부에게 복수하는 것은 한사코 반대했다. 아버지는 생명의 은인인 강력한 "홍성" 조반파 그룹에게 감히 저항을 했다. 아버지는 복권시켜주고 권력의 자리에 다시 앉혀주겠다는 제의마저도 거절했다. 그러자 화가 치밀고 열을 받은 일부 리더들은 "저런 인간은 맞아야 돼. 교훈을 얻도록 뼈를 두세 개 분질러주자!"고 외쳤다.

그러나 옌과 융을 포함한 몇몇 사람들은 아버지를 변호하고 나섰다. "장씨 같은 사람은 참으로 보기가 드물다. 이런 사람에게 고통을 안겨주는 것은 옳지 않다. 때려죽인다고 해도 장씨는 생각을 바꾸지 않을 것이다. 이런 사람을 구타한다는 것은 부끄러운 일이다. 이 사람이야말로 원칙을 지키는 사람이다!"

정신병 치료를 받도록 도와준 "홍성" 조반파 그룹을 한없이 고맙게 생각하지만, 그들이 폭행을 가하겠다고 위협하더라도 아버지는 자신의 신념을 굽히지 않겠다고 말했다. 1967년 9월 말의 어느 날 밤, 부모님은 차를 타고 집으로 돌아왔다. 더 이상 아버지를 보호할 수 없다고 판단한 옌과 융 두 사람이 취한 조치였다. 그들은 부모님과 동행하여 집까지 온 다음 작별인사를 하고 돌아갔다.

집으로 돌아온 부모님은 즉시 팅 부부와 야오 여사의 포로가 되었다. 팅 부부는 아버지에게 유화적인 태도를 취하는 직원들은 출세에 지장이 있을 것이라고 선언했다. 야오 여사에게는 아버지를 "완전히 분쇄한다"면 가까운 시일 내에 조직될 쓰촨 성 혁명위원회에서 과거에 아버지가 차지했던 지위에 상응하는 자리를 주겠노라고 약속했다. 아버지에게 동정을 표시했던 사람들은 공격을 받았다.

어느 날 야오 여사가 이끄는 조반파 그룹의 두 남자가 아파트로 와서 "집회"에 참석해야 한다고 말하면서 아버지를 데리고 갔다. 얼마 후 다시 돌아온 두 사람은 나와 남동생들에게 공무부로 와서 아버지를 데리고 가라고 말했다.

아버지는 공무부 앞마당 벽에 몸을 기댄 채 일어서려고 안간힘을 쓰고 있는 것처럼 보였다. 검고 시퍼렇게 멍이 든 아버지의 얼굴은 사람의 얼굴이라고는 도저히 믿을 수 없을 정도로 부어올라 있었다. 아버지의 머리 반쪽은 아무렇게나 면도칼로 밀려 있었다.

규탄대회가 열렸던 것도 아니었다. 아버지를 공무부로 끌고 간 사람들이 아버지를 작은 방으로 처넣자 5, 6명의 낯선 남자들이 달려들어 때리고 하복부, 특히 성기 부분을 발로 걷어찼다. 그들이 아버지의 입과 코에 억지로 물을 부어넣고 배 한복판을 짓밟자 물과 피와 배설물이 체내에서 쏟아져나왔다. 아버지는 기절하고 말았다.

아버지가 정신을 차렸을 때 폭도들은 이미 자취를 감춘 뒤였다. 몹시 갈증을 느낀 아버지는 그 방에서 엉금엉금 기어나와 앞마당 웅덩이에 고여 있는 물을 퍼마셨다. 일어나려고 애를 써보았으나 도저히 두 발로 일어설 수가 없었다. 야오 여사의 조반파 병사들 몇 명이 앞마당에 있었지만 어느 누구도 도와주려고 손을 내미는 사람은 없었다.

이 폭도들은 청두에서 약 240킬로미터 떨어진 충칭에서 온 "8-26" 조반파 그룹의 일파였다. 충칭에서는 양쯔 강을 사이에 두고 조반파 파벌들 간에 대포로 포격을 주고받는 대규모 전투가 발생하여 "8-26" 그룹이 시가지에서 쫓겨났고, 패주한 "8-26"파 다수가 청두로 도망쳐왔다. 그들 중 일부는 우리 아파트가 있는 단지 내에서 숙소를 제공받았다. 폭력을 발산할 곳을 찾지 못해 안절부절못하던 그들은 야오 여사의 조반파 그룹에게 "야채만 먹던 생활에 종지부를 찍고 피와 고기를 맛보고 싶어 몸이 근질근질하다"고 말했다. 이런 그들에게 아버지가 제물로 던져졌던 것이다.

과거에 여러 차례 폭행을 당하고도 집에 돌아와서는 한번도 신음 소리를 내지 않았던 아버지는 그날 밤 고통에 못 이겨 비명을 질렀다. 다음 날 아침 열네 살 된 남동생 진밍은 아버지를 병원에 싣고 갈 수레를 빌리려고 단지의 식당이 문을 열자마자 달려갔다. 열세 살 된 샤오헤이는 밖에 나가 이발기를 빌려와서는 반쯤 남아 있던 아버지의 머리를 마저 깎아버렸다. 거울 속에서 박박 밀어버린 자신의 머리를 본 아버지는 쓴웃음을 지으면서 "이거 잘됐군. 다음에 다시 규탄대회에 끌려나가더라도 머리카락을 붙잡힐 염려는 하지 않아도 되겠다"고 말했다.

우리는 아버지를 수레에 싣고 근처에 있는 정형외과 병원으로 달려갔다. 이번 부상은 정신과 무관했기 때문에 진료를 받기 위해서 당국의 허가를 받을 필요는 없었다. 정신과 질병에 대한 치료는 뇌와 관련되어 매우 민감한 문제를 동반했으나 뼈에 대한 치료는 이데올로기와 아무런 관련이 없었기 때문이었다. 의사는 매우 친절하게 치료해주었다. 의사가 아버지를 조심스럽게 다루는 것을 보자 나는 목이 메었다. 온몸이 마치 구렁이를 감아놓은 듯이 멍투성이인 아버지를 바라보기도 끔찍한 일이었다.

의사는 아버지의 늑골 두 개가 부러졌다고 말했다. 그러나 아버지는 입원할 수가 없었다. 입원하려면 당국의 허가가 필요했던 것이다. 게다가 병원에는 수용할 수 없을 정도로 중상을 입은 환자들이 넘쳐나고 있었다. 병원에는 규탄대회와 조반파들 사이의 투쟁으로 부상당한 환자들이 밀려들었던 것이다. 머리의 3분의 1이 없어진 한 젊은이가 들것에 실려온 것도 보았다. 이 환자는 수류탄에 당한 것이라고 그의 친구가 말했다.

어머니는 다시 천모를 찾아가 팅 부부에게 아버지에 대한 구타를 중지하도록 말해줄 것을 부탁했다. 며칠 후 팅 부부는 아버지가 류제팅과 장시팅 부부는 "좋은 간부들"이라고 칭송하는 내용의 대자보를 써붙인다면 "용서"할 수 있다는 말을 천모를 통해서 전해왔다. 그는 최근에 중앙문화혁명소조가 팅 부부에게 새로이 전폭적이고도 분명한 지지를 보낸다는 뜻을 전해왔으며, 저우언라이는 팅 부부의 이름을 구체적으로 거명하면서 "좋은 간부들"이라고 불렀다는 점을 강조했다. 천모는 또한 팅 부부에게 반대하는 자세를 계속 취하는 것은 "계란으로 바위를 치는 것"처럼 어리석은 짓이라고 어머니에게 충고했다. 어머니가 이런 말을 전하자, 아버지는 "그들에게 칭송할 수 있는 점이라고는 하나도 없소"라고 말했다. 어머니는 눈물을 흘리면서 사정했다. "하지만 이 일은 당신의 복직이나 복권을 위한 것이 아니라 당신의 생명이 걸린 일이에요! 대자보 하나가 당신의 생명하고 비교할 수나 있는 일인가요?" 그러나 아버지는 "내 영혼을 팔지는 않겠소"라고 말했다.

1968년 말까지 1년 이상 동안 아버지는 격리심사를 받으러 오가야만 했다. 쓰촨 성 정부의 옛 간부들 대부분도 아버지와 같은 박해를 받았다. 우리가 살고 있는 아파트는 반복적으로 가택수색을 받아 집 안은 온통 뒤죽박죽이 되었다. 옛 간부들을 박해하기 위해서 사용되는 수단인 격리심사를 이제는 "마오쩌둥 사상 학습반"이라고 불렀다. 이 "학습반"에 끌려가서 당하는 박해가 어찌나 심했던지, 많은 사람들은 자신들의 신념을 굽히고 팅 부부에게 아첨하는 사람으로 돌아섰다. 일부 사람들은 자살을 택하기도 했다. 그러나 아버지는 자신들에게 협력하라는 팅 부부의 요구에 끝까지 굴복하지 않았다. 당시에 사랑하는 가족들이 있었기 때문에 팅 부부에게 맞설 수 있었다고 아버지는 훗날 우리 형제들에게 말했다. 자살한 사람들의 대부분은 가족들이 인연을 끊자 자살이라는 극단적인 방법을 택한 것이었다. 우리는 아버지가 구금 중일 때는 간혹 면회가 허용되기만 하면 언제라도 아버지를 면회하러 갔다. 아버지가 구금 중간에 귀가를 허가받았을 경우 우리는 아버지를 애정으로 감싸주었다.

팅 부부는 아버지가 어머니를 매우 사랑한다는 것을 알고 있었기 때문에 어머니를 통해서 아버지를 꺾으려고 시도했다. 그들은 아버지를 비판하라고 어머니에게 강한 압력을 가했다. 물론 어머니가 아버지를 원망하고 속상해할 수 있는 이유는 여러 가지가 있었다. 아버지는 어머니와의 결혼식에 외할머니를 초청하지도 않았다. 아버지는 어머니가 갖은 고생을 하면서 수백 킬로미터를 걷도록 방치했으며, 어머니가 생사를 넘나드는 위기에 처했을 때에도 따뜻한 말 한마디 하지 않았다. 이빈에서는 위험한 출산을 앞둔 어머니를 좀더 나은 병원으로 보내기를 거절한 적도 있었다. 아버지는 항상 어머니보다도 먼저 당과 혁명을 생각했다. 그러나 어머니는 그런 아버지를 이해하고 존경했으며, 무엇보다도 변치 않고 아버지를 사랑했다. 특히 어머니는 아버지가 곤경에 처했을 때 아버지 곁을 지켰다. 어떤 고통이 따르더라도 어머니는 결코 아버지를 저버릴 사람이 아니었다.

어머니의 직장 사람들은 어머니에게 고통을 주라는 팅 부부의 명령에 들은 체도 하지 않았지만 야오 여사가 이끄는 조반파들이나 어머니와 아무런 관련이 없었던 기관 사람들은 기쁜 마음으로 그런 명령에 따랐다. 결국 어머니는 약 100회에 달하는 규탄대회에 끌려나가야만 했다. 한번은 어머니가 청두의 한복판에 있는 인민공원에서 수만 명의 사람들이 모인 가운데 열린 규탄대회에 끌려나간 적도 있었다. 대부분의 집회 참가자들은 어머니가 어떤 사람인지 몰랐다. 어머니는 그처럼 대규모의 규탄대회에 끌려나갈 만큼 고급 간부는 아니었던 것이다.

야오 여사와 그녀의 조반파들은 어머니를 온갖 종류의 죄명으로 공격했다. 그중에는 어머니가 군벌의 딸이라는 사실도 포함되어 있었다. 어머니가 겨우 두 살 때 쉐 장군이 사망했다는 사실은 전혀 고려의 대상이 되지 않았다.

당시에는 각 주자파의 과거를 세밀하게 조사하는 한두 개의 조사 팀이 구성되어 있었다. 그것은 마오쩌둥이 자기 밑에서 일하는 사람들의 신상을 완벽하게 조사하기를 원했기 때문이었다. 어머니의 경우에는 네 개의 조사팀이 각기 다른 시기에 어머니의 과거를 조사했으며, 그중 최종 조사팀은 15명으로 구성되었다. 그들은 어머니의 과거 경력을 조사하기 위해서 중국의 여러 지역으로 파견되었다. 이런 조사를 통해서 어머니는 오랫동안 연락이 되지 않았던 옛 친구들과 친척들의 소재지를 알게 되었다. 대부분의 조사관들은 단지 관광여행을 갔다가 죄를 덮어씌울 만한 아무런 정보도 없이 돌아왔다. 그러나 한 그룹은 "특종"이라고 할 만한 정보를 가지고 돌아왔다.

1940년대 말 진저우에서 샤 선생은 위우라는 이름의 공산당 지하 공작원에게 방을 빌려준 적이 있었다. 그 후 위우는 어머니의 상사로서 국민당의 군사정보를 수집하여 시외로 반출하는 임무를 담당했다. 그 당시 어머니는 알지 못했지만 위우의 상사는 국민당 조직 내에 잠복하여 활동하고 있었다. 문화혁명이 시작되자 위우의 상사는 국민당의 스파이였음을 자백하도록 강요받으면서 모진 고문을 받았다. 결국 그는 고문에 못 이겨 자신이 국민당의 스파이였다고 "자백"했다. 뿐만 아니라 그는 존재하지도 않았던 스파이 조직까지 만들어내면서 위우의 이름을 포함시켰다.

위우도 상사와 마찬가지로 지독하게 고문을 당했다. 그러나 위우는 다른 사람들에게 죄를 덮어씌우는 것을 피하려고 자신의 손목을 칼로 베어 자살했다. 위우는 고문 과정에서 어머니의 이름을 대지는 않았다. 그러나 진저우로 파견되었던 조사 팀은 위우와 어머니와의 관계를 찾아내고는 어머니가 국민당 스파이의 일원이었다고 주장했다.

어머니가 10대 소녀였던 시절 국민당과의 관계도 들추어졌다. 이미 1955년에 설명했던 모든 문제들이 다시 제기되었다. 이번 심문은 어머니의 대답을 듣는 것이 목적이 아니었다. 어머니는 단지 자신이 국민당의 스파이였다는 것을 인정하라고 추궁받았다. 어머니는 자신의 과거가 이미 1955년의 조사에서 결백이 입증되었다고 주장했다. 그러나 어머니는 당시의 주임 조사관이었던 쾅씨 자신이 "변절자이자 국민당의 스파이"였음이 판명되었다는 말을 들었다.

쾅씨는 젊었을 때 국민당에 의해서 투옥된 적이 있었다. 당시 국민당은 지하활동을 하다가 체포된 공산당원들에게 전향성명(轉向聲明)에 서명하면 석방시켜주겠다고 약속했다. 서명을 했을 경우에는 전향성명이 지방 신문에 게재되었다. 쾅씨와 그의 동료들은 처음에는 서명을 거부했다. 그러나 공산당은 그들에게 전향성명에 서명하도록 지시했다. 그들은 당이 자신들을 필요로 하고 있으며 진심이 아닌 "반공성명"에 서명한 것은 개의치 않는다는 말을 들었다. 쾅씨는 이런 지시에 따라서 전향성명에 서명을 하고 석방되었다.

다른 많은 사람들도 이런 방식을 따랐다. 1936년의 한 유명한 사례에는 61명에 달하는 투옥되었던 공산당 지하공작원들이 이런 방법으로 한꺼번에 석방된 적도 있었다. "반공성명에 서명하고 출옥하라"는 지시는 당 중앙위원회가 결정하고 류사오치가 전달했다. 이들 61명 중 일부 인사들은 후에 당 중앙의 부총리, 중앙부장, 성정부의 제1서기와 같은 공산당의 지도적인 고위 간부가 되었다. 그러나 문화혁명이 시작되자 장칭과 캉성은 1936년에 석방되었던 사람들이 "61명의 대반역자들 및 스파이들"이라고 발표했다. 마오쩌둥은 이런 공격을 지지하는 의향을 표명했다. 이들에게는 처참한 고문이 가해졌다. 이들과 약간의 관련만 있었던 사람들마저도 체포되어 박해를 받았다.

이런 선례에 따라 공산 중국을 건설하기 위해서 지하공작원으로 활동했던 용감한 남녀 수십만 명이 "반역자와 스파이"로 몰리면서 격리심사에 회부되고, 잔혹한 규탄대회에 끌려나가 구타당하고, 고문까지 당했다. 훗날 발표된 공식통계에 따르면 쓰촨 성에 인접한 윈난 성에서는 1만4,000명이 넘는 사람들이 죽임을 당했다. 베이징을 둘러싸고 있는 허베이 성에서는 8만4,000명이 격리심사와 고문을 당했고, 수천 명이 죽임을 당했다. 어머니의 첫사랑이었던 후가 허베이 성 희생자들 중 한 명이었다는 사실을 어머니는 수년 후에 알게 되었다. 어머니는 후가 국민당에 의해서 처형당한 것으로 생각했으나 사실은 그의 부친이 금괴로 매수하여 아들을 형무소에서 빼낼 수 있었다고 한다. 그 후 그 청년이 어떻게 사망했는지 어머니는 알지 못했다.

쾅씨도 동일한 혐의를 받았다. 그는 고문을 받던 중 자살을 시도했으나 미수에 그치고 말았다. 조사 팀은 쾅씨가 1956년에 어머니가 결백하다고 단정했다는 사실이 곧 어머니가 "유죄"임을 보여주는 증거라고 주장했다. 어머니는 1967년 말부터 1969년 10월까지 거의 2년간이나 갖가지 이유로 구금당하는 생활을 되풀이했다. 이런 과정에서 어머니가 겪은 고초의 정도는 주로 담당 간수의 손에 좌우되었다. 일부 간수들은 보는 사람들이 없을 경우에는 어머니에게 친절하게 대해주었다. 그런 간수들 중 육군 장교의 처가 있었는데, 그녀는 어머니가 자궁출혈을 일으켰을 때 약을 가져다주기까지 했다. 그 여간수는 또한 특별 식량을 구할 수 있는 남편에게 부탁하여 어머니에게 매주 우유, 계란, 닭고기를 가져다주었다.

그 여간수처럼 고마운 마음씨를 가진 간수들 덕분에 어머니는 한번에 2, 3일씩 여러 번 집에 올 수 있었다. 이런 사실을 알게 된 팅 부부는 친절한 간수들을 어머니가 모르는 험상궂은 얼굴의 여간수로 교체했다. 이 여간수는 어머니를 박해하고 고문하는 것을 즐기는 사람이었다. 변덕이 발동하면 그녀는 어머니에게 마당에서 몸을 앞으로 숙인 채 몇 시간 동안 서 있게 하기도 했다. 겨울이면 어머니가 기절할 때까지 냉수 속에 무릎을 꿇고 앉아 있게 했다. 여간수는 호랑이처럼 무서운 의자라는 의미의 "노호등(老虎凳)"이라고 불리는 의자에 어머니를 두 번 앉혔다. 어머니는 좁은 의자 위에서 여간수를 향해 두 다리를 똑바로 뻗은 자세로 앉아 있어야만 했다. 이럴 때면 몸통은 기둥에, 허벅다리는 의자에 묶어놓았기 때문에 어머니는 몸을 움직이거나 다리를 굽힐 수가 없었다. 그런 다음 발뒤꿈치에 벽돌을 대고 압박을 가하는 방식이었다. 이런 고문은 무릎이나 궁둥이뼈를 골절시키기 위한 것이었다. 어머니는 20년 전 진저우에서 국민당에 체포되었을 때에도 고문실에서 이런 고문의 위협을 받은 적이 있었다. 여간수는 "노호등" 고문을 중단하지 않을 수 없었다. 발뒤꿈치에 벽돌로 압박을 가하기 위해서는 근처에 있는 남성 간수들의 도움이 필요했는데, 그들이 한두 번 마지못해 도와주는 척하다가 더 이상 계속하기를 거부했기 때문이었다. 몇 년 후에 여간수는 가학성 정신병자로 판명되어 현재까지도 정신병원에서 치료를 받고 있다.

어머니는 "자본주의 노선"에 동조하는 과오를 범했다는 "자인서"에 여러 번 서명했다. 그러면서도 아버지를 비판하라는 요구는 단호히 거부했다. 또한 "스파이" 혐의도 전면적으로 부인했다. 어머니는 "스파이" 혐의를 인정할 경우 불가피하게 주위의 사람들을 연루시키게 된다는 점을 알고 있었기 때문에 완강히 부인했던 것이다.

어머니가 "격리심사"라고도 불리는 구금을 당하는 동안 우리는 자주 면회를 할 수 없었을 뿐만 아니라, 어머니가 어디에 있는지조차 알 수 없었다. 어머니의 모습을 볼 수 있을지도 모른다는 생각에서 나는 어머니가 구금되어 있을 가능성이 높은 건물들 주변을 서성거리기도 했다.

한때는 어머니가 청두의 번화가에 있는 폐관된 영화관에 구금된 적이 있었다. 당시 우리는 간혹 어머니가 필요로 하는 물품을 간수를 통해서 차입(差入)할 수 있었으며, 때로는 간수의 입회하에 몇 분간 어머니를 면회할 수도 있었다. 무서운 간수가 근무할 때면 차가운 눈초리를 받아가면서 면회를 해야만 했다. 1968년 어느 가을날, 나는 어머니에게 음식물을 전하러 갔으나 간수는 차입을 받아줄 수 없다고 했다. 간수는 아무런 이유도 설명하지 않은 채 더 이상 차입이 허용되지 않는다고만 말했다. 이 소식을 들은 외할머니는 혼절하고 말았다. 외할머니는 틀림없이 딸이 죽을 것이라고 생각했던 것이다.

어머니에게 무슨 일이 일어났는지를 알지 못한다는 것은 참으로 견디기 힘든 일이었다. 나는 여섯 살 된 남동생 샤오팡의 손을 잡고 어머니가 구금되어 있는 영화관으로 갔다. 우리 둘은 어머니의 모습이라도 볼 수 있을까 하여 영화관 정문 앞 길을 오르락내리락하면서 2층에 있는 창문들을 열심히 바라보았다. 우리는 있는 힘을 다해 목청껏 "엄마! 엄마!"를 외쳤다. 지나가던 사람들이 모두 우리를 쳐다보았으나 개의치 않았다. 나는 오직 어머니를 보고 싶은 마음뿐이었다. 동생은 울음을 터뜨렸다. 그런데도 어머니의 모습은 보이지 않았다.

몇 년 후에 어머니는 당시 우리들이 외치는 소리를 들었노라고 말했다. 어머니를 담당하던 가학성 정신병자 여간수가 창문을 약간 열어놓아 우리들이 외치는 소리가 더 크게 들렸다고 했다. 여간수는 어머니가 아버지를 비판하겠다고 동의하고, 자신이 국민당 스파이였다고 자인하면 우리들을 즉시 만날 수 있다고 말했다고 한다. 여간수는 이런 말도 덧붙였다. "그렇지 않으면 살아서 이 건물을 나가지는 못할 거야." 어머니는 여전히 자인서에 서명하기를 거부했다. 여간수로부터 이런 말을 듣는 동안 어머니는 눈물을 참으려고 손톱으로 손바닥을 찔렀다.

# 21. "어려울 때 도와준다"

내 형제들과 친구들
(1967-1968)

1967년부터 1968년에 걸쳐서 마오쩌둥은 개인적인 권력기구 수립을 획책하는 한편으로, 우리 부모님과 같은 문화혁명의 희생자들이 계속해서 불안에 떨고 박해를 받도록 만들었다. 마오쩌둥은 인민들의 고통을 전혀 고려하지 않았다. 인민들은 오직 자신의 전략적 계획을 실현하기 위한 수단일 뿐이었다. 그러나 마오쩌둥의 목표는 인민을 모두 죽이는 것이 아니었으므로, 다른 수많은 희생자들의 경우와 마찬가지로 우리 가족들도 고의적으로 굶주림을 당하도록 내몰리지는 않았다. 부모님은 아무 일도 하지 않고 단지 규탄대회에 끌려나가고 박해를 당하면서도 다달이 봉급을 받았다. 아파트 단지 내의 대식당은 조반파들이 "혁명"을 계속 수행하도록 정상적으로 가동되었다. 우리 가족은 다른 주자파 가족들과 마찬가지로 식당을 이용할 수 있었다. 도시에 거주하는 일반인들과 같이 국가가 지급하는 배급도 받을 수 있었다.

도시 인구의 대다수는 혁명을 위해서 "대기 상태"에 있었다. 인민들이 투쟁하기 위해서는 우선 살아 있어야만 했다. 마오쩌둥은 경제가 마비되는 것을 피하기 위해서 매우 유능한 저우언라이 총리를 보호했다. 마오쩌둥은 저우언라이의 신변에 무슨 일이 발생할 경우에 대비하여 덩샤오핑과 같은 일급 행정가도 있어야 한다는 것을 알고 있었다. 마오쩌둥은 국가가 완전히 붕괴되도록 만들 수는 없었다.

그러나 문화혁명이 오랜 기간 계속되면서 국가 경제의 대부분이 마비 상태에 빠졌다. 도시 인구가 수천만 명 단위로 증가했음에도 불구하고, 도시에 주택이나 공공시설을 새로이 건설하는 사업은 전혀 시행되지 않았다. 소금, 치약, 화장지와 같은 품목은 물론이고 모든 종류의 식품과 의류에 이르기까지 거의 모든 생필품들이 배급제로 공급되지 않으면 완전히 자취를 감추고 말았다. 청두의 경우에는 1년 동안 설탕을 구경할 수가 없었으며, 비누 한 조각 없이 6개월을 지내기도 했다.

1966년 6월부터는 학교 수업도 정지되었다. 교사들은 규탄대회에 내몰리거나, 자신들의 조반파를 조직하는 활동에 나섰다. 학교 수업이 없었으므로 학생들에 대한 통제도 이루어지지 않았다. 그렇다면 학생들은 자유로운 시간을 어떻게 사용해야 할 것인가? 사실상 책, 음악, 영화가 전무했으며 극장, 미술관, 찻집 등은 모두 문을 닫은 상태였다. 마음을 쏟을 수 있는 곳이 한군데도 없었다. 따라서 공식적으로 허가된 것은 아니지만 카드놀이가 은밀하게 되살아났다. 대부분의 혁명과는 달리 마오쩌둥이 추진하는 혁명의 경우에는 사람들이 몰두해야 할 일거리가 아무것도 없었다. 이런 분위기 속에서 당연히 젊은이들은 아침부터 저녁까지 "홍위병 활동"에 빠질 수밖에 없었다. 젊은이들이 자신들의 열기와 욕구불만을 분출할 수 있는 유일한 방법은 규탄대회에서 폭력을 휘두르거나, 서로를 육체적으로나 말로 치고받는 길밖에 없었다.

홍위병 가입은 강제적인 것이 아니었다. 당의 지배체제가 붕괴되면서 개개인에 대한 통제가 느슨해졌고, 인민의 태반이 방치되었다. 수많은 사람들이 집에서 할 일 없이 빈둥거리기만 하면서 자연히 인민들 사이에서는 사소한 싸움질이 만연했다. 문화혁명 이전에 볼 수 있었던 예의바르고 상냥한 자세는 없어지고 모두들 퉁명스러운 태도를 보였다. 길을 가다가 상점 점원이나 버스 차장과, 또는 통행인과 다투는 사람들을 목격하는 일이 다반사였다. 또다른 문제는 산아제한에 신경 쓰는 사람이 아무도 없었으므로 베이비붐이 일었다. 문화혁명 기간 중에 인구가 2억 명이나 증가했다.

1966년 말에 이르러 우리 형제들은 홍위병 활동에 전념하기로 마음먹었다. 직접 박해를 받은 가정의 자녀들은 자신들과 부모들 사이에 "선을 그어야 한다"고 생각했고, 실제로 많은 자녀들이 그렇게 했다. 류사오치 국가주석의 한 딸은 아버지를 "폭로하는" 대자보를 써붙였다. 내 친구들 중 상당수가 자신들이 아버지와 절연했음을 보여주려고 성을 바꾸었으며, 일부는 구금 중인 부모를 한번도 면회하러 가지 않았다. 일부 자녀들은 심지어 자신들의 부모를 규탄하는 규탄대회에 참가하여 폭력을 휘두르기도 했다.

당국으로부터 아버지와 이혼하라는 강력한 압력을 받고 있을 때 한번은 어머니가 우리들의 생각이 어떤지를 물었다. 아버지의 입장을 지지한다는 것은 우리 형제들이 "흑오류"가 될 수 있음을 의미했다. 우리 형제들은 그동안 "흑오류"가 된 자녀들이 겪는 차별대우와 박해를 익히 보아온 터였다. 그러나 우리들은 어떤 고통이 닥쳐오더라도 아버지의 옆을 지키겠다고 말했다. 어머니는 우리들로부터 그런 말을 듣게 되어 매우 기쁘고 우리들이 자랑스럽다고 말했다. 부모님이 받는 고통을 우리들이 공감하게 됨에 따라서 두 분에 대한 우리의 사랑도 깊어졌으며, 아울러 두 분의 지조와 용기를 존경하는 마음이 생기면서 부모님에게 고통을 안기는 사람들에 대한 증오심이 일었다. 우리들은 부모님에게 새로운 차원의 존경심과 애정을 품게 되었다.

우리 형제들은 빠르게 성장했다. 우리들 사이에서는 경쟁심도, 말싸움도, 질투심도 없다. 10대의 청소년들 사이에서 흔히 볼 수 있는 고민거리나 쾌락에 빠지는 행동도 전혀 찾아볼 수가 없었다. 문화혁명이라는 함정은 10대 청소년들의 사춘기를 망쳐놓았으며, 10

대 전반의 나이에 있던 우리들을 정상적인 성장 과정을 생략한 채 단숨에 분별력 있는 성인으로 만들어놓았다.

불과 열네 살이었던 내가 부모님을 사랑하는 마음은 정상적인 환경에서는 찾아볼 수 없을 정도의 깊이와 강도를 지니고 있었다. 내 생활의 전부가 부모님을 중심으로 돌아갔다. 부모님이 잠시라도 집에 머물러 있을 때면 나는 두 분의 심기를 살피면서 상냥한 말벗이 되고자 노력했다. 부모님이 구금 중일 때면 나는 기분 나쁘게 생긴 조반파들을 찾아가서 면회를 허가해달라고 요구했다. 그러면 때로는 몇 분 동안의 면회를 허락받아 간수가 지켜보는 가운데 부모님 중 한 분과 마주 앉아 이야기를 나눌 수 있었다. 나는 종종 부모님께 두 분을 무척 사랑한다고 말했다. 쓰촨 성 정부나 청두 동부지구의 옛 직원들 사이에서 나는 유명한 존재였다. 그러나 부모님을 박해하는 사람들에게 나는 눈엣가시와 같은 미운 존재였다. 그것은 내가 그들을 보고도 전혀 두려워하지 않았기 때문이었다. 야오 여사가 한 번은 자신을 "빤히 쳐다본다"는 이유로 내게 소리를 질렀다. 야오 여사가 이끄는 "8-26" 조반파 그룹은 자신들과 경쟁관계에 있는 "홍성" 그룹이 아버지의 정신병을 치료하도록 허락한 것은 내가 "홍성" 그룹의 지도자들 중 한 사람인 융이라는 대학생에게 몸을 허락했기 때문이라는 내용의 대자보를 써붙이기도 했다.

부모님을 면회하러 가지 않을 때면 나는 넘치는 자유로운 시간을 친구들과 함께 보냈다. 1966년 12월에 베이징 순례여행을 마치고 귀가한 이후, 나는 몽실이와 그녀의 친구 칭칭과 함께 셋이서 청두 교외에 있는 항공기 정비공장에 한 달 동안 가 있었다. 우리들에게는 몰두할 수 있는 어떤 일이 필요했다. 마오쩌둥에 의하면, 우리가 해야 할 가장 중요한 일은 공장을 방문하여 주자파들을 공격하는 조반파의 활동을 선동하는 것이었다. 마오쩌둥은 문화혁명이 몰고 온 대격변의 물결이 공장에 파급되는 속도가 너무 느려 불만이었다.

우리 세 여학생 홍위병들이 할 수 있었던 유일한 "선동활동"은 이제는 해산된 공장 농구 팀에 소속되었던 몇몇 젊은이들이 우리 일행에게 관심을 보이도록 만드는 것밖에는 없었다. 우리 세 사람은 함께 시골길을 걷기도 하고, 이른 봄에 흐드러지게 꽃이 핀 콩밭에서 저녁 무렵에 풍겨오는 진한 꽃향기를 음미하면서 많은 시간을 보냈다. 그러나 곧 부모님에 대한 박해가 가중되자 나는 마오쩌둥의 명령과 문화혁명과는 영영 결별하고 집으로 돌아갔다.

그러나 나와 몽실이, 그리고 칭칭과 항공기 정비공장에서 만났던 농구선수들 사이의 우정은 그 후에도 계속되었다. 우리 서클에는 언니 샤오훙과 학교 친구들 몇 명도 포함되었다. 모두들 나보다는 나이가 많았다. 우리는 서로 돌아가면서 자주 집에서 만났고, 달리 할 일이 없었기 때문에 때로는 모여서 하루 종일 집에서 빈둥거렸으며, 종종 밤에도 집 안에서 뒹굴었다.

우리들은 어느 농구선수가 누구를 좋아하는지에 관해서 끝없이 수다를 떨었다. 농구 팀의 주장은 싸이라는 이름을 가진 열아홉 살의 잘생긴 청년이었다. 그는 언제나 우리들이 마음대로 추측하는 표적 인물이었다. 소녀들은 싸이가 나를 좋아하는지, 아니면 칭칭을 더 좋아하는지, 궁금하게 여겼다. 칭칭은 과묵하고 수줍어하는 그에게 많은 관심을 보였다. 우리가 그를 만나러 갈 때마다 칭칭은 정성스럽게 몸을 씻고 어깨에 닿는 머릿결을 세심하게 빗었고, 옷맵시가 나도록 다림질을 했으며, 약간의 분과 연지를 바르고 눈썹까지 그렸다. 우리는 그런 칭칭을 놀려댔다.

물론 나도 싸이에게 마음이 끌렸다. 그를 생각할 때마다 심장이 뛰었으며, 밤에 꿈속에서 그를 보고 잠에서 깨어나면 가슴속에서는 야릇한 열기가 느껴졌다. 나는 종종 무서운 생각이나 불안한 마음이 생길 때면 마음속으로 싸이의 이름을 불러보고 그에게 말을 걸었다. 그러면서도 나는 싸이에게나 친구들에게 절대로 그에 대한 속내를 내비치지 않았으며, 심지어 스스로도 싸이에 대한 내 감정을 인정하지 않았다. 나는 다만 소심하게 그에 관해서 몽상에 잠길 뿐이었다.

당시 나의 생활과 분명한 의식세계를 지배하는 것은 부모님뿐이었다. 내 자신의 일만을 생각한다는 것은 부모님에 대한 불효라고 판단하여 즉시 머릿속에서 지워버렸다. 다행인지 불행인지 문화혁명은 나로부터 정상적인 소녀 시절에 흔히 볼 수 있는 짜증을 낸다든지, 말다툼을 한다든지, 남자 친구를 사귀는 따위의 일들을 앗아가 버렸거나, 아니면 그런 정상적인 현상들이 나에게 일어나지 않게끔 만들었다.

그렇다고 나에게 허영심이 전혀 없었던 것은 아니다. 나는 낡아서 흐린 회색이 된 바지의 무릎과 엉덩이 부분을 남색 파라핀 왁스로 염색하고 추상적인 무늬가 박힌 헝겊조각을 꿰매어 붙여 멋을 내기도 했다. 그런 내 모습을 보고 친구들은 깔깔대고 웃었다. 튀는 내모습이 영 못마땅한 외할머니는 "너처럼 옷을 입는 계집애는 세상천지에 없겠다"며 혀를 찼다. 그렇다고 물러설 내가 아니었다. 나는 자신을 아름답게 보이려는 것이 아니라, 단지 다른 사람들과 다르게보이고 싶었을 뿐이었다.

어느 날 부모님이 모두 유명한 배우인 한 친구가 규탄대회에 끌려다니는 것을 견디지 못한 부모님이 함께 자살을 했다고 우리에게 말했다. 그런 일이 있은 지 오래지 않아 다른 소녀의 오빠가 자살했다는 소식도 들려왔다. 그는 베이징 항공대학의 학생이었는데, 몇몇친구들과 마오쩌둥에 반대하는 정당을 결성하려고 했다는 이유로 규탄대회에 끌려다녔다. 그는 경찰이 체포하러 왔을 때 3층 창문에서 몸을 던져 스스로 목숨을 끊었다. 그의 몇몇 "공모자들"은 처형을 당했고, 나머지 사람들은 종신형을 선고받았다. 별로 흔치도 않은 반정부운동을 조직하려는 사람은 이처럼 극형에 처하는 것이 보통이었다. 당시 이런 비극은 우리들의 일상생활의 일부분이었다.

몽실이, 칭칭, 그리고 그 밖의 다른 친구들의 가족은 박해를 받지않았다. 그들은 나와 변함없이 친구관계를 유지했다. 부모님에게 박해를 가하는 자들도 내 친구들은 건드리지 않았다. 박해를 가하는 자들이 아무리 막강한 권력을 가졌다고 해도 10대 초반의 소녀들까지 건드릴 수는 없었을 것이다. 그렇다고 하더라도 여러 가지 이유로 규탄대회에 끌려다니는 부모를 가진 딸과 친구로 지낸다는 것은 시류에 편승한 행동이 아니었으므로 몽실이와 칭칭도 충분히 위험에 처할 가능성이 있었다. 내 친구들은 "어려울 때 도와준다〔雪中送炭〕"는 중국 전통의 미덕을 꿋꿋이 지키는 참된 친구들이었다. 그들이 계속해서 친구가 되어준 것은 내가 문화혁명의 최악의 몇 년간을 견뎌내는 데 큰 힘이 되었다고 생각한다.

그들은 또한 나에게 많은 실질적인 도움도 주었다. 1967년 말경에 "8-26" 조반파 그룹의 지배하에 있던 우리 아파트 단지를 "홍성" 그룹이 공격하기 시작하자, 우리 아파트 건물을 요새로 사용하기로 한 "8-26" 그룹의 결정에 따라 우리는 3층에 있던 아파트를 비우고 옆 건물의 지층에 있는 방으로 옮기라는 명령을 받았다.

당시 부모님은 모두 구금 중이었다. 본래 우리 가족이 이사할 경우에는 아버지의 공무부 직원들이 도와주는 것이 정상이지만, 그들은 이제 우리에게 짐을 옮기라는 명령만 전달했다. 당시에는 가재도구를 옮겨주는 이삿짐 센터가 없었으므로, 내 친구들의 도움이 없었더라면 우리 가족은 침대 하나도 옮기지 못할 뻔했다. 그럼에도 불구하고 우리는 가장 필수적인 가재도구만을 옮겼을 뿐, 아버지의 육중한 서가들은 그대로 남겨두어야 했다. 우리는 아파트 3층으로부터 수레를 이용하여 서가를 아래로 옮기기는커녕 서가를 들어올릴 수조차 없었다.

우리 식구들이 살 새로운 방들은 또다른 주자파 가족들이 살고 있던 아파트의 일부로서, 그 가족은 아파트의 절반을 우리에게 비워주라는 명령을 받았다. 꼭대기 층을 지휘본부로 사용하기 위해서 단지 전체에 걸쳐서 아파트가 이처럼 재배치되었다. 나는 샤오훙 언니와 한 방을 쓰기로 했다. 우리는 이제 폐허로 변한 뒤뜰을 바라보는 창문을 아예 밀폐시키기로 했다. 창문을 열기만 하면 외부에 있는 막혀버린 하수도로부터 역한 냄새가 흘러들어왔기 때문이었다. 밤이 되자 아파트 단지의 담장 너머로부터 투항하라고 외치는 소리가 들려왔고, 이어서 산발적인 총격전이 벌어졌다. 어느 날 밤 나는 유리창 깨지는 소리에 놀라 잠에서 깨어났다. 총알 하나가 창문을 뚫고 들어와 맞은편 벽에 박혔다. 이상하게도 나는 조금도 무섭지가 않았다. 지금까지 갖가지 공포를 겪어온 결과, 총알이 무섭다는 생각이 들지 않았던 것이다.

침착해지기 위해서 나는 고전시를 짓기 시작했다. 내가 만족스럽게 생각하는 첫 번째 시는 열여섯 번째 생일날인 1968년 3월 25일에 지은 것이었다. 생일 파티는 생각조차 할 수 없는 일이었다. 부모님은 모두 구금 중이었다. 그날 밤 총소리와 조반파들이 확성기로 쏟아내는 등골이 오싹해지는 장광설을 들으면서 누워 있다가 나는 불현듯 인생의 전환점에 도달했다. 나는 지금까지 자신이 사회주의 중국이라는 천국에서 살고 있다고 교육을 받았고, 또한 그렇게 믿었다. 자본주의 세계는 지옥이라고 배웠으며, 그렇게 믿었다. 이제 나는 나 자신에게 물었다. 지금의 환경을 천국이라고 부른다면 지옥은 도대체 어떤 곳이란 말인가? 나는 지금의 중국보다 더 가혹한 고통으로 가득 찬 곳이 과연 존재하는지 내 눈으로 직접 찾아봐야겠다고 마음먹었다. 난생처음으로 뚜렷한 의식 속에서 나 자신이 살고 있는 국가체제에 대한 증오심이 생겼다. 그리고는 중국 밖의 세계로 나가봐야겠다는 생각을 품게 되었다.

그러면서도 나는 무의식적으로 마오쩌둥을 회의의 대상으로 삼지 않았다. 내가 어린아이였을 때부터 마오쩌둥은 내 인생의 한 부분이었다. 그는 나의 우상이었고, 신이었고, 생활의 활력소였다. 내 인생은 마오쩌둥의 이름 속에서 의미를 지닐 수 있었다. 2년 전까지만 해도 나는 마오쩌둥을 위해서라면 기쁜 마음으로 죽을 수 있었다. 비록 내 가슴속에서 그의 신통력은 사라졌지만 마오쩌둥은 여전히 신성하고 의심할 수 없는 존재였다. 지금까지도 나는 마오쩌둥에게 정면으로 대결할 생각은 없었다.

이런 기분에 젖은 상태에서 나는 시를 지었다. 나의 세뇌당하고 무지했던 과거가 마음속에서 죽어 없어지는 것을 나는 낙엽에 비유하여 시로 지었다. 한 줄기 회오리바람에 나뭇가지로부터 춤을 추듯이 떨어져나간 낙엽들은 다시는 돌아오지 못할 세계로 날아가버렸다. 나는 무슨 생각을 어떻게 해야 좋을지 모를 신세계에 이르렀을 때 내가 겪을 당혹감을 묘사했다. 그것은 칠흑 같은 어둠 속에서 길을 찾고자 더듬거리는 내 심정을 시로 표현한 것이었다.

나는 침대에 누워 머릿속으로 시의 내용을 반추했다. 그때 문을 두드리는 소리가 들려왔다. 두드리는 소리로 미루어보아 나는 그것이 가택수색임을 알 수 있었다. 그동안 야오 여사가 이끄는 조반파는 우리 아파트를 수차례 습격했다. 그들은 공산당 시절 이전부터 외할머니가 입었던 우아한 의상, 털로 안감을 댄 어머니의 만주 스타일 코트, 아버지의 양복 등이 모두 마오쩌둥 스타일에 부합하는 것들임에도 불구하고 "부르주아 사치품들"이라며 압수했다. 그들은 심지어 내 모직 바지도 빼앗아갔다. 그들은 아버지를 공격하기 위한 "증거"를 찾아내려고 반복적으로 습격하는 것이었다. 나는 어느덧 우리 방들이 가택수색으로 뒤죽박죽이 되는 것에 익숙해졌다.

우리 집을 습격한 조반파들이 내가 지은 시를 발견할 경우에는 무슨 일이 일어날지 몰라 걱정이 되었다. 아버지는 최초로 습격을 당했을 때 어머니에게 자신이 지은 시를 태워버리라고 부탁했다. 내용이야 어떻든 간에 종이에 쓴 글은 부당하게 곡해되어 저자를 중상모략하는 재료로 사용될 수 있음을 아버지는 알고 있었던 것이다. 그러나 어머니는 도저히 아버지가 지은 시들을 모두 없애버릴 수가 없었다. 어머니는 자신을 위해서 아버지가 지어준 시 몇 수는 간직했다. 이 몇 수의 시로 말미암아 아버지는 수차례 잔학한 규탄대회에 끌려나가야 했다.

한 시 작품에서 아버지는 절경을 자랑하는 어미 산 정상까지 오르지 못한 자신을 자조적으로 묘사했다. 야오 여사와 그녀의 조반파들은 그 시가 "중국 최고지도자의 지위를 찬탈할 야심이 좌절된 것을 한탄하는 것"이라고 주장했다.

또다른 시에서 아버지는 심야에 일하는 심경을 다음과 같이 묘사했다.

밤이 깊어갈 때 등불은 더욱 환하게 빛나고,
내 펜은 다가오는 새벽을 향해 줄달음친다…….
灯隨深夜白
走筆到天明.

조반파들은 아버지가 사회주의 중국을 "어두운 밤"으로 묘사했으며, 펜으로 "밝은 새벽"을 환영하는 글을 쓴다는 것은(밝음을 상징하는 백색이 반혁명 색깔이라는 이유로) 국민당의 부활을 기대하는 것이라고 주장했다. 당시에는 이처럼 한 사람의 글을 놓고서 우스꽝스럽게 왜곡하는 것이 일상적인 일이었다. 마오쩌둥은 고전시를 좋아했지만 본래의 의미를 멋대로 곡해하는 광란으로부터 자신이 애호하는 한시를 구하겠다는 생각은 하지 않았다. 시를 쓴다는 것이 이제는 매우 위험한 행동이 되는 세상으로 변했다.

문을 두드리는 소리가 들리자 나는 재빨리 화장실로 달려가서 문을 잠갔고, 그러는 동안에 외할머니가 야오 여사와 그 일당들에게 출입문을 열어주었다. 나는 떨리는 손으로 시를 적은 종이를 여러 조각으로 찢은 다음 변기 속으로 던지고는 물을 내렸다. 혹시 화장실 바닥에 떨어진 종잇조각이 있을지도 몰라 조심스럽게 확인했다. 그러나 물을 한 차례 내린 것만으로는 변기 속의 종잇조각들이 모두 없어지지 않았다. 나는 잠시 기다렸다가 다시 변기의 물을 내렸다. 이때쯤 아파트 안으로 들이닥친 조반파들은 화장실 문을 두드리면서 나에게 즉시 나오라고 퉁명스럽게 명령했다. 나는 대꾸하지 않았다.

남동생 진밍도 그날 밤 가택수색 과정에서 간이 철렁 내려앉는 일을 당했다. 문화혁명이 시작된 이래로 진밍은 서적을 전문적으로 취급하는 암시장을 출입했다. 중국인들은 본래 장사꾼 기질이 강했기 때문에 자본주의의 상징이라고 해서 마오쩌둥이 가장 혐오하는 암시장은 문화혁명의 압살 정책에도 불구하고 여전히 존속했다.

청두의 중심지에 있는 가장 번화한 거리 한복판에는 쑨원의 동상이 있었다. 쑨원은 1911년에 신해혁명을 일으켜 2,000년간 계속되던 황제의 지배를 종식시킨 인물이었다. 그의 동상은 공산당이 정권을 장악하기 이전에 세워진 것이었다. 마오쩌둥은 쑨원을 포함하여 자신보다 이전에 활동했던 혁명가들에게는 경의를 표하지 않았다. 그러나 마오쩌둥은 쑨원에 대해서는 손을 대지 않는 것이 현명하다고 판단하여 그의 동상은 존속될 수 있었고, 동상 주변의 땅에는 묘목을 심었다. 문화혁명이 시작되자 전국 각지에 남아 있던 쑨원의 동상들은 홍위병들의 공격 대상이 되었으나 저우언라이 총리가 쑨원 동상을 보호하도록 명령을 내림으로써 청두의 쑨원 동상은 간신히 살아남을 수 있었다. 그러나 동상 주변의 묘목들은 "부르주아적 퇴폐"라는 이유로 모조리 뽑아버렸다. 홍위병들이 인민들의 집을 습격하여 그들로부터 빼앗은 책들을 태워버리기 시작하자, 일부 사람들은 불타고 남은 잿더미 속에서 다행히도 불에 타지 않은 책들을 모아서 쑨원 동상 주변의 버려진 공터에서 팔기 시작했다. 이런 과정에서 사람들의 가지각색의 행태가 드러났다. 자신들이 압수한 책을 팔아서 돈을 벌려는 홍위병, 돈을 벌 수 있는 호기를 잡은 상인들, 장서가 소실되는 것을 차마 눈뜨고 볼 수는 없으면서도 자신이 소장하고 있기는 겁나는 학자들, 그리고 애서가들. 암시장에서 거래되는 책들은 문화혁명이 시작되기 전에 공산당 정부가 출판을 허가했던 것들이었다. 이런 책들 속에는 중국의 고전문학 서적들뿐만 아니라 셰익스피어, 디킨스, 바이런, 셸리, 쇼, 새커리, 톨스토이, 도스토예프스키, 투르게네프, 체호프, 입센, 발자크, 모파상, 플로베르, 뒤마, 졸라의 작품들 및 그 밖의 많은 세계문학 전집들이 있었다. 심지어 중국인들 사이에서 큰 인기를 끌고 있는 코넌 도일의 셜록 홈스도 거래되는 서적들 속에 끼어 있었다.

책값은 여러 가지 요소에 의해서 결정되었다. 도서관의 장서인(藏書印)이 찍혔을 경우에는 팔기가 어려웠다. 공산당 정부가 엄격하다는 것은 널리 알려졌기 때문에 엄벌을 받을 각오가 없이 국유재산을 불법적으로 입수하려는 사람은 없었다. 그러나 장서인이 없는 개인 소장 책들은 인기리에 팔려나갔다. 에로틱한 문장이 담긴 소설은 고가에 팔렸으나 반면에 위험부담도 컸다. 당시 에로틱한 소설로 유명했던 스탕달의『적과 흑』은 평균적인 노동자의 2주일 치 급여와 맞먹는 가격에 팔렸다.

진밍은 매일 이 암시장에 들렀다. 진밍이 처음으로 책을 구입하기 시작했을 때 필요한 밑천은 폐지 수집업자로부터 구입한 책으로 마련했다. 당시 홍위병들의 가택수색에 놀란 시민들은 자신들의 장서를 폐지 가격으로 폐지 수집업자들에게 내다팔았다. 진밍은 폐지 수집업자의 점포에서 일하는 점원을 설득하여 이런 책들을 대량으로 구입한 다음, 암시장에서 비싼 가격으로 되팔았다. 진밍은 암시장에서 더 많은 책을 구입하여 읽은 다음 되팔고는 또다시 더 많은 책을 구입했다.

문화혁명이 시작된 때로부터 1968년 말까지 진밍의 손을 거쳐 간 책들은 적어도 1,000권에 달했다. 그는 하루에 한두 권꼴로 책을 읽었다. 진밍은 한번에 10여 권 정도의 책만을 보관했으며, 그것도 조심스럽게 감춰두었다. 그가 자주 책을 감추어두는 곳들 중 하나는 아파트 단지 내의 폐기된 급수탑 밑이었다. 그러나 어느 날 비가 억수같이 내리는 바람에 잭 런던의『황야의 외침』을 포함하여 진밍이 아끼는 다수의 책들이 망가졌다. 진밍은 집 안에서는 두세 권의 책을 매트리스 아래와 광으로 사용하는 방의 구석에 보관해두었다. 조반파들이 가택수색을 하려고 들이닥쳤던 밤에도 진밍은 스탕달의『적과 흑』을 침대 속에 감춰두었다. 그러나 진밍은 평소처럼 그 책의 표지를 『마오쩌둥 선집』의 표지와 바꿔놓았기 때문에 책의 내용까지 검사하지 않은 야오 여사와 그녀의 조반파들은 그런 사실을 발견할 수 없었다.

과학에 대한 열정이 식지 않았던 진밍은 암시장에서 다른 물건들도 거래했다. 당시 청두의 암시장에서 거래되는 유일한 과학 관련 상품은 라디오에 들어가는 반도체 부품들이었다. 당시에는 "마오쩌둥 주석의 말을 널리 전파한다"는 이유로 라디오 산업이 호황을 누리고 있었다. 진밍은 반도체 부품들을 사서 라디오로 조립한 다음 비싼 값에 팔았다. 진밍은 라디오 이외에도 자신의 궁금증이 풀리지 않는 물리학의 이론들을 직접 시험해볼 목적으로 더 많은 부품을 구입했다.

이런 실험에 소요되는 자금을 마련하기 위해서 진밍은 마오쩌둥의 배지도 암거래했다. 당시 많은 공장들이 가동을 중단했기 때문에 마오쩌둥의 얼굴이 중앙에 들어가는 알루미늄 배지가 생산되지 않았다. 우표와 그림을 포함하여 어떤 품목이라도 수집하는 행동은 "부르주아적 악습"이라고 하여 금지되었다. 그러므로 중국인들의 수집 본능은 자연히 정부가 공인한 마오쩌둥 배지로 향할 수밖에 없었다. 그러나 이런 배지도 암암리에 매매해야 했다. 진밍은 마오쩌둥 배지를 매매하여 약간의 재산을 모았다. "위대한 조타수" 마오쩌둥은 자본주의적 투기행위를 근절시키려고 노력했지만, 자신의 얼굴이 들어간 배지까지도 투기행위의 대상이 되었다는 사실은 전혀 알지 못했다.

암시장에 대해서는 연속적으로 탄압이 가해졌다. 종종 여러 대의 트럭을 타고 암시장에 들이닥친 조반파들은 거리를 봉쇄하고는 닥치는 대로 의심스러운 사람들을 붙잡았다. 조반파들은 때로는 상품을 구경하는 사람으로 가장한 스파이들을 암시장에 보내기도 했다. 스파이들은 갑자기 호루라기를 불면서 암시장 상인들을 덮쳤다. 이렇게 붙잡힌 상인들은 가지고 있던 상품들을 모두 몰수당하고 구타까지 당하는 것이 보통이었다. 또한 이런 상인들에게는 항상 궁둥이를 칼로 찔러서 피를 흘리게 하는 "방혈(放血)"이라는 형벌이 가해졌다. 일부 상인들은 고문을 당했으며, 암거래를 중단하지 않으면 두 배의 처벌을 가하겠다는 협박도 받았다. 그러나 대부분의 상인들은 다시 돌아와 암거래에 종사했다.

둘째 남동생 샤오헤이는 1967년 초에 열두 살이었다. 학교 수업이 중단되어 할 일이 없었던 샤오헤이는 곧 길거리 불량배의 일원이 되었다. 문화혁명 이전에는 불량배가 전혀 없었으나 이제는 흔히 볼 수 있었다. 불량배들의 조직을 나루터라는 의미의 "마두(碼頭)"라고 불렀고, 그 두목은 조타수를 의미하는 "타야(舵爺)"라고 했다. 그 밖의 일원들은 "형제"라고 불렀으며, 모두들 일반적으로 동물 이름을 별명으로 가지고 있었다. 깡마른 조직원의 별명은 마른 개라는 의미의 "수구(瘦狗)"였고, 머리카락이 회색인 조직원에게는 회색 늑대라는 뜻의 "회랑(灰狼)"이라는 별명이 붙여졌다. 샤오헤이는 이름 중의 한 글자 헤이가 검다는 "흑(黑)"자이고, 그의 피부색이 약간 검은 편인데다가 일을 시키면 잘 달렸기 때문에 검은 말발굽이라는 의미로 "흑제(黑蹄)"라는 별명이 붙여졌다. 샤오헤이는 불량배 일원들 중 가장 어렸기 때문에 심부름을 다니는 것이 임무 중 하나였다.

불량배들은 처음에는 샤오헤이를 귀빈처럼 다루었다. 왜냐하면 그들 중에는 공산당 고급 간부의 자제가 한 명도 없었기 때문이었다. 대체적으로 불량배들은 가난한 가정 출신이었으며, 문화혁명 전에 학교를 중퇴한 경우가 많았다. 그들의 가족은 문화혁명의 표적이 될 수 없었고, 따라서 그들도 문화혁명에 관심이 없었다.

문화혁명으로 고급 간부들이 실각당한 사실에는 아랑곳하지 않고 일부 불량배 소년들은 고급 간부 자제들의 옷차림을 모방했다. 홍위병 전성기에 고급 간부의 자제들은 인민해방군의 옛날 제복을 즐겨 입었다. 그것은 그들만이 부모가 옛날에 입었던 제복을 쉽게 얻을 수 있었기 때문이었다. 일부 불량배들은 옛 군복을 암시장에서 구하기도 했고, 혹은 자신들의 옷을 녹색으로 염색해서 입었다. 그러나 그들이 이렇게 차려입어도 엘리트 특유의 오만한 분위기는 풍기지 않았으며, 녹색도 제대로 된 바랜 녹색이 아니었다. 결국 그들은 고급 간부 자제들의 조롱거리가 되었을 뿐만 아니라, 자신들의 집단 사이에서도 "사이비"라는 소리를 들었다.

그 후 고급 간부의 자제들은 감색 상의와 바지를 입기 시작했다. 당시 거의 모든 사람들이 평범한 푸른색 옷을 입고 있었으므로 그들의 감색 옷은 사람들의 시선을 끌기에 충분했을 뿐만 아니라, 상의와 하의를 모두 한 가지 색으로 통일시켜 입는 것도 흔치 않은 일이었다. 고급 간부의 자제들이 감색 상의와 하의를 유행시키자, 출신 배경이 다른 청소년들은 사이비라는 조롱을 감수할 각오가 되어 있지 않은 한 감색 옷을 입을 수가 없었다. 구두의 경우에도 같은 바람이 불었다. 하늘을 향한 윗부분은 검은색 포(布)로 하고 흰색 플라스틱 밑창에다 측면에는 흰색 플라스틱 띠를 두른 구두가 고급 간부의 자제들이 즐겨 신는 구두였다.

일부 불량배들은 자신들만의 스타일을 만들어냈다. 그들은 상의 속에다 여러 겹의 셔츠를 입고 모든 칼라를 상의 밖으로 내놓았다. 외부로 노출시킨 칼라가 많을수록 더욱 멋진 것으로 간주되었다. 샤오헤이는 종종 재킷 속에 예닐곱 벌의 셔츠를 껴입었으며, 찌는 듯이 무더운 여름에도 두 벌의 셔츠를 껴입었다. 불량배들은 길이를 줄인 바지를 입었고, 바지 밑으로는 항상 조깅 바지가 비죽이 내려와 있었다. 또한 끈을 빼어버린 흰색 운동화를 신고 군모를 쓰고 다녔다. 그들은 사람들의 시선을 끌기 위해서 모자 속에 판지를 넣어 모자가 항상 빳빳하게 서 있도록 했다.

샤오헤이의 "형제"들은 한가한 날이면 도둑질하는 것이 주요 일과 중의 하나였다. 그들은 무엇이든 훔친 물건은 반드시 두목인 "타야"에게 전달하여 공평하게 나누어 가졌다. 샤오헤이는 겁이 많아서 아무것도 훔치지 못했으나 그의 "형제"들은 아무런 불평 없이 그에게도 분배한 몫을 주었다.

문화혁명 기간 중에는 도난 사건이 일상적으로 발생했다. 특히 소매치기와 자전거 도난이 자주 발생했다. 내가 아는 대부분의 사람들은 적어도 한번은 소매치기를 당했다. 나는 쇼핑하러 나가서 지갑을 잃어버리는 경우도 있었고, 혹은 지갑을 도난당했다고 소리를 지르는 사람을 보기도 했다. 내부적인 파벌항쟁으로 분주한 경찰은 치안 유지를 하는 시늉만 했다.

수많은 외국인들이 1970년대에 최초로 중국을 방문했을 때, 그들은 중국 사회의 "공덕심"에 찬사를 보냈다. 한 외국인 여행객이 베이징의 호텔 방에 양말 한 짝을 버리고 갔더라도 그것을 세탁하고 단정하게 접어서 1,600킬로미터 떨어진 광저우 호텔에 머물고 있는 양말 주인의 호텔 방까지 가져다놓았다. 외국인 방문객들은 자신들과 당국의 밀착 감시하에 있는 중국인들만이 그처럼 세심한 주목을 받고 있다는 사실을 몰랐다. 외국인들은 또한 그들로부터 손수건 하나라도 훔치다가 붙잡히는 날에는 사형까지 당할 수 있다는 점도 알 턱이 없었다. 중국 정부가 연출한 깨끗하게 세탁하여 단정하게 접은 양말은 중국 사회의 실상과는 아무런 관계가 없었다. 그것은 단지 정부가 연출하는 연극의 일부일 뿐이었다.

샤오헤이의 "형제"들도 다른 청소년들과 마찬가지로 여자 뒤꽁무니를 쫓아다니기에 바빴다. 샤오헤이처럼 열두 살이나 열세 살 된 비교적 어린 "형제"들은 수줍음이 많아 직접 소녀들에게 접근하지 못했으므로 그런 아이들은 좀더 나이가 많은 "형제"들의 심부름꾼이 되어 오자나 탈자투성이의 연애편지를 전달하는 일을 맡았다. 연애편지 심부름을 할 때면 샤오헤이는 찾아간 집의 문을 두드린 다음, 편지를 받을 소녀의 아버지나 오빠 대신에 소녀가 직접 나와주기를 속으로 빌었다. 왜냐하면 아버지나 오빠가 문간에 나왔을 때는 틀림없이 손바닥으로 샤오헤이의 머리를 갈겼기 때문이었다. 이렇게 매를 맞는 것이 몹시 두려울 때면 종종 노크를 하지 않고 편지를 문 아래에 밀어넣기만 했다.

편지를 받은 소녀가 구애를 거절했을 경우, 샤오헤이를 비롯한 어린아이들은 퇴짜 맞은 "형제"들이 앙갚음하는 도구가 되어 소녀의 집 밖에서 소음을 내거나 소녀의 집 창문을 향해 고무총을 쏘았다. 소녀가 집 밖으로 나오기라도 하면 그녀에게 침을 뱉거나, 욕을 해 대거나, 가운뎃손가락을 내밀거나, 또는 자신들도 제대로 이해하지 못하는 외설스러운 말을 퍼부었다. 여성을 대상으로 한 중국어의 음란 욕설은 (여성의 성기가 마치 베틀의 북처럼 생겼다 하여) "사엽자(梭葉子)", (올라타는 대상이라고 해서) 말안장을 뜻하는 "마안(馬鞍)", ("너무 자주" 뿜어낸다고 해서) 기름이 넘쳐흐르는 등잔을 뜻하는 "누정잔(漏灯盞)", 많이 "사용했다"는 뜻으로 닳아빠진 신발을 뜻하는 "파혜(破鞋)"와 같이 사실적인 표현이 많았다.

일부 소녀들은 불량배들 사이에서 자신들의 보호자를 찾으려고 했다. 이런 일에 유능한 소녀들은 스스로 여두목이라는 의미의 "여타야(女舵爺)"로 자처했다. 이런 남자들의 세계에 발을 들여놓은 소녀들은 이슬처럼 빛나는 검은 모란꽃이라는 뜻의 "흑목단(黑牧丹)", 깨어진 술병이라는 뜻의 "파주호(破酒壺)", 뱀처럼 요염한 여자라는 뜻의 "여사요(女蛇妖)"와 같은 자신들만의 개성적인 별명을 사용했다.

이 불량배들의 세 번째 일거리는 사소한 의견 충돌에도 싸움질을 하는 것이었다. 샤오헤이는 싸움이 벌어지기만 하면 흥분했으나 유감스럽게도 본인이 말하듯이 "태어날 때부터 간이 작아서" 싸움판에 적극적으로 끼어들지는 못했다. 동생은 싸움판의 분위기가 험악해질 기미가 보이기만 하면 줄행랑을 놓았다. 많은 소년들이 맹목적인 싸움으로 부상을 당하고, 심지어 살해되기까지 하는 동안에도 동생은 거친 척 폼을 잡지 않았던 덕분에 다친 데 하나 없이 무사할 수 있었다.

어느 날 오후 샤오헤이와 몇몇 "형제"들이 여느 때와 같이 빈둥거

샤오훙(왼쪽), 샤오헤이(뒤), 저자, 진밍(오른쪽). 연례행사인 청두 꽃전시회에서, 1958년.
이 사진을 찍은 직후 대기근이 시작되었다. 아버지는 휴일 없이 농촌을 순회하여 청두에는 거의 돌아오지 못했으므로, 이후 수년간 가족 전원이 찍은 사진이 없다.

베이징 톈안먼 광장에서, 홍위병 시절의 저자(앞줄, 왼쪽에서 두 번째). 함께 사진을 찍은 사람들은 친구와 군사훈련을 담당했던 공군 장교(한 사람은 여성). 저자는 어머니에게 물려받은 "레닌 재킷"을 입고, 홍위병 완장을 둘렀다. 바지에는 "프롤레타리아"처럼 보이기 위에서 천을 덧댔다. 모두들 당시 정해진 포즈로 『마오쩌둥 주석 어록』을 손에 들고 사진을 찍었다. 1966년 11월.

문화혁명이 시작되기 전의 아버지. 1966년 봄.

미이의 "간부 학교"에서 진밍과 함께. 린뱌오의 사망 직후인 1971년 말.

뉴랑파 "간부 학교"에서의 어머니. 어머니가 경작을 도운 옥수수 밭 앞에서. 1971년.

외할머니의 남동생 위린과 그의 아내 그리고 자녀들. 1976년 농촌으로 하방된 지 10년 후 겨우 자신의 집(뒤에)을 지었을 때. 이해, 10년간의 침묵 끝에 위린은 외할머니에게 연락을 했다. 위린은 자신의 소식을 알리기 위해서 사진을 보내왔으나 외할머니는 이미 7년 전에 돌아가셨다.

히말라야 산기슭으로 하방되기 전날 저녁에 찍은 사진. 뒷줄 왼쪽부터 진밍, 샤오훙, 저자, 샤오헤이. 앞줄 왼쪽부터 외할머니, 샤오팡, 쥔잉 고모. 청두에서, 1969년 1월. 이 사진이 외할머니와 쥔잉 고모의 마지막 사진이 되었다.

청두의 기계공장의 전기공 동료들과(앞줄 중앙). 뒤에는 "장융 동지를 대학으로 보내며, 73. 9. 27. 전기공조"라는 글자가 보인다.

쓰촨 대학교의 학부생 시절, 군사훈련을 받을 때 찍은 사진(뒷줄 오른쪽으로부터 두 번째). 뒤에는 "어수정(魚水情, 군과 인민의 관계를 노래한 당시의 슬로건), 천대외문계영일반, 74년 11월 27일"이라고 적혀 있다.

잔장으로 영어회화 실습을 갔을 때의 사진. 가운데가 필리핀 선원이고 나머지는 남학생. 1975년 10월. 1978년에 중국을 떠날 때까지 영어로 대화를 나눈 외국인은 선원들뿐이었다.

영문학과 동급생들과(앞줄 왼쪽으로부터 세 번째). 쓰촨 대학교의 교문 앞에서. 청두에서, 1975년 1월.

아버지 장례식 직전에 어머니를 부축하고 있는 진밍. 반대편에는 왼쪽으로부터 정이, 샤오팡, 샤오헤이(공군 제복을 입고 있다), 샤오홍. 청두에서, 1975년 4월.

아버지의 추도회(나는 가족과 함께 오른쪽으로부터 네 번째에 서 있다). 청두에서, 1975년 4월 21일. 당을 대표하는 간부가 추도사를 읽고 있다. 이 추도사가 아버지에 대한 당의 평가를 대표하므로 아버지 사후에도 자식들의 장래에 결정적인 영향을 미치는 중요한 글이다. 아버지는 마오쩌둥을 직접적으로 비판했고, 마오쩌둥이 아직 살아 있었기 때문에 당초 어머니에게 제시된 추도사의 초고는 아버지에 대한 부정적인 말들로 가득했다. 어머니는 몇 번이고 수정을 요구해서 상당한 양보를 얻어냈다. 추도회는 아버지의 동료들이 "장례위원회"를 조직해서 치렀다. 장례위원회에는 아버지의 박해를 도왔던 사람도 있었다. 추도회는 처음부터 끝까지 모든 진행사항이 세세하게 정해져 있었고, 당의 지시에 따라서 약 500명이 참여했다. 화환의 크기까지 모두 상부의 지시로 결정되었다.

영국을 향해 떠나기 직
전. 베이징에서, 1978년
9월.

이탈리아에서, 1990년
여름(존 핼리데이 촬영).

리고 있을 때, 그들 중의 하나가 달려와서 한 "형제"의 집이 방금 다른 "마두"의 습격을 받아서 그 "형제"가 "방혈"을 당할 위기에 처했다고 말했다. 소년들은 자신들의 "창고"로 돌아가서 곤봉, 벽돌, 나이프, 전선으로 만든 채찍, 몽둥이로 무장을 했다. 샤오헤이는 가죽혁대 속으로 삼각 곤봉을 쑤셔넣었다. 그들이 숨이 턱에 차게 달려서 사건이 발생한 집에 도착했을 때는 이미 상황이 종료되어 적들은 돌아갔고, 부상당한 "형제"도 가족들이 병원으로 데리고 간 후였다. 샤오헤이의 "타야"는 오자투성이인 도전장을 썼다. 그것을 상대 "마두"에게 전하는 일은 샤오헤이의 몫이었다.

도전장에는 드넓은 인민운동장에서 정식 결투를 하자는 내용이 적혀 있었다. 마오쩌둥이 승패를 다투는 경기를 금한 이래로 인민운동장에서는 어떤 운동경기도 열리지 않았다. 운동선수들도 문화혁명에 온 힘을 기울여야만 했다.

약속했던 결투일이 되자 샤오헤이와 30-40명의 "형제"들은 운동장의 트랙에 집합하여 적들이 오기를 기다렸다. 지루하게 2시간이 흘렀을 때 20대 초반의 한 남자가 절뚝거리며 운동장으로 들어왔다. 그는 "절름발이 탕씨〔唐跛子〕"라고 부르는 청두의 지하세계에서 유명한 인물이었다. 젊은 나이에도 불구하고 그는 노인들에게나 어울리는 대접을 받았다.

"절름발이 탕씨"는 소아마비로 절름발이가 되었다. 부친이 국민당 관리였기 때문에 탕씨는 공산당이 몰수한 그의 가족들이 살던 옛집에 자리를 잡은 한 작은 공장에서 별 볼일 없는 일을 해야만 했다. 이처럼 작은 공장에서 일하는 노동자들은 국영공장에서 일하는 노동자들이 향유하는 고용보장, 무료 의료 서비스, 연금과 같은 혜택을 누리지 못했다.

출신 가정의 제약 때문에 상급 학교에 진학하지는 못했지만 탕씨는 매우 영리했으며, 마침내 청두 지하세계의 사실상의 두목이 되었다. 지금 그는 도전장을 받은 "마두"의 요청으로 휴전을 요청하려고 온 것이었다. 그는 최고급 담배 몇 갑을 꺼내어 모두에게 한 대씩 권했다. 그는 상대 "마두"의 사과를 전달하고 아울러 파손된 집의 수리비와 부상당한 사람의 치료비를 모두 부담하겠다는 약속도 전했다. 샤오헤이의 "타야"는 그가 전하는 사과와 약속을 수락했다. "절름발이 탕씨"의 말에 감히 "아니오"라고 말할 수는 없는 노릇이었다.

이런 일이 있은 후 얼마 지나지 않아 "절름발이 탕씨"는 체포되었다. 1968년 초에 문화혁명의 새로운 제4단계가 시작되었다. 제1단계는 10대의 청소년들로 구성된 홍위병의 출현이었고, 제2단계는 조반파의 등장과 주자파에 대한 박해였다. 제3단계는 조반파들 간의 파벌항쟁이었다. 마오쩌둥은 이제 제4단계에서 파벌항쟁을 중지시키기로 방침을 결정했다. 인민들의 복종을 이끌어내기 위해서 마오쩌둥은 자신의 통치하에서는 어느 누구도 박해에서 예외일 수 없음을 보여주는 새로운 박해를 전개했다. 일부 조반파들까지도 포함하여 지금까지 박해와는 무관했던 사람들 중 상당수가 이제는 새로운 박해의 희생자가 되었다. 새로운 정치운동이 하나씩 착수될 때마다 새로운 계급의 적이 제거되었다. 이런 마녀사냥식 정치운동 중 규모가 가장 큰 것이 (계급 내의 적을 청산하는) "청리계급대오(清理階級隊伍)" 운동으로서 바로 "절름발이 탕씨" 같은 인물들을 체포하는 것이었다. 탕씨는 1976년 문화혁명이 종료된 후에 석방되었고, 1980년대 초에는 사업에 성공하여 청두에서 가장 부유한 백만장자들 중 한 사람이 되었다. 과거에 공산당이 접수했던 그의 집도 반환되었다. 탕씨는 그 집을 헐어내고 근사한 2층 저택을 지었다. 중국에 디스코 선풍이 불었을 때는 무도회장의 특등석에 앉아 있는 탕씨의 모습이 종종 눈에 띄었다. 그럴 때면 탕씨는 단호하면서도 애써 태연한 자세로 두꺼운 돈뭉치를 천천히 헤아리면서 춤추는 젊은 남녀들을 온화한 눈길로 바라보다가 모든 손님들의 술값을 자신이 대신 지불하는 호기를 부리면서, 자신이 새로이 발견한 돈의 위력을 한껏 음미하는 모습을 보였다.

"청리계급대오" 운동은 수백만 명의 희생자를 만들어냈다. 네이멍구 인민당 사건이라고 부르는 단 하나의 사례에서는 네이멍구 성인 인구의 약 10퍼센트가 고문과 박해를 받았고, 적어도 2만 명이 살해되었다고 알려졌다. "청리계급대오" 운동은 베이징 시내의 6개 공장과 2개 대학을 마오쩌둥이 직접 지도하면서 예비 조사한 결과에 따라서 실시된 것이라고 한다. 6개 공장 중 하나인 신화인쇄소에 대해서 작성된 보고서에는 다음과 같은 구절이 포함되어 있었다. "이 여성은 반혁명분자로 낙인찍힌 다음 강제노동을 하던 중 어느 날 경비원이 잠시 한눈을 파는 사이에 여자 기숙사 4층으로 뛰어올라가 창 밖으로 몸을 날려 자살했다. 반혁명분자들이 자살하는 것은 당연히 불가피한 귀결이다. 그러나 '반면교사(反面教師)'가 한 명 줄어들었다는 것은 애석한 일이다." 마오쩌둥은 이 보고서 위에 이렇게 적었다. "이 보고서는 내가 읽어본 유사한 보고서들 중 가장 잘된 것이다."

중국 전역에서 혁명위원회가 조직되어 정치적 박해를 추진했다. 쓰촨 성 혁명위원회는 1968년 6월 2일에 설치되었다. 이 위원회의 지도자들은 준비위원회의 경우와 같이 청두 군구의 사령관 2명과 팅 부부, 이렇게 4명으로 구성되었다. 쓰촨 성의 조반파들을 대표하는 양대 진영인 "홍성"과 "8-26"의 대표들과, 몇 명의 "혁명 간부"들도 이 위원회에 참가하고 있었다.

마오쩌둥이 새로운 권력기구를 이처럼 공고히 한 것은 우리 가족의 생활에 중대한 영향을 미쳤다. 그 첫 번째 결과 중 하나가 주자파에게 지급되는 봉급의 일부를 삭감하고, 또한 각 부양가족에게 매월 지급되던 수당도 최저 수준까지 삭감하겠다고 결정한 것이었다. 이에 따라 우리 가족의 수입은 절반 이상으로 줄어들었다. 굶어죽을 정도는 아니었지만, 우리는 더 이상 암시장에서 식량을 구입할 수 없게 되었다. 한편 국가에서 배급하는 식량도 급속도로 줄어들었다. 예를 들면 육류는 1인당 한 달에 220그램만 배급되었다. 외할머니는 어떻게 하면 우리 형제들을 좀더 잘 먹이고, 구금 중인 부모님에게 음식물을 차입할 수 있을지를 밤낮으로 걱정하고 궁리했다.

혁명위원회가 취한 두 번째 결정은 새로운 혁명위원회 간부들이 살 집을 마련해주기 위해서 우리를 비롯한 주자파들을 아파트 단지에서 내쫓기로 한 것이었다. 우리 가족에게는 폐간된 잡지사가 사무실로 사용하던 3층짜리 주택의 꼭대기 층에 있는 방들이 배정되었다. 3층에는 수돗물도 나오지 않았고, 화장실도 없었다. 우리는 양치질을 하거나 먹다 남은 차 찌꺼기를 쏟아버릴 때조차도 아래층으로 내려가야만 했다. 그러나 나는 그런 정도의 불편함은 개의치 않았다. 아름다움에 목말라 있던 당시의 나에게 우아한 건물에서 살 수 있다는 것은 커다란 기쁨이었다.

볼품없이 시멘트로 지은 단지 내의 아파트와 달리 우리의 새집은 벽돌과 목재로 지은 멋진 건물로서 좌우대칭의 구조였다. 우아하게 곡선을 이루는 처마 밑의 섬세하게 제작된 창틀에는 적갈색의 유리가 끼워져 멋을 더해주었다. 뒤뜰에는 뽕나무가 울창했고, 앞뜰에는 굵은 포도나무 넝쿨을 올린 시렁과 몇 그루의 협죽도, 그리고 한 그루의 꾸지나무가 있었다. 또한 갈색에 바삭바삭하면서 보트처럼 오므라든 잎 속에 고추 모양의 열매들이 여러 개 매달려 있는 키가 큰 이름 모를 나무도 한 그루 서 있었다. 나는 특히 관상용 바나나 나무를 좋아했다. 길게 호(弧)를 그리고 있는 잎사귀들은 열대 기후가 아닌 지역에서는 보기 힘든 구경거리였다.

당시에는 아름다움을 멸시했으므로 우리 가족을 이처럼 멋진 집으로 보낸 것은 일종의 징벌적 의미를 지녔다. 큰 방은 넓고 직사각형이었으며, 바닥에는 쪽모이 세공의 마루가 깔려 있었다. 삼면이 유리여서 눈부시게 밝은 빛이 쏟아져들어왔으며, 맑은 날이면 멀리 떨어져 있는 서부 쓰촨의 눈 덮인 산들이 그림처럼 펼쳐진 광경이 한눈에 들어왔다. 발코니도 일반적인 시멘트로 지은 것이 아니라 적갈색 페인트를 칠한 목재로 만들고 만(卍)자 무늬의 난간이 붙어 있었다. 발코니와 통하는 또다른 방은 높이가 3미터에 달할 정도로 높고 뽀족이 솟은 천장을 가졌는데, 그 표면에는 낡은 주홍색 서까래가 노출되어 있었다. 나는 이사 오자마자 새집이 마음에 쏙 들었다. 나중에야 깨달은 것이지만 직사각형의 큰 방은 겨울철이면 얇은 유리를 통해서 사면으로부터 매서운 추위가 파고들어 실내의 웃풍이 어찌나 심한지 마치 시베리아에 와 있는 것 같았으며, 바람이 몰아치는 날이면 높은 천장으로부터 먼지가 비처럼 쏟아져내렸다. 그렇더라도 조용한 밤에 창문을 통해서 비춰드는 달빛을 맞으며 침대에 누워 벽에서 춤추고 있는 높다란 꾸지나무의 그림자를 바라보는 정취는 내게 더할 나위 없는 커다란 기쁨이었다. 나는 아파트 단지와 그곳의 모든 정나미 떨어지는 정치로부터 벗어날 수 있었던 것을 천만다행으로 여겼으며, 우리 가족이 두 번 다시 그런 곳에 가까이 가지 않기를 기원했다.

우리 새집 앞에 있는 길거리도 마음에 들었다. 수백 년 전에 길 위로 운석이 떨어졌었다고 해서 사람들은 그 길을 운석로라고 불렀다. 운석로는 채석장에서 나오는 골재로 포장되어 있었다. 아파트 단지 밖의 아스팔트로 덮인 도로보다 골재로 포장된 도로가 훨씬 더 마음에 들었다.

전에 살던 아파트 단지를 떠오르게 한 것은 그곳에서 함께 살던 이웃들이었다. 그들은 아버지의 직장에서 근무하던 사람들이었고, 야오 여사가 이끄는 조반파의 구성원들이었다. 나를 바라보던 그들의 시선은 얼음장같이 냉랭했으며, 간혹 불가피하게 대화를 나누어야만 했을 때에도 그들은 나에게 성난 사람처럼 고함을 지르듯이 말했다. 그들 중 한 사람은 폐간된 잡지사의 편집인이었으며, 그의 부인은 학교 교사였다. 그들 부부에게는 조조라는 이름의 아들이 있었는데, 막냇동생 샤오팡과는 여섯 살 동갑내기였다. 그 집에는 다섯 살짜리 딸을 가진 하급 관리 한 가족이 함께 살게 되었다. 따라서 세 아이들은 자주 정원에서 함께 놀았다. 외할머니는 샤오팡이 조반파의 자식들과 함께 노는 것이 마음에 걸렸지만 아이들이 어울려 노는 것을 차마 막지는 못했다. 우리 이웃의 이 조반파들은 외할머니의 이런 자세를 마오쩌둥 주석의 조반파에 대한 적개심으로 받아들였을 것이다.

우리가 살던 방으로 올라가는 붉은 포도주색의 나선형 계단 밑에는 반달 모양의 대형 테이블이 하나 있었다. 지난날에는 그 테이블 위에 학재스민이나 복숭아꽃이 담긴 대형 자기 꽃병이 하나쯤 놓여 있었을 것이다. 그러나 이제 그 테이블 위에는 아무것도 없었으며, 세 아이들의 놀이터가 되어버렸다. 어느 날 아이들은 병원놀이를 하고 있었다. 조조가 의사였고, 샤오팡은 간호사였으며, 다섯 살짜리 여자 아이는 환자가 되었다. 여자 아이는 배를 깔고 테이블에 엎드려 주사를 맞으려고 치마를 추켜올렸다. 샤오팡은 망가진 의자 등에서 나온 나무 꼬챙이를 "주사기"라고 하면서 손에 들고 있었다. 그 순간 여자 아이의 어머니가 돌계단을 올라가려다가 이 광경을 목격했다. 그녀는 비명을 지르면서 테이블 위에 엎드려 있던 딸아이를 낚아채듯이 들어올렸다.

여자 아이의 넓적다리 안쪽에 몇 군데 긁힌 자국이 있음을 발견한 아이의 어머니는 아이를 데리고 병원으로 가는 대신 길 두 개를 사이에 두고 떨어진 곳에 있는 아버지 직장의 조반파들을 불러왔다. 곧 많은 사람들이 우리 집 앞의 정원으로 몰려들었다. 그때 마침 구금에서 잠시 풀려나 며칠간 집에 머무르고 있던 어머니는 몰려든 조반파들의 손에 즉시 붙잡혔다. 그들은 샤오팡을 붙잡고 욕설을 퍼부었다. 그들은 누가 "소녀를 강간하도록" 가르쳤는지 말하지 않으면 "때려죽이겠다"고 샤오팡을 위협했다. 그들은 샤오팡의 입에서 형이 가르쳐주었다는 말이 나오도록 욱질렀다. 샤오팡은 아무 말도 할 수가 없었으며, 겁에 질린 나머지 울지도 못했다. 조조도 몹시 겁먹은 표정이었다. 그는 울면서 자신이 샤오팡에게 주사를 놓으라고 시켰다고 말했다. 여자 아이도 울면서 자신은 주사를 맞지 않았다고

584

말했으나 어른들은 상황을 설명하는 두 아이에게 입 닥치라고 소리를 지르고는 계속해서 샤오팡을 욱질렀다. 마침내 어머니의 제안에 따라 일행은 어머니의 등을 떠밀고 샤오팡을 잡아끌고는 쓰촨 인민병원으로 몰려갔다.

병원의 외래 창구에 도착하자마자 여자 아이의 성난 어머니와 흥분한 조반파들은 의사와 간호사 및 기다리고 있는 환자들에게 세 아이들 사이에 있었던 일을 왜곡하여 떠들어대기 시작했다. "여러분, 주자파의 아들 새끼가 조반파의 딸을 강간하려고 했습니다! 주자파 부모가 대가를 치르도록 만들어야 합니다!" 여의사가 진찰실에서 여자 아이를 검사하는 동안 복도에 있던 생전 처음 보는 한 젊은이가 큰 소리로 외쳤다. "주자파 부모를 붙잡다가 때려죽이는 것이 어떻겠습니까?"

그때 검사를 끝마친 여의사가 복도로 나와서 여자 아이가 강간당한 흔적은 전혀 없으며, 넓적다리의 긁힌 자국은 최근의 상처가 아니라 오래된 것이라고 설명했다. 여의사는 또한 샤오팡이 손에 들고 있었다는 끝이 둥글게 다듬어져 있고 페인트칠까지 된 나무 꼬챙이를 사람들에게 보여주면서, 그런 꼬챙이로는 긁힌 자국과 같은 상처를 만들어낼 수 없으며, 여자 아이의 상처 자국은 아마도 나무를 기어오르다가 생긴 것으로 생각된다는 말까지 덧붙였다. 여의사의 이런 설명을 들은 조반파 군중은 마지못해 해산했다.

그날 저녁 샤오팡은 잠결에 헛소리까지 했다. 동생의 얼굴은 검붉었으며 비명을 지르기도 하고 뜻 모를 헛소리를 했다. 다음 날 어머니가 샤오팡을 병원으로 데리고 가자 의사는 동생에게 다량의 신경안정제를 처방했다. 며칠 후에 회복된 샤오팡은 두 번 다시 문제의 두 아이들과는 놀지 않았다. 이 사건을 계기로 샤오팡은 불과 여섯 살의 나이에 동네 꼬마들과 어울려 신나게 뛰놀아야 할 유년 시절과는 작별을 고했다.

운석로로 이사를 한 후에야 외할머니와 우리 다섯 형제들은 비로소 행동의 제약을 받지 않게 되었다. 그러나 이때 우리 식구는 언니 샤오훙의 남자 친구인 정이의 도움을 받을 수 있었다.

정이의 부친은 국민당 시절에 하급 관리를 지냈으며, 1949년 이래 제대로 된 일자리를 얻지 못했다. 그것은 부친의 출신 불량 과거 외에도 폐결핵과 위궤양을 앓고 있었기 때문이었다. 따라서 그는 도로청소나 공동수도의 요금징수와 같은 힘든 일을 해야 했었다. 대기근이 진행되는 동안 충칭에 살고 있던 정이의 부모는 영양실조에 기인한 질병으로 모두 사망했다.

정이는 항공기 엔진 공장에서 일하는 노동자였으며, 1968년 초에 언니를 만났다. 대부분의 공장 노동자들과 마찬가지로 정이는 야오 여사가 이끄는 "8-26" 조반파와 연계된 공장 내의 주요 조반파 그룹에 속해 있으면서도 적극적으로 활동하는 조직원은 아니었다. 당시에는 아무런 오락거리가 없었으므로 대부분의 조반파 그룹들은 자신들의 문예 선전대를 조직하여 『마오쩌둥 주석 어록』과 마오쩌둥을 찬양하는 당국이 공인한 소수의 노래를 부르도록 했다. 음악에 소질이 있던 정이는 공장에 조직된 문예 선전대의 조직원이 되었다. 언니는 그 공장의 노동자는 아니었지만, 춤추기를 좋아했기 때문에 몽실이와 칭칭 등 두 친구와 함께 문예 선전대에 가입했다. 언니와 정이는 곧 연인 사이가 되었다. 그러나 두 사람의 관계는 여러 방면에서 압력을 받았다. 정이의 누이와 동료 노동자들은 주자파 집안과 접촉했다가는 정이가 장래를 망칠 수 있다는 우려에서 두 사람 사이를 뜯어말리려고 했다. 고급 간부의 자녀들로 이루어진 우리 서클에서는 정이가 "우리와 같은 계급 출신"이 아니라는 이유로 그를 얕잡아보았다. 그리고 나는 논리가 서지 않는다는 것은 알지만, 언니가 우리 부모님을 저버리고 자신의 뜻대로만 살려고 한다고 생각해서 언니와 정이 사이의 관계를 못마땅하게 여겼다. 그러나 나는 곧 정이에게 호감을 가지고 존경하게 되었다. 우리 가족들도 마찬가지로

586

그를 좋아하게 되었다. 그가 안경을 착용했으므로 우리는 그를 "안경"이라고 불렀다.

"안경"의 친구이면서 공장의 문예 선전대에서 함께 노래를 하는 젊은이가 있었는데, 그는 트럭 운전사의 아들로 공장에서 목수로 일하고 있었다. 그는 성격이 쾌활했으며, 코가 유달리 커서 중국인처럼 보이지 않았다. 당시에는 북한도 지나치게 퇴폐적인 국가로 간주되었기 때문에 멀리 떨어져 있는 알바니아가 중국의 유일한 동맹국이었으므로, 우리가 종종 볼 수 있었던 외국인들은 알바니아 인들뿐이었다. 코가 큰 친구의 동료들은 그를 "알바니아"의 줄임말인 "알"이라는 별명으로 불렀다.

우리가 운석로로 이사하던 날 "알"은 수레를 가지고 우리를 도우러 왔다. 그를 혹사시키는 것 같아 나는 몇 가지 짐은 다음번에 운반하자고 했으나 그는 모든 짐을 한번에 운반하기를 원했다. 그는 싱긋 미소를 지으며 주먹을 불끈 쥐고는 팔을 접어 알통을 만들어보였다. 남동생들은 그의 무쇠 같은 알통을 만져보면서 감탄을 연발했다.

"알"은 몽실이에게 큰 관심을 보였다. 우리가 이사한 다음 날 그는 몽실이, 칭칭, 그리고 나 세 사람을 자신의 집으로 초청했다. 그의 집은 청두에서 흔히 볼 수 있는, 창문이 없고 흙바닥에다 바로 보도와 맞닿아 있는 남루한 집이었다. 이런 집에 들어가보기는 이때가 처음이었다. 우리가 "알"의 집 근처에 이르렀을 때 한 무리의 청년들이 길모퉁이에서 서성이고 있었다. 그들은 "알"을 향해 의미 있는 목소리로 한마디 하고는 우리들을 위아래로 훑어보았다. "알"은 약간 자랑스러운 듯이 얼굴을 붉히면서 그들에게 달려가 몇 마디 말을 주고받더니 상기된 미소를 지으며 돌아왔다. 예사로운 목소리로 "알"은 이렇게 말했다. "저 친구들에게 아가씨들이 고급 간부의 따님들이라고 알려주었어요. 그리고 내가 아가씨들과 친구가 되었으니 문화혁명이 끝나면 고급 물품을 만져볼 수도 있을 것이라고 얘기했어요."

이런 뜻밖의 말을 듣고 나는 크게 놀랐다. 내가 놀란 점은 첫째, "알"이 말한 것으로 미루어볼 때 많은 사람들이 고급 간부의 자녀들은 특별 소비재를 구할 수 있다고 생각한다는 점이었다. 둘째, "알"이 우리들과 사귀는 것을 드러내놓고 기쁘게 생각한다는 점이었다. 부모님은 구금당했고 우리 식구들은 고급 간부들이 사는 아파트 단지에서 불과 얼마 전에 쫓겨난 시기에, 쓰촨 성 혁명위원회가 구성되고 주자파들이 모두 추방된 시기에, 그리고 문화혁명이 승리한 것처럼 보이는 시기에 "알"과 그의 친구들은 여전히 우리 부모님과 같은 옛 간부들이 당연히 복권될 것으로 믿고 있었던 것이다.

그 후에도 나는 많은 사람들에게서 이와 비슷한 태도를 목격할 수 있었다. 새로 이사 온 집의 앞뜰과 연결된 당당한 대문을 나설 때마다 나는 언제나 운석로에 살고 있는 많은 사람들의 시선을 느낄 수 있었다. 그들은 나에게 호기심과 경외감이 혼합된 시선을 던졌다. 사람들은 주자파보다도 혁명위원회가 조만간 사그라질 운명으로 간주하고 있음을 나는 분명히 발견할 수 있었다.

1968년 가을, "마오쩌둥 사상 선전대"라고 부르는 새로운 공작조가 학교를 점령하기 위해서 왔다. 그들은 조반파들 간의 파벌항쟁에 관여하지 않았던 군인이나 노동자들로 구성되었다. 그들의 임무는 질서 회복이었다. 다른 모든 학교들과 마찬가지로 우리 학교에서도 "마오쩌둥 사상 선전대"는 문화혁명이 시작되던 1966년에 학교에 재적하고 있었던 학생들 전원에게 학교로 나오라는 명령을 내렸다. 당시 청두 시내에 있지 않았던 학생들에게는 행방을 추적하여 전보로 학교에 나올 것을 명령했다. 이런 명령을 무시하는 학생들은 한 사람도 없었다.

학교가 다시 문을 열었으나 문화혁명 기간 중에 박해를 받지 않고 살아남은 교사들은 수업을 하지 않았다. 교사들은 학생들을 가르칠 수가 없었다. 문화혁명이 시작되기 전에 사용하던 모든 교과서들은

"부르주아의 독초"라고 부정되었고, 새로운 교과서를 집필할 정도로 용기 있는 교사들이 없었던 것이다. 따라서 학생들은 그저 교실에 앉아서 마오쩌둥의 저서를 암송하고 「인민일보」의 사설을 읽는 것으로 시간을 때웠다. 전원이 모여 마오쩌둥 주석 어록에 가락을 붙여 노래하거나 『소홍서』를 흔들고 둥글게 돌면서 "충자무(忠字舞)"라고 이름 붙인 충성의 춤을 추었다.

"충자무"는 중앙문화혁명소조의 명령에 따라 중국의 전 인민에게 강요되었다. 학교와 공장, 거리와 상점, 정거장 플랫폼 등 장소를 가리지 않고, 심지어 병원에서도 움직일 수 있는 환자들을 대상으로 하여 모든 인민에게 『소홍서』를 흔들면서 춤을 추도록 강요했다.

우리 학교로 파견된 "마오쩌둥 사상 선전대"는 대체적으로 상당히 온건한 편이었다. 그러나 다른 학교에 파견된 선전대는 그렇지 않았다. 청두 대학교에 파견된 선전대는 팅 부부가 직접 선발한 사람들로 구성되었다. 팅 부부는 청두 대학교가 자신들의 적대세력인 "홍성" 조반파 그룹의 본부였기 때문에 자신들의 사람들을 파견했다. 부모님을 도와준 적이 있었던 옌과 융 두 학생은 다른 어떤 학생들보다 더 많은 박해를 받았다. 팅 부부는 선전대에게 이 두 학생이 우리 아버지를 비판하도록 압력을 가하라는 지시를 내렸다. 그러나 옌과 융은 선전대의 박해에 굴복하지 않았다. 아버지의 꿋꿋한 용기에 감명을 받은 나머지 자신들도 단호히 지조를 지키기로 약속했다고 옌과 융은 훗날 어머니에게 말했다.

1968년 말이 되자 전국의 모든 대학생들은 졸업시험도 없이 전원이 "약식 졸업"을 했다. 학생들을 농촌으로 내려보내 육체노동에 종사하게 하는 하방(下放) 계획에 따라 대학생들은 일터를 배치받고는 전국 각지로 흩어졌다. 옌과 융은 끝까지 아버지를 비판하지 않을 경우 장래가 없을 것이라는 경고를 받았다. 그래도 두 사람은 협박에 굴복하지 않았다. 그 결과 옌은 쓰촨 성 동부의 산속에 있는 작은 탄광으로 보내졌다. 탄광은 하방 중에서도 최악의 일터였다. 노동

환경은 매우 원시적이었으며, 안전대책이라고는 전무한 실정이었다. 여성 노동자들도 남성과 마찬가지로 탄광 속을 기면서 석탄을 담은 바구니를 끌어야만 했다. 옌이 여성임에도 불구하고 탄광으로 보낸 것은, 부분적으로는 마오쩌둥의 말을 왜곡하여 해석하던 당시의 잘못된 풍조의 결과이기도 했다. 당시의 슬로건들 중 하나는 "여성들도 하늘의 절반을 떠받들 수 있다〔婦女能頂半邊天〕"는 마오쩌둥의 말을 인용한 것이었는데, 장칭은 이 슬로건을 근거로 하여 여성들도 남성들과 동일한 일을 해야 한다고 주장했다. 그러나 중국의 여성들은 이 슬로건이 평등이라는 미명하에 여성을 중노동으로 내모는 술책일 뿐이라는 것을 알고 있었다.

대학생들을 하방시킨 직후에 나와 같은 중학생들도 머나먼 지방과 산골짜기로 보내서 등골이 휠 정도로 농사일을 해야 한다는 사실이 알려졌다. 마오쩌둥은 내가 일생 동안 농민으로 지내기를 바라고 있었다.

# 22 "노동을 통한 사상 개조"

히말라야의 가장자리로
(1969. 1-6)

1969년 부모님과 언니 샤오훙, 남동생 진밍과 나는 차례차례 청두 밖으로 하방(下放)되어 쓰촨 성의 먼 오지에 있는 황무지로 보내졌다. 우리는 농촌지역으로 하방될 예정이었던 수백만 명의 도시민 가운데 일부였다. 이렇게 하방이라는 방식을 통해서 직업이 없는 청년들이 도시에서 빈둥거리거나 단순히 권태를 못 이겨 말썽을 일으키지 않게 되고, 나의 부모님과 같은 성인들은 "미래"를 가지게 된다는 것이었다. 하방되는 사람들의 일부는 마오쩌둥의 혁명위원회에 의해서 밀려난 구정부 관리들이었다. 그들을 중노동 인력으로 집단 동원하는 것은 편리한 해결책이었다.

마오쩌둥의 궤변에 따르면, 우리는 "사상 개조를 위해서" 농촌으로 파견되었다. 마오쩌둥은 모든 사람의 "노동을 통한 사상 개조"를 제창했으나, 사상과 노동 사이의 관계는 한번도 설명하지 않았다. 물론 해명을 요구한 사람은 없었다. 단순히 그러한 의문을 품는 것조차 반역에 해당되었기 때문이다. 실제로 중국의 모든 사람은 중노동, 특히 농촌의 중노동이 처벌이라는 것을 항상 알고 있었다. 마오쩌둥의 심복들과 새로 설치된 혁명위원회 위원들, 군 장교들 및 그들의 극소수 자녀들은 이 조치의 해당 대상이 되지 않았다는 점에 주목할 필요가 있다.

우리 가족 가운데서 가장 먼저 하방된 사람은 아버지였다. 1969년 신년 초하루가 지난 직후 아버지는 히말라야의 동쪽 가장자리에 있는 시창 지구의 미이 현으로 보내졌다. 그 지역은 오늘날 중국의 위성 발사기지가 설치되어 있는 오지 중의 오지이다. 미이는 청두에서 대략 480킬로미터 떨어져 있으며, 철도가 없었기 때문에 트럭으로 나흘이 걸렸다. 고대에 그 지역은 귀양을 보내는 장소로 이용되었는데, 그곳 산천은 신비한 "장기(瘴氣)"를 품고 있는 것으로 알려졌다. 오늘날의 방식으로 설명할 경우, "장기"는 아열대의 각종 풍토병이다.

성 정부의 전직 관리들이 생활할 수용소가 그곳에 설치되었다. 중국 전역에는 그런 수용소가 수천 개나 존재했다. 수용소는 "간부 학교"라고 불렸으나, 실제로는 학교가 아닐뿐더러 단지 관리들만을 수용한 것도 아니었다. 작가와 학자, 과학자, 교사, 의사, 배우 등 마오쩌둥의 우매지상(愚昧至上)의 새로운 방침에 따라서 "무용지물"이 된 사람들도 그곳에 보내졌다.

관리들 중에는 단체로 수용소에 보내진 우리 아버지와 같은 주자파(走資派) 인사들과 다른 계급의 적들만 있었던 것은 아니었다. 조반파(造反派) 관리들도 대부분 추방되었다. 왜냐하면 새로 조직된 쓰촨 혁명위원회가 조반파 관리들을 모두 영입할 수 없었을 뿐만 아니라, 근로자, 학생, 군인 등 배경이 다른 조반파 출신이 많은 자리를 차지했기 때문이었다.

"노동을 통한 사상 개조"는 보직이 없는 조반파 인사들을 처리하는 간편한 방법이 되었다. 우리 아버지가 일한 공무부 관리들 가운데에서는 소수만이 청두에 남았다. 서우 여사가 쓰촨 혁명위원회 공무부 부부장이 되었다. 모든 조반파 단체들은 이제 해체되었다.

"간부 학교"는 죄수를 가두는 강제노동 수용소는 아니었으나 주위로부터 격리된 수용소였고, 수용된 사람들은 자유를 제약받으며 엄격한 감독 아래 중노동을 해야 했다. 중국에서는 경작 가능한 지역은 어디든 인구밀도가 높았기 때문에 건조지대나 산악지대에만 하방 도시인들을 수용할 공간이 있었다. 수감자들은 식량을 생산하여 자급자족을 해야 했다. 그들은 급료를 받았지만 살 수 있는 물품은 거의 없었으며, 생활은 극도로 어려웠다.

아버지는 여행 준비를 위해서 출발 며칠 전 청두의 격리심사 대기소에서 석방되었다. 아버지가 원했던 단 한 가지는 어머니를 만나는 것이었다. 어머니는 아직도 격리심사를 받으며 구금된 상태였고, 아버지는 어머니를 다시는 볼 수 없을 것이라고 생각했다. 아버지는 극도로 겸손한 어조로 아내의 면회 허가를 요청하는 청원서를 혁명위원회에 보냈다. 아버지의 요청은 거부되었다.

어머니가 수용되어 있던 영화관은 과거 청두에서 가장 번화했던 상점 거리에 있었다. 이제 상점들 가운데 절반이 비었으나, 내 동생 진밍이 자주 찾아갔던 반도체 부품을 파는 암시장이 극장 부근에 있었으므로 진밍은 가끔 어머니가 사발 한 개와 젓가락 한 벌을 든 수감자들과 줄을 지어 거리를 걸어가는 모습을 보았다. 영화관 내부의 식당은 문을 매일 열지 않았으므로 수감자들은 식사를 하기 위해서 가끔 외출을 해야 했다. 진밍의 발견은 우리가 거리에서 기다릴 경우 가끔 어머니를 볼 수 있음을 의미했다. 가끔 어머니가 다른 수감자들 사이에 섞여 나타나지 않을 경우 우리는 불안에 휩싸였다. 어머니가 보이지 않을 경우는 수감자들을 감시하며 광적인 학대를 일삼는 여간수가 어머니에게 벌을 내려 외출과 식사를 금지했던 때라는 사실을 우리는 알지 못했다. 그러나 다음 날에는 모두 검은색으로 "우귀사신(牛鬼蛇神)"이라는 흉측한 네 글자가 적힌 흰색 완장을 두르고 머리를 숙인 채 우울한 표정으로 걸어오는 10여 명의 남녀 가운데서 어머니의 모습을 혹시 볼 수 있지 않을까 하고 우리는 기대했다. 나는 연이어 며칠 동안 아버지를 모시고 거리로 나가 새벽부터 점심때까지 길에서 기다렸다. 그러나 어머니가 나타날 기미는 보이지 않았다. 우리는 몸을 따뜻하게 유지하기 위해서 서리가 덮인 포장도로 위를 발을 구르며 올라갔다 내려갔다 했다. 어느 날 아침 우리는 또다시 짙은 안개가 걷히고 활기 없는 시멘트 건물이 나타날 때 어머니가 걸어오는 모습을 보았다. 어머니는 이 거리에서 당신의 자녀들을 여러 차례 보았기 때문에, 이번에도 우리가 그곳에 있는지 살피기 위해서 재빨리 시선을 들었다. 어머니의 눈길이 아버지의 눈길과 마주쳤다. 두 분은 입술을 떨었으나 아무 말도 하지 않았다. 간수가 어머니에게 고개를 숙이라고 소리칠 때까지 두 분은 서로 바라보기만 했다. 어머니가 길모퉁이를 돌아가고 나서도 오랫동안 아버지는 길모퉁이를 응시하며 서 있었다.

며칠 뒤 아버지는 떠났다. 아버지가 겉으로는 평정을 유지하는 듯이 보였음에도 불구하고, 나는 아버지의 신경 상태가 광기를 일으키기 직전임을 나타내는 징후들을 눈치 챘다. 특히 주변에 가족이 없는 가운데 혼자 심신 양면의 고통을 감당해야 하는 지금, 아버지가 다시 광기를 일으키지 않을까 나는 몹시 걱정이 되었다. 나는 얼마 후 아버지가 계신 곳으로 찾아가서 보살펴드리기로 결심했다. 아버지의 수용소처럼 먼 오지의 교통은 마비 상태였기 때문에 미이까지 가는 교통편을 구하는 것은 무척 어려웠다. 그래서 며칠 뒤 우리 제4 중학교 학생들이 닝난이라는 지역으로 파견된다는 사실을 들었을 때 나는 몹시 기뻤다. 닝난은 아버지의 수용소에서 불과 80킬로미터 거리였다.

1969년 1월, 청두의 모든 중학교 학생들이 쓰촨의 여러 농촌지역으로 파견되었다. 우리는 농촌의 농부들과 함께 살며 농부들에 의해서 "재교육"을 받을 예정이었다. 농부들이 구체적으로 어떻게 우리를 교육할 것인지는 정확하게 밝혀지지 않았는데, 마오쩌둥은 조금이라도 교육을 받은 사람들이 문맹인 농부들보다 더 열등하며 농부들과 더욱 비슷해지도록 개조될 필요가 있다고 항상 주장했다. 그의 말 중에는 다음과 같은 내용도 있었다. "농민의 손은 흙투성이이고

594

발은 소똥으로 더럽지만, 지식인에 비해 훨씬 더 깨끗하다.”

나의 학교와 언니의 학교에는 주자파 자녀들이 많았으므로 우리 두 학교는 특히 황량하고 빈곤한 지역으로 파견될 예정이었다. 그러나 혁명위원회 위원들의 자녀들은 한 사람도 오지로 파견되지 않았다. 그들은 군대에 입대했는데, 군대는 농촌으로 가는 길 이외의 유일한 대안이었으며 생활이 훨씬 더 편했다. 이때부터 자녀를 군대에 보내는 것이 권력자임을 보여주는 분명한 표시 가운데 하나가 되었다.

역사상 가장 규모가 큰 편에 속하는 당시의 인구이동을 통해서 대략 1,500만 명의 청년들이 농촌으로 보내졌다. 이와 같은 이동이 신속하고 극도로 잘 조직된 것은 무질서 속에 질서가 존재했다는 징표였다. 농촌으로 가는 모든 청년들이 여분의 의복, 홑이불, 침대 시트, 여행가방, 모기장, 침구 포장용 비닐을 구입할 수 있도록 지원하기 위해서 보조금이 지급되었다. 우리에게 운동화와 수통, 손전등을 지급하는 등 당국은 세세한 부분까지 주의를 기울였다. 재고품이 부족한 일반 상점에서는 이런 물품들 대다수를 살 수 없었으므로 특별 생산이 필요했다. 가난한 집 출신의 청년들은 가외의 지원금을 신청할 수 있었다. 첫해 동안 우리는 쌀, 식용유, 육류를 포함한 식료품과 용돈을 국가로부터 지급받을 예정이었는데, 이런 물자와 돈은 우리가 배치되는 마을에서 조달된 것이었다.

대약진운동 이후 농촌지역에 인민공사가 조직되었다. 각 인민공사는 여러 개의 농촌 마을을 하나의 집단으로 통합하여 2,000 내지 20,000 가구를 포함할 수 있었다. 인민공사 밑에는 생산대대(生産大隊)가 설치되었고, 대대는 다시 몇 개의 생산대를 관할했다. 하나의 생산대는 대략 마을 하나에 해당되었으며, 이는 농촌 생활의 기본 단위였다. 우리 학교에서는 최대 8명의 학생이 하나의 생산대에 배치되었고, 원하는 사람들을 선택하여 조를 짜는 것이 허용되었다. 나는 “몽실이”의 학년 친구들을 조원으로 선택했다. 언니는 자기 학교 학생들과 함께 가지 않고 나와 함께 가는 편을 선택했다. 우리는 원하는 친척과 함께 파견되는 것이 허용되었다. 남동생 진밍은 나와 같은 학교에 다녔으나 파견 대상이 되는 연령인 열여섯 살이 되지 않았기 때문에 청두에 남았다. "몽실이"는 외동딸이었기 때문에 역시 가지 않았다.

나는 닝난의 생활에 대한 기대를 품었다. 나는 육체적인 중노동을 실제로 경험한 적이 없었으므로 그 실상이 어떤지 잘 몰랐다. 나는 정치가 없는 목가적인 생활을 상상했다. 한 관리가 우리에게 설명하기 위해서 닝난에서 왔다. 그는 하늘이 높고 푸른 아열대 기후와 거대한 붉은색 히비스커스 꽃, 발만큼이나 긴 바나나, 햇빛을 받아 반짝이고 미풍에 찰랑거리며 흐르는 양쯔 강 상류의 지류인 진사 강에 관해서 설명해주었다.

나는 회색 안개와 검은 벽에 걸린 구호의 세계에 살고 있었으며, 빛나는 햇빛과 열대 초목은 나에게 꿈과 같았다. 그 관리의 말을 듣고 있던 나는 발아래 금빛 강이 흐르고 꽃이 만발한 산속에 있는 자신을 그려보았다. 그는 내가 고전서적에서 읽은 신비한 "장기"에 관해서 언급했으나 그것조차도 고대의 낭만적 분위기를 더해주었다. 나에게는 위험이 오로지 정치적 운동 속에만 존재했다. 나는 아버지를 찾아보기 쉬울 것이라고 생각했기 때문에 더욱 가고 싶었다. 그러나 나는 아버지와 나 사이에는 가로놓인 길도 없는 3,000미터 높이의 산맥을 미처 보지 못했다. 나는 지도를 제대로 읽은 적이 한번도 없었다.

1969년 1월 27일 제4중학교의 학생들은 닝난으로 출발했다. 모든 학생들은 여행가방 하나와 침구 한 개를 휴대하는 것이 허용되었다. 우리는 대략 30여 명씩 트럭에 나누어 탔다. 좌석이 몇 개 없었다. 우리는 대부분 침구 위나 바닥에 앉았다. 트럭의 대열이 사흘 동안 울퉁불퉁한 시골길을 덜커덩거리며 이동한 뒤 우리는 시창의 경계에 도착했다. 우리는 청두 평원과 히말라야 동쪽 변두리에 있는 산맥을 통과했다. 산맥을 넘을 때는 타이어에 체인을 감아야 했다. 나는 가급적 뒤쪽에 앉도록 노력했으며 천지를 뒤덮는 눈보라와, 우박이 내리는 광경과, 순식간에 구름이 걷히고 청록색 하늘에 눈부신 햇빛이 비치는 장관을 지켜볼 수 있었다. 이처럼 격렬하게 변화하는 자연 앞에서 나는 말을 잃었다. 서쪽 멀리에는 7,500미터 정도 되는 높이의 산봉우리가 솟아 있었고, 그 너머에는 세계의 수많은 식물군이 탄생한 태고의 원생림이 펼쳐져 있었다. 우리가 평소에 보는 여러 가지 진달래와 국화, 대부분의 장미 종류 및 수많은 꽃들이 이 지역에서 유래했다는 사실을 나는 서방세계에 온 뒤에야 비로소 알게 되었다. 그 지역에는 당시 팬더가 살고 있었다.

두 번째로 맞은 저녁때 우리는 그 지역의 주요 생산품인 석면의 이름을 딴 스몐〔石棉〕현이라는 지역에 들어갔다. 우리의 차량 대열이 산속에서 정차하여 우리는 변소를 이용할 수 있었다. 변소는 두 채의 오두막 흙집이었다. 안에는 땅을 파서 재래식 변기를 설치했고, 분뇨를 저장한 둥근 구덩이는 구더기로 뒤덮여 있었다. 그러나 변소 내부의 광경이 구역질나는 것이었다면 변소 밖의 풍경은 전율을 느끼게 했다. 노동자들의 생기 없는 얼굴은 납빛처럼 회색이었다. 겁에 질린 나는 친절한 남자 공무부 직원 둥안에게 이 산송장 같은 사람들이 누구냐고 물었다. 그는 우리를 행선지까지 안내하는 인솔자였다. 그는 노동을 통한 사상 개조를 의미하는 노개(勞改, 라오가이) 수용소에서 온 죄수들이라고 설명했다. 석면은 독성이 매우 강했기 때문에 주로 강제노동에 의해서 채굴이 이루어졌다. 석면 광산에는 안전수칙이나 위생 예방조치가 거의 없었다. 내가 중국 내의 강제노동 수용소를 본 것은 이때가 처음이자 유일했다.

닷새째 되던 날 트럭은 우리를 산 정상의 곡물 창고 앞에 내려놓았다. 공무부 직원에게 여러 가지 홍보를 들었을 때 나는 사람들이 북을 치며 새로 온 사람들에게 붉은색 종이꽃을 달아주고 나팔을 부는 환영식을 기대했으나 인민공사 간부가 곡물 집하장에서 우리를 맞이한 것이 전부였다. 그는 신문기사같이 딱딱한 말투로 환영 연설을 했다. 농부 20여 명이 우리의 침구와 여행가방을 운반하는 것을 돕기 위해서 대기하고 있었다. 얼굴에 표정이 없는 그들이 무슨 생각을 하는지 우리는 알 수 없었다. 나는 그들의 말도 알아들을 수 없었다.

언니와 나는 우리와 조를 이룬 2명의 여학생과 4명의 남학생과 함께 새 숙소로 걸어갔다. 4명의 농부가 우리의 짐 일부를 들고 말없이 걸어갔으며, 우리가 질문을 해도 알아듣지 못하는 것 같았다. 우리도 입을 다물게 되었다. 우리는 몇 시간 동안 한 줄로 서서 짙은 녹색의 끝없는 산속으로 터벅터벅 걸어 점점 깊이 들어갔다. 그러나 나는 너무나 지쳐서 주변의 아름다운 경치를 살펴보지 못했다. 숨을 돌리려고 한차례 바위에 기대려고 가까스로 몸을 가눈 다음, 나는 주변의 풍경을 멀리까지 둘러보았다. 시선이 미치는 범위 안에 도로나 가옥, 인적이 보이지 않는 끝없이 넓은 산속에서 우리 일행은 지극히 왜소해보였다. 오직 숲 속을 스치며 살랑거리는 바람소리와 보이지 않는 개울들이 졸졸 흐르는 소리만 들렸다. 나는 적막하고 낯선 황무지 속으로 자신이 사라지는 듯한 착각이 들었다.

해가 질 무렵 불빛이 없는 마을에 도착했다. 전기는 없었고 등유도 너무나 귀하여 완전히 캄캄해지기 전에 등불을 켜는 것은 낭비였다. 사람들이 자기 집 문 앞에 서서 입을 벌리고 넋이 나간 표정으로 우리를 쳐다보았다. 나는 그들의 표정에서 우리에게 관심이 있는지 없는지를 파악할 수 없었다. 우리를 바라보는 그들의 표정은 1970년대에 중국이 외국인들에게 처음 개방된 후 들어온 수많은 외국인들이 본 중국 사람들의 표정과 비슷했다. 사실상 우리는 그 농부들에게 외국인이나 마찬가지였고, 그들 역시 우리에게는 외국인 같았다.

마을 주민들은 우리를 위해서 목재와 진흙으로 집을 지어놓았는데, 집 안에는 커다란 방이 2개여서 하나는 4명의 남학생들이 쓰고 또 하나는 4명의 여학생들이 사용했다. 이 집은 복도를 통해서 마을회관으로 연결되어 있었고, 회관에는 우리가 취사를 할 수 있도록 벽돌 화로가 설치되어 있었다. 나는 지쳐서 딱딱한 목재 널판 위에 쓰러지듯이 누웠는데, 그 널판은 나와 언니가 함께 사용할 침대였다. 몇 명의 어린아이들이 흥분하여 떠들면서 우리 뒤를 따라왔다. 얼마 후 아이들이 숙소의 현관문을 세차게 두드리기 시작했다. 우리가 문을 열면 아이들은 뛰어 달아났다가 우리가 들어오면 다시 문을 두드렸다. 아이들은 우리 숙소의 창으로 안을 들여다보았다. 창은 벽에 뚫어놓은 사각형 구멍에 불과했고, 창문은 설치되지 않았다. 아이들은 이상한 말로 시끄럽게 떠들었다. 처음에 우리는 아이들에게 집 안으로 들어오라고 청했으나, 아이들은 우리의 다정한 제안을 거들떠보지도 않았다. 나는 목욕을 하고 싶어 미칠 지경이었다. 우리는 창문틀에 낡은 셔츠를 대고 못을 박아 커튼 대용으로 삼았으며, 각자 세면기에 떠온 얼음처럼 차가운 물에 수건을 적셔 몸을 닦기 시작했다. 아이들이 "커튼"을 계속 열어젖히는 가운데 나는 아이들이 낄낄거리며 웃는 소리를 못 들은 체하려고 애썼다. 몸을 닦는 동안 우리는 누비옷 상의를 그대로 걸치고 있었다.

우리 조의 남학생 한 명이 방장 역할을 하며 마을 사람들과 연락하는 임무를 맡았다. 그 남학생이 듣고 온 바로는 우리는 며칠 동안 물과 석유, 땔나무와 같은 생활필수품을 준비해야 하고, 그다음에는 들에 나가 작업을 시작해야 했다.

닝난에서는 모든 작업이 사람의 손으로 이루어졌으며, 이는 최소한 지난 2,000년 동안 계속 이어져온 생활방식이었다. 그곳에는 기계와 가축이 없었다. 농부들은 식량이 부족하여 말이나 당나귀를 키울 여유가 없었다. 우리가 도착했을 때, 마을 사람들은 우리를 위해서 둥근 항아리에 물을 가득 채워놓았다. 다음 날 우리는 물 한 방울이 얼마나 귀중한지 알게 되었다. 우리는 물을 길어오기 위해서 어깨에 메는 목봉, 즉 천칭봉(天秤棒)에 한 쌍의 나무 물통을 걸고 우물까지 좁은 길을 30분 동안 올라가야 했다. 물을 가득 채운 2개의 물통은 무게가 40킬로그램을 넘었다. 빈 통을 지고 가는데도 나는 어깨가 몹시 아팠다. 남학생들이 물 긷는 일은 자기네 몫이라고 용감하게 선언했을 때 나는 크게 안도했다.

나를 포함한 4명의 여학생 가운데 3명은 평소 요리를 한번도 해보지 않았기 때문에 남학생들이 음식 조리도 담당했다. 이제 나는 아주 힘들게 요리 방법을 배우기 시작했다. 곡식은 껍질을 벗기지 않은 채로 배급되었으며, 돌절구통 안에 넣고 무거운 절구공이로 있는 힘을 다해 빻아야 했다. 그런 다음 뒤섞여 있는 알곡과 껍질을 납작하고 커다란 대바구니에 담아 독특한 팔 동작으로 바구니를 흔들어 가벼운 껍질이 위쪽에 모이게 하여 쓸어내면 쌀알만이 남았다. 절구질을 시작하고 몇 분 지나지 않아 팔은 참을 수 없이 아팠고, 오래지 않아 두 팔이 너무나 후들거려 바구니를 집을 수가 없었다. 그 작업은 매 끼니때마다 치르는 진이 빠지는 전투였다.

그다음에 우리는 땔나무를 모아야 했다. 삼림보호 규칙에 따라 우리가 땔나무를 주울 수 있도록 할당받은 숲까지 걸어가는 데에만 2시간이 걸렸다. 우리는 오로지 잔가지만 잘라내도록 허용되었기 때문에 키가 낮은 소나무에 올라가 칼로 가지를 사정없이 내리쳐야 했다. 우리는 나뭇가지를 한데 묶어 등에 지고 운반했다. 나는 우리 조에서 가장 어렸기 때문에 가벼운 솔잎 한 바구니만 운반하면 되었다. 숙소로 돌아올 때 오르락내리락하는 산길을 걷는 데 다시 2시간이 걸렸다. 너무나 지친 나는 멘 짐이 60킬로그램은 넘을 것이라고 생각했다. 내 바구니를 저울 위에 올려놓았을 때 나는 내 눈을 믿을 수가 없었다. 무게는 불과 2킬로그램을 약간 넘었다. 이 정도 분량은 금방 다 타버려 물을 끓이는 데도 충분하지 않았다.

땔감을 모으러 다니기 시작했을 때, 한번은 나무에서 내려오다 가지에 걸려 바지의 궁둥이 부분이 찢어졌다. 나는 너무나 창피하여 숲 속에 숨어 있다가 마지막에 나왔다. 다른 사람이 내 뒤를 걸으며 바지가 찢어진 것을 보지 못하도록 하기 위해서였다. 모두 완벽한 신사였던 남학생들은, 내가 따라가지 못할 정도로 빨리 걷지 않으려고 나에게 앞서가라고 계속 당부했다. 나는 맨 뒤에 걷는 것이 좋으며 걱정을 끼칠 뜻이 없다고 되풀이하여 설명했다.

변소에 가는 것조차 쉬운 일이 아니었다. 변소에 가려면 가파르고 미끄러운 비탈길을 내려가 염소우리 옆에 있는 깊은 구덩이까지 가야 했다. 변소를 이용하는 사람은 염소에게 궁둥이 아니면 머리 어느 한쪽을 항상 보여주게 되며, 염소들은 불청객을 열심히 들이받으려고 했다. 나는 너무나 과민해져 여러 날 동안 용변을 볼 수 없었다. 염소우리에서 나온 다음 다시 비탈길을 기어올라가는 것도 여간 힘들지 않았다. 나는 변소에 갔다올 때마다 몸의 어디엔가 새로운 멍이 생겼다.

우리가 농부들과 작업한 첫날, 나는 그 얼마 전에 불을 질러 잡목과 풀을 태워 없앤 몇 개의 작은 화전(火田)까지 염소의 똥과 사람의 인분으로 만든 거름을 운반하는 일을 맡았다. 밭 위는 식물의 재로 덮여 있었는데, 이 재는 염소 및 사람의 배설물과 더불어 다음 봄에 밭을 일굴 때 비료로 사용될 예정이었다.

나는 무거운 바구니를 등에 지고 손과 발로 비탈길을 필사적으로 기어올라갔다. 거름은 어느 정도 말라 있었으나, 일부가 나의 면직 상의 위로 배어들어 내복과 등까지 적셨다. 거름은 또한 바구니 가장자리로 흘러넘쳐서 내 머릿속으로 스며들었다. 드디어 밭에 도착한 나는 여자 농민들이 허리를 기술적으로 옆으로 굽히고 바구니를 기울여 거름을 쏟는 것을 보았다. 그러나 나는 바구니 안의 짐을 쏟을 수가 없었다. 나는 등에 진 무거운 짐을 벗으려고 기를 썼다. 그러다가 오른쪽 어깨의 멜빵이 벗겨지면서 바구니가 엄청난 힘으로 기울어져 내 왼쪽 어깨도 함께 끌려갔다. 나는 쓰러져 거름 속에 처박혔다. 얼마 후 한 친구가 그런 식으로 무릎이 탈구되었다. 나는 허리를 약간 삐었을 뿐이었다.

고생스러운 육체노동은 "사상 개조"의 일부였다. 이론상으로 고생은 우리를 농민과 더욱 비슷하게 접근시키는 것이므로 달게 받아야 했다. 문화혁명 이전에 나는 이와 같은 순진한 태도에 진심으로 찬성했으며, 자신을 더 나은 인간으로 만들기 위해서 힘든 일을 자청했다. 1966년 봄 우리 학년이 도로 공사를 지원하러 나간 적이 있었다. 여학생들은 남학생들이 깨뜨린 돌덩이를 분류하는 것과 같은 쉬운 일을 하라고 지시를 받았음에도 불구하고 나는 남학생들이 하는 일에 자원했고, 내가 간신히 들어올릴 수 있었던 커다란 해머로 돌을 부수다가 양팔이 심하게 부어오른 적이 있었다. 그때부터 겨우 3년 뒤 내 마음속에서 마오쩌둥의 가르침이 무너지고 있었다. 마오쩌둥의 가르침에 대한 신앙에 가까운 맹목적인 신념이 사라지자, 나는 자신이 닝난 산악지대에서의 고생을 싫어한다는 것을 깨달았다. 그 고생은 너무나 무의미해보였다.

나는 닝난에 도착한 직후 심한 피부 발진을 일으켰다. 이 발진은 3년 동안 내가 농촌에 갈 때마다 재발했으며, 그 증세를 치료할 약이 없는 것 같았다. 나는 밤낮으로 가려움증에 시달렸고, 계속 긁었다. 새로운 생활이 시작되고 3주일이 지났을 때 몸에는 고름이 흐르는 종기가 여러 개 생겼고, 두 다리는 세균 감염으로 부어올랐다. 나는 설사와 구토 증세도 보였다. 나는 체력이 가장 필요한 때에 한심할 정도로 허약했고, 병에 시달렸으며, 인민공사의 진료소는 40킬로미터 이상 떨어져 있었다.

오래지 않아 나는 닝난에서 아버지를 찾아뵈러 갈 기회가 거의 없다는 사실을 깨달았다. 가장 가까운 제대로 된 도로는 걸어서 하루 거리였고, 도로까지 간다고 해도 대중교통 수단이 없었다. 지나가는 트럭의 수는 매우 적었고, 간격이 길었으며, 내가 머물고 있는 곳에서 미이까지 가는 것은 가능성이 아주 희박했다. 다행히 공무부 직원인 둥안이 우리가 제대로 정착했는지 점검하기 위해서 마을에 왔을 때, 그는 내가 아픈 것을 보고 치료를 받으러 청두에 되돌아가라고 친절하게 제안했다. 그는 우리를 닝난으로 태우고 온 트럭들 가운데 마지막 차를 타고 돌아갈 예정이었다. 도착한 지 26일 뒤 나는 청두로 돌아가기 위해서 출발했다.

떠날 때 나는 우리 마을 농부들에 관해서 아는 것이 거의 없다는 사실을 깨달았다. 내가 아는 유일한 농부는 마을의 출납계원이었다. 인근 지역에서 교육 수준이 가장 높은 그는 지적인 사람들과 교류한다는 사실을 과시하기 위해서 종종 우리를 만나러 왔다. 그의 집은 내가 마을에서 방문한 유일한 집이었다. 내 기억에 가장 확실히 남은 것은 얼굴이 햇볕에 그을린 그의 젊은 부인의 의심에 찬 눈초리였다. 그의 부인은 조용한 아기를 등에 업은 채 피가 흐르는 돼지의 작은창자를 씻고 있었다. 내가 인사를 했을 때 그녀는 무관심한 표정으로 나를 쳐다보았고, 내 인사에는 답례하지 않았다. 나는 어색하고 무시당한 기분이 들어 얼마 후 그 집을 나왔다.

내가 실제로 마을 주민들과 함께 일한 며칠 동안 나는 너무나 지쳐 그들과 제대로 대화를 하지 못했다. 마을 사람들은 나에게 무관심했고, 거리를 두는 듯했으며, 닝난의 철벽 같은 산악지대가 나와 그들 사이를 가로막고 있는 것처럼 보였다. 나는 우리가 마을 주민들을 찾아보기 위해서 노력해야 한다는 점을 알고 있었다. 건강 상태가 나보다 좋았던 언니와 내 친구들은 저녁에 가끔 마을 주민들을 방문했으나, 나는 항상 너무나 지치고 아프고 가려웠다. 주민들과 사귀는 것은 그곳에서 내 인생을 가장 보람 있는 일에 바친다는 의미이기도 했다. 그러나 나는 무의식 중에 이곳에 정착하여 농민으로서 살아가는 것을 거부했다. 분명히 자각하지는 못했지만 마오쩌둥이 나에게 부과한 생활을 거부했던 것이다.

떠날 때가 되자 나는 닝난의 절경이 잊기 어려울 정도로 아름답다는 것을 갑자기 깨닫게 되었다. 내가 그곳 생활에서 악전고투할 때는 산간지대의 풍경을 제대로 감상하지 못했다. 2월이면 이른 봄이 찾아왔고, 황금색 재스민이 소나무에 매달린 고드름 옆에서 눈부시게 피었다. 여러 계곡의 개울들이 연이어 수정처럼 맑은 웅덩이를 만들었으며, 웅덩이 주변에는 여기저기 기암괴석들이 있었다. 아름다운 구름과 우산처럼 하늘을 가린 거대한 나무들, 바위의 금이 간 틈에서 우아하게 자란 이름 없는 꽃들이 웅덩이의 수면에 비쳤다. 우리는 천국의 연못처럼 맑은 웅덩이에서 빨래를 했고, 청명한 햇빛과 맑은 공기 속에 옷을 널어 말렸다. 그리고 나서 우리들은 풀밭에 누워 소나무 숲이 미풍에 흔들리는 소리에 귀를 기울였다. 나는 야생 복숭아나무로 뒤덮인 건너편의 멀리 있는 여러 산줄기의 비탈을 바라보고 감탄하며 몇 주일 후 분홍색 꽃들이 만발하는 광경을 상상했다.

빈 트럭의 짐칸에서 나흘 동안 심하게 흔들린 후 청두에 도착한 나는 여전히 복통과 설사에 시달렸으므로 곧바로 성위대원(省委大院)의 부속진료소를 찾아갔다. 몇 차례 주사를 맞고 정제약을 먹자 곧 회복되었다. 대식당과 마찬가지로 진료소도 아직 우리 가족에게 개방되어 있었다. 쓰촨 혁명위원회는 내부 의견이 통일되지 않아 행정업무조차 처리할 수 없는 이류 정부였다. 위원회는 일상생활의 많은 분야와 관련된 법규조차 정비하지 못했다. 그 결과 행정제도에는 수많은 허점이 남게 되었다. 다수의 과거 규칙이 그대로 적용되었고, 사람들은 대부분 적당히 행동하도록 방치되었다. 대식당과 진료소 직원들은 우리를 거부하지 않았으므로 우리는 계속 시설을 이용했다.

외할머니는 나에게 진료소에서 처방한 서양의 정제약과 주사뿐만 아니라 한약도 필요하다고 말했다. 어느 날 외할머니는 닭 한 마리와 당귀 및 황기 몇 뿌리를 가지고 집에 왔다. 이 두 가지 약제는 몸을 보하는 것으로 여겨졌으며, 외할머니는 닭과 약재로 죽을 끓인 다음 잘게 썬 봄 양파를 그 위에 뿌렸다. 이러한 재료들은 일반 상점에서 살 수 없었으므로 외할머니는 재료를 구하기 위해서 몇 킬로미터 떨어진 시골의 암시장까지 절뚝거리며 걸어갔다. 외할머니도 건강이 좋지 않았다. 나는 외할머니가 침대에 누워 계신 모습을 종종 보았는데, 그런 경우는 아주 이례적이었다. 예전에 외할머니는 원기가 왕성하여 나는 외할머니가 잠시라도 조용히 앉아 있는 모습을 본 적이 별로 없었다. 이제 외할머니는 두 눈을 꼭 감고 입술을 굳게 다물고 있었는데, 그런 모습을 본 나는 외할머니가 심한 통증을 느끼는 것이 분명하다고 확신했다. 그러나 어디가 편찮으시냐고 물으면 외할머니는 괜찮다고 말하며, 나를 위해서 계속 약을 구하고 식량배급을 받으려고 줄을 섰다. 얼마 후 나의 건강 상태는 훨씬 좋아졌다.

닝난으로 복귀하라는 당국의 명령이 없었기 때문에 나는 아버지를 찾아보기 위한 계획을 세우기 시작했다. 그러나 남동생 샤오팡을 돌봐주고 있던 큰고모 쥔잉이 심하게 아프다는 소식을 알리는 전보가 이빈으로부터 날아왔다. 나는 이빈으로 가서 큰고모와 동생을 돌봐야겠다고 생각했다. 큰고모와 이빈에 사는 아버지의 다른 친척들은 아버지가 자기 친척들을 돌보는 중국의 뿌리 깊은 관습을 깨뜨렸음에도 불구하고 우리 가족을 매우 친절하게 대해주었다. 관습에 따르면, 어머니를 위해서 칠을 여러 번 한 무거운 목제 관을 준비하고 종종 가세가 기울어질 정도의 성대한 장례식을 치르는 것이 아들의 효성스러운 의무로 여겨졌다. 그러나 정부는 토지를 아끼기 위해서 화장과 간소한 장례식을 강력히 장려했다. 1958년 할머니가 돌아가셨을 때 아버지는 장례식이 끝난 후까지 그 소식을 전달받지 못했다. 왜냐하면 친가는 아버지가 매장과 성대한 장례의식에 반대할 것을 우려했기 때문이었다. 우리가 청두로 이사한 뒤 친가에서는 우리 집을 거의 방문하지 않았다.

그러나 아버지가 문화혁명 때 곤경에 빠지자, 아버지의 친척들은 우리를 찾아와 도와주겠다고 말했다. 청두와 이빈 사이를 자주 왕래했던 큰고모는 결국 외할머니의 부담을 다소 덜어주기 위해서 샤오팡을 데려가 보살펴주었다. 막내 고모와 한 집에서 함께 살던 큰고모는 먼 친척 중 한 가족이 노후화된 집을 버려야 했을 때 자신의 공간 절반을 관대하게도 친척에게 나누어주었다.

내가 도착했을 때 쥔잉 고모는 거실 구실을 하는 응접실 문 앞에 놓인 버드나무 안락의자에 앉아 있었다. 방의 상석에는 암적색의 무겁고 커다란 관이 안치되어 있었다. 고모가 쓸 이 관은 고모의 유일한 사치였다. 고모의 모습을 본 나는 슬픔이 복받쳤다. 고모는 얼마 전 뇌졸중을 일으켜 두 다리가 반쯤 마비되었다. 병원들의 진료 시간은 불규칙했다. 수리하는 사람이 없었기 때문에 병원의 각종 시설은 고장이 났고, 약품 공급은 일정하지 않았다. 병원 측에서는 고모에게 해줄 수 있는 것이 없으므로 집에서 요양하도록 당부했다.

쥔잉 고모를 가장 고통스럽게 한 것은 소화불량이었다. 식사를 한 뒤 견딜 수 없이 배가 부풀어올랐으며 대변을 볼 때는 극심한 통증을 느꼈다. 고모의 친척들이 가져온 처방약들이 간혹 도움을 주었지만, 실패하는 경우가 더 많았다. 나는 고모의 배를 자주 문질러주었고, 한번은 너무나 고통이 심해진 고모의 부탁으로 심지어 손가락을 고모의 항문 속에 집어넣어 배설물을 긁어내느라 고생했다. 이러한 모든 처방은 일시적으로 증세를 완화시켰을 뿐이었다. 그 결과 고모는 음식을 많이 먹을 엄두를 내지 못했다. 고모는 극도로 쇠약해졌고, 응접실 앞에 놓인 안락의자에 앉아 몇 시간 동안 후원의 파파야나무와 바나나 나무를 바라보며 시간을 보냈다. 고모는 한번도 불평을 하지 않았다. 고모는 단 한 차례 나에게 다음과 같이 조용히 속삭였다. "배가 너무 고프구나. 음식을 먹을 수 있으면 얼마나 좋겠니……."

쥔잉 고모는 이제 부축해주지 않으면 걸을 수 없었고, 똑바로 앉아 있는 데에도 많은 힘이 들었다. 욕창이 생기는 것을 방지하기 위해서 나에게 기댈 수 있도록 나는 고모 옆에 앉아 부축해주었다. 고모는 나에게 훌륭한 간병인이라고 말했고, 내가 간병을 하느라 피곤하고 지루할 것이라고 말했다. 내가 아무리 고집을 부려도 고모는 매일 잠시 동안만 내 곁에 앉아 있었는데, 이는 내가 밖에 나가 재미있게 놀 수 있도록 배려한 것이었다. 물론 바깥에는 재미있는 일이 없었다. 나는 읽을거리를 간절히 원했다. 그러나 내가 집 안에서 찾아낸 책은 『마오쩌둥 선집』 네 권 이외에는 사전 한 권뿐이었다. 나머지는 모두 불태워졌다. 나는 사전에 실린 1만5,000자를 공부하면서 과거에 암기하지 못했던 글자들을 익혔다.

나는 그 나머지 시간에는 일곱 살짜리 남동생 샤오팡을 돌보았으며, 동생과 먼 거리를 산책했다. 때때로 지루함을 느낀 동생은 몇몇 상점에 어쩌다 드물게 진열되어 있는 장난감 총이나 석탄빛 사탕 등을 사달라고 졸랐다. 우리의 급여는 아주 적었고 나는 돈이 없었다. 일곱 살인 샤오팡은 이런 상황을 이해하지 못했고, 종종 땅바닥에 뒹굴며 발길질을 하고 소리를 지르며 내 윗도리를 찢었다. 나는 쪼그리고 앉아 달랬으나 결국 어쩔 도리가 없어지면 함께 울기 시작했다. 그러면 동생은 울음을 그치고 나를 위로했다. 우리는 둘 다 지쳐서 함께 집으로 향했다.

이빈은 문화혁명의 와중에서도 매우 시정(詩情)이 넘치는 도시였다. 굽이돌아 흐르는 강들과 평화로운 야산지대와 그 너머로 어렴풋한 지평선을 바라보고 있노라면 천지가 무궁하다는 생각이 들었고, 온갖 비참한 생활에 둘러싸여 있던 나는 잠시 마음의 위로를 받았다. 황혼이 내리면 도시의 모든 포스터들과 확성기들은 잊혀졌다. 가로등 불빛이 없고 안개에 덮인 뒷골목에서는 현관문과 창문틀의 빈틈으로 새어나오는 석유램프의 깜박이는 불빛만이 어둠을 깨뜨렸다. 간혹 불빛이 밝은 곳이 있었는데, 거기에는 문을 연 작은 노점 식당이 있었다. 파는 음식은 많지 않으나 포장도로 위에는 사각형 나무탁자를 놓았고, 그 둘레에 좁고 긴 4개의 의자가 있었다. 모두 여러 해 동안 손때가 묻어 암갈색 목재 표면이 반질반질했다. 탁자 위에는 작은 완두콩 모양의 등불이 놓여 있었는데, 평지씨 기름을 태우는 등이었다. 이러한 노점 식당에 앉아서 사람들이 잡담을 나누는 모습을 나는 한번도 본 적이 없었으나 주인은 계속 노점 식당을 열었다. 지난날 이 식당에는 잡담을 하며 이 지방에서 생산되는 "오량액(五粮液)" 술을 마시면서 양념한 쇠고기와 식용유에 튀긴 돼지의 혀, 소금과 후추를 발라 구운 땅콩을 먹던 사람들로 북적거렸다. 지금은 텅 빈 노점 식당들은 주민생활이 정치에 의해서 완전히 지배되지 않았던 시절의 이빈을 떠오르게 했다.

뒷골목에서 벗어나면 내 귀는 확성기 소리에 시달렸다. 시내 중심가는 하루 18시간 동안 계속 찬양과 비난이 뒤섞인 요란한 소음의 도가니가 되었다. 내용과는 아무 상관없이 그 심한 소음을 견디기 어려워 나는 올바른 정신 상태를 유지하기 위해서 방송 내용을 듣지 않는 기술을 터득하지 않으면 안 되었다.

4월 어느 날 저녁, 나는 갑자기 방송 내용에 귀를 기울였다. 베이징에서 공산당 전국인민대표대회가 소집되었다는 내용이었다. 평소와 마찬가지로 중국 인민들은 자기네 "대표들"의 가장 중요한 회의가 실제로 어떤 안건을 처리하는지 통보받지 못했다. 새로운 당 최고지도부가 발표되었다. 문화혁명의 새로운 조직이 승인을 받았다는 사실을 들었을 때 나는 크게 낙담했다.

이번 제9차 전국인민대표대회(전인대)는 마오쩌둥의 개인 권력체제를 공식 승인했다. 1956년에 개최된 제8차 전인대에서 선출되었던 고위 지도자들 중에서 제9차 전인대에서 살아남은 사람은 극소수였다. 17명의 정치국원들 중에서 마오쩌둥, 린뱌오, 저우언라이, 리셴녠 4명만이 정치국원 자리를 유지했다. 이미 죽은 사람들을 제외한 나머지 사람들은 비판을 받고 축출되었다. 축출된 사람들 가운데 일부는 오래지 않아 죽었다.

제8차 전인대에서 제2인자로 선출되었던 국가주석 류사오치는 1967년부터 구금 상태에 있었으며, 몇 차례 규탄대회에서 구타를 당했다. 그는 오랜 지병인 당뇨병과 새로 걸린 폐렴에 대한 투약을 거부당했으며, 생명이 위독할 때만 치료를 받았다. 왜냐하면 마오쩌둥의 부인 장칭이 제9차 전인대에 "살아 있는 표적"을 남겨두기 위해서 그의 생명을 유지시키라고 공개적으로 명령했기 때문이다. 전인대에서 그에게 내려진 판결은 저우언라이가 낭독했는데, 그 내용은 다음과 같았다. 그는 "반역자이며 적의 첩자이고 제국주의자들과 현대 수정주의자들(구소련) 및 국민당 반동분자들에게 봉사하는 악당"이었다. 전인대가 끝난 후 류사오치는 고통 속에 죽었다.

마찬가지로 과거 정치국원이었으며 중국 공산군 창설자 가운데 한 사람인 허룽 원수는 전인대가 끝난 후 두 달도 지나지 않아 죽었다. 군부 내에서 지지자가 많아 권력을 행사했기 때문에 그는 2년 반에 걸쳐 서서히 진행된 고문을 받았다. 그는 자신이 받은 고문을 아내에게 이렇게 설명했다. 저들은 "피를 흘리지 않고 나를 살해할 수 있도록 나의 건강을 고의로 해쳤다." 그에게 가해진 고문 중에는 찌는 듯이 더운 여름에 매일 식수를 작은 깡통 한 개 분량만 허용하고, 기온이 계속 영하에 머무는 겨울 동안 난방을 완전히 차단하며, 당뇨병 투약을 거부한 것이 포함되었다. 마침내 그는 당뇨병이 악화되었을 때 다량의 포도당 주사를 맞은 다음 사망했다. 문화혁명 초기에 우리 어머니를 도와주었던 정치국원 타오주는 근 3년 동안 비인간적인 환경 속에 감금되어 건강이 손상되었다. 그는 담낭암이 심하게 악화되었으나 저우언라이가 수술을 승인할 때까지 적절한 치료를 받지 못했다. 그의 병실 유리창은 모조리 신문지를 붙여 항상 가려져 있었으며, 그의 가족은 임종이나 사망 후 시신을 보는 것이 허용되지 않았다.

펑더화이 원수도 같은 종류의 장기적인 고문으로 사망했는데, 고문은 1974년까지 8년 동안 계속되었다. 그의 마지막 요청은 신문으로 가려진 자기 병실 창문 바깥에 있는 나무들과 햇빛을 볼 수 있도록 허용해달라는 것이었으나 그 요청은 거부당했다.

이러한 고문과 기타 유사한 수많은 고문들은 문화혁명 때 마오쩌둥이 사용한 전형적인 숙청 수법이었다. 마오쩌둥은 사형집행 명령에 서명을 하는 대신 자신의 뜻을 간단히 표시하기만 했다. 그러면 누군가 자발적으로 나서서 마오쩌둥이 지목한 사람에게 고문을 가하고 여러 가지 무시무시한 박해 방법을 구체적으로 마련했다. 그들이 사용한 수법 가운데에는 정신적인 압박과 육체적 학대, 치료 거부 및 심지어 독극물을 이용한 살해가 포함되었다. 이러한 방식에 의한 죽음은 중국에서 박해로 죽게 한다는 의미인 박해치사(迫害致死)라는 특별한 용어로 불렸다. 마오쩌둥은 사태 진전을 소상히 알고 있었으며, "묵인"을 의미하는 모시(默許)를 통해서 가해자들을 격려했다. 이런 방법으로 그는 비난을 받지 않고 정적들을 제거할 수 있었다. 최종적인 책임은 그에게 있었지만 그의 단독 책임은 아니었다. 가해자들은 어느 정도 자발적으로 고문에 가담했다. 마오쩌둥의 부하들은 그의 의중을 항상 예측함으로써 환심을 살 기회를 엿보았다. 물론 그들은 자신들의 학대 취미도 더불어 충족시켰다.

수많은 고위 지도자들의 숙청에 관한 참혹한 세부사항은 여러 해 뒤까지 공개되지 않았다. 숙청에 대한 구체적인 사실들이 밝혀졌을 때 중국에서는 아무도 놀라지 않았다. 우리는 자신의 체험을 통해서 비슷한 경우를 너무나 많이 알고 있었다.

내가 사람들로 붐비는 광장에서 방송을 들으며 서 있을 때 새로운 당중앙위원회 명단이 발표되었다. 나는 두려운 마음으로 팅 부부의 이름이 나오기를 기다렸다. 류제팅과 장시팅의 이름이 명단에 포함되어 있었다. 나는 이제 우리 가족의 고통이 끝날 희망이 사라졌다고 생각했다.

그 얼마 후 외할머니가 쓰러져 몸져누웠다는 소식을 알리는 전보가 왔다. 외할머니는 전에 이런 일이 한번도 없었다. 쥔잉 고모는 집으로 돌아가서 외할머니를 돌보라고 나에게 당부했다. 샤오팡과 나는 청두로 가는 다음 열차를 탔다.


예순 살 생신을 얼마 앞두고 꿋꿋하게 버티던 외할머니는 마침내 통증에 지고 말았다. 외할머니는 찌르는 듯한 통증이 전신을 옮겨다닌 후 두 귀로 모인다고 생각했다. 성위대원의 진료소 의사들은 외할머니의 증세가 신경증일 가능성이 농후하며, 외할머니가 즐겁게 지내도록 하는 것 이외에는 치료법이 없다고 말했다. 나는 걸어서 30분 걸리는 지기석 가에 있는 병원으로 외할머니를 모시고 갔다. 운전사가 모는 승용차 안에 편히 앉은 새로운 권력자들은 일반인들이 어떻게 사는지 관심을 기울이지 않았다. 버스는 혁명에 필요한 것으로 간주되지 않았기 때문에 청두에서 운행되지 않았다. 삼륜자전거 택시는 노동력을 착취한다는 이유로 금지되었다. 외할머니는 극심한 통증 때문에 걸을 수가 없었다. 외할머니는 자전거의 짐을 싣는 대 위에 방석을 얹고 앉았으며 나는 자전거를 밀었다. 샤오헤이는 외할머니를 부축했고, 샤오팡은 크로스바 위에 앉았다.

일부 직원들의 사명감과 헌신 덕분에 병원은 아직 운영되고 있었다. 문화혁명에 열성적인 병원의 과격파 직원들이 동료들을 "일을 구실로 혁명을 방해한다"고 비난하는 내용을 적은 거대한 현수막이 병원 벽돌 담에 걸려 있는 것을 보았다. 이는 본연의 업무에 충실한 사람들에 대한 상투적인 비판이었다. 외할머니를 진찰한 여의사는 눈꺼풀에 경련을 일으켰고, 눈밑에는 둥근 검은 부분이 있었다. 나는 그 여의사가 참아내야 하는 정치적인 공격 외에 밀려드는 환자들 때문에 지친 것이 분명하다고 생각했다. 병원은 우울한 표정의 남녀 환자들로 만원이었다. 일부 환자들은 얼굴에 멍이 들었고, 갈비뼈가 부러져 들것에 실려오는 환자도 있었다. 이들은 규탄대회의 희생자들이었다. 외할머니의 병이 무엇인지 진단할 수 있는 의사가 없었다. 외할머니를 제대로 진찰하는 데 필요한 엑스선 촬영기와 같은 장비가 없었다. 그런 장비는 모두 파괴되었다. 의사들은 외할머니에게 여러 가지 진통제를 처방했다. 이러한 진통제가 듣지 않게 되었을 때 외할머니는 병원에 입원했다. 병동은 어디나 혼잡했고, 병실은 다닥다닥 붙은 환자용 침대로 만원이었다. 복도에도 환자용 침대가 줄지어 놓여 있었다. 이 병동 저 병동으로 바쁘게 뛰어다니는 간호사들은 모든 환자들을 돌볼 겨를이 없었기 때문에 나는 외할머니와 함께 병원에서 지내기로 결정했다.

　나는 병원에서 외할머니에게 음식을 지어드리기 위해서 집으로 돌아가 몇 가지 취사도구와 식기를 가져왔다. 그리고 대나무 깔개를 가져와 외할머니의 침대 아래에 펴놓았다. 밤에 나는 외할머니의 신음 소리 때문에 자주 잠에서 깼고, 그때마다 얇은 홑이불을 젖히고 일어나 외할머니의 몸을 주물러드렸다. 그러면 할머니의 통증은 일시적으로 가라앉았다. 병실 안에 진동하는 오줌 냄새가 침대 아래서는 더욱 심했다. 모든 환자들은 변기를 침대 옆에 놓아두었다. 외할머니는 위생에 철저하여 밤일지라도 일어나서 굳이 복도를 지나 화장실에 갔다. 그러나 다른 환자들은 예사로 병실에서 용변을 보았고, 변기를 며칠 동안 씻지 않는 경우가 흔했다. 간호사들은 너무나 바빠 그런 자질구레한 일까지 보살필 겨를이 없었다.

　외할머니의 침상 옆에 있는 창문 밖으로 병원 앞 정원이 내다보였다. 정원에는 잡초가 무성하게 자랐고, 나무 벤치들은 낡아서 부서졌다. 내가 처음 창문 밖을 내다보았을 때 몇 명의 어린이들이 아직 한두 송이 꽃이 달린 작은 목련나무의 몇 안 되는 가지를 꺾으려고 애쓰고 있었다. 어른들은 그 곁을 무관심하게 지나갔다. 나무를 꺾는 것은 일상사였기 때문에 아무도 관심을 기울이지 않았다.

　어느 날 나는 열린 창문 밖으로 남자 친구인 빙이 자전거에서 내리는 모습을 보았다. 가슴이 뛰기 시작했고 얼굴이 갑자기 뜨거워지는 것을 느꼈다. 나는 재빨리 창문 유리를 들여다보며 내 모습을 살펴보았다. 공공장소에서 거울을 들여다보는 것은 "부르주아 분자"라는 비난을 자초하는 행위였다. 내가 입고 있었던 분홍색과 흰색의 체크무늬 상의는 얼마 전에 허용된 젊은 여자들의 의상 스타일이었다. 머리를 길게 기르는 것은 다시 허용되었으나, 오직 두 갈래로만 땋을 수 있었다. 나는 머리를 어떻게 땋을 것인지 여러 시간 동안 고민했다. 두 갈래 머리 사이를 좁힐 것인지 띄어놓을 것인지, 땋은 머리의 끝부분을 곧게 할 것인지 굽게 할 것인지, 땋은 부분이 안 땋은 부분보다 길게 할 것인지 짧게 할 것인지를 놓고 고민했다. 그러나 나는 결정을 내리지 못했다. 머리 모양이나 복장에 관한 정부의 규칙은 없었다. 그때의 규칙을 결정하는 기준은 다른 대다수 사람들의 옷이나 머리 모양이었다. 그 범위는 매우 좁았기 때문에 사람들은 항상 아주 사소한 변형을 찾기 위해서 애썼다. 다른 사람들과 달라 매력적으로 보이면서도 다른 사람들과 충분히 비슷하여 정확히 이단이라고 꼬집어 손가락질하는 사람이 나오지 않도록 하는 데는 참으로 뛰어난 재간이 필요했다.

빙이 우리 병동으로 걸어올 때 나는 아직도 내가 어떤 모습으로 보이는지를 생각하고 있었다. 그의 외모에는 남다른 점이 없었으나, 어떤 특이한 분위기가 다른 사람들과는 달랐다. 그의 냉소적인 태도는 당시 유머가 메말랐던 시절에는 보기 드문 것이었다. 나는 그를 매우 좋아했다. 그의 아버지는 문화혁명 이전에 쓰촨 성 정부의 부장이었으나, 빙은 다른 대부분의 고급 관리들의 자녀들과 달랐다. 그는 "내가 왜 농촌으로 파견되어야 하는가?"라고 말했으며, 실제로 불치병 진단을 내린 증명서를 구해 농촌에 가지 않는 데 성공했다. 그는 어떤 것도 당연시하지 않는 자유로운 지성과, 역설적이고 탐구적인 정신을 나에게 처음 보여준 사람이었다. 내 정신 속에서 금기시되고 있던 영역들을 처음으로 개방시킨 사람이 빙이었다.

지금도 나는 모든 애정관계를 피하고 있다. 가족에 대한 나의 헌신은 다른 모든 감정을 압도했으며, 역경 속에서도 강화되었다. 밖으로 나오기를 갈망하는 성적인 또다른 자아가 항상 내 안에 존재했으나 나는 그 자아를 가두어두는 데 성공했다. 나는 빙이 그러한 갈등의 막바지까지 나를 끌고 갔다는 것을 안다.

이날 빙은 시퍼렇게 멍이 든 눈으로 외할머니의 병동에 나타났다. 그는 얼마 전에 원이라는 청년에게 맞았다고 말했다. 원은 닝난에서 다리 골절상을 입은 한 여학생을 호송하여 청두로 돌아온 청년이었다. 빙은 태연한 척하며 싸운 경위를 설명했다. 그는 내가 자기에게 더 많은 관심을 기울이고 더 많이 만나는 것을 원이 질투하고 있다고 말하며 대단히 만족스러워했다. 뒷날 나는 원의 이야기를 들었다. 원은 "그의 건방진 웃음"을 참을 수 없어서 빙을 때렸다고 말했다.

원은 땅딸막한 체격에 손과 발이 크고 뻐드렁니가 나 있었다. 그도 빙처럼 고급 관리의 아들이었다. 그는 선전 포스터에 묘사된 모범 청년의 정신에 따라 농부들처럼 옷의 소매와 바짓가랑이를 걷어 올리고 짚신을 신었다. 원은 사상 개조를 계속하기 위해서 닝난으로 돌아갈 것이라고 말했다. 내가 그 이유를 물었을 때 그는 담담하게 이렇게 말했다. "마오쩌둥 주석을 따르는 것 외에 무슨 이유가 있겠어? 나는 마오쩌둥 주석의 홍위병이야." 나는 잠시 할 말을 잃었다. 나는 사람들이 이러한 종류의 상투어를 공식석상에서만 내뱉는 것으로 생각했기 때문이었다. 뿐만 아니라 원은 그런 발언에 곁들여 의무적으로 보여주는 엄숙한 표정도 짓지 않았다. 그의 초연한 태도로 볼 때 나는 그가 진심을 밝혔다고 생각했다.

나는 원의 그러한 사고방식이 싫지 않았다. 문화혁명은 나에게 사람들을 신념으로 구분할 것이 아니라, 잔혹행위 혹은 악독행위를 할 수 있는지 여부에 따라 구분하도록 가르쳐주었다. 나는 원을 좋은 청년이라고 생각했다. 내가 닝난에서 영원히 벗어나기를 바랐을 때 도움을 청한 사람은 원이었다.

내가 닝난을 떠난 지 두 달이 지났다. 나의 이탈을 금지하는 법규는 없었으나 공산정권은 내가 조만간에 산악지대로 확실히 되돌아가도록 만드는 강력한 무기를 가지고 있었다. 나의 호적부가 청두에서 닝난으로 옮겨졌기 때문에 내가 도시에 머물고 있는 동안 식량이나 다른 물품을 배급받을 권리를 행사할 수 없었다. 얼마 동안 나는 우리 가족의 배급물자로 살았으나 영원히 그럴 수는 없었다. 나는 호적부를 청두 부근의 다른 지역으로 옮길 필요가 있다는 사실을 깨달았다.

청두 시는 이주 대상에서 제외되었다. 왜냐하면 호적을 농촌에서

도시로 옮기는 것은 허용되지 않았기 때문이다. 호적부를 생활환경이 열악한 산간지방으로부터 청두 부근의 평야지대와 같은 비교적 부유한 지방으로 옮기는 것 역시 금지되었다. 그러나 법규에 허점은 있었다. 우리를 받아들이는 데 동의하는 친척이 있을 경우, 그 친척의 고장으로 이주할 수 있었다. 중국인들은 누구나 친척들이 많았으므로 친척들을 일일이 추적하여 확인하는 것은 거의 불가능했기 때문에 친척의 존재를 날조하는 것이 가능했다.

나는 닝난에서 벗어나는 방법을 찾기 위해서 방금 전에 돌아온 가까운 친구 나나와 함께 이주 계획을 세웠다. 우리는 아직 닝난에 남아 있는 언니를 우리 계획에 포함시켰다. 우리의 호적부를 옮기기 위해서는 먼저 세 사람 모두 3통의 공문서가 필요했다. 하나는 친척의 추천에 따라 특정 인민공사가 우리를 받아들이는 데 동의하는 문서였다. 두 번째는 그 인민공사가 소속한 현(縣) 정부에서 인민공사의 문서를 승인하는 서류였다. 세 번째는 쓰촨 성 정부의 "상산하향(上山下鄕) 지식인 청년 판공실"에서 발급하는 이주 허가서였다. 우리가 세 가지 문서를 모두 발급받을 경우, 우리는 닝난 현의 호적 담당 관리가 우리에게 최종 승인을 해주기에 앞서 우리가 소속된 생산대로부터 이주 승인을 받기 위해서 닝난으로 돌아가야 했다. 그런 다음 우리는 모든 중국인들에게 반드시 필요한 호적부를 발급받을 수 있었다. 우리는 이 호적부를 다음 거주지의 당국자에게 제출할 의무가 있었다.

중국에서는 당국이 부과한 엄격한 틀 밖으로 주민들이 조금이라도 벗어나려고 할 경우, 생활은 이처럼 몹시 어렵고 복잡해진다. 그리고 대부분의 경우 예상치 않은 차질이 곳곳에서 빚어진다. 내가 이주 계획을 세우고 있을 때 갑자기 중앙정부는 규칙을 발표하여 모든 호적부 이동을 6월 21일부로 동결한다고 통보했다. 이 발표가 나온 시기는 5월 셋째 주였다. 우리를 받아들일 친척을 실제로 찾아내어 제때에 모든 절차를 밟는 것은 이제 불가능해졌다.

나는 원에게 도움을 청했다. 원은 망설이지 않고 세 가지 공문서를 "만들겠다"고 제의했다. 공문서 위조는 중죄로서 장기간의 금고형 처벌을 받을 수 있었다. 그러나 마오쩌둥의 헌신적인 홍위병인 원은 조심하라는 나의 말을 대수롭지 않게 받아넘겼다.

위조에서 중요한 요소는 인장이었다. 중국에서는 모든 정부문서가 담당 관리의 인장을 찍음으로써 공문서의 효력을 발휘했다. 서예 솜씨가 훌륭했던 원은 공문서의 인장과 똑같은 글자를 새길 수 있었다. 그는 비누 조각을 도장 대신으로 사용했다. 하루 저녁에 우리 세 사람의 공문서 세 가지가 모두 준비되었다. 일이 순조롭게 진행되었다고 하더라도 이 세 가지 문서를 발급받는 데는 몇 달이 걸렸을 것이다. 원은 나머지 절차를 돕기 위해서 나나 및 나와 함께 닝난으로 돌아가겠다고 제안했다. 떠날 때가 되었을 때 나는 심각하게 고민했다. 왜냐하면 외할머니를 병원에 남겨두고 떠나야 했기 때문이었다. 외할머니는 퇴원한 뒤 어린 남동생들을 돌보겠다고 말하며 나에게 떠나라고 간곡히 말했다. 나는 외할머니를 만류하지 않았다. 병원은 너무나 음울한 장소였다. 역겨운 냄새뿐만 아니라 밤낮으로 들리는 신음 소리와 각종 소음, 복도에서 사람들이 시끄럽게 떠드는 소리가 아주 심했다. 아침 6시에 시작되는 확성기 방송이 모든 사람을 깨웠고, 다른 환자들이 보는 앞에서 중환자가 죽어가는 경우가 빈번했다. 퇴원하던 날 저녁 외할머니는 척추 끝부분에 심한 통증을 느꼈다. 외할머니는 자전거의 짐 받침대에 앉을 수 없었으므로 샤오헤이가 외할머니의 의복과 수건, 세면기, 보온물병, 취사도구들을 자전거에 싣고 집으로 갔다. 나는 외할머니를 부축하여 걸어갔다. 그날 밤은 무더웠다. 천천히 걷는데도 외할머니는 통증을 느꼈다. 신음을 참으려고 애쓰는 외할머니의 굳게 다문 떨리는 입술을 보고 나는 외할머니의 고통을 알 수 있었다. 나는 외할머니의 관심을 돌리기 위해서 여러 가지 일화와 소문을 이야기했다. 지난날 포장도로에 그늘을 드리웠던 가로수들은 이제 잎사귀가 달린 가지가 몇 안 되는 앙상한 모습이었다. 문화혁명이 시작되고 3년 동안 가로수의 가지치기를 하지 않았다. 조반파 사이의 격렬한 전투 결과로 수많은 건물들의 외관이 파괴되었다.

외할머니와 내가 병원에서 우리 집까지 절반을 가는 데 근 1시간이 걸렸다. 가는 도중 갑자기 하늘이 캄캄해졌다. 격렬한 돌풍이 불어 먼지와 찢어진 벽보 조각을 휩쓸어갔다. 외할머니는 비틀거렸다. 나는 외할머니를 힘껏 부축했다. 비가 퍼붓기 시작했고, 우리는 순식간에 흠뻑 젖었다. 비를 피할 데가 없었으므로 우리는 계속 힘들게 걸어갔다. 옷이 몸에 달라붙어 움직이는 것이 거북했다. 나는 숨이 차서 헐떡거렸다. 내 팔에 의지한 외할머니의 작고 여윈 몸이 점점 무겁게 느껴졌다. 비가 요란한 소리를 내며 퍼부었고, 바람은 우리의 젖은 몸에 사정없이 불어닥쳐 몹시 추웠다. 외할머니는 흐느껴 울면서 "하늘이시여, 나를 죽게 해주소서! 나를 죽게 해주소서!"라고 말했다. 나 역시 울고 싶었으나 "외할머니, 곧 집에 도착할 거예요"라는 말만 했다.

그때 종소리가 찌르릉 하고 울리는 소리를 들었다. "태워다드릴까요?" 리어카를 뒤에 단 자전거가 우리 옆에 멈추어 섰다. 깃을 열어젖힌 셔츠를 입은 청년이 자전거에 타고 있었으며, 그의 두 뺨에는 빗물이 흘러내렸다. 그 청년은 우리에게 다가와 외할머니를 부축하여 덮개가 없는 리어카로 모시고 갔다. 리어카 안에는 늙은 남자가 쭈그리고 앉아 있었다. 그 노인은 우리에게 고개를 끄덕여 인사를 했다. 청년은 노인이 자기 아버지이며 퇴원하여 집으로 모시고 가는 중이라고 말했다. 외할머니와 나를 우리 집 앞에 내려준 청년은 나와 외할머니의 간곡한 감사에 손을 내저으며 명랑한 목소리로 "괜찮습니다"라고 말한 뒤 비가 내리는 어둠 속으로 사라졌다. 비가 너무나 쏟아져서 나는 그의 이름을 물어보지 못했다.

이틀 뒤 외할머니는 자리에서 일어나 움직이기 시작했고, 우리에게 맛있는 음식을 만들어주기 위해서 밀가루를 반죽하여 만두피를 만들었다. 외할머니는 또한 평소처럼 쉬지 않고 방들을 정리하기 시작했다. 나는 외할머니가 무리하는 것을 볼 수 있었다. 침대에 누워계시라고 말했으나 외할머니는 들으려고 하지 않았다.

이제 6월 초가 되었다. 외할머니는 나에게 계속 떠나라고 말했다. 내가 닝난에서 머물던 마지막 시기에 심하게 아팠기 때문에, 이번 여행에서 나를 보살피도록 진밍도 함께 가야 한다고 주장했다. 진밍은 얼마 전 열여섯 살이 되었으나 아직 인민공사에 배치되지 않았다. 나는 닝난에 있는 언니에게 전보를 보내 집에 돌아와서 외할머니를 돌봐달라고 부탁했다. 그때 열네 살이었던 샤오헤이는 자기를 믿어도 좋다고 말했으며, 일곱 살 난 샤오팡도 엄숙하게 똑같은 말을 했다.

내가 작별 인사를 하러 갔을 때 외할머니는 울었다. 외할머니는 나를 다시 볼 수 있을지 모르겠다고 말했다. 나는 뼈가 앙상하게 드러나고 핏줄이 불거진 외할머니의 손을 어루만지며 내 뺨에 댔다. 나는 솟아오르는 눈물을 참으며 빨리 돌아오겠다고 말했다.


오랫동안 수소문한 끝에 나는 시창 지역으로 가는 트럭을 한 대 찾아냈다. 1960년대 중반 이후 마오쩌둥은 중국 전역의 중요한 공장 다수(언니의 남자 친구 "안경"이 근무하던 공장도 포함된다)를 쓰촨 성으로 옮기도록 명령했다. 특히 새로운 산업기지가 건설되고 있던 시창이 주요 이동 대상 지역이었다. 미국인들이나 소련인들이 공격할 경우 쓰촨의 산악지대가 가장 좋은 방어수단이 된다는 것이 마오쩌둥의 이론이었다. 5개의 다른 성에서 파견된 트럭들이 시창의 산업기지에 분주하게 물자를 운반하고 있었다. 베이징에서 온 한 운전기사는 친구를 통해서 진밍, 나나, 원, 나 네 사람을 태우고 가는 데 동의했다. 운전석은 대리기사를 위해서 예약되어 있었으므로 우리는 무개(無蓋) 트럭의 짐칸에 앉아야 했다. 모든 트럭은 하나의 호송대에 소속되어 있었으며, 호송대 소속 트럭들은 저녁에 집결했다.

이 트럭 운전기사들은 젊은 남자를 기피하고 젊은 여자들을 태우기를 좋아하는 것으로 소문이 나 있었다. 이는 전 세계의 자기네 동업자들과 대동소이한 취향이었다. 트럭은 거의 유일한 교통수단이었기 때문에 이런 기사들의 태도에 일부 젊은 남자들은 분노했다. 나는 여행 도중 나무 기둥 위에 붙은 다음과 같은 구호들을 보았다. "남자들을 제외하고 여자들만 태우는 트럭 기사들에게 강력히 항의한다." 더욱 대담한 젊은이들은 트럭을 강제로 세우기 위해서 도로 가운데 서서 길을 가로막았다. 우리 학교의 한 남학생은 미처 피하지 못해 트럭에 치여 죽었다.

　　운이 좋은 여자 편승자들 중에서 소수가 강간을 당한 것으로 알려졌으나 로맨스가 꽃핀 경우가 더 많았다. 이러한 여행의 결과로 적지 않은 건수의 결혼이 성사되었다. 전략적인 기지 건설에 참여한 트럭 기사는 몇 가지 특권을 누렸는데, 그중 하나는 자기 아내의 시골 호적부를 자신이 사는 도시로 옮길 수 있는 권리였다. 일부 젊은 여자들은 이 기회를 즉각 이용했다.

　　우리가 탄 트럭의 기사들은 매우 친절했고 흠잡을 데 없이 처신했다. 밤이 되어 그날의 목적지에 도착하면 기사들은 자기네 숙소인 초대소로 가기 전에 우리가 머물 숙소를 잡는 것을 도와주었다. 그들은 또 자기네와 함께 저녁 식사를 하자고 우리를 초대하여 우리는 그들의 특별 음식을 무료로 먹을 수 있었다.

　　그들이 어렴풋이나마 성(性)에 관한 생각을 하고 있음을 나는 오직 한 차례 감지했다. 우리가 밤에 쉬기 위해서 정차했을 때, 다른 트럭의 기사 2명이 나나와 나에게 다음 구간에서는 자기네 트럭에 타라고 초대했다. 나나와 내가 우리 기사에게 이 사실을 말했을 때, 표정이 갑자기 어두워진 기사는 언짢은 목소리로 이렇게 말했다. "그렇다면 가보시우. 더 좋은 그 친구들에게 가보시우." 나와 나나는 당황하여 이렇게 중얼거렸다. "우리는 그들이 더 좋다고 말하는 것이 아니에요. 당신은 우리에게 아주 친절하게 대해주었어요……."

우리는 가지 않았다.

원은 나나와 나에게서 눈을 떼지 않았다. 그는 트럭 기사들과 모든 남자들, 도둑들, 먹어야 할 음식과 피해야 할 음식, 어두워진 후의 외출 등에 관해서 끊임없이 경고를 했다. 그는 또한 우리의 가방을 운반해주었고, 더운물을 구해왔다. 저녁 식사 때가 되면 그는 나나와 진밍, 그리고 나에게 트럭 기사들과 함께 식사를 하라고 말한 뒤 자신은 여관에 남아 우리의 가방을 지켰다. 도둑들이 극성을 부렸기 때문이었다. 우리는 그에게 음식을 가져다주었다.

원이 성적으로 우리에게 집적거린 적은 한번도 없었다. 우리가 시창으로 들어가는 경계선을 지나던 밤에 나나와 나는 날씨가 아주 덥고 야경이 너무나 아름다웠기 때문에 강에서 목욕을 하고 싶었다. 원이 강물의 흐름이 잔잔한 곳을 찾아냈고, 우리는 청둥오리들과 흔들리는 갈대를 벗삼아 목욕을 했다. 달빛이 강물 위를 비추었고, 반짝이는 수많은 둥근 물결 위에서 달 그림자가 산산이 부서졌다. 원은 부근 도로에 서서 착실하게 우리에게 등을 돌린 채 망을 보았다. 당시 다른 많은 청년들과 마찬가지로 그는 문화혁명 이전 시대에 기사도 정신을 교육받았다.

여관에 투숙하기 위해서 우리는 소속 생산대로부터 발급받은 증명서를 제시해야 했다. 원과 나나, 나는 닝난의 생산대로부터 증명서를 받았으며, 진밍은 학교에서 발급받았다. 여관들은 비싸지 않았으나 부모님의 급료가 급격히 줄었기 때문에 우리는 가진 돈이 많지 않았다. 나나와 나는 공동 숙소 안에서 한 개의 침대를 함께 썼고, 남자들도 마찬가지였다. 여관들은 불결했고 기본 시설만을 갖추고 있었다. 잠자리에 들기 전, 나나와 나는 홑이불을 몇 번이고 뒤집어보며 벼룩과 이를 찾았다. 여관의 세면기에는 일반적으로 암회색이나 노란색 때 자국이 있었다. 트라코마와 균류 감염에 의한 질병이 흔했으므로 우리는 개인 세면기를 사용했다.

어느 날 밤 우리는 12시경에 문을 두드리는 요란한 소리에 잠을 깼다. 여관에 투숙한 모든 사람들이 마오쩌둥 주석에 대한 저녁 보고를 의미하는 "만회보(晚匯報)"를 하기 위해서 일어났다. 이 우스꽝스러운 의식은 "충자무(忠字舞)"와 일맥상통하는 의식이었다. 만회보는 사람들이 마오쩌둥의 조상이나 초상화 앞에 모여 『소홍서』에 인용된 구절을 합창하듯이 낭송한 다음 "마오쩌둥 주석 만세, 마오쩌둥 주석 만세, 마오쩌둥 주석 만만세!"를 외치는 의식이었다. 만세를 부를 때는 『소홍서』를 들고 춤을 추듯이 흔들었다.

잠에서 덜 깬 나나와 나는 비틀거리며 우리 객실을 나왔다. 다른 투숙객들도 눈을 비비고, 상의의 단추를 잠그고, 신발의 무명 뒤축을 끌어올리며 두세 명씩 나타났다. 불평을 하는 사람은 아무도 없었다. 감히 불평할 수가 없었다. 새벽 5시에 우리는 똑같은 의식을 반복했다. 새벽 의식은 마오쩌둥으로부터 아침 교시를 요청한다는 의미의 조청시(朝淸示)였다. 나중에 우리가 도로를 달릴 때 진밍은 "이 마을의 혁명위원회 주임은 불면증 환자인 것이 분명해"라고 말했다.

기괴한 형태의 마오쩌둥 숭배는 얼마 동안 우리 생활의 일부가 되었다. 우리는 합창을 하듯이 낭송을 하고, 마오쩌둥 배지를 달고, 『소홍서』를 들고 춤추듯이 흔들었다. 그러나 혁명위원회가 1968년 말 전국적으로 확립되었을 때 마오쩌둥에 대한 개인숭배는 도를 더해갔다. 혁명위원회 위원들은 마오쩌둥 숭배를 권장하는 것 이외에는 아무런 활동도 하지 않는 것이 가장 안전하고 가장 보상이 큰 행동이라고 생각했다. 그리고 그들은 정치적 숙청에도 계속 매진했다. 한번은 내가 청두에서 어느 약방에 들어갔을 때 회색 테 안경을 쓴 눈이 무표정한 늙은 보조점원이 나를 쳐다보지도 않은 채 다음과 같이 중얼거렸다. "바다를 항해할 때 우리는 조타수가 필요하다……." 이어 의미심장한 침묵이 흘렀다. 내가 마오쩌둥에 관한 린뱌오의 발언에서 인용한 찬양 문구를 완전한 문장으로 대답해야 한다는 것을 깨닫는 데 잠시 시간이 걸렸다. 그러한 대화는 표준적인 인사법으로 강요되었다. 나는 다음과 같이 중얼거리지 않을 수 없었다. "혁명을 수행할 때 우리는 마오쩌둥 사상이 필요하다."

중국 전역의 혁명위원회들은 마오쩌둥의 조상을 세우라고 명령했다. 청두의 중심가에 거대한 흰색 대리석 석상을 건립하는 계획이 수립되었다. 석상을 세울 터를 마련하기 위해서, 우아한 고대의 궁전 문이 다이너마이트로 폭파되었다. 불과 몇 년 전에 나는 그 대문 위에 서서 즐거워했다. 흰색 대리석은 시창에서 운반해올 예정이었고, "충자차(沖字車)"라고 불린 특별 수송 트럭들이 산악지대로부터 대리석을 운반하고 있었다. 이런 트럭들은 붉은색 비단 리본과 거대한 비단 꽃으로 앞을 장식한 축제 행렬의 꽃수레처럼 꾸며졌다. 트럭들은 청두에서 짐칸이 빈 채로 출발했는데, 이는 그 트럭들이 오로지 대리석을 운반하는 임무만 수행했기 때문이었다. 시창에 물자를 공급하는 트럭들은 짐칸이 빈 채로 청두에 돌아왔다. 마오쩌둥의 몸통을 이루는 대리석을 그 트럭에 실어 오염시키면 안 되기 때문이다.

청두에서부터 우리를 태워다준 기사와 작별 인사를 한 뒤 우리는 닝난까지 마지막 구간을 가기 위해서 이러한 "충자차" 한 대에 편승했다. 가는 도중에 우리는 잠시 쉬려고 대리석 채석장에 차를 세웠다. 땀을 흘리는 한 무리의 석공들이 상반신을 벌거벗은 채 차를 마시며 1미터가량 되는 긴 파이프로 담배를 피우고 있었다. 그들 중한 사람이 자기네는 맨손으로만 작업하여 마오쩌둥에 대한 충성심을 표시하기 때문에 기계는 하나도 사용하지 않는다고 말했다. 나는 그 사람의 가슴 맨살에 마오쩌둥의 배지가 붙어 있는 것을 보고 깜짝 놀랐다. 우리가 트럭으로 돌아왔을 때 진밍은 배지를 반창고로 붙였을 것이라는 견해를 내놓았다. 그리고 석공들의 헌신적인 맨손 채석에 관해서는 이렇게 설명했다. "저 사람들은 아마 기계를 하나도 가지고 있지 않을 가능성이 커."

진밍은 종종 이렇게 회의적인 견해를 밝혀 우리를 웃겼다. 유머가 위험을 초래했던 그 시절에 이것은 특이한 행동이었다. 마오쩌둥은 말로만 위선적으로 "조반(造反)"을 촉구했으나 진정한 탐구나 회의주의는 원하지 않았다. 회의적인 방식으로 생각할 수 있게 된 것은 계몽을 향한 나의 첫발자국이었다. 빙과 마찬가지로 진밍은 나의 완고한 사고 습관을 깨뜨리는 것을 도와주었다.

대략 해발 1,500미터에 위치한 닝난에 들어가자마자 나는 다시 위장 장애를 일으켰다. 나는 먹은 음식을 모조리 토했고, 세상이 나를 중심으로 빙빙 도는 듯이 느껴졌다. 그러나 우리는 멈출 여유가 없었다. 우리는 소속 생산대를 찾아가 6월 20일까지 호적 이전의 마지막 절차를 끝내야 했다. 나나의 생산대가 더 가까운 곳에 있었으므로 우리는 거기부터 먼저 가기로 결정했다. 그곳까지 가기 위해서는 험한 산악지대를 하루 종일 걸어야 했다. 여름에 물이 분 개울의 거센 격류가 골짜기마다 흘러내렸으나 급류 위에는 대부분 다리가 없었다. 원이 먼저 물속에 들어가 깊이를 알아본 다음 진밍이 여윈 등에 나를 업고 개울을 건넜다. 우리는 종종 절벽 가장자리로 난 대략 60센티미터 너비의 좁은 길을 지나야 했는데, 길 한쪽 끝은 수백 미터의 깎아지른 절벽이었다. 나의 학교 친구 몇 명이 밤에 집으로 가려고 그런 길을 걷다가 실족사했다. 햇볕은 뜨겁게 내리쬐었고 나의 살갗은 벗겨지기 시작했다. 나는 극심한 갈증에 시달려 다른 사람들이 물통에 담아온 물을 모두 마셨다. 작은 골짜기에 도착했을 때, 나는 땅 위에 엎드려 시원한 개울물을 벌컥벌컥 들이켰다. 나나는 나를 말리면서 이런 물은 끓이지 않으면 농부들도 마시지 않는다고 말했다. 그러나 너무나 목이 말랐던 나는 앞뒤를 생각할 겨를이 없었다. 물론 이렇게 물을 마시고 나면 더욱 구토가 심해졌다.

마침내 우리는 한 가옥에 도착했다. 가옥 앞에 늘어선 몇 그루의 거대한 호두나무들은 커다란 가지를 우산처럼 뻗치고 있었다. 농부들이 우리를 집 안으로 초대했다. 갈라진 입술을 핥으며 즉시 난로 쪽으로 걸어간 나는 난로 위에 놓인 커다란 도기 사발을 발견했다.

아마도 미음을 담은 그릇 같았다. 이런 산간지방에서는 미음이 아주 맛있는 음료수로 간주되었다. 집주인은 친절을 베풀어 우리에게 미음을 권했다. 쌀미음은 보통 백색이지만 내가 본 것은 검은색이었다. 사발에서 갑자기 윙 하는 소리가 나더니 미음의 굳은 표면 위에서 파리 떼가 날아올랐다. 사발 속을 들여다본 나는 빠져 죽은 파리들을 보았다. 나는 항상 파리에 과민반응을 보였으나 지금은 사발을 들어올려 빠져 죽은 파리 시체들을 옆으로 분 다음 미음을 벌컥벌컥 마셨다.

우리가 나나의 마을에 도착했을 때는 이미 날이 어두워졌다. 다음 날 나나의 생산대 대장은 그녀의 문서 3장에 인장을 찍어 그녀를 방출하는 것을 아주 즐거워했다. 지난 몇 달 동안 농부들은 자기네가 얻은 것은 여분의 일손이 아니라 먹여살려야 할 여분의 입이라는 사실을 알게 되었다. 그들은 도시 청년들을 쫓아낼 수 없었으므로 누군가 떠나겠다고 제안했을 때 기뻐했다.

나는 너무나 아파서 우리 생산대까지 갈 수 없었으므로, 나와 언니의 방출을 승인받기 위해서 원 혼자 출발했다. 나나와 그녀의 생산대 소속 여자들이 나를 극진히 간호해주었다. 나는 여러 번 끓인 음식만 먹거나 마셨다. 그러나 나는 그곳에 누운 채 비참한 기분을 느끼며 외할머니와, 외할머니가 만들어준 닭죽을 그리워했다. 그 시절에 닭죽은 대단한 진미로 간주되었다. 어찌 되었건 요란한 배탈 덕분에 내가 고급 음식에 대한 입맛을 되찾는 데 성공했다고 나나는 농담을 했다. 나나와 다른 처녀들, 그리고 진밍은 닭을 사기 위해서 모두 외출했다. 그러나 그 지역 농부들은 오직 달걀을 얻으려고 닭을 키웠으므로 잡아먹거나 팔지 않았다. 농부들은 그런 풍습이 조상들에게서 물려받은 것이라고 말했으나, 몇몇 친구들은 이 지역의 닭들이 산간지역에 광범위하게 유행하던 나병에 전염되어 있다고 우리에게 설명해주었다. 그래서 우리는 달걀도 기피했다.

진밍은 외할머니가 만들었던 닭죽과 비슷한 죽을 나에게 만들어주기로 결심했다. 그래서 진밍은 발명의 재간을 현실에 응용했다. 그는 집 앞에 있는 넓은 마당에 크고 둥근 대바구니 덮개를 놓고 한쪽 끝을 막대로 받친 다음 그 아래 곡식알을 조금 뿌려놓았다. 그는 막대에 끈을 묶은 다음 그 끈의 한쪽 끝을 잡고 문 뒤에 숨었다. 그는 반쯤 열려 있는 덮개 밑에서 일어나는 상황을 감시할 수 있는 위치에 거울을 놓았다. 참새 떼가 모여들어 곡식을 서로 먹으려고 다투었으며 때로는 산비둘기가 끼어들기도 했다. 진밍은 가장 좋은 기회에 끈을 당겨 덮개를 떨어뜨렸다. 그의 재주 덕분에 나는 야생 새로 만든 맛있는 죽을 먹었다.

집 뒤의 여러 산등성이는 복숭아나무로 뒤덮여 있었고, 나무에는 익은 과일들이 달려 있었다. 진밍과 처녀들은 매일 복숭아를 바구니에 가득 담아가지고 왔다. 진밍은 익히지 않은 복숭아를 먹어서는 안 된다고 말하며 잼을 만들어주었다.

나는 호강을 한다고 생각했다. 나는 거실에 앉아 먼 산들을 바라보거나 투르게네프나 체호프를 읽으며 나날을 보냈다. 이 책들은 진밍이 이번 여행의 내 읽을거리로 가져온 것이었다. 나는 투르게네프의 작품 분위기에 깊은 감명을 받았고, 소설 『첫사랑』에 나오는 문장을 여러 개 암기했다.

산불이 나서 저녁이면 뱀처럼 구불구불 뻗어 있는 먼 산줄기들이 어두운 하늘을 배경으로 화룡(火龍)의 옆모습처럼 타올랐다. 시창의 기후가 매우 건조했고 삼림보호법이 시행되지 않는데다가 소방서도 없었다. 그 결과 산악지대에 난 불은 며칠이고 계속되었으며, 골짜기에 의해서 불의 진로가 차단되거나 폭풍우가 닥쳐 불길이 잡혀야만 산불이 꺼졌다.

며칠 후 원은 나와 언니의 이주를 허가하는 생산대의 문서를 받아가지고 돌아왔다. 나는 아직 몸이 쇠약하여 몇 미터만 걸어도 현기증을 일으키고 눈앞에는 수많은 별이 쏟아졌지만, 우리는 호적 담당 관리를 찾기 위해서 즉각 출발했다. 6월 21일까지는 불과 1주일밖에 남지 않았다.

우리는 닝난의 현청 소재지에 도착했는데, 시내 분위기가 마치 전시와 같았다. 중국 대부분의 지역에서는 분파 간의 격렬한 전투가 이미 끝났으나 닝난 같은 오지에서는 국부적인 전투가 계속되었다. 패배한 쪽은 산속에 숨어 있다가 빈번하게 기습공격을 전개했다. 가는 곳마다 무장한 위병들이 배치되어 있었는데 대부분 원주민인 이족(彝族) 출신이었다. 이족의 대다수는 시창 황무지의 더 깊은 오지에 살고 있었다. 전설에 따르면 이족은 잠을 잘 때도 눕지 않고 쭈그리고 앉아 팔짱을 끼고, 그 위에 얼굴을 묻은 채 잤다고 한다. 승리한 파벌의 지도자들은 모두 한족이었는데, 그들은 이족을 설득하여 일선의 전투와 경비 같은 위험한 임무를 수행하도록 했다. 호적 담당 관리를 만나려고 현청 사무소를 찾아가던 중에 우리는 이족과 말이 통하지 않았으므로, 손짓으로 이족 위병들에게 설명하는 지루한 절차를 자주 거쳐야 했다. 우리가 접근하면 이족 위병들은 우리에게 총을 겨누고 손가락을 방아쇠에 건 채 왼쪽 눈을 가늘게 떴다. 우리는 무서워서 죽을 지경이었으나 태연한 척해야 했다. 이족 위병들은 상대방이 두려워하는 기색을 죄의 증거로 간주하여 그에 따라 반응한다는 조언을 우리는 사람들로부터 들은 바 있었다.

마침내 우리는 호적 관리의 사무실을 찾아냈으나, 그는 부재중이었다. 그때 우리는 한 친구를 우연히 만났는데, 그 친구는 호적 관리가 도피 중이라고 말했다. 여러 명의 도시 청년들이 자기네 문제를 처리하려고 호적 관리에게 몰려가서 괴롭히기 때문에 도망을 갔다는 것이었다. 그 친구는 호적 관리가 어디에 있는지 알지 못했다. 그러나 그 친구는 호적 관리의 위치를 알 가능성이 있는 한 무리의 "구(舊)도시 청년들"에 관해서 이야기해주었다.

이 청년들은 문화혁명 이전에 농촌에 온 도시 학생들이었다. 공산당은 고등학교와 대학교 입학시험에 실패한 학생들에게 "농촌으로 가서 빛나는 새 사회주의 농촌을 건설하라"고 설득했다. 그들이 받은 교육이 농촌에 혜택을 줄 것이라고 설득했다. 낭만적인 열정에 이끌린 다수의 청년들이 당의 부름에 따랐다. 농촌생활의 현실이 가혹하고 빠져나갈 기회가 없으며 정권의 태도가 위선적이라는 사실을 깨달은 이들 중 다수가 냉소주의자가 되었다. 왜냐하면 관리들의 자녀들 가운데에서 입시에 실패한 사람들은 한사람도 농촌에 가지 않았기 때문이었다.

이 "구도시 청년들"은 우리에게 매우 호의적이었다. 그들은 야생 새와 짐승으로 요리한 맛있는 식사를 대접했고, 호적 관리의 소재를 알아봐주겠다고 자청했다. 그들 가운데서 몇 명이 호적 관리를 찾으러 간 동안 우리는 헤이수이라고 불리는 요란하게 흐르는 강 쪽에 면한 넓은 소나무 판자의 베란다 위에 앉아 다른 청년들과 대화를 나누었다. 위쪽의 높은 암벽 위에는 백로들이 발레를 하듯이 한쪽 다리를 들어올리고 다른쪽 다리로 균형을 잡고 서 있는 모습이 보였다. 날아다니는 몇 마리의 백로들은 깃털이 눈처럼 흰 아름다운 날개를 활짝 펴고 있었다. 나는 야생에서 자유롭게 사는 이 우아한 무용수들을 과거에는 한번도 본 적이 없었다.

우리를 초대한 주인들은 강 건너편에 있는 어두운 동굴을 가리켰다. 그 동굴 천장에는 녹이 슨 듯이 보이는 청동 장검이 걸려 있다고 말했다. 그 동굴은 거세게 흐르는 강의 바로 옆에 있기 때문에 사람들이 접근하기가 어려웠다. 그 장검을 동굴 안에 남겨둔 사람은 3세기에 쓰촨에 세워졌던 고대 왕국의 지혜롭고 유명한 재상인 제갈량이라는 전설이 전해져 내려오고 있었다. 제갈량은 시창 지방에 살고 있던 원주민 야만 부족들을 정복하기 위해서 청두에서 이곳까지 일곱 차례 원정을 왔다. 나는 그 이야기를 잘 알고 있었으므로, 원정의 증거를 내 눈으로 직접 보게 되어 매우 기뻤다. 제갈량은 원주민 부족장을 일곱 차례 생포했으나 매번 놓아주었는데, 이는 관대함을 보임으로써 상대방을 제압하기를 바랐기 때문이었다. 부족장은 여섯 번 잡혔을 때까지는 마음을 바꾸지 않고 계속 반란을 일으켰으나,

일곱 번째 생포된 후 진심으로 쓰촨의 왕에게 충성을 바치게 되었다. 이 전설의 교훈은 사람들을 정복하기 위해서는 그들의 마음을 정복해야 한다는 것이었다. 마오쩌둥과 그의 공산주의 추종자들은 이 전략을 지지했다. 우리가 명령에 기꺼이 따르도록 "사상 개조"를 거쳐야 할 이유가 여기에 있음을 나는 어렴풋이 깨달았다. 농부들을 모범으로 삼은 것은 그 때문이었다. 농부들은 조금도 따지지 않고 복종하는 신하들이었다. 오늘날 돌이켜보면, 나는 닉슨의 보좌관 찰스 콜슨이 이 전략을 달리 표현한 말을 통해서 마오쩌둥이 숨기고 있던 목표를 설명했다는 생각이 든다. "상대방의 급소를 잡으면 그는 진심으로 승복할 것이다."

이런저런 생각을 하던 나는 현실로 돌아왔다. 우리가 해야 할 일은 호적 관리에게 우리 아버지들의 지위에 관한 암시를 하는 것이라고 그들은 열심히 조언했다. 명랑한 한 청년은 "그는 금방 인장을 찍어줄 것입니다"라고 선언하듯이 말했다. 그들은 우리 학교의 명성 때문에 우리가 고급 관리들의 자녀들이라는 사실을 알았다. 나는 그들의 조언에 반신반의했다. 나는 머뭇거리며 이렇게 말했다. "하지만 우리 부모님들은 지금 현직에 있지 않아요. 부모님들은 주자파로 낙인찍혔어요." "그것이 무슨 문제가 됩니까?" 청년들이 이구동성으로 나의 염려를 일축했다. "당신의 아버지는 공산당 고위 간부 맞지요?" "그래요." 나는 중얼거리듯이 말했다. "고급 관리 맞지요?" "그런 셈이지요." 나는 중얼거렸다. "하지만 그것은 문화혁명 전의 일이었어요. 지금은……." "거기 대해서는 신경 쓸 필요가 없습니다. 당신 아버지는 공식적으로 해임된 것이 아니지요? 그렇다면 아무 문제 없습니다. 잘 아시겠지만, 당 간부로서의 당신네 아버지들의 권한이 중지되지 않은 것은 백일처럼 분명합니다. 저 어른께서도 당신에게 그렇게 말합니다." 명랑한 청년이 고대 승상의 장검이 걸려 있는 동굴을 가리키며 말했다. 사람들이 의식적으로 혹은 무의식적으로, 마오쩌둥의 개인 권력체제를 이전의 공산주의 행정체제의 대안으로 간주하지 않았다는 것을 나는 그 당시에 깨닫지 못했다. 일반 사람들은 축출된 관리들이 다시 복직될 것으로 생각했다. 한편 명랑한 청년은 강조하려고 머리를 흔들며 다음과 같이 덧붙였다. "이곳의 어떤 관리도 당신과 감히 맞서 미래의 원한을 사지는 않을 겁니다." 나는 복수에 미쳐 무시무시하게 날뛰는 팅 부부를 생각했다. 물론 중국 인민들은 권력을 가진 사람들에 의한 보복 가능성에 대해서 항상 조심한다.

우리가 떠날 때 나는 구도시 청년들에게, 상대방에게 실례를 범하지 않고 호적 관리에게 우리 아버지에 관해서 암시하는 방법을 물었다. 청년들은 호탕하게 웃었다. "그는 농부들과 똑같습니다. 농부들에게는 그런 감각이 없지요. 그들은 표현의 차이를 구별하는 능력이 없습니다. '우리 아버지는 어느 부서의 부장입니다'라고 바로 사실을 말하세요." 나는 그들의 목소리에 배어 있는 농부들에 대한 경멸감을 똑똑히 느꼈다. 과거에 갔든 새로 갔든 대부분의 도시 청년들이 농민들 속에 정착한 후 농민들에게 강한 경멸감을 품게 된 사실을 나는 나중에 알게 되었다. 물론 마오쩌둥은 그 반대의 반응을 기대했다.

산간지대를 며칠 동안 필사적으로 찾아다닌 끝에, 6월 20일 우리는 호적 관리를 찾아냈다. 아버지의 지위에 관한 암시를 하기 위해서 내가 미리 했던 연습은 완전히 불필요한 것으로 밝혀졌다. 호적 관리가 나에게 먼저 물었다. "당신 아버지는 문화혁명 전에 무슨 일을 했습니까?" 그는 필요해서가 아니라 호기심 때문에 수많은 사적인 질문을 했다. 그런 다음 관리가 상의 주머니에서 지저분한 손수건을 한 장 꺼내 펼치자, 나무 도장 한 개와 붉은 잉크를 적신 스펀지가 담긴 평평한 주석 상자가 한 개 나왔다. 그는 도장을 스펀지에 엄숙하게 누른 다음 우리의 문서에 찍었다.

그 관리가 중요한 도장을 찍음으로써 우리는 간발의 차이로 임무를 완수했다. 호적 이전 마감 시간까지는 24시간도 채 남아 있지 않았다. 우리는 또다시 반대편 호적부 담당 관리를 찾아가야 했으나, 그것은 별로 큰 문제가 아니라는 것을 알고 있었다. 호적 이주 승인을 이미 얻었기 때문이었다. 즉각 긴장이 풀어진 나는 다시 복통과 설사를 일으켰다. 나는 일행과 함께 현청 소재지로 돌아가는 동안 무척 고생을 했다. 우리는 어두워진 후에 도착했다. 우리는 현청의 숙박소인 초대소를 찾아갔다. 초대소는 둘러친 담장 안에 세워진 우중충한 2층 회색 건물이었다. 접수부에는 아무도 없었으며, 건물 주변에도 사람이 보이지 않았다. 대부분의 객실은 방문이 닫혀 있었으나 2층의 침실 몇 개는 문이 반쯤 열려 있었다.

한 침실에 아무도 없음을 확인한 나는 그 방으로 들어갔다. 열린 창문 밖에는 무너진 담 너머로 들판의 일부가 보였다. 복도 건너편에는 몇 개의 방이 줄지어 있었다. 그쪽 방에도 사람이 없었다. 방 안에 개인 소지품들과 반쯤 마신 커다란 찻잔이 놓여 있는 것을 보고 나는 누군가 조금 전까지 이 방에 머물고 있었을 것이라고 추측했다. 나는 너무나 피곤하여 누군지 알 수 없는 그 사람이 건물을 떠난 이유를 생각할 여유가 없었다. 문을 닫을 힘도 없었던 나는 옷을 입은 채로 침대 위에 쓰러지듯이 누워 잠이 들었다.

나는 마오쩌둥의 발언을 인용한 확성기의 요란한 방송 소리를 듣고 갑자기 깨어났다. 그 발언 가운데 하나는 다음과 같았다. "적이 항복하지 않으면 우리는 그들을 제거할 것이다." 나는 즉각 잠에서 완전히 깨어났다. 나는 이 건물이 공격받고 있다는 사실을 깨달았다.

다음에 내가 들은 소리는 아주 가까이에서 날아가는 총알 소리와 창문이 깨지는 소리였다. 어떤 조반파 조직의 이름을 큰 소리로 외쳐대는 확성기는 그 조직에게 항복을 촉구하고 있었다. 확성기는 항복하지 않을 경우 공격자들이 다이너마이트로 건물을 폭파할 것이라고 떠들었다.

진밍이 뛰어들어왔다. 등나무 헬멧을 쓰고 무장한 남자 몇 명이 정문이 내려다보이는 건너편의 몇몇 객실로 뛰어들어갔다. 그중 한 명은 자기 키보다 더 큰 총을 멘 어린 소년이었다. 그들은 말없이 창문으로 달려가 소총의 개머리판으로 유리를 깨고 사격을 시작했다. 그들의 지휘관으로 보이는 남자가 이 건물이 자기네 파의 본부 건물이었는데, 지금 반대파의 공격을 받고 있다고 허겁지겁 설명했다. 우리는 서둘러 나가는 편이 좋을 것 같았다. 그러나 건물 정면으로 통하는 계단으로 내려가서는 안 되었다. 달리 어떻게 빠져나갈 것인가?

우리는 미친 듯이 침대 시트와 홑이불을 벗겨 찢은 다음 밧줄처럼 꼬았다. 우리는 이 줄의 한쪽 끝을 창틀에 잡아 묶은 다음 두 층을 서둘러 내려갔다. 우리가 땅을 밟았을 때 총탄이 날아와 주변의 진흙 벽에 세차게 박히는 소리가 났다. 우리는 몸을 숙이고 무너진 담쪽으로 뛰어갔다. 담을 넘은 후 우리는 멈추어도 안전하다고 생각될 때까지 오랜 시간을 달렸다. 하늘과 너른 옥수수 밭이 희미하게 모습을 드러내기 시작했다. 우리는 한숨을 돌리고 다음에 할 일을 결정하기 위해서 부근에 있는 한 친구의 인민공사로 향했다. 가는 길에 우리는 초대소가 폭파된 사실을 몇몇 농부들로부터 전해들었다.

친구의 숙소에는 나를 기다리는 전보가 있었다. 우리가 호적 관리를 찾기 위해서 나나의 마을 떠난 직후 언니가 청두에서 보낸 전보가 한 통 도착했다. 내가 어디 있는지 아무도 몰랐기 때문에 친구는 전보를 개봉하여 담긴 내용을 여러 사람에게 알려 누군가 나를 만날 경우 전하도록 했다.

나는 외할머니의 죽음을 이렇게 알게 되었다.

# 23. "인민들은 책을 많이 읽을수록 더욱 어리석어진다"

농부에서 맨발의 의사가 되다
(1969. 6-1971)

진밍과 나는 진사 강의 강둑 위에 앉아 나룻배를 기다렸다. 나는 양손에 턱을 괴고 히말라야에서부터 바다까지 가는 긴 여행 도중 거센 물결을 일으키며 내 앞을 흘러가는 강물을 응시했다. 이 강은 여기서 하류 쪽으로 480킬로미터 떨어진 이빈에서 민장 강과 합류하여 중국에서 가장 긴 양쯔 강이 된다. 이 여행이 끝날 무렵 양쯔 강은 여러 갈래로 나뉘어 구불구불 흐르며 광활한 평야의 농업지대에 물을 대어준다. 그러나 이곳 산간지대에서는 그 위에 다리를 건설할 수 없을 정도로 세차게 흘렀다. 오직 나룻배만이 쓰촨 성과 동쪽의 윈난 성을 이어주었다. 눈이 녹아 수위가 높아진 강물이 거세게 흐르는 매년 여름이면 익사자가 발생했다. 불과 며칠 전 나의 학교 친구 3명이 나룻배를 타고 가다가 강물에 빠져 죽었다. 황혼이 내리고 있었다. 나는 몸이 매우 아팠다. 진밍은 내가 축축한 풀 위에 앉지 않도록 자기 상의를 땅 위에 깔아주었다. 우리의 목표는 윈난으로 건너가 청두로 가는 차편을 구해 편승하는 것이었다. 시창으로 가는 도로들은 조반파들끼리의 전투로 인해서 차단되었으므로, 우리는 우회하는 길을 선택할 수밖에 없었다. 나나와 원은 나의 호적부와 짐, 그리고 샤오훙의 호적부를 청두까지 운반해주겠다고 제안했다.

나룻배에는 10여 명의 건장한 남자 사공들이 합창을 하면서 물살을 거슬러 노를 저었다. 강의 중심에 도달하자 그들은 노젓기를 멈추고 배가 강물의 흐름에 실려 윈난 쪽으로 떠내려가도록 내버려두었다. 큰 파도가 몇 차례 우리를 덮쳤다. 배가 속수무책으로 기울어질 때 나는 뱃전을 단단히 잡았다. 보통 때 같았으면 겁을 많이 냈겠지만 지금은 아무런 느낌도 없었다. 나는 외할머니의 죽음에 관한 생각에 온통 사로잡혀 있었다.

윈난 쪽 강변에 있는 도시인 차오자의 한 농구장에 트럭 한 대가 서 있었다. 기사는 우리를 짐칸에 태워주는 데 선선히 동의했다. 차를 타고 오는 동안 나는 외할머니의 목숨을 구하기 위해서 내가 할 수 있었던 일이 무엇이었는지 곰곰이 생각했다. 울퉁불퉁한 길을 덜컹거리며 달리는 트럭은 구름이 봉우리 끝에 걸린 산줄기에 둘러싸인 흙담집 동네의 뒤쪽에 있는 바나나 나무 숲을 통과했다. 커다란 바나나 잎사귀를 본 나는 외할머니가 입원한 청두 병원의 문 앞에 있던 화분에 심은 작은 열매 없는 바나나 나무를 생각했다. 빙이 나를 만나러 왔을 때 나는 그와 바나나 나무 옆에 앉아 밤이 깊도록 이야기를 했다. 빙은 냉소적인 미소를 지었고, 어른들에게 스스럼없이 대했기 때문에 외할머니는 빙을 좋아하지 않았다. 외할머니는 빙의 태도가 어른에 대한 불손행위라고 생각했다. 외할머니는 나를 부르러 비틀거리며 두 차례나 계단을 내려왔다. 나는 외할머니에게 걱정을 끼쳐드린 자신이 싫었으나 빙을 만나는 것을 그만둘 수 없었다. 나는 빙을 만나고 싶어 하는 욕구를 억제할 수 없었다. 지금 내가 완전히 다시 시작할 수 있다면 얼마나 좋을까 생각했다. 나는 외할머니의 심기를 불편하게 하는 행동은 하지 않으리라고 다짐했다. 나는 그 방법은 모르지만 외할머니의 건강을 반드시 회복시켜드리는 방법을 강구하겠다고 생각했다.

우리는 이빈을 통과했다. 도로는 시 외곽에 있는 추이핑 산을 돌아서 갔다. 우아한 삼나무와 대나무 숲을 응시하던 나는 이빈에서 지기석(支機石) 가의 집으로 돌아온 직후였던 지난 4월이 생각났다. 나는 당시 어느 화창한 봄날 추이핑 산 기슭에 있던 샤 선생의 묘를 청소하러 갔던 일을 외할머니께 말씀드렸다. 쥔잉 고모가 묘에서 태우라고 특별한 지전을 몇 장 나에게 주었다. 이 종이돈을 태우는 풍습은 "봉건적"이라는 비난을 받았기 때문에 고모가 어디서 그것을 구했는지 나는 알 도리가 없었다. 나는 몇 시간 동안 산비탈을 오르내리며 뒤졌으나 묘를 찾을 수 없었다. 산비탈은 파괴되어 황폐했다. 홍위병들은 시신 매장을 낡은 관습으로 간주했기 때문에 공동묘지를 파헤치고 비석들을 깨뜨렸다. 내가 추이핑 산을 찾아간 일을 이야기했을 때 외할머니의 눈에 나타났던 강렬한 희망의 불꽃과, 내가 멍청하게 묘가 없어졌다는 말을 덧붙였을 때 그 불꽃이 금세 꺼지듯이 어두워지던 표정을 나는 결코 잊을 수 없다. 외할머니의 실망한 표정이 내 머릿속에서 떠나지 않았다. 지금 나는 외할머니께 선의의 거짓말을 하지 않은 자신을 심하게 질책했다. 그러나 이제 때는 늦은 뒤였다.

진밍과 내가 길에서 1주일을 보내고 집에 도착했을 때 외할머니의 빈 침대만 남아 있었다. 묶지 않은 머리를 단정하게 빗고 침대에 누워 입을 굳게 다물고 있는 외할머니의 여윈 얼굴이 떠올랐다. 외할머니는 지독한 고통을 묵묵히 의연하게 참으며 비명을 지르거나 몸부림을 치지 않았다. 외할머니의 의연한 태도 때문에 나는 외할머니의 병세가 얼마나 위중한지 알아차리지 못했다. 어머니는 구금되어 있었다. 샤오헤이와 샤오훙이 외할머니의 마지막 며칠을 이야기해주었을 때 나는 너무나 마음이 아파 이야기를 그만 하라고 부탁하지 않을 수 없었다. 내가 떠난 후 무슨 일이 일어났는지 알게 된 것은 여러 해 뒤였다. 외할머니는 집안일을 몇 가지 한 다음 침대로 돌아가 고통을 참으려고 애쓰며 굳은 표정으로 누워 있었다. 외할머니는 내 여행이 걱정된다고 끊임없이 중얼거렸고, 내 어린 두 남동생을 걱정했다. 외할머니는 한숨을 쉬며 이렇게 말했다. "학교에 가지 않는 저 아이들은 어떻게 될꼬?" 그러던 어느 날 외할머니는 침대에서 일어나지 못했다. 의사들이 우리 집으로 왕진을 오려고 하지 않았으므로 언니의 남자 친구 "안경"이 할머니를 등에 업고 병원으로 갔다. 언니는 옆에서 걸으며 외할머니를 부축했다. 몇 차례 통원 치료를 받은 뒤 의사들은 언니에게 더 이상 오지 말라고 당부했다. 의사들은 외할머니의 이상 증세를 찾아내지 못했고, 자기네가 해줄 수 있는 치료가 없다고 말했다.

그래서 외할머니는 침대에 누운 채 죽음을 기다렸다. 외할머니의 몸은 조금씩 생기를 잃었다. 입술을 가끔 움직였으나 언니와 남동생들은 외할머니가 무슨 말을 하는지 알아들을 수 없었다. 언니와 동생들은 어머니가 구금된 곳에 여러 차례 찾아가서 어머니의 귀가를 허가해달라고 간청했다. 그들은 매번 거부당했고, 어머니를 면회할 수 없었다.

외할머니의 전신은 죽은 듯했다. 그러나 외할머니는 여전히 두 눈을 뜬 채 누군가를 기다리는 듯이 둘러보았다. 외할머니는 자신의 딸을 보기 전까지는 눈을 감으려고 하지 않았다.

마침내 어머니의 귀가가 허용되었다. 그다음 이틀 동안 어머니는 외할머니의 침대 곁을 떠나지 않았다. 가끔 외할머니는 뭔가 어머니에게 속삭였다. 외할머니의 마지막 이야기는 당신이 이런 통증을 얻은 경위에 관한 것이었다.

외할머니의 말씀에 의하면, 사우 여사 파에 속하는 이웃 사람들이 마당에서 외할머니를 비판하는 회의를 열었다는 것이었다. 외할머니가 한국전쟁 때 공출로 바친 보석 영수증이 우리 집을 습격한 조반파 일당들에게 압수당했다. 그들은 외할머니가 "악취나는 착취계급의 한 사람"이라고 말했다. 또한 그들은 그렇지 않다면 어떻게 그런 보석을 구할 수 있었겠느냐고 주장했다.

외할머니는 작은 탁자 위에 서 있었다고 말했다. 지면이 고르지 않아 탁자가 뒤뚱거려 외할머니는 현기증을 느꼈다. 이웃 사람들이 외할머니에게 고함을 질렀다. 샤오팡이 자기 딸을 강간했다고 비난했던 여자가 몽둥이로 탁자의 다리 하나를 세차게 후려쳤다. 외할머니는 몸의 균형을 잃고 떨어지며 뒤로 넘어졌다. 외할머니는 그 이후 심한 통증을 느끼게 되었다고 말했다.

실제로 그런 규탄대회는 없었다. 그러나 외할머니가 마지막 숨을 거둘 때까지 뇌리에 간직했던 것은 그 같은 규탄대회의 이미지였다. 어머니가 집에 오고 나서 3일째 되던 날 외할머니는 돌아가셨다. 외할머니를 즉각 화장하고 나서 어머니는 이틀 뒤 구금 장소로 돌아가야 했다. 그 이후 나는 종종 외할머니를 꿈에서 보고 잠에서 깨어나 흐느껴 울었다. 외할머니는 매우 착한 분으로 명랑하고 재능이 많았으며, 끝없는 능력을 발휘했다. 그러나 외할머니는 그 재능을 표현할 기회를 얻지 못했다. 작은 도시의 야심 많은 경찰관의 딸로 태어나 군벌의 첩이 되었고, 분열된 대가족의 계모로 들어갔으며, 딸과 사위가 모두 공산당 간부가 되는 과정에서 외할머니는 그다지 행복을 누리지 못했다. 샤 선생과 함께 지냈던 시기에 두 분은 각자 과거의 그늘 속에서 살았고, 가난과 일본의 점령, 그리고 내전을 함께 견뎌냈다. 외할머니는 외손자들을 돌보는 데서 행복을 찾았으나, 우리들에 관한 걱정에서 해방된 적이 거의 없었다. 외할머니는 인생의 대부분을 두려움 속에서 살았고, 여러 차례 죽을 고비를 넘겼다. 외할머니는 강인한 여성이었으나, 결국 나의 부모에게 타격을 가한 연이은 재난들과 외손자들로 인한 걱정, 그리고 파도처럼 밀려오는 인간들의 추악한 적대행위가 합쳐져 외할머니를 짓눌렀다. 그러나 외할머니가 가장 견디기 어려웠던 것은 딸이 겪은 불운이었다. 딸의 고생은 외할머니의 심신을 철저히 파괴했고, 결국 고통이 누적되어 돌아가신 것이었다.

외할머니의 사망에는 또다른 더욱 직접적인 요인이 있었다. 외할머니는 적절한 치료를 거부당했고, 위중한 병을 앓을 때 딸의 보살핌을 받거나 딸을 만날 수가 없었다. 문화혁명 때문이었다. 혁명이 인간들을 파멸시킨 것 이외에 아무것도 이룬 것이 없다면 그 혁명이 어떻게 좋을 수 있는가, 나는 자문했다. 나는 문화혁명을 증오한다고 되풀이하여 혼잣말을 했으며, 내가 할 수 있었던 일이 아무것도 없었기 때문에 더욱 마음이 아팠다.

나는 할 수 있었는데도 외할머니를 충분히 보살펴드리지 못한 자신을 꾸짖었다. 내가 빙과 원을 사귀게 되었을 때 외할머니는 병원에 입원해 계셨다. 빙과 원 두 사람과의 우정은 나에게 외부로부터 오는 고통에 대한 완충제 및 절연제 구실을 하여 외할머니의 고통에 대해서 둔감해지도록 만들었다. 이제 와서 생각하면 외할머니의 임종이나 다름없었던 외할머니의 병상 옆에서 내가 조금이라도 행복감을 느꼈다는 것은 비열한 짓이었다고 나는 자신에게 말했다. 나는 다시는 남자 친구를 사귀지 않겠다고 다짐했다. 오직 남자 친구와의 교제를 거부함으로써 다소라도 죄의식을 덜 수 있을 것이라고 생각했다. 다음 두 달 동안 청두에 머물고 있던 나는 언니 및 나나와 함께 자기네 인민공사에 우리를 받아들이도록 요청할 "친척"을 가까운 지방에서 찾기 위해서 필사적인 노력을 했다. 우리는 식량배급이 이루어지는 가을 추수가 끝나기 전에 친척을 찾아내야 했다. 그렇지 않으면 우리의 정부 배급은 1월에 끝나서 다음 해에 먹을 식량을 구할 수 없기 때문이었다.

빙이 나를 만나러 왔을 때 나는 냉담하게 대하며 다시는 찾아오지 말라고 말했다. 그는 편지를 몇 통 보냈으나 나는 읽지도 않고 난로 속에 던져버렸다. 이는 아마도 내가 러시아 소설의 내용을 흉내낸 행동이었을 것이다. 원이 나의 호적부와 짐을 가지고 닝난에서 돌아왔으나, 나는 그를 만나지 않았다. 한번은 거리에서 그를 지나쳤는데 서로 바라보기만 했다. 그때 나는 그의 얼굴에서 자존심이 상해 당혹스러워하는 표정을 보았다.

원은 닝난으로 돌아갔다. 1970년 어느 여름날, 그의 마을 부근에서 산불이 일어났다. 그와 친구 한 사람이 불을 끄려고 빗자루를 들고 달려갔다. 거센 바람이 불어 불길이 친구의 얼굴을 덮쳤고, 그 친구는 불구자가 되었다. 두 사람은 닝난을 떠나 국경을 넘어 라오스로 갔다. 라오스에서는 좌익 게릴라들과 미군이 전쟁을 벌이고 있었다. 당시 정부에서는 금지하고 있었으나 고급 관리들의 자녀 다수가 미국인들과 비밀리에 싸우기 위해서 라오스와 베트남으로 갔다. 이 청년들은 문화혁명에 환멸을 느꼈고, "미국 제국주의자들"과 싸움으로써 젊은 패기를 되찾기를 바랐다.

그들이 라오스에 도착하고 나서 얼마 되지 않아 원은 미국 비행기들이 날아온다는 경보를 들었다. 그는 가장 먼저 일어나서 대피했으나, 경험이 없었던 탓에 아군이 설치한 지뢰를 밟았다. 그의 몸은 산산조각이 났다. 그에 관한 나의 마지막 기억은 청두의 비포장도로 위에서 본 마음의 상처를 입고 당혹스러워하던 모습이었다.

한편 우리 가족은 뿔뿔이 흩어졌다. 1969년 10월 17일 린뱌오는 그해 초 중소 국경에서 발생한 군사 충돌을 구실로 전국에 전쟁 준비태세에 들어가라는 명령을 내렸다. 그는 "소개"를 핑계로 자기 반대자들을 군대에 보냈고, 실각한 당의 원로 간부들을 수도에서 추방하여 중국의 여러 지방에 구금하거나 가택연금시켰다. 각지의 혁명위원회는 이 기회를 이용하여 "바람직하지 않은 분자들"의 추방을 가속화했다. 어머니가 근무했던 둥청 구의 직장 동료 500명은 청두를 떠나 뉴랑파라고 불리는 시창의 오지로 추방당했다. 어머니는 출발 준비를 하기 위해서 10일 동안 구금에서 풀려나 집으로 돌아왔다. 어머니는 샤오헤이와 샤오팡을 이빈으로 가는 기차에 태웠다. 쥔잉 고모는 반신불수가 되었으나, 그곳에는 두 동생을 돌봐줄 수 있는 다른 친척들이 살고 있었다. 진밍은 학교의 명령을 받아 청두 북동쪽으로 80킬로미터 떨어진 인민공사로 파견되었다. 그와 동시에 나와 언니는 마침내 우리를 받아줄 인민공사를 더양 현에서 찾아냈다. 더양 현은 진밍이 사는 곳에서 멀지 않았다. 언니의 남자 친구

"안경"이 더양 현 출신 직장 동료에게 부탁하여 우리를 자기 사촌이라고 보증하도록 부탁했던 것이다. 그곳에서는 일할 사람이 더 필요했다. 친척이라는 증거가 없었으나 아무도 친척관계에 관해서 묻지 않았다. 오로지 중요한 점은 우리가 가외의 인력으로 간주되었거나, 혹은 가외의 인력처럼 보였다는 사실이었다.

우리는 2개의 다른 생산대에 나뉘어 배치되었는데, 한 생산대가 받아들일 수 있는 최대의 가외 인력은 2명이었기 때문이었다. 나나와 내가 한 생산대로 가고, 언니는 5킬로미터 정도 떨어진 다른 생산대에 배치되었다. 기차역까지는 너비 50센티미터의 논두렁 길을 걸어서 대략 5시간이 걸렸다.

우리 가족 7명은 이제 6개의 다른 지방에 흩어졌다. 샤오헤이는 청두를 떠나는 것을 기뻐했다. 왜냐하면 청두의 일부 교사들과 사상선전대 대원들이 편찬한 새 중국어 교과서에는 우리 아버지를 비난하는 내용이 들어 있었으며, 샤오헤이는 급우들로부터 집단 괴롭힘을 당했기 때문이었다.

1969년 이른 여름, 그의 학교는 추수를 돕기 위해서 청두 교외의 농촌으로 파견되었다. 남학생들과 여학생들은 2개의 큰 창고에 나누어 합숙생활을 했다. 밤이 되면 반짝이는 별빛 아래 논둑길을 산책하는 젊은 연인들이 많았다. 열네 살이 된 남동생의 가슴에도 로맨스가 꽃피었다. 동생은 자기 작업반에 속한 여학생 한 명을 동경하기 시작했다. 며칠 동안 용기를 가다듬은 동생은 어느 날 오후 밀베기 작업을 할 때 그 여학생에게 다가가 밤에 산책을 하자고 초대했다. 여학생은 고개를 숙이고 아무 말도 하지 않았다. 샤오헤이는 이런 태도가 묵인을 의미하는 "묵허(默許)"라고 생각했다.

동생은 달빛이 비치는 건초더미에 기대서 첫사랑의 온갖 불안과 동경을 품은 채 기다렸다. 동생은 갑자기 울리는 호루라기 소리를 들었다. 동생과 같은 학년의 남학생 한 무리가 나타났다. 그들은 동생을 떠밀고 욕을 한 다음, 상의를 동생의 머리에 뒤집어씌우고 주먹으로 때리고 발로 차기 시작했다. 간신히 벗어난 동생은 교사들이 머무는 방문 앞으로 비틀거리며 뛰어가 도와달라고 외쳤다. 한 교사가 문을 열었으나 동생을 떠밀며 "나는 너를 도와줄 수 없다! 다시는 오지 마라!"고 말했다.

너무나 겁이 나서 숙소로 돌아갈 수 없었던 샤오헤이는 그날 밤을 건초더미에서 보냈다. 동생은 불량배들을 부른 장본인이 그의 "연인"이었다는 사실을 알게 되었다. 그 여학생은 반혁명적인 "주자파"의 아들이 뻔뻔스럽게 자기를 동경한 사실에 모욕감을 느낀 것이었다.

청두로 돌아간 샤오헤이는 거리의 불량배 친구들에게 도움을 청했다. 불량배들이 커다란 늑대같이 사냥개를 끌고 동생의 학교에 나타나 동생을 괴롭힌 리더 격의 학생을 교실에서 끌어냈다. 끌려나온 소년은 부들부들 떨며 얼굴빛이 회색으로 변했다. 그러나 거리의 불량배들이 그 아이를 때리기 직전에 샤오헤이는 불쌍한 생각이 들어 불량배 우두머리에게 그 남학생을 놓아주라고 부탁했다.

동정심은 낯선 개념이 된 지 오래였고 어리석음의 표시로 간주되었다. 샤오헤이는 전보다 더욱 괴롭힘을 당했다. 샤오헤이는 거리의 불량배 친구들에게 다시 도움을 받으려고 했으나 그들은 "새우"는 도와줄 수 없다고 말했다.

샤오헤이는 더욱 심한 괴롭힘을 받지 않을까 두려워하며 이빈의 새 학교에 등교했다. 놀랍게도 그는 따뜻하고 거의 감격스러운 환대를 받았다. 학교를 운영하는 교사들과 선전대원들 및 학생들이 모두 아버지의 이름을 알고 있는 눈치였으며, 아버지에 대한 존경심을 공개적으로 표현했다. 샤오헤이는 즉각 상당한 우대를 받았다. 학교에서 가장 예쁜 여학생이 그의 여자 친구가 되었다. 가장 불량스러운 남학생들조차 그를 정중하게 대했다. 우리 아버지가 수모를 당했고 팅 부부가 권세를 잡고 있었음에도 불구하고, 이빈에서는 아버지가 존경받는 인물이라는 사실을 동생은 분명히 알게 되었다. 이빈 주민들은 팅 부부의 통치 아래에서 혹독한 고통을 당했다. 파벌 간 전투나 고문으로 수천 명이 죽거나 부상을 당했다. 우리 가족과 친했던 한 친구는 시체보관소에 안치된 시신을 인수하러 간 자녀들이 아직 숨이 붙어 있는 그를 발견함으로써 죽음을 모면했다.

이빈 주민들은 평화로웠던 시절들과 권력을 남용하지 않는 관리들, 효율적인 직무 수행에 헌신했던 정부를 몹시 그리워했다. 이러한 향수의 초점은 우리 아버지가 이빈 지구의 행정장관인 전원(專員)을 지냈던 1950년대 초였다. 공산주의자들이 국민당 정권을 교체한 직후 굶주림을 끝내고 법과 질서를 확립한 그 당시 공산당은 인민들 사이에 가장 인기가 높았다. 그러나 그때는 공산주의자들이 여러 가지 정치운동과, 공산당 및 마오쩌둥이 기근을 의도적으로 끊임없이 초래하기 이전이었다. 아버지는 주민들의 기억 속에서 좋았던 옛날과 동일시되었다. 아버지는 팅 부부와 대조되는 전설적인 훌륭한 관리로 기억되었다.

샤오헤이는 학교에서 배우는 것이 거의 없었으나 아버지 덕분에 이빈에서의 생활은 즐거웠다. 교재는 여전히 마오쩌둥의 여러 저서와 「인민일보」의 기사로 구성되었다. 마오쩌둥이 정식 학교교육을 전면 부정했던 발언을 철회하지 않았으므로 아무도 학생교육의 권한을 행사하지 못했다.

교사들과 노동자들의 선전대는 샤오헤이를 이용하여 학급의 기강을 바로잡으려고 했다. 그러나 여기서는 아버지의 명성조차도 효과가 없었으며, 샤오헤이는 결국 교사의 "주구(走狗)"로 낙인찍혀 일부 학생들에게서 배척당했다. 샤오헤이가 거리의 가로등 아래에서 여자 친구를 껴안았다는 소문이 귓속말로 퍼지기 시작했다. 그런 행위는 부르주아적 범죄였다. 샤오헤이는 특권적 지위를 잃었고, 자아비판서를 쓰고 사상 개조를 실시하겠다는 서약을 하라는 지시를 받았다. 어느 날 여학생의 어머니가 학교에 나타나 딸의 순결을 입증하기 위해서 외과 검사를 실시해야 한다고 고집했다. 여학생의 어머니는 한바탕 소동을 벌인 후 딸을 데리고 돌아갔다.

샤오헤이는 자기 반의 한 학생과 친해졌다. 열일곱 살로 학생들 사이에서 인기가 있었지만 상처를 지닌 소년이었다. 그의 어머니는 결혼을 하지 않았으나 자녀가 5명이었고, 모두 아버지가 달랐으며, 아버지들의 신원은 밝혀지지 않았다. 사생아 차별이 공식적으로 폐지되었음에도 불구하고, 사생아는 사회에서 극도로 백안시되었다. 마녀사냥식 정치운동이 또 한 차례 시작되어 그 학생의 어머니는 "불량분자"로 낙인찍혀 공개적인 모욕을 당했다. 그 학생은 자기 어머니를 매우 수치스러워했고, 샤오헤이에게 자기 어머니를 미워한다고 은밀히 말했다. 어느 날 학교에서 가장 수영을 잘하는 학생에게 상을 수여하기로 했다. 이는 마오쩌둥이 수영을 좋아했기 때문에 만들어진 행사였다. 샤오헤이의 친구가 만장일치로 후보에 지명되었다. 그러나 상이 발표되었을 때 수상자는 그가 아니었다. 한 젊은 여교사가 다음과 같이 말하며 반대한 것으로 알려졌다. "우리는 그 아이에게 상을 줄 수 없어요. 그 학생의 어머니는 '창녀'입니다."

이러한 내막을 들은 그 학생은 부엌의 식칼을 들고 교무실로 난입했다. 사람들이 그 학생을 말리는 틈에 여교사는 황급히 달아나 숨었다. 샤오헤이는 이번 사건이 자기 친구의 마음을 얼마나 아프게 했는지 알 수 있었다. 그 학생은 처음으로 사람들 앞에서 심하게 울었다. 그날 밤 샤오헤이와 몇몇 소년들이 그 학생을 위로하려고 애썼다. 다음 날 그 학생은 종적을 감추었다. 그의 시체가 진사 강 강변에 떠밀려 올라왔다. 그는 물에 뛰어들기에 앞서 자기 두 손을 끈으로 묶었다.

문화혁명은 중국 문화의 중세적 요소를 현대화하는 데 아무런 기여를 하지 않았을 뿐만 아니라, 실제로는 중세의 인습을 정치적으로 정당화하는 구실을 제공했다. "현대적인" 독재와 과거의 인습이 상호 조장을 했다. 과거의 인습을 지키지 못하는 사람은 이제 정치적 박해의 대상이 될 수 있었다.

더양의 인민공사는 잡목 숲과 유칼리나무들이 드문드문 서 있는 낮은 야산지대에 있었다. 대부분의 농토는 비옥하여 1년에 이모작을 했는데, 벼와 밀을 번갈아 수확했다. 야채류와 평지, 고구마가 대량으로 재배되었다. 닝난과 달리 비탈길을 오르내려야 할 필요가 없는 점은 나에게 다행스러운 일이었다. 나는 항상 헐떡거릴 필요 없이 정상적으로 숨을 쉴 수 있었다. 이곳에서 보행은 좁은 진흙 논둑길을 걷는 것을 의미했지만 나는 개의치 않았다. 나는 종종 엉덩방아를 찧었고, 때로는 뭔가 의지할 것을 붙잡으려다가 앞에 가는 사람을 논 속으로 밀어넣기 일쑤였다. 보통 그 피해자는 나나였다. 다른 하나는 이 주변에 광견병에 걸린 개들이 많아 밤길을 걸을 때 물릴 위험이 있었다. 하지만 닝난에서의 생활과 비교하면, 별일 아니었다.

처음 도착했을 때 우리는 돼지우리 옆의 숙소에서 지냈다. 밤이 되면 돼지들이 꿀꿀거리고, 모기가 왱왱거리고, 개들이 합창하는 소리를 들으며 잠이 들었다. 방 안에는 항상 돼지 배설물과 모기향 냄새가 났다. 생산대가 나나와 나에게 흙벽돌을 찍는 데 사용했던 작업장 터에 방 2개짜리 오두막을 지어주었다. 그 집은 논보다 지대가 낮았다. 우리 집과 논은 좁은 둑길로 분리되어 있었다. 논에 물이 가득 차는 봄부터 여름까지나, 많은 비가 내린 다음에는 습지대의 물이 진흙 방바닥에서 스며나왔다. 나나와 나는 신을 벗고 바짓가랑이를 걷어올린 채 오두막 안으로 철벅철벅 걸어들어갔다. 함께 쓰는 2인용 침대는 다행히도 다리가 길어서 우리는 흙탕물로부터 대략 60센티미터 위에서 잠을 잤다. 침대에 들어갈 때는 깨끗한 물 한 사발을 의자 위에 놓고 그 위에서 발을 씻었다. 이렇게 습한 환경에서 살았기 때문에 항상 전신의 뼈와 근육이 쑤셨다.

그러나 오두막 생활은 즐거웠다. 홍수가 물러가면 침대 밑과 방의 구석구석에서 버섯이 돋아났다. 약간의 상상력을 발휘하면 진흙 방바닥은 동화 속에 묘사된 풍경처럼 보였다. 언젠가 나는 완두콩 한 숟갈을 방바닥에 쏟은 적이 있었다. 홍수물이 들어왔다가 나간 후 햇빛에 방금 잠에서 깨어난 듯이 몇 개의 가는 줄기에서 가녀린 떡잎들이 피어났다. 햇빛은 벽에 나무틀을 박아 만든 창문으로 쏟아져 들어왔다.

그러한 광경은 나에게 항상 마법처럼 느껴졌다. 우리의 방문 밖에는 마을 연못이 있었고, 연못에는 수련과 연꽃이 무성하게 자랐다. 오두막 앞에 있는 둑길은 높이가 평지보다 대략 100미터 높은 언덕 위의 길로 이어졌다. 해는 검은 바위가 솟아 있는 그 언덕 너머로 졌다. 어둠이 내리기 전에 은빛 안개가 언덕 아래 들판 위를 뒤덮었다. 남자들과 여자들, 그리고 어린이들이 하루의 일을 마치고 바구니와 괭이, 낫을 들고 석양 속을 걸어서 마을로 돌아왔다. 개들이 사람들을 맞으러 나와 주변을 뛰어다니며 짖었다. 그들의 모습은 마치 안개 속을 떠가는 듯이 보였다. 여러 초가에서 연기가 곡선을 그리며 솟아올랐다. 사람들이 저녁밥을 지으려고 물을 뜨러 나오는 돌로 쌓은 우물에서는 나무 물통이 부딪히는 소리가 들렸다. 사람들이 대나무 숲에서 이야기하는 소리가 떠들썩하게 들려왔다. 남자들은 쭈그리고 앉아 길고 가는 파이프로 담배를 피웠다. 여자들은 쭈그려 앉지도 담배를 피우지도 않았다. 전통적으로 그러한 행동은 여자들에게 어울리지 않는 것으로 간주되었고, 혁명적인 중국에서 이런 태도를 변화시키는 문제에 관해서 말을 하는 사람이 없었다. 내가 중국 농민들의 진정한 생활상을 알게 된 것은 더양에서였다. 농촌의 하루 일과는 생산대 대장의 작업 할당으로 시작되었다. 모든 농부들이 일을 해야 했으며, 그들은 하루 작업량에 따라 정해진 "노동 점수〔工分, 궁펀〕"를 받았다. 합산된 노동 점수는 연말에 분배를 받을 때 중요한 요소가 되었다. 농부들은 생산대로부터 식량, 연료 및 기타 생활필수품 및 소액의 현금을 분배받았다.

추수가 끝난 후 생산대는 생산된 곡물의 일부를 세금으로 국가에 지불하고 남은 것을 분배했다. 기본 배급량은 모든 남자들에게 균등하게 지급되었고, 여자들은 그 4분의 3을 받았다. 세 살 미만의 어린이들은 절반을 받았다. 세 살을 갓 넘긴 어린이는 어른 한 사람 몫의 식량을 먹지 못하는 것이 분명하기 때문에 아이를 많이 낳는 것이 바람직했다. 이런 제도는 인구억제 정책에 역행했다.

그리고 나서 남은 곡물은 사람들이 받은 노동 점수에 따라 분배되었다. 농부들은 1년에 두 차례 각 개인의 하루 노동 점수를 정하기 위해서 회의를 열었다. 이 회의에 빠지는 사람은 없었다. 대부분의 청년과 중년 남자들은 하루에 10점을 배당받고, 여자들은 8점을 받았다. 마을에서 남달리 힘이 세다고 인정받은 한두 사람은 추가 점수를 받았다. 과거 지주와 그의 가족 같은 "계급의 적들"은 남보다 더 힘든 일을 할당받음에도 불구하고 2–3점 적게 받았다. 경험이 없는 "도시 청년"인 나나와 나는 4점을 받았는데, 이는 갓 10대가 된 사람들의 점수였다. 우리는 이것이 초급료라는 말을 들었으나 내 급료는 한번도 인상되지 않았다. 하루의 노동 점수라는 면에서는 남자 혹은 여자 개개인 사이에 별 차이가 없기 때문에 합산되는 노동 점수는 일하는 방식보다는 작업 일수에 주로 좌우되었다. 이런 제도는 마을 사람들 사이에서 계속 불만의 원인이 되었다. 이는 또한 능률을 크게 떨어뜨리는 요인으로도 작용했다. 농부들은 자신이 속거나 이용당하지 않도록 매일 다른 농부들의 작업 동태를 예의주시했다. 같은 노동 점수를 받는 다른 사람들보다 더 열심히 일하고자 하는 사람은 없었다. 여자들은 때때로 동일한 작업을 하지만 2점을 더 받는 남자들을 원망스럽게 생각했다. 다툼이 끊이지 않고 일어났다.

우리는 5시간에 끝낼 수 있는 작업을 들판에서 10시간이나 하는 일이 종종 있었다. 그러면 우리는 10시간 동안 야외 작업을 해야 했는데, 그래야만 하루 일당을 쳐주기 때문이었다. 우리는 느리게 일했고, 나는 초조하게 해를 바라보며 어서 지기를 바랐다. 나는 작업 종료를 알리는 호루라기 소리가 들릴 때까지 분 단위로 시간을 쟀다. 나는 오래지 않아 권태가 고된 노동만큼 사람을 탈진시킨다는 사실을 깨달았다.

닝난과 쓰촨의 대다수 지역과 마찬가지로 이곳에도 기계는 하나도 없었다. 농사 방식은 곡물을 주고 정부로부터 받는 몇 가지 화학 비료를 제외하면 2,000년 전과 대동소이했다. 논을 갈 때 부리는 물소 외에는 사실상 가축이 전혀 없었다. 물, 거름, 연료, 야채류, 곡물을 포함한 모든 물자의 운반은 오로지 사람의 손과 등에 의존했다. 사람들은 어깨에 메는 천칭봉에 대나무 바구니나 나무통을 걸고 그 안에 물자를 담아 운반했다. 나에게 가장 큰 문제는 짐을 운반하는 것이었다. 우물에서 오두막까지 물을 운반하는 것만으로도 오른쪽 어깨는 항상 붓고 곪아 있었다. 나에게 호감을 느낀 한 청년이 우리 오두막을 방문할 때마다 나는 자신이 물 운반에 젬병이라는 것을 확실히 보여주어 그가 내 대신 물통을 채우겠다고 제의하도록 만들었다. 그는 물통뿐만 아니라 큰 물컵과 사발 및 잔까지 물을 채워주었다.

생산대장은 나를 배려하여 나에게 짐 운반을 할당하는 대신 어린이나 노인, 임신한 여자들과 하는 "가벼운" 일에 배치했다. 그러나 가벼운 작업이 항상 쉬운 것은 아니었다. 거름을 퍼나르기 시작한 지 얼마 안 되어 나는 두 팔에 심한 통증을 느꼈다. 인분 저장조 표면에서 통통한 구더기들이 헤엄치는 것을 보았을 때 속이 뒤집힌 것은 말할 필요도 없다. 빛나는 흰색 바다 속에서 목화를 따는 작업이 목가적인 풍경처럼 보일지 모르지만, 나는 뜨거운 뙤약볕과 기온이 30도를 넘고 습도가 높고 전신에 긁힌 상처를 만드는 날카로운 가지들 속에서 작업하는 것이 매우 고되다는 것을 금방 알아차렸다.

나는 모를 심는 작업을 더 좋아했다. 모심기는 많은 시간 동안 허리를 구부려야 하기 때문에 고된 작업으로 간주되었다. 하루의 작업이 끝날 때면 아주 튼튼한 남자들조차도 곧게 설 수 없다고 종종 하소연하곤 했다. 그러나 나는 다른 환경에서는 견디기 어려운 열기 속에서 두 다리를 시원한 물속에 담그고 깔끔하게 줄지어 심은 모를 바라보면서 쾌감이 느껴지는 부드러운 진흙을 맨발로 밟는 것이 좋았다. 나를 괴롭힌 것은 거머리였다. 뭔가 내 한쪽 다리를 간지럽힌다고 느꼈을 때 나는 처음으로 거머리를 보았다. 내가 가려운 곳을 긁으려고 한쪽 발을 들어올렸을 때, 머리를 내 피부에 밀착시킨 통통하고 미끈거리는 벌레를 보았다. 나는 요란하게 비명을 질렀다. 옆에 있던 농부 처녀가 낄낄거리며 웃었다. 그 처녀는 내 결벽증을 재미있어했다. 그 처녀는 나에게 철벅철벅 걸어와 거머리 바로 위의 내 피부를 철썩 때렸다. 거머리는 풍당 물속으로 떨어졌다.

겨울철 아침이면 아침 식사 전 2시간 동안의 작업 시간에 나는 땔나무를 줍기 위해서 약한 여자들과 야산지대로 올라갔다. 야산지대에는 나무가 거의 없었고, 잡목 숲은 극히 드물었다. 우리는 종종 먼 길을 걸어야 했다. 우리는 한 손에 낫을 들고, 다른 손으로는 풀을 잡고 베었다. 잡목들은 가시투성이였으며, 나의 왼손 바닥과 손목에는 항상 가시가 박혀 있었다. 처음에는 가시를 뽑아내려고 애쓰며 오랜 시간을 보냈으나, 박힌 부분이 곪아서 저절로 빠지도록 내버려 두는 데 익숙해졌다.

우리는 농부들이 "모모시(毛毛柴)"라고 부르는 나뭇가지를 주워 모았다. 이 땔감은 별 쓸모가 없었으며 금방 다 타버렸다. 언젠가 나는 제대로 된 나무가 부족한 현실을 한탄한 적이 있었다. 나와 함께 간 여자들은 과거에는 이렇지 않았다고 말했다. 그들은 대약진운동 이전에는 야산지대가 소나무와 유칼리나무 및 편백나무로 뒤덮여 있었다고 말했다. 철을 생산하는 "토법로(土法爐)"의 땔나무로 쓰기 위해서 산에 있는 나무를 모두 베어냈다는 것이다. 여자들은 그로 인한 벌목이 매일의 땔감 구하기 전투의 원인이 아니라는 듯이 아무런 원망의 빛도 보이지 않고 담담하게 설명했다. 그들은 이런 상황을, 다른 많은 불운과 마찬가지로 인생을 살면서 어쩔 수 없이 겪는 사태로 취급하는 듯했다. 나는 "영광스러운 성공"으로만 알고 있었던 대약진운동의 재앙에 가까운 각종 결과를 처음으로 접하고 충격을 받았다.

나는 다른 많은 일들도 알게 되었다. "소고회(訴苦會)"가 개최되었는데, 이 모임은 농민들이 국민당 통치 아래에서 겪은 고생을 설명하고 마오쩌둥에게 감사를 표하도록 유도하는 데 목적이 있었다. 특히 젊은 세대가 마오쩌둥에게 감사하도록 유도했다. 일부 농민들은 계속되는 기아에 시달렸던 어린 시절에 관해서 이야기했고, 지금 자기네 자녀들은 너무나 응석둥이여서 그릇에 담아준 음식을 다 먹도록 달래야 하는 경우가 흔하다고 한탄했다.

이어 농민들의 대화는 기아에 시달린 어느 특정한 해의 이야기로 돌아갔다. 그들은 고구마 잎사귀를 먹고 풀뿌리를 찾을 수 있으리라는 희망 속에서 논밭 사이의 둑길 밑을 파야 했던 시절에 관해서 설명했다. 그들은 마을에서 다수의 사망자가 발생한 사실을 언급했다. 그들의 이야기를 들은 나는 눈물을 흘렸다. 국민당을 극도로 증오하고 마오쩌둥 주석을 매우 사랑한다고 말한 후, 농부들은 이 기근이 인민공사를 설립하던 시기에 발생했다고 말했다. 나는 농민들이 말하는 기근이 공산주의 통치하에서 일어났다는 사실을 갑자기 깨달았다. 농민들은 국민당과 공산당 정권을 혼동했다. 나는 이렇게 물었다. "이 시기에 전례 없는 자연재해가 일어났나요? 그런 재해가 문제의 원인이 아니었나요?" 그들은 이렇게 대답했다. "절대 아니에요. 기후는 더할 나위 없이 좋았고, 곡식이 풍성하게 자랐지요. 그런데 저 남자가 동네 남자들에게 철을 만들러 가라고 명령했습니다." 그들은 잔뜩 위축되어 있던 한 40대 남자를 가리키며 말했다. "그래서 수확할 수 있었던 곡식의 절반을 들판에서 잃었어요. 그러나 저 남자는 우리에게 이렇게 말했지요. '괜찮소. 우리는 지금 공산주의 천국에 살고 있으며, 식량 걱정을 할 필요가 없소.' 그 이전에 우리는 항상 허기를 참아야 했으나, 그 당시에는 인민공사 식당에서 배부르게 식사를 했어요. 우리는 먹다 남은 음식을 버렸습니다. 우리는 귀중한 쌀을 돼지에게 먹이기도 했습니다. 그러던 중 식당의 식량이 바닥났습니다. 그래도 저 남자는 상점 바깥에 경비를 배치했습니다. 나머지 곡물은 외국인들이 살고 있던 베이징과 상하이로 운반되었습니다."

전체 그림이 조금씩 모습을 드러냈다. 위축되어 있던 남자는 대약진운동 당시 생산대 대장이었다. 그와 동료들은 농부들의 냄비와 난로를 부수어 각자 자기 집에서 요리를 하지 못하도록 막았다. 그리하여 냄비는 제철용 용광로의 원료로 사용할 수 있었다. 그가 곡물 수확량을 엄청나게 부풀려 보고한 결과, 아주 높은 세금이 부과되어 정부 관리들이 농부들에게 남아 있던 소량의 곡식을 모두 가져갔다. 수십 명의 마을 주민들이 사망했다. 이 기근이 지난 후 그 남자는 마을에서 발생한 모든 잘못에 대해서 책임을 졌다. 마을 주민들이 투표로 그의 생산대 대장직을 박탈하여 "계급의 적"으로 낙인찍는 것을 인민공사가 허가했다.

대부분의 계급의 적들과 마찬가지로 그는 교도소에 투옥되지 않고 자기 이웃 주민들의 감시를 계속 받도록 조치되었다. 이것이 마오쩌둥의 방식이었다. "적"으로 낙인찍힌 사람들을 주민들 가운데 계속 남겨두어 주민들이 항상 직접 보며 증오의 대상으로 삼도록 하는 것이었다. 새로운 정치운동이 시작될 때마다 이 남자는 "요시찰 대상자들" 중 한 사람으로 취급되어 새로 체포되고 공격을 받았다. 그는 항상 가장 힘든 작업을 할당받았으며, 하루 노동 점수는 다른 대다수 남자들보다 3점이 낮은 7점을 받았다. 나는 그와 이야기를 나누는 사람을 하나도 보지 못했다. 또 마을 어린이들이 그의 아들들에게 돌을 던지는 것을 여러 차례 목격했다.

농민들은 그를 처벌한 것을 마오쩌둥 주석에게 감사했다. 그의 죄나 책임의 정도를 따지는 사람은 없었다. 나는 그에게 다가가 이야기를 들려달라고 청했다.

그는 내가 이야기를 청한 것에 측은할 정도로 고마워하는 눈치였다. "나는 항상 명령에 따랐을 뿐입니다." 그는 이 말을 되풀이했다. "나는 명령에 따르지 않을 수 없었습니다." 이어 그는 한숨을 쉬며 이렇게 덧붙였다. "물론 나는 직책을 잃고 싶지 않았습니다. 누군가 내 자리를 차지했을 겁니다. 그렇게 되면 나와 내 아이들에게 어떤 일이 생겼을까요? 우리는 아마 굶어죽었을 겁니다. 생산대 대장 직 책은 낮지만 마을 주민들보다는 나중에 죽는 자리지요."

그의 말과 농부들의 이야기를 듣고 나는 뼛속까지 떨렸다. 내가 문화혁명 이전의 공산 중국의 추악한 측면을 우연히 알게 된 것은 이때가 처음이었다. 그 실태의 전모는 장밋빛 정부 발표와 엄청나게 달랐다. 더양의 산과 들에서 공산주의 정권에 대한 나의 의혹은 점 점 커졌다.

나는 보호를 받고 자란 중국의 도시 청년들을 현실과 접촉하도록 했을 때 자신이 무슨 짓을 하는지 마오쩌둥이 알았을까 하는 의문이 종종 떠올랐다. 그러나 당시 마오쩌둥은 대다수 주민들이 입수할 수 있었던 단편적인 정보로는 합리적인 추측을 하지 못할 것이라고 확 신했다. 사실 열여덟 살이었던 나는 공산정권에 대한 명확한 분석을 하지 못한 채 막연한 의혹만 느꼈던 것이다. 내가 문화혁명을 극도 로 증오했음에도 불구하고, 마오쩌둥에 대한 의심은 여전히 내 마음 속을 파고들지 못했다.

닝난에서와 마찬가지로 더양에서 짧은 신문기사를 읽거나 극히 간단한 편지를 쓸 수 있는 농민은 거의 없었다. 대다수 농민은 자기 이름도 쓰지 못했다. 공산당의 문맹퇴치를 위한 초기 운동은 끊임없 는 마녀사냥에 의해서 옆으로 밀려났다. 마을에는 과거에 인민공사 가 운영비를 제공했던 초등학교가 있었으나 문화혁명의 개시와 더 불어 학생들은 제멋대로 교사를 학대했다. 그들은 쇠로 만든 무거운 냄비를 교사의 머리 위에 얹고, 그의 얼굴에 숯검댕을 칠한 다음, 마 을 안으로 끌고 돌아다니며 행진을 했다. 한번은 학생들이 교사의 두개골을 깰 뻔했다. 그 후 여러 사람에게 교사직을 맡아달라고 설 득했으나 응하는 사람이 없었다.

대다수 농민들은 학교가 없는 것을 아쉬워하지 않았다. "무슨 의 미가 있습니까?" 농민들은 이렇게 말했다. "우리는 여러 해 동안 등

록금을 내고 읽기를 배웁니다. 그리고 결국에는 농부로 남아 자신의 땀으로 식량을 벌게 됩니다. 책을 읽는 능력 덕분에 쌀을 한 톨도 더 얻지 못합니다. 무엇 때문에 시간과 돈을 낭비합니까? 당장 노동 점수를 따는 것이 더 낫지요." 더 나은 미래의 기회가 사실상 존재하지 않고 한번 농부로 태어난 사람은 평생 농부를 면할 수 없는 현실이 지식의 탐구 유인을 앗아갔다. 취학 연령의 어린이들은 집에서 일을 하거나 어린 동생들을 돌봄으로써 가사일을 돕는다. 아이들은 갓 10대가 넘으면 들일을 하러 나간다. 농민들은 딸을 학교에 보내는 것을 완전한 시간 낭비로 간주했다. "여자 아이들은 시집을 가서 다른 집안 사람이 됩니다. 딸을 학교에 보내는 것은 맨땅에 물을 붓는 것과 같습니다."

문화혁명은 "야학"을 통해서 농민들에게 교육을 보급했다고 널리 선전했다. 어느 날 나의 생산대는 야학을 시작한다고 발표하고 나와 나나에게 교사 역할을 해달라고 요청했다. 그러나 첫 번째 "학습"이 시작되자마자 나는 교육이 아니라는 것을 깨달았다.

언제나 학습은 한결같이 생산대 대장이 나나와 나에게 요청하여 마오쩌둥이 쓴 논문이나 「인민일보」의 기사들을 우리가 읽어주는 것으로 시작되었다. 그다음에 생산대 대장은 최신 유행의 정치 용어를 제대로 이해하지도 못한 상태에서 사용함으로써 주민들이 거의 알아들을 수 없는 장광설을 1시간 동안 지껄였다. 그는 간간이 마오쩌둥의 이름으로 몇 가지 특정한 명령을 내렸다. "마오쩌둥 주석은 우리가 두 끼의 쌀죽과 한 끼의 쌀밥을 먹어야 한다고 말씀하셨습니다." "마오쩌둥 주석은 우리가 고구마를 돼지에게 주어 낭비해서는 안 된다고 말씀하셨습니다."

들판에서 고된 하루 일을 마친 농부들의 마음은 각자의 집안일에 쏠려 있었다. 그들의 저녁 시간은 매우 소중했으나 감히 "학습"에 빠지는 사람은 없었다. 농민들은 그냥 학습장에 앉아 졸면서 시간을 보냈다. 나는 농민들을 계몽시키는 것보다 몽매하게 만들기 위해서 고안된 이런 방식의 교육이 점차 유야무야되는 것을 조금도 유감스럽게 생각하지 않았다.

교육을 받지 못한 탓에 농부들의 세계는 고통스러울 정도로 좁았다. 그들의 대화는 일상생활의 사소한 일에 집중되었다. 한 여자는 자신이 아침 식사를 조리할 때 모모시 아홉 단이면 충분한데 그녀의 올케는 열 단을 썼다고 오전 내내 불평을 늘어놓았다(다른 모든 물자와 마찬가지로 연료도 공동관리였다). 또 한 여자는 그녀의 시어머니가 쌀밥에 고구마를 너무 많이 섞었다고 몇 시간 동안 투덜거렸다(쌀은 더욱 귀하며 사람들이 고구마보다 더 좋아했다). 나는 농민들의 제한된 시야가 그들의 잘못 때문이 아니라는 사실을 알았지만, 그럼에도 불구하고 그들의 대화를 참기 어렵다는 것을 깨달았다.

틀림없이 등장하는 가십의 화제 가운데 하나는 물론 성(性)에 대한 것이었다. 더양 현청 소재지 출신인 메이라는 스무 살 된 여자가 우리 이웃 마을에 배치되었다. 그녀가 농민들은 물론 도시 청년 여러 명과 잤다는 소문이 나돌았다. 들판에서 일할 때 누군가 그녀에 관한 음란한 이야기를 종종 했다. 그녀가 임신을 하여 이를 감추려고 허리를 졸라맨다는 소문이 떠돌았다. 자신이 "사생아"를 임신하지 않았다는 사실을 증명하기 위해서 애쓴 메이는 일부러 임신한 여자가 해서는 안 되는 무거운 짐을 나르는 것과 같은 일을 했다. 마침내 죽은 아기의 시체가 그녀의 마을 개울가 잡목 숲에서 발견되었다. 그 아기가 사산된 것인지 여부를 아는 사람은 없었다. 그녀의 생산대 대장은 구덩이를 파고 아기 시체를 매장하라고 지시했다. 사건은 그렇게 수습되었으나 그와 상관없이 가십은 더욱 악랄해졌다.

이 이야기를 전해들은 나는 경악했으나 충격적인 사건은 여기서 그치지 않았다. 내 이웃 사람들 가운데 한 남자는 딸 넷을 두었다. 딸들은 피부색이 가무잡잡하고 눈이 둥근 미인들이었다. 그러나 마을 주민들은 그 딸들이 예쁘다고 생각하지 않았다. 주민들은 딸들의 피부색이 너무 검다고 말했다. 대부분의 중국 농촌지역에서는 하얀 피부색이 미의 주요 기준이었다. 맏딸이 결혼할 나이가 되자 아버지는 데릴사위를 구하기로 결정했다. 그로 인해서 아버지는 딸의 노동 점수를 유지했을 뿐만 아니라, 가외의 일손도 얻게 되었다. 일반적으로 여자가 남자의 집으로 시집을 갔으며, 남자가 데릴사위로 들어가는 것은 큰 수치로 여겨졌다. 그러나 우리의 이웃은 매우 빈곤한 산골지역의 청년을 사윗감으로 찾아냈다. 그 청년은 고향에서 벗어나려고 필사적이었으며, 결혼 이외에는 탈출할 기회가 없었다. 그래서 그 청년은 처가에서 심하게 하대당하는 것을 감수했다. 나는 종종 그의 장인이 사위에게 고래고래 욕하는 소리를 들었다. 장인은 변덕이 나면 청년을 괴롭히기 위해서 자기 딸을 혼자 자도록 했다. 유교 윤리에 깊이 뿌리를 둔 "효도"의 가르침은 자녀가 부모에게 복종할 것을 요구하고, 여자는 남편일지라도 남자와 자고 싶어 하는 것으로 보여서는 안 되므로 아버지의 명령을 거역할 수 없었다. 여자가 성생활을 즐기는 것은 수치로 간주되었다. 어느 날 아침 나는 우리 오두막 창 밖에서 일어난 소동 때문에 잠에서 깨어났다. 그 청년은 고구마로 만든 술을 몇 병 구해 모두 마셨다. 장인은 사위가 일을 시작하도록 하기 위해서 침실의 문을 발로 차고 있었다. 장인이 마침내 문을 부수고 들어갔을 때 이미 사위는 죽어 있었다.

어느 날 우리 생산대가 콩국수를 만들고 있었는데, 물을 떠오기 위해서 나의 법랑 세면기를 빌려갔다. 그날 국수가 제대로 만들어지지 않았다. 흥분과 기대에 들떠서 국수를 만드는 통 주변에 모여 있던 한 무리의 여자들은 내가 오는 모습을 보고 큰 소리로 떠들기 시작했으며, 꼴도 보기 싫다는 듯이 성난 표정으로 쳐다보았다. 나는 무서웠다. 마을 주민들은 국수가 제대로 만들어지지 않은 이유를 내 탓으로 돌렸다고 몇몇 마을 여자들이 나중에 내게 이야기해주었다. 마을 주민들은 내가 생리를 할 때 세면기를 사용한 것이 분명하다고 주장했다. 내게 귀띔해준 여자들은 내가 "도시 청년"이었던 것이 행운이었다고 말했다. 그들은 내가 마을 주민 가운데 한 사람이었다면 실제로 "매질"을 당했을 것이라고 말했다.

또 한번은 한 무리의 다른 마을 청년들이 고구마를 담은 바구니를 운반하다가 우리 마을을 통과하던 중 좁은 길 위에서 앉아 쉬고 있었다. 그들의 천칭봉들이 땅 위에 놓여 길을 가로막고 있었다. 나는 그중 하나의 위로 넘어갔다. 청년들 가운데서 한 사람이 벌떡 일어나더니 자기 봉을 집어들고 성난 눈을 부릅뜨고는 내 앞을 가로막고 섰다. 그는 나를 때릴 기세였다. 그 청년이 여자가 자기 봉 위를 걸어서 넘어갈 경우 자기 어깨에 종기가 생긴다고 믿었다는 사실을 나는 다른 농부들을 통해서 알게 되었다. 내가 농촌에 머무는 동안 그런 미신 문제를 해결하려는 시도는 한번도 거론되지 않았다.

나의 생산대에서 교육을 가장 많이 받은 사람은 과거 지주였다. 나는 지주들을 악인으로 간주하도록 세뇌받았으나, 지금 그 지주의 가족과 가장 사이좋게 지낸다는 사실을 깨닫고 처음에는 다소 마음이 불편했다. 그들은 나의 마음속에 주입된 전형적인 지주상과 하나도 닮은 점이 없었다. 남편은 잔인하고 성난 눈이 아니었으며, 그의 아내는 엉덩이를 흔들거나 매혹적으로 보이려고 아양떠는 목소리를 내지 않았다.

때때로 나와 단둘이 있을 때 지주는 자신의 불만을 털어놓았다. 그는 이렇게 말한 적이 있었다. "장융, 나는 당신이 친절한 사람이라는 것을 압니다. 당신은 책을 읽었으니까 합리적인 사람이 분명합니다. 당신은 이것이 공정한지 판단할 수 있을 것입니다." 그는 자신이 지주로 분류된 연유를 나에게 설명했다. 그는 1948년 청두에서 웨이터 일을 하며 한푼 두푼 절약하여 약간의 돈을 모았다. 당시 긴 안목을 가진 일부 지주들은 공산주의자들이 쓰촨 성에 도착할 경우 토지개혁이 단행되리라는 것을 내다볼 수 있었으므로 자기네 땅을 헐값에 팔고 있었다. 웨이터는 정치적 판단에 기민하지 못하여 싸게 산다고 생각하며 약간의 토지를 매입했다. 그는 오래지 않아 토지개혁으로 자기 땅의 대부분을 잃었을 뿐만 아니라, 덤으로 계급의 적이 되었다. 그는 체념한 듯이 고전의 한 문구를 다음과 같이 인용했다. "한 번의 실수가 천 년의 한을 남겼다〔一失足 成千古恨〕."

마을 사람들은 거리를 두었지만 지주와 그의 가족에게 적개심을 품은 것으로 보이지는 않았다. 그러나 모든 "계급의 적들"처럼 지주 가족은 항상 다른 사람들이 원하지 않는 작업을 할당받았다. 그리고 그의 두 아들은 마을에서 가장 열심히 일하는 남자들 가운데 포함되었음에도 불구하고 다른 남자들보다 노동 점수를 1점 적게 받았다. 내가 보기에 두 아들은 지적 수준이 높았고, 인근 지역에서 가장 교양 있는 청년들이었다. 그들은 친절하고 정중한 면에서 다른 사람들과 구분되었고, 나는 마을의 다른 청년들보다 그 두 사람에게 더 친근감을 느꼈다. 그러나 두 사람의 우수한 자질에도 불구하고 그들과 혼인하기를 원하는 처녀는 없었다. 그들의 어머니는 중매쟁이가 소개한 몇 명의 처녀들에게 선물을 사주는 데 많은 돈을 썼다고 나에게 말했다. 처녀들은 의복과 돈을 받아가지고 떠나버렸다. 다른 농부들은 선물의 반환을 요구할 수 있었으나, 지주의 가족은 아무 조치도 취할 수 없었다. 어머니는 두 아들이 품위 있는 결혼식을 할 가망이 거의 없는 현실을 한탄하며 긴 한숨을 쉬었다. 그러나 그녀는 두 아들이 자기네 불행을 가볍게 받아넘긴다고 나에게 말했다. 그녀가 매번 실망할 때마다 두 아들은 어머니를 위로하려고 애썼다. 그들은 어머니가 잃은 선물 비용을 다시 벌기 위해서 장날에도 일하겠다고 자원했다.

지주 가족들은 극적인 묘사나 감정을 비치지 않고 이 모든 불행을 나에게 이야기해주었다. 이곳에서는 가장 충격적인 죽음도 연못에 던진 돌 한 개와 같았다. 튀어오른 물방울과 물결은 금세 정적 속으로 사라진다.

평온한 마을에 흐르는 깊은 밤의 정적이 나의 습기 찬 오두막을 휩쌀 때 나는 많은 독서와 사색을 했다. 내가 처음 더양에 왔을 때 진밍이 암시장에서 모았던 책들을 담은 큰 상자 몇 개를 나에게 주었다. 시민들의 집에 침입한 조반파 일당이, 지금은 대부분 아버지와 함께 미이에 있는 "간부 학교"에 집단으로 수용되었기 때문에 진밍은 그 책들을 수집할 수 있었다. 들판에 나가 하루 종일 일하는 동안 나는 집으로 돌아가서 책을 읽고 싶은 생각이 간절했다.

나는 아버지의 서재에서 불에 타지 않고 온전하게 남은 책들을 열심히 읽었다. 그중에는 1920년대에서 1930년대의 위대한 중국 작가 루쉰의 전집이 고스란히 남아 있었다. 루쉰은 공산당이 권력을 잡기 전인 1936년에 사망했기 때문에 마오쩌둥의 숙청을 면했고, 마오쩌둥의 위대한 영웅이 되기까지 했다. 반면에 루쉰의 애제자이며 가장 가까운 동지였던 후펑은 마오쩌둥이 직접 반혁명분자로 낙인찍어 수십 년 동안 감옥에 가두었다. 어머니가 1955년 체포되었을 때 마녀사냥이 발단된 사건이 후펑 숙청 사건이었다.

루쉰은 아버지가 가장 좋아하는 작가였다. 내가 어릴 때 아버지는 루쉰의 수필을 종종 읽어주었다. 당시 아버지는 설명을 해주었으나 나는 이해하지 못했다. 그러나 지금 나는 완전히 심취했다. 나는 루쉰의 풍자적인 글들이 국민당뿐만 아니라 공산당에도 적용될 수 있다는 사실을 깨달았다. 루쉰은 이데올로기를 가지지 않았고, 오직 계몽된 인도주의만 강조했다. 그의 회의적인 천재성은 모든 가설에 도전했다. 내가 자유로운 지성을 통해서 세뇌된 교조주의로부터 자신을 해방시키는 데 도움을 준 또 한 사람이 루쉰이었다.

아버지가 소장했던 마르크스의 고전작품들 또한 나에게 유익했다. 나는 뜻을 잘 모르는 단어들을 손가락으로 짚어가며 닥치는 대로 읽었는데, 19세기 독일에서 벌어진 여러 가지 논쟁이 마오쩌둥의 중국과 무슨 관계가 있는지 의아한 생각이 들었다. 그러나 마르크스의 고전작품에는 중국에서 볼 기회가 매우 드문 요소가 있었다. 그것은 논쟁의 일관된 논리였다. 마르크스를 읽음으로써 나는 합리적이고 분석적인 사고를 배웠다.

나는 자신의 사고를 조직하는 이 새로운 방법들을 즐겁게 터득했다. 사상 서적들을 읽지 않을 때 나는 더욱 낭만적인 심리 상태 속에 빠져들어 고체시(古體詩) 형식의 시를 썼다. 나는 들에서 일하는 동안 종종 시를 짓는 데 몰두했는데, 그럼으로써 작업이 더욱 견딜 만했고 즐겁기조차 했다. 이러한 이유로 나는 혼자 있는 시간을 더 좋아했으며, 사람들과의 대화를 피했다.

어느 날 나는 오전 내내 낫으로 사탕수수를 베는 작업을 했다. 뿌리 부근의 가장 단 부분을 먹으며 사탕수수를 베었다. 사탕수수는 설탕을 배급받는 대가로 인민공사의 설탕 공장으로 보내졌다. 우리는 질이 아닌 양으로 할당량을 채워야 했으므로 가장 좋은 부분은 우리가 먹었다. 점심 시간이 되어 벤 사탕수수 더미를 도둑맞지 않도록 지키기 위해서 누군가는 들판에 남아야 할 때 나는 혼자 있는 시간을 벌려고 봉사를 자원했다. 나는 농부들이 점심을 먹고 돌아오면 혼자 점심을 먹으러 가기 때문에 혼자 있는 시간을 더 많이 가질 수 있었다.

나는 사탕수수 더미에 등을 기대고 밀짚모자로 얼굴을 반쯤 가렸다. 모자의 틈 사이로 드넓은 청옥색 하늘을 볼 수 있었다. 내 머리 위쪽의 사탕수수 더미에서 비어져나온 잎사귀 하나가 하늘을 배경으로 하여 불균형적으로 거대하게 보였다. 눈을 반쯤 감은 나는 녹색 사탕수수의 서늘한 감촉이 기분 좋게 느껴졌다.

그 사탕수수 잎은 여러 해 전 지금처럼 더웠던 여름날 오후 대나무 숲의 흔들리던 잎새들을 생각나게 했다. 아버지는 대나무 그늘에 앉아 낚시를 하며 절망감을 시로 표현하곤 했다. 아버지의 시와 동일한 격률(格律)과 평측, 압운 형식, 같은 유형의 품사를 활용하여 나는 자신의 시를 짓기 시작했다. 우주는 고요히 멈춰선 것처럼 느껴졌으며, 상쾌한 미풍에 흔들리는 사탕수수 잎새들의 바스락거리는 소리만 들렸다. 그 순간 나는 인생이 아름답다고 느꼈다.

이 시기에 나는 혼자 있는 것을 무엇보다도 좋아했고, 주변 세계와 어떤 관계도 맺기를 원치 않는다는 뜻을 주위 사람들에게 분명히 보여주었다. 그런 태도는 다른 사람들에게 오만해보였을 것이 분명하다. 그리고 나는 농부들을 모범의 대상으로 삼아야 하는 입장이었으나, 내게는 오로지 그들의 여러 가지 부정적인 자질만이 눈에 띄었다. 나는 그들을 이해하거나 사이좋게 지내려고 노력하지 않았다.

농부들은 대부분 나를 홀로 지내게 했으나, 나는 마을 사람들에게 보탬이 되는 존재는 아니었다. 그들의 생각만큼 내가 열심히 일하지 않았기 때문이다. 일은 그들의 인생에서 전부였으며 그들이 사람을 판단하는 중요한 잣대였다. 일을 잘하는가 못하는가 판단하는 그들의 안목은 엄정하고 공정했으며, 내가 육체노동을 싫어하고 기회가 있을 때마다 집 안에 머물며 책을 읽는다는 것을 그들은 분명히 알고 있었다. 내가 닝난에서 앓았던 위장 장애와 피부 발진이 더양에 도착한 직후 재발했다. 사실상 나는 매일 설사를 했고, 두 다리의 곪은 상처가 터졌다. 나는 항상 몸이 약하다고 느꼈고, 현기증에 시달렸다. 농부들에게 불평해보아야 아무 소용도 없었다. 그들은 혹독한 생활로 인해서 치명적이 아닌 질병은 사소하게 여겼다.

그러나 나를 가장 인기 없는 사람으로 만든 것은 내가 자주 마을을 비운 점이었다. 나는 수용소에 있는 부모님을 방문하거나 이빈의 쥐잉 고모를 보살피기 위해서 내가 더양에 머물러야 할 시간의 대략 3분의 2를 사용했다. 한 차례 여행에는 몇 달이 걸렸으나, 그런 여행을 금지하는 법규는 없었다. 나는 내 밥벌이를 할 만큼 충분히 일하지 않았으나 마을로부터 계속 식량을 배급받았다. 농부들은 균등한 배급제도를 충실히 지켰고, 그들은 나와 엮여 있어 나를 쫓아낼 수 없었다. 자연히 그들은 나를 비난했고, 나는 그들에게 미안한 마음뿐이었다. 나 역시 그들과 엮여 있어서 빠져나올 수 없었다.

그들이 나를 원망했음에도 불구하고 생산대는 내 마음대로 여행하는 것을 허가했다. 내가 그들과 거리를 둔 데에는 부분적인 이유가 있었다. 나는 모나지 않게 타인과 거리를 두는 것이 무사안일하게 살아가는 최선의 방식이라는 것을 배웠다. 누구나 일단 "집단의 일원"이 되면 즉각 자신의 생활은 개입과 간섭을 받게 된다.

한편 언니 샤오훙은 이웃 마을에서 잘 지내고 있었다. 언니도 나처럼 벼룩에 물리고, 거름의 독에 고통을 받고, 두 다리가 자주 부어오르고, 높은 열에 시달렸으나 계속 열심히 일하여 하루 노동 점수 8점을 받았다. "안경"이 그녀를 도우려고 종종 청두에서 찾아왔다. 대다수 공장들처럼 그의 공장도 사실상 조업 중단 상태였다. 관리부는 지리멸렬해졌고, 새 혁명위원회는 근로자들이 생산에 참여하는 것보다 혁명에 참여하는 데 관심을 기울였으므로 대부분의 노동자들은 마음대로 출퇴근을 했다. 때때로 "안경"은 언니에게 휴식 시간을 마련해주기 위해서 언니 대신 들일을 했다. 또 어떤 때는 언니와 함께 작업에 참여하여 마을 사람들을 기쁘게 했다. 마을 사람들은 "이것은 수지맞는 거래이다. 우리는 처녀 한 명을 받아들였으나 일손은 두 명이 늘었다"고 말했다.

나나와 언니, 그리고 나는 1주일에 한 번씩 열리는 장날이면 시골 장을 찾아갔다. 나는 바구니와 천칭봉이 줄지어 놓여 있는 왁자지껄한 시장 거리를 좋아했다. 농부들은 닭 한 마리나 달걀 10여 개, 대나무 한 다발을 팔기 위해서 몇 시간을 걸어 장에 왔다. 개인에게는 환금작물을 재배하거나, 바구니를 엮거나, 돼지를 길러 팔거나 하는 것과 같은 대부분의 돈벌이가 금지되었다. 그 이유는 그런 활동이 "자본주의적"이기 때문이었다. 그 결과 농부들은 현금과 바꿀 물건이 별로 없었다. 농부들은 돈이 없으면 도시로 여행하는 것이 불가능했다. 장날은 농부들의 거의 유일한 오락의 원천이었다. 그들은 친구들과 친척들을 만났고, 남자들은 진흙투성이 길 위에 앉아 파이프로 담배를 피웠다.

1970년 봄, 언니와 "안경"은 결혼을 했다. 결혼식은 하지 않았다. 당시 상황에서 식을 올리는 것은 생각할 수 없었다. 두 사람은 인민공사 본부에서 결혼증명서를 발급받은 다음, 마을 사람들에게 선물할 과자와 담배를 가지고 언니의 마을로 돌아갔다. 농부들은 크게 기뻐했다. 그러한 물품은 농민들이 접할 기회가 드문 귀중품이었다.

농부들에게 결혼은 큰 경사였다. 소식이 전해지자마자 마을 사람들은 축하 인사를 하려고 언니의 초가로 몰려왔다. 사람들은 말린 국수 한 다발과 400그램이 조금 넘는 콩, 몇 개의 달걀 등의 선물을 가지고 왔다. 달걀은 정성스럽게 포장을 하고 짚으로 예쁘게 묶어 매듭을 지었다. 이런 물품은 흔한 선물이 아니었다. 농부들은 아끼던 소중한 물품들을 자기네가 쓰지 않고 가져온 것이었다. 언니와 "안경"은 매우 감동을 받았다. 신혼부부를 만나려고 나나와 내가 찾아갔을 때 두 사람은 재미삼아 마을 어린이들에게 "충자무" 추는 법을 가르치고 있었다.

결혼 후 언니는 농촌으로 되돌아갔다. 결혼을 했다고 하더라도 호적을 자동적으로 하나로 합칠 수 없었다. 물론 "안경"이 자신의 도시 호적을 자발적으로 포기할 경우 둘은 쉽게 함께 살 수 있었다. 그러나 언니의 호적을 농촌에서 청두 시내로 옮길 수는 없었다. 중국의 수천만 부부들과 마찬가지로 두 사람은 별거를 했으며, 규칙에 의해서 1년에 12일만 함께 지낼 권리가 주어졌다. "안경"의 공장이 정상적으로 가동되지 않아 그가 더양에서 많은 시간을 보낼 수 있었던 것이 언니 내외에게는 다행이었다.

더양에서 1년을 보낸 후 나의 생활에 변화가 생겼다. 나는 의료직에 입문했다. 나의 생산대가 속한 생산대대는 간단한 질병을 치료하는 진료소를 운영했다. 생산대대에 속한 모든 생산대가 진료소에 운영비를 지원했고, 치료는 무료였으나 매우 제한적이었다. 진료소에는 의사가 2명 있었다. 그중 한 사람은 세련되고 지적인 용모의 청년이었다. 그는 1950년대에 더양에서 의학교를 졸업했고, 자기 고향 마을에서 일하려고 돌아왔다. 다른 한 사람은 염소수염을 기른 중년 남자였다. 그는 늙은 시골 한의사의 견습생으로 출발했다. 인민공사는 1954년 그를 서양의학 속성 과정을 가르치는 교육기관에 파견했다.

1971년 초 인민공사는 "맨발 의사"를 채용하라는 명령을 각 진료소에 내렸다. 신을 매우 아껴 들일을 할 때는 신지 않는 농부들과 같은 생활을 "의사"도 당연히 해야 한다는 방침에서 이러한 명칭이 유래했다. 당시 맨발 의사들을 문화혁명의 발명품으로 찬양하는 선전운동이 대대적으로 전개되었다. 나의 생산대는 나를 쫓아내기 위해서 이 기회를 즉각 활용했다. 내가 진료소에서 일할 경우 생산대가 아닌 생산대대가 나의 식량과 다른 수입에 책임을 지기 때문이었다.

나는 항상 의사가 되고 싶었다. 가족들의 병환, 특히 외할머니의 죽음으로 인해서 나는 의사가 얼마나 중요한지 절실히 깨달았다. 더 양으로 가기 전 나는 한 친구에게 침술을 배우기 시작했고, 당시 정부가 허가한 몇 권 안 되는 인쇄물 가운데 하나인 『맨발 의사 수첩』을 공부한 적이 있었다.

맨발 의사들에 관한 선전은 마오쩌둥의 정치적 술수 가운데 하나였다. 그는 문화혁명 이전의 보건부가 농부들을 돌보지 않고 오로지 도시 주민들, 특히 당의 관료들에게만 관심을 기울였다고 비판했다. 마오쩌둥은 또한 의사들이 농촌, 특히 오지에서 일하기를 원치 않는다고 비난했다. 그러나 마오쩌둥은 정권의 우두머리로서 책임을 지지 않았을 뿐만 아니라, 이런 상황을 시정하기 위해서 병원을 더 짓거나 의사들을 더 많이 양성하라는 지시를 내리는 것과 같은 실질적인 조치를 하나도 취하지 않았다. 문화혁명 기간 동안 의료 상황은 더욱 나빠졌다. 농부들이 의사의 치료를 제대로 받지 못했다고 주장하는 마오쩌둥의 선전 노선은 사실상 문화혁명 이전의 당 체제와 지식인들에 대한 적개심을 고취하자는 의도가 깔려 있었다. 지식인 범주 가운데에는 의사와 간호사가 포함되었다.

마오쩌둥은 농부들에게 마법과 같은 해결책을 제안했다. 즉 대규모로 배출할 수 있는 "의사들", 즉 맨발 의사들이 그것이었다. "의사는 정식 훈련을 그처럼 많이 받을 필요가 없다. 의사들은 주로 현지 실습으로 실무 기술을 향상시켜야 한다." 1965년 6월 26일 마오쩌둥은 보건과 교육의 지침이 된 다음과 같은 발언을 했다. "인민들은 책을 많이 읽을수록 더욱 어리석어진다." 나는 아무런 훈련도 받지 않은 상태로 의사로서 일을 하러 갔다.

진료소는 나의 오두막에서 걸어서 대략 1시간 거리에 있는 언덕 위의 대형 창고 건물 안에 있었다. 진료소 옆에는 성냥과 소금, 간장 등 모두 배급 물품을 파는 가게가 있었다. 수술실 가운데 하나가 나의 침실이 되었다. 나의 직무는 구체적으로 정해지지 않은 상태였다.

내가 본 유일한 의학 서적은 『맨발 의사 수첩』이었다. 나는 그 책을 열심히 공부했다. 그 책에는 이론이 생략된 채 단지 각종 질병 증상의 간략한 설명과 그에 대한 처방이 소개되어 있었다. 나는 두 의사들 앞에 놓인 책상에 앉았다. 그러나 진료소를 찾은 아픈 농부들은 경험이 없는 의사인 나를 거들떠보지도 않았는데, 이는 현명한 태도였다. 나는 별로 두껍지 않은 책을 한 권 가지고 있었는데, 그 책은 그들이 보아도 읽을 수가 없는 것이었다. 우리 의사 3명은 모두 먼지에 찌든 평상복을 입고 일했다.

환자들은 나를 그냥 지나쳐 다른 두 의사들에게 갔다. 나는 자존심이 상하기보다는 안도감을 느꼈다. 환자들이 자기네 증상을 설명할 때마다 책을 펴본 다음 권장된 처방을 베끼는 것은 내가 생각했던 의사의 업무가 아니었다. 간혹 나는 우리의 새로운 지도자들이 일반 의사든 맨발 의사든 나를 자기네 주치의로 원할 것인가 하는 의문이 떠오를 때마다 역설적인 기분을 느꼈다. 그러나 마오쩌둥은 아직 나의 이 같은 의문의 대상이 아니었다. 물론 나는 그들이 원하지 않을 것이라고 생각했다. 맨발 의사들은 우선 "관리들이 아닌 인민들에게 봉사"해야 하기 때문이었다. 나는 단순히 간호사 역할을 하며 처방된 약을 내어주고 주사를 놓는 일로 만족했다. 나는 어머니가 출혈할 때 호르몬제를 주사하는 법을 배운 적이 있었다.

모든 환자들이 의학교를 졸업한 젊은 의사를 원했다. 그가 처방한 중국 약초는 많은 질병을 치료했다. 또한 매우 양심적이었던 그는

662

환자들의 농촌 마을 자택까지 왕진을 나갔고, 여가 시간에 약초를 채집하거나 재배했다. 나는 염소수염을 기른 의사의 의학적 무관심에 질색을 했다. 그는 소독하지 않은 주사기 하나로 여러 명의 환자들에게 주사를 놓았다. 그리고 그는 환자가 알레르기 반응을 보이는지 확인하지도 않고 페니실린을 주사했다. 중국의 페니실린은 순도가 낮은데다 부작용이 심해서 환자가 죽을 수도 있었기 때문에 반응검사 없이 사용하는 것은 극도로 위험했다. 나는 그 의사에게 내가 대신 주사를 놓겠다고 제안했다. 그는 나의 간섭에 기분 나빠하지 않고 미소를 지으며, 그동안 한번도 의료사고가 없었다고 말했다. "농촌 사람들은 도시 사람들처럼 예민하지 않아요."

나는 두 의사를 좋아했으며, 그들은 내가 질문을 할 때면 항상 친절하게 도와주었다. 그들이 나를 위협적인 존재로 생각하지 않은 것은 당연했다. 농촌에서는 정치적 구호보다는 전문 기술이 더욱 중시되었다.

나는 모든 마을로부터 멀리 떨어진 언덕 위의 생활이 즐거웠다. 매일 아침 일찍 일어나 언덕 가장자리를 산책하며 떠오르는 해를 바라보고 옛날부터 전해내려오는 침술 서적의 문장을 암송했다. 내 발 아래쪽에 있는 여러 들판과 마을들이 닭의 울음소리로 잠에서 깨어나기 시작했다. 시시각각으로 점차 밝아지는 하늘 속에서 창백하고 외롭게 빛나는 금성만이 아래 세계를 내려다보고 있었다. 나는 아침의 미풍에 흔들리는 인동덩굴과 진주 같은 이슬방울을 떨어뜨리는 까마중의 큰 꽃잎을 좋아했다. 사방에서 새들이 지저귀어 나의 암기를 방해했다. 나는 산책을 잠시 더 한 다음 아침 식사를 만들기 위해서 풍로에 불을 붙이러 집으로 돌아왔다.

인체 해부도와 침술 책의 도움을 받아 나는 질병에 따라 환자의 몸에 침을 놓아야 할 위치를 분명히 알게 되었다. 그에 이어 나는 침놓는 실습을 해보고 싶었다. 나의 침술 실습에 몇 사람이 열성적으로 자원했다. 현재 다른 여러 마을에서 살고 있는 청두 출신 남학생들이 자원자였는데, 그들은 나를 매우 좋아했다. 남학생들은 침술 실습에 참석하려고 몇 시간을 걸어왔다. 한 청년은 소매를 걷어올려 팔뚝의 침 놓을 자리를 보여주며 용감한 표정으로 이렇게 말했다. "나도 남자니까 침을 놓아요."

나는 부모에게 효도하고 외할머니의 죽음에 대한 죄의식을 덜기 위해서 남자 친구를 사귀지 않겠다는 결심이 약해지고 있었으나, 그 남학생들 가운데 누구와도 사랑에 빠지지 않았다. 나는 아직 마음을 주기가 어려웠고, 내가 받은 가정교육이 애정 없는 육체관계를 막았다. 내 주변의 도시 출신 남녀 학생들은 비교적 자유분방한 생활을 하고 있었다. 나만 혼자 높은 대좌 위에 앉아 있었다. 내가 시를 쓴다는 소문이 나돌았고, 그런 소문이 나를 대좌 위에 남아 있도록 했다.

청년들은 모두 신사적으로 행동했다. 한 청년은 뱀 껍질로 공명통을 만든 싼셴(三絃)이라고 불리는 악기를 나에게 선물했다. 그 청년은 긴 손잡이와 3개의 비단 줄로 이루어진 이 현악기를 활로 타는 법을 나에게 며칠 동안이나 가르쳐주었다. 연주가 허가된 곡들은 모두 마오쩌둥 찬가였고 곡목의 수는 제한적이었다. 그러한 사실은 나에게 별로 중요하지 않았다. 나의 재능이 더욱 제한적이었다.

따뜻한 저녁에 중국 나팔꽃으로 둘러싸인 향기로운 약용식물원 옆에 앉아서 나 혼자 싼셴을 연주했다. 밤에 진료소 옆의 상점이 문을 닫으면 나는 완전히 혼자가 되었다. 달빛이 부드럽게 비칠 때를 제외하면 밤은 어두웠고, 먼 오두막들의 불빛이 반짝였다. 간혹 아주 작고 보이지 않는 소인들이 횃불을 들고 날아다니는 것처럼 개똥벌레들이 어둠 속을 떠다녔다. 약용식물원에서 나는 향기에 도취되어 의식이 희미해지는 느낌이 들었다. 나의 악기 연주는 개구리 떼의 열광적인 합창과 귀뚜라미의 구슬픈 울음소리와는 비교도 되지 않았다. 그러나 나는 연주 소리에서 위안을 받았다.

# 24 "때늦은 나의 사과를 받아주시오"

부모님의 수용소 생활
(1969-1972)

청두에서 트럭으로 3일이 걸리는 북부 시창 지방에 뉴랑파라는 곳이 있다. 그곳에 삼거리가 있는데 한 갈래는 아버지의 수용소가 있는 남서쪽의 미이로 가고, 다른 한 갈래는 남동쪽의 윈난으로 이어졌다.

뉴랑파라는 지명은 유명한 전설에서 유래되었다. 하늘의 여제의 딸인 직녀는 뉴랑파의 한 연못에서 목욕을 하러 천상의 궁전에서 하계로 종종 내려왔다(지기석 가(街)에 떨어진 운석은 직녀의 베틀을 바쳤던 돌로 여겨졌다). 호수 옆에 살고 있던 목동인 견우가 직녀를 보았고, 두 사람은 사랑에 빠졌다. 두 사람은 결혼하여 아들딸 하나씩을 낳았다. 하늘의 여제는 두 사람의 행복을 질투하여 몇 명의 신들을 하계로 보내 직녀를 납치했다. 신들은 직녀를 데리고 떠났으며, 견우는 그들의 뒤를 쫓아갔다. 견우가 신들을 잡기 직전에 하늘의 여제가 머리에 꽂고 있던 핀을 뽑아 견우와 직녀 사이에 금을 그어 커다란 강을 만들었다. 이렇게 생긴 은하수가 1년 중 7월 7일을 제외하고 두 사람을 영원히 갈라놓았다. 이날 견우와 직녀가 만날 수 있는 다리를 놓기 위해서 중국 전역의 까치들이 모인다.

은하(銀河)는 중국어로 "하늘의 강"이라는 뜻이다. 시창 위의 드넓은 하늘에는 수많은 별의 무리와 직녀성이라고 불리는 베가 별이 한쪽에 있고, 그 반대쪽에는 두 자녀를 거느린 견우의 별 알타이르가 있다. 이 전설은 수 세기 동안 중국인들의 심금을 울렸다. 왜냐하면 중국인들은 잦은 전쟁과 도적 떼의 습격, 빈곤, 무자비한 정부들의 탄압 때문에 가족들이 흩어지는 경우가 많았기 때문이었다. 아이러니하게도 어머니가 이런 고장에 보내졌다.

어머니는 둥청 구에서 함께 일한 동료 직원 500명과 함께 1969년 11월 그곳에 도착했는데, 주자파는 물론 조반파도 포함되었다. 그들은 서둘러 청두를 떠나라는 명령을 받았기 때문에, 윈난 성의 성도인 쿤밍에서 청두까지 철도를 부설한 군대 기술자들이 남기고 간 몇 채의 오두막 외에는 거처할 주거시설이 없었다. 일부 사람들은 이 비좁은 오두막에 들어가 생활을 했고, 나머지 사람들은 지역 농부들의 집에 침구를 빼곡하게 집어넣어야 했다.

포아풀과 진흙 외에는 건축 자재가 없었다. 진흙은 산 위에서 파가지고 아래로 운반해야 했다. 벽을 쌓기 위해서 진흙을 물에 이겨 벽돌을 만들었다. 기계와 전기, 심지어 가축도 없었다. 대략 해발 1,500미터인 뉴랑파에는 사계절이 1년이 아니라 하루 동안에 나누어졌다. 어머니가 작업을 시작하는 오전 7시의 기온은 거의 빙점에 가까웠다. 그러나 한낮이 되면 30도까지 올라갔다. 오후 4시경에는 산 사이로 더운 바람이 거세게 불어 글자 그대로 사람들이 날아갈 지경이었다. 작업을 마치는 저녁 7시에는 기온이 다시 곤두박질쳤다. 이러한 악천후 속에서 어머니와 다른 동료들은 하루에 12시간 동안 일했으며, 휴식 시간은 짧은 점심 시간 한차례뿐이었다. 처음 4개월 동안 어머니와 동료들이 먹은 음식은 쌀밥과 삶은 양배추가 전부였다.

군대처럼 조직된 수용소는, 청두 혁명위원회의 지시를 받는 군대 장교들이 운영했다. 초기에 어머니는 계급의 적으로 취급되어 점심 시간 내내 고개를 숙이고 서 있도록 강요당했다. 이런 처벌 방식은 지두비판(地頭批判)이라고 불렸는데, 휴식할 여유가 있는 다른 사람들에게 적개심을 표시할 힘을 남겨두도록 일깨우는 방법으로 언론에서 권장한 방식이었다. 어머니는 두 다리를 쉬지 않고는 온종일 작업할 수 없다고 중대장에게 항의했다. 문화혁명 이전에 청두 둥청구 무장부 소속이었던 그 장교는 어머니와 사이좋게 지낸 바 있었다. 그 장교는 점심 시간 처벌을 중단시켰다. 그러나 어머니는 가장 힘든 일을 할당받았고, 다른 동료들과 달리 일요일에도 쉬지 못했다. 어머니의 자궁출혈이 악화되었다. 이어 어머니는 간염에 걸렸다. 어머니의 몸 전체가 황색으로 부었으며 심한 통증을 느꼈다.

둥청 구의 병원 직원 절반을 집단이주시켰기 때문에 수용소에는 의사가 충분히 확보되어 있었다. 혁명위원회의 지도부 간부들에게 가장 필요한 의사들만 청두에 남아 있었다. 어머니를 치료한 의사는 자신과 병원의 다른 직원들이 문화혁명 이전에 자기네를 보호해준 것을 어머니에게 감사한다고 말했다. 또 그 의사는 어머니가 아니었다면 1957년에 우파로 낙인찍혔을지도 모른다는 말도 했다. 서양 약품을 구할 수 없었기 때문에 그 의사는 차전초(車前草)와 어성초(魚腥草)를 구하기 위해서 몇 킬로미터를 도보로 여행했다. 중국인들은 이러한 약초가 간염 치료에 효과가 있다고 생각했다.

그 의사는 또 어머니의 간염 증세를 수용소 당국자들에게 과장하여 보고했고, 수용소 당국은 어머니를 1킬로미터가량 떨어진 곳에서 혼자 지낼 수 있는 숙소로 이동시켰다. 어머니를 괴롭히던 자들은 병의 전염을 우려하여 어머니를 혼자 지내게 했으나, 그 의사는 매일 어머니를 진찰하러 왔으며 인근 농부에게 염소젖을 매일 배달해주도록 비밀리에 주문했다.

어머니의 새로운 숙소는 버려진 돼지우리였다. 어머니를 동정하는 동료들이 돼지우리를 깨끗이 청소하고 건초를 바닥에 두껍게 깔았다. 어머니는 건초가 호화로운 양탄자처럼 느껴졌다. 어머니에게 친절했던 한 요리사가 식사를 날라다주는 일을 자원했다. 그 여자 요리사는 아무도 안 볼 때면 달걀 두세 개를 음식에 집어넣었다. 육류를 구할 수 있게 되었을 때, 다른 수감자들은 1주일에 한 번 먹었으나 어머니는 매일 고기를 먹었다. 어머니는 친구들이 시장에서 사온 배와 복숭아 등 신선한 과일도 먹었다. 어머니의 입장에서 볼 때 간염은 뜻밖의 행운이었다.

어머니에게는 매우 애석한 일이었지만 대략 40일 뒤 어머니는 건강을 회복하여 진흙 벽돌을 쌓아 새 막사를 세운 수용소로 복귀했다. 주변 지역에는 비가 내려도 뉴랑파에는 비가 오지 않는 반면 마른번개와 천둥을 끌어들이는 기묘한 지역이다. 그 지방 농민들은 땅이 너무 건조한데다 천둥과 번개가 자주 칠 때는 위험했기 때문에 뉴랑파에는 곡식을 심지 않았다. 그러나 그 땅은 수용소가 구할 수 있는 유일한 자원이었기 때문에 수감자들은 가뭄에 강한 특수한 옥수수 종자를 심었고, 산비탈 아래에 있는 물을 위로 운반했다. 장차 쌀의 공급을 확보하기 위해서 수감자들은 벼농사철에 지방 농부들을 돕겠다고 제안했다.

농부들은 동의했지만 그 지역 풍습은 여자가 물을 운반하는 것을 금지했고, 남자가 모를 심는 것을 금지했다. 모를 심는 것은 여자들, 특히 아들을 낳은 여자들만 담당할 수 있었다. 아들을 많이 낳은 여자일수록, 허리가 휘도록 고된 이 작업에 더욱 필요한 인력이 되었다. 이는 많은 아들을 출산한 여자가 심은 벼에서 더 많은 수확을 거둘 수 있다는 미신에 기초한 것이었다(중국에서는 아들 "자〔子〕"와 쌀알을 뜻하는 "자〔籽〕"가 모두 "쯔"로 발음된다). 어머니는 고대로부터 전해내려온 이 미신의 으뜸 수혜자였다. 어머니는 다른 대다수 여자 동료들보다 많은 3명의 아들을 낳았기 때문에 염증이 생긴 하복부의 출혈을 참아가며 논에서 허리를 굽힌 채 하루 최고 15시간씩 일을 했다.

밤에는 늑대들로부터 돼지들을 지키기 위해서 어머니는 다른 사람들과 교대로 보초를 섰다. 진흙과 풀로 지은 오두막 뒤쪽에는 산줄기가 솟아 있고, 그 산줄기에는 "늑대굴"이라는 적절한 이름이 붙여져 있었다. 지방 주민들은 새로 도착한 수용소 사람들에게 그 지방의 늑대들이 매우 영악하다고 설명해주었다. 돼지우리에 들어간 늑대는 돼지의 몸을 부드럽게 긁고 핥아주어 돼지를 황홀경에 빠뜨려 소리를 지르지 않도록 한다. 특히 돼지의 귀 뒷부분을 애무한다. 그런 다음 늑대는 돼지의 한쪽 귀를 가볍게 물고 우리 밖으로 데리고 나와 북슬북슬한 꼬리로 돼지의 목을 계속 쓰다듬으며 끌고 간다. 돼지는 늑대가 물려고 덤빌 때에도 사랑하는 상대가 애무해주는 것으로 착각한다는 것이다.

농부들은 늑대들과 때로는 표범들이 불을 무서워한다고 도시 사람들에게 설명해주었다. 그래서 돼지우리 밖에 매일 밤 불을 피웠다. 어머니는 멀리서 들려오는 늑대 짖는 소리를 들으며 늑대굴이라고 불린 검게 솟아 있는 산등성이 위로 하늘을 가로질러 떨어지는 유성을 보며 많은 밤을 뜬눈으로 지샜다.

어느 날 밤 어머니는 작은 연못에서 옷을 빨고 있었다. 앉았다가 일어서던 어머니는 대략 20미터 떨어진 연못 건너편에 서 있던 늑대의 붉은 두 눈과 마주치게 되었다. 어머니는 머리털이 곤두섰으나, 무서워하는 기색을 보이거나 돌아서서 뛰지 말고 천천히 뒷걸음질을 하는 것이 늑대에 대처하는 방법이라고 어릴 적 친구였던 리씨 노인이 해준 말을 기억했다. 그래서 어머니는 연못에서 뒷걸음으로 물러나 가급적 조용히 수용소 쪽으로 움직였다. 이동하는 동안 어머니는 따라오는 늑대를 정면으로 바라보았다. 어머니가 수용소의 가장자리에 도착했을 때 늑대는 멈춰섰다. 불빛이 보였고, 사람들의 목소리를 들을 수 있었다. 어머니는 급히 돌아서서 수용소 문 안으로 뛰어들어갔다.

시창의 깊은 밤에 수용소의 불은 거의 유일한 빛이었다. 그곳에는 전기가 없었다. 양초를 구한다고 해도 값이 너무 비쌌고, 등유는 아주 희귀했다. 그러나 읽을 것이 많지 않았다. 진밍이 암시장에서 구해준 책들을 비교적 자유롭게 읽었던 더양의 나와는 달리 간부 학교는 엄격한 통제를 받았다. 허용된 유일한 인쇄물은 『마오쩌둥 선집』과 「인민일보」였다. 간혹 몇 킬로미터 떨어진 군부대에서 새 영화가 상영되었다. 그런 영화는 언제나 한결같이 마오쩌둥의 부인 장칭이 지도한 모범극 가운데 하나였다.

하루하루가 지나고 한달 두달이 지나는 동안 가혹한 작업과 부족한 휴식은 견디기 어려워졌다. 조반파를 포함한 모든 사람들이 가족을 그리워했다. 그들의 원망이 더욱 커진 것은 다음과 같은 몇 가지 이유 때문이었을 것이다. 그들은 과거 자신들의 광적인 열성이 이제 무용지물로 밝혀졌으며, 과거의 행동과 상관없이 청두의 권력에 결코 복귀하지 못하리라는 것을 마침내 깨달았던 것이다. 그들이 떠나 있는 동안 혁명위원회의 모든 자리가 채워졌다. 뉴랑파에 도착하고 몇 달이 지나자 침울한 분위기가 비판을 대신했고, 어머니가 때때로 조반파를 격려해주었다. 어머니는 친절의 화신인 "관음보살"이라는 별명을 얻었다.

밤이 되면 어머니는 일찍 매트리스 위에 누워 아들들과 딸들의 어린 시절을 회상했다. 어머니는 기억할 만한 가족생활이 별로 없다는 사실을 깨달았다. 우리들이 성장할 때 어머니는 가정을 완전히 떠나 있었다. 가족을 희생하고 공산주의 대의명분에 모든 것을 바친 것이었다. 이제 어머니는 당에 대한 자신의 헌신이 무의미했다고 후회했다. 어머니는 참으로 견디기 어려운 마음의 고통을 느끼며 자식들을 그리워했다.

뉴랑파에 도착한 지 3개월이 지난 1970년 2월, 중국의 춘절 10일 전 어머니의 부대는 검열하러 오는 군대의 지휘관을 환영하기 위해서 수용소 건물 앞에 정렬했다. 오랜 시간을 기다린 사람들은 멀리 떨어져 있는 도로에서 간부 학교로 올라오는 비포장도로 위를 걸어오는 작은 사람의 모습을 발견했다. 사람들은 모두 그 사람을 유심히 바라보았으며, 그가 절대 높은 사람이 아니라고 단정했다. 높은 사람은 일행을 거느리고 차를 타고 왔을 것이다. 그 사람의 모습이 지역의 농부일 가능성도 없었다. 고개를 숙인 그 사람은 길고 검은 양털 스카프를 너무나 맵시 있게 목에 두르고 있었다. 그 사람은 등에 커다란 바구니를 진 젊은 여자였다. 그 여자가 점점 가까워지는 것을 본 어머니의 가슴은 뛰기 시작했다. 어머니는 그 사람이 나처럼 보인다고 생각했고, 이어 자신이 상상을 한다고 생각했다. 어머니는 이렇게 혼잣말을 했다. "저 사람이 얼훙이라면 얼마나 좋을까!" 갑자기 사람들이 흥분하여 어머니에게 말했다. "저 사람은 당신 딸입니다. 딸이 당신을 보러 여기 왔어요. 얼훙이 여기 왔어요."

이것은 평생처럼 길게 느껴진 시간 뒤에 내가 오는 모습을 보고 느낀 심경을 어머니가 설명한 것이었다. 나는 간부 학교를 처음 방문한 면회자였고, 사람들은 환영과 부러움이 뒤섞인 태도로 나를 맞이했다. 그 전해 6월 호적부를 옮기기 위해서 여행할 때 나를 닝난까지 태워다준 그 트럭을 타고 어머니를 만나러 갔다. 내가 등에 지고 간 커다란 바구니는 소시지와 달걀, 과자, 케이크, 국수, 설탕, 육류 통조림으로 가득했다. 우리 형제자매 5명과 "안경"은 부모님에게 귀한 선물을 하기 위해서 우리가 배급받은 물자와 우리의 생산대에서 지급한 물품을 모았다. 나는 짐의 무게에 눌려 바구니 밑에 깔릴 지경이었다.

나는 두 가지 사실을 즉각 알아차렸다. 어머니는 건강해보였다. 나중에 어머니가 이야기한 바에 의하면, 어머니는 그 얼마 전 간염에서 회복되었다. 그리고 어머니 주변 사람들의 태도는 적대적이 아니었다. 일부 사람들이 이미 어머니를 "관음보살"이라고 부르고 있었다. 어머니는 아직 공식적으로 계급의 적이었기 때문에, 나는 이 같은 상황을 믿을 수 없었다.

어머니는 암청색 스카프를 머리에 쓰고 양끝을 턱밑에서 묶었다. 어머니의 양볼의 피부는 이제 거칠어보였다. 어머니의 얼굴은 강렬한 햇빛과 거센 바람 속에서 거칠어지고 검붉은색으로 변해 시창 농부들처럼 보였다. 어머니는 서른여덟 살의 나이보다 최소한 열 살은 더 들어보였다. 내 얼굴을 쓰다듬는 어머니의 두 손은 금이 간 마른 나무껍질처럼 느껴졌다.

나는 열흘 동안 머문 다음 춘절날에 아버지의 수용소로 떠날 예정이었다. 친절한 트럭 운전기사는 나를 내려준 곳에서 만나 다시 태워줄 예정이었다. 아버지의 수용소가 멀지 않았으나 아버지와 어머니는 서로를 방문하는 것이 금지되었기 때문에 어머니의 두 눈에는 눈물이 고였다. 나는 손도 대지 않은 식료품 바구니를 등에 졌다. 어머니는 모든 음식을 아버지에게 가져가라고 우겼다. 중국에서는 소중한 음식을 다른 사람들을 위해서 아끼는 것이 항상 사랑과 관심을 표현하는 주요 방식이었다. 어머니는 내가 떠나는 것을 매우 슬퍼했으며, 어머니의 수용소에서 제공하는 전통적인 중국식 신년 아침 식사를 내가 먹지 못하게 된 것이 참으로 애석하다고 말했다. 쌀가루로 만든 경단을 넣어 끓인 국인 탕위안〔湯圓〕은 가족의 단란한 생활을 상징했다. 그러나 나는 트럭을 놓칠까봐 두려워 탕위안을 기다릴 수 없었다.

어머니는 도로까지 30분 동안 나와 함께 걸었으며, 우리는 높게 자란 풀밭에 앉아 트럭을 기다렸다. 주변에는 무성하게 자란 포아풀이 끝없이 밀려오는 물결처럼 부드럽게 출렁이고 있었다. 해는 이미 화사하게 빛나 대기는 따뜻했다. 나를 껴안고 있는 어머니는 나를 보내고 싶지 않으며, 나를 다시는 보지 못할까봐 두렵다고 온몸으로 말하는 듯했다. 당시 우리는 어머니의 간부 학교와 나의 인민공사 생활이 과연 언제 끝날 것인지 알지 못했다. 우리는 간부 학교와 인민공사에서 평생 살 것이라는 말을 들은 바 있었다. 우리가 다시 만나기 전에 죽을 수 있는 이유는 수백 가지도 넘었다. 어머니의 슬픔이 나에게 전염되었고, 나는 닝난을 출발하기도 전에 외할머니가 돌아가신 일을 떠올렸다.

해는 점점 높이 떠올랐다. 나를 태우고 갈 트럭은 나타날 기미가 보이지 않았다. 멀리 있는 간부 학교의 굴뚝에서 솟아오르던 커다란 둥근 고리 모양의 연기가 가늘어지자, 어머니는 나에게 새해 아침 식사를 차려줄 수 없는 것을 너무나 애석해했다. 어머니는 돌아가서 탕위안을 조금 가지고 오겠다고 우겼다. 어머니가 떠난 후 트럭이 도착했다. 수용소 쪽을 돌아다본 나는 어머니가 내 쪽으로 달려오는 모습을 보았다. 흰색과 황금색 풀들이 어머니의 암청색 스카프 주변에서 물결치듯이 움직이고 있었다. 어머니는 오른손에 커다란 법랑 식기를 들고 있었다. 어머니는 조심스러운 자세로 뛰어오고 있었다. 그 모습을 보고 나는 어머니가 탕위안을 쏟지 않으려고 애쓰는 것을 알았다. 어머니는 아직 상당히 먼 곳에 있었고, 나는 어머니가 20분 안에 도착할 수 없다는 것을 알 수 있었다. 트럭 기사는 나에게 이미 큰 호의를 베풀었기 때문에 나는 20분을 더 기다려달라고 부탁할 수 없다고 생각했다. 나는 트럭의 뒤쪽에 올라탔다. 어머니가 여전히 멀리서 달려오는 모습을 볼 수 있었다. 그러나 어머니는 이제 식기를 들고 있는 것 같지 않았다.

내가 트럭에 올라타는 모습을 보았을 때 식기가 손에서 떨어졌다고 어머니는 몇 년 뒤 나에게 이야기했다. 그러나 어머니는 우리가 앉아 있었던 곳까지 계속 달려왔다. 다른 사람이 트럭에 탔을 리 만무했음에도 불구하고, 내가 정말 떠났는지를 확인하러 온 것이었다. 그곳의 드넓은 누런색 풍경 속에서 사람의 그림자는 하나도 보이지 않았다. 다음 며칠 동안 어머니는 넋이 나간 사람처럼 수용소 주변을 걸어다녔다.

트럭의 짐칸에서 몇 시간 동안 흔들린 후 나는 아버지의 수용소에 도착했다. 깊은 산속에 위치한 그 수용소는 예전에 강제노동을 하던 수용소 군도였다. 수용소 군도의 죄수들은 산속의 황무지를 개간하여 이 농장을 만들었다. 그들은 이처럼 비교적 개간이 된 농토를, 중국의 처벌 사다리에서 한 계단 높은 자리에 있는 추방된 관리들에게 물려준 다음 더욱 열악한 처녀지를 개척하러 떠났다. 그 수용소는 규모가 거대하여 성 정부의 전직 관리 수천 명을 수용하고 있었다.

나는 아버지의 연대에 도달하기 위해서 몇 시간 동안 걸어야 했다. 깊은 협곡 위에 설치되어 있는 밧줄 현수교에 첫발을 내디뎠을 때 다리가 흔들려 나는 균형을 잃을 뻔했다. 등짐을 지고 와서 기진맥진했으나 나는 주변 산악지대의 놀라운 절경에 감탄할 여유는 있었다. 때는 아직 초봄이었으나 사방에 화사한 꽃들이 만발했고, 판야나무와 파파야 숲이 무성했다. 아버지의 공동 숙사에 도착한 나는 일찍 꽃이 핀 배나무와 자두나무, 편도나무 그늘 아래에서 의젓하게 걸어다니는 화려한 색깔의 꿩 몇 마리를 보았다. 몇 주일 동안 떨어진 분홍과 흰 꽃잎들이 비포장도로 위를 뒤덮었다.

1년 만에 아버지를 본 나는 가슴이 아팠다. 아버지는 벽돌이 가득 든 2개의 바구니를 천칭봉에 걸고 총총히 걸어 마당 안으로 들어왔다. 아버지는 청색 상의를 느슨하게 걸치고 있었고, 걷어올린 바지 아래로는 힘줄이 솟아오른 극도로 여윈 두 다리가 보였다. 햇빛에 그을린 아버지의 얼굴에는 주름이 졌고, 머리는 거의 회색이었다. 그때 아버지가 나를 보았다. 내가 아버지를 향해 뛰어가자 아버지는 너무나 흥분하여 어색한 동작으로 짐을 내려놓았다. 중국 사회의 전통에서는 아버지와 딸 사이의 신체적 접촉을 극도로 제한했기 때문에 아버지는 대단히 기쁘다는 뜻을 눈빛으로 표현했다. 아버지의 두 눈에는 자애로운 빛이 가득했다. 또한 나는 아버지의 두 눈을 보고 아버지가 겪은 시련의 흔적도 알아차렸다. 아버지의 젊은 활력과 총기는 조용한 체념과 노년의 당혹감으로 바뀌어 있었다. 그러나 아버지는 아직 마흔여덟 살의 한창 나이였다. 나는 목이 메는 것을 느꼈다. 나는 가장 우려하는 것, 즉 아버지의 광기 발작 징후가 눈빛에 나타나지는 않는지 살펴보았다. 그러나 괜찮아보였다. 나는 마음에서 큰짐을 벗었다.

아버지는 모두 같은 부서에서 일했던 7명의 동료 직원과 한 방을 썼다. 방에는 작은 창문이 하나밖에 없었으므로 채광을 위해서 하루 종일 방문을 열어두어야 했다. 같은 방에 사는 사람들은 서로 이야기하는 경우가 거의 없었고, 아무도 나에게 인사를 하지 않았다. 나는 이곳 수용소 분위기가 어머니의 간부 학교보다 훨씬 더 엄하다는 것을 즉각 깨달았다. 그 이유는 이 수용소가 쓰촨 혁명위원회의 직접 관할하에 있었고, 따라서 팅 부부의 감독을 받았기 때문이었다. 마당의 담 벽에는 "아무개를 타도하라!" 혹은 "아무개를 제거하라!" 는 구호를 적은 현수막이 여러 개 걸려 있었다. 그 현수막 밑에는 낡아서 금이 간 괭이와 삽이 놓여 있었다. 고된 하루의 작업이 끝난 후 저녁에 종종 열리는 규탄대회에서 아버지가 여전히 비판 대상으로 거론된다는 사실을 나는 오래지 않아 알게 되었다. 수용소에서 빠져나오는 한 가지 길은 혁명위원회의 직무에 다시 발령받는 것이었다. 발령을 받기 위해서는 팅 부부를 기쁘게 해야 했으므로 일부 조반파 사람들은 경쟁적으로 투쟁성을 과시했고, 아버지는 자연히 그들의 희생자가 되었다.

아버지는 주방 출입이 금지되었다. 아버지는 "반마오쩌둥적 죄인"으로 낙인찍힌 위험 인물이므로 음식에 독을 탈 가능성이 있다는 것이 그 이유였다. 그런 주장을 누가 믿고 안 믿는 것은 문제가 되지 않았다. 그런 주장의 취지는 모욕을 주는 데 있었다.

아버지는 이런 모욕과 다른 학대행위를 꿋꿋하게 참았다. 아버지는 단 한 번 분노를 밖으로 드러냈다. 처음 수용소에 왔을 때 아버지는 검은색 글자로, 활동 중인 반혁명분자를 의미하는 "현행반혁명(現行反革命)"이라고 쓴 흰색 완장을 찰 것을 지시받았다. 아버지는 거칠게 완장을 내던지며 이를 악물고 이렇게 말했다. "어서 나를 때려죽여라. 나는 이런 것은 차지 않을 것이다!" 조반파는 물러섰다. 그들은 아버지가 진심으로 말한다는 것을 알았다. 그들은 상부로부터 아버지를 죽이라는 명령은 받지 않았다.

이곳에서 팅 부부는 자기네 적들에게 원한을 갚을 수 있었다. 그 가운데 한 사람은 1962년 팅 부부에 대한 조사에 참여했던 사람이었다. 그 사람은 1949년 이전에 지하공작 활동을 했고, 국민당 교도소에 수감되어 고문을 받아 건강을 해쳤다. 수용소에 들어온 지 얼마 안 되어 그 사람은 병이 위독해졌으나 계속 작업에 나가야 했고, 단 하루도 휴가를 허가받지 못했다. 그는 작업 속도가 느렸기 때문에 밤에 보충 작업을 하라는 명령을 받았다. 그의 게으름을 비판하는 벽보들이 나붙었다. 내가 본 벽보들 가운데 하나는 이런 말로 시작되었다. "동지여, 이렇게 몰골이 흉악한 살아 있는 해골을 본 적이 있는가?" 시창의 따가운 햇빛 아래서 그의 피부는 타서 말랐고, 커다란 피부 조각이 벗겨져 떨어졌다. 또한 그는 굶주린 탓에 사람처럼 보이지 않았다. 위의 3분의 2를 절단해야 했던 그는 한번에 음식을 조금씩밖에 소화할 수 없었다. 그는 필요한 만큼 자주 식사를 할 수 없었으므로 항상 배가 고픈 상태였다. 어느 날 자포자기한 그는 김치국물을 찾으려고 주방에 들어갔다. 그는 음식에 독을 타려고 시도했다는 혐의를 받았다. 자신이 완전히 쓰러지기 직전에 있다는 사실을 알았던 그는 수용소 당국에 자신이 죽어가고 있으며 중노동을 일부 면제해달라고 요청하는 청원서를 썼다. 악랄한 벽보운동이 유일한 답이었다. 얼마 후 그는 태양이 타는 듯이 내리쬐는 들판에서 거름을 뿌리던 중 기절했다. 그는 수용소의 진료소로 운반되었고 다음 날 죽었다. 그의 임종에는 가족이 참석하지 않았다. 그의 부인은 자살했다.

간부 학교에서 고통받는 사람들은 주자파뿐만이 아니었다. 아무리 미약할지라도 국민당과 조금이라도 관계를 맺었던 사람들과, 운이 나빠 어떤 개인적 보복의 표적이나 질시의 대상이 된 수십 명의 사람들이 수용소 안에서 죽어가고 있었다. 그중에는 패배한 조반파의 몇몇 파벌의 지도자들도 포함되었다. 계곡을 가르며 거세게 흐르는 강물에 많은 사람들이 투신자살했다. 그 계곡의 강은 "안닝허"라고 불렸다. 한밤중이 되면 강의 물소리가 몇 킬로미터 떨어진 곳까지 메아리쳤고, 수감자들의 등골을 서늘하게 만들었다. 수감자들은 강물 흐르는 소리가 유령의 흐느끼는 소리 같다고 말했다.

　이러한 자살에 관한 이야기를 들은 나는 당장 아버지가 정신적으로나 신체적으로 느끼는 압박감을 완화하도록 돕겠다는 결심을 더욱 확고히 했다. 나는 인생이 살 만한 가치가 있으며 가족들이 아버지를 사랑하고 있음을 확신시킬 필요가 있었다. 나는 아버지에 대한 규탄대회에 참석하여 아버지가 나를 바라볼 수 있는 위치에 앉아 내가 함께 있다는 것을 보여줌으로써 안심시켜드렸다. 수감자들은 이제 지쳐서 대부분의 규탄대회에서 아버지를 심하게 공격하지 않았다. 규탄대회가 끝나는 즉시 아버지와 나는 둘만의 조용한 장소로 함께 갔다. 나는 규탄대회의 추악한 기억을 잊도록 명랑한 내용의 이야기를 들려드리고 머리와 목, 어깨를 안마해드렸다. 그런 다음 아버지는 나에게 고전시를 낭송해주었다. 나는 낮에 아버지의 작업을 도왔다. 아버지의 작업은 자연히 가장 힘들고 불결했다. 때때로 나는 아버지의 짐을 대신 운반했는데, 무게가 45킬로그램이 넘었다. 나는 무거운 짐을 견디기 힘들었으나 아버지에게 태연한 표정을 지으려고 애썼다.

　나는 3개월 이상 간부 학교에 머물렀다. 간부 학교 당국은 내가 식당에서 식사를 하도록 허용했고, 여자들만 쓰는 방에 침대를 하나 마련해주었다. 여자들은 어쩌다 나에게 말을 할 때면 냉정하고 짧게 말했다. 수용소 사람들은 나를 볼 때마다 즉각 적의를 드러냈다. 나는 그런 사람들을 무시해버렸다. 그러나 친절한 사람들도 있었다. 다른 사람들보다 더욱 용감하게 친절을 베푸는 사람들도 있었다. 그중 하나는 귀가 크고 감성적 표정을 지닌 20대 후반의 남자였다. 그의 이름은 융이었다. 대학을 졸업한 그는 문화혁명 직전 아버지의 공무부에 들어왔다. 간부 학교에서 그는 아버지가 속한 "작업반"의 "반장"이었다. 그는 아버지에게 가장 고된 작업을 할당할 의무가 있었음에도 불구하고, 가급적이면 남의 눈에 띄지 않게 아버지의 작업량을 줄여주었다. 그와 잠깐 동안 대화를 나누었을 때 나는 작은 스토브에 넣을 석유가 없어 가져온 음식을 조리할 수 없다고 말했다.

며칠 후 그가 무표정한 얼굴로 내 앞을 지나갔다. 나는 무엇인가 금속성 물건이 손 안에 들어오는 것을 느꼈다. 그것은 높이가 20센티미터이고 직경이 10센티미터인 화덕용 삼발이였다. 그 삼발이 화덕은 묶은 신문지를 뭉쳐서 땔감으로 썼다. 마오쩌둥의 사진이 지면에서 사라졌기 때문에 이제는 신문지를 찢을 수 있었다(마오쩌둥이 신문에 자기 사진 게재를 직접 중단시켰다. 왜냐하면 "마오쩌둥 주석의 권위를 반석무비〔磐石無比〕로 확립하기 위한 사진 게재의 목적이 달성되었으며, 계속 게재하는 것은 도를 지나칠 것"으로 생각했기 때문이다). 내가 삼발이의 청황색 불로 조리한 음식은 수용소 음식보다 훨씬 좋았다. 맛있는 냄새가 냄비에서 새어나올 때 아버지와 같은 방을 쓰는 동료들은 자신도 모르게 입맛을 다셨다. 나는 융에게 한번도 음식을 대접할 수 없는 것이 애석했다. 그의 호전적인 동료들이 그 사실을 알아차릴 경우 우리는 둘 다 곤경에 빠질 것이었다.

우리 형제자매들이 아버지를 방문하도록 허용된 것은 융과 같이 기품이 있는 사람들 덕분이었다. 비가 오는 날 아버지가 수용소에서 외출할 수 있도록 허가한 사람 역시 융이었다. 다른 동료들과 달리 아버지도 어머니처럼 일요일까지 작업을 했기 때문에 이런 외출은 아버지의 유일한 휴무였다. 비가 그치는 즉시 아버지와 나는 숲으로 들어가 소나무 아래에서 버섯을 따거나 야생 완두콩을 찾아다녔다. 나는 수용소에 돌아와 오리고기나 다른 육류 통조림과 함께 야생 완두콩을 요리했다. 아버지와 나는 천국의 진수성찬처럼 맛있는 음식을 먹었다.

저녁 식사 후 우리는 내가 좋아하는 "동물원"이라고 부르는 장소로 산책을 나갔다. 동물원은 숲 속의 잔디밭 빈터에 환상적인 모양의 바위들이 몇 개 놓여 있는 곳이었다. 햇빛을 받은 바위들은 한가롭게 쉬는 기이한 동물의 무리처럼 보였다. 그 가운데 몇 개는 움푹 파인 부분이 사람의 몸에 꼭 맞아서 아버지와 나는 그곳에 누워 먼 풍경을 바라보았다. 아래쪽 산비탈에는 커다란 판야나무가 줄지어 서 있었고, 잎이 없는 나무에 자주색 꽃이 달려 있었다. 목련꽃보다 더 큰 판야나무 꽃은 곧게 자란 검은색 가지에서 바로 돋아나와 피었다. 나는 수용소에서 지내는 몇 달 동안 가지의 검은색을 배경으로 피어난 거대한 진홍색 꽃들을 유심히 관찰했다. 꽃이 진 다음에는 무화과 같은 열매가 열렸고, 열매가 터지면 속에서 명주솜 같은 씨가 나와 따뜻한 바람을 타고 새털처럼 내리는 눈처럼 날리며 온 산을 뒤덮었다. 판야나무 숲 너머에는 안닝허가 있고, 강 너머에는 산맥들이 끝없이 뻗어 있었다. 아버지와 내가 동물원에서 휴식을 취하고 있을 때 한 농부가 지나갔는데, 나는 관절이 지나치게 굵고 난쟁이처럼 작은 그의 모습을 보고 놀랐다. 아버지는 이렇게 고립된 지역에서는 근친혼이 흔하다고 말하면서 다음과 같이 덧붙였다. "이 산간지방에서는 할 일이 너무나 많다. 이곳은 커다란 잠재력을 지닌 아름다운 고장이다. 나는 이곳에 와서 살며 인민공사나 혹은 생산대를 관리하면서 무엇인가 유용한 일을 하고 싶다. 아니면 단지 평범한 농부처럼 살고 싶다. 나는 관리생활에 신물이 난다. 우리 가족이 이곳에 와서 농부들의 소박한 생활을 즐길 수 있다면 얼마나 좋겠니?" 나는 아버지의 두 눈에서 일을 간절히 원하는 정력적이고 재능 있는 남자의 좌절감을 보았다. 나는 또한 관료생활에 환멸을 느낀 중국 사대부의 전통인 목가적인 꿈도 알아차렸다. 무엇보다도 아버지가 다른 대안의 삶을 환상처럼 꿈꾸게 되었음을 알 수 있었다. 그것은 참으로 훌륭하고 이룰 수 없는 그 어떤 삶이었다. 왜냐하면 일단 공산당 관리가 되면 다른 선택을 할 수 없기 때문이었다.

나는 아버지의 간부 학교를 세 번 방문했고, 매번 몇 달 동안 머물렀다. 자녀들이 찾아와 함께 지내는 수감자들이 없었기 때문에 아버지는 자신이 수용소에서 부러움의 대상이라고 종종 자랑스럽게 말했다. 실제로 소수의 수감자들에게는 방문객이 한 사람도 찾아오지 않았다. 문화혁명은 인간관계를 파괴했고, 셀 수 없이 많은 가정을 붕괴시켰다.

세월이 흐름에 따라 우리 가족은 서로 더욱 가까워졌다. 어릴 때 아버지에게 매를 맞았던 남동생 샤오헤이는 이제 아버지를 사랑했다. 수용소를 방문했을 때 샤오헤이와 아버지는 한 침대에서 같이 자야 했다. 왜냐하면 아버지가 그처럼 많은 시간을 가족과 함께 보내는 것을 수용소 지도부 사람들이 질시했기 때문이었다. 정신 건강을 위해서 아버지는 밤에 숙면을 취하는 것이 중요했으므로 샤오헤이는 아버지가 편히 주무시도록 하려고 자신은 한번도 깊이 잠들지 않았다. 자신이 깊이 잠들 경우 팔다리를 뻗어 아버지의 잠을 방해할까봐 우려했기 때문이었다.

아버지는 샤오헤이에게 가혹하게 행동했던 자신을 자책했고, 동생의 머리를 어루만지며 사과했다. 아버지는 이렇게 말했다. "내가 너를 그렇게 심하게 때리다니, 어떻게 그런 짓을 했는지 모르겠구나. 내가 너에게 너무 심하게 대했다. 나는 지난날에 관해서 많은 생각을 해왔으며, 너에게 심한 죄의식을 느낀다. 문화혁명이 나를 더 나은 인간으로 만들었다니 우습구나." 수용소의 급식은 주로 삶은 양배추였으므로, 단백질 섭취가 부족했던 사람들은 항상 허기를 느꼈다. 사람들은 고기를 배식받는 날을 학수고대했고, 그런 날은 거의 환희에 가까운 분위기 속에서 즐거워했다. 가장 호전적인 조반파 사람들조차 기분이 나아지는 듯했다. 고기가 나오는 날이면 아버지는 당신의 그릇 속에 있는 고기를 집어 아들의 그릇에 놓았다. 그럴 때면 늘 젓가락과 밥그릇을 사용한 일종의 전투가 벌어졌다.

아버지는 항상 회한에 시달렸다. 아버지는 외할머니를 자신의 결혼식에 초청하지 않은 것과, 외할머니가 이빈에 도착한 지 불과 한 달 만에 만주로 돌아가는 위험한 여행을 떠나도록 했던 경위를 나에게 설명했다. 아버지가 당신의 어머니에게 충분한 애정을 표현하지 않았고, 자신이 너무 완고하여 어머니의 장례식 통보조차 받지 못한 것에 대해서 여러 차례 자책하는 말을 했다. 아버지는 종종 고개를 흔들며 이렇게 말했다. "이제 때가 너무 늦었다." 아버지는 또 1950 년대에 누이인 쥔잉에게 했던 자신의 행동을 탓했다. 당시 아버지는 쥔잉 고모를 설득하여 불교 신앙을 포기하도록 만들고, 철저한 채식 주의자였던 고모에게 고기를 먹도록 하려고 애썼다.

쥔잉 고모는 1970년 여름에 사망했다. 고모는 전신이 마비되었음 에도 적절한 치료를 받지도 못했다. 고모는 평소와 다름없는 평온한 자세로 돌아가셨다. 우리 가족은 고모의 사망 소식을 아버지에게 알 리지 않았다. 아버지가 고모를 얼마나 깊이 사랑하고 존경하는지 알 고 있었기 때문이다.

그해 가을 남동생 샤오헤이와 샤오팡이 아버지와 함께 머물렀다. 어느 날 저녁 식사 후 산보를 할 때 여덟 살 된 샤오팡이 무심결에 쥔잉 고모의 사망 소식을 발설했다. 갑자기 아버지의 얼굴 표정이 변했다. 조용히 멈춰선 아버지는 오랜 시간 조용히 서 있다가 길옆 으로 돌아서서 쓰러지듯이 웅크리고 앉아 두 손으로 얼굴을 감쌌다. 흐느끼는 아버지의 어깨가 심하게 흔들렸다. 아버지가 우는 모습을 한번도 본 적이 없던 남동생들은 어찌할 바를 몰랐다.

1971년 초 팅 부부가 해임되었다는 소식이 조금씩 흘러나왔다. 나의 부모님, 특히 아버지의 경우 생활이 약간 나아졌다. 간부 학교 측은 아버지에게 일요일에 쉬게 하고 더 쉬운 작업을 배당했다. 다 른 수감자들은 여전히 냉담했지만 아버지에게 말을 걸기 시작했다. 상황이 실제로 변하고 있다는 증거가 1971년 초 새로운 수감자가 수용소에 도착했을 때 나타났다. 그 사람은 아버지를 오랜 기간 괴 롭힌 서우 여사였는데 팅 부부와 더불어 실각했다. 그 후 어머니는 아버지와 2주일 동안 함께 지내는 것을 허용받았다. 이는 두 분이 몇 년 만에 처음으로 함께 지낼 수 있는 기회였다. 2년도 더 지난 과 거에 아버지가 수용소로 떠나기 직전 일요일 아침 청두의 거리에서 두 분이 잠시 서로를 바라보기만 한 이후 처음 만난 것이었다.

그러나 부모님들의 비참한 생활은 아직 끝나지 않았다. 문화혁명은 계속되었다. 팅 부부는 그들의 악행 때문이 아니라, 중앙문화혁명 소조의 지도자 가운데 한 사람이며 마오쩌둥과 충돌한 천보다와 밀접한 관계를 유지한 것으로 마오쩌둥이 의심했기 때문에 실각한 것이었다. 이 숙청에서 더 많은 희생자들이 나왔다. 팅 부부의 오른팔이며 아버지의 교도소 석방을 주선하도록 도왔던 천모는 자살했다.

1971년 어느 여름날, 어머니는 심각한 자궁출혈을 일으켰다. 어머니는 정신을 잃어 병원으로 후송되었다. 두 분은 모두 시창에 있었으나 아버지는 어머니를 문병하는 것이 허용되지 않았다. 증세가 안정된 후 어머니는 치료차 청두로 되돌아갈 수 있었다. 어머니의 출혈은 마침내 청두에서 멎었다. 그러나 의사들은 어머니가 피부경화증이라고 불리는 피부병에 걸린 사실을 발견했다. 어머니의 오른쪽 귀 뒤의 피부 일부가 굳어져 수축하기 시작했다. 어머니의 오른쪽 턱은 왼쪽에 비해 현저히 작아졌으며, 오른쪽 청력이 약해지고 있었다. 어머니의 목 오른쪽이 굳어졌고, 오른손과 팔이 뻣뻣해지며 감각을 상실했다. 어머니의 피부경화는 결국 내장기관으로 퍼질 가능성이 있으며, 그럴 경우 몸은 수축되고 3-4년 안에 사망할 것이라고 의사들은 말했다. 의사들은 서양 의학으로는 치료 방법이 없다고 말했다. 그들이 처방할 수 있는 약은 관절염 치료제인 코티존이 전부였고, 어머니는 이 약의 정제를 복용하고 목에 주사를 맞았다.

그런 소식을 담은 편지가 어머니로부터 온 시기는 내가 아버지의 간부 학교에 머물고 있을 때였다. 아버지는 즉각 아내를 면회할 수 있는 귀가 허가를 요청하러 갔다. 융은 매우 동정적이었으나 간부 학교 당국이 거절했다. 아버지는 운동장에 있는 동료 수감자 전원 앞에서 울음을 터뜨렸다. 그의 부서에서 함께 일했던 사람들은 아연 실색했다. 그들은 아버지를 "철인(鐵人)"으로 알고 있었던 것이다. 다음 날 오전에 아버지는 우체국을 찾아가 문을 열 때까지 몇 시간을 기다렸다. 아버지는 어머니에게 3쪽에 달하는 전보를 보냈다. 전보는 이렇게 시작되었다. "때늦은 나의 사과를 받아주시오. 내가 이 모든 벌을 달게 받는 것은 내가 당신에게 진 죄 때문이오. 나는 온당한 남편 노릇을 못 했소. 부디 건강을 회복하여 나에게 또 한 번 기회를 주시오."

1971년 10월 25일 "안경"이 극적인 소식을 가지고 더양에 있는 나를 찾아왔다. 린뱌오가 피살되었다는 소식이었다. 린뱌오가 마오쩌둥 암살을 기도했다가 실패하자 소련으로 피신하려고 시도하던 중 타고 있던 비행기가 몽골에서 추락했다는 사실을 그의 공장에서 공식 발표했다는 것이었다.

린뱌오의 죽음은 수수께끼에 싸여 있었다. 그의 죽음은 그로부터 1년 전에 일어난 천보다의 실각과 관계가 있었다. 린뱌오와 천보다가 마오쩌둥의 신격화를 목표 이상으로 과도하게 추진했을 때 마오쩌둥은 점차 두 사람을 의심하게 되었다. 마오쩌둥은 이 같은 과잉 신격화가 자신을 공허한 영광의 윗자리로 밀어올리고 그의 실권을 박탈하려는 음모의 일환이라고 의심했던 것이다. 마오쩌둥은 자신이 선택한 후계자인 린뱌오를 특히 의심했다. 린뱌오는 나중에 노랫말로 표현되었듯이 『소홍서』를 손에서 놓지 않고 마오쩌둥 만세를 입에서 그치지 않았다〔紅書不離手 萬歲不離口〕." 마오쩌둥은 당 서열 2인자인 린뱌오가 쓸모없다고 결정했다. 마오쩌둥 혹은 린뱌오 혹은 둘 다 자신의 권력과 목숨을 보전하기 위해서 행동을 취했다.

우리 마을은 그로부터 얼마 후 인민공사를 통해서 린뱌오 사건의 정식 발표를 들었다. 이 뉴스는 농부들에게 아무런 의미가 없었다. 그들은 린뱌오의 이름조차 거의 알지 못했으나 나는 그 뉴스를 듣고 기뻐서 어쩔 줄을 몰랐다. 마음속에서조차도 마오쩌둥에게 도전할 수 없었던 나는 문화혁명의 책임을 린뱌오에게 돌렸다. 린뱌오와 마오쩌둥 사이의 명백한 불화는 마오쩌둥이 문화혁명을 거부하여 모든 비참한 상황과 파괴에 종지부를 찍으려고 했다는 것을 의미한다고 생각했다. 그런 의미에서 린뱌오의 사망은 마오쩌둥에 대한 나의 믿음을 재확인해주었다. 문화혁명이 취소되리라는 여러 가지 징조가 나타났기 때문에 많은 사람들이 나처럼 상황을 낙관했다. 거의 즉각적으로 일부 주자파 인사들이 복권되었고, 여러 수용소에서 석방되었다.

아버지는 11월 중순에 린뱌오에 관한 뉴스를 들었다. 일부 조반파 사람들이 즉각 아버지에게 미소를 짓기 시작했다. 몇 차례 회의에서 아버지는 자리에 앉을 것을 요청받았는데, 이런 합석 요청은 전례가 없었던 일이었다. 아버지는 또한 1940년대 초 옌안에서 동료로 활동했던 린뱌오의 부인 "예췬을 폭로하라"는 요청도 받았다. 아버지는 아무 말도 하지 않았다. 동료들이 집단으로 복권되어 수용소를 떠났지만, 아버지는 수용소 사령관으로부터 다음과 같은 말을 들었다. "당신은 지금 갈고리에서 벗어날 수 있다고 생각하지 마시오." 마오쩌둥에 대한 아버지의 거역은 너무나 중대한 행위로 간주되었다.

몇 년 동안 무자비하게 구타를 당한 뒤 매우 열악한 생활환경 속에서 중노동을 계속하는 동안 겪은 견디기 힘든 심신의 압박이 합쳐져 아버지의 건강 상태는 극도로 나빴다. 아버지는 자신을 통제하기 위해서 근 5년 동안 다량의 안정제를 복용해왔다. 때때로 아버지는 정상 복용량의 20배를 먹었고, 이는 아버지의 신체를 쇠약해지게 만들었다. 아버지는 항상 신체 일부분에서 극심한 통증을 느꼈다. 아버지는 각혈을 하기 시작했고, 심각한 현기증을 수반한 호흡곤란 증세를 빈번하게 겪었다. 쉰다섯 살이었던 아버지는 일흔 살 노인처럼 보였다. 수용소 의사들은 항상 냉담한 표정으로 아버지를 맞았고, 서둘러 안정제만 처방해주었다. 의사들은 아버지의 진찰을 거부했으며, 아버지의 증세에 대한 설명조차 들으려고 하지 않았다. 진료소에 갈 때마다 아버지는 나중에 일부 조반파 사람들로부터 다음과 같은 악의에 찬 설교를 들었다. "꾀병으로 벗어날 수 있다고 상상하지 마시오."

진밍은 1971년 말 아버지의 수용소에서 지냈다. 동생은 아버지의 건강이 너무나 염려되어 1972년 봄까지 머물렀다. 그러던 중 동생은 자기 생산대로부터 즉각 복귀하라는 명령서를 받았다. 즉각 복귀하지 않을 경우 추수기에 식량배급을 하나도 받지 못한다는 내용도 포함되었다. 동생이 떠나던 날, 아버지는 기차를 타는 곳까지 나와 배웅했다. 전략적인 산업들이 시창으로 재배치되었기 때문에 바로 그 얼마 전 미이까지 철도가 놓여졌다. 오랜 시간 걷는 내내 두 사람은 말이 없었다. 그러던 중 아버지가 갑자기 호흡곤란 증세를 일으켰고, 진밍은 아버지가 길가에 앉도록 도왔다. 아버지는 오랫동안 숨을 쉬려고 애썼다. 이윽고 진밍은 아버지가 깊은 한숨을 쉬며 이렇게 말하는 것을 들었다. "나는 아무래도 오래 살지 못할 것 같다. 인생은 꿈과 같구나." 진밍은 아버지가 죽음에 관해서 말하는 것을 한번도 들은 적이 없었다. 놀란 동생은 아버지를 위로하려고 애썼다. 그러나 아버지는 천천히 이렇게 말했다. "가끔 나는 자신에게 죽음을 두려워하느냐고 묻는다. 나는 두렵지 않다고 생각한다. 이런 식으로 사는 것은 죽느니만 못하다. 이러한 생활에 끝이 없는 듯이 보이는구나. 때때로 나는 마음이 약해지는 것을 느낀다. 나는 안닝허 강변에 서서 이런 생각을 한다. 한번 뛰어내리면 나는 이 모든 생활을 끝낼 수 있다. 이어서 나는 그래서는 안 된다고 자신에게 말한다. 내가 누명을 벗지 않고 죽을 경우 너희 모두의 고난은 끝나지 않을 것이다……. 나는 요즘 많은 생각을 했다. 어린 시절에 고생하며 자랐고, 사회는 불의로 가득 차 있었다. 내가 공산당에 가입한 것은 공정한 사회를 만들기 위해서였다. 나는 여러 해 동안 최선의 노력을 다했다. 그러나 나의 노력이 인민들에게 무슨 도움이 되었을까? 결국 내가 자신의 가족을 파멸시킨 원인이 된 까닭이 무엇일까? 인과응보를 믿는 사람들은, 인생의 종말이 나쁜 것은 양심에 어긋나는 행동을 했기 때문이라고 말한다. 나는 내가 일생 동안 했던 여러 가지 행동에 관해서 깊이 생각해왔다. 나는 몇 명의 사람을 처형하라는 명령서에 서명했다⋯⋯."

아버지는 자신이 서명한 사형집행 명령서와, 차오양의 토지개혁 당시 잔인한 악덕 지주를 의미하는 악패(惡霸)들 및 이빈의 산적 두목들의 이름들과 경력에 관한 이야기를 진밍에게 해주었다. "그러나 이러한 사람들은 너무나 많은 악행을 저질러 신께서 직접 그들을 죽이려고 했을 것이다. 그렇다면 내가 이 모든 고난을 당해야 마땅한 무슨 잘못을 저질렀단 말인가?"

오랜 침묵이 흐른 후 아버지는 이렇게 말했다 "내가 이런 식으로 죽는다면 너는 공산당을 더 이상 믿지 마라."

# 25. "향풍미"

『전기공 수첩』과 『여섯 차례의 위기』
(1972-1973)

1969년과 1970년, 그리고 1971년은 사람들의 죽음과 사랑, 고문, 고통의 일시적 유예 속에서 지나갔다. 미이에서는 건기와 우기가 어김없이 교대로 찾아왔다. 뉴랑파에서는 달이 차고 기울었으며 바람이 거세게 부는 날과 잠잠한 날이 이어졌고, 늑대 울음이 높아졌다가 잠잠해지기를 되풀이했다. 더양의 약용식물원 약초들은 또다시 꽃을 피웠고, 이듬해와 그다음 해에도 꽃을 피웠다. 나는 부모님의 수용소와 고모의 임종, 그리고 우리 마을 사이를 바쁘게 오갔다. 나는 논에 거름을 뿌렸고, 수련에 관한 시를 지었다.

어머니는 린뱌오의 사망 소식을 들었을 때 청두의 우리 집에 있었다. 어머니는 1971년 11월에 명예회복이 되었고, 수용소에 돌아갈 필요가 없다는 통고를 받았다. 어머니는 급료 전액을 받았으나 과거의 직무에 복직하지는 못했다. 그 자리는 다른 사람이 차지했다. 어머니가 근무했던 둥청 구 공무부에는 지금 7명 이상의 부장이 근무하고 있었다. 공무부는 혁명위원회의 기존 위원들과 복권되어 수용소에서 얼마 전에 돌아온 관리들로 구성되었다. 어머니가 직무에 복귀하지 않은 한 가지 이유는 건강이 나빴기 때문이었다. 그러나 가장 중요한 이유는 대다수 주자파 인사들과 달리 아버지가 명예회복을 하지 못했기 때문이었다.

마오쩌둥이 대대적으로 복권을 허용한 것은 그가 정신을 차렸기 때문이 아니라, 린뱌오의 죽음과 그의 부하들에 대한 불가피한 숙청으로 마오쩌둥이 군대를 통솔할 수 있는 수단을 상실했기 때문이었다. 마오쩌둥은 문화혁명에 반대했던 군부의 원로들을 대부분 제거하고 추방하여 거의 전적으로 린뱌오에게 의존했었다. 마오쩌둥은 자기 부인과 친척들 및 문화혁명의 주요 인물들을 군대의 요직에 임명했으나 이러한 사람들은 군대 경력이 없었고, 군부의 충성을 얻지 못했다. 린뱌오가 사라짐으로써 마오쩌둥은 숙청을 당했지만 여전히 군대의 충성을 받고 있던 지도자들에게 의지할 수밖에 없었다. 그중에는 조만간에 재등장하는 덩샤오핑이 포함되었다. 마오쩌둥의 1차적인 양보는 비판받은 정부 관리 대다수를 복귀시키는 조치였다.

마오쩌둥은 또한 자신의 권력이 올바른 국가 경제 운영에 달려 있다는 사실도 알았다. 그의 혁명위원회는 구제불능으로 분열된 이류 집단이었고, 나라를 다스릴 능력이 없었다. 마오쩌둥은 실각한 정부 간부들에게 의존하는 길밖에 없었다.

아버지는 여전히 미이에 있었으나 1968년 이후 보류되었던 급료의 일부가 지급되어 은행에 거액의 돈이 갑자기 입금되었다. 우리가 볼 때 천문학적인 규모의 돈이 순식간에 생겼다. 우리 집을 습격했던 조반파들이 가져간 가족 소유물도 모두 반환되었다. 유일한 예외는 중국에서 가장 귀한 술인 마오타이주 2병이었다. 그 외에도 고무적인 조짐들이 나타났다. 이제 권력이 강화된 저우언라이가 경제를 활성화시키기 시작했다. 과거의 행정부 조직이 대부분 부활되었고, 생산과 질서에 역점이 주어졌다. 성과급 제도가 다시 도입되었다. 농부들에게 현금을 벌 수 있는 몇 가지 부업이 허용되었다. 과학 연구가 재개되었다. 6년간의 공백기 후 각급 학교의 정규교육이 시작되었다. 우리 집 막내 남동생 샤오팡은 열 살에 뒤늦은 학교교육을 시작했다.

경제가 되살아남에 따라 공장들은 새로운 노동자들을 모집하기 시작했다. 성과급 제도의 일환으로 공장들은 소속 종업원들의 하방 자녀들에게 우선적인 취업 기회를 주는 것이 허용되었다. 부모님은 공장 종업원이 아니었으나, 어머니는 과거 자신이 속했던 둥청 구 관할이었고 지금은 청두 제2경공업국 산하에 있는 한 기계공장 관 리 책임자들에게 나를 부탁했다. 공장 관리자들은 나를 채용하는 데 즉각 동의했다. 그리하여 스무 살이 되기 몇 달 전 나는 더양을 영원 히 떠났다. 농촌에 간 후 결혼한 도시 청년 부부들은 배우자가 도시 호적부를 가지고 있을지라도 귀환이 금지되었기 때문에 언니는 계 속 더양에 머물러야 했다.

노동자가 되는 길이 나의 유일한 선택이었다. 대다수의 대학교들 은 아직 문을 닫은 상태였고, 다른 직장은 구할 수 없었다. 농부들이 새벽부터 해가 질 때까지 일하는 데 비해 공장 근무는 하루에 오직 8 시간만 근무하는 것을 의미했다. 무거운 짐을 나를 필요도 없었고, 가족과 함께 살 수 있었다. 그러나 가장 중요한 것은, 나의 도시 호 적부를 되찾은 것이었다. 이는 국가로부터 식량 및 다른 생활필수품 을 보장받는 것을 의미했다.

공장은 청두의 동쪽 교외에 위치해 있었으며, 집에서 자전거로 대 략 45분 거리였다. 통근길의 대부분을 이루는 친장 제방도로를 자전 거로 달린 다음, 평지와 밀을 재배하는 들판의 비포장도로를 따라갔 다. 마침내 벽돌 더미와 녹이 슨 압연강판이 여기저기 쌓여 있는 허 름한 시설에 도착했다. 이것이 나의 공장이었다. 그 공장은 20세기 초부터 사용되었던 기계를 몇 대 보유한 매우 전근대적인 사업체였 다. 5년 동안의 규탄대회와 구호 벽보 및 공장 내부 파벌 간의 물리 적 충돌로 인해서 관리 책임자와 기술자가 얼마 전에 업무에 재배치 되었고, 공장은 기계공구 생산을 다시 시작했다. 노동자들은 주로 부모님 때문에 나를 특별히 환영했다. 문화혁명의 파괴로 인해서 노동자들은 질서와 안정을 유지했던 과거의 행정부를 그리워했다.

나는 모든 사람들이 "웨이 아주머니"라고 부르는 여자가 감독하는 주조 부문의 견습공으로 배치되었다. 웨이 아주머니는 어릴 때 매우 가난하게 자랐고, 10대에는 변변한 바지 한 벌 입지 못했다. 아주머니의 인생은 공산당이 도착했을 때 바뀌었으므로 아주머니는 공산당을 매우 고마워했다. 그녀는 공산당에 입당했고, 문화혁명이 시작될 때 과거의 당 관료들을 옹호한 보황파(保皇派)에 가담했다. 마오쩌둥이 조반파를 공개적으로 지지했을 때 보황파는 공격을 받아 굴복했고, 아주머니는 고문을 당했다. 아주머니의 가까운 친구였던 한 늙은 노동자 역시 공산당으로부터 많은 은혜를 입었는데, 손목과 발목을 묶어 지면과 수평으로 매다는 고문("오리헤엄")을 받고 사망했다. 웨이 아주머니는 눈물을 흘리며 자신의 지난 생활을 이야기했고, 자신의 운명이 공산당의 운명과 맺어져 있다고 말했다. 그녀는 공산당이 린뱌오와 같은 반당분자들에 의해서 파괴되었다고 생각했다. 아주머니는 나를 딸처럼 대해주었는데, 내가 공산당원 집안 출신이라는 데 주된 이유가 있었다. 나는 당에 대한 충성심에서 그녀를 따라갈 수 없었기 때문에 그녀와 이야기할 때는 마음이 불편했다.

나는 흙을 다져 주형(鑄型)을 만드는 부서에 배치되었는데, 나와 함께 일하는 남녀 노동자가 대략 30명이었다. 하얗게 작열하며 끓는 쇳물을 퍼올려 주형 속에 부을 때 고온의 불똥이 수많은 별처럼 사방으로 튀어나갔다. 작업장 위에 설치된 쇳물 권양기가 너무나 요란하게 삐걱거려서 나는 권양기의 끓는 쇳물 도가니가 밑에서 주형을 만드는 우리 위로 떨어지지 않을까 불안했다.

주형을 만드는 작업은 불결하고 힘이 들었다. 나는 흙을 세게 쳐서 다지고 주형으로 굳히는 작업으로 인해서 팔이 부어올랐으나, 문화혁명이 곧 끝날 것이라고 순진하게 믿었기 때문에 기분은 고양되어 있었다. 내가 열심히 작업에 몰두하는 모습을 더양의 농부들이 보았다면 놀랐을 것이다.

새로운 열성에도 불구하고 나는 한 달 후 다른 부서로 이동된다는 통보를 받고 안도감을 느꼈다. 나는 매일 8시간 동안 흙을 다져 주형을 만드는 작업을 장기간 계속할 수 없었다. 양친에 대한 공장 측의 호의 덕분에 나는 선반 작업, 권양기 운전, 전화 교환, 목공, 전기공의 7개 업무 가운데 하나를 고를 수 있는 선택권이 주어졌다. 나는 끝의 2개를 놓고 고민했다. 나는 아름다운 목조 작품을 창조할 수 있다는 생각에 마음이 끌렸으나 나에게는 손재주가 없다는 결론을 내렸다. 전기공이 될 경우, 나는 공장에서 그 업무에 종사하는 유일한 여자로 각광을 받을 수 있었다. 전기 부문에는 여자 전기공이 한 명밖에 없었는데, 그녀는 다른 업무로 전직했다. 그녀는 항상 높은 존경을 받았다. 그녀가 전신주 꼭대기에 올라가서 작업을 할 때면 사람들은 멈춰서서 놀라운 눈으로 바라보았다. 나는 그녀와 곧 친해졌고, 그녀는 내가 마음을 정하도록 만든 다음과 같은 사실을 귀띔해주었다. 전기공들은 하루 8시간 동안 기계 옆에 대기할 필요가 없었다. 전기공들은 작업 호출을 기다리면서 자기네 사무소에서 대기할 수 있었다. 이는 내가 책을 읽을 시간을 가질 수 있음을 의미했다.

나는 처음 한 달 동안 5번 감전 사고를 당했다. 맨발 의사처럼 전기공의 경우도 공식 훈련은 없었다. 이는 마오쩌둥이 교육을 경멸한 결과였다. 내가 소속한 작업반의 남자 몇 명이 참을성 있게 나를 가르쳤다. 나는 백지 상태나 다름없는 낮은 수준에서 배우기 시작했다. 나는 퓨즈가 무엇인지조차 몰랐다. 선배 여자 전기공이 『전기공 수첩』 한 권을 나에게 주어 그 책을 열심히 공부했으나 여전히 전류와 전압을 구분하지 못했다. 결국 다른 전기공들의 시간을 낭비하는 것이 부끄럽다는 생각이 들었으므로, 나는 대부분의 이론을 이해하지 못한 채 선배들의 작업 방식을 모방하는 데 주력했다. 나는 모방을 비교적 잘했으며, 몇 가지 수리를 혼자 할 수 있게 되었다.

어느 날 노동자 한 사람이 배전판 위의 스위치 하나가 고장났다고 통보했다. 나는 전선의 이상을 점검하려고 배전판 뒤로 가서 나사 하나가 헐거워졌다고 판단했다. 전원을 차단하기 위해서 스위치를 끄는 대신 나는 성급하게 간선용(幹線用) 테스터 드라이버를 나사의 홈에 밀어넣었다. 배전판의 뒷부분은 380볼트의 전류가 흐르는 수많은 전선이 그물처럼 연결되어 있었다. 일단 지뢰밭에 들어간 것이나 다름없는 나는 빈 공간 사이로 드라이버를 아주 조심스럽게 집어넣어야 했다. 나는 나사가 꼭 조여져 있는 것을 확인했다. 그때쯤 긴장한 나머지 팔에 힘이 너무 들어가 약간 떨리기 시작했다. 나는 숨을 죽이고 드라이버를 빼기 시작했다. 거의 다 빼서 안심할 찰나, 일련의 엄청난 충격이 오른팔과 발을 통과했다. 나는 공중으로 뛰어올랐고, 드라이버는 손에서 튀어나갔다. 배전판의 입구에 있는 접속 장치를 건드렸던 것이다. 나는 드라이버가 조금 일찍 미끄러졌을 경우 죽을 수도 있었다고 생각하며 마루 위에 털썩 주저앉았다. 수리 연락을 받았을 때 다른 동료들이 나와 함께 가기를 꺼리는 것을 원하지 않았으므로, 나는 이 같은 감전 사고를 작업반의 다른 동료들에게 말하지 않았다.

나는 감전에 익숙해졌다. 감전을 당했다고 수선을 피우는 사람은 없었다. 한 늙은 전기공은 공장이 민간 소유였던 1949년 이전에는 전류를 시험하기 위해서 손등을 사용하는 도리밖에 없었다고 나에게 설명해주었다. 공장이 의무적으로 전기공들에게 간선용 테스터를 구입해준 것은 공산 통치가 시작된 이후의 일이었다.

우리 사무소에는 방이 2개 있었는데, 수리 연락이 없어 출동하지 않을 때면 대다수의 전기공들이 바깥 방에서 카드놀이를 했고, 나는 안쪽 방에서 책을 읽었다. 마오쩌둥의 사회에서는 주변 사람들과 어울리지 못하는 것은 대중으로부터 이탈하는 것이라고 비판받았으므로, 처음에는 책을 읽으러 가는 것이 불안했다. 나는 다른 전기공들이 방 안으로 들어오는 즉시 읽던 책을 내려놓고 다소 어색한 분위기 속에서 상대방과 대화를 하려고 애썼다. 그 결과 다른 전기공들이 안쪽 방으로 들어오는 일이 거의 없어졌다. 그들이 나의 괴팍한 습관에 반대하지 않는 것에 나는 크게 안도했다. 오히려 그들은 나를 방해하지 않으려고 방에서 나갔다. 그들이 나에게 매우 잘 대해 주었기 때문에 나는 가급적 많은 수리 작업에 자원했다.

우리 작업반의 젊은 전기공인 다이는 문화혁명이 시작되기 전까지 고등학교에 다녔으므로 고등교육을 받은 사람으로 간주되었다. 그는 서예 솜씨가 좋았고 몇 가지 악기를 훌륭하게 연주했다. 나는 그에게 몹시 끌렸다. 나는 아침마다 전기공 사무실 건물에 기대선 채 인사를 하기 위해서 나를 기다리는 그를 만났다. 나는 수리 작업 연락을 받고 그와 함께 출동하는 경우가 많다는 것을 깨달았다. 어느 이른 봄날, 우리는 정비 작업을 끝내고 점심 휴식 시간에 주조부 뒤의 건초 더미 기대앉아 그해의 첫 번째 청명한 날씨의 햇빛을 쬐고 있었다. 우리 머리 위에는 참새들이 짹짹거리며 볏짚에 남은 낟알을 서로 먹으려고 다투었다. 건초는 햇빛과 흙의 향기를 발산했다. 나는 다이가 중국 고전시에 관해서 나와 마찬가지로 흥미를 가지고 있는 사실이 대단히 기뻤다. 우리는 고대 중국의 시인들이 했던 것처럼 압운 형식을 갖추어 상대방에게 시를 지어주며 즐거운 시간을 보냈다. 우리 세대에서는 고시를 이해하거나 좋아하는 사람이 거의 없었다. 그날 오후 우리는 사무소에 매우 늦게 복귀했으나 지적을 받지는 않았다. 다만 다른 전기공들이 우리를 보고 의미 있는 미소를 지었다. 오래지 않아 다이와 나는 공장이 쉬는 날이면 다시 만날 때를 학수고대하게 되었다. 우리는 기회가 있을 때마다 함께 지내며 상대의 손가락을 슬며시 만졌다. 또 서로 가까이 다가올 때는 흥분을 느꼈고, 상대의 냄새를 맡았다. 그리고 상대방의 여운을 남긴 말로 인해서 상심하거나 기뻐하기도 했다.

그러던 중 다이가 나에게 적합한 상대가 아니라는 공장 동료들의 험담이 내 귀에 들어오기 시작했다. 동료들이 나를 특별한 사람으로 간주했다는 사실이 반대의 부분적인 이유였다. 다른 이유 가운데 하나는 내가 공장에서 유일한 고위 관리 집안 출신의 자녀였을 뿐만 아니라, 실제로 공장 노동자 대부분이 처음 만난 유일한 고관집 자녀라는 사실이었다. 고위 관리의 자녀들은 거만하고 버릇이 없다는 이야기가 많았다. 동료들에게 나는 뜻밖의 반가운 예외였다. 공장 안에는 나에게 어울리는 배필감이 하나도 없다고 일부 노동자들은 생각하는 듯했다.

우리 공장의 노동자들은 다이의 아버지가 국민당 장교였고, 노동 개조 수용소에 수감되었다는 이유로 그를 좋지 않게 평가했다. 노동자들은 내가 밝은 미래를 가지고 있다고 확신했고, 다이와 인연을 맺어 불운해져서는 안 된다고 생각했다.

사실 다이의 아버지가 국민당 장교가 된 것은 순전히 우연이었다. 다이의 아버지는 일본군과 싸우기 위해서 1937년 2명의 친구와 공산당에 가입하러 옌안으로 출발했다. 그들이 옌안에 거의 도착했을 무렵 국민당군의 검문소에서 제지를 당했고, 국민당 장교들은 옌안에 가지 말고 국민당에 가입하라고 강요했다. 두 친구는 옌안으로 가겠다고 고집한 반면, 다이의 아버지는 일본군과 싸울 수만 있다면 어느 중국 군대에 입대하든 상관이 없다고 생각하고 국민당을 선택했다. 국공내전이 다시 시작되었을 때 두 친구는 결국 반대편에 서게 되었다. 1949년 이후 다이의 아버지는 노동 수용소에 보내진 반면, 친구들은 공산군에서 고급 장교가 되었다.

이러한 역사의 우연 때문에 다이는 자신의 위치를 망각하고 나에게 "폐를 끼치는" 입신출세주의자라는 지탄을 받았다. 나는 그의 수척한 얼굴과 괴로워하는 미소를 보고 그가 악의적인 험담으로 마음의 상처를 받았다는 것을 알았지만, 그 일에 관해서 아무 이야기도 하지 않았다. 우리는 오직 시 구절의 표현을 통해서 자신의 감정을 암시했을 뿐이었다. 이제 그는 나에게 시를 써보내지 않았다. 우리가 우정을 맺기 시작했을 때 그가 보였던 자신만만한 태도는 사라졌고, 나와 단둘이 있을 때도 자신을 비하하고 겸손한 태도를 취했다. 다이는 동료들의 비난을 피하기 위해서 나를 아무렇지도 않게 생각한다는 것을 동료들 앞에서 어색하게 과시했다. 다이가 간혹 자존심도 잊은 듯이 품위 없는 행동을 한다고 느낄 때 나는 서글펐을 뿐만 아니라 기분이 상했다. 특권을 누리며 성장했기 때문에 나는 중국에서 일반인들이 인간적 품위를 지킨다는 것이 어렵고 사치라는 사실을 깨닫지 못했다. 나는 다이가 처한 진퇴양난의 상황을 알아차리지 못했다. 또 그가 나를 파멸시킬까봐 두려워해서 나에 대한 자신의 사랑을 표현할 수 없었다는 사실도 깨닫지 못했다. 우리의 관계는 차츰 소원해졌다.

우리가 사귀었던 4개월 동안 사랑이라는 단어는 어느 쪽에서도 언급하지 않았다. 나는 마음속에서조차 그 말을 부인했다. 일생을 결정하는 "출신 가정"이라는 중차대한 요소가 의식의 밑바닥에 도사리고 있는 한 마음을 허락하여 상대방의 팔에 안기는 것은 불가능했다. 다이와 같은 "계급의 적"의 가족과 관계를 맺게 되면 그 결과가 너무나 중대했다. 무의식적인 자기 속박으로 인해서 나는 다이와 결코 사랑에 빠질 수 없었다.


이 기간 동안 어머니는 피부경화증 치료약으로 사용했던 코티존 투약을 중단하고 한의학 치료를 받았다. 우리는 어머니가 처방받은 거북 껍질, 뱀의 담낭, 개미핥기의 비늘과 같은 특이한 약재를 구하기 위해서 시골 시장을 이곳저곳 뒤지고 다녔다. 의사들은 자궁질환과 피부경화증에 관해서 베이징의 이름난 최고 전문의들의 진찰을 받을 수 있도록 날씨가 따뜻해지는 대로 베이징을 방문할 것을 권고했다. 어머니의 고통스러운 투병에 대한 부분적인 보상으로 당국은 베이징 여행에 어머니와 동행할 사람을 붙여주겠다고 제안했다. 어머니는 내가 동행할 수 있는지 물어보았다.

우리는 1972년 4월에 출발하여 이제는 만나도 안전한 양친의 친구들 집에 머물렀다. 어머니는 베이징과 톈진에서 몇몇 산부인과 의사들의 진찰을 받았다. 의사들은 자궁 내부에 생긴 양성 종양을 잘라내도록 권유했다. 한편 의사들은 어머니가 충분히 휴식하고 즐거운 마음으로 생활하면 출혈을 멈추게 할 수 있다고 말했다. 피부과 의사들은 어머니의 피부경화증이 국부적 증상일 가능성이 높으며, 그럴 경우 생명에는 지장이 없을 것으로 생각한다고 말했다. 어머니는 의사들의 조언에 따라 이듬해 자궁적출 수술을 받았다. 피부경화증은 더 이상 확대되지 않았다.

우리는 부모님의 친구들을 여러 명 찾아보았다. 우리가 가는 곳마다 부모님의 친구들이 복권되었다. 몇몇 사람들은 교도소에서 나온 지 얼마 되지 않았다. 사람들은 눈물을 흘리며 마오타이주와 다른 귀한 술을 아낌없이 권했다. 거의 모든 가정에서 문화혁명으로 한 사람 이상 사망했다. 한 오랜 친구의 여든 살 노모는 가족들이 아파트에서 쫓겨난 뒤 거처로 삼고 있던 층계참에서 떨어진 다음 사망했다. 또다른 친구는 나를 보았을 때 눈물을 참으려고 애썼다. 나를 보자 나와 동갑인 자기 딸이 생각났던 것이다. 그분의 딸은 학교 학생들과 함께 시베리아 국경에 있는 황무지에 파견되었는데, 그곳에서 임신을 하게 되었다. 겁에 질린 딸은 뒷골목 산파에게 상담을 했고, 산파는 아기를 떼기 위해서 그녀의 허리에 사향을 묶은 다음 벽 위에서 뛰어내리라고 권했다. 딸은 심한 출혈로 죽었다. 모든 가정에서 비극적인 이야기가 흘러나왔다. 그러나 우리는 또한 희망에 관해서 이야기했고, 장차 행복한 시절이 올 것이라고 기대했다.

어느 날 우리는 부모님의 오랜 친구인 퉁을 만나러 갔다. 그분은 바로 얼마 전 교도소에서 석방되었다. 퉁은 만주에서 쓰촨까지 가는 장정 때 어머니의 상관이었고, 나중에는 공안부의 국장이 되었다. 그는 문화혁명이 시작되었을 때 구소련의 첩자라는 혐의를 받았고, 마오쩌둥의 숙소에 녹음기를 설치하는 작업의 감독을 담당했다는 비판을 받았다. 녹음기 설치는 분명히 명령에 따라 수행한 것이었다. 마오쩌둥이 하는 모든 말은 매우 귀한 것으로 간주되었으므로 보존할 필요가 있었다. 그러나 마오쩌둥이 방언을 사용하여 비서들이 알아듣기 어려웠던데다가, 비서들은 방에서 나가라는 지시를 자주 받았기 때문에 녹음기를 설치했던 것이다. 1967년 초 퉁은 체포되어 칭청의 특수 교도소에 투옥되었다. 그는 쇠사슬에 묶인 채 5년 동안 독방에 감금되었다. 그의 두 다리는 성냥개비처럼 가늘어진 반면 엉덩이 윗부분은 끔찍할 만큼 비대해졌다. 그의 아내는 강요에 못 이겨 남편을 비판했고 그와 영원히 절연한다는 것을 보여주기 위해서 자녀들의 이름을 자기 성으로 바꾸었다. 집이 습격을 받았을 때 옷을 포함한 집 안의 물건 대부분이 약탈되었다. 린뱌오가 몰락한 결과, 퉁의 후원자가 권력에 복귀되어 퉁은 교도소에서 석방되었다. 그의 아내는 북부 국경지대에 있는 수용소에서 불려나와 남편과 재결합하도록 명령을 받았다.

남편이 석방되던 날 부인은 새옷을 가져다주었다. 남편이 아내에게 한 첫말은 다음과 같았다. "당신은 물질적인 제품을 가져오지 말았어야 했소. 나에게 정신적인 양식(마오쩌둥의 책들을 의미함)을 가져와야 했소." 퉁은 독방생활 5년 동안 마오쩌둥의 저서만 읽었다. 당시 나는 그의 가족과 함께 지냈으며, 그가 매일 식구들에게 마오쩌둥의 여러 가지 논문을 학습하도록 지시하는 모습을 보았다. 나는 그의 진지한 태도가 희극적이라기보다는 비극적이라는 사실을 깨달았다.

우리가 방문하고 나서 몇 달 뒤 퉁은 남쪽 지방의 항구도시에 부임했다. 그는 장기간 감금생활을 한 결과 고된 직무 활동에 부적합했으며 오래지 않아 심장발작을 일으켰다. 정부는 그를 광저우의 병원으로 후송하기 위해서 특별 비행기를 보냈다. 병원의 엘리베이터가 작동되지 않아 그는 4층까지 걸어서 올라가겠다고 고집했다. 왜냐하면 그가 사람들에 의해서 운반되는 것은 공산주의 윤리에 어긋나는 것이라고 생각했기 때문이다. 그는 수술대 위에서 죽었다. 그의 가족은 임종을 보지 못했다. 왜냐하면 그가 "가족들은 각자의 업무를 방해받아서는 안 된다"는 말을 남겼기 때문이었다.

어머니와 내가 아버지의 수용소 출감을 허가받았다는 내용의 전보를 받은 것은 퉁의 가족과 함께 머물고 있던 1972년 5월 말이었다. 린뱌오가 몰락한 뒤 수용소 의사들은 드디어 아버지를 진찰했고, 위험스럽게 높은 고혈압과 심장 및 간장의 심각한 장애, 혈관경화증이 있다고 진단했다. 의사들은 베이징에 가서 철저한 검진을 받을 것을 권고했다. 아버지는 기차로 청두에 가서 베이징행 비행기를 탔다. 승객 이외의 사람들이 공항까지 타고 갈 교통수단이 없었기 때문에 어머니와 나는 시내의 터미널에서 아버지를 기다렸다. 아버지는 여위었고, 햇빛에 탄 피부는 거의 검은색이었다. 아버지가 미이의 산간지대로 파견되고 나서 3년 반 만에 처음 바깥 세상에 나온 것이었다. 처음 며칠 동안 아버지는 대도시 생활에 당황하는 듯이 보였고, 도로를 건너는 것을 "강을 건넌다"고 말하고 버스를 타는 것을 "배를 탄다"고 말했다. 아버지는 사람들이 붐비는 시내 도로에 나가면 멈칫거리며 걸었고, 차량의 왕래에 약간 당황하는 눈치였다. 나는 안내인 역할을 자청했다. 우리는 이빈 출신인 아버지의 오랜 친구 댁에 머물렀다. 그 친구 또한 문화혁명 기간 동안 심한 고초를 겪었다.

아버지는 그 친구와 퉁 이외에는 아무도 찾아가지 않았다. 그 까닭은 아버지가 복권되지 않았기 때문이었다. 낙관주의로 충만했던 나와 달리 아버지는 항상 울적한 기분으로 지냈다. 아버지의 기분을 좋게 해드리려고 나는 아버지와 어머니를 억지로 모시고 나와 때때로 섭씨 37-38도가 넘는 더위 속에서 관광을 했다. 한번은 반강제로 아버지를 모시고 나와 먼지와 땀으로 숨이 막힐 것 같은 만원버스를 타고 만리장성을 관광하러 간 적이 있었다. 내가 계속 이야기하는 동안 아버지는 생각에 잠긴 표정으로 미소를 지으며 귀를 기울였다. 우리 앞좌석에 앉은 한 여자 농부가 안고 있던 아기가 울기 시작하자 여자는 아기를 심하게 때렸다. 아버지는 갑자기 자리에서 벌떡 일어나더니 그 여자를 향해 "아기를 때리지 마시오!"라고 고함을 질렀다. 나는 서둘러 아버지의 손을 잡아끌며 앉으시도록 했다. 버스의 승객 모두가 우리를 쳐다보았다. 중국인들이 이런 일에 간섭하는 것은 이례적인 행동이었다. 나는 아버지가 진밍과 샤오헤이를 매로 때리던 시절과 너무나 많이 변했다고 생각하며 한숨을 쉬었다.

또 베이징에서 나는 새로운 지평을 열어준 책들을 읽었다. 그해 2월에 닉슨 대통령이 중국을 방문했다. 중국의 공식 노선은 닉슨이 "백기를 들고 왔다"는 것이었다. 미국이 제1의 적이라는 개념은 그때 나의 교조주의 세뇌 교육의 대부분과 함께 머릿속에서 사라졌다. 나는 닉슨의 방문이 외국 서적 번역판 몇 권을 입수할 수 있는 분위기를 만들었기 때문에 그의 방문을 매우 기쁘게 생각했다. 그러한 서적에는 "내부 회람"이라는 글자가 찍혀 있었다. 이것은 이론상 그 책들은 허가받은 사람들만 읽어야 한다는 것을 의미했다. 그러나 어떤 사람들이 그 책들을 회람할 것인지 구체적으로 명시한 법규는 없었다. 한 사람이 직무를 통해서 그런 책들에 접근하는 특권을 가졌을 경우, 그의 친구들은 그 책들을 자유롭게 돌려가며 읽었다.

나는 이러한 출판물 몇 권을 입수할 수 있었다. 나는 닉슨이 직접 쓴 『여섯 차례의 위기』(물론 그의 과거 반공활동 경력에 비추어볼 때 내용의 일부가 삭제되었다)와 데이비드 핼버스텀의 『뛰어난 사람과 빛나는 사람』, 윌리엄 샤이러의 『제3제국의 흥망』, 허먼 우크의 『전쟁의 폭풍』과 그 속에 담긴 바깥 세계의 사진들을 볼 수 있어서 상상할 수 없는 즐거움을 맛보았다. 나로서는 최신의 사진들이었다. 나는 케네디 행정부를 묘사한 『뛰어난 사람과 빛나는 사람』을 읽고 공포와 비밀의 장막으로 국민과 차단된 우리 나라 정부와 반대로 자유로운 미국 정부의 분위기에 감탄했다. 나는 그런 넌픽션의 집필 방식에 감격했다. 참으로 냉철하고 공정한 집필 태도였다! 설교와 비난과 단언으로 가득한 중국 언론의 난타 방식과 비교했을 때

닉슨의 『여섯 차례의 위기』조차도 냉정하고 침착한 집필의 모범으로 보였다. 나는 『전쟁의 폭풍』을 읽고 중후한 시대 묘사보다는 서양 여자들이 옷을 가지고 수선을 떠는 모습을 스케치하듯이 묘사한 대목과, 그들이 선택할 수 있는 수많은 색깔과 여러 가지 스타일의 옷에 관한 설명이 인상적이었다. 당시 스무 살이었던 나는 다른 사람들과 스타일이 동일한 의상 몇 벌밖에 가지고 있지 않았다. 그나마 옷의 대부분은 청색이나 회색 혹은 흰색이었다. 나는 한번도 보거나 입어보지 않은 아름다운 옷들을 눈을 감은 채 상상 속에서 만져보았다.

린뱌오 몰락 후 전반적 자유화의 일환으로 입수할 수 있는 외국 관련 정보가 증가했다. 그러나 닉슨의 중국 방문이 해외정보 입수에 안성맞춤의 구실을 제공했다. 즉 중국인들이 미국인들에 관해서 완전히 무지하다는 것을 드러내어 체면을 깎여서는 안 된다는 것이 그 구실이었다. 그 당시 단계적인 자유화 과정에는 항상 다소 부자연스러운 정치적 합리화가 따라붙었다. 이제 영어를 학습하는 것은 "전세계의 친구들을 얻기" 위한 가치 있는 일이라는 명분을 가지게 되었고, 따라서 더 이상 범죄행위가 아니었다. 우리의 저명한 외국 손님을 놀라게 하지 않도록 여러 거리와 식당의 호전적인 명칭이 바뀌었다. 호전적 명칭들은 문화혁명 초기에 홍위병들이 강제로 붙인 것이었다. 닉슨의 방문지는 아니었으나 청두에서도 "화약미(火藥味)"라는 레스토랑의 이름이 향기로운 미풍이라는 뜻의 "향풍미(香風味)"라는 옛 이름으로 바뀌었다.

나는 베이징에서 5개월 동안 머물렀다. 나는 혼자 있을 때면 다이를 생각했다. 우리는 서로 편지를 쓰지 않았다. 나는 그에게 바치는 시를 지었으나 보내지는 않았다. 마침내 미래에 대한 희망이 과거에 대한 회한을 극복했다. 특히 한 가지 뉴스가 나의 모든 생각을 압도했다. 열네 살 이후 처음으로 나는 과거에는 감히 꿈꾸지 못한 미래의 가능성을 보았다. 내가 대학교에 갈 가능성이 어느 정도 생겼다.

베이징에서는 소수의 대학생들이 그전 몇 해 동안 입학했다. 전개되는 상황으로 보아 중국 전역의 대학교들이 오래지 않아 다시 문을 열 것으로 보였다. 저우언라이는 대학교들이 여전히 필요하며, 특히 과학 및 기술 대학이 필요하다는 취지의 마오쩌둥의 발언을 강조했다. 나는 대학교 입학을 위한 입시 공부를 시작하러 청두에 한시바삐 돌아가고 싶었다.

나는 1972년 9월 공장에 돌아가 다이를 만났으나 마음의 고통은 조금도 느껴지지 않았다. 그도 역시 평정을 되찾았으며, 다만 간간이 처량한 표정을 지었을 뿐이었다. 우리는 다시 좋은 친구가 되었으나 시에 관해서는 더 이상 이야기하지 않았다. 나는 무슨 전공을 선택할지 몰랐으나 대학 과정을 위한 입시 공부에 몰두했다. 마오쩌둥이 "교육을 혁명적으로 바꾸어야 한다"고 말했기 때문에 전공 선택은 내 선택권 밖이었다. 이는 무엇보다도 대학생들이 본인의 관심 분야를 고려하지 않고 전공 과목에 배치된다는 것을 의미했다. 개인적인 관심은 자본주의적 악덕인 개인주의로 간주되었다. 나는 중국어, 수학, 물리, 화학, 생물, 영어와 같은 주요 과목을 모두 공부하기 시작했다.

마오쩌둥은 또한 전통적으로 대학에 주로 진학하는 중학교 졸업생들이 아니라, 노동자와 농부를 대학생으로 뽑아야 한다고 선언했다. 나는 진정한 농부였고 지금은 노동자였으므로 이 발언은 나에게 안성맞춤이었다. 저우언라이는 "고시(考試)"라는 용어를 마오쩌둥의 또다른 발언에 기초를 둔 "응시자의 일부 기본 지식 처리 상황에 관한 조사와 그들의 구체적 문제 분석 및 해결 능력 조사"로 대체했으나 어쨌든 입학시험은 치르기로 결정했다. 마오쩌둥은 각종 시험을 좋아하지 않았다. 새로운 대학 입학 절차에 따르면 응시자는 우선 소속 작업반의 추천을 받아 입학시험을 치른 다음, 입시관리 당국이 시험 결과 및 응시자의 정치적 행동을 평가하도록 되었다.

나는 근 10개월 동안 매일 저녁과 주말을 공부하는 데 보냈고, 공장에서 머무는 시간의 대부분 역시 홍위병의 불길에서 살아남은 교과서를 열심히 공부하는 데 썼다. 많은 친구들이 책을 보내주었다. 나는 개인교사 조직도 만들었는데, 개인교사들은 자기네 저녁 및 휴일 시간을 기꺼이 포기하고 열성적으로 나를 지도해주었다. 학문을 사랑하는 사람들이 일종의 연대감으로 결속된 느낌이 들었다. 이는 고도로 발달된 중국 문명을 전승하여 지킨 민족이, 문화를 멸망의 심연으로 몰아넣은 문화혁명에 대응한 반응이었다.

1973년 봄 덩샤오핑이 복권되어 정무원 부총리에 임명되었다. 그는 사실상 중병에 시달리던 저우언라이의 대리자였다. 나는 덩샤오핑의 복귀가 문화혁명에 대한 틀림없는 반동이라고 생각했다. 그는 파괴보다는 건설에 헌신하는 사람이었고, 탁월한 행정가로 알려져 있었다. 마오쩌둥은 저우언라이가 사망할 경우에 대비하여 덩샤오핑을 비교적 안전한 트랙터 공장에 배치하여 대기시켜놓았던 것이다. 아무리 권력에 미쳤어도 마오쩌둥은 항상 빠져나갈 구멍을 막지 않도록 만전을 기했다.

나는 몇 가지 개인적 이유에서도 덩샤오핑의 복권을 기뻐했다. 나는 어렸을 때 그의 계모를 잘 알고 있었다. 그의 이복 여동생은 여러 해 동안 성위대원 단지 내의 우리 이웃집에 살았다. 우리는 그녀를 "덩 할머니"라고 불렀다. 문화혁명의 와중에서 그녀와 남편은 덩샤오핑의 친척이라는 단순한 이유 때문에 비판을 받았고, 문화혁명 이전에 그녀에게 아첨했던 일부 성위대원 주민들은 그녀를 피했다. 그러나 우리 가족은 평소처럼 그녀에게 인사를 했다. 그와 동시에 그녀는 아버지에 대한 박해가 고조되었을 때 아버지를 존경한다고 우리 가족에게 말할 수 있었던 성위대원 내의 몇 안 되는 사람들 가운데 하나였다. 그 당시 목례나 미소조차도 드물고 귀했으나 우리 두 집안은 서로 다정한 이웃이 되었다.

1973년 여름, 대학교의 학생 모집이 시작되었다. 나는 생사의 판결을 기다리는 듯한 기분이었다. 쓰촨 대학교의 외국어 학부인 외문계(外文系)의 응시 자리 하나가 청두 제2경공업국에 할당되었다. 경공업국은 23개의 공장을 관할했고, 우리 공장은 그중 하나였다. 각 공장은 시험에 응시할 후보를 한 명 지명하라는 지시를 받았다. 우리 공장에서는 수백 명의 노동자가 일하고 있었고, 나를 포함해 6명이 대학교에 지원했다. 후보를 선출하기 위한 선거가 치러졌다. 나는 우리 공장의 5개 부서 가운데 4개 부서에서 후보로 선정되었다.

우리 공장에서 또다른 후보가 나왔는데, 그는 열아홉 살 된 나의 친구였다. 우리는 둘 다 인기가 높았으나 동료 직원들은 우리 둘 중 한 사람에게만 투표를 할 수 있었다. 그녀의 이름이 먼저 호명되었다. 사람들이 누구를 찍어야 할지 결정할 수 없는 것이 분명했기 때문에 분위기가 어색해졌다. 나는 비참한 기분을 느꼈다. 그녀에게 많은 표가 갈 경우 내 지지표는 적어질 것이다. 그때 갑자기 친구가 일어서더니 미소를 지으며 이렇게 말했다. "나는 후보를 사퇴하고 장융에게 찬성표를 던지고 싶습니다. 나는 장융보다 두 살 아래입니다. 나는 내년에 시도하겠습니다." 노동자들은 안도의 웃음을 터뜨렸으며, 그녀에게 다음 해에 투표하겠다고 약속했다. 노동자들은 약속을 지켰다. 그녀는 1974년 대학에 들어갔다.

나는 그녀의 행동에 크게 감동했고 투표 결과에도 감동했다. 노동자들이 나의 꿈을 이루도록 도와주는 듯했다. 나의 가족 배경 또한 감점 요인이 되지 않았다. 다이는 후보로 나오지 않았다. 그는 자신에게 기회가 없다는 것을 알고 있었다.

나는 중국어, 영어, 수학 시험을 치렀다. 나는 시험 전날 너무나 과민해져 잠을 잘 수 없었다. 내가 점심 휴식 시간에 집에 왔을 때 언니가 기다리고 있었다. 언니는 내 머리를 가볍게 안마해주었고, 나는 가벼운 선잠이 들었다. 시험 문제는 아주 기초적인 내용이었으며, 내가 열심히 공부한 기하, 삼각법, 물리, 화학은 하나도 출제되지 않았다. 나는 모든 시험 과목과, 영어 구두 실기 시험에서 높은 점수를 받아 청두의 전체 응시생들 중에서 1등을 했다.

내가 안심을 하기도 전에 결정타가 날아들었다. 7월 20일 "백지 답안 제출"에 관한 기사가 「인민일보」에 게재되었다. 진저우에 하방되었던 장테성이라는 대학 응시자가 입학시험지의 문제를 풀지 못해 입학시험이 "자본주의 복원"에 해당된다고 불평하는 편지와 더불어 백지 답안지를 우송했다. 그의 편지는 마오쩌둥의 조카이자 측근 보좌관 겸 해당 성의 행정 책임자였던 마오위안신의 주목을 받았다. 마오쩌둥의 부인 장칭과 그의 일당은 학업 성적 기준의 강조를 "부르주아적 전정(專政)"이라고 비난했다. 그들은 "나라 전체가 문맹이 된다한들 무슨 문제가 되겠는가?"라고 주장했다. "가장 중요한 것은 문화혁명이 가장 위대한 승리를 거두는 것이다!" 내가 친 시험은 무효로 선언되었다. 이제 대학교 입학은 오로지 정치적 행동에 의해서 결정되었다. 정치적 행동을 측정하는 방법은 큰 문제가 되었다. 전기 작업반에서 "집단 평가 회의"가 열린 후 우리 공장은 나의 추천장을 작성했다. 다이가 추천장을 초안했고, 내 전임 여자 전기공이 문장을 다듬었다. 추천장은 나를 역사상 가장 뛰어난 모범 노동자로 묘사했다. 다른 22명의 후보자들 역시 정확히 동일한 추천장을 받았으리라는 것은 의심의 여지가 없었다. 그리고 응시생들의 차이를 식별할 수 있는 방법은 없었다.

공식적인 선전은 별 도움이 되지 않았다. 널리 알려진 한 "영웅"이 다음과 같이 외쳤다. "당신은 나에게 대학교 입학을 위한 자격을 요구하는가? 나의 자격은 이것이다." 그 영웅은 못이 박힌 두 손을 들어보였다. 그러나 우리 응시생들은 모두 손에 굳은살이 박혀 있었다. 우리는 모두 공장에서 근무했고, 과거 농장에서 일한 경력을 가지고 있었다.

이제 남은 유일한 대안은 뒷문으로 입학하는 것이었다.

입시를 감독하는 쓰촨 성 초생(初生)위원회의 대다수 위원들은 아버지의 옛 동료들이었다. 복권된 그들은 아버지의 용기와 청렴을 존경했다. 그러나 아버지는 내가 대학 교육을 받기를 무척 원했음에도 불구하고 그들에게 도움을 요청하기를 거부했다. 아버지는 이렇게 말했다. "그것은 권력이 없는 사람들에게 공정하지 못하다. 만사가 이런 식으로 진행된다면 우리 나라는 어떻게 되겠느냐?" 나는 아버지에게 나의 주장을 이야기했으나 눈물로 끝나고 말았다. 내가 참으로 마음 아파하는 것처럼 보였던 것이 분명했다. 왜냐하면 아버지는 고통스러운 표정으로 이렇게 말했기 때문이었다. "좋다. 내가 부탁을 해보마."

나는 아버지의 팔을 부축하여, 초생위원회의 위원 한 사람이 건강 검진을 받고 있던 대략 1.6킬로미터 떨어진 병원까지 걸어갔다. 문화혁명에 희생된 사람들은 거의 모두가 모진 시련의 결과로 건강이 좋지 않았다. 아버지는 지팡이에 의지하여 천천히 걸었다. 아버지의 지난날 활력과 총기는 사라진 지 오래였다. 자주 쉬며 무겁게 움직이는 두 다리만큼이나 마음속에서 힘든 싸움을 하고 있는 아버지를 지켜본 나는 "돌아가시지요"라고 말하고 싶었다. 그러나 한편으로 나는 대학 입학을 필사적으로 원했다. 병원 구내에 들어간 우리는 잠시 쉬기 위해서 낮은 돌다리의 가장자리에 앉았다. 아버지는 몹시 괴로워하는 눈치였다. 마침내 아버지는 이렇게 말했다. "나를 용서해주겠니? 이 일을 하는 것이 너무 힘들다는 생각이 드는구나……." 나는 잠시 화가 치밀어오르는 것을 느꼈으며, 더 공정한 대안은 없다고 아버지에게 소리치고 싶었다. 나는 대학교에 들어가는 꿈을 너무나 많이 꾸었고, 열심히 공부하여 높은 시험 점수를 받았으며, 공장에서 응시 후보로 선출되었기 때문에 대학교에 들어갈 자격이 충분하다고 아버지에게 말해드리고 싶었다. 그러나 나는 아버지가 이 모든 점들을 아신다는 것을 알았다. 그리고 나에게 지식에 대한 갈망을 심어준 분은 아버지였다. 그러나 아버지는 자신의 원칙을 가지고 있었고, 나는 아버지를 사랑했기 때문에 있는 그대로의 아버지를 받아들이지 않을 수 없었다. 나는 또 도덕적 진공의 땅에서 도덕적인 사람이 되는 데 따르는 아버지의 딜레마도 인정할 수밖에 없었다. 나는 눈물을 삼키며 이렇게 말했다. "그럼요." 우리는 돌아서서 말없이 터벅터벅 걸어서 집으로 왔다.

지모가 뛰어난 어머니를 둔 것이 내게는 참으로 행운이었다. 어머니는 초생위원회 위원장 부인을 찾아갔고, 부인은 다시 남편에게 이야기했다. 어머니는 또한 다른 책임자들도 만나 그들이 나를 지지하도록 만들었다. 어머니는 나의 시험 성적을 강조했다. 과거 주자파였던 이 사람들에게 시험 성적이 결정적인 설득의 근거가 된다는 점을 어머니는 알았다. 1973년 10월 나는 영어 공부를 하기 위해서 청두에 있는 쓰촨 대학교 외문계에 입학했다.

# 26. "외국인들의 꽁무니 냄새를 맡으며 향기롭다고 말한다"

마오쩌둥의 시대에 영어를 배우다
(1972-1974)

1972년 가을 베이징에서 돌아온 이후 어머니의 주된 업무는 다섯 자녀를 보살피는 일이었다. 당시 열 살이었던 막냇동생 샤오팡은 학교에 다니지 못한 몇 해를 보충하기 위해서 매일 개인교습이 필요했다. 그리고 다른 자녀들의 장래는 주로 어머니에게 달려 있었다.

6년에 걸쳐 사회가 반쯤 마비된 상태에서 엄청나게 많은 사회 문제들이 불거졌고 그러한 문제들은 완전히 방치되었다. 가장 심각한 문제 중 하나는 농촌에 하방된 후 도시로 돌아가려고 필사적으로 노력하고 있던 수백만 명의 청년들이었다. 린뱌오가 죽은 후 일부 청년들은 도시 복귀가 가능해졌다. 이는 부분적으로 국가가 도시경제에 쓰일 노동력을 필요로 했기 때문이었다. 당시 정부는 도시경제를 다시 활성화시키기 위해서 애쓰고 있었다. 그러나 중국에서 도시의 인구를 통제하는 것은 국가였기 때문에 농촌에서 돌아오는 청년들의 수를 정부가 엄격히 제한했다. 국가는 도시 주민들에 대한 식량과 주택 및 직업의 보장을 책임졌다.

따라서 제한된 도시행의 귀한 "차표"를 놓고 벌어지는 경쟁이 치열했다. 국가는 그 수를 줄이기 위해서 몇 가지 규제법규를 만들었다. 하방 이후의 결혼은 도시 복귀의 배제 기준이 되었다. 따라서 하방한 다음 결혼한 사람은 도시의 어떤 기관에서도 받아들이지 않았다. 언니가 청두로 돌아올 수 있는 유일한 합법적 방법인, 도시의 직장 혹은 대학교 지원 자격을 박탈당한 것은 이런 이유 때문이었다. 언니는 남편과 함께 살기를 원했으나 돌아올 수 없게 되자 극도로 비참한 기분이었다. 남편의 공장은 다시 정상 가동되기 시작했고, 그 결과 "안경"은 1년에 12일에 불과한 공식적인 "결혼 휴가" 때 외에는 더양에 가서 언니와 함께 지낼 수 없었다. 언니가 청두에 돌아올 수 있는 유일한 기회는 불치병을 앓고 있다는 진단서를 받는 것이었다. 이는 언니와 같은 처지에 있는 사람들이 흔히 쓰는 방법이었다. 그리하여 어머니는 의사로 일하는 친구로부터 샤오훙이 간경변을 앓고 있다는 진단서를 발부받는 것을 도와야 했다. 언니는 1972년 말에 청두로 돌아왔다.

이제 민원 업무는 개인적 친분을 활용하여 처리되었다. 사람들이 매일 어머니를 찾아와서 자기 자녀들을 농촌에서 **빼내도록** 도와달라고 호소했는데, 민원인들 중에는 학교 교사, 의사, 간호사, 배우, 하급 관리가 주류를 이루었다. 공직은 없었으나 종종 민원인들의 유일한 희망이었던 어머니는 지칠 줄 모르는 정력을 발휘하며 그 사람들을 위해서 영향력을 행사했다. 아버지는 그런 일을 도우려고 하지 않았다. 원리원칙에 투철했던 아버지는 행동방침을 "고칠 수"가 없었다.

공식적인 업무 처리과정이 작동될 때일지라도, 일이 원만하게 진행되고 잠재적 실패를 피하는 데는 개인적 친분이 여전히 필수적이었다. 남동생 진밍은 1972년 3월 자기 마을에서 빠져나왔다. 2개 기관이 그가 속한 인민공사에서 새로운 노동자를 모집하고 있었다. 하나는 그의 현 소재지 도시에 있는 전기부품 공장이었고, 다른 하나는 청두의 시청 구에 있는 한 기업소였는데 구체적인 내용은 알려지지 않았다. 진밍은 청두로 돌아가기를 원했으나 어머니는 시청 구에 있는 친구들에게 문의하여 그 일자리가 도살장이라는 사실을 알아냈다. 진밍은 즉각 지원을 취소하고 대신 지방의 공장에 취업했다.

그 공장은 미국과 소련의 공격에 대비하여 산업시설을 쓰촨의 산악지대에 은폐하기 위한 마오쩌둥의 계획에 따라 1966년 상하이에서 이주한 대규모 공장이었다. 진밍은 열심히 일했고 공정하게 행동하여 동료 노동자들에게 좋은 인상을 심어주었다. 그는 1973년 대학 입학을 위해서 공장의 지원자 200명 중에서 선발된 4명 속에 포함되었다. 진밍은 시험에서 월등한 성적을 거두어 힘들이지 않고 합격했다. 그러나 아버지가 명예를 회복하지 못했기 때문에 어머니는 대학교 측이 의무적인 정치 심사를 의미하는 "정심(整審)"을 하러 올 때 그들에게 결격 사유를 제공하지 않도록, 아버지가 명예회복을 의미하는 "평반(平反)"을 받기 직전에 있다는 인상을 주려고 노력했다. 어머니는 또한 진밍이 강력한 연줄을 가진 일부 탈락한 지원자들에 의해서 밀려나지 않도록 만전을 기했다. 내가 쓰촨 대학교에 입학한 1973년 10월, 진밍은 주조기술을 공부하기 위해서 우한에 있는 화중공학원에 입학했다. 진밍은 물리학 전공을 원했으나 어찌되었든 대학에 진학하여 천국에 들어간 기분이었다.

진밍과 내가 대학교 입학을 위해서 애쓰는 동안 둘째 남동생 샤오헤이는 의기소침한 기분 속에 살고 있었다. 대학교 입학의 기본 자격은 지원자의 신분이 노동자나 농민 혹은 군인이었다. 샤오헤이는 그 어느 것에도 해당되지 않았다. 정부는 아직도 도시 청년들을 대규모로 농촌지역에 하방시키고 있었다. 군대에 입대하지 않을 경우 샤오헤이는 장차 하방될 상황이었다. 군 입대는 지원자가 많아 경쟁이 치열했으며, 들어가는 유일한 길은 연줄을 통하는 것이었다.

아버지가 아직 명예회복을 하지 않았기 때문에 어머니는 극복이 거의 불가능한 갖가지 난관을 이겨내고 1972년 12월 샤오헤이를 군대에 입대시켰다. 샤오헤이는 중국 북부에 있는 공군 항공학원에 배치되어 3개월의 기본 훈련을 받은 후 무선통신병으로 배치되었다. 샤오헤이는 매우 한가하게 하루 5시간 동안 근무했으며, 나머지 시간은 정치학습과 식량생산에 바쳤다.

"학습" 시간 때 모든 사람이 자신은 "당의 명령을 따르고 인민을 보호하며 조국을 지키기 위해서" 입대했다고 주장했다. 그러나 각자의 이유는 더욱 현실적이었다. 도시 청년들은 농촌 하방을 피하기를 원했고, 농촌 출신 청년들은 도시로 도약하는 발판으로 군대 경력을 이용하고자 했다. 빈곤 지역 출신 농민 청년들에게 군대생활은 적어도 고향에서보다 음식을 더 많이 먹을 수 있음을 의미했다.

1970년대가 시작되면서 군대 입대와 마찬가지로 공산당 가입도 이념적인 충성심과 점점 무관해졌다. 모든 지원자들은 원서에 "공산당이 위대하고 영광스러우며 올바르다"고 썼고, "공산당 가입은 세계 무산계급 해방이라는 인류의 가장 숭고한 대의명분에 나의 인생을 바치는 것을 의미한다"고 썼다. 그러나 대다수의 경우 진정한 이유는 개인적인 이익이었다. 공산당 입당은 장교가 되기 위한 필수적인 단계였다. 장교로 예편하면 도시 거주는 말할 것도 없고 자동적으로 보장된 급료와 위신, 권력을 가진 국가 관리가 되었다. 이병으로 제대하는 사람은 자기 마을로 돌아가 다시 농부가 되어야 했다. 매년 제대 시기가 다가오면 자살을 하거나 신경쇠약 및 우울증에 걸리는 병사들의 이야기가 나돌았다.

어느 날 저녁 샤오헤이는 병사와 장교 및 장교 가족 1,000여 명과 노천극장에서 영화를 보고 있었다. 그때 갑자기 자동소총이 발사되는 소리가 들렸고, 뒤이어 커다란 폭발이 일어났다. 관객들은 비명을 지르며 사방으로 흩어졌다. 당에 가입하는 데 실패함으로써 장교 진급이 좌절되어 제대 후 자기 마을로 돌아가기 직전이었던 한 위병이 총을 난사한 것이었다. 그는 자신의 진급을 가로막은 책임이 있다고 생각한 자기 중대 정치위원을 먼저 사살하고 나서 군중에게 무차별 사격을 가한 다음, 수류탄을 던졌다. 추가로 살해된 5명은 여자들과 어린이들이었는데, 모두 장교들의 가족이었다. 부상자는 10여 명이었다. 위병은 이어 주택지구로 도주하여 뒤따라온 병사들에게 포위되었다. 병사들은 메가폰으로 위병에게 항복하라고 설득했다. 그러나 위병이 창문 밖으로 총을 발사하는 순간 군인들은 뿔뿔이 흩어졌으며, 흥분한 수백 명의 구경꾼들은 재미있게 지켜보았다. 마침내 특수부대가 출동했다. 격렬한 총격전이 벌어진 후 특수부대 요원들이 아파트 안으로 진입하여 자살한 위병의 시체를 발견했다.

자기 주변의 모든 사람들처럼 샤오헤이도 공산당 가입을 원했다. 샤오헤이는 군복무 후 농촌에 돌아갈 필요가 없다는 것을 알고 있었으므로 농부 출신 병사들처럼 입당이 생사를 건 문제는 아니었다. 제대 후 출신 지역으로 되돌아가는 것이 법률로 규정되어 있었기 때문에 샤오헤이는 자기가 당원이 되든 안 되든 청두에서 직장을 배정받을 수 있었다. 그러나 그가 당원일 경우 더 좋은 직장을 얻을 수 있으며, 장교가 될 경우 중요한 정보를 더 많이 얻을 수 있었다. 당시 중국은 지적인 사막 상태였으며, 조잡한 선전물 외에는 읽을거리가 거의 없었다.

이러한 갖가지 현실적 고려 외에, 항상 사람들을 따라다니는 "공포"도 한 요인으로 작용했다. 많은 사람들에게 공산당 입당은 보험에 드는 것과 비슷했다. 당원 신분은 당국의 의심을 덜 받는 것을 의미했으며, 이처럼 상대적으로 안전하다는 의식은 마음에 큰 위안이 되었다. 뿐만 아니라 샤오헤이가 몸을 담고 있는 극도로 정치적인 환경 속에서는 그가 공산당 가입을 원하지 않을 경우, 그 점이 그의 개인 인사기록에 기록되고 의심을 받게 된다. 그는 왜 공산당 가입을 원하지 않는가? 신청을 하여 거부당하는 것 역시 다음과 같은 의심을 살 가능성이 있다. 그는 왜 거부당했는가? 그에게 뭔가 잘못된 점이 있는 것이 분명하다.

샤오헤이는 진심으로 마르크스주의 고전서적들을 읽고 있었다. 마르크스 저서는 그가 입수할 수 있었던 유일한 책이기도 했다. 그는 지적 갈증을 해소할 읽을거리가 필요했다. 마르크스-레닌주의 공부는 당원의 첫 번째 자격이라고 공산당 헌장이 명시했기 때문에 샤오헤이는 자신의 관심사를 현실적인 이익과 결부시킬 수 있다고 생각했다. 그의 상사들이나 동료들은 샤오헤이의 학습 활동에 아무런 감명도 받지 않았다. 그들은 대부분 농촌 출신이었고, 반문맹이었기 때문에 마르크스 사상을 이해할 수 없었으므로 그런 책을 공부하는 샤오헤이가 자기들을 무시한다고 생각했다. 그리하여 샤오헤이는 오만하여 대중으로부터 이탈했다는 비판을 받았다. 그가 당 가입을 원할 경우 이제 다른 방도를 찾아야 했다. 가장 중요한 것은 직속 상관들을 즐겁게 하는 것이라는 사실을 그는 오래지 않아 깨달았다. 그다음은 동료들을 즐겁게 해주는 것이었다. 동료들에게 인기가 높고 일을 열심히 하는 것 외에 그는 극히 실질적인 의미에서 "인민에게 봉사할" 필요가 있었다. 달갑지 않은 업무와 육체노동을 하급자들에게 시키는 대부분의 군대와 달리, 중공군은 아침 목욕물을 떠오고 연병장을 빗자루로 청소하는 것과 같은 업무는 병사들의 자원을 받아 처리했다. 기상나팔은 오전 6시 30분에 불렸다. 기상나팔이 불리기 전에 일어나는 "영광스러운 임무"는 당 가입을 열망하는 병사들에게 떨어졌다. 당 가입을 원하는 사람들이 대단히 많았으므로 지원자들은 빗자루를 차지하기 위해서 경쟁을 벌였다. 빗자루를 확보하려고 병사들은 점점 더 일찍 일어났다. 어느 날 샤오헤이는 새벽 4시가 갓 지났을 때 누군가 빗자루로 연병장을 쓰는 소리를 들었다.

그 외에도 다른 중요한 자격 요건이 있었다. 가장 중요시된 업무의 하나는 식량생산을 돕는 것이었다. 기본적인 식량배급량은 매우 적었고 장교도 마찬가지였다. 육류는 1주일에 한 번 배급되었다. 거의 모든 중대는 자체적으로 곡식과 야채를 재배하고 돼지를 사육할 수밖에 없었다. 농사철이 되면 중대의 정치지도원은 자주 격려 연설을 했다. "동무 여러분, 지금이 당의 시험을 받을 때입니다! 우리는 오늘 저녁까지 들판의 일을 모두 끝내야 합니다. 그렇소, 그 업무는 우리의 인력보다 10배 많은 일손을 필요로 합니다. 그러나 혁명의 전사들인 우리 개개인은 열 사람 몫의 일을 할 수 있습니다! 공산당 당원들은 지도적 역할을 담당해야 합니다. 당에 가입하기를 원하는

712

사람들에게는 지금이 자신의 능력을 입증할 수 있는 절호의 기회입니다! 시험을 통과한 사람들은 마지막 날 전투장에서 공산당에 가입할 수 있습니다!"

당원들은 자기네 "지도적 역할"을 완수하기 위해서 열심히 일할 필요가 없었다. 그러나 실제로 열심히 노력하는 사람들은 입당을 간절히 바라는 지원자들이었다. 한번은 샤오헤이가 너무나 지쳐서 들판 위에서 쓰러진 적이 있었다. "화선입당(火先入黨)" 자격을 얻은 당원들이 오른쪽 주먹을 치켜들고 "영광스러운 공산당의 대의명분을 위해서 목숨을 바쳐 싸우겠다"는 상투적인 선서를 하고 있을 때, 샤오헤이는 병원으로 실려가 며칠 동안 입원했다.

당에 가입하는 가장 빠른 지름길은 돼지 사육 업무를 담당하는 것이었다. 중대는 수십 마리의 돼지를 키우고 있었는데, 돼지들은 병사들에게 가장 소중한 존재였다. 장교들과 병사들 모두 돼지우리 주변에 모여 관찰하고 평가하며 돼지들이 잘 자라기를 바랐다. 돼지들이 잘 자라면 돼지 사육 담당자가 중대의 인기인이 되었으므로, 이 전문적인 작업에 지원하는 경쟁자들이 많았다.

샤오헤이는 돼지 사육 당번이 되었다. 돼지 사육은 심리적 압박은 말할 것도 없고 육체적으로도 고되고 불결한 일이었다. 그는 매일 밤 동료들과 교대로 새벽 이른 시간에 일어나 돼지들에게 여분의 사료를 먹였다. 암돼지가 새끼를 낳을 경우, 어미가 짓눌러 새끼를 죽이지 않도록 밤마다 쉬지 않고 감시를 해야 했다. 귀중한 콩을 정성스럽게 골라 물에 씻고 갈아서 가루를 만든 다음 "두유"를 만들어 어미에게 정성스럽게 먹였다. 이는 어미의 젖이 많이 나오도록 자극하는 데 목적이 있었다. 공군생활은 샤오헤이가 상상했던 것과는 매우 달랐다. 식량생산에 소비하는 시간이 그의 모든 군대생활의 3분의 1을 차지했다. 1년 동안에 걸친 고된 돼지 사육을 마쳤을 때 샤오헤이는 입당 허가를 받았다.

그는 다른 많은 사람들과 같이 발을 높은 곳에 걸치고 쉬며 편한 생활을 하기 시작했다. 당에 가입한 다음 모든 당원들의 야심은 장교가 되는 것이었다. 당원이 되었을 때 얻는 이득이 하나라면 장교가 될 경우 둘로 늘어났다. 장교 임관은 상관들의 선택에 좌우되었으므로, 임관의 열쇠는 상관의 비위를 결코 거스르지 않는 것이었다. 어느 날 샤오헤이는 정치지도원들 가운데 하나로부터 호출을 받았다. 샤오헤이는 예상치 못한 행운이 닥칠지 철저한 재앙을 만날 것인지를 몰라 초조했다. 개구리눈에 목소리가 높고 명령조인 50대의 뚱뚱한 그 정치지도원이 담배에 불을 붙이며 샤오헤이에게 가족 배경과 나이, 건강 상태를 매우 자상하게 물었다. 또 정치지도원은 샤오헤이에게 약혼자가 있는지 물었다. 이 질문에 샤오헤이는 없다고 대답했다. 샤오헤이는 정치지도원이 이처럼 사적인 이야기를 하는 것은 좋은 징조라고 판단했다. 정치지도원은 다음과 같이 샤오헤이를 칭찬했다. "귀관은 마르크스-레닌-마오쩌둥 사상을 양심적으로 학습했다. 귀관은 일을 열심히 했다. 대중은 귀관에게 좋은 인상을 받고 있다. 물론 귀관은 계속 겸손한 태도를 유지해야 한다. 겸손이 귀관을 발전시킨다" 등등. 정치지도원이 담배의 끝을 비벼 껐을 때 샤오헤이는 승진이 주머니 안에 들어왔다고 생각했다.

정치지도원은 두 번째 담배에 불을 붙이고 면사 방직공장에서 일어난 화재와 국가의 재산을 구하려고 작업실로 다시 뛰어들어가 심한 화상을 입은 여자 방직공에 관한 이야기를 시작했다. 실제로 그 여자는 사지가 절단되었고, 그 결과 머리와 몸통만 남았다. 그러나 그녀의 얼굴과 더욱 중요한 출산 능력은 온전하다고 정치지도원은 강조했다. 정치지도원은 그 여자가 영웅이며 앞으로 언론에 대대적으로 홍보될 예정이라고 말했다. 당은 그녀의 모든 소원을 들어줄 방침이며 그녀는 공군장교와 결혼하기를 원한다. 샤오헤이는 젊고 용모가 준수하며 미혼이고 언제든 장교가 될 수 있다……. 

샤오헤이는 그 여자에게 동정심을 느꼈으나 그녀와 혼인하는 것은 별개의 문제였다. 그러나 정치지도원의 제안을 어떻게 거절한단 말인가? 그는 설득력 있는 이유를 생각해낼 수 없었다. 사랑? 사랑은 각종 "계급 감정들"과 연계된 것으로 간주되며, 공산주의 여자 영웅이야말로 계급 감정의 최상의 대상이 될 자격을 가지고 있다. 샤오헤이가 그 여자를 모르는 사람이라고 말해봐야 역시 함정에서 벗어나지 못한다. 중국에서는 많은 혼인이 당의 주선으로 이루어졌다. 당원으로서, 특히 장교가 되기를 희망하는 샤오헤이로서는 다음과 같이 말하는 것이 바람직했다. "나는 당의 명령에 절대 복종합니다." 그는 약혼자가 없다고 말한 자신을 원망하고 후회했다. 정치지도원이 여자 영웅과 결혼함으로써 얻는 각종 혜택, 즉 즉각적인 장교 진급과 영웅으로 선전되는 것, 전속 간호사 배정, 평생 받는 고액의 연금 등에 관해서 설명하는 동안 샤오헤이의 마음은 그럴듯하게 거절할 수 있는 이유를 궁리하느라 바빴다.

정치지도원은 또 한 개의 담배에 불을 붙이고 말을 멈췄다. 샤오헤이는 자신이 할 말을 저울질해보았다. 그는 계산된 위험부담을 무릅쓰고, 이 사안이 이미 돌이킬 수 없는 당의 결정인지 물어보았다. 그는 당이 항상 사람들의 자원을 우선시하는 것을 알고 있었다. 예상한 바와 같이 정치지도원은 그렇지 않다고 말했다. 샤오헤이에게 달려 있다는 것이었다. 샤오헤이는 도박으로 난국을 타개하기로 결심했다. 그는 약혼자는 없으나 어머니가 정해준 여자 친구가 있다고 "고백"했다. 여자 친구는 여자 영웅을 능가하기에 충분할 정도로 좋은 조건을 갖춰야 했다. 이는 여자 친구가 다음 두 가지 속성을 가지고 있음을 의미했다. 즉 올바른 계급적 배경과 좋은 직장을 가지고 있어야 한다. 샤오헤이는 그런 그녀가 어느 대군구 사령관의 딸이며 육군 병원에서 일하는 직원이라고 설명했다. 샤오헤이는 자신이 그녀와 바로 얼마 전 사랑에 관해서 이야기하기 시작했다고 말했다.

정치지도원은 샤오헤이의 생각을 알고 싶었을 뿐이며, 그에게 혼인을 강요할 뜻은 없다고 물러섰다. 샤오헤이는 처벌받지 않았고, 그후 오래지 않아 장교에 임관되어 지상무선통신부대의 지휘관이 되었다. 농민 출신의 한 병사가 불구가 된 여자 영웅과 결혼하겠다고 자원했다.

한편 장칭과 그의 일당은 나라가 올바로 통치되는 것을 방해하기 위해서 새로운 노력을 기울이고 있었다. 그들이 산업 부문에서 내건 구호는 다음과 같았다. "생산을 중단하는 것이 바로 혁명이다." 이제 그들은 농업에도 본격적으로 간섭을 시작하며 다음과 구호를 내걸었다. "우리는 자본주의 곡식보다 사회주의 잡초를 선택할 것이다." 외국 기술의 도입은 "외국인들의 꽁무니 냄새를 맡으며 향기롭다"고 말하는 것이었다. 교육 분야의 구호는 다음과 같았다. "우리는 교육받은 정신적 귀족들이 아니라 문맹의 노동 대중을 원한다." 그들은 교사들에게 반역하라고 학교 어린이들을 선동했다. 1974년 베이징의 여러 학교에서는 1966년과 마찬가지로 교실의 창문과 책상 및 의자가 파괴되었다. 장칭은 이런 행동이 "18세기에 기계를 파괴한 영국 노동자들의 혁명적 행위"와 같다고 주장했다. 이 모든 대중 선동은 한 가지 목적을 지니고 있었다. 즉 저우언라이와 덩샤오핑을 곤경에 빠트려 혼란을 초래하는 것이었다. 장칭과 문화혁명의 다른 스타들이 "빛날" 기회는 오직 인민들을 박해하고 파괴활동을 벌이는 데 있었다. 건설 속에는 그들이 설 자리가 없었다.

저우언라이와 덩샤오핑이 나라를 해외에 개방하기 위한 시험에 착수하자, 장칭은 외국 문화에 대한 공격을 다시 시작했다. 중국에 관한 영화를 제작한 이탈리아 감독 미켈란젤로 안토니오니를 비난하는 운동이 1974년 초 언론을 통해서 대대적으로 전개되었다. 중국에서 그 영화를 본 사람이 없었고, 영화나 안토니오니에 관한 이야기를 들은 사람이 거의 없는데도 그런 운동이 벌어졌다. 이러한 외국인 혐오는 필라델피아 오케스트라의 중국 방문 후 베토벤에게까지 확대되었다.

린뱌오의 몰락 이후 2년이 지나는 동안 나의 기분은 희망에서 절망으로 바뀌었다. 유일한 위안의 원천은, 적어도 싸움이 계속되고 있으며 광기가 문화혁명 초기의 몇 해처럼 우세를 보이지 못한다는 사실이었다. 이 기간 동안 마오쩌둥은 어느 쪽도 전폭적으로 지지하지 않았다. 그는 문화혁명을 뒤집으려는 저우언라이와 덩샤오핑의 노력을 증오했으나 자기 아내와 그 일당이 나라를 다스릴 수 없다는 사실도 알고 있었다.

마오쩌둥은 저우언라이가 나라의 운영을 계속하도록 허용했으나 자기 아내를 저우언라이의 위에 두었다. 특히 "공자 비판"을 위한 새로운 운동의 경우에 그러했다. 각종 구호는 표면적으로 린뱌오를 비난했으나 사실은 저우언라이를 겨냥하고 있었다. 고대의 현자들이 옹호한 여러 가지 미덕을 갖춘 전형적인 인물이 저우언라이라는 인식이 중국 안에 널리 퍼져 있었다. 저우언라이는 변함없이 마오쩌둥에게 충성을 바쳤음에도 불구하고 마오쩌둥은 저우언라이를 자유롭게 내버려둘 수 없었다. 저우언라이가 말기 방광암을 앓고 있을 때에도 내버려두지 않았다.

문화혁명에 대한 실질적인 책임을 져야 할 사람이 마오쩌둥이라는 것을 내가 깨달은 것은 이 시기였다. 그러나 나는 마음속에서조차 그를 노골적으로 비난하지 않았다. 신을 파괴하는 것은 참으로 어려웠다! 그러나 나는 마오쩌둥의 정체를 분명히 밝히겠다고 다짐할 정도로 성숙했다.


교육은 경제에 즉각 중대한 영향을 주지 않았고, 모든 교육 옹호는 문화혁명의 무지 예찬에 대한 반대를 의미했기 때문에 장칭과 그 일당이 파괴의 최전선으로 삼은 분야가 바로 교육이었다. 나는 대학교에 입학했을 때 나 자신이 전쟁터의 중심에 있음을 발견했다.

쓰촨 대학교는 팅 부부의 기동타격 부대 노릇을 한 조반파 집단인 "8-26"의 사령부였다. 대학교 건물들은 7년에 걸친 문화혁명 기간 중 생긴 상처로 만신창이가 되었다. 온전한 창문은 거의 없었다. 캠

퍼스 중앙에 있는 연못은 지난날 우아한 연꽃과 금붕어로 유명했으나 지금은 악취가 풍기는 모기 서식의 온상이 되었다. 학교 정문에서 시작되는 큰길의 가로수는 잘리고 훼손되었다.

내가 대학교에 입학한 즉시 "뒷문 입학"에 반대하는 정치운동이 시작되었다. 앞문을 틀어막은 것이 문화혁명 지도자들이라는 언급은 물론 없었다. 새로 입학한 노동자, 농민, 군인 출신 대학생들 가운데는 고급 관리의 자녀들이 많았으며, 사실상 나머지 모든 대학생들도 연줄을 가지고 있다는 것을 나는 알 수 있었다. 농민들은 생산대 대장이나 인민공사 비서들에게 줄을 댔고, 노동자들은 공장장들에게 줄을 댔다. 그렇지 않을 경우 입학생 자신이 하급 관리였다. "뒷문"은 유일한 길이었다. 내 동료 대학생들은 이 운동에 아무런 열의도 보이지 않았다.

매일 오후와 간혹 저녁에 우리는 온갖 일을 비판하는 「인민일보」의 과장된 기사들을 "학습"하고 무의미한 "토론"을 벌여야 했다. 토론 때 모든 참가자들이 「인민일보」의 과장되고 공허한 내용을 되풀이하여 이야기했다. 우리는 토요일 저녁과 일요일을 제외한 평일에는 대학 구내에서 생활할 의무가 있었으므로 일요일 저녁에는 학교로 돌아와야 했다.

나는 다른 5명의 여학생과 함께 침실을 사용했다. 서로 마주 보는 벽에는 2층 침대 3개가 설치되어 있었다. 침대 사이에는 탁자 한 개와 의자 여섯 개가 놓여 있었고 우리는 이 탁자에서 공부했다. 세면기를 둘 만한 공간은 없었다. 창문을 열면 악취가 풍기는 노천 하수도가 내려다보였다.

영어가 나의 전공이었으나 영어를 배울 수 있는 길은 거의 없었다. 우리 주변에는 영어를 사용하는 나라 사람이 없었고, 외국인은 구경조차 할 수 없는 것이 현실이었다. 쓰촨 전역이 외국인 방문 금지구역이었다. 한결같이 "중국의 친구"라고 불리는 기묘한 외국인의 방문이 어쩌다 허용되었으나 허가 없이 그들과 이야기하는 것조차 범죄행위였다. 우리는 BBC나 보이스 오브 아메리카를 청취할 경우 투옥될 수도 있었다. 영국의 마오쩌둥 노선을 추종하는 약소 정당인 공산당 기관지 『더 워커』를 제외하면 외국 출판물을 구할 수 없었으며, 이 기관지마저 특별열람실에 보관되어 일반인의 접근이 금지되었다. 나는 이 기관지를 볼 수 있는 기회를 단 한 차례 허용받았을 때 느낀 기쁨을 지금도 기억한다. 공자 비판운동을 보도한 전면 기사를 보는 순간 나의 흥분은 시들었다. 당혹감을 느끼며 앉아 있을 때 내가 좋아했던 한 강사가 지나가다 미소를 지으며 "그 신문은 아마도 중국에서만 읽힐 것입니다"라고 말했다.

우리의 모든 교과서는 황당무계한 내용의 선전책자였다. 우리가 배운 첫 번째 영어 문장은 "마오쩌둥 주석 만세(Long live Chairman Mao)!"였다. 그러나 이 문장을 감히 문법적으로 설명하려는 사람은 아무도 없었다. 중국에서 소망이나 욕망을 표현하는 기원화법에 해당되는 용어는 "비현실적인 것"을 의미한다. 쓰촨 대학교의 한 강사는 1966년 "'마오쩌둥 주석 만세!'라는 문장이 비현실적이다"라고 감히 주장했다는 이유로 구타를 당했다. 교과서의 한 장(章)은 홍수에 떠내려가는 전신주를 건지려고 물속에 뛰어들었다가 익사한 청년 영웅에 관한 이야기였다. 그 전신주는 마오쩌둥의 발언을 게시하는 데 이용되고 있었다.

나는 우리 과의 강사들과 진밍으로부터 문화혁명 이전에 출판된 영문 교과서 몇 권을 가까스로 구했다. 진밍은 자기 대학교의 책들을 우편으로 보내주었다. 이런 책들의 내용은 제인 오스틴, 찰스 디킨스, 오스카 와일드와 같은 작가들의 저서 발췌와, 유럽 및 미국 역사의 일화였다. 나는 그런 내용을 읽는 것이 즐거웠으나 내 노력의 대부분은 그런 책을 구하여 보관하는 데 소모되었다.

내가 책을 읽을 때면 누군가 나에게 가까이 다가올 적마다 나는 신문으로 재빨리 책을 덮었다. 그렇게 했던 부분적인 이유는 그런 책들의 "부르주아적 내용" 때문이었다. 지나치게 양심적으로 공부하는 듯이 보이지 않는 것도 중요했다. 또 그들보다 훨씬 수준이 높은 내용을 읽음으로써 학우들의 질투를 사지 않는 것 역시 중요했다. 선전적인 가치 때문에 정부가 우리 영어과 학생들에게 학비를 지원하고 있었으나, 우리는 전공 과목을 너무 열심히 공부하는 것으로 보여서는 절대 안 되었다. 그 같은 열성은 "백전(白專)"으로 간주되기 때문이었다. 백전이란, 전문 분야에서 우수한 인간은 정치적으로 신뢰할 수 없다는 의미였다. 당시의 미치광이 같은 논리에서는 자신의 전공 분야〔專〕에서 우수한 인간은 정치적으로 신뢰할 수 없는 것〔白〕과 동일시되었다.

불행히도 나는 급우들보다 영어를 더 잘했고, 따라서 일부 "학생 간부들"의 불만을 사게 되었다. 학생 간부란 정치사상 집회를 감독하고 동료 학생들의 "사상 상태"를 점검하는 임무를 지닌 최하계급의 관리자들이었다. 우리 학과의 학생 간부들은 대부분 농촌 출신이었다. 그들은 영어를 몹시 배우고 싶어 했으나 대부분이 반문맹이었으며, 자질이 아주 빈약했다. 나는 그들의 초조감과 좌절감을 동정했으며 나에 대한 그들의 질시를 이해했다. 그러나 마오쩌둥의 "백전" 개념으로 인해서 그들은 자기네 결점을 미덕으로 생각하게 되었고, 자기네 질투심을 정치적 신뢰성으로 생각했다. 백전은 그들의 분노를 배출할 수 있는 악의적인 기회를 만들어주었다.

학생 간부는 나와 솔직한 대화를 의미하는 "담심(談心)"을 빈번하게 가질 의무가 있었다. 우리 학과의 당세포 책임자는 밍이라는 농부 출신 학생이었는데, 그는 군대에 입대한 다음 생산대 대장이 되었다. 그는 학업 성적이 매우 나빴으며 문화혁명의 최근 전개 상황과 "노동자-농부-군인 학생들의 영광스러운 과업"과 "사상 개조"의 필요성에 관해서 독선적인 장광설을 나에게 종종 늘어놓았다. 밍은 나의 여러 가지 "결점" 때문에 이러한 담심이 필요하다고 말했으나 요점을 바로 지적하는 경우는 거의 없었다. 그는 "대중은 당신에 대해서 불평을 하고 있습니다. 불평 내용이 무엇인지 압니까?"와 같이 단도직입적인 비판을 유보한 채 자기 말이 나에게 미친 효과를 유심히 관찰했다. 어느 날 그는 마침내 자신의 주장을 몇 가지 나에게 밝혔다. 그 주장은 내가 백전이라는 것이었는데, 이는 처음부터 뻔한 결론이었다. 또 어느 날은 내가 화장실을 청소하거나 학우들의 의복을 빨래하는 등 솔선해야 할 선행의 기회를 잡기 위해서 노력하지 않았기 때문에 나는 부르주아라는 비판을 받았다. 또다른 경우에 그는 다음과 같은 비열한 동기를 나에게 결부시키려고 들었다. 즉 내가 학우들의 실력이 나와 같아지는 것을 원하지 않기 때문에 시간을 내어 급우들의 공부를 지도하지 않는다는 것이었다. 밍은 떨리는 입술로(그는 분명히 감정이 격해져 있었다) 나를 비판했는데, 그 내용은 다음과 같았다. "대중은 당신이 오만하다고 보고했습니다. 당신은 대중으로부터 이탈했습니다." 중국에서는 조금이라도 혼자 지내고 싶다는 뜻을 숨기지 못할 경우, 사람들로부터 오만하다는 비난을 받기 일쑤였다.

학생 간부보다 한 단계 위에는 정치보도원이 있었다. 정치보도원들 역시 영어를 거의 모르거나 전혀 몰랐다. 그들 또한 나를 싫어했다. 나도 그들을 싫어했다. 나는 가끔 정기적으로 우리 학년을 담당한 정치보도원 한 사람에게 나의 사상을 보고할 의무가 있었다. 나는 매번 보고 면담에 앞서 정치보도원의 방문을 두드리는 데 필요한 용기를 가다듬으려고 몇 시간 동안 교정을 방황했다. 나는 그가 악한 인간은 아니라고 믿었으나 그를 무서워했다. 그러나 가장 지겨운 것은 항상 애매모호한 비판이 되풀이되는 장광설이었다. 다른 많은 사람들과 마찬가지로 그 정치보도원은 자신이 권력을 행사한다는 느낌을 즐기기 위해서 사람들을 잔인하게 골탕 먹였다. 나는 겸손하고 진지한 표정을 지어야 했으며 할 의향이 전혀 없는 일들을 하겠다고 약속해야 했다.

나는 비교적 혼자 지냈던 농촌과 공장에서 보낸 시절에 대한 향수를 느꼈다. 대학교는 장칭의 특별한 관심 대상이었기 때문에 훨씬 더 엄격한 통제를 받았다. 나는 이제 문화혁명의 혜택을 받는 사람들 가운데 하나가 되었다. 문화혁명의 혜택을 받지 못했다면 대다수 학생들의 대학교 입학이 불가능했으리라는 것이 그들의 논리였다.

우리 학교의 학생 몇 명이 영어 약어사전 편찬사업 임무를 부여받았다. 우리 학과는 기존의 약어사전이 공산당이 승인한 약어보다 훨씬 많은 자본주의 "약어"를 수록하고 있었기 때문에 "반동적"이라고 결정했다. 자본주의 어원을 가진 약어가 더 많은 것은 당연했다. 일부 학생들은 분노한 어조로 이렇게 물었다. "루스벨트는 FDR이라는 약어를 가졌는데, 마오쩌둥 주석은 가지지 못한 이유가 무엇인가?" 그들은 대단히 엄숙한 태도로 수록 가능한 약어들을 찾아보았으나 올바른 종류의 약어가 충분하지 않다는 단순한 이유 때문에 자기네 "역사적 사명"을 포기하지 않을 수 없었다.

이런 환경은 견디기 어려웠다. 나는 무지는 이해할 수 있었으나 무지의 지배는 물론 무지 지상주의를 받아들일 수 없었다.

우리는 전공 과목들과 상관없는 일을 하기 위해서 학교 캠퍼스를 떠나야 했다. 마오쩌둥은 우리가 "공장과 농촌, 군대"로부터 배워야 한다고 말한 바 있었다. 우리가 무엇을 배워야 하는지는 구체적으로 명시되지 않았다. 우리는 "농촌에서 배우는 것"을 시작했다. 내가 1학년 1학기의 첫째 주였던 1973년 10월 우리 대학교 학생들은 룽춘산이라고 불린 청두 교외의 한 지역에 집단으로 파견되었다. 그 지역은 중국의 부총리들 가운데 하나인 천융구이의 방문으로 인해서 희생된 곳이었다. 그는 북부의 산악지대인 산시의 다차이라는 지역의 농업 생산대대 대장으로 일한 바 있었다. 그의 생산대대가 마오쩌둥 전체 농업사업의 모범 사례가 되었다. 왜냐하면 그 대대는 물질적인 각종 유인책보다 농부들의 혁명 열성에 더 많이 의존했다는 명백한 이유 때문이었다. 마오쩌둥은 다차이의 갖가지 주장이 대부분 허위라는 사실에 주목하거나 관심을 기울이지 않았다. 룽춘산을 방문한 천융구이 부총리는 "아, 여러분은 이곳에 산지를 보유하고 있습니다!

여러분이 얼마나 많은 논을 만들 수 있는지 상상해보시오!"라고 말했다. 그는 과수원으로 뒤덮인 비옥한 야산지대가 자기 고향의 산골 황무지와 다름없다는 듯이 말했다. 그러나 천융구이의 말은 법률의 효력을 지녔다. 대학생들은 청두에 사과와 오얏, 복숭아, 배, 꽃을 공급했던 과수원들을 다이너마이트로 폭파했다. 우리는 계단식 논을 만들기 위해서 손수레와 천칭봉으로 돌덩이를 먼 곳에서 운반해왔다.

마오쩌둥이 촉구한 모든 행동과 마찬가지로 이 작업에서도 열성을 발휘하는 것이 의무였다. 나의 학우 대다수는 열의를 과시하기 위해서 맹렬히 일했다. 나는 이러한 활동에 대한 혐오감을 숨기는 것이 어렵고 아무리 체력을 쏟아부어 일해도 쉽게 땀이 나지 않았기 때문에 열성이 부족한 사람으로 간주되었다. 땀이 비 오듯이 흐르는 학생들은 매일 저녁 반성회 때 한결같이 칭찬을 받았다.

나의 대학교 학우들은 숙달된 기술보다는 열의를 더욱 발휘한 것이 분명했다. 그들이 땅에 꽂은 막대형 다이너마이트는 불발되는 경우가 보통이었다. 아무런 안전대책도 강구되지 않은 상황이었기 때문에 불발되는 편이 더 나았다. 우리가 계단식으로 조성한 논의 가장자리에 돌을 쌓아 만든 벽은 오래지 않아 무너졌고, 2주일 후 우리가 떠날 무렵 그 지역 산비탈은 폭파된 구덩이와 흉물스럽게 굳어진 시멘트와 여기저기 돌무더기가 쌓인 황무지로 변해 있었다. 이런 상황에 관심을 기울이는 사람은 거의 없는 듯했다. 이 모든 작업은 결국 연출된 쇼였다. 의미 있는 수단도 목적도 없는 연극이었다.

나는 이러한 과외활동을 극도로 싫어했고, 우리의 노동과 우리의 존재 전체가 싸구려 정치 놀음에 이용되고 있다는 사실을 증오했다. 1974년 말 우리 대학교 전체가 다시 어느 군부대로 파견되자 나는 극도로 짜증이 났다.

청두에서 트럭으로 두세 시간 거리에 있는 군부대 막사는 논과 꽃이 핀 복숭아나무와 대나무로 둘러싸인 경치가 아름다운 곳이었다. 그러나 우리가 그곳에 머문 17일은 나에게 1년처럼 느껴졌다. 나는 매일 아침 뛰는 장거리 구보 때 끊임없이 숨이 가빴고, "적군 탱크들"이 모의 사격을 하는 가운데 포복전진을 할 때는 전신에 멍이 들었다. 여러 시간 동안 소총으로 겨냥을 하거나 나무 수류탄을 던지는 연습 때문에 나는 기진맥진했다. 나는 이 모든 훈련 때 열성과 능력을 과시하는 것이 마땅했으나 그것은 불가능했다. 내가 전공 과목인 영어만 잘하는 것은 용납되지 않았다. 이러한 군사훈련은 정치적으로 부과된 것이었고, 나는 그런 과업에서 자신의 능력을 증명할 의무가 있었다. 군대 자체에서도 사격술과 여타 전투기술이 우수한 사람이 "백전"으로 비난받은 것은 역설이었다.

나는 목제 수류탄을 위험할 정도로 단거리로밖에 던지지 못해 거창한 실제 수류탄 투척 훈련 참가가 금지된 극소수 대학생들 가운데 포함되었다. 우리 가련한 탈락자 집단이 야산 꼭대기에 앉아서 멀리서 들려오는 폭발음을 듣고 있을 때 한 여학생이 갑자기 흐느껴 울기 시작했다. 자신이 확실한 백전의 증거를 보여주었다는 생각이 들어 나 역시 깊은 두려움을 느꼈다.

우리의 두 번째 시험은 사격이었다. 우리가 사격장을 사선으로 행군해갈 때 나는 이렇게 생각했다. 나는 이번에도 실패해서는 안 된다. 나는 반드시 합격해야 한다. 내 이름이 호명되었을 때 나는 땅에 엎드려 가늠자를 통해서 표적을 응시했으나 눈앞이 캄캄해지는 것을 느꼈다. 표적도 땅도 아무것도 보이지 않았다. 나는 몸이 너무나 떨려 전신의 힘이 모조리 빠져나가는 느낌이었다. 사격 명령이 멀리 구름 너머에서 들려오는 것처럼 희미했다. 나는 방아쇠를 당겼으나 아무 소리도 듣지 못했고 아무것도 보지 못했다. 사격 결과를 확인했을 때 교관은 어리둥절했다. 내가 쏜 10발의 탄환은 과녁은 고사하고 표적판에 하나도 맞지 않았다.

나는 그 결과를 믿을 수 없었다. 나의 시력은 완벽했다. 나는 교관에게 총열이 굽은 것이 분명하다고 말했다. 그는 내 말을 곧이듣는 것 같았다. 내 잘못으로만 돌리기에는 사격 결과가 너무나 나빴던 것이다. 내가 다른 총을 지급받을 때 일부 학생들이 불평을 하며 또한 번의 기회를 달라고 요청했으나 외면당했다. 나의 두 번째 시도는 약간 나았다. 10발 중 2발이 바깥 원을 맞추었다. 그럼에도 불구하고 나의 이름은 전교생의 밑바닥에 있었다. 선전 벽보처럼 벽에 게시된 성적표를 본 나는 나의 "백(白)"이 더욱 하얘졌다는 사실을 알았다. 나는 학생 간부로부터 다음과 같은 악의에 찬 말을 들었다. "흠, 두 번째 기회를 얻었다. 그러면 더 나아질 줄 알았나! 그 여학생이 계급 감정이나 계급 적개심을 가지고 있지 않다면 100번을 시도해도 구제받지 못할 것이다."

나는 비참한 심정으로 자신의 생각 속에 빠져들었으며, 우리를 가르치는 농부 출신의 20대 초반 병사들의 모습이 눈에 제대로 들어오지 않았다. 내가 그들에게 주목하게 된 것은 오직 한 가지 사건 때문이었다. 어느 날 저녁 병사들이 말리려고 줄에 걸어놓았던 옷을 몇몇 여학생들이 걷을 때 그들의 팬츠에 묻은 정액 자국을 나는 뚜렷이 보았다.

대학교에서 나는, 문화혁명 이전의 학업 성적으로 보직을 받은 교수들과 강사들의 집에서 피난처를 발견했다. 몇몇 교수들은 공산당이 정권을 잡기 전 미국이나 영국을 방문한 적이 있었고, 나는 그들과 동일한 언어로 마음 편히 이야기할 수 있다고 느꼈다. 그럼에도 불구하고 그들은 조심했다. 여러 해에 걸친 탄압의 결과로 대다수 지식인들이 신중해졌다. 우리는 위험한 화제는 피했다. 서양을 방문한 경험이 있는 사람들은 서양에 머물던 시기에 관한 이야기를 거의 하지 않았다. 나는 그들을 위험한 처지에 빠뜨리기를 원하지 않았기 때문에 질문하고 싶은 간절한 욕구를 억눌렀다.

부분적으로 마찬가지 이유로 나는 자신의 생각을 부모님들에게 한번도 털어놓지 않았다. 두 분이 어떤 반응을 보였을까? 위험한 진실을 이야기했을까, 아니면 거짓말을 했을까? 나는 또 두 분이 나의 이단적인 사상 때문에 걱정하기를 원하지 않았다. 나는 두 분이 나의 사상에 관해서 진정으로 아무것도 몰라 나에게 무슨 일이 일어날 경우 두 분은 아는 것이 없다고 사실대로 말할 수 있게 되기를 바랐다.

내가 자신의 생각을 털어놓을 수 있는 사람들은 내 세대의 몇몇 친구들이었다. 실제로 우리는 이야기밖에는 별로 할 일이 없었다. 특히 남자 친구들과 그랬다. 공공장소에서 남녀가 단둘이 있는 것이 목격되는 경우가 "데이트"였으며, 이는 약혼을 한 것으로 간주되었다. 좌우간 어디에도 즐거운 오락거리가 없었다. 영화는 장칭이 승인한 극소수만이 상영되었다. 어쩌다 알바니아와 같은 외국에서 수입된 희귀한 영화가 상영되었으나, 대부분의 극장 입장권은 연줄을 가진 사람들의 주머니 속으로 사라졌다. 남은 몇 장의 표를 구하려고 떼를 지어 극장에 몰려든 사람들은 매표소 앞에서 서로를 떠밀며 격렬한 몸싸움을 벌였다. 암표상들이 떼돈을 벌었다.

그래서 우리는 그냥 집에 앉아서 이야기나 할 뿐이었다. 나는 남자 친구들과 빅토리아 시대의 영국인들처럼 매우 예의바르게 의자에 앉아서 대화를 나누었다. 여자들이 남자 친구들과 사귀는 것은 그 당시에는 이례적이었다. 한 여자 친구는 언젠가 나에게 이렇게 말했다. "나는 너처럼 남자 친구를 많이 사귀는 여자를 본 적이 없다. 여자들은 보통 여자 친구들을 사귄다." 그 친구의 말이 옳았다. 나는 자신에게 접근한 최초의 남자와 결혼한 여자들을 많이 알고 있었다. 내가 사귄 남자 친구들이 나에게 보인 관심 표명은 감상적인 시 몇 편과 감정을 억제한 편지 몇 장을 보낸 것이 고작이었다. 그런 편지 가운데 하나는 축구 팀 골키퍼가 보낸 것이었는데, 글씨를 피로 썼다고 했다.

친구들과 나는 종종 서양에 관해서 이야기했다. 그 무렵 나는 서양이 좋은 곳이라는 결론에 도달했다. 이러한 생각을 내 머릿속에 처음 심어준 사람들이 마오쩌둥과 그의 정권이었다는 것은 역설적이다. 여러 해 동안 내가 자연스럽게 관심을 기울인 것들, 즉 아름다운 옷, 책, 오락, 예절, 정중한 태도, 자연스러운 태도, 자비, 친절, 자유, 잔인함과 폭력에 대한 혐오, "계급 적개심" 대신 사랑, 인간 생명의 존중, 고독의 욕구, 전문적인 능력 등이 서양의 악덕으로 비난받았다. 나는 누군들 서양을 간절히 원하지 않겠는가 하는 생각이 종종 들었다.

나는 자신의 생활과 다른 여러 가지 생활에 깊은 호기심을 느꼈고, 우리가 정부 출판물에서 간신히 알아낸 단편적인 정보와 소문을 친구들과 서로 이야기했다. 나는 서양의 기술적인 발전과 높은 생활 수준보다는 정치적 마녀사냥이 행해지지 않고 인간을 좀먹는 의심이 존재하지 않으며, 개인의 존엄과 놀라울 정도로 폭넓은 자유에 더 큰 감명을 받았다. 나는 서양이 자유롭다는 결정적 증거가 그곳에 서양을 공격하고 중국을 찬양하는 사람들이 대단히 많은 것처럼 보이는 사실이라고 생각했다. 외국 언론에 보도된 기사를 전재할 수 있는 「참고소식(參考消息)」의 1면에는 거의 이틀에 한 번씩 마오쩌둥과 문화혁명을 찬양하는 기사가 게재되었다. 처음에 나는 이러한 기사 게재에 화가 났으나 오래지 않아 서양 사회가 얼마나 관대한지 깨닫게 되었다. 나는 그런 사회가 내가 살고 싶어 하는 종류의 사회라는 것을 새삼스럽게 깨달았다. 시민들의 다른 견해, 심지어 터무니없는 견해가 허용되는 사회였다. 서양의 발전이 유지되는 것은 반대를 너그럽게 포용하고, 반대파 및 항의자들에게 관용을 베푸는 것이라는 사실을 깨닫기 시작했다.

그러나 나는 당시 몇 가지 관찰한 사실에 대한 짜증을 참을 수 없었다. 나는 몇몇 옛 친구들과 대학교수들을 만나기 위해서 중국을 방문한 한 서양인이 쓴 글을 읽었다. 그의 중국 친구들은 자기네가 기꺼이 비판을 받고 오지에 하방된 경위와, 그들이 사상 개조를 대단히 고맙게 생각한다고 즐겁게 밝혔다. 필자는 마오쩌둥이 중국인들의 사상을 진정으로 개조시켜, 서양인들이 비참한 것으로 간주하는 상황을 즐겁게 받아들이는 "새로운 인민"으로 만들었다고 결론

지었다. 나는 아연실색했다. 중국에서 불만이 표출되지 않았을 때 최악의 탄압이 자행되었다는 것을 그 서양인은 알지 못한 것일까? 희생자들이 실제로 웃는 표정을 지었을 때 탄압이 100배나 더 심했던 사실을 몰랐던 것일까? 그는 자신이 만난 교수들이 처했던 비참한 상황과 그들을 그토록 타락시킨 공포가 얼마나 심했는지 알아차리지 못했던 것일까? 나는 다음과 같은 사실을 그때는 깨닫지 못했다. 서양인들은 자신이 만난 중국인들의 거짓 연기가 서양인들에게 생소한 행동이라는 것을 알지 못했다. 따라서 그들은 중국인들의 거짓 연기를 대부분 알아차리지 못했다.

나는 서양에서 중국에 관한 정보를 쉽게 입수할 수 없었으며, 중국의 실정이 대부분 잘못 이해되고 있었고, 중공과 같은 정권에 대한 경험이 없는 사람들이 중국 정부의 선전과 주장을 액면 그대로 받아들일 수 있다는 사실 또한 알아차리지 못했다. 그 결과 나는 이런 서양인들의 찬사가 부정직한 행동이라고 생각했다. 친구들과 나는 그 서양인들이 우리 정부의 "환대"에 넘어갔다고 농담을 했다. 닉슨의 방문에 뒤이어 외국인들이 중국 내의 제한된 특정 지역을 방문하도록 허용받았을 때 그 지역 안에서도 외국인이 가는 곳은 어디나 당국이 즉각 교통을 통제하여 중국인들의 출입을 막았다. 가장 좋은 교통시설과 상점, 식당, 초대소, 명승지에는 외국인 전용을 의미하는 "근공외빈(僅供外賓)"이라고 쓴 팻말을 내걸고 외국인들에게만 개방했다. 중국인들이 가장 귀하게 생각하는 술인 마오타이주를 일반 중국인들은 절대 구할 수 없었으나 외국인들은 마음대로 살수 있었다. 가장 좋은 음식은 외국인들에게만 제공되었다. 헨리 키신저가 중국을 몇 차례 방문했을 때 12가지 코스의 만찬을 여러 차례 대접받은 결과 허리가 늘어났다고 말한 것을 중국 신문들이 자랑스럽게 보도했다. 이는 곡창지대를 의미하는 "천부지국(天府之國)"인 쓰촨 성에서 주민들의 육류 배급량이 200그램이었고, 청두의 여러 거리에는 흉년을 피해 북쪽에서 이주한 노숙자 농부들이 가득했으며, 그중 일부는 구걸로 생활하던 때였다. 외국인들을 상전 모시듯이 접대하는 당국의 방침에 대해서 인민들의 원성이 매우 높았다. 친구들과 나는 이렇게 말했다. "국민당이 '중국인과 개는 출입 금지'라는 팻말을 걸었다고 공격할 이유가 어디 있는가? 우리도 같은 행동을 하고 있지 않은가?"

나는 정보 입수에 집착했다. 나는 영어를 읽을 수 있는 능력의 혜택을 크게 보았다. 왜냐하면 대학교 도서관은 문화혁명 기간 중 약탈당했으나 분실된 책들이 대부분 중국어로 된 책이었다. 대학교 도서관에 소장된 방대한 영어 서적들은 뒤죽박죽으로 뒤섞여 있었으나 내용은 대부분 온전했다.

사서들은 사람들이 도서관의 책을 읽는 것을 기뻐했고, 특히 대학생들이 읽는 것을 좋아하여 매우 협조적이었다. 색인 체제는 뒤죽박죽이 되었으나 사서들은 내가 원하는 책들을 찾기 위해서 책 더미를 뒤졌다. 내가 몇몇 영국 고전문학 서적을 접하게 된 것은 이런 친절한 사서들의 노력 덕분이었다. 루이자 메이 올컷의 『작은 아씨들』은 내가 영어로 읽은 첫 번째 소설이었다. 나는 올컷과 제인 오스틴 및 브론테 자매들과 같은 여성 작가들이 디킨스와 같은 남성 작가들보다 훨씬 더 읽기 쉽다는 점을 알게 되었다. 그리고 나는 여성 작가들의 등장인물들에게 더 큰 공감을 느꼈다. 나는 미국과 유럽의 간추린 역사를 읽었고, 그리스의 민주주의 전통, 르네상스의 인도주의, 모든 것에 의문을 제기하는 계몽주의에 커다란 감명을 받았다. 나는 『걸리버 여행기』에서 "모든 신민들에게 달걀의 가는 부분부터 깨라는 법령을 만들고 이를 위반할 경우 중벌을 내린다는 칙령을 발표한" 황제에 관한 이야기를 읽고 스위프트가 중국을 방문한 적이 있는 게 아닌가 하는 생각이 들었다. 나는 마음을 열고 넓은 세상에 접한다는 이루 말할 수 없는 기쁨을 느꼈다.

혼자 앉아 책을 읽을 수 있는 도서관은 나에게 천국이었다. 평소해질 무렵에 서둘러 도서관으로 향하면서 책의 세계에 몰입하는 기쁨에 가슴이 벅차올랐다. 고전 양식을 모방한 건물 안으로 들어가 바깥 세상의 존재를 잠시 잊고, 혼자 앉아 고독을 즐기기 위해서였다. 환기가 잘 되지 않는 서고 안에 장기간 보관된 낡은 책들의 냄새를 맡으면 나는 흥분으로 몸이 떨리는 듯한 기분을 느꼈다. 나는 계단을 올라가며 계단이 너무 긴 것을 원망했다.

교수들이 빌려준 사전의 도움을 받아 나는 롱펠로, 월트 휘트먼 및 미국 역사에 친숙해졌다. 나는 미국 독립선언서를 전부 암기했고, 선언서의 다음과 같은 구절을 접했을 때 가슴이 벅찼다. "우리는 모든 사람이 평등하게 태어났으며……박탈할 수 없는 특정한 권리를 부여받았고 그 가운데는 생명, 자유 및 행복을 추구할 권리가 포함된다는 것을 자명한 진리로 간주한다." 중국에서는 들을 수 없었던 이러한 개념들은 나에게 경이적인 신세계를 열어주었다. 내가 항상 가지고 다니는 몇 권의 노트에는 눈물겨울 정도로 감격하며 베낀 이런 구절들이 가득했다.

한 친구가 1974년 가을 어느 날, 대단한 비밀을 밝히는 듯한 태도로 마오쩌둥과 장칭의 사진이 몇 장 실린 『뉴스위크』지를 나에게 보여주었다. 마오쩌둥에 관한 기사가 게재된 잡지였다. 영어를 읽을 수 없었던 친구는 기사 내용에 대해서 몹시 궁금해했다. 그 잡지는 내가 처음 본 진짜 외국 잡지였다. 기사 속의 문장 하나가 번갯불처럼 내 눈에 들어왔다. 그 내용은 장칭이 마오쩌둥의 "눈과 귀 및 목소리"라고 전했다. 그 순간까지 나는 장칭과 마오쩌둥 사이의 명확한 관계를 생각하지 않으려고 했다. 그러나 이제 마오쩌둥의 실체가 분명하게 떠올랐다. 그의 이미지를 둘러싸고 있던 모호한 인식들이 초점을 맞춘 듯이 뚜렷해졌다. 문화혁명의 모든 파괴와 고통의 배후에는 마오쩌둥이 있었다. 그가 없었다면 장칭과 그녀의 이류 집단은 단 하루도 살아남지 못했을 것이다. 나는 처음으로 마음속에서 마오쩌둥에게 도전하는 데 따른 희열을 느꼈다.

# 27. "여기가 천국이라면 지옥은 무엇인가?"

아버지의 죽음
(1974-1976)

이 기간 내내 대부분의 과거 동료들과 달리 아버지는 명예회복을 하지 못하고, 직책도 얻지 못했다. 아버지는 1972년 가을 어머니와 나와 함께 베이징에서 돌아온 후 지기석 가(街)의 집에서 아무 일도 하지 않고 지냈다. 과거 아버지가 마오쩌둥의 이름을 들어 비판한 사실이 여전히 문제가 되었다. 조사단은 아버지에게 동정적이었으며 마오쩌둥에 대한 아버지의 비판 발언 일부를 정신질환 탓으로 돌리려고 애썼다. 그러나 조사단은 아버지를 가혹하게 처벌하기를 원했던 고위 당국자들 중 일부로부터 강한 압력을 받았다. 아버지의 동료 대다수는 아버지를 존경하며 격려했다. 그러나 동료들은 자기 목을 걱정하지 않을 수 없었다. 뿐만 아니라 아버지는 명예회복을 하는 데 도움이 되었을 어떤 파벌에도 속하지 않았고 권력을 가진 후원자도 없었다. 대신 아버지는 요직에 여러 명의 적을 두고 있었다.

1968년 어느 날 잠시 감금생활에서 석방되었던 어머니는 아버지의 오랜 친구 한 사람이 도로 가의 노점 식당에 앉아 있는 모습을 보았다. 이 사람은 팅 부부와 연합을 했던 인물이었다. 이빈에서 함께 일할 때 어머니와 팅 부인이 중매를 섰던 그의 부인이 함께 있었다. 그 부부가 간단한 목례 이상의 접촉을 꺼리는 것이 분명했음에도 불구하고 어머니는 그들의 탁자로 걸어가 자리에 앉았다. 어머니는 아버지를 사면해주도록 팅 부부에게 간청해줄 것을 두 사람에게 부탁했다. 우리 어머니의 말을 끝까지 들은 뒤 그 남자는 고개를 저으며 이렇게 말했다. "일이 그렇게 간단하지 않습니다." 이어 그는 손가락 하나를 자기 찻잔에 담근 다음 탁자 위에 "쭤(左)"라는 글자를 썼다. 그는 의미심장한 눈초리로 어머니를 바라본 다음 아내와 함께 일어나 말없이 자리를 떴다.

쭤는 과거 아버지의 가까운 동료였으며 문화혁명 기간 중 아무런 고통도 당하지 않은 소수의 고급 관리 가운데 한 명이었다. 그는 사우 여사의 조반파로부터 호의적인 대우를 받았고, 팅 부부와는 친구였으나 사우와 팅 부부 및 린뱌오의 몰락 때 살아남아 권력을 유지했다.

아버지는 마오쩌둥에 대한 비판 발언을 철회하려고 하지 않았다. 그러나 조사단이 그 비판 발언을 아버지의 정신질환으로 돌리자는 의견을 제시했을 때 아버지는 심한 마음의 고통을 느끼며 이를 묵시적으로 받아들였다.

한편 전반적인 정치 상황은 아버지를 낙담에 빠뜨렸다. 인민의 행동이나 당의 조치 양쪽을 지배하는 원칙들이 존재하지 않았다. 부패가 대규모로 되살아나기 시작했다. 관리들은 자기 가족과 친구들을 먼저 배려했다. 구타를 두려워한 교사들은 학생들의 학업 성적과 관계없이 모두에게 최고 점수를 주었고, 버스의 차장들은 요금을 받지 않았다. 공익에 대한 헌신은 공공연히 조소를 받았다. 마오쩌둥의 문화혁명은 당의 규율 및 사회의 윤리를 모두 파괴했다.

아버지는 자신을 통제하기가 힘들다는 것을 알아차리고 자기의 속마음을 밝히거나 자신과 가족을 또다시 범죄자로 만들 수 있는 사안에 대해서는 언급하지 않았다.

아버지는 안정제에 의존할 수밖에 없었다. 정치적 분위기가 자유로워졌을 때 아버지의 안정제 복용량은 줄었다. 각종 운동이 강화될 때는 더 많은 약을 먹었다. 약사들은 아버지가 복용량을 늘릴 때마다 그처럼 약을 다량 복용하는 것은 극도로 위험하다고 말하며 고개를 절레절레 흔들었다. 그러나 아버지는 약을 복용하지 않을 경우 잠시밖에 정상 상태를 유지할 수 없었다. 아버지는 1974년 5월 자신의 신경쇠약이 발병 직전에 도달했음을 느끼고 정신과 치료를 요청했다. 아버지는 이번에 신속하게 입원했다. 보건 업무에 복귀한 아버지의 과거 동료들 덕분이었다.

나는 학교를 휴학하고 병원에서 아버지를 간병했다. 과거 아버지를 치료했던 쑤 박사가 다시 아버지를 돌보았다. 팅 부부의 통치하에서 쑤 박사는 아버지의 증세를 사실대로 진단했기 때문에 비판을 받았고, 아버지가 정신질환을 가장하고 있다고 증언하는 자술서 작성을 명령받았다. 그는 자술서 작성을 거부하여 규탄대회에 끌려나갔고, 구타를 당했으며 의료직에서 쫓겨났다. 나는 1968년 어느 날 쓰레기통을 비우고 병원의 타구를 씻는 쑤 박사를 본 적이 있다. 그는 30대였음에도 불구하고 머리는 회색으로 변해 있었다. 팅 부부가 실각한 뒤 그는 복권되었다. 다른 모든 의사들과 간호사들은 물론 쑤 박사는 아버지와 나를 매우 친절하게 대했다. 의사들과 간호사들은 아버지를 잘 돌봐드릴 것이므로 내가 아버지와 함께 지낼 필요가 없다고 말했다. 그러나 나는 아버지와 함께 지내고 싶었다. 아버지에게는 내가 가장 필요하다고 생각했다. 아무도 없을 때 아버지가 쓰러질 경우에 생길 일이 걱정되었다. 아버지의 혈압은 위험할 정도로 높았고 이미 몇 차례 가벼운 심장발작을 일으켜 아버지는 보행이 불편한 상태였다. 아버지는 언제 쓰러질지 알 수 없는 상태로 보였다. 의사들은 다시 쓰러질 경우 목숨을 잃을 수 있다고 경고했다. 나는 아버지와 함께 남자 병동에 들어가 1967년 여름 아버지가 입원했던 같은 병동에 머물렀다. 각 병실은 2인용이었으나 아버지는 병실을 혼자 썼으므로 나는 남는 침대에서 잤다.

나는 아버지가 쓰러질 경우에 대비하여 늘 함께 있었다. 아버지가 용변을 보러 갈 때 나는 화장실 밖에서 기다렸다. 아버지가 화장실에서 너무 오래 계신다고 생각되면 나는 아버지가 심장발작을 일으킨 것이 아닌가 하는 생각이 들어 아버지를 불러대는 바보짓을 하기가 일쑤였다. 나는 매일 병원 후원에서 오랜 시간 산보를 했다. 후원은 회색 줄무늬의 파자마를 입고 생기 없는 눈초리로 끊임없이 걸어다니는 정신과 환자들로 가득했다. 나는 그들을 볼 때마다 겁이 났고 매우 슬펐다. 후원 자체는 화사한 색채로 가득했다. 하얀 나비들이 잔디밭의 노란 민들레꽃들 사이로 날아다녔다. 주변의 화단에는 사시나무와 우아하게 흔들리는 대나무, 협죽도의 작은 숲 뒤에 핀석류의 진홍색 꽃들이 보였다. 나는 산보를 할 때 시를 지었다.

정원의 한쪽 끝에는 대형 오락실이 있었고, 환자들은 카드놀이를 하거나 체스를 두거나 신문들과 허용된 몇 권 안 되는 책을 읽기 위해서 이곳을 찾았다. 문화혁명 초창기에 오락실은 환자들이 마오쩌둥의 저서를 학습하는 장소로 이용되었다고 한 간호사가 나에게 말해주었다. 왜냐하면 마오쩌둥의 조카인 마오위안신이 의학적 치료보다 『소홍서』가 정신병 환자 치료에 효과가 더 높다는 것을 발견했기 때문이었다. 학습회는 오래 지속되지 않았다. 간호사는 이유를 이렇게 설명했다. "환자가 발언을 시작했을 때 우리는 모두 두려움에 떨었습니다. 그가 무슨 말을 할지 누가 알겠습니까?"

환자들은 육체적 정신적 생기를 빼앗는 치료 때문에 난폭하지 않았다. 그러나 환자들과 함께 지내는 일은 무서웠다. 아버지가 정제약을 복용하고 곤하게 잠들고 병동 전체가 고요해지는 밤이 특히 무서웠다. 모든 병실과 마찬가지로 우리 병실에도 자물쇠가 없었으며 나는 몇 차례 소스라치게 놀라 깨어나 내 침대 옆에 한 남자가 서 있는 것을 보았다. 그 남자는 내 모기장을 들치고 서서 정신병자의 편집증적인 시선으로 나를 노려보았다. 나는 갑자기 식은땀이 흘렀으며 비명을 지르지 않으려고 홑이불을 머리끝까지 뒤집어썼다. 그러나 나는 아버지를 깨우고 싶지 않았다. 잠은 아버지의 건강 회복에 중요했기 때문이었다. 마침내 그 환자는 비틀거리며 방을 나갔다.

한 달 뒤 아버지는 퇴원하여 집으로 돌아왔다. 그러나 아버지는 완쾌되지 않았으며, 너무 오랜 기간 심한 정신적 압박감에 시달렸고 정치적 환경은 여전히 너무나 억압적이어서 아버지는 마음의 휴식을 취할 수 없었다. 아버지는 계속 안정제를 복용할 수밖에 없었다. 정신과 의사들이 할 수 있는 일은 없었다. 아버지의 신경계는 쇠약해졌고 몸과 마음 역시 쇠약해졌다.

마침내 조사단인 전안조(專案組)가 아버지에 대한 판결문 초안을 작성했다. 판결문은 아버지가 "중대한 정치적 과오를 몇 가지 범했다"고 지적했는데 이는 "계급의 적"이라는 낙인보다는 한 단계 완화된 표현이었다. 당의 처리절차에 따라 판결문 초안은 아버지가 그것을 받아들였다는 것을 확인하는 서명을 받기 위해서 아버지에게 전달되었다. 판결문을 읽을 때 아버지는 울었다. 그러나 아버지는 서명했다.

그 판결문은 더 높은 당국자들로부터 승인을 받지 못했다. 그들은 더 가혹한 판결문을 원했다.

1975년 3월 형부인 "안경"이 공장의 승진자 후보에 올라 공장의 인사 담당 관리들이 의무적인 정치적 조사를 위해서 아버지의 부서를 찾아왔다. 사우의 조반파 파벌에 속했던 한 관리가 방문객들을 맞이하여 아버지가 "반마오쩌둥 분자"라고 말했다. "안경"은 승진하지 못했다. 부모님이 언짢아할까 우려하여 "안경"은 이 사실을 부모님에게 말하지 않았으나 아버지의 부서에 근무하는 한 친구가 우리 집에 들러 어머니에게 그 소식을 속삭이는 것을 아버지가 엿들었다. 아버지가 "안경"의 장래를 위험에 빠뜨렸음을 사과할 때 드러낸 마음의 고통은 보기가 애처로웠다. 아버지는 절망의 눈물을 흘리며 어머니에게 이렇게 말했다. "내가 무슨 짓을 했기에 내 사위조차 이런 지경에 빠져든단 말이오? 당신과 가족을 구하기 위해서 무엇을 해야 한단 말이오?"

아버지는 다량의 안정제를 복용했음에도 불구하고 다음 며칠 동안 잠을 이루지 못했다. 4월 9일 오후 아버지는 낮잠을 자러 가겠다고 말했다. 집 1층의 주방에서 저녁 식사 준비를 마쳤을 때 어머니는 아버지를 좀더 자게 내버려두어야겠다고 생각했다. 얼마 후 2층 침실에 올라간 어머니는 아버지를 깨울 수 없다는 사실을 알았다. 어머니는 아버지가 심장발작을 일으켰음을 알아차렸다. 집에는 전화가 없었기 때문에 어머니는 한 블록 떨어진 성 정부 요양소로 달려가 원장인 전 박사를 발견했다.

매우 유능했던 전 박사는 문화혁명 전에 성위대원의 고급 간부들의 건강을 담당했다. 그는 우리 아파트에 자주 들러 많은 관심을 기울이며 가족 전원의 건강에 관해서 자주 의논했다. 문화혁명이 시작되고 우리 가족이 당의 신임을 잃자 그는 우리를 냉대하고 멸시했다. 나는 전 박사와 같은 사람들을 많이 보았고 그들의 행동에 끊임없이 충격을 받았다.

어머니가 전 박사를 만났을 때 그는 노골적으로 성가시다는 표정을 드러냈으며 하던 일을 마치고 오겠다고 말했다. 어머니는 아버지가 심장발작을 일으켜 한시가 급하다고 말했으나 그는 조급한 태도가 도움이 되지 않는다고 말하는 듯한 시선으로 어머니를 바라보았다. 그는 한 시간이 지나서야 간호사 한 명을 데리고 우리 집에 왕진을 왔으나 구급장비를 가지고 오지 않았다. 간호사가 되돌아가 구급장비를 가져와야 했다. 전 박사는 아버지를 몇 차례 돌려 눕힌 다음 그냥 앉아서 기다렸다. 다시 30분이 지났고 이때쯤 아버지는 이미 운명한 뒤였다. 그날 밤 나는 대학교 기숙사에서 잦은 정전 때문에 촛불을 켜놓고 공부하고 있었다. 아버지의 공무부 직원 몇 사람이 찾아와 아무 말도 없이 나를 차에 태우고 집으로 데려갔다. 침대에 옆으로 누워 있던 아버지의 얼굴은 잠들어 쉬고 있는 것처럼 매우 평온해보였다. 아버지는 이제 늙어보이지 않았고, 쉰네 살의 나이보다 더 젊어보였다. 나는 가슴이 갈기갈기 찢어지는 듯하여 걷잡을 수 없이 눈물이 흘렀다. 나는 여러 날 동안 울면서 지냈다. 나는 아버지의 생애와 보람 없는 헌신과 깨어진 꿈을 생각했다. 아버지는 죽지 않을 수도 있었다. 그러나 아버지의 죽음이 불가피했다는 것이 너무나 분명해보였다. 아버지는 정직한 사람이 되기 위해서 애썼기 때문에 마오쩌둥의 중국에서는 설 자리가 없었다. 아버지는 자신의 일생을 바친 대상에게 배신당했고, 그 배신은 아버지를 파멸시켰다.

어머니는 전 박사의 처벌을 요구했다. 그가 치료를 태만히 하지 않았을 경우 아버지는 죽지 않았을 것이라고 주장했다. 어머니의 청원은 "과부의 감정적 하소연"이라는 이유로 기각되었다. 어머니는 이 문제를 더 이상 제기하지 않기로 결심했다. 어머니는 더욱 중요한 싸움인, 우리가 인정할 만한 아버지의 추도사를 당국으로부터 받아내는 데 집중하기를 원했다.

모든 사람이 추도연설을 아버지에 대한 당의 평가로 이해할 것이기 때문에 이는 매우 중요했다. 이 추도사는 아버지의 개인 인사기록철에 추가되고 아버지가 죽은 후에도 자녀들의 미래를 계속 결정하게 된다. 그러한 추도사에는 일정한 형식과 내용이 정해져 있었다. 명예를 회복한 관리에게 사용되는 표준적인 표현에서 조금이라도 벗어나는 것은 당이 사망자에 대해서 유보적 태도를 취했거나 유죄를 판정한 것으로 해석된다. 추도사 초안이 작성되어 어머니에게 전달되었다. 초안은 정해진 형식에서 벗어난 악랄하고 비판적인 내용으로 가득했다. 어머니는 이러한 추도사가 낭독될 경우 우리 가족이 결코 의심에서 자유로워질 수 없다는 것을 알았다. 기껏해야 우리 가족은 영원히 불안 속에서 살게 될 것이다. 우리가 대대로 차별대우를 받을 가능성이 매우 컸다. 어머니는 몇 개의 초안을 거부했다.

상황은 어머니에게 극도로 불리했으나 어머니는 아버지에게 동정심을 가진 사람들이 많다는 사실을 알고 있었다. 중국 전통에서는 장례 기간 동안 고인의 가족들이 사람들의 인정에 호소하며 다소 무리한 요구를 할 수 있다. 아버지가 돌아가신 후 어머니는 쓰러졌으나 병상에 누운 채 의연한 결의로 싸움을 계속했다. 어머니는 받아들일 만한 추도사를 얻지 못할 경우 장례식에서 당국을 비판할 것이라고 위협했다. 어머니는 아버지의 친구들과 동료들을 병상으로 불러 자기 자녀들의 장래를 그들의 손에 맡긴다고 말했다. 그들은 아버지를 옹호하는 발언을 해주겠다고 말했다. 마침내 당국의 태도가 약간 누그러졌다. 아버지를 명예가 회복된 간부로 취급할 엄두를 내는 사람은 없었으나 아버지에 대한 공식평가는 비교적 무해한 내용으로 수정되었다.

장례식은 4월 21일에 거행되었다. 장례식은 표준적인 관례에 따라 아버지의 옛 동료들로 구성된 장례위원회가 조직되었으며 위원회에는 아버지의 박해를 거든 쯰와 같은 사람들도 포함되었다. 장례식은 마지막 세부사항까지 치밀하게 계획되었으며 지시된 양식에 따라 대략 500명의 조문객이 선발되었다. 조문객들은 과거 아버지의 관할 아래 있던 성 정부의 10여 개 부서에 할당되었다. 가증스러운 사우 여사까지 참석했다. 각 기관은 정해진 규격에 따라 종이꽃으로 만들어진 화환을 보내도록 요청받았다. 어느 면에서 우리 가족은 장례식이 공식적으로 치러지는 것을 환영했다. 아버지 정도의 공직에 있었던 인물이 개인적인 장례식을 치르는 것은 전례가 없는 일이었으며 망자에 대한 당의 배척으로 해석될 수 있었다. 장례식 참석자들의 대부분은 내가 모르는 사람들이었다. 아버지의 사망 소식을 들은 나의 친한 친구들이 모두 찾아왔다. 그 가운데는 몽실이와 나, 전에 다닌 공장의 전기공들이 포함되었다. 쓰촨 대학교의 학우들도 왔다. 그 가운데는 학생 간부인 밍이 포함되었다. 외할머니가 돌아가신 뒤 만남을 피했던 옛 친구 빙도 참석했으며, 우리의 우정은 6년 전 끝난 곳에서부터 즉각 다시 이어졌다.

"사망자의 가족대표"가 조사를 낭독하는 관행이 있어서 이 역할이 나에게 떨어졌다. 나는 아버지의 성격과 도덕적 원칙, 당에 대한 믿음, 인민에 대한 열정적 헌신을 상기시켰다. 나는 아버지의 죽음이라는 비극이 조문객들에게 많은 것을 심사숙고하도록 만들기를 희망했다.

장례식이 끝나고 모든 참석자들이 줄지어 지나가며 가족들과 악수를 나눌 때 나는 과거 조반파 출신 조문객들의 대다수가 눈물을 흘리는 것을 보았다. 사우 여사조차 슬픈 표정을 지었다. 그들은 모든 경우에 대비한 가면을 가지고 있었다. 조반파 출신 조문객 몇 사람은 나에게 이렇게 말했다. "우리는 당신 아버지가 겪은 일을 매우 유감으로 생각합니다." 그럴지도 모른다. 그러나 이제와서 유감스럽게 생각한들 무슨 소용이 있겠는가? 우리 아버지는 이미 돌아가셨고 그들은 아버지를 돌아가시게 하는 데 커다란 역할을 했다. 그들은 다음 운동 때 또다른 사람들에게 같은 짓을 하지 않을까 하는 생각이 들었다.

내가 모르는 한 젊은 여자가 내 어깨에 얼굴을 묻고 격렬히 흐느껴 울었다. 나는 그 여자가 내 손에 쪽지 한 장을 쥐어주는 것을 느꼈다. 뒤에 나는 그 쪽지를 읽었다. 쪽지에는 이런 내용이 휘갈겨져 있었다. "나는 당신 아버지의 성품에 깊이 감동했습니다. 우리는 그분으로부터 배우고 그분이 남긴 유산자 계급혁명이라는 위대한 대의명분의 가치 있는 계승자들이 되어야 합니다." 나는 내 연설을 듣고 사람들이 이처럼 감동한 것일까 생각해보았다. 공산주의자들이 여러 가지 도덕적 원칙들과 고귀한 감정을 밥 먹듯이 도용하는 것은 불가피해보였다.

아버지가 돌아가시기 몇 주 전 나는 청두 기차역에서 아버지와 함께 아버지의 친구를 기다린 적이 있었다. 아버지와 내가 앉아 있던 대합실은, 10년 전 어머니가 아버지를 위해서 진정서를 제출하려고 베이징으로 떠날 때 어머니와 내가 함께 앉아 있던 장소였다. 기차역의 대합실은 더 초라해지고 더 많은 사람들로 더 혼잡해진 것을 제외하면 변함이 없었다. 역전의 드넓은 광장은 여전히 많은 사람들로 붐볐다. 일부 사람들은 노천에서 잠을 잤고 일부는 그냥 앉아 있었다. 어떤 여자들은 아기에게 젖을 먹였다. 구걸을 하는 사람들도 몇 있었다. 이 사람들은 악천후와 몇몇은 장칭 일파의 방해공작으로 기근이 발생한 북부지방의 농부들이었다. 이 농부들은 열차를 타고 내려왔으며 객차의 지붕은 만원이었다. 객차 지붕에서 떨어지거나 터널을 통과할 때 머리가 잘린 사람들의 이야기가 숱하게 나돌았다.

기차역으로 가는 도중 나는 여름방학 때 양쯔 강 하류지방으로 여행을 떠나도 좋은지 아버지에게 물었다. 나는 이렇게 잘라 말했다. "나의 인생에서 가장 중요한 것은 즐겁게 사는 것입니다." 아버지는 찬성하지 않는다는 듯이 고개를 저으며 이렇게 말했다. "네가 젊을 때는 공부하고 일하는 것을 가장 중요한 과제로 삼아야 한다……."

나는 역 구내 대합실에서 이 문제를 다시 거론했다. 청소부 한 사람이 빗자루로 청소를 하고 있었다. 그 여자 청소부가 쓸어나가는 앞쪽에는 누더기 보따리 한 개를 옆에 놓은 여자가 시멘트 바닥에 앉아 있었다. 그녀는 해진 옷을 입은 어린 아이 2명을 데리고 있었으며 세 번째 아이에게 젖을 먹이고 있었다. 그녀는 거리낌 없이 유방을 드러냈는데 때가 낀 유방은 검은색이었다. 청소부는 그녀의 가족이 앉아 있는 것을 아랑곳하지 않고 그 가족 위로 쓰레기를 쓸어부쳤다. 그녀는 꼼짝도 하지 않았다.

아버지는 나를 돌아보며 이렇게 말했다. "네 주변 도처에 이렇게 사는 사람들이 많은데 네가 어떻게 즐겁게 살 수 있겠느냐?" 나는 대답하지 않았으나 마음속으로 이렇게 생각했다. "개인에 불과한 내가 무엇을 할 수 있겠습니까? 내가 헛되이 비참하게 살아야 하나요?" 그처럼 이기적인 말은 아버지에게 충격을 주었을 것이다. 나는 "세상에 봉사는 것을 자신의 임무로 생각하라〔以天下爲己任〕"는 가르침의 전통 속에서 교육받았다.

이제 아버지가 돌아가신 뒤 느끼는 공허함 속에 빠져 있던 나는 그 모든 관념들에 회의를 느끼기 시작했다. 나는 위대한 사명이나 갖가지 "대의명분"을 원하지 않았고, 단지 조용하고 어쩌면 경박할 수도 있는 나 자신의 인생을 원했다. 여름방학이 되었을 때 나는 어머니에게 양쯔 강 하류로 여행을 떠나고 싶다고 말했다.

어머니는 나에게 가라고 재촉했다. 청두로 돌아온 이후 우리 집에서 "안경"과 함께 살고 있던 언니도 여행을 권했다. 통상적으로 직원들에게 주택을 제공할 책임이 있던 "안경"의 공장은 문화혁명 기간 동안 새 아파트를 짓지 않았다. 문화혁명 당시 "안경"과 같이 독신이었던 많은 직원들은 기숙사의 한방에 8명씩 살았다. 10년이 지난 지금 그들 대부분은 결혼하여 자녀를 두고 있었다. 살 집이 없었으므로 그들은 부모의 집이나 처가에 들어가 살 수밖에 없었으며 3대가 한방에서 사는 경우도 흔했다. 언니는 도시에서 직장을 얻기 전에 결혼하여 취업 대상에서 제외되었기 때문에 일자리를 배정받지 못했다. 국가 공무원이 죽을 경우 자녀 가운데 한 사람이 일자리 하나를 물려받을 수 있다는 법규 덕분에 언니는 청두 대학교의 한의대학 교무과의 직원 자리를 배정받았다.

나는 7월에 양쯔 강 강변의 대도시 우한에서 공부하고 있던 진밍과 함께 여행을 떠났다. 우리의 첫 기착지는 초목이 우거지고 천혜의 기후조건을 갖춘 루산이었다. 펑더화이 원수가 비판을 받은 1959년 공산당 대회를 포함한 당의 중요한 회의들이 개최된 그곳은 "인민의 혁명전통 교육성지"로 지정되었다. 내가 그곳에 구경을 가자고 제안했을 때 진밍은 믿을 수 없다는 듯이 이렇게 말했다. "누나는 '혁명교육'을 잠시 쉬고 싶지 않아?"

우리는 산에서 사진을 여러 장 찍었고, 36장짜리 필름 한 통 중에서 한 장만을 남겼다. 내려오는 길에 벽오동나무와 목련, 소나무 숲속에 가려진 2층짜리 별장 앞을 지나게 되었다. 여러 가지 돌들이 자연적으로 쌓여 이루어진 것처럼 보이는 그 별장은 뒤의 커다란 바위 배경과 잘 어울려 유달리 아름답다고 느껴져 나는 필름의 마지막

한 장으로 그 별장을 찍었다. 그때 어디선가 갑자기 나타난 남자가 낮지만 명령조의 목소리로 나에게 카메라를 내놓으라고 말했다. 그는 사복이었으나 권총을 차고 있었다. 그는 내 필름 한 통을 모두 햇빛에 노출시켰다. 그런 다음 그는 땅속으로 꺼지듯이 사라졌다. 내 옆에 서 있던 몇몇 관광객들이 이곳이 마오쩌둥의 여름 별장이라고 속삭였다. 나는 마오쩌둥에게 또 한 차례 반감을 느꼈다. 그가 누리는 특권에 대한 반감이 아니라 그의 위선에 대한 반감이었다. 그는 인민들에게 안락한 생활은 악덕이라고 말하면서도 자신은 사치를 즐겼다. 보이지 않는 경비원에게 우리의 목소리가 들리지 않을 정도로 안전한 거리까지 왔을 때 내가 36장의 사진을 잃은 것을 애석해하자 진밍이 미소를 지으며 이렇게 말했다. "외람되게 성지를 엿보면 어떻게 되는지 알았지?"

우리는 버스를 타고 루산을 출발했다. 중국의 모든 버스들과 마찬가지로 그 버스는 만원이었고, 우리는 숨을 쉬기 위해서 필사적으로 목을 위로 뻗어야 했다. 문화혁명이 시작된 이후 새 버스는 사실상 한 대도 생산되지 않았고, 문화혁명 기간 동안 도시 인구는 수천만 명이 증가했다. 몇 분 뒤 버스가 갑자기 정차당했다. 앞문이 강제로 열렸고 사복을 입었으나 공안처럼 보이는 한 남자가 비집고 들어왔다. 그는 "앉아! 앉아!"라고 소리를 질렀다. "미국 손님 몇 사람이 앞에 오고 있다. 미국 손님들에게 이런 너절한 사람들을 보게 하는 것은 조국의 위신을 깎는 일이다." 우리는 앉으려고 애를 썼으나 버스가 너무나 비좁았다. 그 남자는 계속 소리쳤다. "조국의 명예를 지키는 것이 모든 국민의 의무다. 우리는 질서 있고 품위 있는 모습을 보여주어야 한다. 앉아! 무릎을 굽혀!"

그때 나는 진밍의 우렁찬 목소리를 들었다. "마오쩌둥 주석은 우리에게 미 제국주의자들한테 무릎을 꿇지 말라고 가르치지 않았소?" 농담이 용납되지 않는 시기에 이 발언은 화를 부르는 것이었다. 그 남자는 험악한 표정으로 우리 쪽을 바라보았으나 아무 말도 하지 않았다. 그는 버스 안을 재빨리 훑어본 다음 버스에서 내렸다. "미국 손님들" 앞에서 소동을 일으키고 싶지 않아서였다. 외국인들에게는 모든 불화의 징후를 감춰야 했다.

양쯔 강 하류로 여행할 때 우리는 가는 곳마다 문화혁명의 후유증을 목격했다. 사원들은 파괴되었고 조상들은 쓰러졌으며 도시의 옛 유적들은 폐허가 되었다. 중국의 고대문명을 증언하는 유적은 별로 남아 있지 않았다. 그러나 잃은 것은 이보다 훨씬 컸다. 중국인들은 아름다운 것을 대부분 파괴했을 뿐만 아니라 아름다운 것을 사랑하는 마음과 아름다움을 창조하는 기술도 잃었다. 상당히 훼손되었지만 여전히 놀라우리만치 아름다운 자연경관을 제외하면 중국은 추한 나라로 변했다.

휴가가 끝나고 나는 우한에서 증기선을 타고 다시 상류의 양체 협곡으로 올라갔다. 이 여행은 3일이 걸렸다. 어느 날 아침 내가 뱃전에 기대서 있을 때 거센 바람이 불어 내 머리가 휘날리자 머리핀 하나가 강물 속에 빠졌다. 나와 잡담을 나누던 한 승객이 우리가 통과하고 있던 지점에서 양쯔 강에 흘러드는 지류를 가리키며 한 가지 옛날 일화를 들려주었다.

기원전 33년 한나라 원제는 북방의 강력한 이웃 나라인 흉노를 회유하기 위해서 흉노족 왕에게 후궁 한 명을 시집보내기로 결정했다. 황제는 자기 궁전에 살고 있던 후궁 3,000명의 초상화를 보고 보낼 여자를 골랐다. 황제는 후궁들 대부분을 한번도 보지 못했다. 야만족에게 시집보낼 여자이므로 초상화첩에서 가장 못생긴 여자를 골랐다. 그러나 그 후궁이 떠나는 날 황제는 그녀가 대단히 아름답다는 사실을 알게 되었다. 그녀는 궁정화가에게 뇌물을 주지 않았기 때문에 초상화가 추하게 그려졌던 것이다. 그녀가 야만족과 살기 위해서 자기 나라를 떠나는 날 강가에 앉아 울고 있을 때 황제는 화가를 처형하라고 명령했다. 바람이 불어 그녀의 머리핀 하나가 날아가 강물 속에 떨어졌다. 마치 바람이 그녀의 소지품 가운데 하나를 모국에 남겨두기를 원한 듯했다. 훗날 그녀는 자살했다.

후궁의 머리핀이 떨어진 곳의 강물이 수정처럼 맑아져 그후 칭장으로 불리게 되었다는 이야기가 전해내려온다. 일화를 들려준 승객은 나에게 우리가 이 전설 속의 지류를 통과하고 있다고 설명했다. 그는 미소를 지으며 이렇게 말했다. "아, 나쁜 징조입니다. 당신은 나중에 외국에 살게 되고 야만족과 결혼할지도 모릅니다!" 나는 다른 민족들을 "야만족"이라고 생각하는 중국인들의 전통적인 고정관념을 떠올리고 엷은 미소를 지었으며, 이 고대의 여인이 "야만족 왕"과 혼인한 것이 더 잘된 일이 아닌가 생각해보았다. 그녀는 적어도 매일 초원과 말 그리고 자연과 접할 수 있었을 것이다. 중국 황제와 함께 그녀는 호화로운 감옥 속에서 사는 것이나 다름없었을 것이다. 그 감옥에는 후궁들이 담 위로 올라가 탈출하기에 적당한 나무한 그루조차 없었을 것이다. 나는 하늘이 우물 꼭대기의 입구만큼 클 뿐이라고 주장했던 중국 전설 속의 우물 안 개구리와 중국인들이 매우 비슷하다고 생각했다. 나는 세상을 보고 싶은 간절하고 강렬한 욕망을 느꼈다.

당시 나는 스물세 살이었고 근 2년 동안 영어를 공부한 대학생이었지만 외국인과는 한번도 이야기를 나눈 적이 없었다. 내가 외국인들을 한차례 직접 본 것은 1972년 베이징에 갔을 때였다. 소수의 "중국의 친구들" 가운데 한 사람인 어느 외국인이 우리 대학교를 한차례 방문한 적이 있었다. 그때는 더운 여름날이었고 나는 낮잠을 자고 있었는데 한 학우가 방에 뛰어들어와 다음과 같이 소리를 질러 모두를 깨웠다. "외국인이 왔어! 어서 외국인을 구경하러 가자!" 몇명의 다른 학생들은 따라갔으나 나는 남아서 계속 낮잠을 잤다. 나는 바보처럼 외국인을 구경하는 것이 아주 우스꽝스러운 짓이라고 생각했다. 그가 "중국의 친구"라고 할지라도 말을 걸 수 없는 그 남자 외국인을 뚫어지게 바라보는 것이 무슨 의미가 있단 말인가?

나는 어학자습용 싱글레코드 소리 외에는 외국인이 말하는 소리를 한번도 듣지 못했다. 영어를 배우기 시작했을 때 나는 레코드판과 축음기를 빌려 지기석 가의 집에서 들으며 연습했다. 몇몇 이웃 사람들이 집 마당에 모여 눈을 둥그렇게 뜨고 머리를 절레절레 흔들며 "거참, 이상한 소리가 나네!"라고 말했다. 이웃 사람들은 레코드를 계속 반복하여 틀어달라고 나에게 청했다.

외국인들과 대화하는 것은 모든 학생들의 꿈이었으며 마침내 나에게 그 기회가 찾아왔다. 양쯔 강 하류여행에서 돌아왔을 때 나는 우리 학년 학생들이 외국인 선원들을 상대로 영어회화 실습을 하기 위해서 10월 말에 잔장이라는 남부의 항구로 파견된다는 사실을 알게 되었다. 나는 매우 기뻤다.

잔장은 청두에서 대략 1,200킬로미터 거리였고, 철도로 꼬박 이틀이 걸리는 곳이었다. 잔장은 중국의 가장 남쪽에 있는 큰 항구로서 베트남 국경과 아주 가까웠다. 분위기가 외국의 도시와 비슷한 그 항구에는 로마네스크 기법을 흉내낸 아치, 장미창, 다채로운 차일을 갖춘 대형 베란다가 설치된 20세기 초 식민지 양식의 건물들이 남아 있었다. 도시 주민들은 광둥 어를 사용했는데 우리에게는 거의 외국어나 마찬가지였다. 공기에서는 낯선 바다 냄새가 풍겼고 이국적인 열대식물들이 자라고 있었으며 바다를 향해 있는 완전히 더 넓고 큰 세상이었다.

그러나 그곳 생활에서 내가 느낀 흥분에는 끊임없는 좌절감이 찬물처럼 뿌려졌다. 정치보도원 1명과 강사 3명이 학생들을 인솔했으며, 그들은 학생들이 바다에서 불과 1.6킬로미터 떨어진 숙소에 머물고 있었음에도 불구하고 바닷가에 나가는 것을 허용하지 않기로 결정했다. 항만시설은 "파괴" 혹은 전향에 대한 우려 때문에 외부인들의 접근이 금지되었다. 우리는 광저우의 한 대학생이 증기화물선에 숨어 들어가 밀항을 기도했으나 은신처가 몇 주 동안 완전히 폐쇄된다는 사실을 알지 못해 목숨을 잃은 이야기를 들었다. 우리의 활동은 숙소 주변에 뚜렷이 설정된 몇 블록 내부로 제한되었다.

이러한 규제들은 일상생활의 일부였으나 나는 언제나 이런 규제가 짜증스러웠다. 어느 날 나는 외출하고 싶은 절박한 충동을 느꼈다. 나는 거짓으로 아프다는 핑계를 대고 도시 중심가에 있는 병원에 갈 수 있는 허가를 받았다. 나는 바다를 찾으려고 필사적으로 노력하며 여러 거리를 헤맸으나 성공하지 못했다. 지역 주민들은 도움이 되지 않았다. 그들은 광둥어 이외의 중국어를 사용하는 사람들을 좋아하지 않았고 나의 말을 이해하려고 하지 않았다. 우리는 그 도시에 머무는 3주일 동안 딱 한 번 특별대접을 받아 어느 섬에 나가 바다 구경을 할 수 있었다.

그 섬에 간 목적은 외국 선원들과 대화를 나누는 것이었기 때문에 우리는 외국 선원들의 출입이 허가된 2개 장소인 우의상점과 선원 클럽에서 교대로 근무하기 위해서 소규모로 조를 편성했다. 우의상점은 외화를 받고 물품을 판매했고 선원 클럽에는 바와 식당, 당구실, 탁구실이 있었다.

우리가 선원들에게 말을 걸 수 있는 방식에 관해서는 엄격한 규칙이 정해져 있었다. 우리는 우의상점 계산대에서 간단한 대화를 하는 경우 이외에는 단독으로 선원들과 이야기할 수 없었다. 외국인들이 우리에게 이름과 주소를 물을 경우 우리는 실제 이름과 주소를 밝혀서는 절대 안 되었다. 우리는 모두 가명과 허위 주소를 준비했다. 외국인과 대화를 한 뒤에는 매번 대화 내용을 자세히 적은 보고서를 작성했다. 이는 외국인들과 접촉하는 모든 사람들이 지켜야 할 일률적인 규칙이었다. 우리는 외국인과의 접촉에 관한 기율을 의미하는 "외국인 접촉기율〔涉外紀律〕" 준수의 중요성에 관해서 되풀이하여 경고를 받았다. 이 기율을 지키지 않을 경우 우리는 심각한 곤경에 빠질 뿐만 아니라 앞으로 다른 학생들의 이곳 현장실습이 금지된다는 말을 들었다.

실제로 우리가 영어를 실습할 수 있는 기회는 극히 드물었다. 외국 선박이 매일 도착하는 것이 아니었고 모든 선원들이 상륙하는 것도 아니었다. 대부분의 선원들은 영어를 사용하는 나라 사람들이 아닌 경우가 많았다. 선원들은 그리스 인, 일본인, 유고슬라비아 인, 아프리카 인, 다수의 필리핀 인들이 대부분이었으며 영어를 능숙하게 구사하는 스칸디나비아 선원 몇 명과 스코틀랜드 출신 선장 및 부인이 포함되었으나 그 밖의 외국인 선원들 대부분은 영어를 조금밖에 하지 못했다.

우리가 클럽에서 소중한 선원들을 기다리고 있는 동안 나는 종종 뒤쪽 베란다에 앉아서 독서를 하거나 사파이어색 하늘을 배경으로 서 있는 코코넛 나무들과 야자수의 작은 수풀을 바라보았다. 선원들이 한가로이 걸어 들어오는 순간 우리는 최대한 품위 있게 보이려고 애쓰면서 벌떡 일어나 사실상 그들에게 매달리듯이 그들을 맞이했다. 그 정도로 우리는 외국인 선원들에게 말을 붙이려고 기를 썼다. 우리가 외국인들이 권하는 술을 사양했을 때 그들의 눈에 나타나는 어리둥절한 표정을 나는 종종 목격했다. 우리는 외국인들로부터 술을 받아 마시는 것이 금지되었다. 사실 우리는 음주가 완전히 금지되어 있었다. 진열되어 있는 고급 장식의 술병과 캔의 술은 외국인 전용이었다. 우리는 클럽에 그냥 앉아 있었을 뿐이었다. 젊은 중국인 남녀 4-5명이 겁먹은 듯이 진지한 표정을 짓고 있는 모습이 외국인들에게는 참으로 이상하게 보였을 것이며, 그들이 기대한 항구의 생활과는 아주 동떨어졌을 것이다.

흑인 선원이 처음 도착했을 때 교사들은 여학생들에게 조심하라고 다음과 같이 완곡하게 경고했다. "그들은 발달이 덜 되었고 자신의 본능을 억제하는 법을 배우지 않았기 때문에 만지거나 껴안거나 입을 맞추는 등 언제나 기분 내키는 대로 감정을 표현합니다." 교사들은 방 안 가득 앉아 있는 학생들의 놀라서 역겨워하는 표정을 내려다보며 지난번 실습반의 한 여학생이 감비아 선원이 껴안으려고 하자 대화 도중 도망쳐나왔다고 말했다. 그 여학생은 자신이 강간을 당하는 것으로 생각했다고 한다(주위에 중국인들이 그렇게 많이 있는 가운데서?). 그 여학생은 너무나 겁에 질려 나머지 체류 기간 동안 다른 외국인들과 대화를 할 수 없었다고 한다. 남학생들, 특히 학생 간부들은 여학생들을 보호할 책임이 있다고 자부했다. 흑인 선원이 한 여학생에게 말을 걸 때마다 남학생들은 서로 눈짓을 하며 그 선원의 말을 가로채어 여학생과 선원 사이에 끼어들음으로써 서둘러 구해주었다. 남학생들의 이러한 예방조치를 흑인 선원들은 눈치채지 못했을 것이다. 특히 남학생들이 즉각 "중국과 아시아, 아프리카 및 라틴 아메리카 인민들 사이의 우호관계"에 관해서 말하기 시작했기 때문에 더욱 그랬을 것이다. 남학생들은 우리의 교과서 내용을 노래하듯이 다음과 같이 되풀이했다. "중국은 개발도상국가이며 제3세계의 압제받고 착취당하는 대중들이 미 제국주의자들 및 소련 수정주의자들과 투쟁할 때 영원히 함께 할 것입니다." 흑인들은 당황했으나 감동을 받는 눈치였다. 때때로 그들은 중국인 남학생들을 껴안았으며 남학생들도 다정하게 마주 안았다.

중국이 개발도상국이며 제3세계의 친구라는 이미지를 대대적으로 선전한 것은 마오쩌둥의 "영광이론"에 따른 것이었다. 그러나 마오쩌둥은 이러한 이미지가 사실을 인정한 것이 아니라 중국이 관용을 베풀어 제3세계의 낮은 수준에 맞춘다는 듯한 뉘앙스를 풍겼다. 마오쩌둥이 말하는 방식을 보면, 중국인들이 제3세계를 지도하고 보호하기 위해서 제3세계에 동참했지만 세계는 중국의 합당한 위상을 분명히 매우 높은 것으로 간주한다는 여운을 남겼다.

나는 이러한 자칭 우월감에 극도로 짜증이 났다. 우리에게 우월한 점이 무엇이 있단 말인가? 우리의 인구? 국토 면적? 잔장에서 나는 우리가 전에 한번도 본 적이 없는 모조품 시계를 차고 카메라를 메고 들어와 술을 마시는 제3세계 선원들을 보았을 때 그들이 극소수를 제외한 모든 중국인들보다 헤아릴 수 없을 정도로 더 잘 살고 비교할 수 없이 자유롭다는 사실을 알았다.

나는 외국인들에게 깊은 호기심을 느꼈고, 실제로 그들이 어떤 사람들인지 이해하려고 노력했다. 그들은 중국인들과 얼마나 비슷하며 얼마나 다른가? 그러나 나는 자신의 탐구심을 숨기기 위해서 애써야 했다. 왜냐하면 그런 행동은 정치적으로 위험할 뿐만 아니라 체면을 잃는 것으로 간주되었기 때문이었다. 중세 왕조시대와 마찬가지로 마오쩌둥의 통치하에서 중국인들은 외국인들을 대할 때 "품위"를 지키는 것을 대단히 중요하게 생각했다. 이것은 무관심을 가장하거나 상대방이 이해하기 어려운 태도를 취하는 것을 의미했다. 이러한 태도의 일반적인 형태는 외부세계에 무관심을 표하는 것이다. 내 학급 친구들 중 대다수는 결코 질문을 하지 않았다.

다른 학우들이 연습할 기회를 가질 수 있도록 내가 가급적 말을 적게 하려고 조심을 했음에도 불구하고 외국 선원들 대부분은 나와 이야기하기를 원하는 눈치였다. 그렇게 된 데에는 통제불능인 나의 호기심이 아마도 부분적으로 작용했을 것이다. 또 내 영어가 더 유창했던 것도 부분적인 이유가 되었을 것이다. 일부 선원들은 다른 중국 대학생들과는 말을 하지 않으려고 했다. 나는 룽이라는 이름의 거구인 선원 클럽의 지배인과도 잘 지냈다. 나는 이로 인해서 밍과 경호원 역할을 맡은 일부 정치보도원들의 분노를 샀다. 이제 우리의 정치회의는 학생들이 "외국인 접촉기율"을 얼마나 잘 준수하는지 검토하는 과정을 포함시켰다. 나의 시선이 "지나친 관심을 보이는 듯이" 보였고 내가 "너무 자주 웃었고" 웃을 때는 "입을 너무 크게 벌렸기" 때문에 나는 기율을 위반했다는 선고를 받았다. 나는 또한 손짓을 사용한다고 비판받았다. 여학생들은 손을 탁자 아래 두고 조신하게 앉아 있어야 한다는 것이었다.

중국 사회의 대부분은 여전히 여성들이 남자들 앞에서 눈을 내리깔고 입술을 약간 움직이는 정도로 미소를 지어 치아를 드러내지 말아야 하는 등 엄숙한 예법을 지킬 것을 기대했다. 여자들은 손짓을 사용해서는 절대 안 되는 것으로 여겨졌다. 여자들이 이러한 행동규범을 하나라도 어길 경우 "경박한" 여자로 간주되었다. 마오쩌둥의 통치 아래서 중국 여자가 외국인들과 경박하게 어울리는 것은 아주 질이 나쁜 범죄행위였다.

사람들이 나에게 악의적으로 빈정대는 것에 나는 몹시 화가 났다. 나를 자유롭게 기른 것은 공산주의자 부모였다. 부모님은 여자들에 대한 각종 제약을 "공산주의 혁명이 정확하게 종지부를 찍어야 할 종류의 악습"으로 간주했다. 그러나 지금 여성에 대한 속박은 정치적 억압과 연계되어 개인적 원한과 질투를 푸는 수단이 되었다.

어느 날 파키스탄 선박이 도착했다. 파키스탄 대사관의 무관이 베이징에서 내려왔다. 룽은 봄철 대청소를 하듯이 클럽 내부를 구석구석 청소하라고 우리에게 지시했고 이어 연회를 개최했다. 그는 연회 때 자기 통역을 맡아달라고 나에게 부탁했다. 이 같은 요청 때문에 일부 대학생들은 나를 몹시 부러워했다. 며칠 뒤 파키스탄 선원들이 자기네 배에서 고별만찬을 열었고 나도 초대되었다. 파키스탄 무관은 쓰촨을 방문한 적이 있었으므로 주최 측은 나를 위해서 특별히 쓰촨 요리를 준비했다. 룽은 그 초대에 매우 기뻐했고 나도 기뻤다. 그러나 선장의 직접 부탁과 앞으로 대학생들의 실습을 금지하겠다는 룽의 위협에도 불구하고 교사들은 어떤 학생도 외국 선박 승선을 허락할 수 없다고 말했다. "누군가 저 배를 타고 출국할 경우 그 책임을 누가 집니까?" 교사들은 물었다. 나는 그날 저녁 일이 바쁘다는 핑계를 대라는 지시를 받았다. 내가 아는 한 나는 바다 여행을 하고 외국 요리를 맛보고 정식으로 영어를 구사하며 바깥 세상을 체험할 수 있었던 유일한 기회를 거부한 것이었다.

그럼에도 불구하고 나는 학우들의 속삭이는 불평을 잠재우지 못했다. 밍은 "외국인들이 저 여학생을 그렇게 좋아하는 이유가 무엇인가요?"라고 공개적으로 의문을 제기했는데 이는 마치 외국인들이 나를 좋아하는 것이 뭔가 수상한 일이라도 되는 듯한 태도였다. 여행을 결산하는 나에 관한 보고서는 나의 행동에 "정치적으로 문제가 있다"고 지적했다.

아름다운 항구와 쾌청한 날씨, 바다의 미풍, 야자나무 숲, 즐겁게 보냈어야 할 모든 기회들이 비참한 현실로 바뀌었다. 실습반 안에는 나에게 잘해준 좋은 친구가 있었는데 그는 나의 고민을 풀어주고 위로하려고 애썼다. 물론 내가 당면했던 상황은, 문화혁명 초기 몇 년 동안 이웃들의 질투에 희생된 사람들이 감수했던 고통에 비하면 사소한 불쾌감에 지나지 않았다. 그러나 이런 체험이 내 일생에서 가능한 최상의 생활일지 모른다는 생각이 들어 나는 더욱 우울해졌다.

그 친구는 아버지의 동료의 아들이었다. 도시 출신의 다른 학생들도 역시 나에게 호의적이었다. 대부분의 학생 간부들을 배출하는 농촌 출신 학생들과 도시 출신 학생들을 구분하는 것은 쉬웠다. 도시 출신은 항구의 신기한 세계에 직면했을 때 훨씬 침착하고 자신감을 느꼈다. 따라서 그들은 불안과 강박관념으로 인해서 나를 적대하지 않았다. 잔장은 농부 출신 학생들에게 심각한 문화적 충격을 주었고, 그들의 열등감은 다른 사람들의 생활을 비참하게 만들고 싶은 충동의 핵을 이루었다.

3주일 후 나는 잔장에 이별을 고할 때 아쉬움과 안도감을 동시에 느꼈다. 청두로 돌아오는 길에 나는 몇몇 친구들과 전설적 명승지인 구이린으로 갔다. 그곳 풍경은 중국의 전통 산수화에서 빠져나온 것 같았다. 그곳에는 외국인 관광객들이 있었고 우리는 남자가 아기를 안고 있는 외국인 부부를 만났다. 우리는 그 외국인에게 미소를 지으며 서로 "안녕하세요", "잘 가세요"라고 인사를 했다. 외국인이 떠난 뒤 사복경관 한 사람이 우리를 불러 세워 심문을 했다.

청두에 돌아온 나는 도시 전체가 장칭과 상하이 출신인 장춘차오, 야오원위안, 왕훙원에 대한 반감이 들끓고 있는 것을 목격했다. 이 네 사람은 작당하여 문화혁명 추진의 핵심을 이루었다. 그들은 극도로 친밀해졌고 마오쩌둥은 1974년 7월 4인방을 결성하지 말라고 경고했으나 당시 우리는 그 사실을 알지 못했다. 이제 여든한 살이 된 마오쩌둥은 저우언라이와 그에 이은 덩샤오핑의 실용적인 접근방식에 싫증을 내어 4인방을 전폭적으로 지원했다. 덩샤오핑은 저우언라이가 암으로 입원한 1975년 1월 이후 정부의 일상업무를 담당했다. 4인방의 끝없이 이어지는 무의미한 각종 정치운동으로 중국 인민들은 인내의 한계에 내몰렸고, 각종 소문을 은밀히 퍼뜨리기 시작했는데 유언비어는 그들의 팽배한 좌절감을 분출하는 유일한 출구였기 때문이었다.

강한 감정이 개입된 각종 추측은 주로 장칭을 겨냥했다. 그녀는 오페라 배우나 탁구선수, 발레 무용수와 함께 있는 모습이 자주 목격되었으며 함께 나타난 남자들은 장칭에 의해서 자기 분야의 최고 책임자로 승진했다. 그리고 남자들이 모두 용모가 준수한 젊은이들이었기 때문에 사람들은 장칭이 그들을 "남자 첩"으로 삼았다고 말했다. 장칭은 여자도 첩을 두어야 한다는 말을 거침없이 내뱉었다. 그러나 이 말이 일반 인민들에게는 적용되지 않는다는 것을 모두들 알고 있었다. 실제로 중국인들이 성생활에서 극도의 억압을 당한 것은 장칭이 주도한 문화혁명 기간 중이었다. 그녀가 근 10년 동안 언론과 예술 분야를 통제하는 가운데 사랑에 관한 모든 언급이 삭제되어 대중은 사랑에 관한 언급을 듣거나 묘사를 볼 수 없었다. 베트남 군대의 가무단이 중국을 방문했을 때 관람할 수 있는 행운을 누린 극소수의 사람들은 사랑을 언급한 노래 가사가 "두 동지들 사이의 우정을 주제로 삼았다"는 아나운서의 해명을 들었다. 주로 알바니아와 루마니아 작품인 소수의 유럽 영화 내용 가운데서 입을 맞추는 장면은 고사하고 남녀가 가까이 서 있는 모든 장면까지 삭제되었다.

나는 만원 버스, 열차, 상점에서 여자들이 치한이라고 외치면서 남자들의 뺨을 때리는 광경을 종종 보았다. 때로는 상대 남자가 큰소리로 이를 부인했고, 뒤이어 욕설이 오갔다. 나는 여러 차례 성추행 기도를 체험했다. 그러한 상황이 일어났을 때 나는 남자들의 떠는 손과 무릎에서 조용히 도망치고는 했다. 나는 이런 남자들이 가엽다고 생각했다. 그런 남자들은 행복한 결혼을 할 정도로 운이 좋지 않을 경우 자기네의 성욕을 발산할 수 있는 배출구가 없는 세상에서 살고 있었다. 행복한 결혼을 할 수 있는 기회는 매우 드물었다. 우리 대학교의 당 부비서인 한 노인은 어느 백화점에서 바지에 정액을 흘린 사실이 적발되었다. 혼잡한 인파에 떠밀린 그의 몸이 앞에 선 여자의 몸에 닿게 된 것이다. 그는 경찰서로 연행되었고 나중에 당에서 추방되었다. 여자들도 마찬가지로 힘든 시대를 살고 있었다. 한 기관에서 으레 한두 명의 여자들이 혼외정사를 하여 "창녀"라는 비판을 받았다.

이러한 기준은 지배자들에게는 적용되지 않았다. 80대인 마오쩌둥은 아름답고 젊은 여자들에게 둘러싸여 살았다. 사람들은 마오쩌둥에 관한 이야기는 조심스럽게 귓속말로 했으나 그의 부인과 4인방 동료들에 관해서는 거리낌 없이 말했다. 1975년 말이 되자 중국은 사람들을 격분시키는 온갖 소문으로 들끓었다. "우리 사회주의 조국은 천국〔社會主義祖國是天堂〕"이라는 이름이 붙은 정치운동 때 많은 사람들은 "만약 여기가 천국이라면 지옥은 무엇인가?"라는 질문을 노골적으로 제기했는데 이는 내가 8년 전에 처음 스스로에게 물었던 질문이었다.

1976년 1월 8일 저우언라이 총리가 사망했다. 나와 다른 많은 중국인들에게 저우언라이는 나라를 정상적으로 통치하는 비교적 이성적이고 자유로운 정부를 상징한 인물이었다. 문화혁명의 암울한 여러 해 동안 저우언라이는 우리의 미약한 희망이었다. 모든 친구들과 마찬가지로 나는 그의 죽음에 깊은 슬픔을 느꼈다. 저우언라이의 죽음에 대한 애도와 문화혁명 및 마오쩌둥 그리고 그의 일당에 대한 혐오는 불가분의 관계였다.

그러나 저우언라이는 문화혁명에서 마오쩌둥과 협력했다. 류사오치를 "미국의 스파이"라고 비판하는 연설을 한 장본인이 저우언라이였다. 그는 거의 매일 홍위병들 및 조반파들과 회의를 열고 그들에게 각종 명령을 내렸다. 정치국원 대다수와 군부의 원수들이

1967년 2월 문화혁명을 중단시키려고 시도했을 때 저우언라이는 그들을 지지하지 않았다. 그는 마오쩌둥의 충실한 종이었다. 그러나 아마도 그는 마오쩌둥에 대한 공개적인 도전이 초래할 수 있었던 내전과 같은 더욱 참혹한 재앙을 방지하려고 그렇게 행동했는지도 모른다. 저우언라이는 나라가 계속 운영되도록 함으로써 마오쩌둥이 나라를 파괴하는 것을 가능하게 했으나 중국의 완전한 붕괴를 막은 사람도 어쩌면 그였는지도 모른다. 그는 안전하다고 판단되는 한 많은 사람들을 보호했다. 그 가운데는 한때 아버지도 포함되었다. 그는 또 중국의 가장 중요한 여러 가지 문화적 기념물도 보호하기 위해서 노력했다. 그는 해결이 불가능한 도덕적 딜레마에 빠졌던 것으로 보인다. 그렇다고 해서 자신의 생존이 그의 최우선 과제였을 가능성이 배제되는 것은 아니다. 그는 마오쩌둥과 대립할 경우 자신이 파멸당하리라는 사실을 알았던 것이 분명하다.

대학교의 교정은 흰색 종이화환과 추도벽보 및 이행연구(二行聯句)의 문장으로 일대 장관을 이루었다. 모든 사람들이 검은색 완장을 찼고 가슴에는 흰색 조화를 달았으며 슬픈 표정을 지었다. 추도 행사의 일부는 자발적으로 이루어졌고 일부는 조직되었다. 사망 당시 저우언라이가 4인방의 공격을 받았다는 사실이 널리 알려졌고, 4인방이 저우언라이 추도의 수준을 낮출 것을 지시했기 때문에 그의 사망에 대한 애도 표시는 일반 인민과 지방 관리들 양측이 4인방에 대해서 거부 의사를 나타내는 한 가지 방법이었다. 그러나 다른 이유로 저우언라이를 애도한 사람도 많았다. 우리 학과의 밍과 다른 학생 간부들은 저우언라이가 "1956년 반혁명적인 헝가리 봉기를 진압하는 데" 기여했고 마오쩌둥의 위상을 세계적 지도자로 확립하는 데 앞장섰으며 마오쩌둥에게 절대적 충성을 바친 것을 찬양했다.

교정 바깥에서는 더욱 고무적인 반4인방 불길이 피어올랐다. 청두의 여러 거리에는 벽보의 가장자리에 낙서가 등장했고 많은 군중이 모여 목을 빼고 작은 글씨를 읽었다. "천지가 어두워졌다. 큰 별이 진다[天地昏暗 巨星殞落]"는 내용의 벽보 여백에는 이런 낙서가 휘갈겨져 있었다. "어떻게 하늘이 어두워질 수 있는가? 붉고 붉은 태양은 어찌 되었는가?(태양은 마오쩌둥을 의미함)." "저우언라이 총리를 박해한 자들을 기름을 흠뻑 넣어 튀기라"고 쓴 벽보 가장자리의 낙서 내용은 이러했다. "당신의 한 달 식용유 배급량은 90그램에 불과하다. 당신은 무엇을 사용하여 이 박해자들을 튀기려고 하는가?" 10년 만에 처음으로 역설적인 풍자와 유머가 공공연하게 드러나는 것을 보고 나의 기분은 고양되었다.

마오쩌둥은 무능한 무명인사 화궈펑이라는 인물을 저우언라이의 후계 총리로 임명한 뒤 "덩샤오핑을 비판하고 우익의 부활에 반격을 가하는" 운동을 시작했다. 4인방은 덩샤오핑이 과거에 했던 여러 가지 연설을 비판의 표적으로 삼아 발표했다. 덩샤오핑은 1975년에 행한 연설에서 옌안의 농부들은 공산주의자들이 40년 전 대장정 후 그곳에 도착했을 때보다 더 가난하게 산다는 사실을 인정했다. 또다른 연설에서 그는 당 지도자는 각 분야 전문가들에게 "당신이 지도하면 나는 따른다"고 말해야 한다고 주장했다. 그는 또다른 연설에서 생활수준 향상과 자유의 확대 허용, 정치적 희생의 종식 계획을 대강 밝혔다. 이러한 문서들이 4인방의 각종 행동과 비교됨에 따라 덩샤오핑은 민중의 영웅이 되었고, 4인방에 대한 인민의 혐오는 비등점에 도달했다. 나는 다음과 같은 생각이 떠올라 참으로 어이가 없었다. 중국의 대중이 덩샤오핑의 연설들을 읽은 후 그를 존경하기보다는 미워할 뿐만 아니라 한걸음 더 나아가 4인방을 사랑할 것으로 생각할 정도로 4인방이 중국 인민을 멸시했단 말인가!

대학교에서 학생들은 계속적인 군중집회를 통해서 덩샤오핑을 비판하라는 지시를 받았다. 그러나 대다수 학생들은 저항에 소극적이었으며 형식적인 촌극 같은 집회가 진행되는 동안 강당 안을 거닐거나 잡담을 했고 뜨개질이나 책을 읽거나 심지어 잠을 자기도 했다. 연사들은 열의가 없었고 준비된 원고를 겨우 알아들을 정도의 소리로 덤덤하게 낭독했다.

덩샤오핑은 쓰촨 성 출신이었기 때문에 그가 청두로 추방되었다는 소문이 계속 나돌았다. 덩샤오핑이 곧 지나간다는 소문을 듣고 나온 군중들이 길가에 늘어서 있는 모습을 나는 종종 목격했다. 몇몇 경우에는 군중 수가 수만 명에 이르렀다.

상하이방이라고도 불린 4인방에 대한 국민의 적개심은 점점 커졌다. 상하이에서 생산된 자전거와 기타 상품들의 판매가 갑자기 중단되었다. 상하이 축구팀이 청두에 왔을 때 관중들은 경기 내내 야유를 퍼부었다. 군중이 경기장 밖에 집결하여 상하이 선수단이 들어가고 나올 때마다 큰 소리로 욕을 했다.

중국 전역에서 항의시위가 벌어졌으며, 이 시위는 1976년 봄 청명절에 절정에 이르렀다. 청명절은 전통적으로 중국인들이 죽은 조상들에게 경의를 표하는 날이다. 베이징에서 수십만 명의 시민들이 톈안먼 광장에 집결하여 여러 날 동안 저우언라이 추도식을 거행했다. 추모객들은 화환을 만들었고, 열정적인 시 낭송회를 열었으며 연설집회도 개최했다. 그들은 모든 사람이 이해할 수 있는 상징적인 어휘를 구사하여 4인방 및 마오쩌둥에 대한 적개심을 표현했다. 경찰이 군중을 공격하여 수백 명을 체포한 4월 5일 밤 항의시위는 진압되었다. 마오쩌둥과 4인방은 이러한 시위를 "헝가리식 반혁명 반란"이라고 규정했다. 외부와 연락이 두절된 덩샤오핑이 이러한 시위를 막후에서 주도했다는 비난을 받았으며 "중국의 나기"라는 딱지가 붙여졌다(나기는 1956년 헝가리 총리였다). 마오쩌둥은 덩샤오핑을 공식적으로 해임했고, 덩샤오핑에 대한 공격을 강화했다. 언론이 의례적인 비난을 하는 가운데 시위는 진압되었을지 모르나 그러한 시위가 발생했다는 사실이 중국의 분위기를 바꾸었다. 이러한 시위는 1949년 중화인민공화국이 건국된 이후 정권에 대한 최초의 대규모 도전이었다.

1976년 6월 우리 학급은 "노동자들로부터 배우기" 위해서 산간지방에 있는 한 공장으로 한 달 동안 집단교육을 받으러 떠났다. 한 달이 지났을 때 나는 친구 몇 명과 청두 서쪽에 있는 아름다운 눈썹을 의미하는 어미 산으로 등산을 갔다. 7월 28일 하산하던 도중 우리는 한 관광객이 가지고 있던 트랜지스터 라디오의 커다란 방송 소리를 들었다. 나는 일부 사람들이 이 선전기계를 물릴 줄 모르고 좋아하는 것에 항상 극도로 짜증이 났다. 게다가 명승지에 와서까지 라디오를 듣다니! 늘 틀어놓는 확성기의 무의미한 요란한 방송에 우리의 귀가 얼마나 시달리고 있는가! 그러나 이번에는 어떤 내용이 나의 관심을 끌었다. 베이징 부근에 있는 탕샨이라는 탄광 도시에서 지진이 발생했다는 보도였다. 일반적으로 언론이 나쁜 뉴스는 보도하지 않았기 때문에 나는 그 지진이 전례 없이 큰 재앙임을 깨달았다. 공식적으로 24만2,000명이 죽었고, 16만4,000명이 중상을 입었다.

4인방은 희생자들에 대한 자신들의 관심을 알리는 선전으로 언론을 채웠으나 또 한편으로는 나라가 지진으로 인해서 주의를 다른 곳으로 돌려 시급한 과제, 즉 덩샤오핑에 대한 비판을 잊어서는 안 된다고 경고했다. 장칭은 공식발언을 통해서 이렇게 말했다. "사망자는 수십만 명에 불과하다. 그 사실이 어찌 중요한가? 덩샤오핑 비판에는 8억의 운명이 걸려 있다." 장칭의 발언이라고 하더라도 이는 도를 지나친 망발이었으나 우리는 이 발언을 공식적으로 전달받았다.

청두 지역에 여러 차례 지진 경계령이 내려졌고 어미 산에서 돌아왔을 때 나는 어머니 및 샤오팡과 함께 보다 안전한 곳으로 여겨진 충칭으로 갔다. 청두에 남아 있었던 언니는 여러 장의 담요와 홑이불로 덮은 육중하고 두꺼운 참나무 탁자 밑에서 잠을 잤다. 관리들은 대피용 임시숙소를 마련하기 위해서 시민들을 조직했고, 지진을 미리 감지하는 능력을 가진 것으로 생각되었던 여러 종류의 동물들을 24시간 동안 관찰하는 팀도 조직했다. 그러나 4인방 추종세력은 "혁명을 억압하기 위해서 지진공포증을 이용하려는 덩샤오핑의 기도를 경계하라"는 요란한 벽보를 붙였고, "지진에 대한 공포를 덩샤오핑 비판을 방해하는 데 이용하는 주자파들을 엄숙하게 비난하기 위한" 군중집회를 열었다. 군중집회는 실패했다.

내가 9월 초 청두에 돌아왔을 때 지진공포증은 가라앉은 뒤였다. 나는 1976년 9월 9일 오후 영어 강의를 듣고 있었다. 대략 2시 40분경 우리는 3시에 중요한 방송이 있을 예정이며 방송을 듣기 위해서 학생들은 전원 운동장에 집결하라는 통보를 받았다. 우리는 전에도 그러한 동원행사에 의무적으로 참석했으므로 나는 짜증을 느끼며 교실 밖으로 걸어나왔다. 그날은 청두의 전형적인 흐린 가을 날씨였다. 나는 벽을 따라 서 있는 대나무 잎사귀들이 바스락거리는 소리를 들었다. 3시 직전 가동을 시작한 확성기가 직직거리는 소음을 내는 가운데 우리 학부의 당 비서가 모인 학생들 앞에 자리를 잡았다. 그 여자는 슬픈 표정으로 우리를 바라보며 목이 메여 더듬거리는 낮은 소리로 이렇게 말했다. "우리의 위대한 수령이며 덕이 높은 존경스러운 스승〔他老人家〕인 마오쩌둥 주석께서⋯⋯." 갑자기 나는 마오쩌둥이 죽었다는 사실을 알았다.

# 28. 날아오르기 위한 싸움

(1976-1978)

그 소식에 나는 너무나 기쁜 나머지 생각이 마비되는 것 같았다. 나의 뿌리 깊은 자기 억제 습관이 바로 작동되기 시작했다. 주변의 학생들이 일제히 울음을 터뜨리는 것을 본 나는 적절한 행동을 해야 한다는 사실을 깨달았다. 내 앞에 선 여학생은 학생 간부들 중 한 사람이었는데 매우 슬퍼하는 기색이었다. 나의 본심을 숨길 수 있는 곳은 그 여학생의 등밖에 없다는 생각이 들었다. 나는 신속하게 그녀의 등에 머리를 묻고 적당히 어깨를 들썩였다. 중국에서는 흔히 그렇듯이 약간의 겉치레 행동이 발군의 효과를 발휘했다. 심하게 훌쩍거리며 우는 그 여학생이 돌아서서 나를 껴안으려는 듯한 몸짓을 했다. 나는 슬픔으로 넋을 잃은 상태라는 인상을 주기를 바라며, 온몸의 무게로 그녀를 뒤에서 밀어 그녀가 자세를 바꾸지 못하도록 했다.

마오쩌둥이 죽고 나서 며칠 동안 나는 많은 생각을 했다. 나는 그가 철학자로 간주된 사실을 알고 있었으며, 그의 "철학"이 실제로 무엇인지 생각해보려고 애썼다. 마오쩌둥 철학의 핵심 원칙은 갈등에 대한 천부적인 필요 및 욕구였던 것으로 생각되었다. 마오쩌둥 사상의 핵심은 인간의 투쟁이 역사의 원동력이며, 역사를 만들기 위해서는 "계급의 적들"을 계속 대량으로 만들어야 하는 것으로 보였다. 나는 그처럼 많은 사람들의 고통과 죽음을 초래한 이론을 정립한 철학자들이 달리 존재했는지 생각해보았다. 나는 모든 중국인들이 겪어야 했던 공포와 비참한 생활을 생각해보았다. 무엇 때문에 그런 고통을 겪어야 했는가?

그러나 마오쩌둥의 이론은 단지 그의 성격의 연장이었을 가능성이 있었다. 그는 싸움을 조장하는 능력을 타고난 사람이었으며, 그 능력을 무모하게 발휘한 그 분야의 명수였던 것으로 보였다. 그는 질투와 원한 등 인간의 각종 본능을 잘 이해했고, 자신의 목적을 위해서 그런 본능을 활용하는 방법을 알았다. 그는 사람들이 서로를 미워하게 만들어 통치했다. 그러한 통치과정에서 마오쩌둥은, 다른 독재정권에서는 전문적인 엘리트들이 담당했던 과제의 다수를 평범한 중국인들이 수행하도록 만들었다. 마오쩌둥은 인민을 독재의 최후의 무기로 만드는 데 성공했다. 그의 통치하에서 중국판 국가보안위원회(KGB)가 사실상 존재하지 않은 이유가 거기에 있었다. 그런 기관은 필요 없었다. 마오쩌둥은 인간의 가장 나쁜 본성을 발동시키고 장려함으로써 도덕적 황무지와 증오의 땅을 만들어냈다. 그러나 일반 인민 개개인이 어느 정도 책임을 질 것인지 나는 결정할 수 없었다.

내가 보기에 마오주의의 또다른 특징은 무지(無知) 예찬이었다. 고등교육을 받은 계급이 대부분 문맹이었던 인민들의 손쉬운 공격 표적이 될 수 있다는 마오쩌둥의 계산, 정규교육 및 교육을 받은 사람들에 대한 마오쩌둥 자신의 깊은 반감과 중국 문화의 위대한 인물들을 경멸하도록 만든 마오쩌둥 자신의 과대망상증, 건축과 미술, 음악 등 마오쩌둥 자신이 이해하지 못했던 중국 문명의 여러 분야에 대한 그의 경멸로 인해서 마오쩌둥은 중국 문화유산의 대부분을 파괴했다. 마오쩌둥은 잔인하게 학대받은 나라를 남겼을 뿐만 아니라, 과거의 영광이 거의 모두 파괴된 추한 땅을 남겼다.

중국인들은 진심으로 마오쩌둥의 죽음을 애도하는 듯이 보였다.

그러나 얼마나 많은 사람들이 진심으로 눈물을 흘렸는지는 의문이다. 중국인들은 그 정도 수준으로 행동하는 연습을 너무나 많이 하여 연습과 실제의 감정을 혼동했다. 마오쩌둥을 위해서 운 것은 아마도 그들의 프로그램된 생활 속에서 단지 또다시 프로그램된 행동이었을지도 모른다.

그러나 나라의 분위기는 마오쩌둥이 주장한 각종 정책의 지속에 반대하는 것이 분명했다. 그가 죽고 한 달도 채 안 된 10월 6일 장칭과 나머지 4인방이 함께 체포되었다. 그들은 군부, 경찰, 심지어 자기네 경호원들의 지지도 받지 못했다. 그들은 오직 마오쩌둥의 지지만 받았다. 4인방이 권력을 휘두를 수 있었던 것은 그들이 실제로는 5인방이었기 때문이었다.

나는 4인방이 너무나 쉽게 제거된 경위를 전해들었을 때 서글픈 생각을 금할 수 없었다. 그러한 소규모 이류 독재자 집단이 어떻게 9억의 인민을 그토록 오랜 기간 학대할 수 있었을까? 그러나 나의 주된 감정은 환희였다. 문화혁명의 마지막 독재자들이 사라졌다. 나와 같은 감정을 느낀 사람들이 많았다. 대다수의 동포들과 마찬가지로 나는 가족 및 친구들과 축하를 하기 위해서 가장 좋은 술을 사러 나갔으나, 여러 상점에 술이 바닥난 사실을 확인했을 뿐이었다. 모든 사람들이 기쁨에 들떠 있었다.

공식 경축행사도 거행되었다. 문화혁명 기간 중에 열린 집회들과 똑같은 종류의 집회가 열리는 것을 보고 나는 몹시 화가 났다. 우리 학부에서 정치보도원들과 학생 간부들이 흔들림 없는 독선적 태도로 전체 행사를 준비하는 사실에 나는 특히 화가 났다.

중국의 새 지도부는 마오쩌둥이 선택한 후계자인 화궈펑을 정점으로 삼았다. 나는 그의 유일한 특성이 평범 그 자체라고 생각했다. 그가 취한 첫 번째 조치는 톈안먼 광장에 거대한 마오쩌둥의 묘를 건설하는 계획이었다. 나는 몹시 화가 났다. 탕산에서 지진이 발생한 후 수십만 주민들이 집을 잃은 채 길거리에 세운 임시 숙소에서 살고 있었다.

경험이 풍부했던 어머니는 새로운 시대가 시작되고 있음을 즉각 깨달았다. 마오쩌둥이 죽은 다음 날, 어머니는 자기 부서에 복직 신고를 했다. 5년 동안 가정에서 생활한 어머니는 이제 다시 자신의 힘을 사용하기를 원했다. 어머니는 소속 부서의 제7부부장에 임명되었다. 문화혁명 이전에 어머니가 부장으로 있던 부서였으나 어머니는 새 직위에 개의치 않았다. 조급하게 생각했던 나에게는 상황이 전과 마찬가지로 진행되는 것처럼 보였다. 1977년 1월 나는 대학교를 졸업했다. 우리는 졸업시험을 치르지 않았고, 학위도 수여받지 않았다. 마오쩌둥과 4인방이 사라졌으나 마오쩌둥의 규칙이 여전히 적용되었다. 마오쩌둥의 규칙에 의하면, 우리 졸업생들은 떠나온 직장으로 다시 돌아가야 했다. 나에게 이는 기계공장으로 되돌아가는 것을 의미했다. 대학교교육이 개인의 직업에 변화를 주어야 한다는 발상은 마오쩌둥이 "정신적 귀족 양성"이라고 비판한 바 있었다.

나는 공장으로 되돌아가는 사태를 피하려고 필사적으로 노력했다. 공장으로 되돌아갈 경우 나는 영어 실력을 활용할 기회를 잃게 된다. 공장에는 번역할 문서가 없었고, 영어로 대화할 사람도 없었다. 나는 다시 어머니에게 매달렸다. 어머니는 오직 한 가지 길밖에 없다고 말했다. 공장이 나의 복직을 거부하는 것이 그 길이었다. 공장의 내 친구들은 관리자들을 설득하여 다음과 같은 내용의 보고서를 제2경공업부에 제출하도록 했다. 나는 훌륭한 노동자이지만 공장 관리자들은 더 위대한 대의명분, 즉 우리의 조국이 나의 영어 능력으로 이익을 거두어야 하므로 공장 측의 이익을 희생해야 한다는 것을 깨달았다는 내용이었다.

이 같은 미사여구의 보고서가 제출된 후 어머니는 나를 제2경공업부 부장인 후이에게 보내어 그를 만나도록 했다. 후이는 어머니의 옛 동료였으며, 아기였을 때의 나를 매우 귀여워해준 사람이었다.

어머니는 아직도 그가 나에게 호감을 가지고 있다는 것을 알고 있었다. 내가 후이를 만난 다음 날, 그의 부서는 내 안건을 논의하기 위해서 간부회의를 소집했다. 간부회의는 대략 20여 명의 국장급으로 구성되었는데, 사안이 아무리 사소할지라도 결정을 내리기 위해서는 전원이 참석해야 했다. 후이는 나의 영어 능력을 발휘할 기회가 부여되어야 한다고 그들을 납득시키는 데 가까스로 성공했고, 그들은 우리 대학교에 공식 공문서를 보냈다.

학부는 나를 고생시켰으나 교사가 필요했기 때문에 1977년 1월 나는 쓰촨 대학교의 영어과 강사가 되었다. 나는 정치보도원들과, 야심이 많고 질투심이 강한 동료들의 시선을 받으며 대학교 교정에서 생활해야 했으므로, 영어 강사로 일하는 기분은 좋기도 했고 언짢기도 했다. 나는 1년 동안 전공 업무와 아무 상관이 없는 일을 해야 한다는 사실을 곧 알게 되었다. 나는 강사에 임명되고 1주일이 지난 뒤 "재교육"을 받기 위해서 청두 교외의 한 농촌으로 파견되었다.

나는 들판에서 노동을 했고, 끝없이 되풀이되는 지루한 회의에 참석했다. 스물다섯이라는 과년한 나이에 약혼자가 없었기 때문에 가해지는 주변의 압력과 권태, 불만으로 인해서 나는 동시에 두 명의 남자에게 끌리게 되었다. 그중 한 사람은 전에 한번도 만난 적이 없었는데, 나에게 아름다운 편지를 계속 써보냈다. 나는 그를 처음 만난 순간 사랑의 감정이 싹 가셨다. 또 한 사람은 과거 조반파 지도자였는데, 이름이 허우였다. 일종의 시대적 산물이라고 할 수 있는 그는 능력이 뛰어났지만 부도덕한 사람이었다. 나는 그의 매력에 넋이 나갈 정도였다. 허우는 "4인방 지지자들"을 체포하는 운동이 시작된 1977년 여름에 구속되었다. 체포된 사람들은 "조반파"의 지도자들로서 범죄행위에 가담한 것으로 간주되었다. 여기서 범죄란 고문, 살인, 국가 재산의 약탈 혹은 파괴를 모두 포함하는 애매한 것이었다. 이 운동은 몇 달 뒤 점차 소멸되었다. 그 주된 이유는 당에서 마오쩌둥과 문화혁명을 부인하지 않았기 때문이었다. 악행을 저지른 사람들은 모두 마오쩌둥에 대한 충성심 때문에 그런 행동을 했다고 주장했다. 가장 노골적인 살인과 고문 이외에는 범죄행위로 판단하는 명확한 기준 또한 없었다. 많은 사람들이 가택을 습격하고 역사 유적, 골동품, 서적의 파괴 및 파벌 간 싸움에 가담했다. 문화혁명의 가장 무시무시한 측면, 즉 수십만 명을 정신질환, 자살, 죽음으로 몰아넣은 가혹한 탄압이 일반 인민들에 의해서 집단적으로 수행되었다.

어린아이들을 포함한 거의 모든 인민이 잔인한 규탄대회에 참가했다. 많은 사람들이 희생자들을 구타하는 데 가담했을 뿐만 아니라 희생자들이 다른 사람들을 희생자로 만든 경우가 빈번했고, 그 반대의 경우도 많았다.

또한 조사와 재판을 할 수 있는 독립적인 사법기관도 없었다. 처벌할 사람과 면제할 사람을 당의 관리들이 결정했다. 각종 개인 감정이 결정적 판단 요인이 되는 경우가 흔했다. 일부 조반파 사람들은 응분의 처벌을 받았다. 다른 일부 사람들은 가혹한 처벌을 받았다. 어떤 사람들은 처벌을 면했다. 아버지를 박해한 주범들 중에서 쬐에게는 아무런 일도 일어나지 않았고, 서우 여사는 약간 덜 바람직한 일자리로 전보되었을 뿐이었다.

팅 부부는 1970년부터 구금되었으나 재판을 받지 않았다. 왜냐하면 당이 그들을 재판하는 데 필요한 기준을 정하지 않았기 때문이었다. 희생자들이 억울함을 호소하는 "소고(訴苦)"를 하는 비폭력적인 규탄대회에 참석한 것이 그들에게 일어난 일의 전부였다. 어머니는 그러한 대회에 나가서 그 두 사람이 아버지를 박해한 경위에 관해서 발언했다. 팅 부부는 1982년까지 재판을 받지 않은 상태로 구금된 후 그해에 팅씨는 20년 금고형을 선고받았고, 팅 부인은 17년 금고형을 언도받았다.

허우가 구금되어 나는 잠을 이루지 못한 밤이 많았는데, 그는 오래지 않아 석방되었다. 짧았던 며칠간 그가 심판을 받는 동안 과거의 원한이 되살아나서 내가 그에게 느꼈던 모든 감정이 사라졌다. 나는 그의 책임이 정확하게 무엇인지 알지 못했으나, 가장 야만적인 행동이 자행된 몇 년 동안 홍위병의 지도자로 활동한 그는 죄를 면할 수 없을 것이었다. 나는 아직도 개인적으로 그를 미워할 수 없었으나 그가 안되었다는 생각은 더 이상 하지 않는다. 나는 그가 합당한 처벌을 받기를 바랐으며, 죄를 지은 사람은 누구나 그래야 한다고 생각했다. 언제 그런 날이 올까? 올바른 재판이 과연 열릴 수 있을까? 그리고 쌓여 있던 불만이 도처에서 터져나오기 시작한 상황에서 이러한 재판이 원한과 적개심을 불러일으키지 않고 진행될 수 있을까? 내 주변에는 서로 유혈투쟁을 벌였던 파벌 출신 사람들이 지금 한지붕 밑에 살고 있었다. 주자파들은 그들을 비판하고 고문했던 과거의 조반파 사람들과 나란히 일하지 않을 수 없었다. 중국은 아직도 극도의 긴장 상태에 싸여 있었다. 마오쩌둥이 초래한 악몽이 과연 제거될 수 있을까?

1977년 7월 덩샤오핑이 다시 복권되어 화궈펑 정권의 부총리에 임명되었다. 덩샤오핑의 모든 연설은 새바람을 일으켰다. 그는 모든 정치운동을 중단시킬 것이라고 약속했다. 각종 정치학습은 "지나친 부담"이므로 중단되어야 한다고 말하면서 당의 각종 정책은 교조가 아닌 현실에 기반을 두어야 한다고 했다. 그리고 가장 중요한 것은 마오쩌둥의 모든 발언을 글자 그대로 추종하는 것은 나쁘다고 지적한 것이었다. 덩샤오핑은 중국의 진로를 바꾸고 있었다. 그때 나는 불안해지기 시작했다. 나는 이러한 새로운 미래가 실현 불가능한 것이 아닌가 하는 생각에 두려움을 느꼈다.

덩샤오핑이 내세운 새로운 기풍 속에서 나의 인민공사 생활이 당초 예정보다 한 달 빠른 1977년 12월에 끝난다는 결정이 내려졌다. 불과 한 달의 차이에 나는 몹시 기뻐했는데, 이성적인 반응은 아니었다. 내가 청두로 돌아왔을 때 대학교는 1977년 입학시험을 뒤늦게 실시하기 직전이었다. 이것은 1966년 이후 처음 실시되는 합당한 입학시험이었다. 덩샤오핑은 대학 입학이 뒷문이 아닌 학과 성적으로 이루어져야 한다고 선언했다. 마오쩌둥의 각종 정책을 변경하는 데에 인민들을 적응시키는 것이 필요했으므로 가을 학기 개강을 뒤로 미루어야 했다.

나는 우리 학부의 응시자들을 면담하기 위해서 북부 쓰촨의 산간지방에 파견되었다. 나는 흔쾌히 떠났다. 내가 자발적으로 구불구불한 비포장도로를 따라 현에서 현으로 이동했던 이 여행에서 서양에 나가 공부한다면 얼마나 좋을까 하는 생각이 처음 떠올랐다.

몇 년 전 한 친구가 다음과 같은 이야기를 들려준 적이 있었다. 그 남자 친구는 홍콩에서 살다가 1964년 "조국"으로 돌아왔는데, 1973년까지 홍콩 방문을 허가받지 못하다가 닉슨의 중국 방문에 뒤이어 취해진 개방정책에 따라 홍콩을 방문하여 가족을 만나는 것이 허용되었다. 홍콩에서 맞은 첫날 밤 그는 자기 조카가 도쿄에 전화를 걸어 주말을 그곳에서 보내는 계획을 세우는 것을 보았다. 이 사소해 보이는 이야기는 나의 마음을 계속 흔든 원인이 되었다. 세상을 볼 수 있는 자유, 내가 꿈꿀 수 없었던 자유가 나를 괴롭혔다. 그것은 불가능했기 때문에 해외에 나가고 싶다는 나의 욕망은 무의식 속에 갇혀 있었다. 과거 일부 대학교에서는 서양 유학 장학금을 몇 가지 지급했다. 물론 유학생 후보자들은 당국에서 선발했고, 당원 신분이 지원의 선결 조건이었다. 당원도 아니었고, 우리 학부의 신임도 받지 못했으므로, 설사 하늘에서 우리 대학교에 장학금이 떨어진다고 해도 나에게는 기회가 없었다. 그러나 이제 시험이 부활되었고, 중국은 마오쩌둥의 구속을 떨쳐버리고 있었기 때문에 나도 기회를 잡을 가능성이 있다는 생각이 마음 한구석에서 싹트기 시작했다. 불가피한 실망이 너무나 두려운 나머지 나는 그런 꿈을 꾸기 시작한 직후 어쩔 수 없이 그 생각을 버려야 했다.

내가 지방 여행에서 돌아왔을 때 우리 학부가 청년 혹은 중년 교사를 서양에 유학 보낼 수 있는 장학금을 배정받았다는 소식을 들었다. 그리고 학부 측은 다른 사람을 후보자로 결정했다.

이 놀라운 소식을 나에게 알려준 사람은 로 교수였다. 70대였던 로 교수는 지팡이를 짚고 불안정한 자세로 걸었음에도 불구하고 원기 왕성하여 모든 면에서 성급하다 싶을 정도로 동작이 민첩했다. 그녀는 자신이 알고 있는 모든 지식을 서둘러 털어놓기라도 하려는 듯이 영어로 아주 빠르게 말했다. 그녀는 30년 동안 미국에서 살았다. 그녀의 아버지는 국민당 정부의 고급 판사였으며, 딸에게 서양식 교육을 시키기를 원했다. 미국에서 그녀는 루시라는 이름을 사용했고 루크라는 미국인 청년과 사랑에 빠졌다. 두 사람은 결혼할 계획이었으나 루크의 어머니로부터 다음과 같은 말을 들었다고 로 교수는 밝혔다. "루시 나는 너를 매우 좋아한다. 그러나 너희 두 사람 사이에서 태어난 아이의 외모는 어떻게 되겠니? 그것은 참으로 어려운……." 루시는 자존심이 대단히 강했으므로 자신을 마지못해 받아들이는 루크의 가정에 들어가기를 원하지 않아 그와 헤어졌다.

공산주의자들이 정권을 잡은 뒤인 1950년대 초 그녀는 중국인들의 존엄성이 마침내 회복되었을 것으로 생각하고 중국으로 돌아왔다. 그녀는 루크를 결코 잊지 못했으나, 사랑하지 않는 중국인 영어과 교수와 늦게 결혼하여 두 사람은 끊임없는 가정불화를 겪었다. 두 사람은 문화혁명 기간 중 자기네 아파트에서 쫓겨났고, 퇴색한 낡은 신문들과 먼지가 앉은 책들이 빼곡하게 들어찬 가로가 대략 3미터이고 세로가 2.4미터인 비좁은 방에서 살았다. 이 쇠약한 백발의 부부는 서로를 용납할 수 없어서, 한 사람은 방 안에 간신히 들여놓은 2인용 침대의 한쪽 모서리에 앉고, 또 한 사람은 하나밖에 없는 의자에 앉아 있는 모습은 가슴 아픈 광경이었다.

로 교수는 나를 대단히 좋아했다. 그녀는 자신이 인생의 행복을 원했던 50년 전의 사라진 자신을 내 안에서 본다고 말했다. 그녀는 행복을 찾는 데 실패했으나 나는 성공하기를 원한다고 내게 말했다.

해외 장학금에 관한 소식을 들었을 때 그녀는 대단히 흥분했으나, 내가 지방에 내려가 권리를 주장할 수 없었기 때문에 걱정했다. 아마도 미국으로 갈지도 모르는 일이었다. 그 자리는 나보다 1년 선배이며 당원인 예에게 돌아갔다. 문화혁명 이후에 졸업한 우리 학부의 다른 젊은 교사들과 그녀는 내가 농촌에 가 있는 동안 영어 실력을 향상시키기 위한 훈련 계획에 참가했다. 로 교수는 그들을 가르친 강사 가운데 한 사람이었다. 로 교수는 베이징과 상하이 같은 더욱 개방된 여러 도시에 사는 친구들로부터 입수한 영어 출판물에 게재된 글을 부분적으로 발췌하여 교재로 사용했다(쓰촨 성은 여전히 외국인들에게 폐쇄되어 있었다). 나는 농촌에서 돌아올 때마다 로 교수의 강의를 들었다.

어느 날 강의는 미국 산업의 원자력 이용에 관한 내용이었다. 로 교수가 기사의 의미를 설명했을 때, 예가 로 교수를 정면으로 바라보며 매우 분개한 어조로 이렇게 말했다. "이 기사는 비판적으로 읽어야 합니다. 미 제국주의자들이 어떻게 원자력을 평화적으로 이용할 수 있습니까?" 나는 예가 당의 선전노선을 앵무새처럼 되풀이하는 것에 몹시 짜증이 났다. 나는 충동적으로 이렇게 응수했다. "그렇지만 미국인들이 평화적으로 이용할 수 없다는 것을 당신은 어떻게 압니까?" 예와 대다수 학생들은 놀란 눈으로 나를 바라보았다. 그들에게 그런 질문은 여전히 생각조차 할 수 없었으며 신성모독에 가까운 것이었다. 그때 나는 로 교수의 반짝이는 눈빛 속에서 나만 알아차릴 수 있는 감사의 미소를 보았다. 나는 이해와 지지를 받았다고 느꼈다.

로 교수와 일부 다른 교수들과 강사들은 예가 아닌 내가 서양 유학을 가기를 원했다. 그런 교수들이 새로운 분위기 속에서 존경을 받았으나 발언권을 행사할 수 있는 사람은 하나도 없었다. 도와줄 수 있는 사람은 우리 어머니밖에 없었다. 나는 어머니의 충고에 따라 현재 대학교를 담당하고 있는 관리들 가운데 아버지의 옛 동료들을 만나서 다음과 같이 이의를 제기했다. 덩샤오핑 동지는 대학교 입학이 뒷문이 아니라 학업 성적에 기초를 두어야 한다고 말했으므로 해외 유학생 선발 때 이 절차를 따르지 않는 것은 분명히 잘못된 것이다. 나에게 공정하게 경쟁할 수 있는 기회를 달라고 간청했는데, 이는 시험 선발을 의미했다.

어머니와 내가 로비를 하는 동안 베이징에서 갑자기 한 가지 명령이 내려왔다. 1949년 이후 처음으로 서양 유학 장학금이 전국통일 시험의 성적에 따라 지급되며, 그 시험이 얼마 후 베이징, 상하이 및 최근 병마용이 발굴된 고대의 수도 시안에서 치러질 예정이라는 내용이었다. 우리 학부는 시안에 3명의 응시자를 보내기로 결정했다. 우리 학부는 예에 대한 장학금 지급 결정을 취소하고 2명의 응시자를 선발했는데, 둘 다 40대의 유능한 강사들로서 문화혁명 이전부터 강의를 해온 사람들이었다. 부분적으로는 선발 기준을 전문 분야의 실력에 두라는 베이징의 명령과, 어머니의 로비에 의한 압력 때문에 우리 학부는 젊은 제3의 응시자를 선발하기로 결정했다. 세 번째 응시자는 문화혁명 기간 중에 졸업한 10여 명 가운데서 3월 18일 실시되는 필기 및 회화 시험을 통해서 선발하기로 결정되었다.

나는 구두시험을 다소 변칙적으로 치렀으나 필기 및 구두 양쪽에서 최고 점수를 받았다. 우리는 로 교수와 다른 늙은 교수들이 시험관으로 앉아 있는 방에 한 사람씩 들어가야 했다. 시험관들 앞에 놓인 탁자 위에는 몇 개의 종이공이 있었다. 우리는 그중에서 하나를 집어 그 위에 적힌 질문에 영어로 답변해야 했다. 내가 고른 질문은 다음과 같았다. "최근 열린 공산당 11기 2중전회에서 발표된 코뮈니케의 요점은 무엇인가?" 나는 무엇이라고 답변해야 할지 전혀 알지 못해 당황한 채 서 있었다. 내 얼굴을 바라본 로 교수가 손을 뻗어 내가 뽑은 종이공을 집어 힐긋 바라본 다음, 그것을 다른 교수 한 사람에게 보여주었다. 그녀는 그 설문지를 조용히 자기 주머니에 집어넣고 나에게 다른 것을 집으라고 눈짓했다. 이번 질문은 이러했다.

"우리 사회주의 조국의 영광스러운 상황에 관해서 논하라."

여러 해 동안 사회주의 조국의 영광스러운 상황을 억지로 찬양하는 일에 신물이 났지만, 이번에 나는 할 말이 많았다. 사실 나는 1978년 봄에 관한 기쁨을 표현한 시를 얼마 전에 지은 적이 있었다. 덩샤오핑의 오른팔인 후야오방이 당의 중앙조직부장이 되어 모든 종류의 "계급의 적들"을 대거 사면하는 작업을 실시했다. 우리 나라는 마오주의를 눈에 띄게 청산하고 있었다. 산업은 전면적으로 가동되었고, 상점에는 다양한 상품들이 더 많이 공급되었다. 학교들과 병원들 및 다른 공공 봉사기관들이 제대로 돌아가고 있었다. 오랜 기간 금지되었던 책들이 출판되었고, 사람들은 그런 책들을 구하려고 서점 밖에서 이틀씩 기다리는 경우도 종종 있었다. 거리와 가정에서 웃음소리가 들렸다.

나는 불과 3주일밖에 남지 않은 시안의 시험에 대비하여 미친 듯이 공부하기 시작했다. 몇 명의 교수들이 도움을 자청했다. 로 교수는 내가 읽어야 할 자료 목록과 10여 권의 책을 주었으나, 나는 그 모든 학습 자료를 읽을 수 없다고 판단했다. 그리하여 로 교수는 자신의 어질러진 책상 위를 서둘러 정리한 다음, 휴대용 타자기를 올려놓고 다음 2주일 동안 그 자료들을 영어로 요약하는 작업을 하는 데 보냈다. 그녀는 짓궂은 윙크를 하며 이 방법은 50년 전 그녀가 춤과 파티를 더 좋아했기 때문에 루크가 그녀의 시험 준비를 돕기 위해서 했던 방식이라고 설명했다.

2명의 강사들과 나는 당의 부서기와 함께 시안행 열차를 탔다. 시안까지는 꼬박 하루가 걸리는 여정이었다. 대부분의 여행 시간 동안 나는 침대차의 2등 침대에 엎드려 로 교수가 작성해준 메모를 열심히 공부했다. 중국에서는 대부분의 정보가 국가 기밀이었기 때문에 장학금 수혜자의 수가 얼마나 되는지, 혹은 시험 합격자들이 가게 될 나라가 몇 개국인지 정확히 아는 사람이 없었다. 그러나 시안에 도착했을 때 우리는 22명이 시험을 치르며, 응시생의 대다수는 중국

서부의 4개성 출신의 고참 강사들이라는 소식을 들었다. 봉인된 시험지가 그 전날 베이징에서 비행기 편으로 운반되었다. 오전에 치르는 필기시험은 세 부분으로 나누어져 있었다. 하나는 『뿌리』에서 발췌된 긴 영어 원문을 중국어로 번역하는 시험이었다. 시험장의 창문 밖에는 버드나무 꽃이 장엄하고 정열적인 춤을 추듯이 4월의 도시 위를 뒤덮으며 비처럼 휘날리고 있었다. 오전이 끝날 때 우리가 제출한 시험지는 봉인되어 바로 베이징에 보내져 베이징과 상하이에서 치러진 시험 답안지와 함께 채점되었다. 오후에는 구두시험이 치러졌다.

5월 말 나는 두 시험 모두 우수한 성적으로 합격했다는 소식을 비공식적인 경로를 통해서 들었다. 어머니는 이 소식을 듣자마자 아버지의 명예를 회복시키는 작업을 더욱 강력하게 추진했다. 아버지는 돌아가셨으나 아버지의 개인 인사기록철은 자녀들의 미래를 계속 결정했다. 인사기록철에는 아버지가 "심각한 정치적 실책"을 저질렀다는 판결문 초안이 포함되어 있었다. 어머니는 중국이 더욱 자유로워지기 시작했으나 이러한 판결문으로 인해서 내가 해외에 유학할 자격을 얻지 못하리라는 사실을 알고 있었다.

어머니는 이제 성 정부에 복직하여 실권을 장악한 아버지의 옛 동료들에게 로비를 하며, 우리 아버지가 마오쩌둥에게 청원할 권리가 있다는 저우언라이의 메모를 제출하여 자신의 주장을 뒷받침했다. 이 메모는 외할머니가 당신의 신 윗부분의 면직포에 교묘히 꿰매어 감춰두었던 것이다. 저우언라이가 어머니에게 쪽지를 준 후 11년이 지난 지금, 어머니는 이 쪽지를 성 당국에 제출하기로 결정한 것이다. 당시 쓰촨 성 행정 최고 책임자는 자오쯔양이었다.

시기는 적합했다. 마오쩌둥이 건 저주의 힘이 약해지고 있었고, 복권을 담당하고 있던 후야오방으로부터 상당한 도움을 받았다. 6월 12일 성의 고위 관리가 아버지에 관한 당의 결정을 가지고 지기석 가의 집에 나타났다. 그는 어머니에게 얇은 종이 한 장을 전했는데, 그 문서에는 우리 아버지가 "좋은 관리였으며 훌륭한 당원이었다"고 적혀 있었다. 이는 아버지의 공식적인 복권을 의미했다. 베이징의 문교부가 최종적으로 나를 장학생으로 확정한 것은 아버지의 복권이 실현된 뒤였다.

내가 영국에 간다는 소식은 당국의 통보에 앞서 우리 학부의 흥분한 친구들을 통해서 전해졌다. 나를 잘 모르는 사람들도 나의 유학을 매우 기뻐했으며, 나는 많은 축하의 편지와 전보를 받았다. 축하파티가 여러 차례 열렸고, 많은 사람들이 기쁨의 눈물을 흘렸다. 서양에 가는 것은 참으로 큰 경사였다. 중국은 수십 년 동안 폐쇄된 사회였고, 모든 국민은 진공 상태 속에서 질식하는 느낌이었다. 나는 우리 대학교는 물론 내가 아는 한 쓰촨 전역에서 1945년 이후 서양유학을 떠나는 최초의 사람이었다(쓰촨 성의 인구는 대략 900만 명이었다).

그리고 나는 당원이 아니었음에도 불구하고 전공인 영어 성적만으로 장학금을 탔다. 이는 나라 전체를 휩쓰는 극적인 각종 변화의 또다른 표시였다. 사람들은 희망과 기회가 열리는 것을 보았다.

그러나 나의 기분은 환희 일색만은 아니었다. 나는 주변의 모든 사람들이 원했지만 얻지 못한 것을 성취함으로써 친구들에게 죄의식을 느꼈다. 그들에게 희희낙락하는 모습을 보여주는 것은 어색할 뿐만 아니라 잔인한 일이었으나, 그렇다고 기쁜 마음을 감추는 것은 부정직한 태도라고 생각했다. 그리하여 나는 무의식적으로 차분한 태도를 취하기로 결정했다. 또한 편협하고 획일적인 중국에서 너무나 많은 사람들이 재능을 발휘할 출구와 기회를 거부당한 것을 생각하고 슬픔을 느꼈다. 나는 많은 고통을 겪기는 했으나 특권층 가정에서 태어나는 행운을 누렸다는 것을 알았다. 이제 중국이 더욱 개방되고 공정한 길로 가고 있으므로 나는 변화가 더욱 빨리 이루어져 사회 전체를 변형시키기를 간절히 기대했다.

나는 여러 가지 생각을 하면서 당시 중국에서 출국하는 데 필요한, 불가피한 까다로운 절차를 밟았다. 우선 나는 해외로 나가는 사람들을 위한 특수 교육과정을 이수하기 위해서 베이징으로 갔다. 우리는 한 달 동안 집중적인 사상 교육을 받은 다음, 한 달 동안 중국 전역을 여행했다. 그 취지는 우리가 조국의 아름다움에 감동을 받아 전향하지 못하도록 하기 위해서였다. 출국을 위한 모든 준비가 끝났고, 우리는 의류비도 지급받았다. 우리는 외국인들에게 깔끔하게 보일 필요가 있었다.

나는 우리 대학교 교정 옆을 구불구불 흘러가는 금장 강의 강변을 가끔 산책하며 조국에서의 마지막 며칠 밤을 보냈다. 강의 수면에는 달빛이 반짝였고, 여름밤의 옅은 안개가 덮여 있었다. 나는 자신의 26년 생애를 돌아보았다. 나는 고난과 특권을 체험했고, 공포는 물론 용기를 경험했으며, 인간의 깊은 내면에 도사린 추악한 면들은 물론 친절하고 충성스러운 미덕도 보았다. 고통과 파괴, 죽음 가운데에서 나는 사랑과 생존 및 행복을 추구하는 인간의 파괴되지 않는 능력을 알게 되었다.

만감이 교차하는 가운데 외할머니와 쥔잉 고모는 물론 아버지를 떠올렸을 때, 특히 감회가 새로웠다. 그때까지 나는 그분들에 관한 기억을 억누르려고 노력했다. 왜냐하면 그분들의 죽음은 내 마음속에서 가장 아픈 상처로 남아 있었기 때문이었다. 이제 나는 그분들이 나를 얼마나 자랑스럽게 생각하고 기뻐할 것인지 상상해보았다. 나는 비행기를 타고 베이징으로 가서 13명의 다른 교사들과 함께 여행할 예정이었다. 그들 중 한 사람은 정치보도원이었다. 우리가 타는 비행기는 1978년 9월 12일 오후 8시에 출발할 예정이었다. 몇몇 친구들이 베이징 공항에 배웅을 나왔고, 나는 시계를 볼 필요를 느끼지 않아 하마터면 비행기를 놓칠 뻔했다. 비행기 좌석에 앉았을 때 나는 어머니를 제대로 포옹해드리지 못했다는 사실을 깨달았다. 청두 공항에 배웅을 나온 어머니는 내가 지구의 반 바퀴나 떨어진 곳으로 가는 것이 우리의 파란만장했던 생애에서 단지 또 하나의 사건이라고 생각하는 듯이 눈물을 보이지 않았다. 중국이 내 뒤로 점점 멀어지고 있을 때 나는 창 밖을 내다보며 비행기의 은빛 날개 너머에 있는 드넓은 세상을 바라보았다. 나는 지난 생애를 한 번 더 잠시 바라본 다음 미래로 고개를 돌렸다. 나는 세상에 들어가기를 간절히 원했다.

# 에필로그

나는 현재 런던에 살고 있다. 중국을 떠난 10년 동안 나는 과거를 생각하지 않으려고 했다. 그러던 중 1988년 어머니가 나를 만나러 영국에 왔다. 어머니는 처음으로 자신의 지난 생애와 외할머니의 일생에 관해서 이야기해주었다. 어머니가 청두로 돌아가고 난 뒤, 나는 자신의 기억이 물밀듯이 되살아나고 참았던 눈물이 내 마음을 홍수처럼 적시도록 내버려두었다. 나는 『대륙의 딸』을 쓰기로 결심했다. 나는 사랑과 성취, 그로 인한 마음의 안정을 찾았기 때문에 과거를 회상하는 것이 더 이상 고통스럽지 않았다.

내가 떠난 뒤 중국은 완전히 다른 나라가 되었다. 1978년 말 공산당은 마오쩌둥의 계급투쟁을 포기했다. 나의 책 속에 묘사된 "계급의 적들"을 포함한 사회적으로 배척당한 사람들이 복권되었다. 복권된 사람들 중에는 어머니의 만주 출신 친구들도 포함되었다. 1955년 반혁명분자로 낙인찍힌 사람들이었다. 그들 및 그 가족에 대한 공식적인 차별대우가 중단되었다. 그들은 힘든 육체노동에서 해방되었고, 훨씬 더 좋은 일자리를 제공받았다. 많은 사람들이 공산당 입당을 권유받고 정부 관리가 되었다. 외할머니의 남동생인 위린과 부인 및 자녀들은 1980년 농촌에서 진저우로 돌아오는 것이 허용되었다. 위린 할아버지는 제약회사의 과장이 되었고, 부인은 유치원 원장이 되었다.

희생자들의 혐의를 벗겨주는 판결이 내려져서 그들의 개인 인사기록철에 포함되었다. 당국은 과거의 범죄 사실을 기록한 문서들을 빼내서 불태웠다. 수많은 사람들의 인생을 망친 이런 얇은 종잇조각들을 불태우기 위해서 중국 전역의 모든 관공서가 모닥불을 만들었다. 우리 어머니의 인사기록철은 10대 시절 국민당과의 관계에 대해서 의심받은 내용 때문에 두꺼웠다. 저주와도 같았던 모든 문서들이 이제 불길 속으로 사라졌다. 그 자리에는 1970년 12월 20일자로 작성된 2쪽짜리 판결문이 추가되었다. 그 문서는 어머니에 대한 각종 혐의가 모두 허위라고 분명히 밝혔다. 문서는 어머니의 가족 배경을 다시 규정하는 보너스까지 주었다. 즉 비교적 바람직하지 않은 "군벌" 가문에서 덜 해로운 "의사" 가문으로 변경되었다.

1982년 나의 런던 정착 결정은 당시로서는 매우 이례적인 선택이었다. 나의 결정이 직장생활에서 진퇴양난의 상황을 초래할 가능성이 있다고 생각한 어머니는 조기 은퇴를 신청하여 1983년 허가를 받았다. 그러나 딸이 서양에 산다는 사실로 인해서 어머니가 곤경에 빠진 것은 아니었다. 마오쩌둥의 통치하에서는 틀림없이 문제가 되었을 것이다.

중국의 문호는 더욱 넓게 열렸다. 나의 세 남동생들은 현재 모두 서양에 살고 있다. 고체물리학계의 세계적 과학자로 인정받고 있는 진밍은 영국의 사우샘프턴 대학교에서 연구생활을 하고 있다. 공군을 제대한 후 언론인이 된 샤오헤이는 런던에서 근무 중이다. 두 동생들은 모두 결혼하여 아이를 하나씩 두고 있다. 샤오팡은 프랑스의 스트라스부르 대학교에서 국제무역학 학사학위를 받았고, 지금은 한 프랑스 회사에서 일하고 있다.

언니인 샤오훙만이 우리 5남매 가운데 유일하게 아직 중국에 살고 있다. 언니는 청두 한의대학 교무처에서 근무하고 있다. 1980년대에 민간 부문 사업이 처음 허용되었을 때 언니는 의류 디자인 회사 설립을 돕기 위해서 2년간 휴직했다. 그 일은 언니가 항상 동경했던 분야였다. 휴직 기간이 끝났을 때 언니는 민간사업의 흥미진진

한 생활 및 위험부담과, 틀에 박혔지만 안전한 공무원 생활 사이에서 선택을 해야 했다. 언니는 후자를 택했다. 형부인 "안경"은 지방은행의 중역이다.

중국에서 바깥 세계와의 연락은 일상생활의 일부가 되었다. 청두에서 부친 편지가 런던까지 오는 데 1주일이 걸린다. 어머니는 시내 우체국에서 나에게 팩스를 보낼 수 있다. 나는 세계 어느 곳을 가든 직통전화로 어머니와 통화할 수 있다. 매일 텔레비전 방송에서는 정부의 선전과 더불어 간추린 외국 언론의 뉴스가 보도되고 있다. 동유럽 및 구소련에서 일어난 혁명과 정치소요를 포함한 세계의 주요 사건들이 보도되었다.

나는 1983년에서 1989년 사이에 매년 어머니를 뵈러 중국에 갔고, 갈 때마다 마오쩌둥 통치하의 생활에서 가장 큰 특징이었던 공포 분위기가 극적으로 줄어드는 데 감명을 받았다.

1989년 봄, 이 책의 자료 조사를 위해서 나는 중국 전역을 여행했다. 청두에서부터 톈안먼 광장에 이르기까지 시위가 조직되는 것을 보았다. 수백만 명의 시위자들 중에서 위험을 감지한 사람이 거의 없을 정도로 인민들이 공포 분위기를 잊은 사실에 나는 깊은 감명을 받았다. 군대가 사격을 시작했을 때 대다수의 사람들은 너무나 뜻밖의 사태로 생각하는 것 같았다. 런던에 돌아와 있던 나는 텔레비전으로 학살 장면을 보았을 때 내 눈을 믿을 수 없었다. 나와 수많은 사람들에게 해방자가 되었던 그 사람이 실제로 진압명령을 내린 것일까?

공포 분위기가 잠시 되살아났으나 마오쩌둥 시대의 전면적이고 파괴적인 위력은 없었다. 오늘날 각종 정치집회에서 중국인들은 당 지도자들의 이름을 들어 공개 비판한다. 해방의 진로는 돌이킬 수 없다. 그러나 마오쩌둥의 얼굴이 여전히 톈안먼 광장을 내려다보고 있다.

1980년대의 각종 경제개혁으로 생활수준이 전례 없이 높아졌는

데, 이는 부분적으로 외국의 무역과 투자 덕분이었다. 중국 전역의 관리들과 인민들은 넘치는 열성으로 외국 기업인들을 환영한다. 1988년 진저우를 방문했던 어머니는 위린 할아버지의 작고 어둠침침한 구식 아파트에 머물고 있었는데, 그 위치가 쓰레기장 옆이었다. 길 건너편에 있는 진저우의 최고급 호텔에서는 외국의 잠재적인 투자가들을 위해서 매일 성대한 연회가 열렸다. 어느 날 어머니는 연회를 마치고 나오는 외국인 방문객 한 명이 아부하는 사람들에게 둘러싸여 있는 모습을 목격했다. 그 손님은 타이완에 있는 자신의 호화로운 저택과 몇 대의 승용차를 찍은 사진을 주위 사람들에게 보여주고 있었다. 그 사람은 40년 전 어머니를 공안에 밀고하여 체포되도록 만든 어머니 학교의 정치주임이었던 야오한이었다.

1991년 5월

# 인명 색인

# 중국 지명

(* 다음은 본문에 나오는 지명임)

간쑤 성 甘肅省

광둥 성 廣東省

광시 성 廣西省

광저우 廣州

구이린 桂林

구이저우 성 貴州省

난징 南京

난창 南昌

뉴랑파 牛郎垻

닝난 寧南

다차이 大寨

더양 德陽

랴오닝 성 遼寧省

랴오양 遼陽

루룽 盧龍

루자춘 六家村

루저우 瀘州

미이 米易

베이징 北京

산둥 성 山東省

산시 성 山西省

산시 성 陝西省

산하이관 山海關

상하이 上海

샤오링허 小凌河

선양 瀋陽

스몐 石綿

시안 西安

시창 西昌

신징 新京

쓰촨 성 四川省

안닝허 安寧河

안후이 성 安徽省

옌안 延安

옌허잉 燕河營

우한 武漢

윈난 성 雲南省

이빈 宜賓

이셴 義縣

이창 宜昌

잔장 湛江

장시 성 江西省

장쑤 성 江蘇省

저장 성 浙江省

지린 성 吉林省

진저우 錦州

차오양 朝陽

차오자 巧家      펑톈 奉天

창리 昌黎      푸젠 성 福建省

창춘 長春

청두 成都      하얼빈 哈爾濱

충칭 重慶      허난 성 河南省

칭하이 성 靑海省    허베이 성 河北省

          헤이룽장 성 黑龍江省

쿤밍 昆明      후난 성 湖南省

          후루다오 葫蘆島

톈진 天津      후베이 성 湖北省